TOM CLANCY
Die Stunde der Patrioten

Buch

Jack Ryan, Professor für Militärgeschichte und Ex-CIA-Agent, hält sich zu Recherchenarbeiten in London auf. Zufällig gerät er als ahnungsloser Passant in einen Terroranschlag, den eine Splittergruppe der IRA auf die Familie des britischen Thronfolgers verübt. Dank seiner Kaltblütigkeit gelingt es Ryan, das Attentat zu vereiteln: Einer der Kidnapper wird von ihm erschossen, ein zweiter gefangengenommen. Doch der Anführer kann entkommen. Von Stund an sind er und seine Familie nicht mehr sicher.
Mit *Die Stunde der Patrioten* hat der amerikanische Bestsellerautor Tom Clancy wieder einen Thriller der Extraklasse geschrieben, der auch erfolgreich mit Harrison Ford in der Hauptrolle verfilmt wurde.

Autor

Tom Clancy, Jahrgang 1948, studierte in seiner Heimatstadt Baltimore Englisch und war jahrelang als Versicherungsagent tätig. Clancy ist verheiratet, hat drei Kinder und lebt bei Washington. Eine Meuterei auf einem sowjetischen Zerstörer regte Clancy, der sich schon immer für militärische und rüstungstechnische Probleme interessierte, dazu an, seinen ersten Techno-Thriller *Jagd auf »Roter Oktober«* zu schreiben. Mit diesem Buch gelang ihm auf Anhieb ein sensationeller Erfolg, und die Verfilmung mit Sean Connery in der Hauptrolle gilt als eine der größten Kinosensationen.

Von Tom Clancy sind als Goldmann-Taschenbücher
außerdem erschienen:

Das Echo aller Furcht. Roman (42608)
Im Sturm. Roman (9824)
Jagd auf »Roter Oktober«. Roman (9122)
Der Kardinal im Kreml. Roman (9866)
Der Schattenkrieg. Roman (9880)
Das Kartell (42942)

TOM CLANCY
Die Stunde der Patrioten

Roman

Aus dem Amerikanischen
von Jürgen Abel

GOLDMANN

Ungekürzte Ausgabe

Titel der Originalausgabe: Patriot Games

Umwelthinweis:
Alle bedruckten Materialien dieses Taschenbuches
sind chlorfrei und umweltschonend.
Das Papier enthält Recycling-Anteile.

Der Goldmann Verlag
ist ein Unternehmen der Verlagsgruppe Bertelsmann

Genehmigte Taschenbuchausgabe 10/90
© 1987 der Originalausgabe bei Jack Ryan Enterprises Ltd.
Deutschsprachige Rechte
beim Scherz Verlag, Bern und München
Umschlaggestaltung: Design Team München
Umschlagfoto: Paramount Pictures. Mit freundlicher Genehmigung
von United International Pictures, Frankfurt/Main
Druck: Elsnerdruck, Berlin
Verlagsnummer: 9804
JE · Herstellung: Sebastian Strohmaier/sc
Made in Germany
ISBN 3-442-09804-1

15 17 19 20 18 16 14

I

Fast wäre Ryan innerhalb von dreißig Minuten zweimal getötet worden. Er stieg einige Straßen vor dem Ziel aus dem Taxi. Es war ein schöner, klarer Tag, die Sonne stand schon tief am blauen Himmel. Ryan hatte stundenlang auf harten Stühlen gesessen und wollte sich Bewegung verschaffen, um seine verkrampften Muskeln zu lockern. Auf den Straßen herrschte relativ wenig Verkehr, und auch die Bürgersteige waren kaum belebt. Das überraschte ihn, denn er sah erwartungsvoll der abendlichen Rush-hour entgegen. Diese Straßen waren nämlich seinerzeit nicht für Automobile angelegt worden, und das Chaos nach Büroschluß würde ein denkwürdiges Schauspiel bieten. Jacks erster Eindruck von London war, daß es eine gute Stadt zum Laufen sein würde, und er ging schnellen Schrittes, wie er es sich während seines kurzen Gastspiels bei der Marineinfanterie angewöhnt hatte.

Kurz vor der Ecke waren keine Fahrzeuge mehr zu sehen, und er konnte die Kreuzung überqueren, ohne auf Grün zu warten. Er sah automatisch nach links, nach rechts, dann wieder nach links, wie er es seit seiner Kindheit gewohnt war, und trat vom Bordstein.

Da wurde er beinahe von einem doppelstöckigen Bus erfaßt, der nur wenige Zentimeter von ihm entfernt vorbeibrauste.

«Verzeihung, Sir.» Ryan wandte sich um und erblickte einen Polizisten in der bekannten altmodischen Uniform. «Seien Sie bitte vorsichtig und gehen Sie möglichst nahe an der Ecke über die Straße. Achten Sie auch auf die gemalten Hinweise am Bordstein – ob man nach rechts oder nach links sehen muß. Wir geben uns Mühe, daß nicht allzu viele Touristen überfahren werden.»

«Woher wissen Sie, daß ich Tourist bin?» Jetzt würde er es natürlich wissen, wegen Ryans Akzent.

Der Konstabler lächelte geduldig. «Weil Sie zuerst in die falsche Richtung gesehen haben, Sir, und weil Sie wie ein Amerikaner angezogen sind. Seien Sie bitte vorsichtig. Guten Tag.» Der Bobby ging mit einem freundlichen Nicken weiter, und Ryan fragte sich, warum sein dreiteiliger Anzug ihn als Amerikaner auswies.

Er beherzigte die Warnung und ging bis zur Ecke. Auf dem Asphalt stand «Nach rechts sehen», und für Leute mit Leseschwierigkeiten war zusätzlich ein Pfeil aufgemalt. Er wartete auf Grün und hielt sich innerhalb der gemalten Markierungen. Er nahm sich vor, genau auf den Verkehr zu achten, vor allem ab Freitag, wenn er einen Leihwagen nehmen würde. Großbritannien war eines der letzten Länder der Erde, wo noch auf der linken Straßenseite gefahren wurde. Er war sicher, daß es ihn einige Mühe kosten würde, sich daran zu gewöhnen.

Aber alles andere machen sie hier wirklich gut, dachte er angenehm berührt, während er, schon an seinem ersten Tag in London, allgemeine Schlußfolgerungen zog. Ryan war ein ausgezeichneter Beobachter, und ein aufmerksames Auge kann vieles aufnehmen. Er befand sich in einem Geschäfts- und Büroviertel. Die Passanten waren eleganter gekleidet als in einem vergleichbaren Viertel in Amerika – abgesehen von den Punkern mit ihren roten und orangefarbenen Haarkämmen, dachte er. Die Architektur war ein Potpourri von Klassizismus bis Mies van der Rohe, aber die meisten Häuser strahlten etwas Solides und Beruhigendes aus. In Washington oder Baltimore wären sie längst durch eine ununterbrochene Reihe seelenloser Gebilde aus Glas und Stahl ersetzt worden. All das fügte sich gut in die tadellosen Umgangsformen der Leute, mit denen er bisher zu tun gehabt hatte. Dies war ein Arbeitsurlaub, und sein erster Eindruck sagte ihm, daß er sehr angenehm verlaufen würde.

Er stellte einige Merkwürdigkeiten fest. Viele Leute hatten einen Regenschirm bei sich. Ryan hatte eigens den Wetterbericht gehört, ehe er seine heutigen Recherchen begann. Man hatte korrekt einen schönen Tag angesagt, sogar einen heißen Tag, obgleich die Temperatur nur knapp zwanzig Grad betrug. Sicher, für diese Jahreszeit war das warm, aber «heiß»? Jack fragte sich, ob sie es hier auch Altweibersommer nannten. Wahrscheinlich nicht. Wozu also die Regenschirme? Hatten die Leute kein Vertrauen zum Wetteramt? Hatte der Konstabler *deshalb* gewußt, daß er Amerikaner war?

Das andere, mit dem er nicht gerechnet hatte, waren die vielen Rolls-Royce auf den Straßen. Er hatte in seinem ganzen Leben nicht mehr als eine Handvoll gesehen, und hier fuhren sie zwar nicht dicht an dicht, aber es gab doch eine ganze Menge. Er benutzte gewöhnlich seinen fünf Jahre alten VW-Golf. Ryan blieb an einem Zeitungskiosk stehen, kaufte den *Economist* und hatte einige Sekunden mit dem Wechselgeld zu tun, das der Taxifahrer herausgegeben hatte, so daß der geduldige Händler ihn zweifellos ebenfalls als Yankee identifizierte. Er blätterte im Laufen die Zeitschrift durch, anstatt achtzugeben, wohin er ging, und stellte beim Aufblicken fest, daß er einen halben Häuserblock in die falsche Richtung gelaufen war. Er blieb stehen und führte sich den Stadtplan vor Augen, den er vor dem Verlassen des Hotels konsultiert hatte. Was Jack nicht konnte, war Straßennamen behalten, aber er hatte ein fotografisches Gedächtnis für Stadtpläne. Er ging zum Ende des Blocks, bog nach links, ging zwei Häuserblocks weit, bog nach rechts, und dort war wie erwartet der St. James's Park. Ryan sah auf die Uhr; eine Viertelstunde zu früh. Er befand sich hinter dem Denkmal irgendeines Herzogs von York, und er überquerte die Straße bei einem langen klassizistischen Gebäude aus weißem Marmor.

Auch das berührte ihn hier sehr angenehm: die vielen Parks und Grünanlagen. Dieser Park wirkte recht groß, und er sah, daß die Rasenflächen außerordentlich gepflegt waren. Der Herbst mußte ungewöhnlich warm gewesen sein, denn an den Bäumen waren noch viele Blätter. Aber er sah kaum Menschen. Na ja, dachte er achselzuckend, es ist Mittwoch, die Kinder sind in der Schule, und es ist ein normaler Arbeitstag. Um so besser. Er war absichtlich nach der Touristensaison herübergekommen. Ryan mochte kein Gedränge. Auch das hatte er von seiner Zeit bei den Marines.

«Daddy!» Sein Kopf fuhr herum, und er sah seine kleine Tochter, die, ohne nach links und rechts zu sehen, über die Straße gerannt kam. Sally prallte wie üblich gegen ihren großgewachsenen Vater, und wie üblich kam Cathy Ryan, die nie so recht mit dem kleinen weißen Wirbelwind Schritt halten konnte, erst eine ganze Weile später. Jacks Frau sah schon von weitem wie eine Touristin aus. Sie hatte ihre «Canon» umgehängt, zusammen mit der Kameratasche, die ihr, wenn sie im Urlaub waren, zugleich als Handtasche diente.

«Wie ist es gegangen, Jack?»

Ryan küßte seine Frau. Vielleicht tun die Briten das in der Öffentlichkeit nicht, dachte er. «Wie Butter, Schatz. Sie haben mich behandelt, als ob der Laden mir gehörte. Ich habe alles geschafft. Und du – hast du etwa nichts bekommen?»

Cathy lachte. «Die Geschäfte hier liefern frei Haus.» Ihr Lächeln sagte ihm, daß sie eine Menge von dem Geld ausgegeben hatte, das sie für Einkäufe eingeplant hatten. «Und wir haben was Entzückendes für Sally gefunden.»

«Oh?» Jack beugte sich nach unten und sah seiner Tochter in die Augen. «Was kann das wohl sein?»

«Es ist eine Überraschung, Daddy.» Die Kleine zierte sich, wie es nur Vierjährige tun können. Sie zeigte auf den Park. «Daddy, da ist ein toller See mit Schwänen und Pekalinen!»

«Pelikanen», verbesserte Jack.

«Sie sind ganz groß und weiß!» Sally liebte Pelikane.

«Hm-hm», machte Ryan. Er sah seine Frau an. «Hast du schöne Aufnahmen gemacht?»

Cathy tätschelte die Kamera. «Klar. London ist bereits auf Zelluloid gebannt, oder wäre es dir lieber, wenn wir nur eingekauft hätten?» Fotografieren war Cathy Ryans einziges Hobby, und sie machte absolut professionelle Aufnahmen.

«Ha!» Ryan blickte die Straße hinunter. Der Verkehr war hier etwas dichter, floß aber rasch. «Was machen wir jetzt? Habt ihr schon Hunger?»

«Wir könnten mit einem Taxi zum Hotel fahren.» Cathy sah auf ihre Uhr. «Oder wir könnten laufen.»

«In unserm Hotel soll man angeblich vorzüglich essen können. Aber es ist noch ziemlich früh. Diese zivilisierten Restaurants lassen einen bis acht Uhr warten.» Er sah wieder einen Rolls-Royce, in Richtung Palast. Er freute sich auf das Restaurant, obgleich Sally ein gewisses Risiko sein würde. Vierjährige und Vier-Sterne-Restaurants passen nicht gut zusammen. Links von ihm kreischten Bremsen. Er fragte sich, ob das Hotel wohl einen Babysitter... WUMM!

Ryan zuckte bei dem Krach einer keine dreißig Meter entfernten Detonation heftig zusammen. Granate, meldete sein Verstand. Er spürte das Zischen von Splittern in der Luft und hörte einen Augenblick darauf das Knattern automatischer Waffen. Er wirbelte herum und sah den Rolls-Royce schräg auf der Straße stehen. Das vordere Ende wirkte niedriger, als es sein sollte, und eine altmodische schwarze Limousine versperrte ihm den Weg. Am vorderen rechten Kotflügel stand ein Mann, der mit einem AK-47 in die Windschutzscheibe feuerte, und ein anderer Mann rannte zum hinteren linken Ende des Wagens.

«Hinlegen!» Ryan packte seine Tochter an den Schultern, drückte sie blitzschnell hinter einem Baum auf die Erde und schubste dann seine Frau unsanft neben sie. Zehn, zwölf Wagen hatten schon hinter dem Rolls angehalten und schirmten Jack und seine Familie von der Schußlinie ab. Der Verkehr aus der anderen Richtung wurde von der schwarzen Limousine blockiert. Der Mann mit dem Kalaschnikoff durchlöcherte den Rolls, als wollte er ihn in Schrott verwandeln.

«Der Bastard!» Ryan hielt den Kopf gehoben und konnte kaum glauben, was er sah. «Diese verdammte IRA – sie killen jemanden genau...» Er robbte ein Stück nach rechts. In seinem Gesichtsfeld waren Leute, die stehengeblieben waren, sich umdrehten und zu dem Rolls starrten, und in jedem Gesicht war der schwarze Kreis eines entsetzt aufgerissenen Mundes. *Es passiert tatsächlich, genau vor meiner Nase, einfach so, wie in einem Mafiafilm über Chicago. Zwei Schweinehunde bringen jemanden um. Genau hier. In diesem Augenblick. Einfach so.*

Ryan trat, von einem haltenden Auto gedeckt, weiter nach links. Vom Kotflügel des Wagens abgeschirmt, konnte er einen Mann hinten links am Rolls stehen sehen. Der stand einfach da und streckte die Hand mit der Pistole aus, als erwartete er, daß jeden Moment jemand die Tür öffnen und auf die Straße treten würde. Die Fahrgastzelle des Wagens schirmte Ryan von dem Mann mit dem AK ab, der sich gerade bückte und an seiner Waffe hantierte. Der nächststehende Schütze drehte Ryan den Rücken. Er war höchstens fünfzehn Meter entfernt. Er rührte sich nicht, konzentrierte sich auf die hintere Tür des Wagens. Sein Rücken war ihm immer noch zugewandt. Ryan sollte sich nie erinnern, ob er einen bewußten Entschluß gefaßt hatte.

Er rannte gebückt um das stehende Auto, lief immer schneller, den Blick fest auf sein Ziel – das Kreuz des Mannes – gerichtet, so wie er es auf der Highschool beim Football gelernt hatte. Es dauerte nur ein paar Sekunden, um die Entfernung zurückzulegen, und seine Gedanken waren auf den Mann konzentriert, wollten ihn noch einen Moment länger dort festbannen. Anderthalb Meter hinter ihm senkte Ryan die Schulter ab und hechtete. Der Trainer wäre stolz auf ihn gewesen.

Der Angriff von hinten traf den Killer unvorbereitet. Sein Rücken bog sich durch wie ein Flitzebogen, und Ryan hörte Knochen knakken, als sein Opfer vorkippte und hinfiel. Keuchend, aber voll von Adrenalin, richtete Ryan sich auf und sprang neben den Liegenden. Die Pistole war ihm aus der Hand gefallen und lag auf der Straße. Ryan ergriff sie. Es war eine automatische Pistole, ein Typ, den er noch nie in der Hand gehabt hatte. Sie sah aus wie eine 9-Millimeter-

Makarow, konnte aber auch ein anderes Ostblockfabrikat sein. Der Hahn war gespannt, die Waffe entsichert. Er wog sie kurz in der rechten Hand – mit seiner linken schien etwas nicht in Ordnung zu sein, aber Ryan ignorierte das. Er sah auf den Mann hinunter, den er eben zu Fall gebracht hatte, und schoß ihm einmal in die Hüfte. Dann hob er die Pistole in Augenhöhe und trat zur hinteren rechten Ecke des Rolls. Er bückte sich noch tiefer und spähte um die Karosserie.

Das AK des anderen Killers lag auf der Erde, während er mit einer Pistole in den Wagen feuerte. In seiner Linken hielt er irgendeinen Gegenstand. Ryan holte tief Luft und trat, seine Pistole auf die Brust des Mannes richtend, hinter dem Rolls-Royce hervor. Der Mann wandte zuerst den Kopf und wirbelte dann mit seiner Waffe herum. Beide zogen im selben Augenblick ab. Ryan fühlte einen jähen Schlag in der rechten Schulter und sah, daß seine Kugel den Mann in die Brust getroffen hatte. Das 9-Millimeter-Geschoß warf den Mann nach hinten wie ein Fausthieb. Ryan fing den Rückstoß ab und feuerte wieder. Die zweite Kugel traf den Mann unter dem Kinn und trat in einer nassen rosaroten Wolke aus seinem Hinterkopf aus. Der Mann fiel ohne zu zucken wie eine abgeschnittene Marionette aufs Pflaster. Ryan hielt die Pistole auf seine Brust gerichtet, bis er sah, was mit seinem Kopf passiert war.

«O Gott.» Der Adrenalinschub legte sich so schnell, wie er gekommen war. Die Zeit verlangsamte sich, bis sie wieder normal lief, und Ryan merkte, daß er benommen und außer Atem war. Sein Mund stand offen, und er rang nach Luft. Seine Kräfte schienen auf einmal zu schwinden, und er fühlte sich einer Ohnmacht nahe. Die schwarze Limousine setzte einige Meter zurück, sauste dann an ihm vorbei, raste die Straße hinunter und bog nach links in eine Seitenstraße ein. Ryan dachte nicht einmal daran, sich die Nummer zu merken. Die blitzartige Folge der Ereignisse, die sein Verstand immer noch nicht nachvollzogen hatte, betäubte ihn.

Der Mann, auf den er zweimal geschossen hatte, war eindeutig tot. An seinem Hinterkopf bildete sich eine Blutlache, die gut dreißig Zentimeter groß war. Ryan überlief ein Frösteln, als er die Handgranate in der behandschuhten Linken sah. Er beugte sich nach unten, um sich zu vergewissern, daß der Vorsteckstift noch flach an dem hölzernen Griff lag, und kam nachher nur ganz langsam, mühselig wieder hoch. Als nächstes betrachtete er den Rolls.

Die erste Granate hatte das vordere Ende demoliert. Die Räder standen in unmöglichen Winkeln, und die Reifen waren platt. Der Fahrer war tot. Die dicke Windschutzscheibe war wie fortgepustet. Das Gesicht des Fahrers war nur noch eine schwammige rote Masse. Die Trennscheibe zwischen den Vordersitzen und dem Fond war rot verschmiert. Jack ging um den Wagen herum und blickte in den Fond. Er sah einen Mann mit dem Gesicht nach unten am Boden liegen und unter ihm den Zipfel eines Frauenkleides. Er klopfte mit dem Pistolenkolben an das Glas. Der Mann bewegte sich, lag dann wieder still da. Er lebte wenigstens.

Ryan schaute auf seine Pistole. Der Schieber war in der Leerstellung eingerastet. Sein Atem kam jetzt stoßweise. Seine Beine drohten unter ihm nachzugeben, und seine Hände begannen krampfhaft zu zucken, was kurze, scharfe Schmerzwellen in seiner verwundeten Schulter hervorrief. Er blickte sich um und sah etwas, das ihn all das vergessen ließ.

Ein Soldat kam auf ihn zugelaufen, gefolgt von einem Polizeibeamten. Einer von der Palastwache, dachte Jack. Der Mann hatte zwar seine Bärenfellmütze verloren, aber er hielt mit beiden Händen ein automatisches Gewehr mit einem zwanzig Zentimeter langen Stahlbajonett an der Mündung. Ryan fragte sich, ob das Gewehr geladen sei, und kam zu dem Schluß, daß es riskant sein könnte, es darauf ankommen zu lassen. Dies ist ein Posten, sagte er sich, ein Berufssoldat von einem Eliteregiment, der beweisen muß, daß er Mumm hat, ehe sie ihn auf die Akademie schicken, die Attraktionen für Touristen fabriziert. Möglicherweise war er sogar Marineinfanterist. Wie bist du nur so schnell hierher gekommen?

Langsam und sorgfältig streckte Ryan die Pistole auf Armeslänge von sich. Er drückte mit dem Daumen auf den Knopf, der den Schieber ausrasten ließ, und das Magazin fiel scheppernd auf die Straße. Dann drehte er die Waffe um, damit der Soldat sehen konnte, daß sie leer war. Als nächstes legte er sie auf den Boden und trat zwei Schritte zurück. Er versuchte, die Hände zu heben, aber die linke wollte nicht gehorchen. Der Posten lief die ganze Zeit auf ihn zu und sah dabei immer wieder nach links und rechts, ohne ihn eine Sekunde aus dem Blickfeld zu lassen. Drei Meter von ihm entfernt blieb er, das Bajonett auf seine Kehle gerichtet, genau nach den Instruktionen, wie angewurzelt stehen. Seine Brust hob und senkte sich, aber sein Gesicht war eine ausdruckslose Maske. Der Polizist – sein Gesicht war rot angelaufen, und er schrie etwas in ein kleines Funkgerät – hatte ihn noch nicht eingeholt.

«Immer langsam, Kamerad», sagte Ryan, so fest er konnte. «Da liegen zwei von den Killern. Ich gehöre nicht zu ihnen.»

Der Posten verzog keine Miene. Der Junge war tatsächlich ein Profi. Ryan meinte hören zu können, wie er dachte – wie leicht es wäre, ihn mit dem Bajonett zu durchbohren. Er, Ryan wäre im Moment nicht in der Lage, den Stoß zu verhindern oder zu parieren.

«Daddy, Daddy, Daddy!» Ryan wandte den Kopf und sah seine kleine Tochter an den stehenden Autos vorbei in seine Richtung laufen. Sally blieb ungefähr drei Meter von ihm entfernt mit großen, verängstigten Augen stehen. Dann stürzte sie zu ihm, schlang die Arme um seine Beine und krähte den Soldaten an: «Du darfst meinem Daddy nichts tun!»

Der Mann sah verblüfft vom Vater zur Tochter, als auch Cathy sich mit hocherhobenen Händen vorsichtig näherte.

«Sir», sagte sie mit beherrschter, geschäftsmäßiger Stimme, «ich bin Ärztin und werde jetzt diese Wunde versorgen. Sie können also das Gewehr sinken lassen, aber bitte sofort!»

Der Polizist faßte nach der Schulter des Soldaten und sagte etwas, das Jack nicht verstand. Der Mann lockerte sich ein bißchen und ließ seine Waffe wenige Grad sinken. Ryan sah weitere Polizisten auf den Schauplatz rennen, und jetzt näherte sich ein weißer Wagen mit heulender Sirene.

«Du bist wahnsinnig.» Cathy betrachtete die Wunde fachmännisch. Die Jacke von Ryans neuem Anzug wies an der Schulter einen dunklen Fleck auf, und die graue Wolle hatte sich purpurn verfärbt. Er zitterte nun am ganzen Leib. Er konnte sich kaum noch auf den Beinen halten und schwankte unter dem Gewicht Sallys, die sich immer noch an seine Beine klammerte. Cathy nahm seinen rechten Arm und zwang ihn sanft, sich auf die Straße zu setzen und am Wagen anzulehnen. Sie streifte die Jacke von der Wunde und drückte zart seine Schulter. Es fühlte sich gar nicht zart an. Sie langte in seine Gesäßtasche, holte das Taschentuch heraus und drückte es auf die Wunde.

«Das sieht nicht schön aus», bemerkte sie zu sich selbst.

«Daddy, du bist überall voll Blut!» Sally stand jetzt vor ihm, und ihre Arme flatterten wie die Flügel eines jungen Vogels. Jack wollte die Hände nach ihr ausstrecken und sagen, daß alles in Ordnung sei, aber der knappe Meter, der ihn von ihr trennte, hätte ebensogut ein Kilometer sein können, und seine Schulter sagte ihm, daß es absolut nicht in Ordnung war.

Jetzt standen vielleicht zehn Polizisten, die meisten außer Atem, um den Wagen herum. Drei hatten eine Pistole in der Hand und musterten die Neugierigen, die sich ansammelten. Aus westlicher Richtung kamen noch zwei rotberockte Soldaten. Dann erschien ein Polizei-Sergeant. Ehe er etwas sagen konnte, sah Cathy auf und rief im Befehlston: «Rufen Sie sofort einen Krankenwagen.»

«Schon unterwegs, Madam», antwortete der Sergeant überraschend höflich. «Warum überlassen Sie das nicht uns?»

«Ich bin Ärztin», sagte sie kurz. «Haben Sie ein Messer?»

Der Sergeant drehte sich um, zog das Bajonett vom Gewehrlauf des ersten Gardisten und bückte sich, um ihr zu assistieren. Cathy hielt die Jacke und die Weste so, daß er ein Segment herausschneiden konnte, und dann schnitten sie ihm das Hemd von der Schulter. Sie schüttelte das Taschentuch aus. Es war bereits mit Blut getränkt. Jack fing an zu protestieren.

«Halt den Mund.» Sie blickte zu dem Sergeant und deutete auf Sally. «Bringen Sie sie hier weg.»

Der Sergeant winkte den Soldaten zu sich. Er trat zu ihnen und hob Sally hoch. Sie zärtlich an die Brust drückend, brachte er sie ein paar Meter weiter. Jack sah, daß seine kleine Tochter mitleiderregend weinte, aber all das schien weit fort zu sein. Er fühlte, wie seine Haut kalt und feucht wurde – Schock?

«Verdammt», sagte Cathy leise. Der Sergeant gab ihr einen dicken Verband. Sie drückte ihn auf die Wunde, und er färbte sich sofort rot, als sie versuchte, ihn zu befestigen. Ryan stöhnte. Er hatte das Gefühl, jemand traktiere seine Schulter mit einem Beil.

«Was zum Teufel hast du vorgehabt?» fragte sie zwischen zusammengebissenen Zähnen hindurch, während sie mit den Stoffenden hantierte.

Sein plötzlicher Zorn trug dazu bei, den Schmerz zu dämpfen, und er knurrte zurück: «Ich habe es nicht vorgehabt – ich habe es geschafft!» Die Anstrengung, die ihn die paar Worte kostete, beanspruchte die Hälfte seiner Energie.

«Hm-hm», grunzte Cathy. «Auf jeden Fall blutest du wie ein Schwein, mein Bester.»

Aus der entgegengesetzten Richtung kamen noch mehr Männer gelaufen. Ryan hatte den Eindruck, wenigstens hundert vollbesetzte Mannschaftswagen seien mit heulenden Sirenen am Tatort eingetroffen, und nun sprangen die Männer – einige in Uniform, andere in Zivil – heraus und schlossen sich der Gruppe an. Ein uniformierter

Beamter mit üppigeren Schulterstücken fing an, den anderen Befehle zuzurufen. Die Szene war eindrucksvoll. Ein Teil seines Gehirns, der vom Rest getrennt zu sein schien, registrierte sie. Cathy, deren Hände mit seinem Blut beschmiert waren, versuchte immer noch, den Verband richtig anzubringen. Seine Tochter schluchzte keuchend in den Armen eines stämmigen jungen Soldaten, der ihr in einer Sprache, die Jack nicht genau ausmachen konnte, etwas vorzusingen schien. Ihr verzweifelter Blick war auf ihn gerichtet. Der losgelöste Teil seines Verstands fand all das sehr amüsant, bis eine neue Schmerzwelle ihn in die Wirklichkeit zurückrief.

Der Polizeibeamte, der offenbar die Führung übernommen hatte, kam zu ihnen, nachdem er kurz den Tatort besichtigt hatte. «Sergeant, schieben Sie ihn beiseite.»

Cathy sah auf und zischte wütend: «Machen Sie die andere Tür auf, verdammt. Ich hab' hier jemand, der fast verblutet!»

«Die andere Tür ist blockiert, Madam. Lassen Sie mich mit anfassen.» Ryan hörte eine andere Sirene, als sie sich bückten. Die drei hoben ihn einen halben Meter zur Seite, und der ranghöhere Beamte versuchte, die Wagentür zu öffnen. Sie hatten ihn nicht genug weit weggetragen. Als die Tür endlich aufging, erwischte ihn die Kante an der Schulter. Das letzte, was er hörte, ehe er das Bewußtsein verlor, war sein Schrei.

Ryans Augen gewöhnten sich langsam an das Licht, aber sein Verstand war ein verschwommenes, kaleidoskopartiges Ding, das Sachen meldete, die zeitlich und örtlich nicht zueinander paßten. Einen Augenblick lang befand er sich in einem Fahrzeug. Die seitlichen Fahrbewegungen setzten sich, tausend Qualen verursachend, in seinem Brustkasten fort, und in der Ferne, allerdings nicht sehr weit weg, erklang ein scheußliches, mißtönendes Geräusch. Außerdem glaubte er zwei Gesichter zu sehen, die ihm irgendwie bekannt vorkamen. Cathy war ebenfalls da, nicht wahr – nein, da waren einige grüngekleidete Leute. Alles war vage und unscharf, bis auf die brennenden Schmerzen in Schulter und Brust, doch als er die Augen zusammenkniff, waren alle fort. Er war wieder woanders.

Die Decke war weiß und zuerst nackt und glatt. Ryan wußte irgendwie, daß er unter dem Einfluß von Drogen stand. Er erkannte das Gefühl, konnte sich aber nicht erinnern, warum. Er konzentrierte sich einige Minuten, so gut es ging, bis er erkennen konnte, daß die Decke aus weißen, schalldämmenden Kacheln auf einem

Metallrahmen bestand. Einige der Kacheln hatten Wasserflecke und dienten ihm als Bezugspunkte. Andere waren aus durchscheinendem Kunststoff und verdeckten die Beleuchtungskörper. Man hatte ihm etwas unter die Nase gebunden, und jetzt merkte er, daß etwas Kühles in seine Nasenlöcher strömte – Sauerstoff? Seine anderen Sinne meldeten sich nacheinander. Sie begannen, seinen Körper zu erkunden und seinem Gehirn Bericht zu erstatten. Man hatte ihm einige Dinge auf die Brust geklebt, die er nicht sehen konnte. Er spürte, wie sie an den Haaren zupften, mit denen Cathy gern spielte, wenn sie einen Schwips hatte. Seine linke Schulter fühlte sich – nein, er fühlte sie gar nicht. Sein Körper war so schwer, daß er ihn keinen Zentimeter bewegen konnte.

Ein Krankenhaus, folgerte er nach mehreren Minuten. Warum bin ich im Krankenhaus... Er mußte sehr lange nachdenken, bis ihm einfiel, warum er hier war. Als es ihm einfiel, war es ganz gut, daß er nur vernebelt daran denken konnte, daß er einen Menschen getötet hatte.

Ich bin auch getroffen worden, aber warum? Langsam drehte er den Kopf nach rechts. An einem metallenen Infusionsgeräteständer neben dem Bett hing eine Infusionsflasche, deren Gummischlauch unter die Bettdecke führte, wo sie seinen Arm angebunden hatten. Er versuchte, das Kitzeln des Katheters zu spüren, der unterhalb des Ellbogens in der Vene stecken mußte, schaffte es aber nicht. Als nächstes versuchte er den Kopf nach links zu drehen. Etwas Weiches, aber sehr Festes hinderte ihn daran. Selbst seine Neugier auf den Zustand, in dem er sich befand, war unbeständig. Aus irgendeinem Grund kam ihm die Umgebung viel interessanter vor als sein Körper. Er blickte hoch und sah ein Gerät, das wie ein Fernsehapparat aussah, und andere elektronische Instrumente, die er in dem unmöglichen Winkel nicht richtig erkennen konnte. Ein Enzephalograph? Ja, wohl so etwas ähnliches. Es paßte alles zusammen. Er lag im Nachbehandlungszimmer eines Operationssaals, während das chirurgische Team diskutierte, ob er überleben würde. Die Drogen halfen ihm, wunderbar objektiv über das Problem nachzudenken.

«Oh, wir sind ja wach.» Eine Stimme, die nicht aus dem Lautsprecher der Rufanlage kam. Ryan ließ das Kinn fallen und sah eine etwa fünfzigjährige Krankenschwester. Sie hatte ein von jahrelangem Stirnrunzeln gezeichnetes Bette-Davis-Gesicht. Er versuchte, etwas zu ihr zu sagen, aber sein Mund war wie zugeklebt. Was herauskam, war eine Mischung von Röcheln und Krächzen. Die Schwester verschwand, während er noch überlegte, wie der Ton eigentlich geklungen hatte.

Ungefähr eine Minute darauf trat ein Mann zu ihm ans Bett. Er war auch in den Fünfzigern, groß und hager, und trug einen grünen Chirurgenkittel. An seinem Hals hing ein Stethoskop, und er schien etwas zu tragen, das Ryan nicht richtig sehen konnte. Er wirkte ziemlich erschöpft, lächelte aber befriedigt.

«Aha», sagte er. «Wir sind wach. Wie fühlen wir uns?» Diesmal brachte Ryan ein einwandfreies Krächzen zustande. Der Arzt – ? – nickte der Schwester zu. Sie trat vor und ließ Ryan durch einen Strohhalm einen Schluck Wasser trinken.

«Danke.» Das Wasser schwappte in seinem Mund. Er hatte nicht die Kraft zu schlucken. Seine Mundschleimhäute schienen die Flüssigkeit aber schnell zu absorbieren. «Wo bin ich?»

«Sie sind in der Chirurgie des St. Thomas Hospital. Sie erholen sich von einem Eingriff in Ihrem linken Oberarm und in der Schulter. Ich habe Sie operiert. Meine Leute und ich haben ungefähr, warten Sie, ungefähr sechs Stunden an Ihnen gearbeitet, und es hat den Anschein, als würden Sie durchkommen», fügte er salbungsvoll hinzu.

Ryan dachte langsam und träge, der britische Humor, so bewundernswert er sonst sein mochte, sei für diese Situation ein wenig zu trocken. Er legte sich gerade eine Antwort zurecht, als Cathy in sein Gesichtsfeld trat. Die Bette-Davis-Schwester traf Anstalten, sie abzuwehren.

«Entschuldigen Sie, Mrs. Ryan, aber nur medizinisches Personal...»

«Ich bin Ärztin.» Sie hielt einen kleinen Plastikausweis hoch. Der Chirurg prüfte ihn.

«Wilmer-Augeninstitut, Johns Hopkins Hospital.» Der Mann streckte die Hand aus und schenkte Cathy ein freundliches Kollegenlächeln. «Guten Tag, Doktor. Ich bin Charles Scott.»

«Sir Charles Scott? Professor Scott?»

«Eben der.» Ein mildes Lächeln. Wer hat es nicht gern, wenn man ihn erkennt? dachte Ryan, der die Szene von hinten beobachtete.

«Einer von meinen Lehrern kennt Sie – Professor Knowles.»

«Ach, wie geht es Dennis?»

«Sehr gut, Doktor. Er ist jetzt außerordentlicher Professor für

Orthopädie.» Cathy kam schnell wieder zur Sache. «Haben Sie die Röntgenaufnahmen hier?»

«Ja.» Scott hielt einen braunen Umschlag hoch und zog ein großes Negativ heraus. Er hielt es vor einen beleuchteten Schirm. «Das war vor dem Eingriff.»

«O Gott!» Cathy kräuselte die Nase. Sie setzte die Brille mit den halben Gläsern auf, die sie bei solchen Gelegenheiten benutzte, die Brille, die Jack haßte. Er beobachtete, wie sie den Kopf langsam von einer Seite zur anderen bewegte. «Ich habe nicht geahnt, daß es *so* schlimm war.»

Professor Scott nickte. «Leider war es das. Wir nehmen an, daß das Schlüsselbein gebrochen war, ehe er angeschossen wurde. Eine Neun-Millimeter-Kugel ist kein Pappenstiel. Wie Sie sehen, war der Schaden erheblich. Wir hatten viel Mühe, all die Knochensplitter zu finden und wieder einzupassen, aber... hier ist das Ergebnis.» Scott hielt ein zweites Negativ neben das erste. Cathy sagte einige Sekunden nichts und ruckte den Kopf hin und her.

«Gute Arbeit, Doktor.»

Sir Charles' Lächeln wurde ein Grad wohlwollender. «Von einer Johns-Hopkins-Chirurgin nehme ich das Kompliment an. Diese beiden Nägel sind permanent, und ich fürchte, die Schraube auch, aber alles andere dürfte gut verheilen. Wie Sie sehen können, sind alle größeren Splitter wieder da, wo sie hingehören, und wir haben allen Grund, mit einer vollständigen Verheilung rechnen zu können.»

«Wie groß wird die Beeinträchtigung sein?» Eine nüchterne Frage. Es war entnervend, aber in beruflichen Dingen konnte Cathy kalt wie eine Hundeschnauze sein.

«Wir sind noch nicht ganz sicher», antwortete Scott langsam. «Wahrscheinlich eine geringfügige Gebrauchsminderung, aber es dürfte nicht allzu schlimm sein. Wir können nicht garantieren, daß die Funktion ganz wiederhergestellt wird – dafür war der Schaden zu groß.»

«Könnten Sie es vielleicht so ausdrücken, daß ich es verstehe?» Ryan versuchte zornig zu klingen, aber es kam nicht richtig heraus.

«Selbstverständlich, Mr. Ryan. Sie werden den linken Arm wahrscheinlich nicht wieder in dem Maße gebrauchen können wie vorher, aber wie groß die Beeinträchtigung sein wird, läßt sich noch nicht sagen. Außerdem haben Sie nun ein eingebautes Barometer. Jedesmal, wenn das Wetter umschlägt, werden Sie es vor allen anderen wissen.»

«Wie lange muß der Gips bleiben?» fragte Cathy.

«Mindestens einen Monat.» Sein Tonfall war entschuldigend. «Ich weiß, es ist schrecklich hinderlich, aber wir müssen die Schulter mindestens so lange vollkommen ruhigstellen. Danach werden wir uns den Heilungsprozeß ansehen und wahrscheinlich einen normalen Gipsverband anlegen, der etwa... noch einen Monat oder ein wenig länger draufbleiben sollte. Ich setze voraus, daß die Wunde gut heilt und keine allergischen Reaktionen auftreten. Ihr Mann scheint in ganz guter Verfassung zu sein, körperlich einwandfrei in Form.»

«Ja, nur daß manchmal eine Schraube locker ist», sagte Cathy mit einem gereizten Unterton in ihrer müden Stimme.

«Schön», sagte Sir Charles. «Sie sehen also, daß Ihr Mann in guten Händen ist. Ich werde Sie jetzt fünf Minuten allein lassen. Dann sollte er ausruhen, und Sie sehen auch aus, als könnten Sie etwas Ruhe gebrauchen.» Der Chirurg verließ das Zimmer mit Bette Davis im Gefolge.

Cathy trat näher ans Bett und war jetzt nur noch besorgte Ehefrau. Ryan sagte sich vielleicht schon zum tausendstenmal, wie glücklich er sich schätzen konnte, sie zu haben. Caroline Ryan hatte ein kleines rundes Gesicht, kurzes strohblondes Haar und die hübschesten blauen Augen von der Welt. Hinter diesen Augen steckte eine Intelligenz, die der seinen mindestens gewachsen war, ein Mensch, den er so liebte, wie ein Mann eine Frau nur lieben kann. Er würde nie begreifen, wie er es geschafft hatte, sie zu erobern. Mit seinem struppigen Bart und seinem viereckigen Kinn nahm er sich neben ihr aus wie ein Waldläufer.

«Schatz», sagte er leise.

«Oh, Jack.» Sie versuchte ihn zu umarmen, aber der Gips – den er nicht mal sehen konnte – kam ihr in die Quere. «Jack, warum zum Teufel hast du das getan?»

Er hatte sich bereits eine Antwort auf diese Frage zurechtgelegt. «Es ist alles vorbei, und ich bin noch am Leben, okay? Wie geht es Sally?»

«Ich glaube, sie schläft jetzt endlich. Sie ist unten, ein Polizist ist bei ihr.» Cathy sah wirklich todmüde aus. «Wie sieht es wohl in ihrem Innern aus? Mein Gott, sie hat zugesehen, wie du um ein Haar getötet wurdest. Wir sind beide fast vor Angst gestorben.» Jack sah, daß ihre porzellanblauen Augen rotgerändert waren, und ihr Haar sah schrecklich aus. Nun ja, sie konnte sowieso nie viel aus ihrem Haar machen. Die OP-Masken ruinierten es immerzu.

«Ja, ich weiß. Aber es sieht so aus, als würde ich mich eine ganze Weile nicht mehr auf diese Art und Weise betätigen können», grunzte er. «Es sieht übrigens so aus, als würde ich mich eine Weile überhaupt nicht mehr betätigen können.» Das rief ein Lächeln hervor. Es tat gut, sie lächeln zu sehen.

«Um so besser. Du mußt mit deinen Kräften haushalten. Vielleicht wird dir dies eine Lehre sein – und erzähl mir nichts von all den Hotelbetten, die nun brachliegen werden.» Sie drückte seine Hand. Ihr Lächeln wurde schelmisch. «In ein paar Wochen werden wir uns sicher etwas einfallen lassen. Wie sehe ich aus?»

«Zum Weglaufen.» Jack lachte leise. «Ich nehme an, dieser Arzt ist eine Kapazität?»

Er sah, wie sie sich etwas entspannte. «Das kann man wohl sagen. Sir Charles Scott ist einer der besten Orthopäden der Welt. Er hat Professor Knowles ausgebildet – und er hat ein Meisterstück an dir vollbracht. Mein Gott, du kannst von Glück sagen, daß du noch einen linken Arm hast.»

2

Ryan wachte um fünf nach halb sieben auf. Er wußte es, weil im Radio ein Discjockey die Zeit ansagte. Jack wäre froh gewesen, sich einfach wieder vom Schlaf übermannen zu lassen. Er machte die Augen zu und versuchte zu entspannen, aber es hatte keinen Sinn. Die Maschine war sehr früh von Dulles Airport gestartet, kaum drei Stunden, nachdem sie aufgestanden waren. Er hatte im Flugzeug nicht geschlafen – er konnte das einfach nicht –, aber Fliegen strengte ihn an, und er war kurz nach der Ankunft im Hotel ins Bett gegangen. Wie lange hatte er dann bewußtlos im Krankenhaus gelegen? Zu lange, wurde ihm klar. Er war gründlich ausgeschlafen. Er mußte anfangen, der Wirklichkeit wieder ins Auge zu sehen. Er lag in einem anderen Zimmer, und ...

Das Wichtigste zuerst. Ryan versuchte, seine Finger zu bewegen, die aus einem Gipsverband hervorstanden, als hätte der Chirurg sie vergessen. Es dauerte mehrere Sekunden, bis sie seinem zentralen Nervensystem gehorchten. Er atmete langsam aus und schloß die Augen, um Gott dafür zu danken. Ungefähr dort, wo sein Ellbogen war, kam eine Metallschiene herunter und vereinte sich mit dem Gips, der, wie Ryan nun sah, an seinem Hals anfing und diagonal bis zur Taille lief. Der Chirurg hatte davon gesprochen, daß sie die Schulter ruhigstellen müßten, und, dachte Ryan düster, es war kein Witz gewesen. Seine Schulter schmerzte auf eine dumpfe, unbestimmte Weise, die noch einiges versprach. Er hatte einen Geschmack im Mund wie ein Pißbecken, und der Rest seines Körpers war steif und wund. Er wandte den Kopf zur anderen Seite.

«Ist da jemand?» fragte er schwach.

«Oh, hallo.» An der Bettkante erschien ein Gesicht. Jünger als Ryan, etwa Mitte zwanzig, schlank. Er hatte die Krawatte gelockert, und unter dem Sakko konnte man den Rand eines Schulterhalfters sehen. «Wie fühlen Sie sich, Sir?»

Ryan versuchte zu lächeln, ohne sich des Erfolgs sicher zu sein. «Ungefähr so, wie ich aussehe, nehme ich an. Wo bin ich, wer sind Sie – aber zuerst hätte ich gern ein Glas Wasser.»

Der Kriminalbeamte goß Eiswasser aus einer Plastikkanne in einen Plastikbecher. Ryan langte mit der rechten Hand danach, ehe er bemerkte, daß sie anders als beim letzten Aufwachen nicht angebunden war. Jetzt konnte er fühlen, wo der Katheter gewesen war. Gierig sog er das Wasser durch den Strohhalm auf. Es war nur Wasser, aber kein Bier nach harter Arbeit hatte je besser geschmeckt. «Danke, mein Sohn.»

«Ich heiße Anthony Wilson. Ich soll auf Sie aufpassen. Sie sind in der VIP-Suite des St. Thomas Hospital. Erinnern Sie sich, warum Sie hier sind, Sir?»

«Ja, ich glaube.» Ryan nickte. «Könnten Sie mich von diesem Ding loshaken? Ich muß mal.»

«Ich läute nach der Schwester – da.» Wilson drückte auf den Knopf, der an den Rand von Ryans Kopfkissen geklammert war.

Weniger als fünfzehn Sekunden später kam eine Schwester ins Zimmer und knipste die Deckenbeleuchtung an. Grelles Licht blendete Jack einen Moment lang, ehe er sah, daß eine neue Schwester eingetreten war, nicht Bette Davis. Diese war jung und hübsch, mit dem eifrigen fürsorglichen Ausdruck, der für Krankenschwestern typisch ist. Ryan kannte ihn von früher und mochte ihn nicht leiden.

«Oh, wir sind wach», sagte sie munter. «Wie geht es uns heute?»

«Fabelhaft», brummte Ryan. «Könnten Sie mich loshaken? Ich muß aufs Klo.»

«Wir dürfen noch nicht aufstehen, Doktor Ryan.» Sie hatten ihr sogar eingetrichtert, daß er einen Doktortitel hatte. Ob sie auch schon wußte, daß er nur Historiker war? «Warten Sie, ich hole Ihnen was.» Sie lief aus dem Zimmer, ehe er widersprechen konnte. Wilson sah ihr anerkennend nach. Bullen und Krankenschwestern, dachte Ryan. Sein Dad hatte eine Krankenschwester geheiratet; er hatte sie kennengelernt, als er einen Angeschossenen in der Notaufnahme eingeliefert hatte.

Die Schwester – auf dem Namensschild stand KITTIWAKE – kam in weniger als einer Minute mit einer Nirosta-Bettente zurück, die sie wie ein kostbares Geschenk trug. Was es unter diesen Umständen auch ist, räumte Ryan stumm ein. Sie schlug die Decke zurück, und Jack wurde plötzlich klar, daß er das Krankenhausnachthemd nicht richtig anhatte – es war nur am Hals zugebunden, und zu allem Überfluß traf die Schwester nun auch noch die notwendigen Vorbereitungen, damit er die Ente benutzen konnte. Seine rechte Hand sauste nach unten, um sie ihr aus der Hand zu nehmen. Er dankte Gott heute zum zweitenmal, diesmal dafür, daß er gerade weit genug nach unten langen konnte.

«Könnten Sie, hm, würden Sie mich eine Minute entschuldigen?» Ryan schickte die Schwester aus dem Zimmer, und sie ging, ihre Enttäuschung hinter einem Lächeln verbergend. Er wartete, bis die Tür geschlossen war, ehe er weitermachte. Aus Rücksicht auf Wilson unterdrückte er einen erleichterten Seufzer. Kittiwake stand wieder im Zimmer, nachdem sie bis sechzig gezählt hatte.

«Danke.» Ryan reichte ihr das Behältnis, und sie verschwand erneut. Die Tür war kaum ins Schloß gefallen, als sie schon wieder neben ihm stand. Diesmal schob sie ihm ein Fieberthermometer in den Mund und packte sein Handgelenk, um den Puls zu fühlen. Das Thermometer gehörte zu der neuen elektronischen Sorte, und beide Aufgaben waren in fünfzehn Sekunden erledigt. Ryan fragte nach dem Ergebnis und bekam als Antwort ein Lächeln. Das Lächeln blieb, während sie die Einträge auf dem Krankenblatt machte. Nachher zupfte sie, Ryan anstrahlend, das Laken ein wenig zurecht. Kleine Miss Tüchtig, dachte er bei sich. Diese Ziege wird mir noch auf den Wecker fallen.

«Kann ich sonst noch etwas für Sie tun, Herr Doktor?» fragte sie. Ihre braunen Augen straften das weizenblonde Haar Lügen. Sie war zum Anbeißen. Sie wirkte taufrisch. Ryan war unfähig, hübschen Frauen lange zu grollen, und konnte sie deshalb nicht ausstehen. Besonders hübsche Krankenschwestern, die zum Anbeißen aussahen.

«Kaffee?» fragte er hoffnungsvoll.

«Frühstück gibt es erst in einer Stunde. Kann ich Ihnen eine Tasse Tee bringen?»

«Sehr gut.» Es war *nicht* sehr gut, aber so war er sie für eine Weile los. Schwester Kittiwake segelte mit ihrem Unschuldslächeln aus dem Zimmer.

«Krankenhäuser!» zischte Ryan, als sie gegangen war.

«Oh, ich weiß nicht», bemerkte Wilson, der Schwester Kittiwake noch zu frisch im Gedächtnis hatte.

«Sie sind auch nicht derjenige, dem sie die Windeln wechseln», grunzte Ryan und legte sich aufs Kopfkissen zurück. Er wußte, es war zwecklos, sich dagegen zu wehren. Zwecklos. Er hatte es schon zweimal mitgemacht, beide Male mit hübschen jungen Krankenschwestern. Wenn man mürrisch war, gaben sie sich um so mehr Mühe, atemberaubend nett zu sein – die Zeit war auf ihrer Seite, und sie hatten genug Geduld, um jeden zu zermürben. Er seufzte resigniert. Es lohnte die Energieverschwendung nicht. «Sie sind also ein Bulle, ja? Special Branch?»

«Nein, Sir. Ich bin bei C-13, Antiterror-Abteilung.»

«Können Sie mir sagen, was gestern alles passiert ist? Ich habe wohl ein paar Sachen verpaßt.»

«An wieviel können Sie sich erinnern, Doktor?» Wilson zog seinen Stuhl näher. Ryan registrierte, daß er der Tür halb zugewandt blieb und seine rechte Hand frei hielt.

«Ich sah, das heißt, ich hörte eine Explosion, ich glaube von einer Handgranate, und als ich mich umdrehte, sah ich zwei Burschen, die einen Rolls-Royce durchsiebten. IRA, vermute ich. Ich wurde mit zwei von ihnen fertig, ein dritter entkam in einem Wagen. Dann fuhr die Polizei vor, und ich trat weg und wachte hier wieder auf.»

«Nicht IRA. ULA – Ulster Liberation Army, ein maoistischer Ableger der IRA. Üble Kerle. Getötet haben Sie John Michael McCrory, einen sehr gefährlichen Kerl aus Londonderry, einen von den Burschen, die letzten Juni aus dem Hochsicherheitsgefängnis entkommen sind. Dies war das erstemal, daß er wieder aufgetaucht ist. Und das letzte.» Wilson lächelte kalt. «Den anderen haben wir noch nicht identifizieren können.»

«ULA?» Ryan dachte nach. Er erinnerte sich, das Kürzel gehört zu haben, aber darüber konnte er nicht sprechen. «Dieser Bursche... den ich getötet habe. Er hatte ein AK, aber als ich um den Wagen herumkam, benutzte er eine Pistole. Warum?»

«Der Idiot hat es blockiert. Das zweite Magazin war oben verbogen. Ein Glück für Sie. Sie haben gewußt, daß Sie sich mit jemandem anlegten, der ein Kalaschnikoff hatte?» Wilson sah ihn unverwandt an.

Jack nickte. «Klingt nicht sehr intelligent, nicht?»

«Sie sind ein verdammter Narr.» Wilson sagte es in dem Moment, in dem Kittiwake mit einem Teetablett hereinkam. Sie bedachte den Kriminalbeamten mit einem sehr mißbilligenden Blick, während sie das Tablett auf den Nachttisch stellte und ihn dann vorrollte. Kittiwake machte ein paar zierliche Handgriffe und schenkte Ryan ein wie eine Gastgeberin aus dem Westend. Wilson mußte sich selbst bedienen.

«Aber wer war in dem Auto?» fragte Ryan. Er registrierte starke Reaktionen.

«Sie haben es nicht gewußt?» fragte Kittiwake verblüfft.

«Ich hatte nicht genug Zeit, um es festzustellen.» Ryan schüttete zwei Tütchen braunen Zucker in seine Tasse. Er rührte abwesend um, als Wilson seine Frage beantwortete.

«Der Prinz und die Prinzessin von Wales. Und ihr neugeborenes Baby.»

Ryans Kopf fuhr herum. «Was?»

«Sie haben es wirklich nicht gewußt?» fragte die Schwester.

«Es ist also kein Witz», stellte Ryan gelassen fest. Über so etwas würden sie keine Witze machen, nicht wahr?

«Verdammt, nein», fuhr Wilson mit erstaunlich gleichmütiger Stimme fort. Nur die Wahl der Worte verriet, wie sehr die Geschichte ihn mitnahm. «Ohne Sie wären die drei mausetot, und deshalb sind Sie jetzt ein verdammter Held, Doktor.» Er trank seine Tasse aus und fingerte eine Zigarette aus einer Schachtel.

Ryan stellte seine Tasse hin. «Sie meinen, Sie lassen die Königliche Familie hier ohne Polizei oder Secret Service, oder wie immer Sie es nennen, herumfahren? Ohne Eskorte?»

«Vielleicht war die Fahrt nicht vorher angemeldet. Aber ich habe nichts mit den Sicherheitsmaßnahmen für die königliche Familie zu tun. Ich würde allerdings sagen, daß die Leute, die was damit zu tun haben, jetzt einige Dinge überdenken werden», bemerkte Wilson.

«Sie sind nicht verletzt worden?»

«Nein, aber ihr Fahrer ist tot. Ihr Sicherheitsmann vom Diplomatenschutz auch. Er hieß Charlie Winston. Ich kannte ihn. Er hatte eine Frau und vier erwachsene Kinder.»

Ryan gab zu bedenken, daß der Rolls schußsichere Scheiben hätte haben sollen.

Wilson grunzte. «Er *hatte* schußsichere Scheiben. In Wirklichkeit Plastikscheiben, ein ganz neues Material. Leider scheint kein Mensch gelesen zu haben, was auf der Verpackung stand. Die Garantie läuft nur ein Jahr. Sonne scheint das Zeug irgendwie zu zersetzen. Die Windschutzscheibe war nicht mehr wert als gewöhnliches Sicherheitsglas. Unser Freund McCrory hat dreißig Kugeln hineingepumpt, und die haben die Scheibe einfach weggepustet und den Fahrer getötet. Die innere Trennscheibe war zum Glück nicht der Sonne ausgesetzt gewesen und hat deshalb gehalten. Als letztes drückte Charlie noch den Knopf, der sie hochhebt. Das hat sie wahrscheinlich auch gerettet – und ihm geschadet. Er hatte zwar noch genug Zeit, seine automatische Pistole zu ziehen, aber wir glauben nicht, daß er noch einen Schuß abfeuern konnte.»

Ryan versuchte sich zu erinnern. Hinten im Rolls-Royce war Blut gewesen, nicht nur Blut. Der Kopf des Fahrers war zerfetzt worden, und sein Gehirn war in den Fond gespritzt. Jack zuckte zusammen, als er es sich vorstellte. Der Begleiter hatte sich wahrscheinlich zur Seite gebeugt, ehe er sich verteidigte... Na ja, dachte Ryan, genau das, wofür sie bezahlt werden. Scheißberuf.

«Es war ein Glück, daß Sie in eben dem Moment dazukamen. Es hatten nämlich beide Handgranaten.»

«Ja, ich habe eine gesehen.» Ryan trank den letzten Schluck von seinem Tee. Kittiwake sah, wie er blaß wurde.

«Sie haben doch nichts?» fragte sie.

«Nein», entgegnete Ryan. «In Anbetracht dessen, wie blöd ich war, geht es mir sehr gut. Ich müßte eigentlich tot sein.»

«Nun, soweit werden wir es hier bestimmt nicht kommen lassen.» Sie tätschelte seine Hand. «Läuten Sie bitte, wenn Sie etwas brauchen.» Wieder ein strahlendes Lächeln, und sie ging.

Ryan schüttelte immer noch den Kopf. «Der andere ist entwischt?»

Wilson nickte. «Wir haben sein Auto ein paar Straßen weiter an einer U-Bahnstation gefunden. Es war natürlich gestohlen. Es war kein großes Problem für ihn, sich aus dem Staub zu machen. Zuerst die U-Bahn. Wahrscheinlich nach Heathrow, und dann mit einer Maschine weg zum Kontinent, sagen wir nach Brüssel, und von dort aus mit einer anderen Maschine nach Ulster oder in die Republik Irland und dann einfach mit dem Wagen nach Haus. Das wäre eine Route, es gibt noch andere, und es ist unmöglich, sie alle zu kontrollieren. Gestern abend hat er sicher schon in seinem Lieblingspub gestanden und ein Bier getrunken und in aller Ruhe die Nachrichten gehört. Haben Sie ihn gesehen?»

«Nein, nur eine Gestalt. Genau danach kam der Soldat angerannt.» Ryan zuckte wieder zusammen. «Jesus, ich dachte, er würde mich abstechen wie ein Schwein. Eine Sekunde lang hatte ich alles vor Augen – ich tue eine gute Tat und werde von der Palastwache abgemurkst.»

Wilson lachte. «Sie wissen nicht, was für ein Glück Sie hatten. Die Truppe, die den Palast im Augenblick bewacht, ist von der Walisischen Garde.»

«Und?»

«Das Leibregiment Seiner Königlichen Hoheit. Er ist ihr kommandierender Colonel. Sie standen mit einer Pistole in der Hand da – wie hätte er denn reagieren sollen?» Wilson drückte seine Zigarette aus. «Es war ein Riesenglück für Sie, daß Ihre Tochter und Ihre Frau zu ihnen gelaufen kamen und daß der Soldat beschloß, so lange zu warten, bis er die Lage einigermaßen überblickte. Und dann kam unser Mann und löste ihn ab.»

«Mit meiner Familie ist alles in Ordnung?»

Wilson lächelte ein bißchen merkwürdig. «Sie sind in besten Händen, Doktor. Darauf kann ich Ihnen mein Wort geben.»

«Sagen Sie Jack zu mir.»

«Sehr gut. Meine Freunde nennen mich Tony.» Endlich war es soweit, daß sie sich die Hand gaben. «Und wie ich schon sagte, Sie sind jetzt der große Held. Wollen Sie wissen, was die Zeitungen schreiben?» Er reichte Ryan einen *Daily Mirror* und eine *Times*.

«Großer Gott!»

Ein Foto von ihm – wie er bewußtlos am Rolls saß – nahm fast die ganze erste Seite des Boulevardblatts *Daily Mirror* ein. Seine Brust war eine rote Masse.

ANSCHLAG AUF CHARLES UND DI
RETTER EIN US-MARINEINFANTERIST

Ein mutiger amerikanischer Tourist vereitelte heute einen Mordanschlag auf Ihre Königlichen Hoheiten den Prinzen und die Prinzessin von Wales, der in Sichtweite des Buckingham-Palasts stattfand.

John Patrick Ryan, Historiker und früher Leutnant der Marineinfanterie der Vereinigten Staaten, griff die Attentäter in der Mall unbewaffnet an, während über hundert Londoner in ungläubigem Entsetzen zusahen. Der 31jährige Ryan aus Annapolis, Maryland, machte einen der Schützen kampfunfähig, bemächtigte sich seiner Waffe und erschoß damit den anderen. Er wurde dabei schwer verwundet. Ein Krankenwagen brachte ihn ins St. Thomas Hospital, wo Sir Charles Scott unverzüglich einen Noteingriff vornahm.

Angeblich ist ein dritter Terrorist entkommen, indem er die Mall in östlicher Richtung entlangfuhr und dann in die Marlborough Road nach Norden bog.

Hohe Polizeibeamte äußerten die Überzeugung, daß Ihre Hoheiten ohne Ryans Eingreifen zweifellos ums Leben gekommen wären.

Ryan blätterte um und sah noch ein Farbfoto von sich, eines aus glücklicheren Tagen. Es war das Erinnerungsfoto von dem Tag, als er in Quantico sein Leutnantspatent bekommen hatte, und er mußte lächeln über den stolzen jungen Mann in dem blauen Rock mit zwei goldenen Streifen und dem gegürteten Türkensäbel. Es war eine der wenigen anständigen Aufnahmen, die je von ihm gemacht worden waren.

«Woher haben Sie das?»
«Oh, Ihre Kameraden von der Marineinfanterie waren sehr gefällig. Eines von Ihren Schiffen, ein Hubschrauberträger oder so was, liegt nämlich gerade in Portsmouth. Nachdem wir den Ausweis des Vereins ehemaliger Green Berets bei Ihnen fanden, ergab sich alles andere von selbst. Wie ich höre, kriegen Ihre Kameraden seit gestern abend so viel Freibier, wie sie wollen.»
Ryan lachte. Dann nahm er die *Times*, deren Schlagzeilen kaum weniger marktschreierisch waren:

> Der Prinz und die Prinzessin von Wales entrannen heute nachmittag knapp dem sicheren Tod. Drei, möglicherweise vier mit Kalaschnikoff-Kampfgewehren und Handgranaten bewaffnete Terroristen lauerten ihrem Rolls-Royce auf, und der Anschlag wurde nur durch das kühne Eingreifen eines jungen Amerikaners vereitelt. Der Retter heißt J. P. Ryan, war früher Leutnant bei der US-Marineinfanterie und arbeitet heute als Historiker...

Ryan blätterte zur Seite mit den Leitartikeln. Der erste, vom Verleger unterzeichnete, forderte Vergeltung, lobte Ryan, Amerika und die US-Marineinfanterie und dankte der göttlichen Vorsehung mit Wendungen, die einer päpstlichen Bulle würdig waren.

«Na, zufrieden?» Ryan sah auf. Sir Charles Scott stand mit dem Krankenblatt am Fußende des Betts.
«Ich stehe zum erstenmal in der Zeitung.» Ryan legte sie hin.
«Sie haben es verdient, und der Schlaf scheint Ihnen gutgetan zu haben. Wie fühlen Sie sich?»
«Nicht schlecht, in Anbetracht der Umstände. Wie geht es mir?» fragte Ryan.
«Puls und Temperatur sind normal – fast normal. Mit ein bißchen

Glück könnten wir sogar eine postoperative Infektion vermeiden, obgleich ich nicht darauf wetten würde», sagte der Arzt. «Wie schlimm sind die Schmerzen?»

«Na ja, ich kann damit leben», antwortete Ryan vorsichtig.

Ryans Karriere bei den Marines hatte bereits nach drei Monaten bei einem Nato-Manöver mit einem Hubschrauberabsturz an der Küste Kretas geendet. Er hatte eine Rückenverletzung davongetragen und war ins Bethesda Naval Medical Center bei Washington gelegt worden, wo die Ärzte etwas zu großzügig mit den Schmerzmitteln umgegangen waren, so daß er nachher zwei Wochen gebraucht hatte, um von ihnen loszukommen. Es war eine Erfahrung, die er nicht wiederholen wollte.

Sir Charles nickte nachdenklich. «Das habe ich mir gedacht. Nun, es ist Ihr Arm.» Die Schwester kam wieder ins Zimmer, als er ein paar Einträge auf dem Krankenblatt machte. «Drehen Sie das Bett bitte etwas hoch.»

Ryan hatte nicht bemerkt, daß das Gestell, an dem sein Arm hing, in Wirklichkeit rund war. Als das Kopfende höher gestellt wurde, sank sein Arm in eine angenehmere Stellung. Der Arzt schaute über die Brillengläser hinweg auf seine Finger.

«Würden Sie sie bitte bewegen?» Ryan tat es. «Gut, sehr gut. Ich glaube nicht, daß ein Nerv geschädigt ist. Doktor Ryan, ich werde Ihnen etwas Harmloses verschreiben, gerade genug, um den Schmerzen die Spitze zu nehmen. Aber ich möchte, daß Sie alles einnehmen, was ich verschreibe.» Scott beugte sich etwas tiefer und sah Ryan an. «Ich habe noch nie einen Patienten mit Tablettensucht gehabt, und ich möchte nicht mit Ihnen anfangen. Seien Sie nicht dickköpfig – Schmerzen und Beschwerden würden den Genesungsprozeß verlangsamen. Ich nehme doch nicht an, Sie *wollen* mehrere Monate im Krankenhaus bleiben?»

«Ich habe verstanden, Sir Charles.»

«Sehr schön.» Der Chirurg lächelte. «Falls Sie meinen, daß Sie etwas Stärkeres brauchen, ich werde den ganzen Tag dasein. Läuten Sie einfach nach Schwester Kittiwake.»

Die eigentliche Polizeimacht kam gegen halb neun. In der Zwischenzeit hatte Ryan es geschafft, sein Krankenhausfrühstück zu essen und sich ein bißchen frisch zu machen. Das Frühstück war eine gewaltige Enttäuschung gewesen, und Wilson schüttelte sich vor Lachen über Ryans Kommentar – aber er hatte Kittiwake so traurig gemacht, daß er sich veranlaßt sah, alles zu essen, sogar die eingeweichten Backpflaumen, die er schon als kleiner Junge gehaßt hatte. Erst danach war ihm klargeworden, daß ihr Verhalten wahrscheinlich nur ein Trick gewesen war, mit dem sie ihn dazu bringen wollte, den ganzen Schleim zu essen. Krankenschwestern, rief er sich ins Gedächtnis, sind trickreich. Um acht war ein Pfleger gekommen, um ihm beim Waschen zu helfen. Ryan rasierte sich, während der Pfleger den Spiegel hielt und jedesmal, wenn er sich einen Schnitt zufügte, mit der Zunge schnalzte. Vier Schnitte – normalerweise rasierte er sich elektrisch und hatte seit Jahren keine nackte Klinge mehr gesehen. Um halb neun hatte er das Gefühl, wieder einigermaßen menschlich auszusehen. Kittiwake hatte ihm eine zweite Tasse Kaffee gebracht. Er war nicht sehr gut, aber es war Kaffee.

Es waren drei Kriminalbeamte, sehr ranghohe, dachte Ryan, denn Wilson sprang auf wie angestochen und hastete hin und her, um ihnen Stühle zurechtzurücken, ehe er sich zurückzog.

James Owens schien der ranghöchste zu sein, und er erkundigte sich nach Ryans Zustand, so höflich, daß es wahrscheinlich aufrichtig gemeint war. Er erinnerte Ryan an seinen Vater – ein grobschlächtiger Mann, der, seinen knotigen Händen nach zu urteilen, mehr als ein paar Jahre dem Gesetz als Streifenpolizist auf die mühsame Weise Geltung verschafft hatte, ehe er zum Commander befördert worden war.

Chief Superintendent William Taylor war etwa vierzig, jünger als sein Kollege von der Antiterror-Abteilung und gewandter. Beide Kriminalbeamte waren gut gekleidet und hatten die rotgeränderten Augen, die von einer durchgearbeiteten Nacht zeugen. David Ashley war der jüngste und bestgekleidete von den dreien. Ungefähr Ryans Größe und Gewicht, vielleicht fünf Jahre älter. Er bezeichnete sich als Vertreter des Innenministeriums und wirkte bedeutend angenehmer als die anderen beiden.

«Sind Sie ganz sicher, daß Sie sich einer Befragung gewachsen fühlen?» sagte Taylor.

Ryan zuckte mit den Schultern. «Warum soll ich es auf die lange Bank schieben?»

Owens nahm einen Kassettenrecorder aus seiner Aktenmappe und stellte ihn auf den Nachttisch. Er schloß zwei Mikrofone an und richtete das eine auf Ryan, das andere auf sich und seine Kollegen. Er drückte die Aufnahmetaste und sagte Datum, Uhrzeit und Ort an.

«Doktor Ryan», fragte Owens förmlich, «wissen Sie, daß dieses Gespräch aufgezeichnet wird?»

«Ja, Sir.»

«Und haben Sie irgendwelche Einwände dagegen?»

«Nein, Sir. Darf ich etwas fragen?»

«Sicher», antwortete Owens.

«Wirft man mir etwas vor? Wenn ja, würde ich mich gern mit meiner Botschaft in Verbindung setzen und einen Anwalt...» Ihm war mehr als nur ein wenig unbehaglich zumute, im Mittelpunkt der Aufmerksamkeit höchster Polizeibeamter zu stehen, aber das Schmunzeln von Mr. Ashley ließ ihn innehalten. Er bemerkte, daß die anderen ihm die Antwort überließen.

«Doktor Ryan, Sie scheinen etwas in den falschen Hals bekommen zu haben. Um Sie zu beruhigen: wir haben nicht die mindeste Absicht, Ihnen irgend etwas vorzuwerfen. Wenn wir das täten, säßen wir sicher vor Feierabend auf der Straße und müßten uns einen neuen Job suchen.»

Ryan nickte und gab sich Mühe, seine Erleichterung nicht zu zeigen. Er war nicht sicher gewesen, hatte nur gewußt, daß das Gesetz nicht immer logisch sein muß. Owens fing an, seine Fragen von einem gelben Notizblock abzulesen.

«Würden Sie uns bitte Ihren Namen und Ihre Adresse sagen?»

«John Patrick Ryan. Unsere Postadresse ist Annapolis, Maryland. Wir wohnen in Peregrine Cliff, etwa fünfzehn Kilometer südlich von Annapolis an der Chesapeake Bay.»

«Und Ihr Beruf?» Owens hakte etwas auf seinem Block ab.

«Ich nehme an, man kann sagen, daß ich mehrere Beschäftigungen habe. Ich unterrichte Geschichte an der Marineakademie in Annapolis. Gelegentlich halte ich Vorlesungen am Naval-War-College in Newport, und ab und zu bin ich nebenbei als Berater tätig.»

«Das ist alles?» fragte Ashley mit einem freundlichen Lächeln – *war* es freundlich? fragte Ryan sich. Was mochten sie bisher, in den rund fünfzehn Stunden, die seit dem Anschlag vergangen waren, alles über ihn herausgefunden haben, und worauf spielte Ashley an? Du bist kein Bulle, dachte Ryan. Was bist du genau? Wie dem auch war, er mußte bei seiner Tarnung bleiben, derzufolge er einen Beratervertrag mit der Mitre Corporation hatte.

«Und der Zweck Ihres Besuchs in Großbritannien?» fuhr Owens fort.

«Urlaub und Recherchen. Ich sammle Material für ein neues Buch, und Cathy mußte dringend ausspannen. Sally geht noch in den Kindergarten, und deshalb beschlossen wir, erst jetzt zu fahren, nach den großen Ferien.» Ryan nahm eine Zigarette aus der Schachtel, die Wilson liegengelassen hatte. Ashley zückte ein goldenes Dunhill-Feuerzeug und gab ihm Feuer. «In meinem Jackett – wo immer es sein mag – finden Sie Empfehlungsschreiben für Ihre Admiralität und das Königliche Marinecollege in Dartmouth.»

«Wir haben die Briefe», bemerkte Owens. «Ich fürchte, sie sind ziemlich unleserlich, und das Jackett werden Sie wohl auch als Totalverlust abschreiben müssen. Was das Blut nicht ruinierte, haben Ihre Frau und der Sergeant aufgeschnitten. Wann sind Sie also in Großbritannien eingetroffen?»

«Es ist doch noch Donnerstag, oder? Hm, wir sind Dienstagabend vom Dulles International bei Washington gekommen. Gegen halb acht. Gegen halb zehn waren wir im Hotel, bestellten eine Kleinigkeit zu essen aufs Zimmer und gingen dann sofort zu Bett. Fliegen ist immer eine Strapaze für mich – die Zeitverschiebung oder was weiß ich. Ich war sofort weg.» Das stimmte nicht ganz, aber Ryan fand, daß sie nicht alles wissen mußten.

Owens nickte. Sie hatten also bereits erfahren, warum Ryan das Fliegen haßte. «Und gestern?»

«Ich bin gegen sieben aufgewacht, glaube ich, und habe mir Frühstück und eine Zeitung kommen lassen und dann bis gegen halb neun einfach faul im Bett gelegen. Anschließend habe ich mich für vier Uhr mit Cathy und Sally im Park verabredet und bin mit einem Taxi zur Admiralität gefahren, die ganz in der Nähe war, wie sich herausstellte. Ich hätte ebensogut zu Fuß gehen können. Ich hatte wie gesagt einen Einführungsbrief für Admiral Sir Alexander Woodson, den Mann, der für das Marinearchiv verantwortlich ist – er ist übrigens schon im Ruhestand. Er führte mich in einen muffigen Keller unter dem Keller hinunter. Er hatte die Sachen, die ich brauchte, schon für mich heraussuchen lassen. Ich mußte einige Funkspruchmappen durchsehen. Admiralitätsfunksprüche zwischen London und Admiral Sir James Somerville. Er befehligte Anfang 1942 Ihre Indische-Ozean-Flotte, und das gehört zu den Dingen, über die ich schreibe. Also saß ich die nächsten drei Stunden über verblichenen Durchschlägen von Marinedepeschen und machte Notizen.»

«Auf dem hier?» Ashley hielt Ryans Schreibunterlage hoch. Jack riß sie ihm förmlich aus der Hand.

«Gott sei Dank!» rief er aus. «Ich war sicher, es wäre verlorengegangen.» Er klappte sie auf, stellte sie auf den Nachttisch und tippte einige Anweisungen ein. «Ha! Es funktioniert noch!»

«Was ist das eigentlich?» wollte Ashley wissen. Alle drei standen auf, um es zu betrachten.

«Das ist mein Baby», sagte Ryan und grinste. Aufgeklappt gab die Schreibunterlage eine schreibmaschinenähnliche Tastatur und eine gelbe Flüssigkristallanzeige frei. In geschlossenem Zustand sah sie aus wie eine teure Schreibunterlage, gut zwei Zentimeter dick und in Leder gebunden. «Ein Cambridge Datamaster-Minicomputer, Modell C. Ein Freund von mir stellt sie her. Er hat einen Mikroprozessor MC-68000 und einen Zwei-Megabyte-Blasenspeicher.»

«Könnten Sie das übersetzen?» fragte Taylor.

«Entschuldigung. Es ist ein tragbarer Computer. Der Mikroprozessor macht die eigentliche Arbeit. Zwei Megabytes bedeutet, daß der Speicher bis zu zwei Millionen Buchstaben faßt, also genug für ein ganzes Buch, und da es ein Blasenspeicher ist, gehen die Informationen nicht verloren, wenn man ihn abschaltet. Ein Junge, mit dem ich zur Schule ging, hat sich selbständig gemacht und fabriziert diese kleinen Wunderwerke. Er bat mich um ein bißchen Startkapital. Zu Hause benutze ich einen Apple, der Cambridge ist nur für Reisen und Archivarbeiten.»

«Wir wußten, daß es irgendein Computer ist, aber unsere Leute konnten ihn nicht in Gang bringen.»

«Ein Sicherheitsmechanismus. Ehe man ihn das erstemal benutzt, gibt man seinen Benutzercode ein und aktiviert die Sperre. Wenn man ihn dann benutzen will und den Code nicht eintippt, arbeitet er nicht. So einfach ist es.»

«Wirklich?» bemerkte Ashley. «Wie narrensicher?»

«Da müssen Sie Fred fragen. Vielleicht kann man die Daten direkt von den Blasenchips ablesen. Ich weiß nicht, wie Computer funktionieren. Ich benutze sie nur», erläuterte Ryan. «Hier sind jedenfalls meine Notizen.»

«Zurück zu dem, was Sie gestern gemacht haben», sagte Owens mit einem kühlen Blick auf Ashley. «Wir sind jetzt bei zwölf Uhr angelangt.»

«Okay. Dann habe ich eine Mittagspause eingelegt. Ein Bursche aus dem Erdgeschoß empfahl mir ein... einen Pub, nehme ich an, etwa zwei Straßen weiter. Ich weiß nicht mehr, wie der Laden heißt. Ich aß ein Sandwich und trank ein Bier und spielte dabei mit diesem Ding herum. Es dürfte ungefähr eine halbe Stunde gedauert haben.

Ich arbeitete dann noch eine Stunde in der Admiralität, ehe ich mich abmeldete. Es muß ungefähr Viertel nach zwei gewesen sein, als ich ging. Ich bedankte mich bei Admiral Woodson – ein sehr netter Mann. Ich fuhr mit einem Taxi zur..., ich weiß nicht mehr, wie die Straße hieß, die Adresse muß in einem der Briefe stehen. Nördlich von einem Park – Regent's Park, glaube ich. Admiral Sir Roger DeVere. Er diente unter Somerville. Er war nicht zu Hause. Seine Haushälterin sagte, er habe plötzlich verreisen müssen, weil jemand aus der Familie gestorben sei. Ich hinterließ eine Nachricht, daß ich dagewesen sei, und fuhr mit einem anderen Taxi in die Stadt zurück. Ich beschloß, ein paar Straßen vorher auszusteigen und den Rest des Weges zu Fuß zu gehen.»

«Warum?» fragte Taylor.

«Vor allem, weil ich von all dem Sitzen ganz steif war – in der Admiralität, den Taxen, dem Flugzeug. Ich brauchte Bewegung. Gewöhnlich jogge ich jeden Tag, und ich werde nervös, wenn ich es mal nicht tue.»

«Wo sind Sie ausgestiegen?» fragte Owens.

«Ich weiß nicht mehr, wie die Straße hieß. Wenn Sie mir einen Stadtplan geben, kann ich es Ihnen wahrscheinlich zeigen.» Owens nickte ihm zu fortzufahren. «Übrigens wurde ich um ein Haar von einem zweistöckigen Bus überfahren, und einer von Ihren Polizisten riet mir, zuerst nach rechts zu sehen und nicht nach links, wenn ich über die Straße ginge...» Owens sah ihn überrascht an und kritzelte etwas in seinen Block. Vielleicht wußten sie noch nichts von der Begegnung. «Ich kaufte an einem Kiosk eine Zeitschrift und traf Cathy gegen zwanzig vor vier. Sie waren ebenfalls zu früh.»

«Und was hatte sie den Tag über gemacht?» erkundigte sich Ashley. Ryan war sicher, daß sie diese Information bereits hatten.

«Hauptsächlich eingekauft. Cathy ist schon ein paarmal hiergewesen und kauft gern in London ein. Zuletzt war sie vor drei Jahren hier an einem Chirurgenkongreß. Ich konnte es damals nicht einrichten mitzukommen.»

«Sie hat Sie mit der Kleinen allein gelassen?» Ashley lächelte wieder sein dünnes Lächeln. Ryan spürte, daß Owens sich über ihn ärgerte.

«Großeltern. Es war, ehe ihre Mutter starb.»

«Was taten Sie gerade, als der Anschlag stattfand?» lenkte Owens zum Thema zurück. Alle drei Inquisitoren schienen sich gleichzeitig vorzubeugen.

«Ich sah in die falsche Richtung. Wir sprachen darüber, was wir abends machen wollten, als die Granate losging.»

«Sie wußten, daß es eine Granate war?» fragte Taylor.

«Ja. Der Detonationsknall ist unverkennbar. Ich kann die verdammten Dinger nicht leiden, aber die Ausbilder in Quantico haben mir beigebracht, mit ihnen umzugehen. Auch mit automatischen Waffen. Wir haben in Quantico auch gelernt, Ostblockwaffen zu benutzen. Ich habe dort mit einem AK-47 geschossen. Es macht ein anderes Geräusch als unsere Waffen, und das ist im Kampf nützlich zu wissen.»

«Und dann?» fragte Owens.

«Zuerst sorgte ich dafür, daß meine Frau und meine Tochter sich auf die Erde legten. Der Verkehr stockte ziemlich schnell. Ich behielt den Kopf oben, um zu sehen, was passierte.»

«Warum?» fragte Taylor.

«Ich weiß nicht», sagte Ryan langsam. «Vielleicht liegt es an der Ausbildung bei der Marineinfanterie. Ich wollte einfach wissen, was zum Teufel da vor sich ging – nennen Sie es idiotische Neugier. Ich sah, wie der eine Kerl in den Rolls ballerte und wie der andere zum hinteren Ende lief, als wollte er jemanden abfangen, der versuchte, aus dem Wagen zu steigen und zu fliehen. Ich sah, daß ich näher ran konnte, wenn ich mich links hielt. Die stehenden Autos gaben mir Deckung. Auf einmal war ich nur noch rund fünfzehn Meter von ihnen entfernt. Der AK-Mann stand von mir aus gesehen hinter dem Wagen, und der Pistolenschütze drehte mir den Rücken zu. Ich sah, daß ich eine Chance hatte, und ich glaube, ich ergriff sie einfach.»

«Warum?» Diesmal war es Owens, sehr gelassen.

«Gute Frage. Ich weiß es nicht, wirklich nicht.» Ryan schwieg eine halbe Minute. «Es machte mich verrückt. Alle Leute, die ich bisher hier in London getroffen habe, sind furchtbar nett gewesen, und da sehe ich auf einmal diese beiden Killer, die vor meinen Augen einen Anschlag verüben wollen.»

«Haben Sie vermutet, wen Sie vor sich hatten?» fragte Taylor.

«Dazu gehört wohl nicht viel Phantasie, oder? Das machte mich ebenfalls verrückt. Ich nehme an, das war es – Zorn. Vielleicht ist es das, was viele Leute im Kampf motiviert», sann Ryan laut. «Ich werde darüber nachdenken müssen. Wie gesagt, ich sah jedenfalls eine Chance und ergriff sie. Es war ganz leicht – ich hatte verdammtes Glück.» Bei dieser Feststellung gingen Owens' Augenbrauen in die Höhe. «Der Kerl mit der Pistole war blöd. Er hätte darauf achten müssen, was hinter ihm los war. Aber er checkte nur sein Schußfeld – sehr blöd. Es war ein richtiger Football-Angriff.» Ryan schmunzelte. «Mein Trainer wäre stolz auf mich gewesen – ich traf ihn mit voller Wucht. Aber ich nehme an, ich hätte meine Schulterpolster umschnallen müssen, denn der Arzt sagt, ich müsse mir hier oben etwas gebrochen haben, als ich gegen ihn prallte. Er stürzte sofort hin. Ich nahm seine Pistole und schoß – Sie werden jetzt wissen wollen, warum ich das tat, nicht?»

«Ja», antwortete Owens.

«Ich wollte nicht, daß er wieder aufstand.»

«Er war bewußtlos – wachte erst zwei Stunden später wieder auf und hatte eine böse Gehirnerschütterung.»

Wenn ich gewußt hätte, daß er eine Granate in der Hand hielt, hätte ich ihm nicht in den Arsch geschossen, sinnierte Ryan. Laut fragte er: «Wie sollte ich das wissen?» Eine logische Frage. «Ich war im Begriff, mich mit jemandem anzulegen, der ein leichtes MG hatte, und brauchte nicht noch einen Gegner hinter mir. Also neutralisierte ich ihn. Ich hätte ihn auch in den Hinterkopf schießen können – wenn sie in Quantico ‹neutralisieren› sagen, meinen sie töten. Mein Dad war Bulle, ich bin es nicht. Was ich von Polizeiarbeit weiß, stammt zum größten Teil aus dem Fernsehen, und ich bin sicher, daß das meiste davon falsch ist. Ich wußte nur, daß ich es mir nicht leisten konnte, mich von hinten angreifen zu lassen. Ich kann nicht sagen, daß ich besonders stolz darauf bin, aber in dem Moment schien es die beste Lösung zu sein.

Ich ging zur hinteren rechten Ecke des Wagens und spähte zu dem anderen Kerl. Ich sah, daß er jetzt eine Pistole in der Hand hielt. Ihr Kollege Wilson hat mir den Grund erklärt – es war ein Glück für mich. Ich hatte keine große Lust, einen Mann, der ein AK hat, mit einer Pistole anzugreifen. Er sah mich um den Wagen kommen. Wir feuerten beide etwa gleichzeitig – ich zielte einfach besser, vermute ich.»

Ryan hielt inne. Er hatte nicht gewollt, daß es so klang. War es wirklich so? Wenn *du* es nicht weißt, wer soll es dann wissen? Er hatte gelernt, daß die Zeit sich in einer Krisensituation komprimiert und dehnt – anscheinend synchron. Und sie spielt dem Gedächtnis Streiche, nicht wahr? Was habe ich sonst noch getan? Er schüttelte den Kopf.

«Ich weiß nicht», sagte er wieder. «Vielleicht hätte ich was anderes probieren sollen. Vielleicht hätte ich sagen sollen: ‹Fallenlassen!›

oder ‹Nicht bewegen!› – so wie in den Fernsehkrimis, aber ich hatte einfach keine Zeit. Es war eine halbe Sekunde – er oder ich, verstehen Sie, was ich meine? Man..., man überlegt nicht lange, wenn man sich blitzschnell entscheiden muß. Ich nehme an, man richtet sich nach Ausbildung und Instinkt. Die einzige Ausbildung, die ich hatte, war bei den Green Berets, der Marineinfanterie. Sie bringen einem nicht bei, Leute festzunehmen. Um Himmels willen, ich wollte niemanden *töten*, ich hatte einfach keine Wahl.» Er hielt wieder kurz inne.

«Warum..., warum hat er nicht einfach aufgegeben und ist weggelaufen! Ich sah, daß ich ihn hatte. Er muß gewußt haben, daß es aus war.» Ryan fiel auf das Kopfkissen zurück. Die genaue Schilderung brachte alles zu lebhaft zurück. Deinetwegen ist jetzt ein Mensch tot. Jack. Mausetot. Auch er hatte seine Instinkte, nicht wahr? Aber deine funktionierten besser – warum freust du dich also nicht?

«Doktor Ryan», sagte Owens ruhig, «wir drei haben sechs Leute befragt, die das Geschehen gut sehen konnten. Nach dem zu urteilen, was sie uns gesagt haben, ist ihre Beschreibung bemerkenswert klar. In Anbetracht der Umstände sehe ich..., sehen wir nicht, daß Sie irgendeine andere Wahl hatten. Es steht fest, daß Sie genau das Richtige getan haben, das einzig Richtige. Und Ihr zweiter Schuß spielt keine Rolle mehr, wenn Sie das beruhigt. Der erste traf genau ins Herz.»

Jack nickte. «Ja, das konnte ich sehen. Der zweite Schuß war automatisch, meine Hand drückte ab, ohne daß ich es ihr gesagt hätte.»

«Sie haben bei den Marines sehr gut schießen gelernt», bemerkte Taylor.

Ryan schüttelte den Kopf. «Nein, Dad hat es mir beigebracht, als ich klein war. Das Korps gibt sich nicht mehr viel mit Pistolen ab – sie sind nur zum Angucken. Wenn der Gegner so nahe ist, wird es Zeit, sich zurückzuziehen. Ich hatte ein Gewehr. Der Kerl war jedenfalls nur fünf Meter entfernt.» Owens machte wieder ein paar Notizen.

«Das Auto fuhr ein paar Sekunden später weg. Ich habe den Fahrer kaum gesehen. Ich habe nicht mal erkannt, ob es ein Mann oder eine Frau war. Ich weiß nur, daß er oder sie weißhäutig war. Der Wagen raste die Straße hoch und bog ab, dann sah ich nichts mehr von ihm.»

«Es war eins von unseren Londoner Taxis – haben Sie das gesehen?» fragte Taylor.

Ryan blinzelte. «Ja, Sie haben recht. Ich habe gar nicht darüber nachgedacht – wie dumm! Jesus, hier fährt eine Million von den Dingern herum. Kein Wunder, daß sie sich eins davon aussuchten.»

«Achttausendsechshundertneunundsiebzig, um genau zu sein», sagte Owens. «Und fünftausendneunhundertneunzehn von ihnen sind schwarz lackiert.»

In Ryans Kopf ging ein Wecker los. «Sagen Sie, war es ein Mordversuch, oder haben die Kerle versucht, sie zu entführen?»

«Wir können es nicht mit Sicherheit sagen. Vielleicht interessiert es Sie, daß die Sinn Fein, der politische Flügel der IRA, den Anschlag in einer Verlautbarung uneingeschränkt verurteilt hat.»

«Glauben Sie das?» fragte Ryan. Mit den Schmerzmitteln, die noch in seinem Kreislauf waren, war ihm nicht recht aufgegangen, wie geschickt Taylor seine Frage abgebogen hatte.

«Ja, wir sind geneigt, es zu glauben. Selbst die IRA-Leute sind nicht so verrückt, müssen Sie wissen. So etwas hat einen viel zu hohen politischen Preis. Das hat ihnen der Mord an Lord Mountbatten gezeigt – und der wurde nicht einmal von der IRA verübt, sondern von der INLA, der Irish National Liberation Army. Wie dem auch sei, es hat sie um eine Menge Spenden von ihren amerikanischen Sympathisanten gebracht», sagte Taylor.

«Ich sehe aus den Zeitungen, daß Ihre Landsleute...»

«Mitbürger», korrigierte Ashley.

«Was auch immer, Ihre Leute sind ganz schön außer sich.»

«Das sind sie in der Tat, Doktor Ryan. Es ist schon bemerkenswert, daß Terroristen immer wieder einen Weg finden, uns einen Schreck einzujagen, egal, was für Verbrechen vorausgegangen sind», erklärte Owens. Seine Stimme war geschäftsmäßig, aber Ryan spürte, daß der Leiter der Antiterror-Abteilung gewillt war, dem überlebenden Terroristen mit bloßen Händen den Kopf abzureißen. Sie sahen kräftig genug dafür aus. «Was geschah als nächstes?»

«Ich vergewisserte mich, daß der Bursche, auf den ich geschossen hatte – der zweite –, tot war. Dann schaute ich ins Auto hinein. Der Fahrer..., na ja, Sie wissen, was mit ihm los war, und mit dem Sicherheitsmann auch. Einer von Ihren Leuten, Mr. Owens?»

«Charlie war ein Freund von mir. Er ist jetzt seit drei Jahren für die Sicherheit der königlichen Familie abgestellt...» Owens redete beinahe, als ob der Mann noch am Leben wäre, und Ryan fragte sich, ob sie jemals zusammengearbeitet hatten. Polizisten schließen besonders enge Freundschaften, das wußte er.

«Nun ja, den Rest kennen Sie. Ich hoffe, der Rotrock bekommt eine Streicheleinheit. Gott sei Dank, daß er sich Zeit nahm, zu überlegen – wenigstens so viel, bis Ihr Mann kam und ihn beruhigte. Es wäre sehr peinlich für alle gewesen, wenn er mich mit seinem Bajonett aufgespießt hätte.»

Owens grunzte zustimmend. «In der Tat.»

«War das Gewehr geladen?» fragte Ryan.

«Wenn ja, warum schoß er dann nicht?» entgegnete Ashley.

«Eine belebte Straße ist nicht der beste Ort, ein Hochleistungsgewehr zu benutzen, selbst wenn man ein gutes Ziel hat», sagte Ryan. «Es war geladen, nicht wahr?»

«Wir können hier keine Sicherheitsangelegenheiten erörtern», sagte Owens.

Ich wußte, daß es geladen war, sagte Ryan sich. «Aber wo zum Teufel kam er so schnell her? Der Palast ist ein ganzes Stück weiter.»

«Clarence House, das weiße Gebäude beim Palast von St. James. Die Terroristen suchten sich eine schlechte Zeit – oder vielleicht einen schlechten Platz – für das Attentat aus. An der Südwestecke des Gebäudes steht ein Posten. Er wechselt alle zwei Stunden. Als der Anschlag stattfand, war die Ablösung gerade unterwegs. Das bedeutet, daß um diese Zeit vier Soldaten anwesend waren und nicht nur einer. Der diensthabende Polizist am Palast hörte die Detonation und das automatische Feuer. Der verantwortliche Sergeant rannte zum Tor, um nachzusehen, was los war, und schrie, daß ihm einer von den Posten folgen solle.»

«Er löste den Alarm aus, nicht wahr? Deshalb kamen die anderen so schnell?»

«Charlie Winston», sagte Owens. «Der Rolls hat eine elektronische Alarmanlage, die bei einem Angriff losgeht – aber das brauchen Sie nicht weiterzusagen. Sie alarmierte die Zentrale. Sergeant Price handelte auf eigene Faust. Es war Pech für ihn, daß der Posten ein Hürdenläufer ist – ich glaube, er macht auch bei Hindernisrennen mit – und mit Leichtigkeit über die Absperrungen springen konnte. Price versuchte es auch, aber er stürzte und brach sich das Nasenbein. Er hatte alle Mühe, den anderen einzuholen und zwischendurch noch mit seinem Funkgerät Alarm zu schlagen.»

«Na ja, ich bin froh, daß er es schaffte. Der Wachposten hat mir Todesangst eingejagt. Hoffentlich kriegt er auch eine Streicheleinheit.»

«Zunächst mal die Königliche Polizeimedaille und den Dank Ihrer Majestät», sagte Ashley. «Eines ist uns nicht ganz klar, Doktor Ryan. Sie sind wegen einer Rückenverletzung aus dem Militär ausgeschieden, aber gestern haben Sie nichts davon gezeigt.»

«Sie wissen sicher schon, daß ich als Börsenmakler arbeitete, nachdem ich die Marineinfanterie verlassen hatte. Ich kam ganz gut zurecht, und Cathys Vater suchte mich auf und bot mir an, für ihn zu arbeiten. So lernte ich Cathy kennen. Ich wollte nicht nach New York gehen, aber zwischen Cathy und mir funkte es sofort. Eins führte zum anderen, und wir waren ziemlich schnell verlobt. Ich trug damals ein Korsett, weil mein Rücken ab und zu streikte. Nun, kurz nach unserer Verlobung passierte es wieder, und Cathy ging mit mir ins Johns Hopkins und ließ mich von einem ihrer Lehrer untersuchen. Der machte drei Tage lang alle möglichen Tests und sagte dann, er könnte mich wieder so gut wie neu hinkriegen.

Wie sich herausstellte, hatten die Ärzte im Marinekrankenhaus an meiner Wirbelsäule herumgepfuscht. Ich trage ihnen nichts nach, sie taten ihr Bestes, aber Stan war noch ein ganzes Ende besser. Er schnitt mich an einem Freitag auf, und zwei Monate danach war ich wirklich fast wieder wie neu», sagte Ryan. «Das ist die Geschichte meines Rückens. Ich verliebte mich zufällig in ein hübsches Mädchen, das Chirurgin wurde.»

«Ihre Frau ist ohne Zweifel eine sehr rührige und tüchtige Person», stimmte Owens zu.

«Und Ihr Mann fand sie schrecklich aufdringlich?» bemerkte Ryan.

«Nein, Doktor. Die meisten Menschen neigen unter Streß zu gereizten Reaktionen. Ihre Frau hat auch die königlichen Hoheiten am Tatort untersucht, und das war sehr hilfreich für uns. Sie weigerte sich kategorisch, von Ihrer Seite zu weichen, ehe Sie medizinisch gesehen in besten Händen waren, und man kann ihr da kaum einen Vorwurf machen. Sie fand unsere erkennungsdienstliche Behandlung allerdings etwas zu langwierig, glaube ich, und sie machte sich verständlicherweise Sorgen um Sie. Wir hätten die Sache vielleicht beschleunigen können...»

«Sie brauchen sich nicht zu entschuldigen, Sir. Mein Dad war Bulle. Ich weiß Bescheid. Ich kann mir vorstellen, daß es ein bißchen kompliziert war, uns einwandfrei zu identifizieren.»

«Nun ja, wir hatten zunächst nur Ihren Paß und Ihren Führerschein, aus Ihrer Jackentasche. Wir mußten uns zuerst mit Ihrer Botschaft in Verbindung setzen und dann mit Washington. Während dieser Zeit haben wir uns mehrmals mit Ihrer Frau unterhalten, um sicher zu sein, daß sie uns alles sagte, was sie gesehen hatte...»

«Und sie hat jedesmal genau das gleiche gesagt, stimmt's?» wandte Ryan ein.

«Ja», antwortete Owens. Er lächelte. «Das ist sehr bemerkenswert.»

Ryan feixte. «Nicht für Cathy. In manchen Sachen, besonders bei ihrer Medizin, ist sie wie eine Maschine. Es überrascht mich, daß sie Ihnen keinen Film gab.»

«Das sagte sie später auch», erwiderte Owens. «Die Aufnahmen in der Zeitung sind von einem japanischen Touristen – verzeihen Sie, aber das Klischee stimmt. Er stand einen halben Häuserblock weiter und hatte eine Kamera mit Teleobjektiv. Vielleicht interessiert es Sie noch zu erfahren, daß man bei den Marines eine ganze Menge von Ihnen hält.» Owens warf einen Blick auf seine Notizen. «Kursbester in Quantico und ausgezeichnete Tauglichkeitsbeurteilungen.»

«Dann sind Sie überzeugt, daß ich auf der richtigen Seite stehe?»

«Das waren wir vom ersten Augenblick an», sagte Taylor. «Aber bei solchen Verbrechen muß man gründlich sein, und diese Sache hatte offensichtlich mehr als genug Verästelungen.»

«Eines stört mich», sagte Jack. Es gab noch mehr, was ihn störte, aber sein Gehirn arbeitete zu langsam, um alles zu ordnen.

«Was denn?» fragte Owens.

«Warum zum Teufel fuhren sie – Ihre Königlichen Hoheiten, sagt man hier wohl – mit nur einem Sicherheitsmann spazieren... Einen Moment.» Ryan hielt den Kopf schief. Er redete ziemlich langsam, weil sein Gehirn Mühe hatte, seine Gedanken in eine logische Folge zu bringen. «Es war ein geplanter Hinterhalt – kein improvisierter Anschlag. Aber die Kerle überfielen sie, während sie fuhren... Sie mußten ein bestimmtes Auto an einem bestimmten Punkt erwischen. Irgend jemand hat ihnen Bescheid gegeben. Es waren mehr Leute daran beteiligt, nicht wahr?» Einen langen Moment hörte Ryan nur intensives Schweigen. «Jemand mit einem Funkgerät... Die Burschen mußten wissen, daß sie kamen, welche Route sie nahmen und wann genau sie auf dem Schauplatz erscheinen würden. Selbst wenn all das klappte, war es immer noch schwierig genug, weil sie den Verkehr berücksichtigen mußten...»

«Nur Historiker, Doktor Ryan?» fragte Ashley.

«Bei den Marines lernt man auch, wie man einen Hinterhalt legt. Wenn man ein bestimmtes Ziel überfallen will, braucht man erstens Geheiminformationen, und dann wählt man den Schauplatz, und drittens postiert man seine eigenen Sicherheitsleute, die einem sagen müssen, wann das Ziel sich nähert. Das sind nur die Grundvoraussetzungen. Warum gerade dort, warum am St. James's Park, mitten auf der Mall?» Der Terrorist ist ein politisches Wesen. Ziel und Tatort werden um der politischen Wirkung willen gewählt, sagte er sich. «Sie haben vorhin meine Frage nicht beantwortet. War es ein Mordversuch oder eine versuchte Entführung?»

«Wir sind nicht ganz sicher», antwortete Owens.

Ryan betrachtete seine Besucher. Er hatte gerade einen wunden Punkt berührt. Die Burschen machten den Wagen mit einer Granate fahrunfähig und trugen außerdem noch je eine Granate auf sich. Wenn sie sie einfach töten wollten..., die Granaten würden jede Panzerung durchschlagen, warum also noch Handfeuerwaffen benutzen? Nein, wäre es ein reiner Mordversuch gewesen, dann hätten sie nicht so lange gebraucht, oder Sie haben mich angeflunkert, Mr. Owens. Es war fraglos eine versuchte Entführung, und Sie wissen das, Mr. Owens.

«Warum fuhr also nur ein Sicherheitsbeamter im Wagen mit? Sie müssen Ihre Leute besser schützen.» Was hatte Tony Wilson doch gleich gesagt? Vielleicht war die Fahrt nicht vorher angemeldet worden? Die erste Voraussetzung für einen erfolgreichen Hinterhalt sind gute Informationen... Hör auf damit, Idiot! Der Commander löste das Problem für ihn.

«Hm, ich denke, wir haben alles erschöpfend behandelt. Wir werden morgen wahrscheinlich noch einmal bei Ihnen reinschauen», sagte Owens.

«Wie geht es den Terroristen... Ich meine, dem verwundeten?»

«Er ist nicht sehr kooperativ. Wollte nicht mit uns reden, nicht mal seinen Namen nennen – aber das ist die alte Geschichte. Wir haben ihn erst vor ein paar Stunden identifiziert. Keine Vorstrafen, sein Name taucht nur als möglicher Mittäter bei zwei geringfügigen Fällen auf, das ist alles. Er macht gute Fortschritte, und in ungefähr drei Wochen», sagte Owens kalt, «wird er vor ein Gericht Ihrer Majestät gestellt, von einer Jury, die aus zwölf unbescholtenen Leuten besteht, schuldig gesprochen und dazu verurteilt werden, den Rest seines Lebens in einem sicheren Gefängnis zu verbringen.»

«In nur drei Wochen?» fragte Ryan.

«Der Fall ist sonnenklar», sagte Owens. «Wir haben drei Fotos von unserem japanischen Freund, die den Burschen mit einem Schießeisen hinten am Wagen zeigen, und neun gute Augenzeugen. Wir werden nicht lange mit ihm rummachen müssen.»

«Und ich werde dabeisein», bemerkte Ryan.

«Selbstverständlich. Sie werden unser wichtigster Zeuge sein, Doktor. Eine Formalität, aber sie ist notwendig. Und kein vorgetäuschter Dachschaden wie bei dem Kerl, der Ihren Präsidenten umbringen wollte. Dieser Junge hat einen Universitätsabschluß, und er kommt aus einer guten Familie.»

Ryan schüttelte den Kopf. «Ist das nicht unglaublich? Aber die meisten der wirklich gefährlichen haben einen ähnlichen Background, nicht wahr?»

«Sie wissen Bescheid über Terroristen?» fragte Ashley.

«Nur aus den Medien», antwortete Ryan schnell. Das war ein Fehler, Jack. Lenk ihn ab! «Wilson hat gesagt, die ULA sei eine maoistische Organisation.»

«Das stimmt», antwortete Taylor.

«Es ist wirklich verrückt. Selbst die Chinesen sind nicht mehr Maoisten, das heißt, sie waren es jedenfalls nicht mehr, als ich mich letztesmal darüber informiert habe. Oh ... Was ist mit meiner Familie?»

Ashley lachte. «Wurde langsam Zeit, daß Sie nach ihr fragen. Wir konnten sie nicht gut im Hotel lassen, nicht wahr? Wir haben dafür gesorgt, daß sie an einem Ort untergebracht werden, wo sie hundertprozentig sicher sind.»

«Sie brauchen sich keine Sorgen zu machen», bekräftigte Owens. «Es kann nichts passieren. Ich gebe Ihnen mein Wort.»

«*Wo* sind sie?» fragte Ryan.

«Tut mir leid, das ist eine Sicherheitssache», sagte Ashley. Die drei Inquisitoren wechselten einen amüsierten Blick. Owens sah auf seine Uhr und blickte die anderen an, dann schaltete er den Kassettenrecorder ab.

«So, wir möchten Sie einen Tag nach der Operation nicht länger behelligen. Wir kommen wahrscheinlich noch mal, um ein paar zusätzliche Einzelheiten zu klären. Im Moment danke ich Ihnen stellvertretend für uns alle vom Yard, daß Sie uns unsere Aufgabe abgenommen haben.»

«Wie lange wird Mr. Wilson hierbleiben?»

«Unbestimmte Zeit. Die ULA ist sicher ein bißchen sauer auf Sie», sagte Owens, «und es wäre äußerst peinlich für uns, wenn sie einen Anschlag auf Sie verübten und Sie ohne Schutz fänden. Wir halten das übrigens für unwahrscheinlich, aber sicher ist sicher.»

«Ich kann damit leben», stimmte Ryan zu.

«Die Presse möchte Sie sehen», sagte Taylor.

«Entzückend.» Das hat mir gerade noch gefehlt, dachte Ryan. «Könnten Sie sie ein bißchen hinhalten?»

«Nichts einfacher als das», sagte Owens. «Ihr Gesundheitszustand erlaubt es im Augenblick noch nicht. Aber Sie sollten sich darauf einstellen. Sie sind jetzt so was wie eine Persönlichkeit des Zeitgeschehens.»

«Mist!» schnaubte Ryan. «Ich ziehe es vor, anonym zu sein.» Dann hättest du hinter dem Baum bleiben sollen, du Idiot! In was hast du dich da eigentlich reinmanövriert?

«Sie können sich nicht ewig weigern, mit ihnen zu reden, verstehen Sie?» sagte Taylor freundlich.

Jack stöhnte leise. «Sie haben natürlich recht. Aber nicht heute. Morgen ist früh genug.» Dann hat sich die Aufregung ein bißchen gelegt, dachte er törichterweise.

«Man kann nicht immer im Schatten bleiben, Doktor Ryan», sagte Ashley im Stehen. Die anderen standen ebenfalls auf.

Die Polizisten und Ashley-Ryan hatte ihn nun als irgendeinen Geheimen eingeordnet, vom Nachrichtendienst oder von der Spionageabwehr – verabschiedeten sich. Wilson kam mit Kittiwake im Gefolge zurück.

«Haben sie Sie ermüdet?» fragte die Schwester.

«Ich denke, ich werde es überleben», erwiderte Ryan müde. Kittiwake schob ihm sicherheitshalber ein Thermometer in den Mund.

Vierzig Minuten, nachdem die Polizei gegangen war, tippte Ryan dann wieder munter auf seinem Minicomputer und ging Notizen durch. Cathy Ryans häufigste (und berechtigte) Klage über ihren Mann lautete, daß er beim Lesen oder, schlimmer noch, Schreiben nicht mal aufblicken würde, wenn rings um ihn herum die Welt unterginge. Das entsprach nicht ganz der Wahrheit. Jack registrierte durchaus, daß Wilson plötzlich hochschnellte und Habachtstellung einnahm, aber er blickte erst hoch, als er den Absatz, den er gerade schrieb, beendet hatte. Als er es tat, sah er, daß seine Besucher Ihre Majestät, Königin des Vereinigten Königreichs von Großbritannien und Nordirland, und ihr Gemahl, der Herzog von Edinburgh, waren. Sein erster zusammenhängender Gedanke war ein stummer Fluch, daß ihn niemand gewarnt hatte. Sein zweiter, daß er mit offenem Mund ausgesprochen komisch aussehen mußte.

«Guten Morgen, Doktor Ryan», sagte die Queen freundlich. «Wie geht es Ihnen?»

«Uh, danke, ganz gut, hm, Euer Majestät. Uh, nehmen Sie doch bitte Platz.» Er versuchte, sich in seinem Bett etwas aufzurichten, aber ein stechender Schmerz in der Schulter verhinderte es. Er half ihm, seine Gedanken zu konzentrieren, und erinnerte ihn daran, daß er seine Medizin bald nehmen mußte.

«Wir möchten Sie auf keinen Fall stören», sagte die Queen. Ryan merkte, daß sie auch nicht gleich wieder gehen wollten. Er brauchte eine Sekunde, um sich eine Antwort zurechtzulegen.

«Euer Majestät, einen Besuch von einem Staatsoberhaupt kann man kaum als Störung bezeichnen. Ich weiß die Ehre sehr zu schätzen.» Wilson beeilte sich, zwei Stühle näher zum Bett zu schieben, und verschwand aus dem Zimmer, als sie sich setzten.

Die Queen trug ein pfirsichfarbenes Kostüm von dezenter Eleganz, das ein kleines Vermögen gekostet haben mußte. Der Herzog hatte einen dunkelblauen Anzug an, bei dessen Anblick Ryan endlich begriff, warum seine Frau wollte, daß er hier in London ein paar Sachen kaufte.

«Herr Doktor Ryan», sagte sie förmlich, «wir möchten Ihnen in unserem Namen und im Namen unseres Volkes unsere aufrichtige Dankbarkeit für Ihr mutiges Verhalten von gestern ausdrücken. Wir stehen tief in Ihrer Schuld.»

Ryan nickte nur. Er fragte sich, wie schrecklich er eigentlich aussah. «Euer Majestät, ich für meinen Teil bin froh, daß ich helfen konnte – aber in Wahrheit habe ich gar nicht soviel getan. Jeder andere hätte das gleiche tun können. Ich war zufällig am nächsten dran.»

«Die Polizei ist anderer Meinung», bemerkte der Herzog. «Und nachdem ich mir den Tatort selbst angeschaut habe, bin ich geneigt, ihr zuzustimmen. Sie sind nun ein Held, ob es Ihnen gefällt oder nicht.» Jack erinnerte sich, daß dieser Mann einmal Berufsoffizier bei der Navy gewesen war – wahrscheinlich ein guter. Er sah so aus.

«Warum haben Sie es getan, Doktor Ryan?» fragte die Queen. Sie blickte ihn aufmerksam an.

Jack überlegte schnell. «Entschuldigen Sie, aber möchten Sie wissen, warum ich die Chance ergriff oder warum ausgerechnet ein Amerikaner irischer Abstammung die Chance ergreifen sollte?» Er war immer noch dabei, seine Gedanken zu ordnen, seine Erinnerungen an das Geschehen zu prüfen. *Warum hast du es gemacht? Wirst du es je herausfinden?* Er sah, daß er recht geraten hatte, und fuhr rasch fort.

«Euer Majestät, ich kann mich nicht über Ihr irisches Problem äußern. Ich bin amerikanischer Bürger, und mein Land hat genug eigene Probleme. Dort, wo ich lebe, sind wir ganz gut zurechtgekommen – mit ‹wir› meine ich die Amerikaner irischer Abstammung. Wir sind in allen akademischen Berufen und in der Wirtschaft und der Politik vertreten, aber der typische Irisch-Amerikaner ist immer noch Polizist oder Feuerwehrmann. Die Kavallerie, die den Westen gewann, war zu einem Drittel irisch, und viele von uns sind immer noch in Uniform – übrigens besonders bei der Marineinfanterie. Die Hälfte der Beamten des lokalen FBI-Büros wohnte in meinem Viertel. Sie hatten Namen wie Tully, Sullivan, O'Connor und Murphy. Mein Dad war sein halbes Leben lang Polizeibeamter, und die Priester und Nonnen, bei denen ich zur Schule ging, waren wahrscheinlich auch meist irischer Abstammung.

Verstehen Sie, worauf ich hinauswill, Euer Majestät? In Amerika sind wir die Ordnungskräfte, der Leim, der die Gesellschaft zusammenhält – aber das bedenkt niemand.

Die berühmtesten Iren der Welt sind heute die Wahnsinnigen, die Autos mit Bombenladungen abstellen, oder Mörder, die Menschen umbringen, um eine politische Aussage zu machen. Das gefällt mir nicht, und ich weiß, daß es meinem Dad auch nicht gefallen hätte. Er hat sein Leben damit verbracht, solche Verbrecher zu jagen und hinter Schloß und Riegel zu bringen, wohin sie gehören. Wir haben hart gearbeitet, um dorthin zu kommen, wo wir sind – zu hart, um uns darüber zu freuen, daß man uns mit Terroristen assoziiert.» Jack lächelte. «Ich glaube, ich verstehe, wie Italiener über die Mafia denken. Ich will zwar nicht behaupten, daß mir all das gestern durch den Kopf gegangen ist, aber ich sah irgendwie, was diese Geschichte bedeutete. Ich konnte nicht einfach daliegen und jemanden vor meinen Augen ermorden lassen und nichts tun. Also sah ich meine Chance und ergriff sie.»

Die Queen nickte nachdenklich. Sie betrachtete Ryan einige Sekunden mit einem warmen, freundlichen Lächeln und blickte dann auf ihren Mann. Die beiden verständigten sich ohne Worte. Sie sind lange genug verheiratet, um das zu können, dachte Ryan. Als sie sich wieder zu ihm wandte, konnte er sehen, daß sie – sie beide – einen Entschluß gefaßt hatten.

«Nun, Doktor Ryan. Wie sollen wir Sie belohnen?»

«Belohnen?» Ryan schüttelte den Kopf. «Vielen Dank, aber das ist nicht nötig. Ich freue mich, daß ich helfen konnte. Das ist genug.»

«Nein, es ist nicht genug. Einer der Vorteile meines Berufs besteht darin, daß ich Verdienste angemessen belohnen darf. Die Krone kann nicht undankbar erscheinen.» Ihre Augen funkelten wie über einen Scherz, den nur sie verstand. Ryan merkte, wie sie ihn mit ihrer Menschlichkeit eroberte. Er hatte gelesen, daß manche Leute sie nicht gerade intelligent fanden. Er wußte bereits, daß die sich gründlich irrten. Hinter diesen Augen war ein wacher Geist – und eine gehörige Portion Gewitztheit. «Wir sind deshalb übereingekommen, Sie zum Ritter des Viktoria-Ordens zu schlagen.»

«Was..., äh, ich bitte um Verzeihung, Euer Majestät?» Ryan blinzelte ein paarmal, während sein Verstand sich bemühte, das Gehörte zu verarbeiten.

«Der Viktoria-Orden ist kürzlich ins Leben gerufen worden, um Persönlichkeiten zu ehren, die der Krone einen persönlichen Dienst erwiesen haben. Sie, Doktor Ryan, erfüllen ganz gewiß die Voraussetzungen. Zum erstenmal seit vielen Jahren ist ein Erbe des Throns vor dem sicheren Tod gerettet worden. Als Historiker interessiert es Sie vielleicht, daß unsere eigenen Gelehrten sich nicht einig sind, wann der letzte Anschlag dieser Art stattfand. Wie dem auch sei, Sie werden künftig Sir John Ryan heißen.»

Wieder dachte Jack, daß er mit offenem Mund einigermaßen komisch aussehen mußte.

«Euer Majestät, nach amerikanischem Gesetz...»

«Das wissen wir», unterbrach sie ihn verbindlich. «Die Premierministerin wird noch heute mit Ihrem Präsidenten darüber sprechen. Wir meinen, daß die Sache in Anbetracht der besonderen Natur des Falles und im Interesse der guten anglo-amerikanischen Beziehungen zur beiderseitigen Zufriedenheit geregelt werden wird.»

«Hm...» Ryan suchte nach Worten. «Euer Majestät, sofern es sich mit den Gesetzen meines Landes vereinbaren läßt, wird es mir eine große Ehre sein, die Auszeichnung anzunehmen.» Die Queen lächelte strahlend.

«Das wäre also geregelt. Und nun sagen Sie mir bitte, wie es Ihnen geht – ich meine, wie es Ihnen *wirklich* geht?»

«Ich habe mich schon schlechter gefühlt. Ich wünschte nur, ich wäre bald wieder auf den Beinen.»

Der Herzog lächelte. «Daß Sie verwundet worden sind, macht Sie um so mehr zum Helden – und alle fühlen mit Ihnen.»

Du hast gut reden, es ist ja nicht deine Schulter, dachte Ryan. Ihm fiel plötzlich etwas ein. «Entschuldigen Sie, aber bedeutet dieser Ritterschlag, daß meine Frau die Anrede...»

«Lady Ryan? Selbstverständlich.» Die Queen strahlte wieder.

Jack grinste. «Wissen Sie, als ich bei Merrill, Lynch kündigte, war mein Schwiegervater stocksauer – er war sehr zornig auf mich und sagte, ich würde es zu nichts bringen, wenn ich historische Bücher schriebe. Vielleicht wird er seine Meinung nun ändern.» Er war sicher, daß Cathy nichts gegen den Titel haben würde – *Lady Ryan*. Nein, es würde sie kein bißchen stören.

«Es ist vielleicht doch nicht so übel?»

«Nein, Sir, und entschuldigen Sie, wenn ich eben den Eindruck erweckt haben sollte. Ich fürchte, es war ein bißchen zuviel für mich.» Ryan schüttelte den Kopf. Diese ganze verdammte Geschichte ist wirklich ein bißchen zuviel für mich, dachte er bei sich. «Dürfte ich eine Frage stellen?»

«Selbstverständlich.»

«Die Polizei wollte mir nicht sagen, wo sie meine Familie versteckt hält.» Beide Besucher lachten. Die Queen antwortete.

«Die Beamten meinen, man könne nicht ausschließen, daß die ULA versucht, sich an Ihnen oder Ihren Angehörigen zu rächen. Deshalb haben sie beschlossen, Ihre Frau und Ihre Tochter an einem sichereren Ort unterzubringen. Wir fanden, daß es in Anbetracht der Umstände das beste wäre, sie im Palast wohnen zu lassen – es war das mindeste, was wir tun konnten. Als wir vorhin gingen, schliefen ihre Frau und ihre Tochter noch fest, und wir haben angeordnet, sie auf keinen Fall zu stören.»

«Im... Palast?»

«Ich versichere Ihnen, wir haben reichlich Platz für Gäste», entgegnete die Queen.

«Mein Gott!» murmelte Ryan.

«Sie haben Einwände?» fragte der Herzog.

«Meine Tochter, sie...»

«Olivia?» sagte die Queen überrascht. «Sie ist ein entzückendes Kind. Als wir sie zuletzt gesehen haben, schlief sie wie ein Engel.»

«Sally» – Olivia war ein Friedensangebot an Cathys Familie gewesen, das nichts genützt hatte; es war der Name ihrer Großmutter – «ist vielleicht ein kleiner Engel, wenn sie schläft, aber wenn sie aufwacht, ist sie eher ein Hurrikan, und sie hat ein Talent dafür, Dinge zu zerbrechen. Besonders wertvolle Dinge.»

«Wie können Sie so reden!» Die Queen tat entrüstet. «Dieses niedliche kleine Mädchen! Die Polizei hat uns gesagt, sie hätte gestern abend in Scotland Yard jede Menge Herzen gebrochen. Ich fürchte, Sie übertreiben, Sir John.»

«Sehr wohl, Euer Majestät.» Mit einer Königin soll man nicht streiten.

3

Wilson hatte sich geirrt. Die Flucht hatte länger gedauert, als irgend jemand beim Yard gedacht hatte. Fast tausend Kilometer weiter landete eine Sabena-Maschine in Cork. Der Mann, der auf Sitz 23-D der Boeing 737 saß, sah unscheinbar aus; sein aschblondes Haar war weder besonders lang noch besonders kurz, und in seinem dezenten grauen, nun etwas zerknitterten Anzug sah er aus wie ein typischer Jungmanager, der nach einem anstrengenden Arbeitstag die letzte Maschine nach Hause genommen hat. Er war sicher ein erfahrener Flugreisender, denn er hatte als einziges Gepäck einen kleinen Koffer bei sich, der unter den Sitz vor ihm paßte. Falls ihn jemand gefragt hätte, was er mache, hätte er einen überzeugenden Vortrag über Fischgroßhandel halten können, mit dem Akzent des südwestlichen Irland. Er konnte den Akzent so leicht wechseln wie andere Männer ihr Hemd; eine nützliche Fertigkeit, weil die Nachrichtenteams der Fernsehgesellschaften den Slang seines heimatlichen Belfast weltbekannt gemacht hatten. Er las während des Flugs die *Times,* und das Gesprächsthema in seiner Sitzreihe wie im restlichen Flugzeug war die Story, die die ganze erste Seite einnahm.

«Wirklich, eine schreckliche Sache», stimmte er dem Herrn auf 23-E zu, einem Herrn aus Belgien, der mit Werkzeugmaschinen handelte und nicht wissen konnte, daß das Geschehene in mehr als einer Hinsicht schrecklich war.

Die monatelange Planung, die mühsam beschafften Informationen, die Proben vor der Nase der Briten, die drei Fluchtrouten, die Männer mit den Funkgeräten – alles umsonst, weil dieser verdammte Idiot dazwischenkommen mußte. Er betrachtete das Foto auf der ersten Seite.

Wer bist du, Yankee? fragte er sich. John Patrick Ryan, Historiker – ein verfluchter Wissenschaftler! Ehemaliger Marineinfanterist –

wenn einer von denen seine Nase in Dinge steckt, die ihn nichts angehen, muß es ja ein Unglück geben. John Patrick Ryan. Du bist ein verdammter Katholik, nicht wahr? Na ja, Johnny hat dir wenigstens einen Denkzettel verpaßt... Ein Jammer, daß er selbst dran glauben mußte. Er war ein guter Mann, zuverlässig, liebte seine Schießeisen, glaubte an die Sache.

Endlich kam der Jet auf der Rollbahn zum Stehen. Die Stewardeß öffnete den Bugausgang, und die Passagiere standen auf und nahmen ihr Handgepäck und ihre anderen Sachen aus den Ablagefächern. Er zog seinen Kabinenkoffer unter dem Sitz vor ihm hervor und rückte mit den anderen langsam nach vorn. Er versuchte, es philosophisch zu sehen. Er hatte in seinen Jahren als «Spieler» erlebt, wie Operationen aus den lächerlichsten Gründen schiefgingen. Aber diese Mission war so wichtig. All die Planungen. Er schüttelte den Kopf, während er die Zeitung unter den Arm klemmte. Wir müssen es einfach noch mal versuchen, das ist alles. Wir können es uns leisten, geduldig zu sein. Ein Mißerfolg fällt bei dem großen Vorhaben nicht weiter ins Gewicht, sagte er sich. Diesmal hat die andere Seite eben Glück gehabt. Wir brauchen nur einmal Glück zu haben!

Und Sean? Es war ein Fehler, daß wir ihn mitmachen ließen. Er ist von Anfang an dabeigewesen, als wir die Operation planten. Sean weiß eine Menge über die Organisation. Er drängte diese Sorge beiseite, als er die Maschine verließ. Sean würde niemals reden. Nicht Sean, nicht wo sein Mädel im Grab liegt, Opfer einer verirrten Kugel, die ein britischer Fallschirmjäger abgeschossen hatte.

Er wurde natürlich nicht abgeholt. Die anderen Männer, die an der Operation teilgenommen hatten, waren bereits zu Hause, nachdem sie ihre Ausrüstung – ohne Fingerabdrücke versteht sich – in Mülltonnen zurückgelassen hatten. Er allein riskierte etwas, aber er war sicher, daß dieser Ryan ihn nicht richtig gesehen hatte. Er ließ es noch einmal an seinem inneren Auge vorbeiziehen. Nein. Der überraschte Ausdruck in seinem Gesicht, die Schmerzen, die sich darin abzeichneten – andernfalls wäre er bereits als Phantombild in den Zeitungen abgebildet worden, mit dieser scheußlichen Wuschelperücke und der Brille, die er gar nicht brauchte.

Er ging, die Reisetasche umgehängt, vom Ankunftsgebäude zum Parkplatz und angelte in der Tasche nach den Schlüsseln, die auf dem Brüsseler Flughafen den Metalldetektor in Gang gesetzt hatten – urkomisch! Er lächelte zum erstenmal seit vielen Stunden. Es war ein klarer sonniger Tag, ein wundervoller irischer Herbsttag. Er fuhr mit seinem erst ein Jahr alten BMW – wenn man sich als Geschäftsmann tarnt, braucht man entsprechende Requisiten – zum konspirativen Haus. Er plante bereits zwei neue Operationen. Die Vorbereitungen würden eine Menge Zeit in Anspruch nehmen, aber die hatte er mehr als genug.

Die Tür ging auf, aber es war nicht Kittiwake – die nächste Medikamentenverabreichung war erst in vierzehn Minuten fällig. Ryan hatte schon vorher, als jemand hereinkam, draußen im Korridor eine Uniform bemerkt. Jetzt sah er, wer darin steckte. Ein gut dreißigjähriger uniformierter Beamter trat, mit einem großen Blumenarrangement beladen, ins Zimmer, und ihm folgte ein zweiter, ebenfalls mit Blumen. Der erste Strauß war mit einer roten und goldenen Schleife geschmückt, ein Geschenk der US-Marines. Der andere kam von der amerikanischen Botschaft.

«Wir haben noch ein paar, Sir», sagte der eine Beamte.

«Das Zimmer ist nicht groß genug. Geben Sie mir doch einfach die dazugehörenden Karten und verteilen Sie die Blumen im Haus. Ich bin sicher, es finden sich genug Liebhaber.» Binnen zehn Minuten lag ein ganzer Stoß von Karten, Besserungswünschen und Telegrammen vor Ryan auf der Decke. Er stellte fest, daß er, wenn er die Worte anderer las, weniger auf die Schmerzen in seiner Schulter achtete, als wenn er seinen eigenen Text las.

Kittiwake erschien. Sie warf nur einen kurzen Blick auf die Blumen, ehe sie Ryan seine Dosis verabreichte, und eilte hastig und überraschend wortkarg hinaus. Den Grund erfuhr Ryan fünf Minuten später.

Sein nächster Besucher war der Prinz von Wales. Wilson schnellte wieder in die Höhe und nahm Habachtstellung ein, und Jack fragte sich, ob seine Knie das noch lange mitmachen würden. Das Medikament wirkte bereits. Seine Schulter schien sich irgendwie aufzulösen, aber gleichzeitig kam ein schwipsähnliches Gefühl, wie nach ein paar steifen Drinks. Vielleicht war das mit dafür verantwortlich, was nun geschah.

«Tag», sagte er lächelnd. «Wie geht es Ihnen, Sir?»

«Danke, sehr gut.» Das Lächeln des anderen wirkte gezwungen. Der Prinz sah sehr müde aus, sein langes Gesicht schien noch ein paar Zentimeter länger geworden zu sein, und seine Augen blickten bekümmert. Die Schultern des konservativ geschnittenen grauen Anzugs senkten sich stark nach unten.

«Möchten Sie sich nicht setzen, Sir», forderte Ryan ihn auf. «Sie sehen aus, als hätten Sie keine sehr ruhige Nacht gehabt.»

«Ja, danke, Doktor Ryan.» Er rang sich wieder ein Lächeln ab. Es fiel kläglich aus. «Und wie geht es Ihnen?»

«Einigermaßen, Euer Hoheit. Wie geht es Ihrer Frau... Entschuldigen Sie, ich meine, der Prinzessin?»

Der Prinz antwortete stockend und schien Mühe zu haben, von seinem Stuhl zu Ryan hochzublicken. «Wir bedauern beide, daß sie nicht mitkommen konnte. Sie ist immer noch außer sich – es muß wohl der Schock sein. Es war eine sehr schlimme Erfahrung für sie.»

Das ganze Gesicht mit Gehirn bespritzt. Das kann man sicher als eine schlimme Erfahrung bezeichnen. «Ja, ich habe es gesehen. Soweit ich weiß, ist keiner von Ihnen beiden verletzt worden. Gott sei Dank. Das Kind auch nicht, nehme ich an?»

«Nein, und das haben wir Ihnen zu verdanken.»

Jack probierte wieder ein einseitiges Achselzucken. Diesmal tat die Geste nicht so weh. «Ich freue mich, daß ich helfen konnte, Sir. Ich wünschte nur, ich hätte mir dabei nicht eine Kugel verpassen lassen.» Der angestrengte Humor klang aufgesetzt. Er hatte zur falschen Zeit das Falsche gesagt. Der Prinz sah ihn einen Moment sehr neugierig an, aber dann wurde sein Blick wieder ausdruckslos.

«Wir wären alle getötet worden, wenn Sie nicht gewesen wären, wissen Sie..., und ich möchte Ihnen auch im Namen meiner Familie danken. Ich weiß, ich müßte jetzt noch vieles sagen...» Der Prinz hielt abermals inne und schien nach Worten zu suchen. «Aber das ist alles, was mir einfällt. Was das betrifft, ist mir gestern auch nicht viel eingefallen», schloß er, auf das Fußende des Betts starrend.

Aha, dachte Ryan. Der Prinz stand auf und wandte sich zum Gehen. *Was soll ich jetzt tun?*

«Sir, warum setzen Sie sich nicht wieder, und wir unterhalten uns ein bißchen darüber, einverstanden?»

Seine Hoheit drehte sich um. Einen Augenblick schien er etwas sagen zu wollen, aber dann wurde sein Gesicht wieder müde.

«Hoheit, ich glaube wirklich...» Keine Wirkung. Ich kann ihn nicht so weggehen lassen. Meinetwegen, wenn ich mit Höflichkeit nichts ausrichten kann... Jacks Stimme wurde scharf.

«Setzen Sie sich endlich!» Der Prinz drehte sich verblüfft um. «Verdammt noch mal, setzen Sie sich hin!» Ryan zeigte auf den Stuhl. Jetzt habe ich wenigstens seine Aufmerksamkeit. Ob sie einen Ritterschlag rückgängig machen können?

Nun errötete der Prinz ein wenig. Die Farbe gab seinem Gesicht etwas Leben zurück. Er zauderte kurz, setzte sich dann widerstrebend und resigniert wieder hin.

«So», sagte Ryan hitzig, «ich glaube, ich weiß, was an Ihnen nagt, Sir. Sie kommen sich wie ein Versager vor, weil Sie gestern nicht John Wayne spielten und die Killer selbst erledigten, stimmt's?» Der Prinz antwortete nicht und nickte auch nicht, aber ein düsterer Ausdruck um die Augen war Antwort genug.

«Was für ein Scheiß!» sagte Ryan laut. Tony Wilson wurde in seiner Ecke blaß wie ein Gespenst. Ryan konnte es ihm nicht übelnehmen.

«Sie sollten es rational sehen, Sir», fügte Ryan hastig hinzu. «Sie haben doch eine militärische Ausbildung bei mehreren Waffengattungen, ja? Sie haben sich als Pilot qualifiziert, sind mit dem Fallschirm abgesprungen und haben sogar ein eigenes Schiff kommandiert?» Er bekam ein Nicken. Zeit für die nächste Stufe. «Dann gibt es keine Entschuldigung. Sie sollten genug Verstand haben, um die Sache so zu sehen, wie sie war. Sie sind doch nicht blöd, oder?»

«Könnten Sie sich vielleicht etwas deutlicher ausdrücken?» Eine Spur von Zorn, dachte Ryan. Gut!

«Benutzen Sie Ihren Verstand. Sie sind doch ausgebildet worden, solche Sachen durchzudenken, nicht wahr? Führen Sie sich die Situation von gestern vor Augen. Sie sitzen in einem gestoppten Auto, und draußen stehen zwei oder drei Killer mit automatischen Waffen. Das Auto ist gepanzert, aber Sie sitzen in der Falle. Was können Sie tun? So, wie ich es sehe, haben Sie drei Möglichkeiten:

Erstens: Sie können einfach dasitzen und vor Angst in die Hose machen. Mein Gott, das ist das, was die meisten normalen Leute täten, wenn sie auf diese Weise überrascht würden. Es ist wahrscheinlich die normale Reaktion. Aber Sie taten es nicht.

Zweitens: Sie können versuchen, aus dem Wagen zu steigen und etwas zu tun, nicht wahr?»

«Ja, das hätte ich machen sollen.»

«Falsch!» Ryan schüttelte nachdrücklich den Kopf. «Tut mir leid, Sir, aber das wäre das Ende gewesen. Der Kerl, den ich angegriffen habe, wartete nur darauf, daß Sie das machten. Er hätte Ihnen eine Neun-Millimeter-Kugel in den Kopf gejagt, ehe Sie ganz ausgestiegen wären. Sie sehen aus, als ob Sie gut in Form sind. Sie sind sicher ziemlich schnell – aber vor einer Kugel hat noch niemand weglaufen können, Sir. Wenn Sie das getan hätten, wären Sie höchstwahrscheinlich getötet worden, und Ihre Familie mit Ihnen.

Drittens: die letzte Möglichkeit. Sie geben Ihrer Familie Deckung, so gut es geht, und beten, daß rechtzeitig Verstärkung kommt. Sie wissen, daß Sie nicht weit von zu Haus entfernt sind. Sie wissen, daß Polizisten und Soldaten in der Nähe sind. Deshalb sind Sie sich auch bewußt, daß die Zeit auf Ihrer Seite ist, wenn Sie ein paar Minuten überleben. Inzwischen schützen Sie Ihre Familie, so gut Sie können. Sie sagen ihnen, daß sie sich auf den Boden des Wagens legen sollen, und legen sich auf sie, so daß die Terroristen ihnen nur etwas antun können, wenn sie zuerst Sie töten. Und genau *das* haben Sie getan, mein Freund.» Ryan hielt einen Moment inne, damit der Prinz von Wales seine Ausführungen verarbeiten konnte.

«Verdammt noch mal, Sie haben genau das Richtige getan!» Ryan beugte sich vor, bis seine Schulter ihn zwang, sich stöhnend zurückzulegen. Das Schmerzmittel schien doch nicht so gut zu sein. «Jesus, das tut weh. Sehen Sie, Sir, Sie saßen in der Falle und hatten nicht viele Möglichkeiten. Aber Sie benutzten Ihren Verstand und entschieden sich für die beste, die es gab. Vielleicht taten Sie es auch instinktiv. Ich hätte es nicht besser machen können. Es gibt also nichts, rein gar nichts, weswegen Sie sich Vorwürfe machen müssen. Und wenn Sie mir nicht glauben, fragen Sie Wilson. Er ist Bulle.» Der Prinz wandte den Kopf.

Der Beamte der Antiterror-Abteilung räusperte sich. «Verzeihen Sie, Königliche Hoheit, aber Doktor Ryan hat ganz recht. Wir haben gestern über..., über dieses Problem gesprochen und sind zu demselben Schluß gekommen.»

Ryan blickte zu ihm hinüber. «Wie lange habt ihr dazu gebraucht, Tony?»

»Ungefähr zehn Minuten.»

«Das sind sechshundert Sekunden, Euer Hoheit. Aber Sie mußten... wieviel Zeit hatten Sie? Fünf Sekunden? Vielleicht drei? Nicht viel für eine Entscheidung, bei der es um Leben und Tod geht, nicht? Hören Sie, Mister, ich würde sagen, Sie waren verdammt gut. Ihre Ausbildung hat sich gelohnt. Und wenn es ein anderer gewesen wäre, und Sie müßten sein Verhalten beurteilen, würden Sie dasselbe sagen, genau wie Tony und seine Freunde.»

«Aber die Presse...»

«Oh, diese blöden Zeitungen!» zischte Ryan und fragte sich, ob er zu weit gegangen war. «Was verstehen die Reporter denn davon oder von irgendwas anderem? Sie dagegen sind ein Profi, ein Profi mit einer gründlichen militärischen Ausbildung. Sie haben oft genug bewiesen, daß Sie Mumm haben.»

Jack konnte sehen, daß der Prinz nachdachte. Er saß jetzt ein bißchen aufrechter. Das Lächeln auf seinen Lippen war trübe, aber wenigstens echt.

«Ich bin es nicht gewohnt, daß man so offen mit mir redet.»

«Sie können mir ja den Kopf abhacken lassen.» Ryan feixte. «Sie sahen so aus, als ob Sie es nötig hätten. Ich werde mich jetzt nicht entschuldigen, Sir. Statt dessen... Warum sehen Sie nicht in den Spiegel da drüben? Ich wette, der Bursche, den Sie erblicken werden, sieht besser aus als der von heute morgen beim Rasieren.»

«Glauben Sie wirklich, was Sie da eben gesagt haben?»

«Selbstverständlich. Sie brauchen die Situation doch nur objektiv zu betrachten. Das Problem, vor das Sie gestern gestellt wurden, war übler als jede Aufgabe, die ich jemals in Quantico bekommen habe, aber Sie haben es geschafft. Hören Sie zu, ich will Ihnen eine Geschichte erzählen.

Es ist der erste Tag in Quantico, der erste Tag des Offizierskurses. Sie lassen uns antreten, und wir lernen unseren Schleifer kennen, Schützen-Sergeant Willie King, einen bulligen Schwarzen. Wir nannten ihn King Kong Zwo. Wie dem auch sei, er musterte uns von oben bis unten und sagt: ‹Mädels, ich hab' eine gute Nachricht für euch und eine schlechte. Die gute ist, wenn ihr beweist, daß ihr gut genug seid, um diesen Kurs zu überstehen, braucht ihr nichts mehr zu beweisen, solange ihr lebt.› Er wartet ein paar Sekunden, und dann: ‹Die schlechte Nachricht ist, daß ihr es *mir* beweisen müßt.›»

«Sie waren der Kursbeste», sagte der Prinz. Er war ebenfalls unterrichtet worden.

«In dem Kurs war ich nur dritter. Erster war ich dann beim Offiziers-Grundkurs. Aber ich kam einigermaßen zurecht. Ich werde den Drill-Lehrgang nie vergessen. Das einzig Leichte war schlafen – wenn man von morgens bis abends auf Trab ist, schläft man garantiert wie ein Stein. Aber sehen Sie, King Kong Zwo hatte beinahe recht.

Wenn man es in Quantico geschafft hat, weiß man, daß man etwas geleistet hat. Danach gab es nur noch *eines*, das ich beweisen mußte, und die Marines hatten nichts damit zu tun.» Ryan machte eine

Pause. «Dieses eine heißt Sally. Na, jedenfalls sind Sie und Ihre Familie am Leben. Meinetwegen, ich habe dabei geholfen – aber Sie auch. Und wenn irgendein neunmalkluger Reporter etwas anderes sagt, haben Sie immer noch den Tower, nicht wahr? Ich erinnere mich, was letztes Jahr über Ihre Frau in der Presse stand. Zum Teufel, wenn jemand so über Cathy geredet hätte, hätte ich ihm für immer das Maul gestopft.»

«Oh», sagte der Prinz.

«Ja, mit dieser Faust hier! Ich nehme an, das gehört zu den Problemen, wenn man eine wichtige Persönlichkeit ist – man kann nicht einfach zurückschlagen. Zu schade. Die Leute in der Branche sollten bessere Manieren haben, und Leute wie Sie sollten das Recht auf ein bißchen Privatsphäre haben, genau wie wir anderen.»

«Und was ist mit Ihren Manieren, Sir John?» Jetzt kam ein richtiges Lächeln.

«*Mea maxima culpa*, Königliche Hoheit. Ein Punkt für Sie.»

«Trotzdem, es gäbe uns wahrscheinlich nicht mehr, wenn Sie nicht gewesen wären.»

«Ich konnte nicht einfach daliegen und zusehen, wie ein paar Menschen abgeknallt werden. Ich wette, Sie hätten das gleiche getan, wenn es anders herum gewesen wäre.»

«Glauben Sie das wirklich?» sagte der Prinz überrascht.

«Sir, wollen Sie mich auf den Arm nehmen? Wer dumm genug ist, aus einem Flugzeug zu springen, ist dumm genug, alles zu versuchen.»

Der Prinz stand auf und trat zu dem Wandspiegel. Was er dort sah, gefiel ihm sichtlich. «Hm», machte er, zu dem Glas gewandt. Er kam zurück, um seinen letzten Selbstzweifel zu artikulieren.

«Und wenn Sie an meiner Stelle gewesen wären?»

«Wahrscheinlich hätte ich in die Hose gemacht», entgegnete Ryan. «Sie sind mir gegenüber im Vorteil. Sie haben sicher ein paar Jahre über dieses Problem nachgedacht, nicht wahr? Mein Gott, Sie sind praktisch damit aufgewachsen, und Sie haben die Grundausbildung absolviert – vielleicht auch Marineinfanterie?»

«Ja, richtig.»

Ryan nickte. «Gut, dann haben Sie sich die Möglichkeiten vorher überlegt. Die Terroristen haben Sie überrascht, aber die Ausbildung kam sofort durch. Sie taten genau das Richtige. Ehrlich. Setzen Sie sich bitte, und Tony kann uns vielleicht einen Kaffee einschenken.»

Wilson tat es, obgleich ihm in nächster Nähe des Thronerben

sichtlich unbehaglich war. Der Prinz von Wales trank, und Ryan steckte sich eine von Wilsons Zigaretten an. Der Prinz betrachtete ihn mißbilligend.

«Das ist nicht gut für Sie», bemerkte er.

Ryan lachte. «Hoheit, seit meiner Ankunft in diesem Land bin ich um ein Haar von einem Bus überfahren worden, ich bin fast von einem verdammten Linksradikalen abgeknallt worden, und zu guter Letzt hätte mich beinahe einer von Ihren Rotröcken aufgespießt.» Er wedelte mit der Zigarette durch die Luft. «Das ist das *Sicherste*, was ich getan habe, seit ich hier bin. Ein schöner Urlaub!»

«Gutes Argument», räumte der Prinz ein. «Und Sie haben Sinn für Humor, Doktor Ryan.»

«Ich nehme an, das Valium, oder was immer sie mir geben, hilft. Übrigens, ich heiße Jack.» Er streckte die Hand aus. Der Prinz nahm sie.

«Ich hatte gestern Gelegenheit, Ihre Frau und Ihre Tochter kennenzulernen. Wie ich höre, ist Ihre Frau eine ausgezeichnete Ärztin. Und Ihre kleine Tochter ist sehr niedlich.»

«Danke. Wie gefällt es Ihnen, Vater zu sein?»

«Wenn man zum erstenmal ein neugeborenes Kind auf dem Arm hält...»

«Ja», sagte Jack. «Ja, Sir, das ist es, worum sich alles dreht.» Er verstummte abrupt.

Das ist es, sagte sich Ryan. Ein vier Monate altes Baby. Wenn sie ihn und die Prinzessin entführen, hm..., keine Regierung kann Terroristen nachgeben. Die Politiker und die Polizei müssen einen Maßnahmenkatalog dafür parat gehabt haben. Sie würden in dieser Stadt keinen Stein auf dem anderen lassen, aber sie würden – könnten – nicht verhandeln, und das wäre zu schade für die beiden Erwachsenen, aber ein kleines Kind... Verdammt, das wäre ein echtes Druckmittel gewesen, um sie zu erpressen. Was sind das für Menschen, die...

«Scheißkerle», flüsterte er vor sich hin. Wilson wurde blaß, aber der Prinz erriet, worüber er nachdachte.

«Bitte?»

«Die Kerle haben gar nicht versucht, Sie zu töten. Mein Gott, ich wette, Sie waren nicht mal das eigentliche Ziel...» Ryan nickte langsam. Er suchte in seinem Gedächtnis nach Informationen über die ULA, die ihm vor Augen gekommen waren. Es waren nicht viele gewesen – die ULA war nie sein Gebiet gewesen. Ein paar magere

Erkenntnisse von Nachrichtendiensten gemischt mit Spekulationen. «Ich wette, sie wollten Sie überhaupt nicht töten. Und als Sie sich über Ihre Frau und Ihr Kind warfen, haben Sie ihr Vorhaben zunichte gemacht. Ja, vielleicht, aber vielleicht haben Sie einfach..., vielleicht haben Sie sie nur aus dem Konzept gebracht, und der Zeitplan kam durcheinander.»

«Was meinen Sie damit?» fragte der Prinz.

«Diese verdammten Pillen verlangsamen die Gehirntätigkeit», sagte Ryan mehr zu sich selbst. «Hat die Polizei Ihnen gesagt, was die Terroristen vorhatten?»

Der Prinz setzte sich kerzengerade auf. «Ich kann leider nicht...»

«Sie müssen auch nicht», unterbrach Ryan ihn. «Haben sie Ihnen gesagt, daß das, was Sie taten, Sie alle gerettet hat – ohne jeden Zweifel?»

«Nein, aber...»

«Tony?»

«Man hat mir gesagt, daß Sie ein schlauer Bursche seien, Jack», sagte Wilson. «Ich fürchte, ich kann mich nicht näher dazu äußern. Euer Königliche Hoheit, Doktor Ryan könnte recht haben.»

«Inwiefern?» fragte der Prinz verwirrt.

Ryan erläuterte. Es dauerte nur wenige Minuten.

«Wie sind Sie zu diesem Schluß gekommen, Jack?»

Ryans Verstand klopfte die Hypothese immer noch ab. «Sir, ich bin Historiker – ich habe also im wesentlichen das gleiche getan. Wenn man es sich überlegt, ist es gar nicht so schwer. Man sucht augenscheinliche Ungereimtheiten, und dann versucht man herauszufinden, warum sie in Wahrheit nicht ungereimt sind. Es ist alles nur Spekulation meinerseits, aber ich wette, daß Tonys Kollegen diese Spur weiterverfolgen.» Wilson sagte nichts. Er räusperte sich – das war Antwort genug.

Der Prinz schaute in seine Kaffeetasse. Er dachte mit kaltem Zorn darüber nach, was hätte geschehen können.

«Nun, sie haben ihre Chance gehabt, nicht wahr?»

»Ja, Sir. Ich glaube, wenn sie es noch einmal versuchen, wird es ein bißchen schwieriger sein. Stimmt's Tony?»

«Ich bezweifle sehr, daß sie es je wieder versuchen werden», erwiderte Wilson. «Der Anschlag dürfte uns wichtige Erkenntnisse liefern. Die ULA hat eine unsichtbare Linie überschritten. Politisch gesehen, hätte ein Erfolg ihre Position vielleicht gestärkt, aber es war kein Erfolg. Also wird es ihnen schaden und sie viele ‹Sympathisanten› kosten. Einige Leute, die sie kennen, werden nun erwägen zu reden – natürlich nicht mit uns, das ist mir klar, aber einiges von dem, was sie sagen, wird früher oder später zu uns durchsickern. Die ULA war schon vorher ein Außenseiter, und jetzt wird sie es noch mehr sein.»

Werden sie daraus etwas lernen? fragte Jack sich. Und wenn ja, was? Das ist die Frage. Er wußte, daß es nur zwei mögliche Antworten gab, und die waren diametral entgegengesetzt. Er beschloß, sich einen Knoten ins Taschentuch zu machen. Er würde es im Auge behalten, wenn er wieder zu Hause war. Jetzt war es keine akademische Übung mehr. Der Einschuß in seiner Schulter bewies das.

Der Prinz stand auf. «Sie müssen mich jetzt entschuldigen, Jack. Ich fürchte, mein Terminkalender für heute ist ziemlich voll.»

«Sie müssen sich schon wieder in der Öffentlichkeit zeigen, nicht?»

«Wenn ich mich verstecke, haben sie gewonnen. Das verstehe ich jetzt besser als vorhin, ehe ich hierher kam. Und ich muß Ihnen noch für etwas anderes danken.»

«Sie wären früher oder später selbst daraufgekommen. Aber es ist nie zu früh, finden Sie nicht?»

«Wir sollten uns öfter sehen.»

«Sehr gern, Sir. Aber ich fürchte, ich werde fürs erste hier drin bleiben müssen.»

«Wir reisen bald ins Ausland – übermorgen. Ein Staatsbesuch in Neuseeland. Vielleicht sind Sie schon wieder in den Staaten, wenn wir zurück sind.»

«Ist Ihre Frau dem gewachsen, Hoheit?»

«Ich denke, ja. Der Arzt sagt, ein Tapetenwechsel wäre vielleicht das Beste. Es war ein schreckliches Erlebnis für sie, aber» – er lächelte – «ich glaube, für mich war es letzten Endes noch schlimmer.»

Das kaufe ich dir ab, dachte Ryan. Sie ist jung, sie wird schnell darüber wegkommen, und sie hat wenigstens etwas Positives, an das sie sich erinnern kann. Wenn man seine Familie mit dem eigenen Körper vor den Kugeln abschirmt, festigt man unweigerlich die Beziehung zum Partner. «He, sie weiß ganz bestimmt, daß Sie sie lieben, Sir.»

«Das tue ich», sagte der Prinz ernst. Dann streckte er die Hand aus. «Sir John, nochmals vielen Dank. Für alles.»

Ryan schaute ihm nach, als er mit schnellen Schritten das Zimmer verließ.

«Tony, wissen Sie den Unterschied zwischen ihm und mir? Ich kann sagen, daß ich bei der Marineinfanterie war, und das reicht. Aber der arme Kerl muß es jeden Tag beweisen, allen Leuten, die er trifft. Ich nehme jedenfalls an, daß man das tun muß, wenn man ständig im Mittelpunkt der öffentlichen Aufmerksamkeit steht.» Jack schüttelte den Kopf. «Den Job möchte ich nicht haben, nicht für alles Geld der Welt.»

«Er ist dafür geboren», sagte Wilson.

Ryan dachte darüber nach. «Es gibt einen Unterschied zwischen Ihrem Land und meinem. Sie glauben, die Leute seien für etwas geboren. Wir glauben, daß sie hineinwachsen müssen. Es ist nicht dasselbe, Tony.»

«Na ja, aber Sie gehören jetzt dazu, Jack.»

«Ich glaube, ich sollte gehen.» David Ashley sah auf das Fernschreiben, das er in der Hand hielt. Es beunruhigte ihn, daß sie ausdrücklich ihn angefordert hatten. Die IRA wußte, wer er war, und sie wußte, daß der Sicherheitsdienst ihm diesen Fall übergeben hatte. Wie zum Teufel hatten sie das erfahren?

«Sie haben recht», sagte James Owens. «Da sie unbedingt mit uns reden wollen, werden sie uns vielleicht etwas Nützliches mitteilen. Es besteht natürlich ein gewisses Risiko. Sie könnten jemanden mitnehmen.»

Ashley überlegte. Es bestand die Möglichkeit, daß sie ihn entführten..., aber die IRA hatte einen Ehrenkodex. Sie benahmen sich wie Gentlemen – nach ihrer eigenen Definition. Sie ermordeten ihre Opfer kaltblütig, aber sie würden nie in den Drogenhandel einsteigen. Ihre Bomben mochten Kinder töten, aber sie entführten nie eines. Ashley schüttelte den Kopf.

«Nein, Leute vom Secret Service haben sich schon früher mit ihnen getroffen, und es hat nie Probleme gegeben. Ich fahre allein.» Er wandte sich zur Tür.

«Daddy!» Sally kam ins Zimmer gerannt, blieb kurz vor dem Bett stehen und überlegte, ob sie hinaufklettern konnte, um ihrem Vater einen richtigen Kuß zu geben.

«Hi, Daddy.» Sie küßte ihn auf die ausgestreckte Hand.

«Sally, wie geht es dir heute?»

«Sehr gut. Was ist das?»

«Man nennt es einen Gipsverband», antwortete Cathy Ryan, die jetzt ihren Mann auch richtig begrüßt hatte. «Ich dachte, du wolltest auf die Toilette, Sally.»

«Ich glaube, es ist da drüben», sagte Jack. «Aber ich bin nicht sicher.»

«Das hab ich mir auch gedacht», erwiderte Cathy. «Los, komm jetzt, Sally.»

Hinter den beiden war ein Mann ins Zimmer getreten. Ryan betrachtete ihn – Ende zwanzig, sportlicher Typ und natürlich gut angezogen. Außerdem sieht er sehr gut aus, dachte er.

«Guten Tag, Doktor Ryan», sagte er. «Ich bin William Greville.»

Jack riet. «Welches Regiment?»

«Zweiundzwanzigstes, Sir.»

«Special Air Service?» Greville nickte, mit einem zurückhaltenden, aber stolzen Lächeln auf den Lippen.

«Sie schicken nur das Beste», murmelte Jack vor sich hin. «Sonst noch jemand?»

«Ja, ein Fahrer. Sergeant Michaelson, ein Polizist vom Diplomatenschutz.»

«Warum Sie und nicht ein weiterer Polizist?»

«Soweit ich es verstanden habe, möchte Ihre Frau etwas von der näheren und weiteren Umgebung sehen. Mein Vater kennt sich gut mit verschiedenen Schlössern aus, und Ihre Majestät dachte, Ihre Frau hätte gern einen, hm, einen Begleiter, der mit den Sehenswürdigkeiten vertraut ist. Vater hat mich durch fast jedes alte Haus in England geschleift, müssen Sie wissen.»

«Passen Sie gut auf sie auf ... Lieutenant?»

«Captain», verbesserte Greville. «Das werden wir tun, Sir.» Ryan sah dem jungen Offizier nach, als Cathy und Sally aus dem Bad zurückkamen.

«Wie findest du ihn?» fragte Cathy.

«Sein Daddy ist ein Graf!» verkündete Sally. «Er ist sehr nett.»

«Wie bitte?»

«Sein Vater ist Viscount Soundso», erläuterte seine Frau, während sie zum Bett ging. «Du siehst schon viel besser aus.»

«Du auch, Schatz.» Jack reckte den Hals, um seiner Frau den Kuß zu erleichtern.

«Jack, du hast geraucht!» Sie hatte ihm vor der Hochzeit so sehr zugesetzt, daß er das Rauchen aufgegeben hatte.

Ihr verdammter Geruchssinn, dachte er. «Sei nett zu mir, ich habe einen schweren Tag hinter mir.»

«Verräter!» zischte sie.

Ryan blickte zur Decke. Für die ganze Welt bin ich ein Held, aber ein paar Zigaretten reichen, daß meine Frau mich zum Verräter stempelt.

«Drück doch mal ein Auge zu, Schatz.»

«Wo hast du sie her?»

«Ich hab hier einen Bullen, der sich um mich kümmert. Er mußte vor ein paar Minuten irgendwohin.»

Cathy blickte sich nach der schuldigen Zigarettenschachtel um. Jack hatte sie unter dem Kopfkissen versteckt. Cathy setzte sich, und Sally kletterte auf ihren Schoß.

«Wie fühlst du dich?»

«Ich weiß, daß es da ist, aber ich kann damit leben. Wie ist es euch gestern abend ergangen?»

«Du weißt, wo wir jetzt wohnen, ja?»

«Ich habe es gehört.»

«Es ist wie im Märchen.» Dr. med. Caroline Muller Ryan feixte.

Dr. phil. John Patrick Ryan wackelte mit den Fingern seiner linken Hand. «Ich schätze, ich bin derjenige, der das Nachsehen hat. Du wirst die Ausflüge, die wir für uns geplant haben, jetzt allein machen. Na ja.»

«Es stört dich doch nicht?»

«Wir haben den Urlaub hauptsächlich geplant, damit du von den Krankenhäusern wegkommst. Es wäre Unsinn, all die Filme unbelichtet wieder mit nach Hause zu nehmen.»

«Mit dir zusammen würde es viel mehr Spaß machen.»

Jack nickte. Er hatte sich darauf gefreut, die Schlösser zu besichtigen, die sie auf die Liste gesetzt hatten. Wie viele Amerikaner lehnte er das britische Klassensystem ab, aber das hinderte ihn nicht daran, von ihren Herrschaftssitzen fasziniert zu sein.

«Ich habe mir dein Krankenblatt angesehen, als wir hierher kamen», sagte Cathy.

«Und?»

«Du machst gute Fortschritte. Wie ich sehe, kannst du deine Finger bewegen. Ich hatte mir Sorgen darüber gemacht.»

«Warum?»

«Der Brachialplexus – das ist ein Nervengeflecht in der Schulter. Die Kugel hat es um ungefähr vier Zentimeter verfehlt. Das ist der Grund, weshalb du deine Finger bewegen kannst. Du hast so schrecklich geblutet, daß ich dachte, die Schulterarterie wäre getroffen, und sie läuft genau an den Nerven vorbei. Dann hättest du den Arm nie wieder brauchen können. Aber», sie lächelte, «du hattest Glück im Unglück. Nur zersplitterte Knochen. Es tut weh, aber es verheilt.»

Ärzte sind so herrlich objektiv, dachte Ryan, sogar diejenigen, die man heiratet. Als nächstes wird sie mir erklären, daß die Schmerzen gut für mich seien.

«Schmerzen haben etwas Gutes», fuhr Cathy fort. «Sie sagen einem, daß die Nerven noch funktionieren.»

Jack machte die Augen zu und schüttelte den Kopf. Als er fühlte, daß Cathy seine Hand nahm, öffnete er sie.

«Jack, ich bin so stolz auf dich.»

«Ein gutes Gefühl, mit einem Helden verheiratet zu sein?»

«Für mich bist du immer einer gewesen.»

«Wirklich?» *Das* hatte sie noch nie gesagt. Inwiefern war es heldenhaft, Historiker zu sein? Was er noch tat, wußte sie nicht, aber das war auch nicht besonders heldenhaft.

«Seitdem du zu Daddy gesagt hast, er könnte... na ja, du weißt schon. Außerdem liebe ich dich, falls du das vergessen haben solltest.» Sie blickte auf, denn Wilson trat ins Zimmer.

«Tony, das ist Cathy, meine Frau, und das ist Sally, meine Tochter. Cathy, darf ich bekannt machen, Tony Wilson. Er ist der Beamte, der auf mich aufpaßt.»

«Habe ich Sie nicht schon gestern abend gesehen?» Cathy vergaß nie ein Gesicht – soweit Jack es beurteilen konnte, gab es überhaupt kaum etwas, das sie je vergaß.

«Gut möglich, aber wir hatten leider keine Gelegenheit, uns zu unterhalten. Geht es Ihnen gut, Lady Ryan?»

«Verzeihung?» sagte Cathy. «Lady Ryan?»

«Haben sie es dir nicht erzählt?» Jack schmunzelte.

«Was?»

Jack erklärte. «Wie gefällt es dir, mit einem Ritter verheiratet zu sein?»

«Mußt du jetzt ein Pferd haben, Daddy?» fragte Sally hoffnungsvoll. «Kann ich auch darauf reiten?»

«Ist das beschlossene Sache?»

«Die Queen hat gesagt, die Premierministerin und der Präsident würden noch heute darüber sprechen.»

«Mein Gott.» Cathy schüttelte den Kopf. Nach einem Moment fing sie an zu lächeln.

«Du wirst es überleben», tröstete Jack sie.
«Was ist mit dem Pferd, Daddy?» beharrte Sally.
«Ich glaube, Daddy muß jetzt ausruhen», bemerkte Cathy. «Und ich muß unbedingt für heute abend was zum Anziehen kaufen. Rätst du, wer mich zum Dinner gebeten hat?»
«O ja... Das bedeutet natürlich eine komplette neue Garderobe», stöhnte er.
Cathy schmunzelte. «Und wessen Schuld ist das, Sir John?»

Sie trafen sich in Flanagan's Steak House in der O'Connell Street in Dublin. Es war ein beliebtes Restaurant, dessen Touristenzustrom ein wenig darunter litt, daß es zu nahe bei einem McDonald war. Ashley trank von seinem Whisky, als der Mann zu ihm trat. Zwei andere nahmen an einem Tisch auf der anderen Seite des Lokals Platz und beobachteten die Szene. Ashley war allein gekommen. Es war nicht das erste Treffen dieser Art, und Dublin wurde – die meiste Zeit – als neutraler Boden anerkannt. Die beiden Männer auf der anderen Seite waren gekommen, um auf Angehörige der *Garda,* der Polizeitruppe der Republik Irland, zu achten.

«Willkommen in Dublin, Mr. Ashley», sagte der Vertreter des Provisorischen Flügels der Irisch-Republikanischen Armee.
«Danke, Mr. Murphy», sagte der Beamte der Spionageabwehr. «Das Foto in unseren Akten wird Ihnen nicht gerecht.»
«Damals war ich jung und dumm. Und sehr eitel. Ich habe mich fast nie rasiert», erläuterte Murphy. Er nahm die Speisekarte, die vor ihm lag. «Der Braten ist hier ausgezeichnet, und das Gemüse ist immer frisch. Im Sommer ist der Laden voll von Touristen, und sie treiben die Preise hoch. Aber jetzt sind sie Gott sei Dank wieder zu Haus in Amerika. Nachdem sie eine Menge Geld in unserem armen Land gelassen haben.»
«Was für Informationen haben Sie für uns?»
«Informationen?»
«*Sie* haben um das Treffen gebeten, Mr. Murphy», betonte Ashley.
«Wir wollen Ihnen versichern. daß wir nichts mit dem blutigen Fiasko von gestern zu tun hatten.»
«Das hätte ich in den Zeitungen lesen können – ich habe es übrigens getan.»
«Wir meinten, daß eine persönliche Mitteilung angebracht sei, Mr. Ashley.»
«Warum sollten wir Ihnen glauben?» fragte Ashley und trank wie-

der einen Schluck. Obgleich jeder wußte, was der andere von ihm hielt, sprachen sie leise und gleichmütig.

«Weil wir nicht so verrückt sind, uns für so etwas herzugeben», antwortete Murphy. Der Kellner kam, und sie bestellten. Ashley wählte den Wein aus, einen vielversprechenden Bordeaux. Das Essen ging auf sein Spesenkonto. Er war erst vor vierzig Minuten aus der Maschine von Gatwick gestiegen. Die Bitte um ein Treffen war vor Morgengrauen in einem Anruf beim britischen Botschafter in Dublin geäußert worden.

«Stimmt das wirklich?» fragte Ashley, als der Kellner sich entfernt hatte, und fixierte die kalten blauen Augen auf der anderen Seite des Tisches.

«Die königliche Familie ist für uns streng tabu. Sie wären vielleicht alle ein erstklassiges politisches Ziel» – Murphy lächelte dünn –, «aber wir wissen seit einiger Zeit, daß ein Angriff auf sie kontraproduktiv wäre.»

«Tatsächlich?» Ashley sprach das Wort so aus, wie nur ein Engländer es kann. Murphy verfärbte sich bei dieser vornehmsten aller Beleidigungen.

«Mr. Ashley, wir sind Feinde. Ich würde Sie lieber töten, als hier mit Ihnen etwas essen. Aber selbst Feinde können miteinander verhandeln, nicht wahr?»

«Fahren Sie fort.»

«Wir hatten nichts damit zu tun. Sie haben mein Wort.»

«Ihr Wort als Marxist-Leninist?» fragte Ashley lächelnd.

«Sie können sehr gut provozieren, Mr. Ashley.» Murphy lächelte ebenfalls. «Aber bitte nicht heute. Ich bin in einer Friedens- und Verständigungsmission hier.»

Ashley hätte um ein Haar laut gelacht, beherrschte sich aber und grinste nur in sein Glas.

«Mr. Murphy, ich würde keine Träne vergießen, wenn unsere Jungs Sie erwischen sollten, aber ich kann sagen, Sie sind ein würdiger Gegner. Und ein charmanter Bastard.»

Oh, der britische Sinn für Humor, überlegte Murphy im stillen. Das ist der Grund, weshalb wir letzten Endes siegen werden, Mr. Ashley.

Nein, das werdet ihr nicht. Ashley kannte den Blick.

«Was kann ich tun, damit Sie mir glauben?» fragte Murphy sachlich.

«Namen und Adressen», erwiderte Ashley gelassen.

«Nein. Das können wir nicht, und Sie wissen es.»

«Wenn Sie irgendeine Gegenleistung wollen, wird Ihnen nichts anderes übrigbleiben.»

Murphy seufzte. «Sie wissen sicher, wie wir organisiert sind. Glauben Sie, wir brauchen nur einen Code in einen Computer einzugeben, und er spuckt unsere Mitgliederliste aus? Wir wissen selbst nicht mal genau, wer sie sind. Manche Leute ziehen sich einfach zurück. Viele kommen in den Süden und verschwinden dann von der Bildfläche, weil sie vor uns mehr Angst haben als vor Ihnen – und das mit Recht», fügte Murphy hinzu. «Der, den Sie lebend erwischt haben, dieser Sean Miller – wir haben vor dem Anschlag nicht mal den Namen gekannt.»

«Und Kevin O'Donnell?»

«Ja, er ist wahrscheinlich der Anführer. Wie Sie wissen, tauchte er vor vier Jahren unter, nachdem... Aber Sie kennen die Geschichte ebensogut wie ich.»

Kevin Joseph O'Donnell, rief Ashley sich ins Gedächtnis. Jetzt vierunddreißig Jahre alt. Gut einsachtzig groß, fünfundsiebzig Kilo schwer, ledig – diese Daten waren alt und deshalb suspekt. Inhaber des IRA-Rekords in «Eigentoren». Kevin war der unerbittlichste Sicherheitschef gewesen, den die Terroristen je gehabt hatten, und sie hatten ihn gehaßt, weil er seine Macht benutzt hatte, um die Organisation von politischen Elementen zu säubern, die ihm nicht genehm waren. Wie groß war die Zahl gewesen – zehn oder fünfzehn Mitglieder? Er hatte sie getötet oder zu Krüppeln gemacht, ehe der Brigadekommandeur ihm auf die Schliche kam. Es ist verblüffend, daß er überhaupt mit dem Leben davonkam, dachte Ashley. Aber in einem irrte Murphy, denn Ashley wußte nicht, was letztlich den Ausschlag gegeben hatte, daß die Brigade O'Donnell für vogelfrei erklärte.

«Ich sehe nicht, warum Sie sich veranlaßt fühlen, ihn und seine Gruppe zu schützen.» Er wußte den Grund, aber warum sollte er nicht die Chance nutzen und dem Kerl ein bißchen zusetzen?

«Und was wird aus der Organisation, wenn wir anfangen zu singen?» fragte Murphy.

«Das ist nicht mein Problem, aber ich verstehe Ihren Standpunkt. Trotzdem, wenn Sie wollen, daß wir Ihnen glauben...»

«Ich werde Ihnen soviel sagen, Mr. Ashley...» Der Kellner kam mit dem Essen. Erstaunlich, wie schnell der Service hier war. Der Mann entkorkte den Wein mit einer geübten Handbewegung und ließ Ashley am Korken riechen und probieren. Der Engländer staunte über die Qualität des Weinkellers.

«Soviel wollen Sie mir sagen...» wiederholte Ashley, als sie wieder allein waren.

«Sie bekommen sehr gute Informationen. Sie würden nicht glauben, wie gut die Informationen sind. Und sie kommen von *Ihrer* Seite der Irischen See, Mr. Ashley. Wir wissen nicht, wer, und wir wissen nicht, wie. Der Bursche, der es herausfand, ist vor vier Jahren gestorben, verstehen Sie?» Murphy probierte den Broccoli. «Da, ich habe Ihnen ja gesagt, das Gemüse ist immer frisch.»

«Vor vier Jahren?»

Murphy blickte auf. «Dann kennen Sie die Geschichte? Das überrascht mich, Mr. Ashley. Wirklich. Ja. Sein Name war Mickey Baird. Er arbeitete eng mit Kevin zusammen. Er war der Junge, der..., na ja, Sie können es erraten. Wir trafen uns in einer Kneipe in Derry, und er sagte, Kevin hätte eine verdammt gute neue Informationsquelle. Am nächsten Tag war er tot. Am Tag danach kamen wir eine Stunde zu spät, als wir bei Kevin klingelten. Seitdem haben wir ihn nicht mehr gesehen. Falls wir ihn finden, werden wir Ihnen die Arbeit abnehmen, Mr. Ashley, und dann können ihre SAS-Killer kommen und die Leiche abholen. Ist das nicht ein faires Angebot? Wir können uns nicht mit dem Feind verbünden, aber Kevin steht auch auf unserer Liste, und wenn wir ihn finden und Sie ihn nicht selbst erledigen wollen, sind wir bereit, es für Sie zu tun, vorausgesetzt natürlich, Sie stören unsere Jungs nicht dabei. Könnten wir uns darauf einigen?»

«Ich werde es weitergeben», sagte Ashley. «Wenn die Entscheidung bei mir läge, würde ich ja sagen. Ich denke, wir können Ihnen in dieser Sache glauben, Mr. Murphy.»

«Danke, Mr. Ashley. So schwer ist es doch nicht gewesen, nicht wahr?» Das Essen war ausgezeichnet.

4

Ryan zwinkerte heftig, um die bläulichen Punkte zu vertreiben, die vor seinen Augen tanzten, als die Fernsehteams ihre Scheinwerfer aufbauten. Warum die Pressefotografen nicht auf die weit bessere TV-Beleuchtung warten konnten, wußte er nicht und machte sich auch nicht die Mühe zu fragen. Alle waren so freundlich, sich nach seinem Befinden zu erkundigen – aber er müßte schon einen Atmungsstillstand haben, um sie aus dem Zimmer zu kriegen.

Es hätte natürlich noch schlimmer sein können. Dr. Scott hatte den Journalisten sehr nachdrücklich gesagt, daß sein Patient Ruhe brauche, um möglichst schnell zu genesen, und Schwester Kittiwake war da, um die Eindringlinge drohend zu beäugen. Zutritt hatten nur so viele Pressevertreter und Fernsehleute, wie ins Zimmer paßten. Mehr hatte Jack nicht erreichen können. Die Kameramänner und Tontechniker beanspruchten immerhin den Platz, den sonst weitere neugierige Reporter eingenommen hätten, die noch lästiger waren.

Die Morgenzeitungen – er hatte die *Times* und den *Daily Telegraph* überflogen – hatten berichtet, er sei ein ehemaliger (oder gegenwärtiger) Angestellter der Central Intelligence Agency, was genau genommen nicht stimmte, und er hatte nicht erwartet, daß dies durchsickern würde. Er dachte unwillkürlich daran, was die Leute in Langley über undichte Stellen gesagt hatten. Diese Komplikation hat mir gerade noch gefehlt!

«Ich wäre soweit», sagte der Beleuchtungstechniker. Er bewies es einen Moment später, indem er drei Scheinwerfer anknipste, die Jack Tränen in die blinzelnden Augen trieben.

«Schrecklich hell, nicht?» sagte ein Reporter mitfühlend, während die Fotografen weiter mit ihren Zoom-Nikons knipsten.

«Das kann man wohl sagen», entgegnete Jack. Jemand klemmte ihm ein doppeltes Mikrofon an den Bademantel.

«Könnten Sie irgend etwas sagen?» bat der Tonmensch.

«Wie gefällt Ihnen Ihr erster Aufenthalt in London, Doktor Ryan?»

«Na ja, kommen Sie mir bloß nicht mit Klagen, daß die Amerikaner dieses Jahr wegbleiben, weil sie Schiß vor den Terroristen haben!» Ryan grinste.

«Wir werden uns hüten!» sagte der Reporter lachend. «In Ordnung?»

Kameramann und Tontechniker bejahten.

Ryan trank von seinem Tee und vergewisserte sich, daß der Aschenbecher außer Sichtweite war. Ein Pressemann erzählte einem Kollegen einen Witz. Es war ein Fernsehkorrespondent von NBC da, und der Londoner Korrespondent der *Washington Post*, aber alle anderen waren britisch. Sie waren übereingekommen, mit dem Rest der Medien zu teilen, weil der Platz einfach nicht für eine richtige Pressekonferenz reichte. Die Kamera surrte los.

«Doktor Ryan, laut Bericht in der amerikanischen und britischen Presse sind Sie ein Angestellter der CIA.»

«Ich habe es heute morgen gelesen. Es hat mich ebenso überrascht wie alle anderen», sagte Ryan lächelnd. «Irgend jemand hat sich geirrt. Ich sehe nicht gut genug aus für einen Spion.»

«Sie bestreiten es also?» fragte der *Daily Mirror*.

«So ist es. Es stimmt einfach nicht. Ich unterrichte Geschichte an der Marineakademie in Annapolis. Das müßte leicht nachzuprüfen sein. Ich habe erst letzte Woche Examen abgehalten. Sie können meine Studenten fragen.» Jack winkte in die Kamera.

«Die Meldung kommt von einer hochgestellten Quelle», bemerkte die *Washington Post*.

«Wenn Sie sich ein wenig mit Geschichte befassen, werden Sie sehen, daß auch hochgestellte Leute sich geirrt haben. Ich glaube, eben das ist hier geschehen. Ich unterrichte. Ich schreibe Bücher. Ich halte Vorträge – okay, ich habe mal einen Vortrag in der Central Intelligence Agency gehalten, aber das war nur die Wiederholung eines Vortrags, den ich vorher am Naval-War-College und bei einem Symposion gehalten hatte. Er war nicht einmal als vertraulich klassifiziert. Vielleicht kommt die Meldung dorther. Wie gesagt, prüfen Sie es nach. Mein Büro ist in der Leahy Hall, die zur Marineakademie gehört. Ich glaube, irgend jemand hat schlicht Mist gebaut.» *Mist gebaut, das ist es.* «Ich kann Ihnen ein Exemplar des Vortrags besorgen. Es ist keine große Sache.»

«Wie gefällt es Ihnen, jetzt im Mittelpunkt zu stehen?» fragte einer der britischen Fernsehleute.

Vielen Dank, daß du das Thema gewechselt hast. «Ich denke, ich könnte ohne das leben. Außerdem bin ich kein Filmstar – sicher, weil ich auch dafür nicht gut genug aussehe.»

«Sie sind viel zu bescheiden, Doktor Ryan», bemerkte eine britische Reporterin.

«Passen Sie bitte auf, was Sie sagen. Meine Frau wird dies wahrscheinlich sehen.» Allgemeines Gelächter. «Ich nehme an, für sie sehe ich gut genug aus. Das reicht mir. Mit allem Respekt, meine Damen und Herren, aber ich bin froh, wenn ich wieder in der Masse untertauchen kann.»

«Halten Sie das für wahrscheinlich?»

«Das kommt darauf an, wieviel Glück ich habe. Und darauf, ob ihr mich laßt.»

«Was sollten wir Ihrer Meinung nach mit dem gefaßten Terroristen tun, mit Sean Miller?» fragte die *Times*.

«Das muß von einem Richter und den Geschworenen entschieden werden. Sie brauchen mich nicht dafür.»

«Finden Sie, wir sollten die Todesstrafe wieder einführen?»

«In meinem Land haben wir sie. Was Ihr Land betrifft, ist das eine Frage für Ihre gewählten Vertreter. Wir leben beide in einer Demokratie, nicht wahr? Die Leute, die Sie wählen, sollen das tun, was die Wähler ihnen auftragen.» *Nicht, daß es immer so herum geht, aber theoretisch sollte es...*

«Sie sind also dafür?» beharrte die *Times*.

«In bestimmten Fällen, nach eingehender juristischer Prüfung, ja. Jetzt werden Sie fragen, ob dies einer von den Fällen ist, ja? Das ist eine akademische Frage. Außerdem bin ich kein Experte für Strafrecht. Mein Vater war Polizist, aber ich bin nur Historiker.»

«Und wie stehen Sie als Amerikaner irischer Herkunft zum Nordirlandproblem?» wollte der *Telegraph* wissen.

«Wir haben in Amerika genug eigene Probleme und müssen uns nicht noch mit Ihren herumschlagen.»

«Dann meinen Sie, wir sollten es lösen?»

«Was denn sonst? Sind Probleme nicht dazu da?»

«Sie haben sicher einen Vorschlag. Die meisten Amerikaner haben einen.»

«Ich unterrichte Geschichte. Ich überlasse es anderen Leuten, sie zu machen. Es ist so ähnlich, wie wenn man Reporter ist», entgegnete

Ryan lächelnd. «Ich kritisiere andere Leute, nachdem sie ihre Entscheidungen längst getroffen haben. Das bedeutet nicht, daß ich wüßte, was heute zu tun wäre.»

«Aber Sie haben gewußt, was Dienstag zu tun war», meinte die *Times*. Ryan nickte.

«Ja, ich nehme an, ich wußte es», sagte Ryan auf dem Bildschirm.

«Schlauer Bursche», murmelte Kevin Joseph O'Donnell in ein Glas mit dunklem Guinness-Bier. Seine Operationsbasis war viel weiter von der Grenze entfernt, als irgend jemand vermutet hätte. Irland ist ein kleines Land, knapp 450 Kilometer lang, und Entfernungen sind nur relativ, besonders für Leute, die über alle erdenklichen Hilfsmittel verfügen. Seine ehemaligen Kollegen von der IRA hatten ein ganzes Netz von konspirativen Häusern längs der Grenze, sehr bequem für einen schnellen Grenzübertritt aus beiden Richtungen. Nicht O'Donnell. Er hatte viele praktische Gründe dafür. Die Briten hatten ihre Informanten und Nachrichtenleute, die dort herumschnüffelten – und die SAS-Truppen, die Personen, die den Fehler gemacht hatten, zu bekannt zu werden, gern auf die schnelle schnappten oder töteten. Die Grenze konnte für beide Seiten ein Vorteil sein. Eine größere Bedrohung war der Provisorische Flügel der IRA selbst. Ein ehemaliger Kollege könnte immer noch sein Gesicht erkennen, obgleich er sich einer kleinen kosmetischen Operation unterzogen und seine Haarfarbe geändert hatte. Aber nicht hier.

Er wandte den Blick von dem Sony-Fernseher und schaute aus den bleiverglasten Fenstern auf das dunkle Meer. Er sah die Lichter einer Autofähre aus Le Havre. Das Panorama war immer schön. Selbst bei Sturm, wenn die Sicht schlecht war, konnte man immer noch das Toben der Elemente genießen und die grauen Brecher beobachten, die an die schrundigen Klippen schlugen. Jetzt, in der kalten und klaren Luft, konnte er bis zum Horizont sehen, wo die Sterne leuchteten, und machte ein Handelsschiff aus, das ostwärts zu einem unbekannten Hafen fuhr. Es gefiel O'Donnell, daß dieser Herrensitz auf der Landzunge früher einem britischen Lord gehört hatte. Es gefiel ihm noch mehr, daß er imstande gewesen war, ihn über eine Scheinfirma zu kaufen, und daß es wenige Fragen gegeben hatte, weil ein angesehener Anwalt mit Bargeld winken konnte. Sie war so wunderbar, diese Gesellschaft – jede Gesellschaft war es, wenn man die notwendigen Mittel hatte... und einen guten Schneider. So seicht waren sie. So wenig politisches Bewußtsein hatten sie. Man muß wissen, wer seine Feinde sind, sagte O'Donnell sich wenigstens zehnmal am Tag. Eine «liberale» demokratische Gesellschaft war allerdings kein Feind. Feinde, das waren Menschen, mit denen man richtig umgehen mußte, mit denen man oft Kompromisse schließen, höflich sein mußte, man mußte sie umgarnen und für seine Zwecke einspannen.

Narren, dumme und ignorante Narren, die es verdienten, daß man sie vernichtete!

Eines Tages würden sie alle verschwinden, genau wie diese Schiffe irgendwann unter den Horizont rutschten. Die Geschichte war eine Wissenschaft, ein zwangsläufiger Prozeß. Dessen war O'Donnell sicher.

Dieser Ryan war immer noch da, sah er, redete immer noch liebenswürdig mit den Idioten von der Presse. Ein Held, Scheiße. Warum hast du deine Nase in etwas gesteckt, was dich nichts anging? Wahrscheinlich aus einem Reflex heraus, antwortete er sich selber. Verdammter naseweiser Narr. Du weißt nicht mal, was hier los ist, oder? Keiner von euch weiß es.

Amerikaner. Die Narren von der IRA reden immer noch gern mit euch, erzählen euch ihre Lügen und geben vor, sie vertreten Irland. Was wißt ihr Yankees denn von irgend etwas? Oh, aber wir können es uns nicht leisten, die Amerikaner vor den Kopf zu stoßen, sagte die IRA immer noch. Diese verdammten Amis mit ihrem vielen Geld und ihrer Überheblichkeit, ihren Vorstellungen von Richtig und Falsch. Wie Kinder, die für die Erstkommunion kostümiert sind. So rein. So naiv. So nutzlos mit ihren mageren Spenden – trotz aller britischen Beschwerden über die US-Sammelaktionen für Irland hatte der Provisorische Flügel in den letzten drei Jahren nicht mal eine Million Dollar bekommen. Alles, was die Amerikaner über Irland wußten, stammte aus ein paar Filmen, von wenigen Liedern zum St. Patrickstag, die sie nur halb behalten hatten, und einer gelegentlichen Flasche Whisky. Was wußten sie vom Leben in Ulster, von der imperialistischen Unterdrückung, der Art und Weise, wie Irland immer noch von dem verwesenden britischen Empire versklavt wurde – das wiederum vom amerikanischen versklavt wurde! Was wußten sie über irgendwas? Aber wir können die Amerikaner nicht vor den Kopf stoßen. Der Anführer der ULA trank sein Bier aus und stellte das Glas auf den kleinen Tisch neben der Sofalehne.

Die Sache erforderte nicht viel, wirklich nicht. Ein klares ideologisches Ziel. Ein paar gute Männer. Freunde, die richtigen Freunde mit

Zugang zu den richtigen Quellen. Das war alles. Warum sich mit blöden Amerikanern belasten, die alles vermasseln. Und einen öffentlichen politischen Flügel – die Sinn Fein entsendet Leute ins Parlament, was für ein Quatsch! Sie warteten und *hofften*, von den britischen Imperialisten eingespannt zu werden. Wertvolle politische Ziele wurden für tabu erklärt. Und dann wunderten sie sich, warum die IRA nichts schaffte. Ihre Ideologie war korrumpiert, und es gab zu viele Leute in der Brigade. Wenn die Briten ein paar faßten, sang jedesmal einer und verpfiff seine Kameraden. Die für diesen Job nötige totale Hingabe konnte nur von wenigen aufgebracht werden – ja, sie erforderte eine zahlenmäßig kleine Elite. Und die hatte O'Donnell. Außerdem muß man den richtigen Plan haben! sagte er sich mit einem feinen Lächeln. Er hatte seinen Plan. Den hat dieser Ryan nicht geändert, erinnerte er sich.

«Der Bastard ist verdammt stolz auf sich, nicht?»

O'Donnell wandte sich zur Seite, nahm die neue Flasche, die ihm gereicht wurde, und füllte sein Glas. «Sean hätte aufpassen sollen, was hinter ihm passiert. Dann wäre dieser Herr aus Amerika jetzt eine Leiche.» Und die Mission wäre erfolgreich gewesen. Verdammt!

«Dafür können wir immer noch sorgen, Sir.»

O'Donnell schüttelte den Kopf. «Wir verschwenden unsere Energie nicht mit belanglosen Dingen. Das macht die IRA seit zehn Jahren, und man sieht ja, wie weit sie es gebracht hat.»

«Und wenn er wirklich von der CIA ist? Wenn wir infiltriert sind, und er nur deshalb da war...»

«Reden Sie keinen Quatsch», knurrte O'Donnell. «Wenn sie einen Tip gekriegt hätten, wären alle Londoner Bullen dagewesen und hätten auf uns gewartet.» Und ich hätte es rechtzeitig gewußt – aber das sagte er nicht laut. Nur ein anderes Mitglied der Organisation wußte von seiner Quelle, und der Mann war in London. «Sie hatten einfach Glück. Gut für sie, schlecht für uns. Nichts als Glück. In deinem Fall waren wir diejenigen, die Glück hatten, nicht wahr, Michael?» Er glaubte wie jeder Ire an Glück. Daran würde die Ideologie nie etwas ändern.

Der jüngere Mann dachte an seine achtzehn Monate im Hochsicherheitstrakt des Gefängnisses von Long Kesh und sagte nichts. O'Donnell zuckte die Achseln, als der Nachrichtensprecher zum nächsten Thema kam. Glück. Das war alles. Ein naseweiser Yankeetourist hatte einfach Glück gehabt. Irgendein zufälliges Ereignis, eine Reifenpanne, eine defekte Batterie in den Funkgeräten oder ein plötzliches Gewitter, hätte die Operation ebensogut fehlschlagen lassen können. Er war ihnen gegenüber insofern im Vorteil, als sie immerfort Glück haben mußten. Er dagegen nur einmal. Er dachte über das nach, was er eben auf dem Bildschirm gesehen hatte, und kam zu dem Schluß, daß Ryan die Mühe nicht lohnte.

Ich darf die Amis nicht vor den Kopf stoßen, dachte er wieder, diesmal ein bißchen verwundert. Warum eigentlich nicht? Sind sie nicht auch der Feind? Hör auf, Junge, jetzt redest du wie diese Idioten vom Provisorischen Flügel. Geduld ist die wichtigste Eigenschaft des wahren Revolutionärs. Man muß den richtigen Augenblick abwarten – und dann entschlossen zuschlagen!

Er wartete auf den nächsten Bericht seiner Quelle.

Das Antiquariat lag in der Burlington Arcade, einer hundertjährigen Ladenstraße, die vom besseren Teil des Piccadilly abging. Auf der einen Seite befand sich ein Schneidergeschäft – hauptsächlich für Touristen, die unter den Lauben Schutz vor den Elementen suchten – und auf der anderen ein Juwelierladen. Das Antiquariat verströmte den spezifischen Geruch, der Bibliophile anzieht wie Blütenduft eine Biene, den leicht modrigen, staubigen Geruch von gilbendem Papier und alten Ledereinbänden. Der Besitzer, dessen Anzug an den Schultern sichtbare Spuren von Staub aufwies, war überraschend jung. Er begann den Tag damit, daß er mit einem Federwisch über die Regale fuhr, und die Bücher schienen den Staub förmlich auszuatmen. Er liebte die Atmosphäre des Ladens, in den sich nur selten ein Tourist verirrte. Er lebte von relativ wenigen zahlungskräftigen Stammkunden aus der Londoner Gesellschaft. Mr. Dennis Cooley, so sein Name, flog oft in eine andere Stadt, um Raritäten aus der Bibliothek eines verstorbenen Gentleman zu ersteigern, und ließ das Geschäft dann in der Obhut einer jungen Dame, die ganz attraktiv gewesen wäre, wenn sie sich etwas mehr Mühe gegeben hätte. Beatrix hatte heute frei.

Mr. Cooley hatte einen antiken Schreibtisch, der hervorragend zum Ambiente des Ladens paßte, und sogar einen ungepolsterten hölzernen Drehstuhl, um den Kunden zu beweisen, daß bei ihm nichts, aber auch gar nichts modern war. Die Buchhaltung wurde handschriftlich geführt. Hier gab es keine elektronischen Rechner. Ein abgegriffenes Hauptbuch aus den dreißiger Jahren verzeichnete Tausende von Transaktionen, und der Katalog bestand aus schlichten Karteikarten in kleinen Holzkisten – ein Titelregister und ein Autorenregister. Geschrieben wurde mit einem Füllhalter mit goldener Feder. Das einzige, was im Trend lag, war das unübersehbare Bitte-nicht-rauchen-Schild. Tabakgeruch wäre dem einzigartigen Geruch des Ladens abträglich gewesen. Der Briefkopf hatte den Zusatz «Lieferant Ihrer Königlichen Hoheiten», gefolgt von den Wappen von vier Mitgliedern der ersten Familien des Landes. Die Burlington Arcade war nur zehn Minuten zu Fuß vom Buckingham-Palast entfernt. Über der verglasten Tür hing eine hundert Jahre alte silberne Glocke. Sie bimmelte.

«Guten Morgen, Mr. Cooley.»

«Guten Morgen, Sir», antwortete Dennis einem seiner Stammkunden, während er sich erhob. Sein Akzent war so neutral, daß angebliche Kenner ihn drei verschiedenen Landesteilen zugeordnet hatten. «Ich habe die Erstauflage von dem Defoe. Wegen der Sie Anfang der Woche anriefen. Sie ist gestern gekommen.»

«Aus der Sammlung in Cork, von der Sie sprachen?»

«Nein, Sir. Ich glaube, sie kommt aus der Bibliothek von Sir John Claggett, bei Swaffham Prior. Ich habe sie in Cambridge gefunden, bei Hawstead.»

«Und es ist wirklich eine Erstausgabe?»

«Gewiß, Sir.» Der Antiquar zeigte keine merkliche Reaktion. All das war ein Code. Cooley flog häufig nach Irland, in die Republik und auch in den nördlichen Teil, um Bücher aus dem Nachlaß verstorbener Sammler oder von Händlern auf dem Land zu kaufen. Wenn der Kunde eine Grafschaft in der Republik Irland erwähnte, meinte er den Bestimmungsort der Information. Wenn er sich hinsichtlich der Ausgabe vergewisserte, ließ er ihre Bedeutung durchblicken. Cooley nahm das Buch vom Regal und legte es auf den Schreibtisch. Der Kunde schlug es vorsichtig auf und fuhr mit dem Finger die Titelseite hinunter.

«Im Zeitalter von Paperbacks und schlechtgebundenen Büchern ...»

«In der Tat.» Cooley nickte. Beide Männer hatten echten Respekt für die Kunst des Buchbindens. Ein Umschlag war eine Tarnung, und eine gute Tarnung wird im Lauf der Zeit solider, als ihr Schöpfer erwartet hat. «Das Leder ist bemerkenswert gut erhalten.» Der Besucher murmelte etwas Zustimmendes.

«Ich muß es haben. Wieviel?»

Der Antiquar antwortete nicht. Statt dessen zog er eine Karteikarte aus dem Kasten und reichte sie dem Kunden hin. Dieser warf nur einen flüchtigen Blick darauf.

«In Ordnung.» Der Kunde setzte sich auf den einzigen anderen Stuhl im Laden und klappte seine Aktentasche auf. «Ich habe noch einen Auftrag für Sie. Das ist eine frühe Ausgabe des *Landpfarrers von Wakefield*. Ich habe sie letzten Monat in einem kleinen Laden in Cornwall gefunden.» Er gab dem Antiquar das Buch. Ein kurzer Blick genügte Cooley, um den Zustand zu erkennen.

«Eine Schande.»

«Kann Ihr Mann es restaurieren?»

«Ich weiß nicht...» Das Leder war rissig, einige Seiten hatten Eselsohren, und der Einband war wellig und abgenutzt.

«Sie haben es auf einem Speicher gefunden, und das Dach hatte eine undichte Stelle», sagte der Kunde gleichgültig.

«Oh?» *Ist die Information so wichtig?* Cooley sah auf. «Wie manche Leute mit Büchern umgehen!»

«Ja, leider.» Der Mann zuckte mit den Schultern.

«Ich werde sehen, was sich tun läßt. Sie wissen ja, Wunder kann er auch nicht vollbringen.» *Ist es so wichtig?*

«Ich verstehe. Er soll bitte sein Bestes tun.» *Ja, es ist sehr wichtig.*

«Selbstverständlich, Sir.» Cooley öffnete die Schreibtischschublade und holte die Kasse heraus.

Dieser Kunde zahlte immer bar. Natürlich. Er zog seine Brieftasche aus dem Jackett und zählte die Fünfzigpfundnoten ab. Cooley zählte nach und legte das Buch in einen festen Umschlag aus Pappe, den er mit einem Bindfaden verschnürte. Bei ihm gab es keine Plastiktüten. Verkäufer und Käufer reichten sich die Hand. Die Transaktion war beendet. Der Kunde ging zum Piccadilly, dann nach rechts, in westlicher Richtung zum Green Park und von dort hinunter zum Palast.

Cooley nahm den Umschlag, der in dem Buch steckte, und legte ihn in eine Schublade. Er machte einen Eintrag ins Hauptbuch und rief sein Reisebüro an, um einen Flug nach Cork zu buchen, wo er einen anderen Antiquar treffen und zusammen mit ihm im Old Bridge zu Mittag essen würde, ehe er wieder heimflog. Beatrix würde sich morgen um den Laden kümmern müssen. Es fiel ihm nicht ein, den Umschlag zu öffnen. Das war nicht seine Aufgabe. Je weniger er wußte, um so sicherer war er, falls er erwischt wurde. Cooley war von Profis ausgebildet worden, und als erste Regel hatten sie ihm «Was man wissen muß und was nicht» eingebleut. Er leitete die

Informationsbeschaffung, und er mußte wissen, wie man das machte. Er mußte nicht immer wissen, wie die beschafften Informationen lauteten.

«Hallo, Doktor Ryan.» Es war eine amerikanische Stimme mit Bostoner Akzent, die Jack an seine Collegezeit erinnerte. Sie klang gut. Der Mann war in den Vierzigern, hatte eine drahtige sportliche Figur und schütteres schwarzes Haar. Er trug eine lange Blumenschachtel unter dem Arm. Wer immer er war, der Polizist im Korridor hatte ihn hereingelassen.

«Guten Tag. Darf man wissen, wer Sie sind?»
«Dan Murray. Ich bin der juristische Attaché der Botschaft. FBI», erklärte der Besucher. «Tut mir leid, daß ich nicht eher kommen konnte, aber es herrschte Hochbetrieb.» Murray hielt dem Kriminalbeamten, der Ryan bewachte – Tony Wilson hatte frei – seinen Plastikausweis hin. Der Polizist entschuldigte sich. Murray nahm Platz.

«Gratuliere. In Anbetracht der Umstände sehen Sie ganz gut aus.»
«Sie hätten die Blumen unten am Empfang lassen können.» Ryan zeigte im Zimmer herum. Trotz all seiner Bemühungen, die ganze Pracht zu verschenken, sah man die Wand vor lauter Rosen nicht.

«Ja, das hab' ich mir fast gedacht. Wie ist das Essen?»
«Krankenhausfraß bleibt Krankenhausfraß.»
«Hab' ich mir auch gedacht.» Murray entfernte die rote Schleife und öffnete die Schachtel. «Wie wär's mit Hamburger und Pommes frites? Zusammen mit einem Shake – Vanille oder Schokolade, Sie haben die Wahl.»

Jack lachte und langte zu.

«Ich bin seit über drei Jahren hier», sagte Murray. «Und dann und wann muß ich einfach zu den Junk-Food-Läden, um mich daran zu erinnern, woher ich komme. Irgendwann hat man von London die Nase voll. Aber das Bier hier ist super. Ich hätte Ihnen gern ein paar Flaschen mitgebracht, aber... na ja, Sie wissen schon.»

«Sie haben soeben einen Freund fürs Leben gewonnen, Mr. Murray, auch ohne Bier.»

«Dan.»

«Jack.» Jack war versucht, den Hamburger hinunterzuschlingen, weil er fürchtete, eine Schwester würde hereinkommen und einen hysterischen Anfall kriegen, aber er zwang sich, ihn zu genießen. Er entschied sich für den Vanille-Shake. «Die Bullen sagen, Sie hätten alle Rekorde gebrochen, als sie mich identifizierten.»

«Das war nicht weiter schwer.» Murray stach einen Strohhalm in den Schokoladen-Shake. «Übrigens, ich soll Sie vom Botschafter grüßen. Er wollte eigentlich mitkommen, aber sie geben nachher eine große Party. Und meine Freunde von der anderen Behörde lassen ebenfalls grüßen.»

«Von welcher anderen Behörde?»

«Die, für die Sie nie gearbeitet haben.» Der FBI-Agent zog die Augenbrauen hoch.

«Oh.» Jack schluckte ein paar Pommes frites hinunter. «Wer zum Teufel hat das herumerzählt?»

«Washington. Irgendein Reporter hat mit dem Referenten von irgend jemandem gegessen – von wem, spielt eigentlich keine Rolle, nicht? Die reden allesamt zuviel. Offensichtlich erinnerte er sich an Ihren Namen ganz hinten im Abschlußbericht und konnte nicht den Mund halten. Langley entschuldigt sich, sie sagten mir, ich solle es Ihnen ausrichten. Ich hab' das Interview im Fernsehen gesehen. Sie haben sich gut aus der Affäre gezogen.»

«Ich habe die Wahrheit gesagt – fast. Alle meine Schecks kamen von der Mitre Corporation. Ein simpler Buchhaltungstrick, und der Beratervertrag war auch mit Mitre.»

«Aber soviel ich weiß, haben Sie die ganze Zeit in Langley gesessen?»

«Ja, in einem Kabuff im zweiten Stock, mit einem Schreibtisch, einem Computerterminal und einem Notizblock. Schon mal da gewesen?»

Murray lächelte. «Ein- oder zweimal. Ich bin auch bei der Terrorismusbekämpfung. Das Bureau hat einen besseren Innenarchitekten. Es ist immer gut, wenn man eine PR-Abteilung hat, wissen Sie.» Murray äffte den Londoner Akzent nach. «Ich hab' ein Exemplar des Berichts gelesen. Gute Arbeit. Wieviel davon haben Sie gemacht?»

«Das meiste. Es war nicht allzu schwer. Ich habe nur einen neuen Gesichtspunkt für die Sache entwickelt.»

«Sie haben ihn an die Briten weitergegeben – ich glaube, er ist vor zwei Monaten für den Secret Service rübergekommen. Soweit ich weiß, hat er ihnen gefallen.»

«Ihre Bullen wissen also Bescheid.»

«Ich bin nicht sicher, das heißt, jetzt kann man wohl davon ausgehen, daß sie es wissen. Owens hat Zugang zu allen Geheimakten.»

«Ashley bestimmt auch.»

«Er ist ein bißchen arrogant, aber verdammt schlau. Er ist bei ‹Fünf›.»

«Was ist das?» fragte Ryan.

«Bei MI-5, dem Security Service. Wir nennen es nur ‹Fünf›. Klingt schön geheimnisvoll.» Murray schmunzelte.

«So was Ähnliches hatte ich mir gedacht. Die anderen beiden haben als Streifenpolizisten angefangen. Man merkt es.»

«Ein paar Leuten ist es ein bißchen sonderbar vorgekommen – der Bursche, der *Agenten und Nachrichtendienste* geschrieben hat, gerät selbst mitten in einen Terroristenanschlag. Das war das Grund, warum Ashley auf der Bildfläche erschien.» Murray schüttelte den Kopf. «Sie würden nicht glauben, was für Zusammentreffen man in meinem Geschäft erlebt. Wie Sie und ich.»

Ryan lehnte sich zurück und sog von seinem Shake. Er schmeckte herrlich.

«Wieviel wissen wir über die Kerle von der ULA?» fragte er. «Ich hab' da in Langley nicht sehr viel gesehen.»

«Kaum etwas. Der Anführer heißt Kevin O'Donnell. Er war vorher beim Provisorischen Flügel der IRA. Er warf zuerst Steine auf Bullen und arbeitete sich dann zum Chef der Spionageabwehr hoch. Die IRA ist sehr gut darin. Es bleibt ihnen nichts anderes übrig. Die Briten arbeiten ständig daran, die Organisation zu infiltrieren. Angeblich ist er ein bißchen übereifrig geworden und hat zu viele Kameraden liquidiert und ist dann nur mit knapper Not dem Exekutionskommando entwischt. Tauchte einfach unter und wurde seitdem nie wieder gesehen. Außerdem ein paar nicht sehr zuverlässige Meldungen – vielleicht hat er einige Zeit in Libyen verbracht, vielleicht ist er mit einem neuen Gesicht nach Ulster zurückgekehrt, vielleicht kann er mit Geld nur so um sich schmeißen – raten Sie mal, woher er es bekommt. Mit Sicherheit wissen wir nur eines: daß er ein unglaublich bösartiger und gefährlicher Bastard ist. Seine Organisation?» Murray stellte seinen Becher weg. «Sie muß klein sein, wahrscheinlich weniger als dreißig Mann. Wir glauben, daß er letzten Sommer bei dem Ausbruch von Long Kesh die Hände im Spiel gehabt hat. Elf IRA-Männer vom harten Kern entwischten. Die nordirische Polizei faßte einen von ihnen zwei Tage später, und der sagte, sechs von den elfen seien in die Republik gegangen, wahrscheinlich zu Kevin. Er schien es ihnen übelzunehmen. Sie sollten wieder in den Schoß des Provisorischen Flügels zurückkehren, aber irgend jemand überredete sie dazu, etwas anderes zu probieren. Sehr gefährliche Burschen, insgesamt fünfzehn Morde. Der Mann, den Sie getötet haben, ist der einzige, der seitdem wieder aufgekreuzt ist.»

«Sind sie so gut?» fragte Ryan.

«Oh, sie sind die besten Terroristen der Welt, wenn man von den Kerlen im Libanon absieht, und das sind meist Familienverbände. Schöner Ausdruck, nicht? Sie gehören jedenfalls zu den besten. Hervorragend organisiert, hervorragend ausgebildet, und sie *glauben* an das, was sie tun. Wer nicht selbst erlebt hat, wie sehr sie von ihrer Sache überzeugt sind, kann es nicht fassen.»

«Haben Sie es erlebt?»

«Ein wenig. Ich war mal bei ein paar Verhören dabei – auf der anderen Seite des falschen Spiegels, meine ich. Einer von den Kerlen hat eine ganze Woche lang nicht geredet, er hat nicht mal seinen Namen gesagt. Saß nur da wie eine Sphinx. Sehen Sie, ich habe in meiner Praxis Bankräuber und Kidnapper gejagt, Kerle von der Mafia und Spione, was Sie wollen. Also diese Burschen sind echte Profis. Der Provisorische Flügel hat vielleicht fünfhundert richtige Mitglieder, weniger als ein New Yorker Mafiaclan, und die Polizei von Ulster kann von Glück sagen, wenn sie eine Handvoll im Jahr überführt. Sie haben einen Ehrenkodex, der die alten Sizilianer beeindrucken würde. Und was die ULA betrifft – wir haben ein paar Namen, ein paar Fotos, mehr nicht. Es ist fast wie bei den Verrückten vom heiligen islamischen Krieg. Man kennt sie nur nach dem, was sie tun.»

«Was tun sie?» fragte Ryan.

«Sie spezialisieren sich anscheinend auf besonders riskante und spektakuläre Operationen. Es hat über ein Jahr gedauert, um zweifelsfrei herauszufinden, daß sie überhaupt existieren; wir dachten zuerst, sie seien ein Sonderkommando des Provisorischen Flügels. Sie passen nicht ins Bild. Sie geben keine Pressemitteilungen heraus, sie bekennen sich nicht zu ihren Anschlägen. Sie befassen sich nur mit großen Zielen, und sie verwischen ihre Spuren, als ob sie unsichtbar wären. Sie würden es nicht glauben. Dazu braucht man enorme Mittel. Irgend jemand finanziert sie ohne Rücksicht auf Verluste. Neun Anschläge gehen mit Sicherheit auf ihr Konto, vielleicht noch zwei weitere. Nur drei Operationen sind schiefgegangen, einschließlich der, die Sie vereitelt haben. Eine sehr gute Bilanz. Die Burschen werden immer mutiger. Andererseits haben wir jetzt einen von ihnen.»

«Wir?» sagte Ryan neugierig. «Es ist nicht unser Kampf.»

«Wir sprechen von Terroristen, Jack. Jeder will sie fangen. Wir tauschen täglich Informationen mit dem Yard aus. Auf jeden Fall werden sie weiter mit dem Mann reden, den sie jetzt eingebuchtet haben. Sie haben ein gutes Druckmittel. Die ULA ist eine Organisation von Ausgestoßenen. Er wird ein Paria sein, und er weiß es. Seine Kollegen vom Provisorischen Flügel und von der INLA werden keinen Finger krummachen. Er wird in ein Hochsicherheitsgefängnis kommen, wahrscheinlich auf der Isle of Wight, wo ein paar wirklich üble Kerle sitzen. Sie sind nicht alle politisch, und die gewöhnlichen Räuber und Mörder werden wahrscheinlich..., na ja, es ist sonderbar, wie patriotisch diese Leute sind. Spione beispielsweise haben im Kittchen ungefähr ebensoviel zu lachen wie Kinderschänder. Dieser Miller hat einen Anschlag auf die königliche Familie verübt, und die Königliche Familie ist so ungefähr das einzige hier, das alle mögen. Er wird es also verdammt schwer haben. Glauben Sie bloß nicht, daß die Wärter sich einen abbrechen werden, damit er sich einen schönen Lenz machen kann. Er wird eine ganz neue Sportart lernen, und die heißt *Überleben*. Und wenn er einen Vorgeschmack davon bekommen hat, werden sie noch mal mit ihm reden. Früher oder später wird er sich überlegen müssen, ob er der Sache wirklich so ergeben ist. Vielleicht wird er ein bißchen schwach. Es wäre nicht das erstemal, daß einer schwach wird. Jedenfalls ist es das, was uns vorschwebt. Die bösen Jungs haben die Initiative, wir haben Organisation und Methode. Wenn sie einen Fehler machen, brauchen wir nur noch eine Chance, um zu handeln.»

Ryan nickte. «Ja, es hängt alles von den Informationen ab.»

«Richtig. Ohne gute Informationen können wir uns einpacken lassen. Wir können nur ackern und auf den großen Zufall warten. Aber wenn wir ein paar harte Fakten haben, können wir sie fertigmachen. Es ist, wie wenn man eine Backsteinmauer einreißt. Das Schwierige ist, den ersten Stein herauszubrechen.»

«Und woher bekommen sie ihre Informationen?»

«Man hat mir gesagt, daß Sie dem auf die Spur gekommen sind», bemerkte Murray lächelnd.

«Ich glaube nicht, daß es auf gut Glück war. Jemand hat ihnen einen Tip geben müssen. Sie haben ein bewegliches Ziel angegriffen, das eine außerplanmäßige Fahrt machte.»

«Wie zum Teufel sind Sie darauf gekommen?» fragte der Agent.

«Das ist nebensächlich, nicht wahr? Die Leute reden. Wer hat gewußt, daß sie zum Palast fuhren?»

«Das wird noch untersucht. Das Interessante ist, weshalb sie hinfuhren. Es könnte natürlich ein zufälliges Zusammentreffen sein. Der Prinz wird regelmäßig über politische Entwicklungen und Belange der nationalen Sicherheit unterrichtet, genau wie die Queen. Es gab eine neue Entwicklung in der irischen Situation, Verhandlungen zwischen London und Dublin. Er war unterwegs zu einer Lagebesprechung. Das ist alles, was ich Ihnen sagen kann.»

«He, wenn Sie mich so gründlich gecheckt haben, müssen Sie auch meine Sicherheitsstufe kennen», schnaubte Ryan.

Murray griente. «Schlauer Junge. Wenn Sie keine Unbedenklichkeitserklärung für *Top secret* hätten, hätte ich Ihnen nicht soviel gesagt. Aber wir sind selbst noch nicht eingeweiht worden. Wie gesagt, es könnte ein zufälliges Zusammentreffen sein, aber was den wichtigsten Teil betrifft, haben Sie richtig geraten. Es war eine außerplanmäßige Fahrt, und irgend jemand bekam rechtzeitig Wind davon, so daß der Hinterhalt vorbereitet werden konnte. Es ist nicht anders möglich. Sie werden das als geheim und vertraulich betrachten, Doktor Ryan. Es darf nicht aus diesem Zimmer rauskommen.» Murray war ein sehr liebenswürdiger Herr. Und er nahm seine Arbeit sehr ernst.

Jack nickte. «Keine Angst. Außerdem war es ein Entführungsversuch, nicht wahr?»

Der FBI-Mann schnitt eine Grimasse und schüttelte den Kopf. «Ich habe ungefähr ein halbes Dutzend Entführungen bearbeitet und jeden Fall mit einer rechtskräftigen Verurteilung abgeschlossen. Wir verloren nur eine Geisel – einen kleinen Jungen, den sie gleich am ersten Tag umbrachten. Die beiden wurden hingerichtet. Ich habe zugesehen», sagte Murray kalt. «Kidnapping ist von A bis Z ein Risikoverbrechen. Sie müssen an einem bestimmten Platz sein, um ihr Geld zu bekommen, das ist gewöhnlich der wunde Punkt. Wir haben die tollsten Tricks, um die Geldüberbringung zu verfolgen, und wenn es soweit ist, sind wir sofort zur Stelle. In diesem Fall... Die Entführten wären Super-VIPs gewesen, und die Kerle hätten bestimmt kein Geld gefordert – sie wollten offensichtlich irgendwelche ‹politischen› Gefangenen freibekommen.»

«Sie sagten vorhin, sie wären noch nie an die Öffentlichkeit getreten? Vielleicht sollte dies das erstemal sein? Die erste Verlautbarung, gewissermaßen mit einem Paukenschlag?» sagte Ryan nachdenklich.

«Klingt logisch», entgegnete Murray nickend. «Sie wären ein selbständiger Faktor geworden. Wie gesagt, unsere Informationen über diese Burschen sind verdammt mager, und außerdem ist fast alles davon aus zweiter Hand und kommt über den Provisorischen Flügel der IRA – weshalb wir ja auch zuerst dachten, sie seien ein Ableger von ihnen. Wir haben noch nicht genau herausgefunden, was sie eigentlich wollen. Jede ihrer Operationen hat... wie soll ich es ausdrücken? Es scheint ein Schema zu geben, aber keiner hat es je ausklamüsert. Es ist fast, als zielten sie, was die politischen Auswirkungen betrifft, gar nicht auf uns, aber das ergibt keinen Sinn – nicht daß es einen Sinn ergeben *müßte*», grunzte der FBI-Mann. «Die Analyse der terroristischen Psyche ist nicht leicht.»

«Besteht eine Möglichkeit, daß sie jetzt hinter mir her sind, oder...»

Murray schüttelte den Kopf. «Unwahrscheinlich, und die Sicherheit ist praktisch hundertprozentig. Sie wissen, mit wem Sie Ihre Frau und Ihre Tochter herumfahren lassen?»

«Ja, SAS. Ich habe gefragt.»

«Der Junge gehört zu ihrem Pistolenteam für die Olympiade, und wie ich höre, besitzt er Felderfahrung, über die keine Zeitung berichtet hat. Der Begleiter vom Diplomatenschutz ist auch einer von ihnen, und überall, wohin Sie fahren, folgt Ihnen noch ein getarntes Polizeifahrzeug. Die Sicherheitsmaßnahmen für Sie selbst sind auch recht eindrücklich. Sie haben das größte Interesse, Sie zu schützen. Sie können ganz ruhig sein. Und wenn Sie wieder zu Hause sind, haben Sie es ein für allemal überstanden. Keine dieser Gruppen hat jemals in den USA operiert. Wir sind zu wichtig für sie. NORAID hilft ihnen zwar auch finanziell, aber viel wichtiger ist die psychologische Unterstützung.»

«Nun, Euer Ehren?» Admiral James Greer schaltete die Nachrichten des Kabel-TV per Fernbedienung aus, als der Hauptsprecher zum nächsten Punkt auf der Liste kam. Der Direktor der Central Intelligence Agency klopfte seine Zigarre an dem Kristallaschenbecher ab.

«Wir wissen, daß er schlau ist, und es sieht ganz so aus, als könnte er mit Reportern umgehen, aber für meinen Geschmack hat er zuviel Temperament», sagte Richter Arthur Moore.

«Hören Sie, Arthur. Er ist noch jung. Ich möchte hier jemanden mit neuen Ideen haben. Sie werden mir jetzt sagen, daß sein Report

Ihnen nicht gefallen hat? Ich meine, für einen ersten Versuch war er Spitze!»

Richter Moore lächelte hinter seiner Qualmwolke. Sie saßen im Büro des Stellvertretenden Direktors, zuständig für Nachrichtenbeschaffung, im sechsten Stock des CIA-Gebäudes. Draußen nieselte es. Die grünen Hügel des Potomac-Tals nahmen ihm die Sicht auf den Fluß, aber er konnte die vielleicht anderthalb Kilometer entfernten Berge auf der anderen Seite sehen. Es war ein viel schöneres Panorama als die Parkplätze.

«Ist seine Herkunft unter die Lupe genommen worden?»

«Die große Überprüfung haben wir noch nicht durchgeführt, aber ich wette um eine Flasche von Ihrem Bourbon, daß er sie unbeschadet übersteht.»

«Bitte keine Wetten, James!» Moore hatte bereits Jacks Dienstakte von der Marineinfanterie eingesehen. Außerdem war Ryan nicht von sich aus zur Agency gekommen. Sie hatten sich an ihn gewendet, und er hatte ihr erstes Angebot abgelehnt. «Sie glauben, er wäre all dem gewachsen, ja?»

«Sie sollten den Jungen wirklich kennenlernen, Richter. Ich war nach den ersten zehn Minuten von ihm überzeugt, als er letzten Juli zum erstenmal hier war.»

«Haben Sie die Indiskretion veranlaßt?»

«Ich? Indiskretion?» Admiral Greer schmunzelte. «Aber es ist gut zu wissen, daß er sich seiner Haut wehren kann, nicht wahr? Hat nicht mit der Wimper gezuckt, als er die Frage konterte. Der Junge nimmt seine Unbedenklichkeitserklärung ernst, und» – Greer hielt das Fernschreiben aus London hoch – «und er stellt gute Fragen. Emil sagt, sein Mann, dieser Murray, sei ebenfalls sehr beeindruckt gewesen. Es ist eine verdammte Verschwendung, daß er Geschichte unterrichtet.»

«Selbst an Ihrer alten Alma Mater?»

Greer lächelte. «Ja, das tut ein bißchen weh. Ich möchte ihn haben, Arthur. Ich möchte ihm etwas beibringen, ich möchte ihn zu etwas machen. Er gehört zu uns.»

«Aber er scheint anderer Meinung zu sein.»

«Nicht mehr lange.» Greer klang sehr sicher.

«Meinetwegen, James. Wie wollen Sie an ihn herantreten?»

«Ich habe keine Eile. Ich will zuerst den gründlichen Hintergrundcheck machen lassen... Und wer weiß? Vielleicht kommt er von selbst.»

«Niemals», entgegnete Richter Moore.

«Er wird zumindest deshalb kommen, weil er Informationen über die Kerle von der ULA haben will», wandte Greer ein.

Der Richter dachte darüber nach. Moore wußte, daß Greer unter anderem die Fähigkeit besaß, in Dinge und Menschen hineinzusehen, als wären sie aus Kristall. «Klingt logisch.»

«Jede Wette. Es wird eine Weile dauern – der Attaché meint, er müsse bis zum Ende des Prozesses in London bleiben. Aber er wird spätestens zwei Wochen nach seiner Rückkehr in diesem Büro erscheinen und anfragen, ob er über die ULA recherchieren könne. Wenn er das tut, werde ich mit dem Angebot rausrücken, natürlich nur, wenn Sie einverstanden sind, Arthur. Außerdem möchte ich mit Emil Jacobs vom FBI reden und unsere Unterlagen über die ULA-Typen mit den ihren vergleichen.»

«In Ordnung.»

Sie wandten sich dem nächsten Punkt auf der Traktandenliste zu.

5

Der Tag, an dem Ryan aus dem Krankenhaus entlassen wurde, war der glücklichste seines Lebens, wenigstens seit Sally vor vier Jahren im Johns Hopkins Hospital das Licht der Welt erblickt hatte. Es war nach sechs, als er sich endlich fertig angezogen hatte – was der Gipsverband zu einer äußerst schwierigen Übung machte – und in den Rollstuhl fallen ließ. Er hatte darüber gemurrt, aber es schien in britischen Krankenhäusern ebenso ehernes Prinzip zu sein wie in amerikanischen: Patienten durften nicht gehen – sonst könnte ja jemand auf die Idee kommen, sie seien geheilt. Ein uniformierter Polizist schob ihn aus dem Zimmer in den Korridor. Ryan blickte nicht zurück.

Im Korridor war fast das gesamte Personal der Station angetreten, zusammen mit einigen Patienten, die Ryan in den letzten anderthalb Wochen kennengelernt hatte, als er in den deprimierenden Fluren mit zehn Grad Schlagseite von dem schweren Gips wieder laufen lernte. Jack errötete bei dem allgemeinen Applaus, und als die Leute die Hände ausstreckten, um sich von ihm zu verabschieden, wurde er richtiggehend verlegen. Ich bin doch kein Apollo-Astronaut, dachte er. Was ist mit der berühmten britischen Reserviertheit?

Schwester Kittiwake sagte in einer kleinen Ansprache, was für ein mustergültiger Patient er gewesen sei. «Es war ein Vergnügen und eine Ehre...» Als sie ausgeredet hatte und ihm einen Blumenstrauß reichte, für seine reizende Gattin, wie sie sagte, wurde er abermals rot. Dann gab sie ihm im Namen aller Anwesenden einen Kuß, und Jack erwiderte den Kuß. Es war das mindeste, was er tun konnte, sagte er sich, und sie war wirklich ein hübsches Mädchen. Kittiwake umarmte ihn samt Gipsverband, und Tränen begannen ihr aus den Augen zu rinnen. Tony Wilson stand neben ihr und zwinkerte ihm verstohlen zu. Das war keine Überraschung. Jack schüttelte noch ungefähr zehn Leuten die Hand, ehe der Kriminalbeamte ihn in den Fahrstuhl schob.

«Wenn ihr mich das nächstemal verwundet auf der Straße findet, laßt mich bitte liegen und sterben», sagte Ryan.

Der Beamte lachte. «Sie sind verdammt undankbar.»

«Das stimmt.»

Die Fahrstuhltüren glitten im Foyer auf, und er sah zu seiner Erleichterung, daß außer dem Herzog von Edinburgh und einem Schwarm von Sicherheitsmännern niemand da war.

«Guten Abend, Hoheit.» Ryan versuchte aufzustehen, wurde aber wieder nach unten gedrückt.

«Hallo, Jack! Wie fühlen Sie sich?» Sie gaben sich die Hand, und er fürchtete einen Moment lang, der Herzog würde ihn selbst hinausschieben. Die Furcht war unbegründet, denn der Polizist griff wieder nach der Stange, und der Herzog ging neben dem Rollstuhl her. Jack zeigte nach vorn.

«Sir, wenn wir die Tür hinter uns haben, wird es mir mindestens fünfzig Prozent besser gehen.»

«Hungrig?»

«Nach all dem Krankenhausessen? Ich könnte eines von Ihren Polopferden verspeisen.»

Der Herzog lächelte. «Wir werden uns etwas Besseres einfallen lassen.»

Jack zählte sieben Sicherheitsbeamte im Foyer. Draußen stand ein Rolls-Royce – und wenigstens vier andere Autos, zusammen mit Leuten, die nicht wie gewöhnliche Passanten aussahen. Da es schon recht dunkel war, konnte er nicht erkennen, ob jemand das Terrain von den Dächern aus im Auge hatte, aber auch dort würden Männer sein. Na ja, dachte er, sie haben ihre Lektion über Sicherheit gelernt. Trotzdem ist es eine Schande, denn es bedeutet, daß die Terroristen einen Sieg errungen haben. Wenn sie die Gesellschaft zwingen, sich zu ändern, und sei es nur ein klein wenig, haben sie etwas gewonnen. Scheißkerle. Der Polizist schob ihn zu dem Rolls.

«Kann ich jetzt aufstehen?» Der Gipsverband war so schwer, daß er Mühe hatte, das Gleichgewicht zu halten. Er stand etwas zu schnell auf und wäre um ein Haar an den Wagen geplumpst, fing sich jedoch mit einem zornigen Kopfschütteln auf, ehe jemand die Hand nach ihm ausstrecken mußte. Den linken Arm abgespreizt wie der Fuß einer Winterkrabbe, stand er einen Augenblick unbeweglich da und überlegte, wie er bloß in das Auto kommen sollte. Wie sich herausstellte, ging es am besten, wenn er zunächst den Gipsverband hineinsteckte und dann im Uhrzeigersinn mit Gliedmaßen, Kopf und dem restlichen Körper folgte. Der Herzog stieg auf der anderen Seite ein, und sie hatten beinahe Tuchfühlung. Ryan hatte noch nie in einem Rolls-Royce gesessen und fand es nicht sehr geräumig.

«Sitzen Sie bequem?»

«Nun, hoffentlich schlage ich mit diesem Monstergips nicht die Scheibe ein.« Ryan lehnte sich zurück und lächelte entspannt.

«Man sieht Ihnen an, daß Sie das Krankenhaus gern verlassen.»

«Darauf können Sie eines von Ihren Schlössern wetten, Hoheit. Das war jetzt das drittemal, daß sie mich aufgeschnitten und wieder zusammengeflickt haben, und ich habe endgültig die Nase voll davon.»

Der Herzog gab dem Chauffeur ein Zeichen loszufahren. Der Konvoi – zwei Wagen fuhren voraus, zwei andere folgten – bog auf die Straße. «Sir, darf ich fragen, was heute abend auf dem Programm steht?»

«Sehr wenig. Ein kleines Dinner Ihnen zu Ehren, mit ein paar Freunden.»

Jack fragte sich, was «ein paar Freunde» bedeutete. Zwanzig? Fünfzig? Hundert?

«Übrigens, wie sind Sie mit Ihrem Buch vorangekommen? Ihre Frau hat uns von dem Projekt erzählt», fuhr der Herzog fort.

«Ich bin zufrieden, Sir.» Er hatte im Krankenhaus immerhin Zeit für die genaue Gliederung gehabt. Im Computer waren zweihundert neue Seiten mit Notizen und Hypothesen gespeichert, und er hatte einen neuen Standpunkt des Verhaltens der Protagonisten entwickelt. «Ich nehme an, das kleine Zwischenspiel war sehr lehrreich. Vor einer Tastatur zu sitzen, ist etwas ganz anderes, als in eine Gewehrmündung zu blicken. Die Entscheidungen fallen automatisch anders aus.»

Der Herzog lächelte. «Ich glaube kaum, daß irgend jemand die Ihre mißbilligt.»

«Mag sein. Aber es war nichts als Instinkt. Wenn ich gewußt hätte, was ich tat – wenn ich gesehen hätte, daß mein Instinkt mir befahl, das Falsche zu tun?» Er blickte aus dem Fenster. «Ich gelte als Fachmann für Flottengeschichte, und mein Spezialgebiet sind Entscheidungen unter Streß, aber ich bin immer noch nicht mit meiner eigenen ins reine gekommen. Verdammt.» Er schloß leise:

«Sir, ich habe einen Menschen getötet, und das vergißt man nicht so schnell. Es ist unmöglich.»

«Sie sollten nicht zu lange darüber grübeln.»

«Das stimmt wohl.» Ryan wandte sich vom Fenster ab. Der Herzog betrachtete ihn ganz ähnlich, wie sein Vater ihn vor Jahren angesehen hatte. «Das Gewissen ist der Preis der Moral, und Moral ist der Preis der Zivilisation. Dad hat immer gesagt, viele Verbrecher hätten kein Gewissen, nicht mal echte Gefühle. Ich nehme an, das ist der Unterschied zwischen ihnen und uns.»

«Genau. Übrigens... Es ist natürlich gut, daß Sie das alles analysieren, aber Sie sollten nicht übertreiben. Haken Sie es ab, Jack. Ich habe immer den Eindruck gehabt, daß Amerikaner lieber in die Zukunft schauen als in die Vergangenheit. Wenn Sie das schon nicht beruflich tun können, machen Sie es wenigstens im Privatleben.»

«Ich habe verstanden, Sir. Danke.» Wenn ich wenigstens die Träume abblocken könnte! Fast jede Nacht erlebte Jack die Schießerei aufs neue. Auch so etwas, worüber sie einem im Fernsehen nichts sagten. Das ging nun schon fast drei Wochen so. Der Mensch straft sich selbst dafür, einen Mitmenschen getötet zu haben. Er vergißt es nicht und durchlebt es immer wieder neu. Ryan hoffte, daß es eines Tages aufhören würde.

Der Wagen bog auf die Westminster-Brücke. Jack hatte nicht genau gewußt, wo das Krankenhaus lag; er hatte nur gemerkt, daß ganz in der Nähe ein Bahnhof sein mußte, und er hatte den Big Ben schlagen hören, so daß es nicht sehr weit von Westminster entfernt sein konnte. Er blickte das gotische Mauerwerk hoch. «Wissen Sie, ich wollte nicht nur recherchieren, sondern auch einen Teil Ihres Landes sehen. Leider bleibt dafür nicht mehr viel Zeit.»

«Oh, glauben Sie wirklich, daß wir Sie nach Amerika zurückfliegen lassen, ohne daß Sie die britische Gastfreundschaft erlebt hätten?» Der Herzog lächelte breit. «Wir sind natürlich stolz auf unsere Krankenhäuser, aber um die zu besichtigen, kommt man kaum hierher. Keine Sorge, wir haben etwas für Sie arrangiert.»

«Oh.»

Wegen der Dunkelheit konnte Ryan nicht mehr viele Einzelheiten erkennen; er sah, wie der Rolls durch einen Torbogen in den Palasthof hineinfuhr und unter einem Schutzdach hielt, wo ein Posten mit der auffallend zackigen Bewegungsabfolge des britischen Militärs Habachtstellung einnahm. Ein livrierter Diener öffnete den Wagenschlag.

Beim Aussteigen mußte er die gleichen Verrenkungen machen wie beim Einsteigen. Er wand sich rückwärts aus dem Wagen und zog den Arm als letztes hinaus. Der Diener griff nach seinem Ellbogen, um zu helfen. Jack wollte die Hilfe nicht, aber es war nicht der richtige Moment, um zu protestieren.

«Sie werden ein bißchen trainieren müssen», bemerkte der Herzog.

«Da haben Sie recht, Sir.» Jack folgte ihm zur Tür, wo ein anderer Lakai stand.

«Sagen Sie, Jack ... Als wir Sie damals besuchten, hatte ich den Eindruck, daß die Anwesenheit der Queen Sie viel mehr einschüchterte als meine. Können Sie mir den Grund sagen?»

«Aber sicher ... Sie waren doch früher Marineoffizier, ja?»

«Stimmt.» Der Herzog drehte sich um und machte ein neugieriges Gesicht ...

Ryan feixte. «Sir, ich arbeite in Annapolis. An der Akademie wimmelt es von Marineoffizieren, und ich war selbst mal kurz bei der Marineinfanterie. Wenn ich mich von jedem Seemann einschüchtern ließe, der mir über den Weg läuft, würden die Marines kommen und mir meinen Degen wieder abnehmen.»

«Für die Antwort wären Sie vor hundert Jahren in den Kerker gekommen.» Sie lachten beide.

Ryan hatte natürlich erwartet, daß der Palast ihn beeindrucken würde. Trotzdem mußte er sich Mühe geben, um nicht vor Verblüffung den Mund aufzusperren. Von diesem Gebäude aus war einmal die halbe Welt regiert worden, und zu all dem, was die königliche Familie im Lauf der Jahrhunderte erworben und gesammelt hatte, waren Geschenke aus allen Teilen der Erde gekommen. Die breiten Korridore, durch die sie gingen, waren mit zahllosen Gemälden und Skulpturen geschmückt. Die Wände waren meist von elfenbeinfarbener, von Goldfäden durchzogener Seide überzogen. Kostbare dunkelrote Orientteppiche bedeckten die Böden aus Marmor oder Parkett. Der Finanzmann in Jack versuchte, den Wert all der Kostbarkeiten überschläfig zu berechnen, doch nach ungefähr zehn Sekunden gab er es auf. Allein die Bilder waren so wertvoll, daß jeder Versuch, sie zu verkaufen, den internationalen Kunstmarkt zusammenbrechen lassen würde. Schon die vergoldeten Rahmen ... Ryan schüttelte den Kopf und wünschte, er hätte genug Zeit, die Gemälde eingehend zu betrachten. Man könnte fünf Jahre hier verbringen und würde immer noch Neues entdecken! Er war ein bißchen hinter dem

Herzog zurückgeblieben und holte ihn relativ mühelos mit einigen schnellen Schritten ein, aber es fiel ihm schwer, sein Staunen zu verbergen. Sein Unbehagen wuchs. Für den Herzog war dies sein Zuhause, vielleicht ein Zuhause, das wegen seiner Größe manchen Ärger mit sich brachte, aber trotzdem etwas Alltägliches. Die Rubens an der Wand gehörten zur Einrichtung, waren für ihn so selbstverständlich wie für andere die Fotos von Frau und Kindern auf dem Schreibtisch. Ryan kam sich beim Anblick der Requisiten von Macht und Reichtum auf einmal winzig vor. Draußen auf der Straße den Helden zu spielen, war eines – und außerdem hatten die Marines ihn darauf vorbereitet und dafür ausgebildet –, aber das hier...

Beruhige dich, redete er sich selbst zu. Sie sind eine königliche Familie, aber sie sind nicht *deine* königliche Familie. Es funktionierte nicht. Sie *waren* eine königliche Familie, und das nagte an seinem Ego, ob er wollte oder nicht.

«Da wären wir», sagte der Herzog, nachdem sie einen Raum an der rechten Seite betreten hatten. «Das ist das Musikzimmer.»

Es war ungefähr so groß wie der Wohn-Eß-Bereich in Ryans Haus, bisher das einzige, was sich mit irgendeinem Teil seines 300 000-Dollar-Bungalows in Peregrine Cliff vergleichen ließ. Aber die Decke war hier höher und gewölbt und mit goldenen Ornamenten in Blätterform dekoriert. Er sah ungefähr dreißig Leute, die alle verstummt waren, als sie den Herzog und ihn erblickt hatten. Sie starrten auf Ryan – er war sicher, daß sie den Herzog schon vorher gesehen hatten – und seinen grotesken Gipsverband. Er hätte sich am liebsten in ein Mauseloch verkrochen. Jetzt brauchte er schnell einen Drink.

«Wenn Sie mich kurz entschuldigen würden, Jack, ich muß noch etwas erledigen. Ich bin in ein paar Minuten zurück.»

Vielen Dank, dachte Ryan, während er höflich nickte. Und was mache ich jetzt?

«Guten Abend, Sir John», sagte ein Mann in der Uniform eines Vizeadmirals der Royal Navy. Ryan versuchte, seine Erleichterung nicht zu zeigen. Er war natürlich an einen anderen Schutzengel weitergereicht worden. Langsam wurde ihm klar, daß eine Menge Leute zum erstenmal hierher gekommen war. Manche brauchten sicher ein bißchen Hilfe, während sie sich an den Gedanken gewöhnten, in einem Palast zu sein, und das Protokoll berücksichtigte diesen Fall. Jack betrachtete das Gesicht des Mannes genauer, als sie sich die

Hand gaben. Es kam ihm irgendwie bekannt vor. «Ich bin Basil Charleston.»

Aha! «Guten Abend, Sir.» Er hatte den Mann während seiner ersten Woche in Langley gesehen, und sein CIA-Begleiter hatte ihm gesagt, das sei «B.C.» oder einfach «C.», der Leiter des britischen Secret Intelligence Service, der früher MI-6 genannt worden war. *Was machst du denn hier?*

«Sie müssen Durst haben.» Ein anderer Mann näherte sich und reichte ihm ein Glas Champagner. «Hallo. Ich bin Bill Holmes.»

«Arbeiten Sie zusammen, Gentlemen?» Ryan trank einen großen Schluck.

«Richter Moore hat mir gesagt, Sie seien ein schlauer Bursche», bemerkte Charleston.

«Verzeihung... Richter wer?»

«Gut reagiert, Mr. Ryan», sagte Holmes lächelnd und leerte sein Glas. «Soweit ich weiß, haben Sie früher Football gespielt. Sie waren in der Juniormannschaft, nicht wahr?»

«Ja, aber nur auf der Highschool. Im College war ich nicht mehr gut genug», antwortete Ryan und versuchte, sein Unbehagen zu verbergen. «Juniormannschaft» war die Projektbezeichnung für seinen Beraterauftrag bei der CIA gewesen.

«Und Sie wissen nicht zufällig etwas über den Herrn, der *Agenten und Nachrichtendienste* geschrieben hat?» Charleston lächelte. Jack erstarrte.

«Admiral, ich kann darüber nicht reden, ohne...»

«Ausfertigung Nummer sechzehn liegt auf meinem Schreibtisch. Der Richter läßt Ihnen ausrichten, daß er Ihnen erlaubt, über die ‹qualmenden Schreibcomputer› zu sprechen.»

Ryan atmete hörbar aus. Der Ausdruck stammte von James Greer. Als er dem Stellvertretenden Direktor, zuständig für Nachrichtenbeschaffung, den Vorschlag mit der Kanarienvogel-Falle gemacht hatte, hatte Admiral James Greer prompt darüber gescherzt und diese Worte benutzt. Er durfte also reden. Wahrscheinlich. Bei seiner CIA-Einweisung hatten sie diese Situation nicht berücksichtigt.

«Entschuldigen Sie, Sir. Mir hat niemand gesagt, daß ich darüber sprechen könnte.»

Charleston wurde einen Moment ernst. «Sie brauchen sich nicht zu entschuldigen, mein Junge. Geheimhaltung sollte man nicht auf die leichte Schulter nehmen. Der Bericht, den Sie geschrieben haben, ist eine detektivische Meisterleistung. Wie Sie zweifellos erfahren haben, besteht eines unserer größten Probleme in der Fülle von Informationen und Erkenntnissen, die wir bekommen. Das eigentliche Problem droht dahinter zu verschwinden. Es ist nicht leicht, das Gold aus all dem Sand zu sieben. Ich weiß nur nicht, was diese Kanarienvogel-Falle ist, von der der Richter sprach. Er sagte, Sie könnten es mir besser erklären als er.» Charleston hob sein leeres Glas. Ein Lakai, oder wie immer die Dienstbezeichnung lautete, näherte sich mit einem Tablett. «Sie wissen natürlich, wer ich bin.»

«Ja, Admiral. Ich habe Sie letzten Juli in der Agency gesehen. Sie kamen aus dem Direktionsfahrstuhl im sechsten Stock, als ich aus dem Büro des Stellvertretenden Direktors kam, und jemand sagte mir, wer Sie sind.»

«Gut. Jetzt wissen Sie, daß dies in der Familie bleibt. Was zum Teufel ist die Kanarienvogel-Falle? Ganz abgesehen davon, daß sie ein Zungenbrecher ist.»

«Nun ja, Sie wissen ja, was für Schwierigkeiten die CIA mit undichten Stellen hat. Als ich den ersten Entwurf des Berichts fertig hatte, kam mir eine Idee, wie man jedes einzelne Exemplar einzigartig und unverkennbar machen könnte.»

«Das wird schon seit Jahren getan», bemerkte Holmes. «Man braucht nur hier und da ein Komma falsch zu setzen. Nichts leichter als das. Wenn die Journalisten dumm genug sind, ein Foto des Dokuments zu bringen, können wir das Leck sofort eruieren.»

«Ja, Sir, und die Reporter, die die Indiskretion veröffentlichen, wissen das auch. Sie haben gelernt, die Dokumente, die sie von ihren Informanten bekommen, nicht als Fotos zu veröffentlichen, nicht wahr?» antwortete Ryan. «Mir kam der Gedanke, diese Tatsache auszunutzen. *Agenten und Nachrichtendienste* hat vier Teile. Jeder Teil hat zum Schluß einen zusammenfassenden Abschnitt. Jeder davon ist in einem ziemlich blumigen Stil geschrieben.»

«Ja, das ist mir aufgefallen», sagte Charleston. «Las sich gar nicht wie ein CIA-Dokument. Eher wie eines von unseren. Wir lassen unsere Berichte immer noch von Menschen schreiben und nicht von Computern, verstehen Sie. Aber fahren Sie bitte fort.»

«Jeder zusammenfassende Abschnitt hat sechs verschiedene Versionen, und die Mischung dieser Versionen ist bei jeder numerierten Ausfertigung anders. Es gibt über tausend mögliche Variationen, aber nur sechsundneunzig Exemplare des Berichts. Der Grund, weshalb die zusammenfassenden Abschnitte so ... ja, so kitschig abgefaßt sind, ist ganz einfach, daß ein Reporter veranlaßt werden soll, sie in seinem Medium wörtlich zu zitieren. Wenn er etwas aus zwei oder drei Schlußabschnitten zitiert, wissen wir, welches Exemplar er gesehen hat, also auch, wer es ihm gegeben hat. Im Moment haben sie schon eine verfeinerte Version der Falle entwickelt und arbeiten damit. Es geht mit dem Computer. Man benutzt ein Wortschatzprogramm, das Synonyme auswählt, und auf diese Weise kann man selbst dann jede Ausfertigung des Dokuments einzigartig machen, wenn Tausende davon gedruckt werden müssen.»

«Haben sie Ihnen gesagt, ob es funktioniert?» fragte Holmes.

«Nein, Sir. Ich hatte nichts mit dem Sicherheitsaspekt der Agency zu tun.» Gott sei Dank!

«Oh, es hat funktioniert.» Sir Basil hielt einen Moment inne. «Die Idee ist verdammt einfach – und verdammt gut. Aber auch, was das Inhaltliche angeht... hat man Ihnen gesagt, daß Ihr Bericht in fast allen Einzelheiten mit einer Untersuchung übereinstimmt, die wir letztes Jahr durchgeführt haben?»

«Nein, Sir. Soweit ich weiß, stammten alle Unterlagen, mit denen ich arbeitete, von unseren eigenen Leuten.»

«Dann sind Sie ganz allein darauf gekommen? Fabelhaft.»

«Habe ich irgendeinen Mist gebaut?»

«Sie hätten dem Kerl aus Südafrika etwas mehr Aufmerksamkeit schenken können. Das ist natürlich mehr unser Gebiet, und vielleicht hatten Sie nicht genug Informationen, mit denen Sie spielen konnten. Wir haben ihn im Moment sehr genau im Auge.»

Ryan trank sein Glas aus und dachte darüber nach. Er hatte eine ganze Menge Informationen über Mr. Martens gehabt... Was habe ich übersehen? Er konnte es nicht laut fragen, nicht jetzt. Etikette. Aber er konnte fragen...

«Sind die Südafrikaner nicht...»

«Ich fürchte, sie arbeiten nicht mehr ganz so gut mit uns zusammen wie früher, und Erik Martens ist für sie ziemlich wertvoll. Man kann ihnen kaum einen Vorwurf daraus machen. Er hat das Talent, genau das zu beschaffen, was ihr Militär braucht, und seine Regierung ist deshalb nicht gewillt, mehr Druck auf ihn auszuüben», erläuterte Holmes. «Außerdem muß man die israelische Connection berücksichtigen. Sie kommen gelegentlich vom Weg ab, aber wir, das heißt der Secret Intelligence Service und die CIA, haben zu viele gemeinsame Interessen, um das Boot zu sehr ins Schaukeln zu bringen.» Ryan nickte. Die israelische Rüstungsindustrie hatte Anweisung, möglichst viel Devisen zu verdienen, und das kollidierte manchmal mit den Wünschen der Verbündeten des Landes. Ich erinnere mich an Martens' Verbindungen, aber ich muß irgend etwas Wichtiges übersehen haben... Was bloß?

«Fassen Sie es bitte nicht als Kritik auf», sagte Charleston. «In Anbetracht dessen, daß es Ihr erster Bericht war, ist das Ergebnis ganz ausgezeichnet. Die CIA wird Sie wieder beschäftigen. Es war einer der wenigen Berichte der Agency, die nicht sterbenslangweilig zu lesen waren. Sie könnten den Leuten wenigstens das Schreiben beibringen. Die Verantwortlichen haben doch sicher gefragt, ob Sie bleiben wollen?»

«Ja, Sir. Aber ich fand die Idee nicht sehr gut.»

«Denken Sie noch mal darüber nach», schlug Sir Basil freundlich vor. «Diese Juniormannschaft-Idee war mindestens so gut wie das B-Mannschaft-Programm damals in den siebziger Jahren. Wir machen es übrigens auch. Ich meine, wir ziehen ab und an Wissenschaftler von außen hinzu, um die Datenflut von unvoreingenommenen Leuten sichten zu lassen. Richter Moore, Ihr neuer CIA-Direktor, wird frischen Wind in den Laden bringen. Großartiger Bursche. Ist mit dem Gewerbe vertraut, war aber lange genug weg, um ein paar neue Ideen zu bringen. Sie sind eine davon, Doktor Ryan. Sie gehören zu uns, mein Junge.»

«Da bin ich nicht so sicher. Ich habe einen Abschluß in Geschichte, und...»

«Ich auch», unterbrach Bill Holmes. «Aber der akademische Abschluß, den man hat, spielt keine Rolle. Beim Nachrichtendienst sucht man nach der richtigen Art von Verstand. Sie scheinen sie zu haben. Nun, schließlich könnten *wir* Sie ja auch anheuern, nicht wahr? Ich wäre ein bißchen enttäuscht, wenn Arthur und James es nicht noch einmal versuchten. Denken Sie ernsthaft darüber nach.»

Das habe ich, sagte Ryan leise zu sich selbst. Er nickte bedächtig, in seine ureigenen Gedanken vertieft. Aber ich unterrichte gern Geschichte.

«Der Held des Tages!» Ein anderer Herr trat zu den dreien.

«Guten Abend, Geoffrey», sagte Charleston. «Doktor Ryan, das ist Geoffrey Watkins vom Außenministerium.»

«Wie David Ashley ‹vom Innenministerium›?» Ryan gab dem Mann die Hand.

«Da habe ich übrigens lange gearbeitet», sagte Watkins.

«Geoff ist der Verbindungsoffizier zwischen dem Außenministerium und der königlichen Familie. Er informiert sie, befaßt sich mit protokollarischen Fragen und macht sich meist unbeliebt», sagte Holmes lächelnd. «Wie lange tust du das jetzt schon, Geoff?»

Watkins überlegte stirnrunzelnd. «Etwas über vier Jahre, glaube ich. Aber es kommt mir vor, als wäre es erst seit einer Woche. Nichts von dem Glamour, den man erwarten könnte. Ich trage vor allem die Depeschenmappe und versuche mich in der Ecke zu verstecken.» Ryan lächelte. Damit konnte er sich identifizieren.

«Unsinn», widersprach Charleston. «Einer der klügsten Köpfe im Office, sonst hätten sie Sie nicht dort behalten.»

Watkins machte eine verlegene Handbewegung. «Es hält mich ganz schön in Trab.»

«Das habe ich mir gedacht», sagte Holmes. «Ich hab dich seit Monaten nicht mehr im Tennisclub gesehen.»

«Doktor Ryan, die Angestellten des Palastes haben mich gebeten, Ihnen ihre Dankbarkeit und Anerkennung für das auszusprechen, was Sie getan haben.» Er redete noch einige Sekunden weiter. Er mochte vielleicht zwei oder drei Zentimeter kleiner sein als Ryan und ging an die Vierzig. Sein tadellos frisiertes schwarzes Haar färbte sich an den Schläfen grau, und seine Haut war blaß, als hielte er sich so gut wie nie in der Sonne auf. Er sah aus wie ein Diplomat. Sein Lächeln war so perfekt, daß er es vor dem Spiegel einstudiert haben mußte. Es war die Sorte von Lächeln, die alles bedeuten kann. Oder eher nichts. Aber hinter den blauen Augen verbarg sich Interesse. Dieser Mann versuchte wie schon so viele in den vergangenen Wochen zu ergründen, aus welchem Holz Dr. John Patrick Ryan geschnitzt war. Der Gegenstand der Prüfung hatte dies inzwischen satt, konnte aber nicht viel dagegen ausrichten.

«Geoff ist Experte für die Situation in Ulster», erläuterte Holmes.

«Niemand ist ein ‹Experte›», entgegnete Watkins kopfschüttelnd. «Ich war nur zufällig da, als es losging, 1969. Ich war damals in Uniform, ein Subalterner mit... Aber das ist jetzt nicht weiter wichtig, nicht wahr? Wie sollten wir das Problem denn Ihrer Ansicht nach in den Griff bekommen, Doktor Ryan?»

«Das haben mich in den letzten drei Wochen viele Leute gefragt, Mr. Watkins. Aber wie soll ich es wissen?»

«Suchst du immer noch nach Ideen, Geoff?» fragte Holmes.

«Es muß die richtige Idee geben. Man muß nur darauf kommen», sagte Watkins, ohne den Blick von Ryan zu wenden.

«Ich habe sie nicht», sagte Jack. «Und selbst wenn jemand sie hätte, wie würden Sie es erfahren? Ich unterrichte Geschichte, ich mache sie nicht. Vergessen Sie das nicht.»

«Ein einfacher Geschichtslehrer, und diese beiden großen Tiere geben sich mit Ihnen ab?»

«Wir wollten nur herausfinden, ob er wirklich für die CIA arbeitet, wie die Presse behauptet hat», bemerkte Charleston.

Jack empfing die Botschaft. Watkins hatte nicht oder noch nicht alle Geheimhaltungsstufen und sollte nichts von seinem Auftrag für die CIA wissen – nicht, daß er nicht seine eigenen Schlüsse ziehen konnte, rief Ryan sich ins Gedächtnis. Aber Vorschrift war Vorschrift. Eben deshalb habe ich Greers Angebot abgelehnt, überlegte er. All diese idiotischen Vorschriften. Man darf mit niemandem über bestimmte Dinge reden, nicht mal mit seiner eigenen Frau. Aus Sicherheitsgründen. Sicherheit! Quatsch. Klar, manche Dinge müssen geheim bleiben, aber wenn niemand sie zu sehen bekommt, wie soll man sie dann benutzen – und was nützt ein Geheimnis, das man nicht benutzen kann?

«Sie wohnen doch nicht weit von der Marineakademie entfernt, nicht wahr?» wandte Sir Basil sich an Jack. «Ich...» Irgend etwas fiel Charleston ins Auge. Da Ryan in die andere Richtung schaute, konnte er nicht sehen, was es war, aber die Reaktionen waren deutlich genug. Charleston und Holmes traten auseinander, und Watkins entfernte sich als erster. Jack wandte sich rasch um und sah die Queen an einem Diener vorbei in den Raum treten.

Der Herzog war an ihrer Seite, und Cathy folgte in protokollarischem Abstand einen Schritt seitlich. Die Queen kam zuerst zu ihm.

«Sie sehen viel besser aus als damals!»

Jack versuchte, sich zu verbeugen – er nahm an, daß das erwartet wurde –, ohne die Königin mit dem sperrigen Gipsverband zu gefährden. Er hatte gemerkt, daß das Stillstehen ihm am meisten Mühe bereitete. Das schwere Ding zog ihn ständig nach links. Beim Gehen konnte er besser das Gleichgewicht halten.

«Danke, Euer Majestät. Ich fühle mich auch viel besser. Guten Abend, Sir.»

«Hallo, Jack. Fühlen Sie sich bitte wie zu Hause. Dies ist völlig inoffiziell. Kein Defilée, kein Protokoll. Relaxen Sie.»

«Hm, der Champagner wird helfen.»

«Ausgezeichnet», bemerkte die Queen. «Ich denke, wir lassen Sie und Caroline jetzt einen Moment allein, damit Sie wieder Bekanntschaft schließen können.» Sie und der Herzog gingen zu einer anderen Gruppe.

«Sei vorsichtig mit dem Alkohol, Jack.» Cathy sah in ihrem weißen Cocktailkleid so umwerfend aus, daß Jack sich nicht mal fragte, was es gekostet haben mochte. Ihr Haar war hübsch frisiert, und sie hatte Make-up aufgelegt, zwei Dinge, die ihr Beruf ihr regelmäßig untersagte. Am wichtigsten aber war, daß sie Cathy Ryan war. Er gab seiner Frau schnell einen Kuß, trotz Königsfamilie und allem.

«Ich bitte dich, die Leute...»

«Sie können mich mal», sagte Jack leise. «Wie geht es meinem Liebling?»

Ihre Augen funkelten vor Freude, aber sie sprach, als diktierte sie einen Befund. «Danke. Ich bin schwanger.»

«Bist du sicher... Wann?»

«Ich bin sicher, Schatz, weil ich erstens Ärztin bin und zweitens zwei Wochen zu spät dran bin. Und was die andere Frage betrifft, wirst du dich vielleicht erinnern, daß wir damals im Hotelzimmer aßen und Sally dann gleich ins Bett brachten und... Es muß an diesen fremden Hotelbetten liegen.» Sie nahm seine Hand. «Sie schaffen es jedesmal.»

Für Jack gab es nichts weiter zu sagen. Er legte ihr den gesunden Arm um die Schultern und drückte sie so zurückhaltend, wie seine innere Verfassung es erlaubte. Wenn sie zwei Wochen zu spät dran war – nun ja, er wußte, daß sie so präzise war wie ihre Schweizer Uhr. Ich werde wieder Vater!

«Diesmal strengen wir uns an, damit es ein Junge wird», sagte sie.

«Du weißt, daß es keine Rolle spielt, Schatz.»

«Wie ich sehe, haben Sie es ihm gesagt.» Die Queen war leise wie eine Katze zurückgekommen. Jack sah, daß der Herzog mit Admiral Charleston sprach. Worüber? «Meinen Glückwunsch, Sir John.»

«Danke, Euer Majestät, und danke für eine Menge anderer Dinge. Wir werden uns nie für all Ihre Freundlichkeit revanchieren können.»

Wieder das strahlende Lächeln. «Wir sind diejenigen, die sich revanchieren müssen. Nach dem, was Caroline mir erzählt hat, werden Sie jetzt wenigstens eine positive Erinnerung an Ihren Besuch in unserem Land haben.»

«Ja, Madam, doch ich werde mehr als eine schöne Erinnerung nach Hause nehmen.» Jack lernte langsam, wie das Spiel gespielt wurde.

«Caroline, ist er immer so galant?»

«Um die Wahrheit zu sagen, nein, Madam. Wir müssen ihn in einem schwachen Augenblick erwischt haben», sagte Cathy. «Oder der Aufenthalt hier macht ihn zu einem zivilisierten Menschen.»

«Das ist gut zu wissen, nach all den schrecklichen Dingen, die er über Ihre kleine Olivia gesagt hat. Wissen Sie, daß sie sich weigerte, ins Bett zu gehen, ohne mir einen Gutenachtkuß gegeben zu haben? Ein entzückender kleiner Engel. Und *er* hat sie als gemeingefährlich bezeichnet.»

Jack seufzte. Es fiel ihm nicht schwer, sich alles vorzustellen. Nach drei Wochen in dieser Umgebung machte Sally wahrscheinlich die hinreißendsten Knickse, und das Palastpersonal stritt sich wenn möglich inzwischen um das Privileg, auf sie achtzugeben. Sally verstand es, nicht nur ihn herumzukriegen. Es fiel ihr leicht zu manipulieren. An ihrem Dad hatte sie schon vier Jahre üben können.

«Vielleicht habe ich übertrieben, Madam.»

«Sträflich.» Die Queen zog amüsiert die Augenbrauen hoch. «Sie hat nichts zerbrochen. Nichts. Und ich freue mich, Ihnen mitteilen zu können, daß sie auf dem besten Weg ist, eine hervorragende Reiterin zu werden.»

«Wie bitte?»

«Reitunterricht», erläuterte Cathy.

«Sie meinen, auf richtigen Pferden?»

«Worauf denn sonst?» fragte die Queen.

«Sally, auf einem Pferd?» Ryan sah seine Frau an. Ihm war nicht sehr wohl bei dem Gedanken.

«Oh, sie macht unglaubliche Fortschritte.» Die Queen verteidigte die Kleine. «Es ist ganz ungefährlich, Sir John. Reiten ist eine gute Sportart für kleine Kinder. Es macht sie gelenkig und lehrt sie Disziplin und Verantwortungsbewußtsein.»

Und es ist eine tolle Art, sich das kleine Genick zu brechen, dachte Ryan. Wieder erinnerte er sich daran, daß man mit einer Königin nicht streiten soll, besonders nicht unter ihrem eigenen Dach. Trotzdem, mit dem Reiten ist es so ähnlich wie mit dem Radfahren, und Sally ist zu klein für ein Fahrrad, sagte er sich. Er wurde schon nervös, wenn sie auf ihrem Dreirad in der Einfahrt herumkurvte. Um Himmels willen, sie ist so klein, daß der Gaul kaum spürt, ob sie oben sitzt oder nicht. Cathy las seine Gedanken.

«Kinder müssen heranwachsen. Man kann sie nicht vor allem behüten», bemerkte seine Frau.

«Ja, Liebes, ich weiß.» Aber ich muß es. Das ist meine Aufgabe.

Einige Minuten später verließen alle das Musikzimmer, es wurde Zeit fürs Dinner. Ryan ging durch den Blauen Salon, einen atemberaubenden Raum mit herrlichen Säulen, und wurde dann durch verspiegelte Doppeltüren in den Saal geführt, in dem die Königsfamilie ihre Gäste zum Essen empfing.

Der Gegensatz war enorm. Nach einem in gedämpftem Blau gehaltenen Zimmer trat man in einen Saal mit scharlachroten Behängen. Die gewölbte Decke war elfenbeinfarben und golden, und über dem schneeweißen Kamin hing ein riesiges Porträt – wer ist das bloß? fragte Ryan sich. Nach der weißen Kniehose mußte es ein älterer Herrscher sein, wahrscheinlich aus dem 18. Jahrhundert. Er trug sogar ein Strumpfband! Über der Tür erblickte er die offiziellen Initialen von Königin Viktoria – VR –, und er fragte sich, wieviel Geschichte in diesem Raum schon stattgefunden hatte oder gemacht worden war.

«Sie werden rechts von mir sitzen, Jack», sagte die Queen.

Ryan riskierte einen schnellen Blick auf den Tisch. Die Stühle standen weit genug auseinander, so daß er nicht befürchten mußte, Ihre Majestät mit seinem vergipsten linken Arm zu belästigen.

Das Schlimmste an dem Dinner war, daß Ryan sich später partout nicht erinnern konnte, was es gegeben hatte – und er zu stolz war, Cathy danach zu fragen. Er hatte inzwischen Übung darin, mit einer Hand zu essen, aber er hatte noch nie in so hochkarätiger Gesellschaft diniert, und er war sicher, daß alle ihn beobachteten. Er war schließlich ein Yankee und wäre auch ohne Gips eine Kuriosität gewesen. Er erinnerte sich fortwährend daran, vorsichtig zu sein, nicht zuviel Wein zu trinken, sich gewählt auszudrücken. Dann und wann warf er einen Blick auf Cathy, die am anderen Ende des Tisches neben dem Herzog von Edinburgh saß und sich sichtlich amüsierte. Er war ein bißchen wütend, daß sie sich in dieser Umgebung wohler fühlte als er. Ich bin hier absolut deplaciert, dachte Ryan, während er auf etwas kaute, das er sofort danach wieder vergaß. Er fragte sich, ob er auch dann hier sitzen würde, wenn er ein unerfahrener junger Bobby oder ein einfacher Soldat der Königlichen Marineinfanterie gewesen wäre, der sich zufällig zur richtigen Zeit am richtigen Ort befunden hätte. Wahrscheinlich nicht. Und warum nicht? Er wußte es nicht. Er wußte aber, daß die Institution des Adels irgendwie gegen seine amerikanischen Prinzipien ging. Gleichzeitig aber gefiel es ihm, geadelt zu werden. Der Widerspruch beunruhigte ihn auf eine unerklärliche Weise. All die Aufmerksamkeit ist zu verführerisch, sagte er sich. Es wird guttun, von all dem wegzukommen! Wirklich? Er trank einen kleinen Schluck Wein. Ich weiß, ich gehöre nicht hierher, aber *möchte* ich hierher gehören? Gute Frage. Der Wein gab ihm keine Antwort. Er mußte sie woanders suchen.

Er schaute den Tisch hinunter zu seiner Frau, die sehr gut hierher zu passen schien. Sie war in einer ähnlichen Atmosphäre aufgewachsen, sehr wohlhabende Familie, großes Landhaus in Westchester, viele Parties, bei denen die Leute einander erzählten, wie wichtig sie alle seien. Cathy und er waren glücklich mit dem, was sie hatten, sie fühlten sich beide wohl in ihrem Beruf, aber bedeutete ihre auffallende Gelöstheit, daß ihr zu Hause etwas fehlte? Er runzelte die Stirn.

«Ist alles in Ordnung, Jack?» fragte die Queen.

«O ja, Madam, entschuldigen Sie bitte. Ich fürchte, ich werde eine Weile brauchen, um mich all dem anzupassen.»

«Jack», sagte sie eindringlich, «der Grund, warum alle Sie mögen – und wir mögen Sie *alle*, vergessen Sie das nicht –, liegt darin, daß Sie so sind, wie Sie sind. Versuchen Sie bitte nicht, sich zu ändern.»

Ryan ging nach einer Weile auf, daß dies wahrscheinlich das größte Kompliment war, das ihm je ein Mensch gemacht hatte. Vielleicht war Adel eher eine innere Einstellung als eine Institution. Mein Schwiegervater könnte daraus was lernen, dachte er. Mein Schwiegervater könnte aus einer Menge Dinge etwas lernen.

Drei Stunden später folgte Jack seiner Frau in ihr Zimmer. Rechts ging ein kleiner Wohnraum ab. Die Decke des Betts, das er vor sich sah, war bereits zurückgeschlagen. Er lockerte seine Krawatte, machte den obersten Hemdknopf auf und atmete lange und hörbar aus.

Nur eine einzige Tischlampe brannte, und Cathy knipste sie aus. Jetzt wurde das Zimmer nur noch vom Schein der fernen Straßenlampen beleuchtet, der durch die schweren Gardinen drang. Ihr weißes Kleid hob sich im Dunkeln ab, aber von ihrem Gesicht sah er nur die geschwungenen Lippen und die glänzenden Augen, als sie den Fenstern den Rücken drehte. Er legte seinen gesunden Arm um sie und verfluchte den monströsen Gips um die linke Seite seines Rumpfs, als er sie an sich zog. Sie schmiegte das Gesicht an seine gesunde Schulter, und er spürte ihre weichen Haare an seiner Wange. Eine oder zwei Minuten lang sagte keiner von ihnen etwas. Sie genossen es, hier in der stillen Dunkelheit allein zu sein.

«O Schatz.»

«Wie fühlst du dich, Jack?» Es war mehr als eine Floskel.

«Nicht übel. Gut ausgeruht. Die Schulter tut nicht mehr sehr weh. Das Aspirin wirkt Wunder.» Das war eine Übertreibung, aber Jack war Schmerzen gewohnt.

«Jetzt sehe ich, wie sie es gemacht haben.» Cathy untersuchte die linke Seite seines Smokingjacketts. Der Schneider hatte die ganze Partie unter dem Arm mit Schnappverschlüssen versehen, so daß der Gips nicht nur kaschiert wurde, sondern bekleidet wirkte. Seine Frau öffnete die Verschlüsse flink und zog ihm das Jackett aus. Als nächstes kam das Oberhemd dran.

«Ich kann das auch selbst, weißt du.»

«Sei still, Jack. Ich habe keine Lust, die ganze Nacht zu warten, bis du dich ausgezogen hast.» Dann hörte er, wie ein langer Reißverschluß aufgezogen wurde.

«Kann ich dir helfen?»

Sie lachte. «Vielen Dank, aber ich möchte das Kleid noch mal tragen. Und paß bitte auf, wo du diesen Arm hintust.»

«Ich habe bis jetzt noch niemanden zermalmt.»

«Sehr gut. Sorg dafür, daß es so bleibt.» Seide raschelte. Sie nahm seine Hand ... «Wie wäre es, wenn du dich jetzt hinsetztest?»

Als er sich auf der Bettkante niedergelassen hatte, kam alles andere ganz von selbst. Er fühlte ihre kühle, glatte Haut an seinem Körper, und ein Hauch von Parfüm hing in der Luft. Er langte um ihre Schulter, zu der weichen Haut ihres Bauches.

Es lebt und wächst, während wir hier sitzen. «Du bekommst ein Baby von mir», sagte er leise. Es gibt wirklich einen Gott, und Wunder geschehen tatsächlich!

Sie streichelte sein Gesicht. «Ja. Ich werde ab morgen vorsichtig sein müssen – den heutigen Abend wollte ich voll genießen.»

«Weißt du, ich liebe dich wirklich.»

«Ich weiß», sagte sie. «Leg dich hin.»

6

Die Aussagen des letzten Sachverständigen und des ersten Augenzeugen dauerten ungefähr zwei Stunden, und während dieser Zeit saß Ryan auf einer Marmorbank vor dem zweiten Verhandlungssaal von Old Bailey. Er versuchte mit seinem Minicomputer zu arbeiten, konnte sich aber nicht konzentrieren und ertappte sich immer wieder dabei, wie er das hundertsechzig Jahre alte Gebäude betrachtete.

Die Sicherheitsmaßnahmen waren unglaublich. Draußen standen zahlreiche uniformierte Polizisten, an deren Handgelenken kleine Pistolenetuis mit Reißverschluß baumelten. Andere, in Uniform oder Zivil, standen auf den Dächern auf der anderen Seite der Newgate Street wie Falken, die darauf warteten, daß sich ein Kaninchen aus dem Loch wagte. Nur daß Kaninchen keine Maschinenpistolen und RPG-7-Bazookas tragen, dachte Ryan. Jeder, der das Gebäude betrat, wurde mit einem Metalldetektor untersucht, der schon bei der Folie in einer Zigarettenschachtel *Ping* machte, und jeder wurde auch abgetastet. Die prachtvolle Halle war für jedermann gesperrt, der nicht unmittelbar mit dem Fall zu tun hatte, und weniger brisante Verfahren waren so auf die neunzehn Gerichtssäle verteilt worden, daß *Krone gegen Miller* ungestört ablaufen konnte.

Der Fall war in vieler Hinsicht eine Ausnahme. Der Anschlag hatte vor kaum vier Wochen stattgefunden, und der Prozeß war bereits in Gang – selbst nach britischen Maßstäben ungewöhnlich schnell. Der Zutritt zur Besuchergalerie (Besucher erreichten sie von einem anderen Teil des Gebäudes) wurde streng kontrolliert, aber gleichzeitig tat man alles, um den Anschein eines gewöhnlichen Strafprozesses zu wahren. Die Bezeichnung «Ulster Liberation Army» wurde nicht gebraucht. Der Staatsanwalt nahm kein einziges Mal die Worte «Terrorist» oder «terroristische Vereinigung» in den Mund. Die Polizei ignorierte – zumindest in der Öffentlichkeit – die politischen

Aspekte des Falls. Zwei Männer waren tot, und dies war ein Verfahren wegen heimtückischen Mordes – Punktum. Selbst die Presse spielte mit.

Die Wahrheit sah natürlich anders aus, und jedermann wußte das. Ryan verstand jedoch genug von der Jurisprudenz, um sich im klaren zu sein, daß ihre Vertreter sich nur selten mit der Wahrheit abgaben. Die Prozeduren waren weit wichtiger. Deshalb würde man hier nicht über das Ziel der Verbrecher spekulieren und die königliche Familie nicht hineinziehen – der Prinz und die Prinzessin von Wales hatten lediglich zu Protokoll gegeben, daß sie den entkommenen Attentäter nicht identifizieren könnten, und ihr Erscheinen vor Gericht erübrigte sich. Auch Cathy brauchte nicht zu erscheinen. Außer den forensischen Experten, die gestern und heute morgen ausgesagt hatten, hatte die Krone acht Augenzeugen. Ryan war Nummer zwei. Das Verfahren war auf maximal vier Tage angesetzt. Wie Owens ihm im Krankenhaus gesagt hatte, würde man mit diesem Burschen nicht lange fackeln.

«Herr Doktor Ryan? Wenn Sie mir bitte folgen würden, Sir?» Die VIP-Behandlung ging hier weiter. Ein Gerichtsdiener mit kurzärmeligem Hemd und Krawatte trat zu ihm und führte ihn durch eine Seitentür in den Gerichtssaal. Ein Polizeibeamter nahm ihm den Computer ab, nachdem er die Tür geöffnet hatte. Dein großer Auftritt, flüsterte Ryan vor sich hin.

William Richards, Queen's Counsel, der Staatsanwalt, war etwa in Ryans Alter und ungefähr so groß wie er. Er begann mit den üblichen Fragen: Name, Wohnort, Beruf, wann trafen Sie in Großbritannien ein, der Zweck Ihres Besuches? Mr. Richards liebte dramatische Effekte und schoß selbst diese belanglosen Fragen auf eine Weise ab, die die Spannung auf den Zuschauerbänken steigen ließ. Ryan spürte es, auch ohne den Blick zur Galerie zu heben.

«Doktor Ryan, könnten Sie mit Ihren eigenen Worten schildern, was als nächstes geschah?»

Jack tat es zehn Minuten lang, ohne unterbrochen zu werden, die ganze Zeit halb zur Jury – acht Frauen und vier Männer – gewandt. Er vermied es, sie direkt anzusehen. Es schien ein sonderbarer Ort für Lampenfieber, doch eben das überkam ihn. Er hielt den Blick auf die Eichenvertäfelung über den Köpfen der Geschworenen gerichtet, während er den Ablauf des Geschehens beschrieb. Es war fast so, als durchlebte er es noch einmal, und er merkte, wie sein Herz schneller schlug, als er fertig war.

«Und könnten Sie den Mann identifizieren, den Sie zuerst angegriffen haben, Doktor Ryan?» fragte Richards schließlich.

«Ja, Sir.» Ryan zeigte hin. «Der Angeklagte dort drüben, Sir.»

Zum erstenmal konnte Ryan ihn richtig betrachten. Er hieß Sean Miller – kein sehr irischer Name, fand Jack. Er war sechsundzwanzig, klein und schlank, trug Anzug und Krawatte. Er lächelte, als Ryan auf ihn zeigte, zu jemandem auf der Besuchergalerie hinauf, wahrscheinlich einem Verwandten. Dann wanderte sein Blick woanders hin, und Ryan fuhr fort, ihn zu mustern. Er hatte sich seit Wochen gefragt, was für ein Mensch ein solches Verbrechen planen und ausführen konnte. Was fehlte ihm, oder was für eine schreckliche Sache – die den meisten zivilisierten Leuten zum Glück mangelte – lebte in ihm? Das magere Gesicht mit den Aknenarben war ganz alltäglich. Miller hätte ein Nachwuchsmanager bei Merrill, Lynch oder irgendeiner anderen großen Firma sein können. Jacks Vater hatte sein Leben lang mit Kriminellen zu tun gehabt, aber ihre Existenz war ihm, Jack, ein Rätsel. Warum seid ihr anders? Was macht euch zu dem, was ihr seid? hätte er gern gefragt, obgleich er wußte, daß die Frage selbst dann offen bleiben würde, wenn eine Antwort käme. Dann sah er in Millers Augen. Er suchte etwas, irgend etwas, einen Funken Leben oder Menschlichkeit, der ihm sagen würde, daß dies wirklich ein anderes menschliches Wesen war. Es waren wohl nur zwei Sekunden, doch ihm kam es wie einige Minuten vor. Er blickte in die hellgrauen Augen und sah...

Nichts. Da begann er ein wenig zu begreifen.

«Vermerken Sie bitte im Protokoll, daß der Zeuge den Angeklagten Sean Miller identifiziert hat», sagte der Lordrichter, Mr. Wheeler, zu dem Gerichtsschreiber.

«Danke, My Lord», schloß Richards, der Staatsanwalt.

Ryan benutzte die Gelegenheit, um sich zu schneuzen. Er hatte sich letztes Wochenende einen Schnupfen geholt.

«Ist alles in Ordnung, Doktor Ryan?» erkundigte sich der Richter.

Ryan wurde bewußt, daß er sich auf die hölzerne Brüstung des Zeugenstands stützte.

«Entschuldigung, Euer Eh... My Lord. Dieser Gipsverband ist ein bißchen lästig.»

«Gerichtsdiener, einen Schemel für den Zeugen», befahl der Richter.

Das Verteidigerteam saß neben den Vertretern der Anklage, vielleicht fünf Meter weiter in derselben Reihe von Holzbänken mit grünen Lederpolstern. Einen Moment später kam der Gerichtsdiener mit einem einfachen Schemel, und Ryan setzte sich darauf. Was er wirklich brauchte, war ein Haken, an den er seinen linken Arm hängen konnte, aber er gewöhnte sich langsam an das zusätzliche Gewicht. Was ihn verrückt machte, war das fortwährende Jucken, aber dagegen konnte niemand etwas tun.

Der Verteidiger stand auf und warf sich in die Brust. Er hieß Charles Atkinson, bekannt unter dem Spitznamen «der Rote Charlie», den er seiner Vorliebe für radikale Anliegen und radikale Verbrechen verdankte. Er galt als Peinlichkeit für die Labour Party, die er bis vor kurzem im Parlament vertreten hatte. Der Rote Charlie hatte etwa fünfzehn Kilo Übergewicht, und die Perücke saß schief über seinem roten, für die massige Gestalt merkwürdig klein geratenen Gesicht. Die Verteidigung von Terroristen muß sich gelohnt haben, dachte Ryan. *Owens sollte mal in dieser Richtung tätig werden*, sagte er sich. *Woher kommt Ihr Honorar, Mr. Atkinson?*

«Mir Ihrer Erlaubnis, Euer Lordschaft», sagte er höflich zum Richtertisch hin. Er trat langsam, einen Stoß Papiere in der Hand, auf Ryan zu.

«Doktor Ryan – oder soll ich Sir John sagen?»

Jack machte eine unbestimmte Handbewegung. «Wie Sie möchten», antwortete er gleichmütig. Sie hatten ihn eindringlich vor Atkinson gewarnt. *Ein verdammt gerissener Typ*, hatten sie gesagt. Ryan hatte eine ganze Reihe gerissener Typen in der Maklerbranche gekannt.

«Soweit ich weiß, waren Sie Leutnant im Marineinfanteriekorps der Vereinigten Staaten?»

«Ja, Sir, das stimmt.»

Atkinson blickte auf seine Notizen, dann zu den Geschworenen, «blutdurstige Bande, die Marines», brummte er vor sich hin.

«Verzeihung, Sir? Sagten Sie blutdurstig?» fragte Ryan. «Nein, Sir. Die meisten Marines, die ich kenne, trinken Bier.»

Atkinson wirbelte zu Ryan herum, als von der Galerie Gelächter ertönte. Er schenkte ihm ein verkniffenes, drohendes Lächeln. Sie hatten Jack insbesondere vor seinen Wortspielen und seinem taktischen Geschick im Gerichtssaal gewarnt. Zur Hölle damit, sagte Ryan sich. Er erwiderte das Lächeln. Kauf dir was davon, du Arschloch ...

«Entschuldigen Sie, Sir John. Eine Redensart. Ich wollte sagen, daß die US-Marines in dem Ruf stehen, aggressiv zu sein. Das stimmt doch sicher?»

«Marines sind Truppen der leichten Infanterie, die sich auf amphibische Operationen spezialisieren. Wir werden gut ausgebildet, aber im Grunde unterscheiden wir uns nicht sehr von anderen Soldaten. Wir sind lediglich auf eine schwierige Art von Angriffen spezialisiert», antwortete Ryan in der Hoffnung, ihn ein bißchen aus dem Konzept zu bringen. Marines waren angeblich arrogant, aber das war mehr ein Märchen aus dem Fernsehen. Wenn man wirklich gut war, hatte man es nicht nötig, arrogant zu sein, hatten sie ihm in Quantico beigebracht. Es genügte, wenn man die Leute einfach wissen ließ, daß man ein Green Beret war.

«Angriffstruppe?»

«Ja, Sir. So kann man es nennen.»

«Dann haben Sie also Angriffstruppen kommandiert?»

«Ja, Sir.»

«Versuchen Sie bitte, nicht allzu bescheiden zu sein, Sir John. Wie muß ein Mann sein, der ausgewählt wird, solche Truppen zu führen? Aggressiv? Entschlossen? Mutig? Er muß gewiß mehr von diesen Eigenschaften haben als ein gewöhnlicher Soldat?»

«Die wichtigste Eigenschaft, die man bei der Marineinfanterie sucht, ist *Rechtschaffenheit*, Sir. Das steht ausdrücklich in meinem *Handbuch des Marineoffiziers*.» Ryan lächelte wieder. In dem Punkt hatte Atkinson seine Hausaufgabe nicht gemacht. «Es stimmt, ich habe einen Zug kommandiert, aber mein Hauptmann erklärte mir bereits am ersten Tag, daß ich hauptsächlich die Befehle ausführen solle, die er mir erteilen würde, und mich ansonsten in erster Linie auf meinen Zug-Sergeant verlassen solle – der praktische Erfahrungen habe. Bei dem Kommando, das ich bekam, sollte ich ebensosehr lernen wie kommandieren. Es war das, was man in der privaten Wirtschaft eine Nachwuchsposition nennt. Als Nachwuchskraft vollbringt man nirgendwo am ersten Tag Weltbewegendes.»

Atkinson runzelte ein wenig die Stirn. Es lief nicht so, wie er erwartet hatte.

«Hm, dann wäre ein Leutnant der US-Marineinfanterie im Grunde eher so etwas wie ein Pfadfinderführer, Sir John? Sie meinen doch wohl nicht das?» fragte er mit einem ironischen Unterton.

«Nein, Sir. Ich bitte um Verzeihung, wenn ich den Eindruck erweckt habe, aber wir sind auch keine Bande von angriffslustigen Rohlingen. Ich hatte die Aufgabe, Befehle auszuführen, aggressiv zu sein, wenn die Lage es erforderte, und meinem gesunden Menschenverstand zu folgen, wie jeder Offizier. Aber ich war nur drei Monate dabei, und mein Lernprozeß war noch nicht beendet, als ich abstürzte. Marineinfanteristen befolgen Befehle. Offiziere erteilen natürlich Befehle, aber Leutnant ist der niedrigste Offiziersrang. Man nimmt mehr, als man gibt. Ich vermute, Sie haben nie gedient», drehte Ryan den Spieß um.

«Was für eine Ausbildung *haben* Sie denn nun bekommen?» fragte Atkinson ärgerlich oder mit gespieltem Ärger.

Richards blickte warnend zu Ryan hoch. Er hatte wiederholt betont, Jack solle sich um Gottes willen nicht auf ein Duell mit dem Roten Charlie einlassen.

«Eine Ausbildung in grundlegenden Fertigkeiten, die man als Führer von Soldaten braucht. Sie haben uns beigebracht, wie man Männer im Feld kommandiert», antwortete Ryan. «Wie man auf bestimmte taktische Situationen reagiert. Wie man die Waffen des Zugs und, in einem geringeren Ausmaß, die Waffen einer Schützenkompanie gebraucht. Wann und wie man Artillerie- und Luftunterstützung holt...»

«Reagieren?»

«Ja, Sir, das gehörte dazu.» Ryan antwortete so ausführlich, wie er für vertretbar hielt, und gab sich Mühe, in einem freundlichen und zugleich sachlichen Tonfall zu sprechen. «Ich bin noch nie in einer Kampfsituation gewesen – es sei denn, Sie zählen den Vorfall mit, um den es hier geht –, aber unsere Ausbilder haben keinen Zweifel daran gelassen, daß man nicht viel Zeit zum Überlegen hat, wenn Kugeln durch die Luft sausen. Man muß wissen, was man tut, und man muß es schnell tun – andernfalls werden die eigenen Leute getötet.»

«Ausgezeichnet, Sir John. Ziel Ihrer Ausbildung war, schnell und entschlossen auf taktische Reize zu reagieren, stimmt das?»

«Ja, Sir.» Ryan glaubte den Hinterhalt kommen zu sehen.

«Nun... Was das unglückliche Ereignis betrifft, das Gegenstand dieses Verfahrens ist, so haben Sie ausgesagt, daß Sie bei der ersten Detonation in die falsche Richtung sahen?»

«Ich blickte in die Richtung, die der Detonation entgegengesetzt war, Sir.»

«Wie schnell drehten Sie sich um, um zu sehen, was passierte?»

«Wie schon gesagt, sorgte ich als erstes dafür, daß meine Frau und meine Tochter sich so hinlegten, daß sie gedeckt waren. Dann blickte ich auf. Wie lange das gedauert hat?» Ryan legte den Kopf zur Seite.

«Wenigstens eine Sekunde, Sir, und höchstens drei, würde ich sagen. Es tut mir leid, aber es ist wie gesagt schwer, sich an solche Dinge zu erinnern – ich meine, man hat ja keine Stoppuhr bei sich.»

«Als Sie also *endlich* aufsahen, war Ihnen entgangen, was unmittelbar vorher geschehen war?»

«Das stimmt, Sir.» Okay, Charlie, nächste Frage.

«Sie haben also nicht gesehen, daß mein Mandant eine Pistole abfeuerte oder eine Handgranate warf?»

Sauber, dachte Ryan und war überrascht, daß er es auf diese Weise versuchte. Na ja, irgendwie muß er es schließlich versuchen, oder? «Nein, Sir. Als ich ihn zuerst sah, lief er aus der Richtung, wo der andere Mann stand, der mit dem Gewehr – der getötet wurde –, um den Wagen. Einen Moment später war er hinten rechts am Rolls-Royce, mit dem Rücken zu mir und hielt die Pistole ein wenig nach unten, als ob...»

«Nur eine Vermutung», unterbrach Atkinson. «Als ob was? Es hätte alles mögliche gewesen sein können. Aber was *war* es? Wie konnten Sie sehen, was er tat? Sie haben ihn nicht aus dem Wagen steigen sehen, der später fortfuhr. Für Sie hätte er doch ebensogut ein anderer Passant sein können, der helfen wollte, genau wie Sie, nicht wahr?»

Damit wollte er Jack sprachlos machen.

«Eine Vermutung, Sir? Nein, ich würde es eine begründete Annahme nennen. Wenn er hätte helfen wollen, wie Sie sagen, wäre er von der anderen Seite der Straße gekommen. Ich bezweifle, daß irgend jemand in der Nähe schnell genug reagieren konnte, um das zu tun, und ganz davon abgesehen hätte man es sich wegen des Mannes mit dem Kampfgewehr sicher zweimal überlegt. Und als ich ihn sah, entfernte er sich von dem Mann mit dem AK-47. Wenn er helfen wollte, warum entfernte er sich von ihm? Wenn er eine Waffe hatte, warum schoß er dann nicht auf ihn? In dem Moment erwog ich diese Möglichkeit nicht, und auch jetzt scheint sie sehr unwahrscheinlich zu sein, Sir.»

«Wieder eine *Schlußfolgerung*, Sir John», sagte Atkinson wie zu einem begriffsstutzigen Kind.

«Sir, Sie haben mich etwas gefragt, und ich habe versucht zu antworten, mit den Gründen, auf denen meine Antwort basiert.»

«Und Sie wollen uns glauben machen, daß Ihnen all das in wenigen Sekunden blitzartig durch den Kopf ging?» Atkinson wandte sich wieder zu den Geschworenen.

«Ja, Sir, das tat es», sagte Ryan nachdrücklich. «Das ist alles, was ich dazu sagen kann – das tat es.»

«Man hat Ihnen wohl nicht gesagt, daß mein Mandant noch nie festgenommen oder irgendeines Vergehens beschuldigt worden ist?»

«Dann ist er eben ein Ersttäter.»

«Das haben die Geschworenen zu entscheiden», zischte der Anwalt. «Sie haben nicht gesehen, wie er einen einzigen Schuß abfeuerte, nicht wahr?»

«Nein, Sir, aber seine Automatic hatte ein achtschüssiges Magazin, und es waren nur noch drei Kugeln darin. Als ich den ersten Schuß abfeuerte, war es leer.»

«Na und? Sie können doch nicht wissen, ob irgend jemand anders die Pistole benutzt hat. Sie haben nicht gesehen, wie er schoß, ist das so?»

«Ja, Sir.»

«Die Waffe könnte also aus dem Wagen geworfen oder fallen gelassen worden sein. Mein Mandant hätte sie aufheben können, um wie gesagt das gleiche zu tun wie Sie – das wäre ebensogut möglich, und Sie können es gar nicht wissen, ist das so?»

«Ich kann nicht über Dinge aussagen, die ich nicht gesehen habe, Sir. Ich *habe* aber die Straße, den Verkehr und die anderen Passanten gesehen. Wenn Ihr Mandant das tat, was Sie eben sagten, woher kam er dann?»

«Eben – Sie wissen es nicht, nicht wahr?» sagte Atkinson scharf.

«Sir, als ich Ihren Mandanten sah, kam er aus der Richtung des haltenden Wagens.» Jack zeigte auf das Modell auf dem Indizientisch. «Um vom Bürgersteig zu kommen, sich die Pistole zu beschaffen und dann dorthin zu laufen, wo ich ihn sah, hätte er ein Weltklassesprinter sein müssen.»

«Nun, wir werden nie erfahren, ob er das ist – dafür haben Sie gesorgt. Sie haben voreilig reagiert. Sie haben so reagiert, wie Sie es bei den Marines gelernt haben, und automatisch zuviel in die Situation hineingelegt. Sie haben übereilt eingegriffen und meinen Mandanten bewußtlos geschlagen und dann versucht, ihn zu töten.»

«Nein, Sir, ich habe nicht versucht, ihn zu töten. Ich sagte bereits...»

«Warum haben Sie dann auf einen bewußtlosen, hilflosen Menschen geschossen?»

«My Lord», sagte Staatsanwalt Richards und stand auf. «Wir haben diese Frage bereits gestellt.»

«Der Zeuge möge nach reiflicher Überlegung antworten», sagte Lordrichter Wheeler in seinem monotonen Singsang. Niemand würde behaupten, dieses Verfahren sei unfair gewesen.

«Sir, ich wußte nicht, daß er bewußtlos war, und ich wußte nicht, wie lange es dauern würde, bis er wieder aufstand. Also schoß ich, um ihn kampfunfähig zu machen. Ich wollte nur, daß er vorerst nicht wieder aufsteht.»

«Das haben sie in My Lai sicher auch gesagt.»

«Das waren nicht die Marines, Mr. Atkinson», konterte Ryan.

Der Anwalt lächelte zu Jack hoch. «Ich nehme an, Sie sind besser darauf gedrillt worden, den Mund zu halten. Übrigens, vielleicht sind Sie selbst für solche Dinge gedrillt worden...»

«Nein, Sir, das bin ich nicht.» Er macht dich wütend, Jack! Er holte sein Taschentuch heraus und putzte sich die Nase. Das zweifache gründliche Ausatmen half. «Verzeihung, ich fürchte, ich habe mir bei dem britischen Wetter eine Erkältung geholt. Was Sie eben sagten – daß die Marines Leute in solchen Dingen ausbilden... Wenn das stimmte, hätte die Presse es schon vor Jahren angeprangert. Nein, einmal ganz abgesehen von moralischen Erwägungen, aber das Korps hat eine bessere Antenne für Public Relations, Mr. Atkinson.»

«Oh?» der Anwalt zuckte die Achseln. «Und die Central Intelligence Agency?»

«Wie bitte?»

«In den Zeitungen stand, daß Sie für die CIA arbeiteten.»

«Sir, ich bekomme – und bekam – mein Geld zwar von der Regierung der Vereinigten Staaten», sagte Jack, seine Worte sorgfältig wählend, «aber es kommt vom Marineministerium, zuerst für den Dienst bei der Marineinfanterie und dann – das heißt, noch jetzt – für meine Arbeit bei der US-Marineakademie. Ich bin nie bei einer anderen Regierungsbehörde angestellt gewesen. Punkt.»

«Sie sind also kein Agent der CIA? Ich darf Sie daran erinnern, daß Sie unter Eid stehen.»

«Nein, Sir. Ich bin es nicht und bin es auch nie gewesen. Ich arbeite nicht für die CIA.»

«Und diese Presseberichte?»

«Ich fürchte, da werden Sie die Reporter fragen müssen. Ich weiß nicht, woher Sie diese Ente haben. Ich unterrichte Geschichte. Mein Büro ist in der Leahy Hall auf dem Gelände der Marineakademie. Das ist ein ganzes Stück von Langley entfernt.»

«Langley? Sie wissen also, wo die CIA ist?»

«Ja, Sir. Wie Ihnen inzwischen bekannt sein dürfte, habe ich dort einmal einen Vortrag gehalten. Es war übrigens die Wiederholung eines Vortrages, den ich einen Monat davor am Naval-War-College in Newport, Rhode Island, gehalten hatte. Es ging um Entscheidungsfindung bei taktischen Problemen. Ich habe nie für die Central Intelligence Agency gearbeitet, aber ich habe dort einen Vortrag gehalten. Vielleicht ist das die Wurzel der Falschmeldung.»

«Ich glaube, Sie lügen, Sir John», bemerkte Atkinson.

Nicht unbedingt, Charlie. «Für das, was Sie glauben, kann ich nichts. Ich kann Ihre Fragen nur wahrheitsgemäß beantworten.»

«Und Sie haben nie einen offiziellen Bericht mit dem Titel *Agenten und Nachrichtendienste* geschrieben, der für die Regierung der Vereinigten Staaten bestimmt war?»

Ryan zwang sich, nicht zu reagieren. *Wo hast du die Information her, Charlie?* Er beantwortete die Frage mit großer Umsicht.

«Sir, letztes Jahr, das heißt, am Ende des letzten Sommersemesters, wurde mir von einem Privatunternehmen, das für die Regierung arbeitet, ein Beratervertrag angeboten. Das Unternehmen heißt Mitre Corporation, und ich wurde vorübergehend dort angestellt, um an einem Projekt mitzuarbeiten, das die US-Regierung in Auftrag gegeben hatte. Es war als geheim klassifiziert, hatte aber offensichtlich nichts mit diesem Fall zu tun.»

«Offensichtlich? Warum lassen Sie das nicht von den Geschworenen entscheiden?»

«Mr. Atkinson», sagte Lordrichter Wheeler müde. «Wollen Sie vielleicht andeuten, daß dieses Projekt, an dem der Zeuge beteiligt war, in einem unmittelbaren Zusammenhang mit dem Fall steht, der hier verhandelt wird?»

«Ich meine, das sollten wir herausfinden, My Lord. Ich bin der Ansicht, daß der Zeuge das Gericht irreführt.»

«Schön.» Der Richter wandte sich zu Ryan. «Doktor Ryan, hatte diese Arbeit, an der Sie mitwirkten, irgend etwas mit einem Mord in der City von London oder mit den in diesen Fall verwickelten Personen zu tun?»

«Nein, Sir.»

«Sie sind ganz sicher?»

«Ja, Sir.»

«Sind oder waren Sie jemals bei einer geheimdienstlichen oder sicherheitsdienstlichen Behörde der amerikanischen Regierung angestellt?»

«Nein, Sir, das heißt, abgesehen vom Marineinfanterie-Korps.»

«Ich erinnere Sie daran, daß Sie einen Eid geschworen haben, die Wahrheit zu sagen – die ganze und vollständige Wahrheit. Haben Sie das Gericht in irgendeiner Hinsicht irregeführt?»

«Nein, Sir, in keiner Weise.»

«Danke, Doktor Ryan. Ich denke, diese Frage ist nunmehr beantwortet.» Mr. Wheeler wandte sich wieder nach rechts. «Die nächste Frage, Mr. Atkinson.»

Der Anwalt muß sauer sein, dachte Ryan, aber er ließ es sich nicht anmerken. Er fragte sich, ob der Richter geimpft war.

«Sie sagen, Sie hätten auf meinen Mandanten nur geschossen, weil er nicht wieder aufstehen sollte?»

Richard erhob sich. «My Lord, der Zeuge hat bereits...»

«Wenn Seine Lordschaft mir gestatten, die nächste Frage zu stellen, wird deutlicher werden, was ich bezwecke», unterbrach Atkinson höflich.

«Bitte.»

«Doktor Ryan, Sie sagten, Sie hätten auf meinen Mandanten geschossen, damit er nicht wieder aufstehen möge. Wenn die Marineinfanterie der Vereinigten Staaten ihren Männern das Schießen beibringt, unter welchem Gesichtspunkt tut sie es – den Gegner kampfunfähig zu machen oder den Gegner zu töten?»

«Den Gegner zu töten, Sir.»

«Sie wollen uns also erzählen, daß Sie gegen all das gehandelt haben, was Sie in Ihrer Ausbildung lernten?»

«Ja, Sir. Es lag auf der Hand, daß ich nicht auf einem Schlachtfeld war. Ich war auf einer öffentlichen Straße mitten in London. Ich kam gar nicht auf den Gedanken, Ihren Mandanten zu töten.» Bei sich dachte er, ich wünschte, ich hätte es getan, dann säße ich wahrscheinlich nicht hier, und fragte sich sofort danach, ob das wirklich sein Ernst war.

«Sie reagierten demnach entsprechend Ihrer Ausbildung, als Sie die beiden Männer in der Mall angriffen, um einen Augenblick später das *Gegenteil* von dem zu tun, was man Ihnen beigebracht hatte? Glauben Sie, vernünftige Leute wie die hier Anwesenden werden Ihnen *das* abnehmen?»

Atkinson hatte es endlich geschafft, Ryan durcheinanderzubringen. Jack hatte nicht die leiseste Ahnung, worauf er hinauswollte.

«Ich habe es bis jetzt noch nicht so gesehen, Sir, aber, ja, so ist es», gab er zu. «So ungefähr ist es abgelaufen.»

«Und als nächstes sind Sie zur Ecke des Wagens gekrochen, haben den zweiten Mann gesehen, den Sie schon vorher erblickt hatten, und haben ihn ohne jede Warnung erschossen, statt zu versuchen, ihn kampfunfähig zu machen. In diesem Fall haben Sie sich also wieder nach Ihrer Ausbildung bei den Marines gerichtet und geschossen, um zu töten. Finden Sie das nicht unlogisch und widersprüchlich?»

Jack schüttelte den Kopf. «Keineswegs, Sir. Ich griff in jedem der beiden Fälle zu dem Mittel, das nötig war... nun ja, zu dem Mittel, zu dem ich meiner Meinung nach greifen mußte.»

«Ich meine, Sie irren sich, Sir John. Ich meine, Sie reagierten von Anfang bis zum Ende wie ein Heißsporn von den US-Marines. Sie mischten sich in etwas ein, das Sie nicht durchschauten, griffen einen unschuldigen Mann an und versuchten dann, als er hilflos und bewußtlos auf der Straße lag, ihn zu töten. Anschließend knallten Sie kaltblütig jemand anderen ab, ohne auch nur daran zu denken, ihn kampfunfähig zu machen. Sie wußten damals nicht und wissen auch jetzt noch nicht, was wirklich geschah, stimmt das?»

«Nein, Sir. Ich fürchte, Sie sind derjenige, der sich irrt. Was hätte ich mit dem zweiten Mann tun sollen?»

Atkinson sah eine Blöße und attackierte. «Sie haben dem Gericht eben gesagt, daß Sie meinen Mandanten nur kampfunfähig machen wollten – während Sie in Wahrheit versuchten, ihn zu töten. Wie sollen wir Ihnen glauben, wenn Ihr anschließendes Verhalten nichts mit einer solchen vergleichsweise *friedlichen* Lösung zu tun hatte?»

«Sir, als ich McCrory, den zweiten Schützen, zuerst sah, hatte er ein AK-47-Kampfgewehr in der Hand. Mit einer Pistole jemanden anzugreifen, der ein leichtes MG hat...»

«Aber inzwischen sahen Sie doch, daß er das Kalaschnikoff nicht mehr in der Hand hatte, nicht wahr?»

«Ja, Sir, das stimmt. Wenn er es noch gehabt hätte... ich weiß nicht, vielleicht wäre ich dann nicht um den Wagen gegangen, vielleicht hätte ich dann aus meiner Deckung geschossen, das heißt, von der Rückseite des Wagens.»

«Oh, ich verstehe!» rief Atkinson aus. «Statt dessen sahen Sie Ihre Chance, dem Mann wie ein rechter Cowboy entgegenzutreten und ihn zu töten.» Er hob die Hände. «Wildwest in der Mall!»

«Ich wünschte, Sie würden mir sagen, was ich hätte tun sollen», sagte Jack gereizt.

«Jemand, der genau ins Herz treffen konnte, hätte ihm vielleicht auch die Waffe aus der Hand schießen können, Sir John?»

«Ach so, ich verstehe.» Atkinson hatte eben einen Fehler gemacht. Ryan schüttelte den Kopf und lächelte. «Ich wünschte, Sie würden sich endlich entscheiden.»

«Was?» Der Anwalt war überrascht.

«Mr. Atkinson, vor einer Minute behaupteten Sie, ich hätte versucht, Ihren Mandanten zu töten. Ich war eine Armlänge von ihm entfernt, aber ich tötete ihn *nicht*. Demnach bin ich ein lausiger Schütze. Aber Sie erwarten gleichzeitig, daß ich jemanden auf fünf oder sieben Meter Entfernung in die Hand treffen kann. So geht es nicht, Sir. Entweder bin ich ein guter Schütze oder ein schlechter, aber nicht beides. Außerdem gibt es das nur im Fernsehen, jemandem die Waffe aus der Hand schießen. Der Fernsehheld kann das, aber Fernsehen ist nicht die Wirklichkeit. Mit einer Pistole zielt man immer auf die Mitte seines Ziels. Eben das tat ich. Ich trat hinter dem Auto hervor, um ein gutes Schußfeld zu haben, und ich zielte. Wenn McCrory seine Pistole nicht auf mich gerichtet hätte... Ich kann es nicht mit Sicherheit sagen, aber ich glaube, dann hätte ich wahrscheinlich nicht geschossen. Aber er wandte sich zu mir und feuerte, wie Sie an meiner Schulter sehen können – und ich erwiderte das Feuer. Es stimmt, ich hätte anders handeln können. Leider tat ich es nicht. Ich hatte... ich hatte nicht viel Zeit, um zu überlegen. Ich tat das Beste, was ich unter den Umständen tun konnte. Es tut mir leid, daß der Mann getötet wurde, aber es war auch seine Entscheidung. Er sah, daß ich auf ihn zielte, aber er wandte sich zu mir und feuerte – und er feuerte zuerst, Sir.»

«Aber Sie haben kein Wort zu ihm gesagt, nicht wahr?»

«Nein, ich glaube nicht», entgegnete Jack.

«Wünschen Sie nicht, anders gehandelt zu haben?»

«Mr. Atkinson, wenn es Sie beruhigt, ich habe in den letzten vier Wochen wieder und wieder darüber nachgedacht. Wenn ich mehr Zeit zum Überlegen gehabt hätte, hätte ich vielleicht etwas anderes gemacht. Aber ich werde es nie wissen, weil ich nicht genug Zeit hatte.» Jack hielt inne. «Ich nehme an, es wäre für alle Beteiligten das Beste, wenn dies nie geschehen wäre. Aber ich bin nicht dafür verantwortlich, daß es geschah, Sir. Er ist es.» Jack gestattete sich, wieder auf Miller zu blicken.

Miller saß mit verschränkten Armen, den Kopf ein wenig zur Seite geneigt, auf seinem harten Stuhl. An einem Mundwinkel setzte ein Lächeln ein. Es ging nicht sehr weit, sollte es gar nicht. Es war für Ryan allein bestimmt – oder vielleicht doch nicht für mich allein, dachte Ryan. Sean Millers graue Augen blinzelten nicht – er mußte es geübt haben –, als er ihn aus zehn Meter Entfernung fixierte. Ryan erwiderte den Blick, ohne eine Miene zu verziehen, und während der Gerichtsschreiber seine Aussage fertig protokollierte und die Zuschauer auf der Galerie miteinander flüsterten, waren er und Miller allein und maßen ihre Willenskraft. Was ist hinter diesen Augen? fragte Jack sich wieder. Sicher kein Schwächling. Dies ist ein Spiel – ein Spiel, das Miller lange geübt hat, dachte er. Hinter jenen Augen war eine Kraft, wie man sie bei einem Raubtier finden konnte. Aber es gab nichts, was die Kraft dämpfte, keine Zügelung durch Moral oder Gewissen, nur eiserner Wille. Von vier Polizeibeamten umgeben, war Miller so harmlos wie ein Wolf im Käfig, und er sah Ryan an, wie ein gefangenes Tier es tun könnte, ohne ihn als menschliches Wesen zu würdigen. Er war ein Räuber, der ein... eine Sache betrachtete und sich fragte, wie er sich ihrer bemächtigen könnte. Anzug und Krawatte waren Tarnung, genau wie das Lächeln, das er vorhin an Freunde auf der Galerie gerichtet hatte. Er dachte jetzt nicht an sie. Er dachte auch nicht daran, was das Gericht beschließen würde. Er dachte nicht ans Gefängnis, das wußte Jack. Er dachte nur an etwas, das Ryan hieß, an etwas, das im Augenblick außerhalb seiner Reichweite war. Jacks rechte Hand zuckte, als wollte sie zu der Pistole greifen, die einen guten Meter weiter auf dem Indizientisch lag.

Aber dies war *doch* kein Tier im Käfig. Miller war intelligent und gebildet. Er konnte denken und planen wie ein Mensch, aber wenn er zuschlug, würde er sich nicht von menschlichen Überlegungen leiten lassen. Als Jack sich für die CIA mit Terroristen befaßt hatte, hatte er sie abstrakt gesehen, wie Roboter, die Verbrechen begingen und irgendwie unschädlich gemacht werden mußten. Er hatte nicht damit gerechnet, einem zu begegnen. Insbesondere hatte er nicht damit gerechnet, von einem auf diese Weise fixiert zu werden. Wußte er nicht, daß er nur seine staatsbürgerliche Pflicht tat?

Das ist dir ganz schnuppe. Ich bin etwas, das dir in die Quere gekommen ist. Ich habe dich verwundet, deinen Freund getötet, eure Mission vereitelt. Du willst dich rächen, nicht wahr? Ein verwundetes Tier wird seinen Quälgeist jagen, sagte Jack sich. Und dieses verwundete Tier hat einen Verstand. Es hat ein Gedächtnis. Er wischte sich seine schwitzende Hand am Hosenbein ab, im Zeugenstand, so daß es niemand sah.

Er wurde von einer Furcht gepackt, die er noch nie gespürt hatte.

Es dauerte einige Sekunden, bis er sich daran erinnerte, daß Miller von vier Bullen umringt war, daß die Jury ihn schuldig sprechen würde, daß er lebenslänglich bekommen würde und daß das Gefängnisdasein die Person hinter jenen hellgrauen Augen ändern würde.

Ich war bei der Marineinfanterie, sagte er sich. Ich habe keine Angst vor dir. Ich nehme es mit dir auf. Bastard. Ich habe schon mal gewonnen, stimmt's? Er erwiderte Sean Millers kaum merkliches Lächeln, bewegte nur einen Mundwinkel. Kein Wolf – ein Wiesel. Lästig, aber kein Grund zur Beunruhigung, sagte er sich. Er wandte sich ab wie von einem Geschöpf im Zoo. Er fragte sich, ob Miller gesehen hatte, was in ihm vorgegangen war.

«Keine weiteren Fragen», sagte Atkinson.

«Der Zeuge ist entlassen», sagte Lordrichter Wheeler.

Jack erhob sich von dem Schemel und wandte sich zum Gehen. Dabei traf sein Blick wieder den Angeklagten, und er sah, daß Miller immer noch kaum merklich lächelte, daß sein Gesichtsausdruck sich nicht geändert hatte.

Jack trat in die Eingangshalle hinaus, während der nächste Zeuge in die umgekehrte Richtung ging. Dan Murray erwartete ihn.

«Nicht schlecht», bemerkte der FBI-Agent. «Aber Sie sollten aufpassen, wenn Sie sich mit einem Anwalt anlegen. Beinahe hätte er Sie gehabt.»

«Glauben Sie, es wird Folgen haben?»

Murray schüttelte den Kopf. «Nein. Dieser Prozeß ist eine Formalität. Der Fall ist hieb- und stichfest.»

«Was wird er kriegen?»

«Lebenslänglich. Normalerweise bedeutet das hier ebensowenig wie bei uns – sechs oder acht Jahre. Aber für ihn *ist* es lebenslänglich. Oh, da sind Sie ja, Jimmy.»

Commander Owens kam den Korridor herunter und trat zu ihnen. «Nun, wie war der Auftritt?»

«Er hat keinen Oscar bekommen, aber die Geschworenen mochten ihn», antwortete Murray. «Wie wär's, wenn wir ihm jetzt ein Bier spendierten?»

«Doktor Ryan erwies sich als souveräner Zeuge und wehrte den klug durchdachten Angriff des Verteidigers Charles Atkinson ab», sagte der Sprecher der Fernsehnachrichten. «Er identifizierte den des Mordes angeklagten Sean Miller am zweiten Tag des Prozesses in Old Bailey mit großer Entschiedenheit.» Auf dem Bildschirm verließ

Ryan das Gerichtsgebäude zusammen mit zwei anderen Männern. Der Amerikaner gestikulierte und lachte, als er an der Kamera vorbeikam.

«Unser alter Freund Owens. Wer ist der andere?» fragte O'Donnell.

«Daniel E. Murray, FBI-Agent am Grosvenor Square», antwortete sein Nachrichtenoffizier.

»Oh. Ich hab' sein Gesicht noch nie gesehen. So sieht er also aus. Ich wette, sie gehen einen trinken. Der Held und seine Lakaien. Schade, daß wir dort keinen Mann mit einer Bazooka haben...» Sie hatten James Owens einmal auf die Liste gesetzt und sich überlegt, wie sie ihn erledigen könnten, aber der Kerl hatte immer einen Wagen hinter sich gehabt und nie zweimal dieselbe Route benutzt. Sein Haus wurde rund um die Uhr bewacht. Sie hätten ihn vielleicht umlegen können, aber die Flucht wäre hoch riskant gewesen, und O'Donnell hatte keine Lust, seine Männer bei Himmelfahrtskommandos zu opfern. «Ryan fliegt morgen oder übermorgen zurück.»

«Ach ja?» Der Nachrichtenoffizier hatte das nicht gewußt. Woher bekam Kevin bloß diese Insiderinfos?

«Ein Jammer, nicht? Wäre es nicht großartig, ihn in einem Sarg nach Hause zu schicken, Michael?»

«Ich dachte, Sie hätten gesagt, er sei kein lohnendes Ziel», erwiderte Mike McKenney.

«Ja, aber er ist ganz schön arrogant, nicht? Versucht, Charlie reinzulegen, und geht dann munter in die nächste Kneipe. Diese verdammten selbstsicheren Amis.» *Wäre es nicht nett, ihm...* Kevin O'Donnell schüttelte den Kopf. «Wir haben wichtigere Dinge zu tun. Sir John kann warten, und wir haben viel Zeit.»

7

Jack!» Ein großgewachsener Mann, größer als Jack mit seinen einsfünfundachtzig und breitschultriger, winkte ihm im Washingtoner Flughafen zu. Mit seiner Prothese, die ein ganzes Stück über sein ehemaliges linkes Knie hinwegreichte, einer Erinnerung an einen betrunkenen Autofahrer, ging er unbeholfen. Der künstliche linke Fuß war eine längliche Aluminiumplatte anstelle von etwas Menschenähnlichem. Oliver Wendell Tyler konnte damit besser laufen. Seine Hand war unversehrt, allerdings ziemlich groß. Er ergriff Ryans Rechte und drückte zu. «Willkommen daheim in Amerika, mein Junge.»

«Wie geht's, Skip?» Jack löste seine Hand aus dem Griff des ehemaligen Linksaußen und zählte im Geist seine Finger. Skip Tyler war ein guter Freund, der selbst nicht wußte, wie stark er war.

«Danke, ich kann nicht klagen. Hallo, Cathy.» Seine Frau bekam einen Kuß. «Und wie geht es unserer Sally?»

«Sehr gut.» Sie streckte die Arme aus und wurde wunschgemäß hochgehoben. Wenn auch nur kurz, denn sie zappelte sich los, weil der Gepäckkarren lockte.

«Was machst du denn hier?» fragte Jack. Oh, Cathy mußte angerufen haben ...

«Jean und ich haben euren Wagen geholt und zu euch zurückgebracht. Wir beschlossen, euch mit unserem abzuholen – er ist geräumiger. Sie holt ihn gerade.» Ein Träger näherte sich ihnen, aber Tyler winkte ihn fort.

«Wie geht es Jean?» fragte Cathy.

«Noch sechs Wochen.»

«Bei uns wird es ein bißchen länger dauern», teilte sie ihm strahlend mit.

«Wirklich?» Tylers Gesicht leuchtete auf. «Super.»

Es war kühl, ein sonniger Dezembertag, als sie den Terminal verließen. Jean Tyler lenkte den langen Chevrolet-Stationwagen an den Bordstein. Die dunkelhaarige, großgewachsene, normalerweise gertenschlanke Jean war schwanger mit ihrem dritten und vierten Kind. Die Ultraschall-Kontrolle hatte Jeans Vermutung auf Zwillinge bestätigt, kurz nachdem die Ryans nach England abgeflogen waren. Ihre Gestalt war unförmig, aber das leuchtende Gesicht machte das mehr als wett. Cathy eilte zu ihr, als sie ausstieg, und sagte etwas. Jack wußte, was es war – die beiden Frauen fielen sich sofort in die Arme. Skip öffnete die Heckklappe und warf das Gepäck hinein, als wöge es federleicht.

«Ich bewundere dein Timing, Jack. Du hast deine Rückkehr beinahe pünktlich für die Weihnachtsferien geschafft.»

«War ja wirklich nicht so geplant», wandte Jack ein.

«Was macht die Schulter?»

«Besser als vorher.»

«Das glaube ich.» Tyler lachte und gab Gas. «Ich war überrascht, daß sie dich in die Concorde hineinbekommen haben. Wie war es?»

«Es geht viel schneller vorbei.»

«Ja, das sagen alle.»

«Wie läuft es an der Uni?»

«Ach, immer das gleiche.»

Tyler hatte an der Marineakademie in Annapolis studiert und war dann Profi-Footballer geworden, ehe er zur Marine ging, genauer gesagt zur U-Bootflotte. Vor drei Jahren, als er im Begriff gewesen war, ein eigenes Kommando zu bekommen, hatte ihm ein betrunkener Autofahrer das halbe linke Bein abgefahren. Erstaunlicherweise war Skip schnell darüber weggekommen. Er hatte am Massachusetts Institute of Technology seinen Doktor gemacht und eine Stelle an der Akademie bekommen, wo er sich nebenbei als Football-Trainer betätigte. Jack fragte sich, ob Jean nun viel glücklicher war. Sie hatte früher als Anwaltssekretärin gearbeitet und mußte unter Skips langen Abwesenheiten gelitten haben. Jetzt hatte sie ihn zu Hause, er vernachlässigte sie bestimmt nicht, denn sie war fortwährend schwanger. Sogar im Supermarkt gingen die beiden Hand in Hand. Wenn es jemanden gab, der das lächerlich fand, verzog er keine Miene.

«Hast du schon über einen Weihnachtsbaum nachgedacht?» erkundigte sich Skip.

«Nein, noch nicht», gestand Jack.

«Ich hab' einen Platz gefunden, wo man sie selbst sägen kann. Ich fahre morgen hin. Willst du mitkommen?»

«Klar. Wir müssen außerdem einige Sachen einkaufen», fügte er hinzu.

«Mann, du warst wirklich weit weg. Cathy hat letzte Woche angerufen, und Jean und ich haben... äh, das Wichtigste besorgt. Hat sie es dir nicht erzählt?»

«Nein.» Jack drehte sich zur Seite und sah, wie seine Frau ihn anlächelte. «Danke, Skip.»

«Keine Ursache.» Tyler wedelte mit der Hand, als sie auf den Ring um Washington bogen. «Wir fahren über die Festtage zu Jeans Eltern. Für Jean ist es die letzte Möglichkeit zum Reisen, ehe die Zwillinge kommen. Übrigens, Professor Billings sagte, daß auf deinem Schreibtisch ein bißchen Arbeit wartet.»

Ein bißchen, dachte Ryan. Wahrscheinlich ein Zweimonatspensum.

«Wann wirst du wieder anfangen können?»

«Erst wenn der Gips weg ist», antwortete Cathy für ihn. «Wir wollen morgen nach Baltimore fahren, damit Professor Hawley ihn sich ansieht.»

«Bei solchen Sachen soll man nichts überstürzen», räumte Skip ein. Er hatte Erfahrung darin. «Robby läßt grüßen. Er konnte es nicht einrichten. Er ist heute unten in Pax River, muß in den Flugsimulator und wieder lernen. Ihm und Sissy geht es gut, sie waren vorgestern abend kurz bei uns. Und ihr habt euch gutes Wetter ausgesucht. Letzte Woche hat es fast nur geregnet.»

Zu Hause, dachte Jack, während er zuhörte. Wieder im täglichen Trott, der einem so auf den Wecker geht – bis jemand kommt und ihn einem wegnimmt. Es war schön, wieder in einer Umgebung zu sein, wo Regen ein größeres Ärgernis war und wo der Tag aus Aufstehen, Arbeiten, Essen und Schlafengehen bestand. Eine Fernsehsendung sehen und Football-Spiele. Die Comics in der Zeitung. Seiner Frau beim Geschirrspülen helfen. Sich mit einem Buch und einem Glas Wein aufs Sofa flezen, wenn sie Sally zu Bett gebracht hatten. Er nahm sich vor, all das nie wieder als langweilige Existenz zu betrachten. Einen Monat hatte er jetzt auf der Schnellspur verbracht und war dankbar, daß sie nun fünftausend Kilometer hinter ihm lag.

«Guten Abend, Mr. Cooley.» Kevin O'Donnell blickte von der Speisekarte auf.

«Hallo, Mr. Jameson. Nett, Sie zu sehen», antwortete der Antiquar mit gutgespielter Überraschung.

«Wollen Sie sich nicht zu mir setzen?»

«Oh, ja, vielen Dank.»

«Was führt Sie in unsere Stadt?»

«Geschäfte. Ich wohne bei Freunden in Cobh.» Das stimmte, und es sagte O'Donnell – der hier als Michael Jameson bekannt war –, daß er die letzte Nachricht bei sich hatte.

«Möchten Sie die Speisekarte sehen?» O'Donnell reichte sie über den Tisch. Cooley warf einen Blick darauf, klappte sie zu und gab sie zurück. Kein Mensch hätte die Übergabe bemerken können. «Jameson» ließ den kleinen Umschlag in der Faltkarte auf seinen Schoß rutschen. Die nächste halbe Stunde tauschten sie Belanglosigkeiten aus. Am Nebentisch saßen vier *Gardai*, und Mr. Cooley befaßte sich sowieso nicht mit operationalen Dingen. Er war Kontaktagent und Puffer. Ein Schwächling, dachte O'Donnell, obgleich er es nie laut sagen würde. Cooley brachte nicht die Voraussetzungen für gefährliche Operationen mit; er eignete sich nur für Nachrichtenbeschaffung. Er hatte ihn natürlich nie ausdrücklich danach gefragt, aber der Mann mußte die Grundausbildung erfolgreich absolviert haben. Was die Ideologie betraf, war er hundertprozentig zuverlässig, aber O'Donnell hatte in ihm immer einen schwachen Charakter gespürt – schwach, aber gerissen. Er hatte noch nie mit der Polizei zu tun gehabt, sein Name war in keiner ihrer Akten vermerkt. Er hatte nie einen Stein, geschweige denn einen Molotowcocktail auf einen Briten geworfen. Er zog es vor zu beobachten und ließ seinen Haß ohne emotionales Ventil wachsen. Der stille, zurückhaltende und unauffällige Dennis war der ideale Mann für seinen Job. O'Donnell wußte, daß Dennis kein Blut vergießen konnte, aber er würde wahrscheinlich auch keine Träne vergießen. Er dachte bei sich, du blasses Männchen, du kannst eine hervorragende Nachrichtenorganisation aufbauen. Du hast wohl noch nie eine schmutzige Arbeit erledigt, aber auf dein Konto gehen letzten Endes... ja, zehn Leute, oder waren es zwölf? Ob der Kerl überhaupt Gefühle hatte? Wahrscheinlich nicht – sehr gut. Cooley hatte eine Zukunft in der Organisation.

Sie beendeten ihre Unterhaltung beim Kaffee. Cooley zahlte. Er bestand darauf: Das Geschäft lief ausgezeichnet. O'Donnell steckte den Umschlag in die Tasche und verließ das Restaurant. Er widerstand dem Drang, den Bericht sofort zu lesen. Er war ein Mann, der eigentlich nicht viel Geduld hatte, und deshalb zwang er sich, sie aufzubringen. Ungeduld hatte mehr Operationen scheitern lassen als die britische Armee, das wußte er. Auch das war eine Lektion aus seinen frühen IRA-Tagen. Er fuhr mit seinem BMW durch die alten Straßen, ohne die zulässige Geschwindigkeit zu überschreiten, und ließ die Stadt dann immer weiter hinter sich, während er zu seinem Haus auf der Landzunge fuhr. Er nahm nicht die kürzeste Strecke und behielt den Rückspiegel im Auge. O'Donnell wußte, daß er sich sicher fühlen konnte. Er wußte auch, daß fortwährende Wachsamkeit dafür sorgen würde, daß das so blieb. Sein teurer Wagen war auf das Hauptbüro seiner Firma in Dundalk zugelassen. Es war eine richtige Firma mit neun Trawlern, die ihre Schleppnetze durch die kalten Gewässer um die Britischen Inseln zogen. Sie hatte einen ausgezeichneten Geschäftsführer, einen Mann, der nie in irgendwelche Operationen verwickelt gewesen war und dessen Fähigkeiten es O'Donnell erlaubten, unten im Süden wie ein Gutsbesitzer zu leben. Die Tradition des Chefs, der die Früchte der Arbeit anderer genoß, war in Irland sehr alt – ebenfalls ein Vermächtnis der Engländer, wie O'Donnells Herrenhaus.

Es dauerte nur eine knappe Stunde, bis er die von zwei Steinpfeilern markierte Privatzufahrt erreicht hatte, und fünf Minuten danach parkte er vor dem Haus über dem Meer. Wie jeder Durchschnittsbürger stellte O'Donnell seinen Wagen im Freien ab; das an das Hauptgebäude angebaute Kutschenhaus war von einem Bauunternehmer aus dem Nachbarort in Büroräume umgebaut worden. Er ging sofort in sein Arbeitszimmer. Dort wartete McKenney auf ihn – und las eine Neuausgabe von Yeats' Gedichten. Noch so ein Bücherwurm, aber er teilte Cooleys Abneigung gegen Blutvergießen nicht. Sein gelassenes, diszipliniertes Auftreten kaschierte einen wilden Kampfgeist. Ein Mann wie er, O'Donnell, dieser Michael. Sein Temperament mußte allerdings noch ein wenig gezügelt werden – genau wie seinerzeit das des jungen O'Donnell. Deshalb hatte er ihn zum Leiter des Nachrichtenwesens gemacht; auf diesem Posten konnte er lernen, wie wichtig es war, reiflich zu überlegen und alle verfügbaren Nachrichten zu sammeln und auszuwerten, bevor man in Aktion trat. Die IRA machte das nie wirklich. Sie benutzten taktische Informationen, aber keine strategischen – eine gute Erklärung, dachte O'Donnell, für die Sinnlosigkeit ihrer Gesamtstrategie. Das war einer der Gründe, warum er dem Provisorischen Flügel den Rücken gekehrt hatte – aber er würde eines Tages in seinen Schoß zurückkehren. Oder, genauer ausgedrückt, sie würden zu ihm zurückkehren. Dann würde er seine Armee haben. Kevin hatte bereits einen Plan dafür, aber selbst seine engsten Mitarbeiter kannten ihn nicht, wenigstens nicht die zweite Hälfte.

Er setzte sich auf den lederbezogenen Armstuhl hinter dem Schreibtisch und zog den Umschlag aus der Tasche. McKenney trat zum Bücherschrank in der Ecke und schenkte ein Glas Whisky für seinen Chef ein. Er tat Eiswürfel hinzu, denn Kevin hatte sich vor einigen Jahren in einem heißeren Klima angewöhnt, ihn so zu trinken. Er stellte das Glas auf den Schreibtisch, und O'Donnell nahm es wortlos und trank einen kleinen Schluck.

Das Dokument hatte sechs Seiten, und O'Donnell las so langsam und konzentriert, wie McKenney eben die Verse von Yeats gelesen hatte. Der jüngere Mann staunte über seine Geduld. Trotz seines Rufs als rücksichtsloser Fighter wirkte der Anführer der ULA oft wie ein Wesen aus Stein, jedenfalls wenn er Daten aufnahm und verarbeitete. Wie ein Computer, aber ein bösartiger. Er brauchte geschlagene zwanzig Minuten, um die sechs Seiten durchzugehen.

«Hm... Unser Freund Ryan ist wieder in Amerika, wohin er gehört. Ist mit der Concorde geflogen, seine Frau hat dafür gesorgt, daß ein Freund sie am Flughafen abholte. Ich nehme an, er wird ab nächsten Montag wieder im Hörsaal stehen und den gescheiten jungen Männern und Frauen von ihrer Marineakademie Vorträge halten.» O'Donnell lächelte, weil er seine Bemerkung witzig fand. «Seine Königliche Hoheit und seine hübsche Gemahlin werden mit zwei Tagen Verspätung zurückerwartet. Ihre Maschine hat offenbar Probleme mit der Elektronik, und sie haben ein Ersatzinstrument aus England einfliegen lassen müssen – das ist wenigstens die offizielle Version. In Wirklichkeit dürfte Neuseeland ihnen so gut gefallen haben, daß sie es noch ein bißchen genießen wollten, ohne offizielle Verpflichtungen. Für die Ankunft sind eindrucksvolle Sicherheitsmaßnahmen getroffen worden... Nach all dem, was ich hier lese, scheinen die Sicherheitsmaßnahmen künftig enorm zu sein, wenigstens für die nächsten paar Monate.»

McKenney schnaubte. «Wir können sie schlagen. Wir haben es bewiesen.»

«Michael, wir wollen sie nicht töten. Jeder Narr könnte das», sagte O'Donnell geduldig. «Unser Ziel erfordert, daß wir sie lebend bekommen.»

«Aber...»

Würden sie denn nie lernen? «Kein ‹aber›, Michael. Wenn ich sie töten wollte, wären sie bereits tot, und dieser verdammte Ryan mit ihnen. Töten ist leicht, aber damit erreichen wir nicht das, was wir wollen.»

«Ja, Sir.» McKenney nickte ergeben. «Und Sean?»

«Sie werden ihn noch ungefähr zwei Wochen im Gefängnis von Brixton in die Mangel nehmen – unsere Freunde von C-13 möchten ihn im Moment noch in der Nähe haben.»

«Heißt das, er wird ...»

«Sehr unwahrscheinlich», unterbrach O'Donnell ihn. «Aber ich meine trotz allem, daß die Organisation mit ihm stärker wäre als ohne ihn, finden Sie nicht?»

«Aber wie werden wir es wissen?»

«Für unseren Kameraden interessieren sich die höchsten Stellen», deutete O'Donnell an.

McKenney nickte nachdenklich. Er verbarg seinen Ärger darüber, daß der Anführer nicht mal seinem eigenen Nachrichtenchef sagen wollte, wer seine Quelle war. McKenney wußte, wie wertvoll die Informationen waren, aber woher sie kamen, war das größte aller ULA-Geheimnisse. Der junge Mann zuckte die Achseln. Er hatte seine eigenen Quellen, und seine Fähigkeit, ihre Meldungen zu verarbeiten, wurde täglich besser. Daß er immer so lange warten mußte, ehe er handeln konnte, nagte an ihm, aber er gestand sich ein – zunächst widerwillig, dann mit wachsender Überzeugung –, daß verschiedene heikle Operationen nur wegen der gründlichen Vorbereitungen geklappt hatten. Eine andere Operation, die nicht so glatt gelaufen war, hatte ihn in den Hochsicherheitstrakt von Long Kesh gebracht. Er hatte daraus gelernt, daß die Revolution tüchtigere Männer brauchte. Inzwischen haßte er die Nullen an der Spitze des Provisorischen Flügels noch mehr als die britische Armee. Der Revolutionär hatte von Freunden oft mehr zu fürchten als von Feinden.

«Etwas Neues von unseren Kollegen?» fragte O'Donnell.

«O ja», sagte McKenney aufgekratzt. «Unsere Kollegen» waren der Provisorische Flügel der Irisch-Republikanischen Armee. «Eine Zelle der Brigade Belfast will übermorgen einen Pub angreifen, der in letzter Zeit von einigen Burschen von der UVF frequentiert worden ist – nicht sehr schlau von ihnen, was?»

«Ich denke, wir brauchen da nichts zu unternehmen», meinte O'Donnell. Es würde natürlich eine Bombe sein, und sie würde eine Reihe von Leuten töten, darunter vielleicht ein paar Angehörige der «Ulster Volunteer Force», die er als reaktionäres Organ der herrschenden Bourgeoisie betrachtete, nichts weiter als Strolche, denn sie hatten überhaupt keine Ideologie. Wenn einige von ihnen umkamen, war das nur gut, aber der Anlaß würde genügen, daß sich andere Heckenschützen von der UVF in ein katholisches Viertel schlichen und ein paar Leute auf der Straße abknallten. Und die Beamten von der Ulster-Polizei würden wie immer ermitteln, und wie immer würde niemand zugeben, etwas gesehen zu haben, und die katholischen Viertel würden revolutionäre Herde bleiben. Haß war ein ungeheuer nützlicher Aktivposten. Noch wichtiger für die Sache als Angst. «Noch was?»

«Die Bombenfrau, diese Dwyer, ist wieder abgetaucht», fuhr McKenney fort.

«Wann war das letzte Mal... in England, nicht wahr? Ist es ihr wieder zu heiß geworden?»

«Unser Mann weiß es nicht. Er arbeitet daran, aber ich habe ihm gesagt, er solle vorsichtig sein.»

«Sehr gut.» Darüber würde O'Donnell nachdenken. Die Dwyer war eine der besten Bombenspezialistinnen des Provisorischen Flügels, ein Genie, was Zeitzünder betraf, eine Frau, die bei der Antiterror-Abteilung von Scotland Yard ganz oben auf der Liste stand. Dwyers Verhaftung wäre ein schwerer Schlag für die Provisorischen...

«Er soll so vorsichtig sein wie möglich, aber es wäre nützlich zu wissen, wo sie ist.»

McKenney verstand sofort. Ein Jammer um Dwyer, aber die Dame hatte sich die falsche Seite ausgesucht. «Und der Brigadekommandeur von Belfast?»

«Nein.» Der Chef schüttelte den Kopf.

«Aber er wird wieder entwischen. Wir haben einen Monat gebraucht, um...»

«Nein, Michael. Timing – vergessen Sie nicht, wie wichtig das Timing ist. Die Operation ist ein zusammenhängendes Ganzes, nicht bloß eine Folge von Ereignissen.» Der Kommandeur der IRA-Brigade Belfast – *Brigade,* nicht mal zweihundert Männer, dachte O'Donnell bitter – war der meistgesuchte Mann in Nordirland. Er wurde von mehr als einer Seite gesucht, aber O'Donnell mußte ihn momentan wohl oder übel den Briten überlassen. Zu schade. Ich würde dich gern selbst dafür zahlen lassen, daß du mich ausgestoßen hast, Johnny Doyle, und noch dazu einen Preis auf meinen Kopf ausgesetzt hast. Aber ich muß auch in dieser Hinsicht Geduld haben. Ich will ja mehr als dein Leben. «Sie sollten auch daran denken, daß unsere Leute ihre eigene Haut schützen müssen. Das Timing ist so wichtig, weil das, was wir geplant haben, nur einmal klappen kann. Deshalb müssen wir Geduld haben. Wir müssen auf den richtigen Augenblick warten.»

Welchen richtigen Augenblick? Was für ein Plan? hätte McKenney gern gewußt. Erst vor wenigen Wochen hatte O'Donnell erklärt, «es» sei soweit, aber dann hatte er in letzter Minute aus London angerufen und alles abgeblasen. Sean Miller und zwei andere waren eingeweiht, aber McKenney wußte nicht mal, wer diese beiden Privilegierten waren. Wenn es etwas gab, woran der Anführer glaubte, war es Sicherheit. Dem jungen Mann war bewußt, wie bedeutsam sie war, aber er kochte vor Frustration, die Bedeutung des Geschehens zu kennen, ohne zu wissen, *was* geschehen würde.

«Schwierig, nicht wahr, Mike?»

«Ja, Sir, in der Tat», gab McKenney lächelnd zu.

«Vergessen Sie nur nicht, wohin wir mit Ungeduld gekommen sind», sagte der Anführer.

8

Ich denke, das dürfte reichen, Jimmy. Das Bureau dankt Ihnen, daß Sie den Burschen aufgespürt haben.»

«Ich glaube wirklich nicht, daß er zu der Sorte Touristen gehört, die wir hier brauchen, Dan», entgegnete Owens. Ein US-Bürger aus Florida, der in einer Bank in Orlando drei Millionen Dollar unterschlagen hatte, hatte den Fehler gemacht, auf dem Weg in ein anderes europäisches Land, eines mit anderen Bankbestimmungen, in London zwischenzulanden. «Aber ich glaube, nächstes Mal werden wir ihn ein bißchen in der Bond Street einkaufen lassen, ehe wir eingreifen. Sie können das dann als Honorar bezeichnen – als Festnahmehonorar.»

«Ha ha!» Der FBI-Mann klappte die letzte Akte zu. Es war sechs Uhr Ortszeit. Dan Murray lehnte sich in seinem Armstuhl zurück. Die georgianischen Backsteinhäuser hinter ihm, auf der anderen Straßenseite, verblaßten im Licht der Dämmerung. Bewaffnete Männer patrouillierten unauffällig auf ihren Dächern, wie auf allen Dächern am Grosvenor Square. Daß die US-Botschaft schwer bewacht wurde, war untertrieben. Sie war zu einer kleinen Festung ausgebaut worden, weil es in den letzten sechs Jahren so viele Warnungen vor Terroranschlägen gegeben hatte. Vor dem Gebäude, wo die North Audley Street für den Verkehr gesperrt war, standen uniformierte Polizisten. Der Bürgersteig war mit «Blumentöpfen» aus Beton geschmückt, die ein Panzer nicht ohne weiteres überwinden konnte, und der Rest des Bauwerks hatte eine geneigte Betonböschung zum Schutz vor Autobomben. Drinnen, hinter schußsicherem Panzerglas, stand ein Corporal der Marineinfanterie neben einem Wandsafe mit einem schwerkalibrigen Revolver, einem Smith & Wesson. 357 Magnum. Scheißspiel, dachte Murray. *Scheißspiel. Die schöne Welt des internationalen Terroristen.* Murray haßte es, in einem Gebäude zu arbeiten, das sich wie ein Teil der Maginotlinie ausnahm, haßte es, sich alle paar Augenblicke zu fragen, ob irgendwo hinter einem der Fenster auf der anderen Seite der Straße ein iranischer oder palästinensischer oder libyscher oder sonst ein wahnsinniger Terrorist darauf wartete, eine Panzerabwehrgranate auf ihn abzufeuern. Er fürchtete nicht um sein Leben. Er hatte sein Leben mehr als einmal aufs Spiel gesetzt. Er haßte die Ungerechtigkeit, die Beleidigung seines Berufs, die darin bestand, daß manche Leute gewillt waren, ihre Mitmenschen als Form einer politischen Meinungsäußerung umzubringen. Aber sie sind gar keine Wahnsinnigen, nicht wahr? Die Verhaltensspezialisten sagten, sie seien keine. Sie sind Romantiker – Gläubige, Leute, die sich uneingeschränkt für ein Ideal einsetzen und zu jedem Verbrechen bereit sind, um es zu verwirklichen. Romantiker!

«Jimmy, erinnern Sie sich noch an die gute alte Zeit, als wir Bankräuber jagten, die nur deshalb im Geschäft waren, weil sie auf die schnelle was verdienen wollten?»

«Ich habe nie einen von ihnen gejagt. Ich hatte fast nur mit gewöhnlichem Diebstahl zu tun, bis sie mich dann zum Morddezernat versetzten. Aber wenn man diesen Terrorismus sieht, sehnt man sich nach den guten alten Gaunern zurück. Sie waren sogar einigermaßen zivilisiert.» Owens schenkte sich Portwein nach. Die Londoner Polizei wurde immer häufiger mit der kriminellen Verwendung von Feuerwaffen konfrontiert, da Fernsehberichte über Terrorismus das neue Werkzeug in Großbritannien sehr populär gemacht hatten. Die Straßen und Parks der Hauptstadt waren zwar immer noch viel sicherer als die in den Vereinigten Staaten, aber nicht mehr so sicher wie vor wenigen Jahren. Auch in London änderten sich die Zeiten, und das gefiel Owens überhaupt nicht.

Das Telefon klingelte. Murrays Sekretärin hatte gerade Feierabend gemacht, so daß der Agent selbst abnahm.

«Murray. Hallo, Bob. Ja, er ist noch da. Bob Highland für Sie, Jimmy.» Er reichte den Hörer hinüber.

«Commander Owens.» Der Beamte trank einen Schluck, stellte das Glas dann abrupt hin und winkte nach einem Kugelschreiber und Notizpapier. «Wo genau? Und Sie haben schon... gut, ausgezeichnet. Ich komme sofort.»

«Was gibt's?» fragte Murray schnell.

«Wir haben gerade einen Tip über eine Dame namens Dwyer bekommen. Bombenwerkstatt in einer Wohnung in der Tooley Street.»

«Ist das nicht auf der Höhe des Towers, auf der anderen Seite vom Fluß?»

«Sie kennen sich aus. Ich muß los.» Owens stand auf und langte nach seinem Mantel.

«Hätten Sie was dagegen, wenn ich mitkomme?»

«Dan, vergessen Sie nicht...»

«Im Hintergrund zu bleiben.» Murray stand bereits an der Tür. Eine Hand fuhr mechanisch an die linke Hüfte, wo seine Dienstwaffe gewesen wäre, wenn er in einem FBI-Büro in den USA gesessen hätte. Owens hatte nie eine Waffe bei sich. Murray fragte sich, wie man ohne Waffen als Bulle arbeiten konnte. Zusammen verließen sie Murrays Büro, liefen den Korridor hoch und bogen um die Ecke zu den Fahrstühlen. Zwei Minuten später waren sie in der Tiefgarage der Botschaft. Die beiden Beamten, die Owens ständig folgten, saßen bereits in ihrem Fahrzeug, und der Fahrer des Commanders folgte ihnen ins Freie.

Sobald sie draußen waren, griff der vorn sitzende Owens zum Mikrofon seines Funkgeräts.

«Ihre Leute sind schon unterwegs?» fragte Murray.

«Ja. Bob wird in ein paar Minuten mit seinem Team da sein. Mein Gott, Dwyer! Die Beschreibung trifft haargenau auf sie zu.» Owens gab sich alle Mühe, seine Aufregung zu verbergen, aber er war wie ein kleiner Junge kurz vor der Weihnachtsbescherung.

«Von wem ist der Tip?»

«Anonym. Eine männliche Stimme. Er behauptete, er hätte Drähte gesehen und kleine eingewickelte Blöcke, als er in ein Fenster sah.»

«Fabelhaft! Ein Spanner hilft der Polizei – wahrscheinlich hatte er Angst, daß seine Frau hinter sein heimliches Hobby kommen würde. Na ja, man nimmt, was man kriegt.» Murray grinste. Er war schon Hinweisen gefolgt, die noch fragwürdiger gewesen waren – und zum Ziel geführt hatten.

Es war Rush-hour, und die Polizeisirene konnte nichts daran ändern. Es dauerte zwanzig frustrierende Minuten, um die acht Kilometer zur Tooley Street zurückzulegen, und Owens hörte die ganze Zeit den Polizeifunk und schlug leise mit der Faust auf die Armlehne an der vorderen Tür, während seine Männer am Einsatzort eintrafen. Endlich raste der Wagen über die Tower Bridge und bog nach rechts. Der Fahrer parkte auf dem Bürgersteig, neben zwei anderen Polizeifahrzeugen, die am Straßenrand standen.

Es war ein heruntergekommenes dreigeschossiges Backsteinhaus in einem Arbeiterviertel. Nebenan befand sich ein kleiner Pub, neben dessen Eingang eine schwarze Tafel mit den Tagesgerichten lehnte. Einige Gäste standen mit dem Glas in der Hand davor und beobachteten die Polizisten, und auf der anderen Straßenseite versammelten sich weitere Neugierige. Owens lief zur Tür. Ein Kriminalbeamter in Zivil erwartete ihn. «Alles in Ordnung, Sir. Wir haben die Verdächtige festgenommen. Zweiter Stock, ganz hinten.»

Der Commander rannte, gefolgt von Murray, die Treppen hoch. Ein anderer Kriminalbeamter schloß sich ihm auf dem obersten Absatz an. Owens legte die letzten zehn Meter mit einem kalten, zufriedenen Lächeln auf den Lippen zurück.

«Alles vorbei, Sir», sagte Highland. «Das ist die Verdächtige.»

Maureen Dwyer lag splitternackt auf dem Boden in einer Wasserlache, und nasse Fußabdrücke führten ins Badezimmer.

«Sie hatte gerade gebadet», erläuterte Highland. «Und sie hatte ihre Pistole auf dem Küchentisch liegengelassen. Keine Schwierigkeiten.»

«Haben Sie eine Beamtin alarmiert?»

«Ja, Sir. Sie müßte eigentlich schon da sein.»

«Der Verkehr ist Stop and Go», bemerkte Owens.

«Hinweise auf einen Helfer?»

«Nein, Sir. Nichts», antwortete Highland. «Bis auf das hier.»

Die untere Schublade des Schreibtisches lag auf dem Boden. Sie enthielt mehrere Blöcke eines Materials, das wie Plastiksprengstoff aussah, einige Zündhütchen und kleine Apparate, wahrscheinlich elektronische Zündmechanismen. Ein Beamter machte bereits eine Bestandsaufnahme, während ein anderer den Raum mit einer Nikon-Zoomkamera fotografierte. Ein dritter öffnete einen Spurensicherungskasten. Alle Gegenstände, die sich im Zimmer befanden, würden etikettiert, in Plastiktüten gepackt und bis zur Verwendung beim nächsten Terroristenprozeß in Old Bailey aufbewahrt werden. Ringsum zufriedenes Lächeln, nur nicht auf Maureen Dwyers Gesicht, das man nicht sehen konnte, weil es auf die Dielen gedrückt war. Zwei Beamte standen mit weggesteckten Revolvern neben der nackten, nassen Gestalt und beobachteten sie ohne ein Spur Mitgefühl.

Murray stand in der Tür, um niemandem im Weg zu sein, und schaute aufmerksam zu, wie Owens' Leute die Sache anfaßten. Die Verdächtige war dingfest gemacht, der Schauplatz wurde fotografiert, die Indizien wurden eingesammelt, alles genau nach Vorschrift.

Ihm fiel auf, daß die Bombenlegerin sich nicht rühren durfte. Eine Beamtin würde ihre Leibesöffnungen auf gefährliche Gegenstände untersuchen. Hoffentlich war Miss Dwyer nicht prüde, aber Murray glaubte nicht, daß ein Richter etwas einzuwenden hätte. Wie Owens ihm kurz gesagt hatte, war Maureen Dwyer eine bekannte Bombenlegerin mit mindestens drei Jahren erfolgreicher Praxis. Vor neun Monaten war sie gesehen worden, wie sie den Schauplatz eines Attentats verließ, bei dem wenige Minuten nach ihrem Verschwinden vier Menschen getötet und drei weitere verstümmelt worden waren. Nein, es würde nicht allzuviel Mitgefühl für Miss Dwyer geben. Wieder verstrichen einige Minuten, und dann nahm einer der Kriminalbeamten die Bettdecke und deckte sie von den Knien bis an die Schultern zu. Die Verdächtige rührte sich die ganze Zeit über nicht. Sie atmete schnell, gab aber keinen Ton von sich.

«Oh, was haben wir denn da?» sagte einer der Männer. Er zog einen Koffer unter dem Bett hervor. Er hantierte vorsichtig an den Verschlüssen, um zu sehen, ob sie mit einer Sprengladung verbunden waren, öffnete ihn und holte einen Make-up-Kasten heraus, wie er beim Theater benutzt wird. Er enthielt unter anderem vier Perücken.

«Meine Güte, so eine wollte ich schon lange haben.» Die Kriminalbeamtin drängte sich an Murray vorbei und trat zu Owens. «Ich bin so schnell gekommen, wie ich konnte, Commander.»

«Fangen Sie an.» Owens lächelte. Er war froh, daß endlich etwas passierte.

«Beine spreizen, Honey. Du weißt hoffentlich, wie das geht.» Die Beamtin zog einen Gummihandschuh an und begann ihre Suche. Murray schaute nicht zu. Dies war eine Sache, bei der er immer zimperlich gewesen war. Wenige Sekunden später löste sich der Handschuh mit einem quietschenden Geräusch. Ein Beamter gab Dwyer ein paar Sachen zum Anziehen. Murray beobachtete, wie die Verdächtige sich so unbefangen anzog, als ob sie allein wäre – nein, dachte er, wenn sie allein wäre, täte sie es mit mehr Gefühl. Als sie fertig war, legte ein Polizist ihr Handschellen an und informierte sie anschließend über ihre Rechte, ganz so, wie amerikanische Polizisten es machten. Sie reagierte nicht. Maureen Dwyer betrachtete die Anwesenden ohne jeden Ausdruck im Gesicht, nicht einmal Zorn, und wurde abgeführt, ohne daß sie ein einziges Wort gesagt hatte.

Ein Profi, dachte er. Selbst mit nassen Haaren und ohne Make-up ist sie noch attraktiv. Guter Teint. Es würde ihr nicht schaden, vier oder fünf Kilo abzunehmen, aber hübsch angezogen ginge es auch so.

Man könnte auf der Straße an ihr vorbeigehen oder in einer Bar neben ihr sitzen und sie zu einem Drink einladen, und man würde nie auf die Idee kommen, daß sie eine ganze Ladung Plastiksprengstoff in der Handtasche hat.

«Kann ich jetzt reinkommen?» fragte er.

«Bitte.» Owens winkte ihn in die Wohnung.

Murray ging als erstes zu der Schreibtischschublade mit dem Sprengstoff. Er war Fachmann für solche Dinge. Er und Owens hockten sich vor die Sammlung.

«Scheint ein tschechisches Produkt zu sein», murmelte der FBI-Mann.

«Stimmt», sagte ein anderer Kriminalbeamter. «Von den Skoda-Werken, man sieht es an der Verpackung. Aber die hier kommen aus Amerika. California Pyronetics, elektronischer Sprengzünder, Modell einunddreißig.» Er schob einen – in einem Plastikbeutel – zu Murray hin.

«Verdammt! Sie tauchen an allen Ecken und Enden wieder auf – eine Ladung von den süßen kleinen Dingern ist vor anderthalb Jahren gestohlen worden. Sie war für ein Ölfeld in Venezuela bestimmt, und der Laster wurde hinter Caracas entführt», erläuterte Murray. Er betrachtete die kleine schwarze Vorrichtung genauer. «Die Jungs auf den Ölfeldern lieben sie. Handlich, zuverlässig und so gut wie narrensicher. Sie sind genausogut wie die Dinger, die bei der Army benutzt werden. Neuester Stand der Technik.»

«Wo sind sie sonst noch aufgetaucht?» fragte Owens.

«In drei oder vier Fällen sind wir sicher. Sie sind leider so klein, daß man das bißchen, was nach einer Explosion übrigbleibt, nicht immer identifizieren kann. Eine Bank in Puerto Rico, eine Polizeistation in Peru – das waren politisch motivierte Anschläge. Der andere – vielleicht waren es zwei – hatte was mit Drogen zu tun. Bis jetzt also nur auf der anderen Seite des Atlantiks. Soweit ich weiß, ist dies das erstemal, daß sie in Europa auftauchen. Sie haben Seriennummern. Wenn Ihre Leute wissen wollen, ob sie aus der gestohlenen Ladung stammen, kann ich nachher gleich ein Telex losschicken, dann haben wir in einer Stunde die Antwort.»

«Vielen Dank.»

Murray zählte fünf Blöcke Sprengstoff zu je einem Kilo. Die tschechische Ware war für ihre gute Qualität bekannt. Sie hatte ebensoviel Sprengkraft wie das Material, das DuPont für das amerikanische Militär herstellte. Mit einem richtig placierten Block konnte man ein ganzes Gebäude in die Luft jagen. Mit den elektronischen Zeitzündern hätte Miss Dwyer fünf Bomben verstecken, den Zündzeitpunkt – in einem Zeitraum von bis zu dreißig Tagen – einstellen und Tausende von Kilometern weit fort sein können, wenn sie detonierten.

«Sie haben heute abend einige Menschenleben gerettet, meine Herren. Sehr gut.» Murray blickte auf. Die Wohnung hatte nur ein Fenster, das nach hinten ging. Das Fenster hatte ein Rollo, welches jetzt heruntergezogen war, und billige, schmuddelige Vorhänge. Murray fragte sich, wie hoch die Miete sein mochte. Bestimmt nicht sehr hoch. Die Heizung war aufgedreht, und es wurde immer stickiger. «Hat jemand was dagegen, wenn ich ein bißchen frische Luft reinlasse?»

«Gute Idee, Dan», entgegnete Owens.

«Lassen Sie mich das machen, Sir.» Ein Kriminalbeamter mit Handschuhen ließ das Rollo hochschnellen und öffnete das Fenster. Das gesamte Zimmer würde noch auf Fingerabdrücke untersucht werden, aber der Luftzug konnte nicht schaden.

«So ist es besser.» Der FBI-Vertreter atmete tief ein, ohne auf den leichten Smoggeruch zu achten.

Irgend etwas stimmte hier nicht.

Es traf Murray wie ein Schlag. Irgend etwas stimmte nicht. *Was?* Er sah aus dem Fenster. Links war ein ... es mußte wohl ein Lagerhaus sein, eine Mauer, vier Stockwerke hoch. Rechts dahinter konnte er die Umrisse des Towers erkennen, von dem sie durch die Themse getrennt waren. Das war alles. Er wandte den Kopf zu Owens, der ebenfalls hinausstarrte. Der Leiter der Antiterror-Abteilung sah Murray an, und auch in seinem Gesicht war eine Frage.

«Ja», sagte Owens.

«Was sagte der Mann am Telefon doch gleich?» murmelte Murray.

Owens nickte. «Genau. Sergeant Highland?»

«Ja, Commander?»

«Der Kerl am Telefon. Was hat er gesagt? Versuchen Sie bitte, sich an den genauen Wortlaut zu erinnern. Und wie sprach er?»

«Er hatte ... es klang wie Midlands-Akzent. Er sagte, er hätte in das Fenster geguckt und Sprengstoff und ein paar Drähte gesehen. Wir haben das Gespräch natürlich mitgeschnitten.»

Murray langte hinaus und fuhr mit dem Zeigefinger über die Außenseite der Fensterscheibe. Der Finger kam beschmutzt zurück. «Ein Fensterputzer war es bestimmt nicht.» Er beugte sich aus dem Fenster. Keine Feuerleiter.

«Vielleicht jemand, der auf dem Lagerhaus stand... Nein!» sagte Owens. «Der Winkel ist unmöglich, es sei denn, sie hatte das Zeug auf dem Boden ausgebreitet. Merkwürdig.»

«Ein Einbrecher? Vielleicht schloß er mit einem Dietrich auf, fand die Sachen und beschloß, den verantwortungsbewußten Staatsbürger zu spielen?» fragte Murray. «Klingt nicht sehr wahrscheinlich.»

Owens zuckte die Achseln. «Wer weiß? Vielleicht ein Liebhaber, dem sie den Laufpaß gegeben hat – ich denke, wir können im Augenblick mit dem zufrieden sein, was wir haben. Fünf Bomben, die niemandem weh tun werden. Gehen wir, damit das Spurensicherungsteam ungestört arbeiten kann, und schicken wir das Telex nach Washington. Sergeant Highland, meine Herren, das war gute Arbeit! Ich gratuliere. Machen Sie bitte ohne mich weiter.»

Owens und Murray verließen das Haus. Draußen erblickten sie eine kleine Ansammlung von Neugierigen, die von etwa zehn Polizisten zurückgehalten wurden. Ein Fernsehteam war eingetroffen und hatte die Scheinwerfer aufgebaut. Ihr Licht war so grell, daß sie die andere Straßenseite nicht sehen konnten. Dort lagen drei kleine Pubs. In der Tür des einen stand ein freundlich blickender Mann mit einem Glas Guinness in der Hand. Er zeigte keine Regung, auch keine Neugier, während er über die Straße schaute. Sein Gedächtnis speicherte die Gesichter, die er sah. Der Mann war Dennis Cooley.

Murray und Owens fuhren zum Hauptquartier von Scotland Yard, wo der FBI-Agent sein Telex nach Washington aufsetzte. Sie sprachen nicht über das eine Rätsel, das der Fall unerwartet aufgeworfen hatte, und Murray verabschiedete sich von Owens und überließ ihn seiner Arbeit. C-13 hatte wieder einen Bombenfall gelöst – auf die bestmögliche Weise, ohne ein einziges Opfer. Owens und seine Leute würden die ganze Nacht am Schreibtisch sitzen und Berichte für die Bürokraten des Innenministeriums und Pressemitteilungen für Fleet Street schreiben, aber das war etwas, das sie zweifellos gern auf sich nahmen.

Ryans erster Arbeitstag war weniger anstrengend, als er erwartet hatte. Seine Vorlesungen und Kurse waren wegen seiner langen Abwesenheit auf andere Lehrkräfte verteilt worden, außerdem standen die Weihnachtsferien bevor, und die Studenten freuten sich darauf heimzufahren. Er war schon um halb acht gekommen, und um Viertel nach fünf hatte er den Papierkrieg weitgehend erledigt und war zufrieden mit dem Pensum, das er geschafft hatte. Er hatte gerade eine Reihe von Prüfungsfragen für die Semesterabschlußprüfung zusammengestellt, als er den Qualm einer billigen Zigarette roch und eine vertraute Stimme hörte.

«Na, hast du den Urlaub genossen, Junge?» Korvettenkapitän Robert Jefferson Jackson lehnte am Türrahmen.

«Ich hatte ein paar interessante Augenblicke. Und wie steht's hier?»

«Ich zähle die Tage, bis ich aus dieser Tretmühle rauskomme!» Jackson legte seine weiße Mütze auf Ryans Aktenschrank und ließ sich unaufgefordert in den Armstuhl vor dem Schreibtisch seines Freundes fallen.

Ryan klappte die Mappe mit den Prüfungsfragen zu und legte sie in eine Schublade. Eine der Annehmlichkeiten in seinem Büro war ein kleiner Kühlschrank. Er öffnete ihn und nahm eine Zweiliterflasche 7-Up und eine leere Flasche Ginger Ale heraus, und dann holte er eine Flasche irischen Whisky aus seinem Schreibtisch. Robby holte zwei Becher von dem Tisch an der Tür und gab sie ihm. Jack mixte zwei Drinks, betrachtete sie prüfend und goß noch ein wenig Whisky hinzu, so daß sie annähernd die Farbe von Ginger Ale hatten. Alkohol im Büro war gegen die Vorschriften der Marineakademie, doch zum Glück war «Ginger Ale» ein stillschweigend geduldeter Trick. Außerdem wußten natürlich alle, daß der Club für die Offiziere und Lehrer nur eine Minute entfernt war. Jack gab seinem Freund einen Drink, stellte den Whisky und das 7-Up wieder zurück und ließ nur die Ginger-Ale-Flasche auf dem Schreibtisch stehen.

«Willkommen daheim!» Robby hob den Becher.

«Schön, wieder zu Hause zu sein.» Die beiden Männer stießen an.

«Ich bin froh, daß du es geschafft hast. Wir haben uns Sorgen gemacht. Wie geht's dem Arm?» Jackson zeigte mit seinem Becher.

«Besser als vorher. Du hättest den Gips sehen sollen, den sie mir zuerst verpaßt haben. Sie haben ihn letzten Freitag im Hopkins abgenommen. Aber ich habe heute was gelernt: Es ist kein Spaß, mit einem Auto mit Gangschaltung durch Annapolis zu fahren, wenn man nur einen Arm gebrauchen kann.»

«Das glaube ich gern», schmunzelte Robby. «Du bist echt verrückt, Junge.»

Ryan nickte nur. Er hatte Jackson im März an einem Fakultätsessen kennengelernt. Robby trug die goldenen Schwingen des Marinefliegers. Er hatte drüben in Patuxent River auf dem Testfluggelände der Marine als Instruktor für Testpiloten gearbeitet, bis ein schadhaftes Relais ihn an einem klaren, sonnigen Morgen unerwartet aus dem Buckeye-Simulator geschleudert hatte, den er gerade «flog». Nicht auf das Ereignis vorbereitet, hatte er einen komplizierten Beinbruch davongetragen. Man hatte ihn für ein halbes Jahr vom Flugdienst beurlaubt und als Instrukteur nach Annapolis geschickt, wo er nun beim Fachbereich Flugzeugtechnik arbeitete.

«Übrigens, was habt ihr Weihnachten vor? Werdet ihr verreisen?»

«Nicht, daß ich wüßte. Ich kann gar nicht weg, weil ich meist unten in Pax fliegen muß – ich muß den Kerlen beweisen, daß ich es noch kann.»

«Okay, dann kommt doch zu uns zum Essen.»

«Cathys Eltern sind nicht...»

«Nein», sagte Ryan und fing an, Ordnung auf seinem Schreibtisch zu schaffen.

«Übrigens, was macht die Börse?» fragte der Pilot.

«Keine Ahnung. Ich hab' lange nichts mehr riskiert.»

«Aber damals bei dem Computerladen von deinem Freund hast du einen ganz schönen Reibach gemacht, oder?»

Jack grinste. «Ja. Aber wieso kommst du ausgerechnet jetzt darauf?»

«Ich hatte nur eine Idee. Da ist eine Softwareklitsche bei Boston, die bestimmt groß rauskommen wird.»

«Ach?» Jack spitzte die Ohren.

«Sie heißt Holloware, Ltd. Oder so ähnlich. Sie haben ein neues Programm für Jagdflugzeugcomputer entwickelt, fabelhafte Sache. Verarbeitet die Daten in zwei Dritteln der üblichen Zeit und spuckt jede Menge Abfanglösungen aus. Sie benutzen es in Pax im Simulator, und die Navy wird es bald kaufen.»

«Wer weiß davon?»

Jackson lachte. «Die Firma jedenfalls nicht. Captain Stevens hat es gerade von den großen Tieren gehört. Admiral Rendall soll ganz scharf darauf sein. In einem Monat wird die Firma ein hübsches Weihnachtsgeschenk kriegen. Ein bißchen verspätet, aber dafür mit vielen Nullen. Ich hab' heute morgen zum Spaß in den Wirtschaftsteil geguckt, und sie werden tatsächlich schon an der Börse gehandelt. Du könntest doch ein paar Mäuse riskieren.»

«Wie wär's mit dir?»

Der Pilot schüttelte den Kopf. «Wenn ich so was mache, geht es garantiert schief.»

«Ist es Verschlußsache?»

«Nicht, daß ich wüßte. Verschlußsache ist höchstens das Programm selbst. Sie haben es so wasserdicht gemacht, daß niemand es versteht. Vielleicht könnte Skip Tyler es ausklamüsern, aber ich nicht.» Jackson schmunzelte. «Ich muß jetzt aber los. Sissy hat heute abend was vor.»

«Mach's gut.»

«Paß auf dich auf.» Robby machte die Tür hinter sich zu. Jack lehnte sich einen Augenblick zurück und lächelte vor sich hin. Dann stand er auf und packte einige Papiere in seine Aktentasche.

«Ja», sagte er zu sich selbst. «Schon um ihm zu zeigen, daß ich es noch kann.»

Er zog seinen Mantel an und verließ das Gebäude. Sein Wagen stand auf der Decatur Road. Jack fuhr einen fünf Jahre alten Golf, der sich sehr gut für die schmalen Straßen von Annapolis eignete. Er wollte keinen Porsche haben wie seine Frau, die jeden Tag nach Baltimore und zurück mußte. Es ist idiotisch, daß zwei Leute drei Autos haben, hatte er Cathy tausendmal gesagt. Ein Golf für ihn, ein Porsche 911 für sie und einen Kombi für die Familie. Idiotisch. Cathys Vorschlag, er möge den Golf verkaufen und den Kombi nehmen, war natürlich unannehmbar. Der Motor sprang sofort an. Er klang zu laut. Er würde den Auspufftopf prüfen lassen müssen. Ein Posten von der Marineinfanterie salutierte, als er Tor drei passierte. Ryan war überrascht – das hatten sie noch nie gemacht.

Das Fahren war ein Strapaze. Beim Schalten bog er seine linke Hand aus der Schlinge, um das Steuer damit festzuhalten, und dann legte er mit der rechten schnell den anderen Gang ein. Daß gerade Rush-hour war, machte es nicht leichter. Einige tausend Angestellte des öffentlichen Dienstes strömten aus verschiedenen Regierungsgebäuden, und die verstopften Straßen gaben ihm mehr als genug Gelegenheit, seine frischerworbenen Schaltkünste zu trainieren. Sein Golf hatte fünf Gänge plus Rückwärtsgang, und als er die Ampel an der Central Avenue erreichte, ärgerte er sich, daß er keinen mit Automatik genommen hatte. Er hatte es nicht getan, weil Wagen mit Schaltgetriebe weniger Sprit verbrauchten.

Nach einer Weile bog er in die Falcon's Nest Road ein. Hier oben herrschte kaum noch Verkehr. Die Falcon's Nest Road war eine Sackgasse, und Ryans Haus stand kurz vor dem Ende. Auf der anderen Straßenseite waren einige Farmhäuser, und auf den harten, braunen Feldern lagen saubere Reihen von Ährenresten. Er bog nach links, in seine Zufahrt. Ryan hatte zwölf Hektar Land in Peregrine

Cliff. Sein unmittelbarer Nachbar, ein Ingenieur namens Art Palmer, wohnte fast einen Kilometer weiter, hinter dicht bewaldeten Hügeln und einem schlammigen kleinen Fluß. Die Klippen der Chesapeake Bay waren hier am westlichen Ufer gut zwölf Meter hoch und bestanden aus mürbem Sandstein. Sie waren das Entzücken von Paläontologen. Alle paar Monate kamen Leute von einem nahen College oder Museum und stocherten so lange unten im Steilufer herum, bis ein versteinerter Haifischzahn zum Vorschein kam, der einmal zu einer Kreatur von der Größe eines kleinen U-Boots gehört hatte, zusammen mit Knochen von noch merkwürdigeren Wesen, die vor hundert Millionen Jahren hier gelebt hatten.

Die herrliche Lage von Ryans Haus hatte nur einen Nachteil: Es bestand Erosionsgefahr. Sein Haus stand ungefähr dreißig Meter von den Klippen entfernt, und seine Tochter hatte strikten – zweimal mit einer Tracht Prügel eingebläuten – Befehl, ihnen nicht zu nahe zu kommen. Um das Steilufer zu schützen, hatten ein paar Leute vom staatlichen Amt für Umweltschutz ihn und seine Nachbarn überredet, *Kudsu* anzupflanzen, ein schnell wucherndes Unkraut aus Südamerika, aber es griff nun die Bäume bei den Klippen an, und er mußte es mit einem Vertilgungsmittel bekämpfen, um die Bäume vor dem Absterben zu bewahren.

Ryans Land war zur Hälfte bewaldet. Der Teil an der Straße war einmal bestellt worden, aber nur unter Schwierigkeiten, da er so hügelig war, daß nur ein sehr geübter Traktorfahrer sich an diese Arbeit wagen durfte. Als er sich dem Haus näherte, passierte er die ersten Bäume, einige knorrige alte Eichen und andere Laubbäume, die jetzt kahl dastanden und ihre skelettartigen Äste zum Himmel reckten. Vor dem überdachten Stellplatz sah er, daß Cathy schon zu Hause war, denn der Porsche stand neben dem Familienwagen. Er mußte den Golf im Freien parken.

«Daddy!» Sally riß die Tür auf und rannte im Pullover hinaus, um ihren Vater zu begrüßen.

«Hier draußen ist es zu kalt», sagte Jack.

«Nein, ist es nicht», krähte seine Tochter. Sie nahm ihm die Aktentasche ab und trug sie mit beiden Händen die drei Eingangsstufen hoch. Dabei kam sie sichtlich aus der Puste.

Ryan zog den Mantel aus und hängte ihn in den Garderobenschrank. Auch das war nicht leicht, wenn man es mit einer Hand tun mußte. Aber er mogelte inzwischen ein wenig. Wie beim Autofahren fing er auch beim An- und Ausziehen an, seine linke Hand wieder zu gebrauchen, achtete jedoch darauf, die Schulter nicht anzustrengen oder zu belasten. Er hatte jetzt keine Schmerzen mehr, aber er war sicher, daß er sie zurückholen konnte, wenn er etwas Törichtes tat. Außerdem würde Cathy ihm die Hölle heiß machen. Er fand seine Frau in der Küche. Sie stand vor der offenen Speisekammer und runzelte die Stirn.

«Hallo, Schatz.»

«Hallo, Jack. Du kommst spät.»

«Ach, weißt du, der erste Tag...» Er gab ihr einen Kuß. Cathy roch seinen Atem und krauste die Nase.

«Wie geht es Robby?»

«Ganz gut – wir haben nur ein Ginger Ale getrunken.»

«Hm-mh.» Sie wandte sich wieder zur Speisekammer. «Was möchtest du zum Abendessen haben?»

«Überrasch mich», schlug er vor.

«Du bist eine große Hilfe! Warum machst du es nicht?»

«Ich bin nicht an der Reihe.»

«Ich wußte ja, daß es besser gewesen wäre, zum Supermarkt zu fahren.»

«Wie war die Arbeit?»

«Nur eine Operation. Ich habe Bernie bei einer Hornhautverpflanzung geholfen, und dann mußte ich mit den Assistenzärzten Visite machen. Langweiliger Tag. Aber morgen sollte es besser sein. Übrigens, Bernie läßt grüßen. Wie wäre es mit Würstchen und weißen Bohnen?»

Jack lachte. Seit ihrer Rückkehr hatten sie fast ausschließlich von amerikanischen Schnellgerichten gelebt, doch um diese Zeit ließ sich kaum noch ein Feinschmeckerdinner zubereiten.

«Sehr gut. Ich zieh' mich nur schnell um und setz' mich einen Augenblick vor den Computer.»

«Sei vorsichtig mit dem Arm.»

Das predigt sie mir jetzt fünfmal am Tag, seufzte Jack stumm. Heirate nie eine Ärztin! Das Haus war für Licht und Sonne konzipiert. Der mit Teppichboden ausgelegte Wohn-Eß-Bereich hatte eine fast fünf Meter hohe, von einem enorm dicken, sichtbar aufliegenden Balken getragene Decke. Eine Fensterwand mit Dreifachverglasung ging zur Bucht hin, und gläserne Schiebetüren führten auf eine große Terrasse. Gegenüber war ein Backsteinkamin, dessen ebenfalls mit Backstein verkleideter Zug durch das Dach reichte. Das Elternschlafzimmer war ein halbes Geschoß höher und hatte ein Fenster, durch das man in den Wohnbereich hinuntersehen konnte. Ryan ging die Treppe hoch. Der Architekt hatte zum Glück an geräumige Wandschränke gedacht. Ryan holte Jeans und ein Sweatshirt aus dem Schrank und absolvierte das lästige Ritual, sich einhändig umzuziehen. Er experimentierte immer noch, um die schnellste Methode zu finden.

Als er fertig war, ging er wieder hinunter und noch ein halbes Geschoß weiter nach unten, in sein Arbeitszimmer, das mit Büchern vollgestopft war. Er las viel und kaufte außerdem Bücher, die er dann aus Zeitmangel gar nicht lesen konnte – für die Jahre, in denen er mehr Muße haben würde. Sein großer Schreibtisch stand vor den Fenstern zum Wasser. Hier war sein Computer, ein Apple, und die Zusatzgeräte. Ryan stellte ihn an und begann, Instruktionen einzugeben. Einen Moment später las er, wie der Aktienkurs von Holoware, Ltd. sich in den letzten drei Jahren entwickelt hatte. Nicht eben spektakulär. Einen Höhepunkt hatten sie vor zwei Jahren verzeichnen können: das Unternehmen hatte damals Aufsehen erregt, aber dann hatten die Anleger das Interesse verloren. Jack machte eine Notiz und wählte ein anderes Programm, um den letzten Jahresbericht der Firma zu lesen. Das wäre in Ordnung, sagte er sich. Holoware verdiente Geld, aber nicht sehr viel. High-Tech-Aktien waren insofern problematisch, als viele Investoren nur auf schnelle Kurssteigerungen aus waren, und wenn die ausblieben, stießen sie die Papiere ab und kauften andere. Sie berücksichtigten einfach nicht, daß die Dinge sich nicht immer so schnell entwickelten. Holoware hatte eine kleine, wenn auch nicht sehr sichere Marktnische gefunden und war bereit, etwas Großes zu versuchen. Ryan schätzte, was der Auftrag von der Navy wert sein würde, und verglich das Ergebnis mit den Nettoeinnahmen der Firma.

«Sehr gut!» sagte er und schaltete den Computer ab. Als nächstes rief er seinen Börsenmakler an. Er arbeitete mit einem jener jungen Unternehmen zusammen, die weniger Provision nahmen als die alteingesessenen Makler und rund um die Uhr erreichbar waren. Jack ließ seine Aufträge immer von demselben Mann ausführen.

«Hallo, Mort, ich bin's, Jack. Wie geht's der Familie?»

«Guten Abend, Doktor Ryan. Danke, alles in Ordnung. Was kann ich für Sie tun?»

«Ein Laden namens Holoware, eins von den Hi-Tech-Unternehmen bei Boston. Es wird doch an der AMEX gehandelt?»

«Moment.» Ryan hörte, wie auf einer Tastatur getippt wurde. Alle arbeiteten mit Computern. «Da ist es. Letzter Kurs vier Dollar siebenundachtzigkommafünf, nicht sehr aktiv, aber letzten Monat wurden sie etwas mehr gehandelt.»

«Wer hat gekauft?» fragte Ryan. Das war ein weiterer Anhaltspunkt, den man bewerten mußte.

«Oh, ich verstehe. Nein, nicht von außen. Sie kaufen sich selbst ein bißchen zurück. Keine großen Transaktionen, aber sie kaufen alle ihre Aktien, die auf den Markt kommen.»

Treffer! Ryan lächelte vor sich hin. Vielen Dank, Robby. Der Tip scheint Gold wert zu sein. Er fragte sich, ob dies ein Insider-Geschäft wäre, also eine strafbare Transaktion. Na ja, der usprüngliche Hinweis konnte als Insider-Tip aufgefaßt werden, aber seine Entscheidung, Aktien zu kaufen, beruhte auf der legalen Information der Datenbank und des Maklers – und natürlich auf seiner eigenen Erfahrung als Börsenspekulant. Gut, es ist legal! Er konnte also machen, was er wollte.

«Was glauben Sie, wieviel Sie mir besorgen könnten?»

«Ich finde es nicht sehr vielversprechend.»

«Wie oft habe ich mich geirrt, Mort?»

«Wieviel möchten Sie?»

«Mindestens zwanzigtausend, und wenn es mehr gibt, kaufen Sie alles, was Sie kriegen können.» Er würde nie mehr als fünfzigtausend Aktien bekommen, aber er hatte beschlossen, es darauf ankommen zu lassen. Wenn der Kurs fiel, war es nur Geld, und es war über ein Jahr her, seit er das letztemal ein so gutes Gefühl gehabt hatte. Wenn sie den Auftrag von der Navy bekamen, würde sich der Wert der Aktien verzehnfachen. Die Firma mußte auch einen Tip bekommen haben. Sie kauften ihre Aktien zurück, um damit – falls er recht hatte – das Eigenkapital zu vergrößern, so daß sie expandieren konnten. Holoware setzte auf die Zukunft, mit einem großen Einsatz.

Die Leitung war fünf Sekunden stumm.

«Was wissen Sie, Jack?» fragte der Makler endlich.

«Ich habe eine Eingebung.»

«Okay... zwanzigtausend plus... Ich ruf' Sie morgen um zehn an. Meinen Sie, ich sollte...?»

«Es ist wie Roulette, aber ich glaube, meine Nummer kommt.»

«Danke. Sonst noch etwas?»

«Nein. Ich muß jetzt runter zum Nachtessen. Schönen Abend, Mort.»

«Bis morgen.» Beide Männer legten auf. Der, der am anderen Ende der Leitung saß, beschloß sofort danach, tausend Aktien für sich zu kaufen. Ryan fiel manchmal auf die Nase, aber wenn er richtig lag, lag er meist sehr richtig.

«Der erste Weihnachtstag», sagte O'Donnell gelassen. «Perfekt.»

«Ist das der Tag, an dem sie Sean verlegen?» fragte McKenney.

«Er verläßt London um vier Uhr morgens in einem Häftlingstransporter. Eine gute Nachricht. Ich hatte schon Angst, daß sie einen Hubschrauber nehmen würden. Leider kein Wort über die Route...» Er las weiter. «Aber sie wollen um halb neun die Fähre in Lymington nehmen. Sehr gut geplant. So früh, daß kein starker Verkehr herrschen wird. Alle werden damit beschäftigt sein, Geschenke auszupacken und sich für die Kirche umzuziehen. Womöglich hat der Transporter die Fähre sogar für sich allein... Wer hätte gedacht, daß sie sich ausgerechnet Weihnachten für die Verlegung aussuchen?»

«Dann werden wir Sean rausholen?»

«Michael, wenn unsere Männer im Bau sitzen, nützen sie uns nicht viel, nicht wahr? Wir beide fliegen morgen früh nach London. Ich denke, wir werden dann nach Lymington hinunterfahren und uns die Fähre mal genauer ansehen.»

9

 Mein Gott, wie ich mich darauf freue, wieder zwei Arme zu haben», rief Ryan aus.

«Noch zwei Wochen, höchstens drei», erinnerte Cathy ihn. «Und laß bitte die Hand in der Schlinge!»

«Ja, Schatz.»

Es war gegen zwei Uhr morgens, und nichts lief so, wie es sollte – das heißt, eigentlich war alles so wie sonst. Es gehörte zur Weihnachtstradition der Ryans – einer erst drei Jahre alten Tradition, aber irgendwann müssen Traditionen ja anfangen –, daß die Eltern, nachdem sie Sally ins Bett gebracht hatten, aus einem Kellerzimmer, das ein Vorhängeschloß hatte, die Spielsachen ihrer Tochter nach oben brachten, um sie zusammenzusetzen. Die letzten beiden Jahre war die Zeremonie von mehreren Flaschen Champagner begleitet worden. Das Montieren von Spielsachen war eine ganz andere Übung, wenn die Monteure einen Schwips hatten. Es war ihre Art, in Weihnachtsstimmung zu kommen.

Bis jetzt war alles gutgegangen. Jack war mit seiner Tochter zum Kindergottesdienst gefahren und hatte sie kurz nach neun Uhr zu Bett gebracht. Gegen Mitternacht kamen die Eltern zu dem Schluß, daß sie nunmehr tief genug schlafen müsse, um nicht von ein wenig Krach aufzuwachen. Dann hatte der Spielzeugtreck begonnen, wie Cathy es nannte. Beide Elternteile zogen die Schuhe aus, um möglichst wenig Lärm auf der Holztreppe zu machen, und gingen in den Keller. Jack hatte natürlich den Schlüssel für das Vorhängeschloß vergessen und mußte wieder ins Schlafzimmer hoch, um ihn zu holen. Sie mußten vier Touren nach oben machen, bis ein eindrucksvoller Haufen bunter Schachteln vor dem Tannenbaum lag. Daneben stand Jacks Werkzeugkasten.

«Weißt du, was die beiden obszönsten Worte sind, die ich mir vorstellen kann?» fragte Ryan fast zwei Stunden später.

«Zusammensetzen kinderleicht», antwortete seine Frau kichernd. «Das hab' ich schon letztes Jahr gesagt.»

«Gib mir bitte den kleinen Schraubenzieher.» Jack streckte die Hand aus. Cathy legte das Werkzeug hinein, als wäre es ein empfindliches chirurgisches Besteck. Sie saßen beide ein paar Meter von der fast drei Meter hohen Tanne entfernt auf dem Teppich, umgeben von Spielsachen, die sich zum Teil noch in Schachteln befanden, zum Teil bereits von einem inzwischen stark genervten Vater zusammengesetzt worden waren.

«Vielleicht sollte ich das machen.»

«Nein, das ist Männerarbeit», entgegnete ihr Mann. Er legte den Schraubenzieher hin und trank einen Schluck Champagner.

«Alter Chauvi! Wenn du es allein machst, bist du bis Ostern nicht fertig.»

Sie hat recht, sagte er sich. Es war nicht allzu schwer, wenn man es halb betrunken machte. Es einhändig zu machen, war schwer, aber nicht unmöglich. Es einhändig *und* halb betrunken zu machen, war... Die verdammten Schrauben rutschten immerfort aus dem Plastik raus. Die Anleitung für das Zusammensetzen eines Achtzylindermotors war sicher verständlicher als das hier!

«Wozu braucht eine Puppe überhaupt ein Haus?» fragte Jack erschöpft. «Ich meine, das verdammte Ding wohnt doch bei uns, oder?»

«Es muß schwer sein, ein alter Chauvi zu sein. Ihr Kerle begreift nichts», bemerkte Cathy mitfühlend. «Ich nehme an, ihr kommt nie über Baseballschläger hinaus – all diese einfachen Spielsachen aus einem Stück.»

Jack wandte langsam den Kopf. «Na ja, du könntest zumindest noch ein Glas trinken.»

«Nur eins in der Woche, Jack. Ich habe schon eins intus», erinnerte sie ihn.

«Und ich mußte den Rest trinken.»

«Du hast die Flasche ja auch gekauft.» Sie hob sie hoch. «Du Ärmster.» Sie küßte ihn auf die Stirn. «Gib mal den Schraubenzieher rüber.»

Er reichte ihn ihr. Cathy warf einen Blick auf die Pläne. «Kein Wunder, mein Schatz. Du hast es mit einer kurzen Schraube versucht, und die Skizze zeigt deutlich, daß man lange nehmen muß.»

«Ich vergesse immer, daß ich mit einer hochbezahlten Mechanikerin verheiratet bin.»

«Das ist die richtige Weihnachtsstimmung, Jack.» Sie lächelte, während sie die Schraube hineindrehte.

«Eine sehr hübsche, gescheite und außerordentlich liebenswerte hochbezahlte Mechanikerin.» Er fuhr mit dem Zeigefinger ihren Nacken hinunter.

«Das ist ein *bißchen* besser.»

«Die besser mit Werkzeugen umgehen kann als ich – einhändig.»

Sie sah ihn an und lächelte, wie eine Frau nur den Mann anlächeln kann, den sie liebt. «Wenn du mir noch eine Schraube gibst, verzeihe ich dir.»

«Findest du nicht, daß du zuerst das Puppenhaus fertig zusammensetzen solltest?»

«Schraube, bitte!» Er gab ihr eine.

«In Anbetracht der Umstände hast du nicht schlecht gearbeitet», sagte sie und schraubte das orangefarbene Dach auf. «So, das wär's.»

«Sehr gut», lobte Jack. «Vielen Dank für die Hilfe, Schatz.»

«Übrigens, hab' ich dir je erzählt... nein, ich habe es nicht. Jedenfalls lernte ich da eine Gräfin kennen, sie hätte aus *Vom Winde verweht* sein können», sagte Cathy schmunzelnd. Für sie konnten alle nutzlosen Frauen aus *Vom Winde verweht* sein. «Sie fragte mich, ob ich sticke.»

Nicht die Art von Frage, die man meiner Frau stellt. Jack schmunzelte zum Fenster hin. «Und du hast gesagt...»

«Ich nähe nur Augäpfel.» Ein liebes, durchtriebenes Lächeln.

«Oooh. Ich hoffe, es war nicht beim Lunch.»

«Jack! Du solltest mich besser kennen. Sie war sehr nett, und sie spielte ganz gut Klavier.»

«So gut wie du?»

«Nein.» Sie lächelte ihn an. Er streckte die Hand aus und kniff ihre Nasenspitze.

«Caroline Ryan, Dr. med., Emanze, Dozentin für Augenchirurgie, weltberühmte Pianistin, Frau und Mutter. Läßt sich von niemandem unterkriegen.»

«Außer von ihrem Mann.»

«Wann hab ich das letztemal bei dir das letzte Wort gehabt?»

«Jack, wir sind keine Konkurrenten. Wir sind verliebt.» Sie beugte sich zu ihm.

«Akzeptiert», sagte er leise, ehe er sie küßte. «Was glaubst du, wie viele Leute nach all den Jahren, die wir schon verheiratet sind, noch ineinander verliebt sind?»

«Nur die Glücklichen, du Dummkopf. ‹Nach all den Jahren, die wir schon verheiratet sind›!»

Er küßte sie wieder und stand auf. Vorsichtig trat er um die Kollektion von Spielsachen herum, ging zum Baum und kam mit einer kleinen, in grünes Weihnachtspapier gewickelten Schachtel zurück. Er setzte sich neben seine Frau und drückte die Schulter an ihre, als er die Schachtel in ihren Schoß fallen ließ.

«Frohe Weihnachten, Cathy.»

Sie packte das Geschenk begierig wie ein Kind aus, zerriß das Papier aber nicht, sondern schlitzte es mit den Fingernägeln auf. Sie fand eine weiße Pappschachtel und darin ein schwarzes Etui. Langsam öffnete sie es.

Da lag eine breite goldene Halskette. Ihr Gewicht und die wunderbare Arbeit ließen erkennen, daß sie nicht billig gewesen war. Cathy Ryan holte tief Luft. Ihr Mann hielt den Atem an. Er war in Modefragen alles andere als bewandert und hatte sich deshalb von Sissy Jackson und einem sehr geduldigen Verkäufer im Schmuckgeschäft beraten lassen. *Gefällt sie dir?*

«Ich gehe damit besser nicht schwimmen.»

«Aber du brauchst sie nicht abzunehmen, wenn du dir den Hals wäschst», sagte Jack. «Da.» Er nahm sie aus dem Etui und legte sie ihr um. Er zielte beim ersten einhändigen Versuch richtig und traf die Schließe.

«Du hast es geübt!» Sie strich mit einer Hand über die Kette und sah ihn an. «Du hast geübt, sie mir umzubinden, stimmt's?»

«Ja, eine Woche lang, im Büro», antwortete er. «Das Einpacken war auch kein Kinderspiel.»

«Sie ist wunderschön. Oh, Jack!» Sie umarmte ihn, und er gab ihr einen Kuß auf den Halsansatz.

«Danke, Schatz. Danke, daß du meine Frau bist. Danke, daß meine Kinder zur Welt bringst. Danke, daß ich dich lieben darf.»

Cathy blinzelte zwei Tränen fort. Sie gaben ihren blauen Augen einen Schimmer, der ihn zum glücklichsten Mann der Welt machte.

«Nur etwas, was ich zufällig gesehen habe», sagte er beiläufig. Eine Lüge. Er hatte gut neun Stunden danach gesucht, in sieben Geschäften in drei Einkaufszentren. «Und es sagte einfach: ‹Ich bin für sie gemacht worden.›»

«Jack, was ich für dich habe, ist lange nicht so...»

«Sei still. Wenn ich morgens aufwache und dich neben mir sehe, habe ich das schönste Geschenk, das es gibt.»

«Du bist ein sentimentaler Bursche aus irgendeinem rührseligen Roman des neunzehnten Jahrhunderts. Aber macht nichts.»

«Sie gefällt dir?» fragte er vorsichtig.

«Du Dummkopf – sie ist wunderschön!» Sie küßten sich wieder. Jack hatte seine Eltern vor Jahren verloren. Seine Schwester lebte in Seattle, und die meisten von seinen Verwandten waren in Chicago. Alles, was er liebte, war in diesem Haus: seine Frau, sein Kind – und sein nächstes Kind.

Um die Zeit, als Ryan mit dem Puppenhaus anfing, verließen vier identische blaue Transporter im Abstand von fünf Minuten das Gefängnis von Brixton. Die erste halbe Stunde fuhren sie auf Nebenstraßen durch Londoner Randbezirke. In jedem saßen zwei Polizisten, die durch die kleinen Fenster in den hinteren Türen spähten, um zu sehen, ob sie auf ihrem Zickzackkurs durch die Stadt verfolgt wurden.

Sie hatten sich einen guten Tag ausgesucht. Es war ein mehr oder weniger typischer englischer Wintermorgen. Die Transporter fuhren durch Nebelschwaden und eisigen Regen. Vom Kanal wehte ein starker Wind, und es war, was noch mehr zählte, dunkel. Die Sonne würde erst in einigen Stunden aufgehen, und die blauen Wagen waren in diesen Nachtstunden so gut wie unsichtbar.

Die Sicherheitsmaßnahmen waren so streng, daß Sergeant Bob Highland von der Antiterror-Abteilung nicht mal wußte, daß der Transporter, mit dem er das Gefängnis verließ, der dritte Wagen war. Er wußte allerdings, daß er kaum zwei Meter von Sean Miller entfernt saß und daß sie zu der kleinen Hafenstadt Lymington fuhren. Um zur Isle of Wight zu kommen, hatten sie die Wahl zwischen drei Häfen und drei verschiedenen Beförderungsmitteln: normale Autofähre, Hovercraft und Tragflügelboot. Sie hätten auch von Gosport mit einem Hubschrauber der Royal Navy fliegen können, doch Highland brauchte nur einen kurzen Blick zum sternlosen Himmel zu werfen, um diese Möglichkeit auszuschließen. Außerdem ließ es sich nicht mit der Sicherheit vereinbaren. Bis jetzt wußten nicht mehr als dreißig Leute, daß Miller heute morgen verlegt wurde. Miller selbst hatte es erst vor drei Stunden erfahren, und sie hatten ihm immer noch nicht gesagt, in welches Gefängnis er kam.

Der britische Strafvollzug hatte in den letzten Jahren peinliche Schwachstellen offenbart. Die alten festungsartigen Zuchthäuser an abgelegenen Orten wie Dartmoor in Cornwall waren alles andere als ausbruchsicher, so daß man auf der Isle of Wight zwei neue Hochsicherheitsgefängnisse gebaut hatte, Albany und Parkhurst. Das bot viele Vorteile. Eine Insel war von Natur aus leichter zu bewachen, und diese hatte nur vier reguläre Häfen. Die neuen Gefängnisse waren etwas komfortabler als die Zuchthäuser aus dem letzten Jahrhundert. Die Zeit brachte es so mit sich, und Highland hatte nichts dagegen einzuwenden. Die besseren Lebensbedingungen für die Häftlinge waren nämlich mit Anlagen verbunden, die ein Ausbrechen sehr schwierig machen sollten – nichts machte es unmöglich, aber die neuen Gefängnisse hatten Fernsehkameras, die jeden Zentimeter der Mauer erfaßten, elektronische Alarmanlagen an den unwahrscheinlichsten Ecken und Posten mit automatischen Waffen.

Highland reckte sich und gähnte. Mit einigem Glück würde er am frühen Nachmittag wieder zu Hause sein, so daß seine Familie Weihnachten nicht ganz auf ihn verzichten mußte.

«Ich sehe nichts Verdächtiges», sagte der andere Polizeibeamte, die Nase an das kleine Glasrechteck in der Tür drückend. «Es sind kaum Autos unterwegs, und keins davon folgt uns.»

«Mir kann es nur recht sein», antwortete Highland. Er drehte sich um und blickte zu Miller.

Der Gefangene saß vorn auf der rechten Bank. Er trug Handschellen, von denen eine Kette zu seinen ebenfalls gefesselten Füßen führte. Mit Glück und ein wenig Hilfe würde ein Mann, der so gefesselt war, vielleicht mit einem krabbelnden Baby Schritt halten können, aber schon ein zweijähriges Kind würde ihn weit hinter sich lassen. Miller hielt die Augen geschlossen und lehnte den Kopf zurück, während der Wagen über das Kopfsteinpflaster holperte. Er schien zu schlafen, aber Highland wußte es besser. Miller hatte sich wieder in sich selbst zurückgezogen und hing irgendwelchen Betrachtungen nach.

Woran denken Sie, Mr. Miller? hätte der Polizeibeamte gern gefragt. Nicht daß er es versäumt hatte, Fragen zu stellen. Seit dem Anschlag in der Mall hatten er und einige andere Kriminalbeamte fast jeden Tag diesem jungen Mann an einem primitiven Holztisch gegenübergesessen und versucht, ein Gespräch in Gang zu bringen. Ein dickes Fell hat der Bursche, mußte Highland zugeben. Er hatte nur ein einziges überflüssiges Wort gesagt, und auch das erst vor neun Tagen. Ein Oberaufseher, der sich mehr von seinem gerechten Zorn als von seiner Berufsehre leiten ließ, hatte ein Abflußproblem in Millers Zelle als Vorwand benutzt, um ihn vorübergehend in eine andere zu verlegen. In dieser anderen saßen gewöhnliche Untersuchungshäftlinge, also keine der politisch motivierten, mit denen C-13 zu tun hatte. Der eine wartete auf seine Verurteilung wegen einiger brutaler Raubüberfälle, der andere hatte einen Ladenbesitzer in Kensington erschossen und wartete ebenfalls auf seinen Prozeß. Beide wußten, wer Miller war, und haßten den kleinen jungen Mann genug, um ihn für ihre eigenen Verbrechen büßen zu lassen, die sie ohnehin wenig bereuten. Als Highland gekommen war, um ihn zu einer weiteren Vernehmung abzuholen, die sicher genausowenig bringen würde wie die vorangegangenen, lag Miller ohne Hose mit dem Gesicht nach unten in der Zelle, und der Mann, der die Raubüberfälle verübt hatte, vergewaltigte ihn so grausam, daß der Kriminalbeamte Mitleid mit dem Terroristen empfunden hatte.

Die beiden gewöhnlichen U-Häftlinge hatten sich auf Highlands Befehl zurückgezogen, und als der Aufseher die Zellentür geöffnet hatte, hatte Highland persönlich Miller geholfen und zur Ambulanz gebracht. Und dabei hatte Miller mit ihm geredet, ein einziges Wort aus den geschwollenen, aufgeplatzten Lippen: «Danke.»

Bulle rettet Terroristen, dachte Highland, das wäre eine schöne Schlagzeile gewesen. Der Oberaufseher hatte natürlich unschuldig getan. Der Abfluß in Millers Zelle funktionierte tatsächlich nicht, der Reparaturauftrag war irgendwie verschütt gegangen, verstehen Sie, und man hatte ihn gerufen, um woanders ein paar Leute zu beruhigen. Er habe von jenem Ende des Blocks keinen Ton gehört. Keinen Ton. Millers Gesicht war zu einem blutigen Brei geschlagen worden, und er würde die nächsten paar Tage gewiß keine WC-Probleme haben. Highlands Mitgefühl für Miller war von kurzer Dauer gewesen. Aber er war immer noch zornig auf den Oberaufseher. Er fühlte sich als Profi beleidigt. Was der Mann getan hatte, war einfach falsch und könnte der erste Schritt auf einem Weg sein, der zu Streckbett und glühenden Kneifzangen zurückführte. Das Gesetz war nicht so sehr gemacht worden, um die Gesellschaft vor den Kriminellen zu schützen, als dazu, die Gesellschaft vor sich selbst zu schützen. Das war eine Wahrheit, die nicht mal alle Kriminalbeamten richtig kapierten, aber Highland hatte die Lektion nach fünf Jahren in der Antiterror-Abteilung gelernt und sich zu eigen gemacht.

Miller hatte immer noch rote Narben im Gesicht, aber er war jung, und sie würden bald verheilen. Er war nur wenige Minuten lang ein Opfer gewesen, ein menschliches Opfer. Highland hatte große Mühe, ihn als Mitmenschen zu sehen, aber als Profi mußte er es.

Auch du und deinesgleichen seid Menschen. Er blickte wieder aus dem Rückfenster.

Die Fahrt war langweilig, aber ohne Radio und Gespräche war nichts anderes zu erwarten, und die fortwährende Wachsamkeit, ob etwas passierte, das mit fast hundertprozentiger Gewißheit nicht passieren würde, machte einen auch nicht munter. Highland wünschte, er hätte Kaffee in seiner Thermosflasche, nicht Tee. Sie sahen, wie Woking hinter ihnen zurückblieb, dann Aldershot und Farnham. Sie waren jetzt in Südengland, der Gegend der Landsitze. Rechts und links sahen sie die prachtvollen Häuser der Leute, die zum Vergnügen ausritten, und die weniger prachtvollen derer, die bei ihnen angestellt waren. Schade, daß es dunkel ist, dachte Highland, sonst wäre es einigermaßen erträglich. In vielen Tälern hing Nebel, und immer wieder trommelten Regenschauer auf das Metalldach des Transporters, dessen Fahrer auf den schmalen, gewundenen Straßen in diesem Landesteil besonders aufpassen mußte. Das einzig Gute war, daß außer ihnen fast niemand unterwegs war. Hier und dort erblickte Highland ein Fenster, aus dem Licht fiel, aber sonst gab es kaum ein Zeichen von Leben um diese frühe Morgenstunde.

Später nahmen sie die M-27, um nicht durch Southampton fahren zu müssen, und bogen dann nach Süden auf die Straße nach Lymington, eine «Straße erster Ordnung», die aber auch nur eine bessere Landstraße war. Alle paar Kilometer kamen sie durch ein Dorf. Das Wetter wurde noch schlechter. Sie waren nur noch wenige Kilometer von der Küste entfernt, und der Wind pfiff mit fünfzig Stundenkilometern um den Transporter. Er blies den Nebel fort, trieb aber kalte Regenschwaden vor sich her und rüttelte fühlbar am Wagen.

«Schlechter Tag für eine Schiffsreise», bemerkte der andere Polizist.

«Angeblich dauert es nur eine halbe Stunde», sagte Highland, dem beim bloßen Gedanken an die Fähre schon flau im Magen wurde. Obgleich in einer Nation von Seefahrern geboren, haßte er Bootsfahrten jeglicher Art.

«Bei diesem Sauwetter? Wir können froh sein, wenn wir es in einer Stunde schaffen.» Der andere begann ein Seemannslied vor sich hin zu summen, während Highland bedauerte, daß er zu Hause so ausgiebig gefrühstückt hatte.

Nicht mehr zu ändern, sagte er sich. Wenn wir den Kerl abgeliefert haben, geht's auf dem schnellsten Weg nach Hause. Morgen und übermorgen habe ich Urlaub. Ich habe es mehr als verdient. Dreißig Minuten später erreichten sie Lymington.

Highland war schon mal hier gewesen, und er erinnerte sich an mehr, als er jetzt sehen konnte. Der Wind hatte sich zum Sturm ausgewachsen, und aus Südwest peitschten heftige Böen über das Wasser. Er wußte von der Karte her, daß die Überfahrt zur Isle of Wight größtenteils durch geschützte Gewässer führte – ein relativer Begriff, aber immerhin etwas. Die *Cenlac* wartete am Kai auf sie. Dem Kapitän war erst von einer halben Stunde mitgeteilt worden, daß ein besonderer Passagier unterwegs sei. Das erklärte die vier bewaffneten Polizisten, die auf der Fähre verteilt waren. Sicher, eine unauffällige Operation, die die anderen Passagiere, von denen viele Taschen mit leicht zu erratendem Inhalt bei sich hatten, nicht weiter stören würde.

Die Fähre von Lymington nach Yarmouth legte um Punkt halb neun Uhr ab. Highland und der andere Beamte blieben hinten im Wagen sitzen, während der Fahrer und der bewaffnete Polizist, der vorne gesessen hatte, draußen standen. Noch eine Stunde, sagte Highland sich, und dann ein paar Minuten, um ihn abzuliefern, und dann fahren wir gemütlich zurück nach London. Vielleicht kann ich mich sogar noch hinhauen und ein bißchen schlafen. Das Weihnachtsdinner war für vier Uhr angesetzt – er hörte abrupt auf, an dieses Ereignis zu denken.

Die *Cenlac* erreichte den Solent, den Kanal zwischen dem britischen Festland und der Isle of Wight. Wenn das geschütztes Gewässer ist, dachte Highland, möchte ich nicht wissen, wie der offene Ozean ist. Die Fähre war nicht sehr groß und nicht so schnittig gebaut wie ein Hochseedampfer. Die Böen erwischten sie an Steuerbord, die hohen Wellen ebenfalls, und sie begann bedrohlich zu schlingern.

«Verdammte Scheiße», brummte der Sergeant vor sich hin. Er blickte zu Miller. Der Terrorist hatte seine Haltung kein bißchen verändert. Er saß immer noch da wie eine Statue, den Kopf an die Wand gelehnt, die Augen geschlossen, die Hände im Schoß. Highland beschloß, das gleiche zu versuchen. Es hatte keinen Sinn, weiter aus dem Rückfenster zu starren. Hier war kein Verkehr mehr, auf den sie achtgeben mußten. Er lehnte sich zurück und legte die Füße auf die linke Sitzbank. Irgendwo hatte er mal gelesen, daß Augenzumachen ein gutes Mittel gegen Übelkeit sei. Von Miller hatte er nichts zu befürchten. Highland hatte natürlich keine Pistole, und die Schlüssel der Hand- und Fußschellen waren in der Tasche des Fahrers. Also schloß er die Augen, damit sein Innenohr sich an das Schlingern gewöhnen konnte, ohne die beunruhigenden Signale zu bekommen, die die Sehnerven senden würden, wenn sie die scheußlichen Bewegungen der Fähre wahrnähmen. Es half ein bißchen. Sein Magen teilte ihm jedoch bald mit, daß er den gegenwärtigen Zustand nicht als befriedigend empfand, aber es wurde nicht zu schlimm. Highland hoffte, daß die rauhere See weiter draußen es nicht ändern würde. Sie würde es nicht.

Die Detonationen automatischer Waffen ließen seinen Kopf einen Moment später hochfahren. Er hörte Schreie von Frauen und Kindern, und dann kurze Rufe von Männern. Eine Autohupe fing an zu plärren und hörte nicht auf. Neue Schüsse. Highland erkannte das kurze Bellen der automatischen Dienstpistole eines Polizisten – das sofort vom Stakkato einer MP beantwortet wurde. Es konnte nicht länger als eine Minute gedauert haben. Die Sirene der *Cenlac* schrillte los und verstummte nach ein paar Sekunden, während die Autohupe weiter plärrte. Keine gellenden Angstschreie mehr, nur noch die dumpferen Laute namenlosen Entsetzens. Dann ratterten noch zwei oder drei MP-Salven, und dann war es still. Highland fürchtete die Stille mehr als den Krach. Er blickte aus dem Fenster und sah nur einen Pkw und dahinter das dunkle Meer. Er langte wider besseres Wissen in die Jacke, in die linke Achselhöhle, nach der Pistole, die nicht da war.

Woher haben sie es gewußt – woher haben die Schufte gewußt, daß wir hier sein würden?

Jetzt ertönten wieder Rufe, Befehle, die niemand mißachten würde, der diesen ersten Weihnachtstag überleben wollte. Highlands Hände ballten sich zu Fäusten. Er drehte sich zu Miller um. Jetzt starrte der Terrorist ihn an. Der Sergeant hätte lieber ein grausames Lächeln auf dem jungen Gesicht gesehen als diesen leeren Ausdruck.

Die Autotür zitterte unter dem Schlag einer flachen Hand.

«Aufmachen, oder wir pusten die Tür weg!»

«Was sollen wir tun?» fragte der andere Polizist.

«Wir machen auf.»

«Aber...»

«Aber was? Sollen wir vielleicht warten, bis sie ein Kind erschießen? Sie haben gewonnen.» Highland legte die Griffe nach unten. Beide Türen wurden aufgerissen.

Dort standen drei maskierte Männer mit automatischen Waffen in den Händen.

«Her mit den Schießeisen!» befahl der größte. Highland registrierte den irischen Akzent, staunte aber nicht weiter darüber.

«Wir sind beide unbewaffnet», sagte er. Er hielt die Hände hoch.

«Raus. Einer nach dem andern, und flach auf das Deck legen.» Die Stimme gab sich nicht mit Drohungen ab.

Highland stieg aus, ging in die Knie und bekam einen Tritt in den Rücken, der ihn hinwarf. Er fühlte, wie der andere Polizist sich neben ihn legte.

«Hallo, Sean», sagte eine andere Stimme. «Du hast doch nicht geglaubt, wir würden dich vergessen?»

Miller sagte immer noch nichts. Highland registrierte es verwundert. Er hörte das Klirren der Kette, als der Mann durch den Wagen humpelte. Er sah, wie die Schuhe eines anderen Mannes, der ihm sicher heraushelfen wollte, zur Tür gingen.

Der Fahrer muß tot sein, dachte Highland. Die Killer hatten seine Schlüssel. Er hörte, wie die Handschellen aufgeschlossen wurden, und dann langten zwei Hände zu Millers Füßen. Miller massierte seine Handgelenke, zeigte endlich eine innere Regung. Er lächelte auf das Deck hinunter, ehe er den Sergeant ansah.

Es hatte nicht viel Sinn, den Blick des Terroristen zu erwidern. Highland sah wenigstens drei tote Männer. Einer der schwarzgekleideten Killer zog einen zerschmetterten Kopf von einem Lenkrad, und die Hupe verstummte endlich. Sechs Meter weiter preßte ein Mann beide Hände auf seinen blutenden Bauch und stöhnte. Andere lagen gruppenweise, die Hände im Nacken verschränkt, auf dem Deck, und jede Gruppe wurde von einem bewaffneten Terroristen bewacht. Highland registrierte, daß die Killer kein überflüssiges Wort sagten. Sie waren für so etwas ausgebildet. Die Geräusche kamen alle von den Zivilisten. Kinder weinten, und ihre Eltern verhielten sich ruhiger als die kinderlosen Erwachsenen. Eltern mußten tapfer sein, um ihre Kinder zu beschützen, und die Singles brauchten nur um ihr eigenes Leben zu fürchten. Einige von ihnen wimmerten.

«Sie sind Robert Highland», sagte der Große gelassen. «Sergeant Highland von der Antiterror-Abteilung.»

«Ja», antwortete der Kriminalbeamte. Er wußte, daß er sterben würde. Es schien furchtbar, Weihnachten zu sterben. Aber wenn er sterben würde, hatte er nichts mehr zu verlieren. Er würde nicht bitten, er würde nicht betteln. «Und wer sind Sie?»

«Seans Freunde, wer denn sonst? Habt ihr wirklich geglaubt, wir würden ihn euch überlassen? Haben Sie etwas zu sagen?»

Highland hätte gern etwas gesagt, aber er wußte, daß es auf taube Ohren fallen würde. Er würde sie nicht mal mit einem Fluch amüsieren – da merkte er plötzlich, daß er Miller auf einmal etwas besser verstand. Die Erkenntnis riß ihn einen Moment aus seiner Angst. Jetzt wußte er, warum Miller nicht geredet hatte. Was für idiotische Sachen einem in einem solchen Moment durch den Kopf gehen, dachte er. Es war beinahe komisch, vor allem aber widerlich.

«Dann wollen wir es hinter uns bringen.»

Er konnte nur die Augen des großen Mannes sehen und wurde der Befriedigung beraubt, die er vielleicht empfunden hätte, wenn er seine Reaktionen hätte sehen können. Er war wütend darüber. Jetzt, wo sein Tod gewiß war, machte eine Belanglosigkeit ihn wütend. Der Große zog eine automatische Pistole aus dem Gürtel und reichte sie Miller.

«Der gehört dir, Sean.»

Sean nahm die Waffe in die linke Hand und sah Highland ein letztesmal an.

Was diesen Bastard betrifft, könnte ich ebensogut ein Kaninchen sein!

«Ich hätte dich in der Zelle liegenlassen sollen», sagte Highland, dessen Stimme nun auch eiskalt war.

Miller dachte einen Augenblick darüber nach, wartete, daß ihm eine passende Antwort einfiel, während er die Pistole auf den Sergeant richtete. Was ihm einfiel, war ein Zitat von Stalin. «Dankbarkeit ist eine Krankheit der Hunde, Mr. Highland.» Er feuerte zweimal aus einer Entfernung von viereinhalb Metern.

«Los», sagte O'Donnell hinter seiner Maske. Ein anderer schwarzgekleideter Mann erschien auf dem Fahrzeugdeck und eilte zum Anführer.

«Beide Maschinen sind außer Betrieb.»

O'Donnell blickte auf seine Uhr. Es war beinahe perfekt gelaufen. Es war ein guter Plan gewesen – nur das Mistwetter machte ihnen einen Strich durch die Rechnung. Die Sicht betrug kaum einen Kilometer, und...

«Da kommen sie, achtern!» rief ein Mann.

«Geduld, Jungs.»

«Wer zum Teufel seid ihr?» fragte der Bulle zu ihren Füßen.

Als Antwort feuerte O'Donnell ein paarmal, korrigierte seine

Unachtsamkeit. Wieder ertönten Schreie, die schnell vom heulenden Wind übertönt und fortgeweht wurden. Der Anführer holte eine Flöte aus der Hemdtasche und pfiff. Die Kampftruppe bildete einen Ring um ihn. Es waren sieben Männer, plus Sean. Man sieht die Ausbildung, konstatierte O'Donnell befriedigt. Sie blickten aufmerksam nach außen, falls einer der geschockten Zivilisten so töricht sein sollte, etwas zu probieren. Der Kapitän der Fähre stand achtzehn Meter weiter auf der Treppe und sorgte sich sichtlich, wie er sein Schiff ohne Maschinenkraft durch den Sturm bringen sollte. O'Donnell hatte erwogen, alle an Bord zu töten und die Fähre zu versenken, aber dann hatte er die Idee verworfen. Es war besser, Überlebende zurückzulassen, die die Geschichte erzählten. Sonst würden die Briten womöglich nicht von seinem Sieg erfahren.

«Fertig!» rief der Mann am Heck.

Die Killer gingen nacheinander hin. Die Wellen waren nun meterhoch, und draußen, hinter dem schützenden Sconce Point, würde es noch schlimmer werden. Es war ein Risiko, dem O'Donnell leichteren Herzens entgegensehen konnte als der Kapitän der *Cenlac*.

«Los!» befahl er.

Der erste von seinen Männern sprang in das zehn Meter lange Schlauchboot. Der Mann am Ruder hielt es im Windschatten der Fähre und benutzte die Kraft der beiden Hundert-PS-Außenbordmotoren nur, um nicht abgetrieben zu werden. Die Leute hatten alle bei einem Meter hohen Wellen geübt, aber trotz der schwereren See lief es auch weiterhin glatt. Es dauerte nur eine gute Minute. O'Donnell und Miller sprangen als letzte, und als sie auf dem schwankenden Boot landeten, öffnete der Rudergänger die Drosselklappen. Das Schlauchboot schoß die Fähre entlang, verließ ihren Windschatten und brauste in südwestlicher Richtung zum Kanal. O'Donnell schaute zurück. Fünf oder sechs Gestalten standen an der Reling und sahen ihnen nach. Er winkte.

«Willkommen daheim», rief er Sean zu.

«Ich hab' ihnen kein Wort erzählt», entgegnete Miller.

«Ich weiß.» O'Donnell reichte dem Jüngeren einen Flachmann mit Whisky. Miller setzte ihn an die Lippen und trank. Er hatte vergessen, wie gut Whisky schmecken konnte.

Das Schlauchboot hüpfte über die Wellenkämme, schien sich wie ein Hovercraft fast von der Wasseroberfläche zu lösen. Der Rudergänger stand mittschiffs und federte die Stöße mit den Knien ab, während er das Boot durch Wind und Regen zum Treffpunkt steuerte. Die Trawler seiner Fischereigesellschaft boten O'Donnell eine Auswahl von Seeleuten, und es war nicht das erstemal, daß er einige von ihnen für eine Operation benutzt hatte. Einer der Killer ging herum und verteilte Rettungswesten. In dem äußerst unwahrscheinlichen Fall, daß jemand sie sah, würde man sie für ein Rettungsteam der Marineinfanterie halten, das ausgerechnet heute, am Weihnachtsmorgen, einen Einsatz probte. O'Donnells Operationen waren immer ausgefeilt, bis zur letzten Kleinigkeit durchgeplant. Miller war der einzige seiner Männer, den sie jemals erwischt hatten, und nun hatte er ihn wieder. Die Männer legten ihre Waffen in Plastiktüten, um Rostschäden möglichst auszuschließen. Einige von ihnen unterhielten sich, aber bei dem Heulen des Winds und der Außenbordmotoren konnte man nicht verstehen, was sie sagten.

Miller war unsanft gelandet. Er massierte sein Gesäß.

«Diese verdammten Schwulen!» schimpfte er. Es tat gut, wieder reden zu können.

«Wie bitte?» schrie O'Donnell, um den Lärm zu übertönen. Miller erzählte es ihm. Er war sicher, daß es Highlands Idee gewesen war, ein mieser Trick, um ihn weichzumachen, um Dankbarkeit für den Bullen zu wecken. Deshalb hatte er beide Male auf Highlands Unterleib gezielt. Es wäre schade gewesen, ihn schnell sterben zu lassen. Aber das sagte er seinem Chef nicht. Es war nicht professionell. Kevin würde es vielleicht nicht zu schätzen wissen.

«Wo ist dieser verdammte Ryan?» fragte Sean dann.

«Wieder in Amerika.» O'Donnell sah auf die Uhr und zog sechs Stunden ab. «Ich wette, im Moment schläft er tief und fest.»

«Er hat uns ein ganzes Jahr zurückgeworfen, Kevin», sagte Miller. «Ein ganzes Jahr!»

«Ich hab' mir gedacht, daß du das sagen würdest. Später, Sean.»

Der jüngere Mann nickte und trank noch einen Schluck Whisky. «Wohin fahren wir?»

«Zu einem Platz, wo es wärmer ist als hier.»

Die *Cenlac* trieb vor dem Sturm her. Sobald der letzte Terrorist von Bord gegangen war, hatte der Kapitän seine Mannschaft nach unten geschickt, um nach Bomben zu suchen. Die Männer hatten keine gefunden, aber der Kapitän wußte, daß sie vielleicht zu gut versteckt waren, und ein Schiff war der perfekte Ort, um etwas gut zu verstecken. Der Ingenieur und ein Matrose versuchten, einen der Dieselmotoren zu reparieren, während drei andere Matrosen auf den Treibanker achtgaben, den sie geworfen hatten, damit die Fähre in der schweren See nicht zu sehr krängte und schlingerte. Der Wind drückte sie in Richtung Land. Das brachte sie in etwas ruhigeres Wasser, aber bei diesem Wetter zu stranden, würde trotzdem den sicheren Tod bedeuten. Vielleicht sollte er eines seiner Rettungsboote losschicken, aber auch das brachte Gefahren mit sich, die er noch nicht zu riskieren bereit war.

Der Kapitän stand allein im Ruderhaus und betrachtete die Funkgeräte. Mit ihnen hätte er Hilfe herbeirufen können, einen Schlepper, ein Handelsschiff, irgend etwas, das sie an die Leine nehmen und in einen sicheren Hafen ziehen konnte. Aber eine MP-Salve hatte alle drei Sendegeräte durchsiebt.

Warum haben die Schufte uns am Leben gelassen? fragte er sich in stummem, hilflosem Zorn. Sein Ingenieur erschien in der Türöffnung.

«Wir können sie nicht reparieren. Wir haben einfach nicht die Werkzeuge, die wir brauchen. Die Kerle haben gewußt, was sie kaputtmachen mußten.»

«Ja, sie wissen genau, was zu tun ist», antwortete der Kapitän.

«Wir sind spät dran für Yarmouth. Vielleicht...»

«Sie werden es auf das Wetter zurückführen. Wir werden an den Felsen zerschellt sein, ehe sie einen Finger krumm machen.» Der Kapitän wandte sich um und zog eine Schublade auf. Er holte eine Signalpistole und eine Plastikschachtel mit Leuchtspurgeschossen heraus. «Alle zwei Minuten. Ich sehe derweil nach den Passagieren. Wenn in... in vierzig Minuten nichts passiert, lassen wir die Boote zu Wasser.»

«Die Verletzten werden das nicht lebend überstehen.»

«Wenn wir es nicht tun, müssen alle dran glauben!» Der Kapitän ging nach unten.

Wie sich herausstellte, war einer der Passagiere Tierarzt. Fünf Leute waren verletzt, und er war gerade dabei, sie mit Hilfe eines Besatzungsmitglieds zu versorgen. Das Fahrzeugdeck war klitschnaß, der Lärm ohrenbetäubend. Die Fähre neigte sich in rhythmischen Abständen um zwanzig Grad, und die Brecher hatten bereits ein Fenster zerschmettert. Ein Mann von der Deckbesatzung mühte sich ab, eine Plane über das Loch zu spannen. Der Kapitän sah, daß er es wahrscheinlich schaffen würde, und trat zu den Verletzten.

«Wie geht es ihnen?»

Der Tierarzt blickte auf, und der Kapitän sah, daß sein Gesicht von

Sorge und Schmerz gezeichnet war. Einer der Patienten würde sterben, und die anderen vier...

«Wir müssen sie vielleicht bald in die Rettungsboote bringen.»

«Das überstehen sie nicht. Ich...»

«Funken», sagte einer von ihnen mit gepreßter Stimme.

«Liegen Sie still», sagte der Arzt.

«Funken», sagte er wieder. Er drückte einen dicken Verband auf seinen Bauch und hatte Mühe, seine Qualen nicht hinauszuschreien.

«Die Schufte haben sie kaputtgeschossen», sagte der Kapitän. «Tut mir leid, aber wir können nicht funken.»

«Der Transporter... der verdammte Transporter hat ein Funkgerät.»

«Was?»

«Polizei», keuchte Highland. «Polizeiwagen – Gefangenentransport... ein *Funkgerät*.»

«Mein Gott!» Er schaute zu dem Transporter – vielleicht funktionierte das Funkgerät vom Inneren der Fähre aus nicht. Der Kapitän rannte zur Brücke hoch und befahl seinem Ingenieur etwas.

Es war leicht genug. Der Ingenieur baute das UKW-Gerät aus, verband es mit einer der Antennen der Fähre, und der Kapitän konnte es fünf Minuten später benutzen.

«Wer spricht?» fragte die Einsatzzentrale der Polizei.

«Hier ist die *Cenlac*. Unsere Seefunkgeräte sind ausgefallen. Wir haben Maschinenschaden und treiben fünf Kilometer südlich von Lisle Court, und wir brauchen sofort Hilfe!»

«Oh. Verstanden. Warten Sie.» Der Sergeant in Lymington war mit der See vertraut. Er nahm den Hörer ab und fuhr mit dem Finger eine Liste mit Notrufen hinunter, bis er den richtigen fand. Zwei Minuten später sprach er wieder mit der Fähre.

«Wir haben einen Schlepper zu Ihnen abkommandiert. Bestätigen Sie bitte Ihre Position fünf Kilometer südlich Lisle Court.»

«Richtig, aber wir treiben nach Nordost. Unser Radar funktioniert noch. Wir können den Schlepper zu uns holen. Um Himmels willen, sagen Sie ihnen, sie sollen sich beeilen. Wir haben Verletzte an Bord.»

Der Sergeant richtete sich kerzengerade auf. «Äh... sagen Sie das noch mal.»

Nun, wo Hilfe unterwegs war, berichtete der Kapitän mit möglichst knappen Worten, was an Bord vorgefallen war. Der Sergeant rief seinen unmittelbaren Vorgesetzten an und dann den Superintendenten des Bezirks. Einer der beiden benachrichtigte London. Eine Viertelstunde später traf eine Crew der Royal Navy in Gosport Vorbereitungen zum Start eines Rettungshubschraubers vom Typ «Sea King». Sie flogen zuerst zum Marinekrankenhaus in Portsmouth, um einen Arzt und einen Sanitäter an Bord zu nehmen, kehrten dann um und flogen in den Sturm. Der Pilot drückte die Maschine durch die peitschenden Böen, während der Kopilot den Senkrechtradar benutzte, um die Umrisse des Schiffs auf dem Bildschirm zu finden. Sie brauchten zwanzig endlose Minuten. Das war der leichtere Teil.

Der Pilot mußte über vierzig Knoten Geschwindigkeit fliegen, damit sie über der Fähre blieben – und der Wind blieb nie länger als ein paar Sekunden gleich, drehte dann um einige Grad oder wurde zehn Knoten schneller, während der Pilot sich mit seinen Hebeln abmühte, um die Maschine mehr oder weniger über dem treibenden Schiff zu halten. Hinter ihm packte die Crew als erstes den Arzt in die Rettungshose und hielt ihn an der offenen Tür fest. Der Pilot sagte dem Unteroffizier über Sprechfunk, sie sollten ihn hinunterlassen. Sie hatten Gott sei Dank ein recht großes Ziel. Auf dem Oberdeck der Fähre warteten zwei Besatzungsmitglieder darauf, den Arzt in Empfang zu nehmen. Sie hatten noch nie so etwas gemacht, aber die Hubschraubercrew hatte Erfahrung und ließ ihn runter, bis er nur noch drei Meter über dem tanzenden Deck war, um ihm dann nur noch sehr behutsam Leine zu geben. Ein Matrose packte den Arzt und hob ihn aus der Rettungshose. Als nächster kam der Sanitäter, der die ganze Zeit über das Schicksal und die Natur verfluchte. Er landete ebenfalls wohlbehalten, und der Hubschrauber flog himmelwärts, fort von der gefährlichen Wasseroberfläche.

«Stabsarzt Dilk, Herr Kollege.»

«Gut, daß Sie da sind. Ich habe nämlich in meiner Praxis fast ausschließlich mit Hunden und Pferden zu tun», antwortete der Veterinär. «Ein Lungensteckschuß, die anderen drei sind Unterleibswunden. Einer ist gestorben. Ich habe mein Bestes getan, aber...» Es gab nicht viel mehr zu sagen. «Diese verdammten Mörder.»

Der Klang einer Sirene kündigte den Schlepper an. Stabsarzt Dilk schaute nicht hin, während der Kapitän und einige Mann von der Besatzung das Leittau auffingen und eine Abschlepptrosse an Bord zogen. Die beiden Ärzte spritzten Morphium und legten feste Verbände an.

Der Hubschrauber war schon auf Südwestkurs gegangen, zu seiner zweiten Mission des Tages, bei der es allerdings nicht um die Rettung von Menschenleben ging. Ein anderer Helikopter, mit bewaffneten Marineinfanteristen an Bord, startete von Gosport, während die Männer im ersten das Meer mit Radar nach einem zehn Meter langen Zodiac-Schlauchboot absuchten. Vom Innenministerium waren sehr schnell Befehle gekommen, und dieses eine Mal waren es Befehle, für die man in den Maschinen ausgebildet und ausgerüstet war: *finden und vernichten.*

«Der Radar ist hoffnungslos», meldete der Kopilot über die Sprechfunkanlage.

Der Pilot nickte. An einem ruhigen Tag hätten sie eine sehr gute Chance gehabt, das Schlauchboot ausfindig zu machen, aber das, was von der stürmischen See und den Gischtfontänen zurückstrahlte, machte eine Lokalisierung durch Radar unmöglich.

«Sie können noch nicht allzu weit sein, und von hier oben ist die Sicht gar nicht so übel. Wir fliegen Zickzack und suchen die Halunken so.»

«Wo fangen wir an?»

«Vor den Needles. Wir fliegen landeinwärts zur Christchurch Bay und dann nach Westen, wenn wir sie noch nicht haben. Wir werden sie erwischen, ehe sie landen, und dann können die anderen sie am Strand in Empfang nehmen. Sie haben ja die Befehle gehört.»

«O ja.» Der Kopilot schaltete die taktische Navigationsanzeige an, um den Suchkurs festzulegen. Anderthalb Stunden später war offensichtlich, daß sie an den falschen Stellen gesucht hatten. Überrascht – und verblüfft – kehrten die Männer nach Gosport zurück. Der Pilot ging in den Bereitschaftsschuppen, wo zwei ranghohe Beamte saßen.

«Nun?»

«Wir haben von den Needles bis zur Pool Bay gesucht – wir können nichts übersehen haben.» Der Pilot zeichnete seine Route auf der Karte ein. «Solch ein Boot kann bei diesem Seegang allenfalls zwanzig Knoten machen, aber nur mit einer erfahrenen Besatzung. Wir hätten sie finden müssen.» Er trank einen Schluck Tee. Er starrte auf die Karte und schüttelte ungläubig den Kopf. «Wir hätten sie finden *müssen*! Mit zwei Hubschraubern!»

«Und wenn sie seewärts fuhren, wenn sie nach Süden fuhren?»

«Aber wohin? Selbst wenn sie genug Saft bei sich gehabt hätten, um den Kanal zu überqueren, was ich bezweifle... Nur ein Verrückter hätte das gewagt. Da draußen müssen die Wellen sechs Meter hoch gehen, und der Sturm nimmt immer noch zu. Selbstmord», schloß der Pilot.

«Wir wissen aber, daß sie nicht verrückt sind, sie sind leider verdammt gerissen. Wäre es möglich, daß sie Ihnen entwischten und gelandet sind, ehe Sie sie einholten?»

«Nein. Auf keinen Fall», sagte der Pilot mit Nachdruck.

«Wo sind sie dann aber?»

‹Tut mir leid, Sir, ich habe keine Ahnung. Vielleicht sind sie gesunken.»

«Glauben Sie das wirklich?» fragte der Kriminalbeamte.

«Nein, Sir.»

Commander Owens wandte sich ab. Er schaute aus dem Fenster. Der Pilot hatte recht; der Sturm wurde heftiger. Das Telefon klingelte.

«Für Sie, Sir.» Ein Unteroffizier reichte ihm den Hörer.

«Owens. Ja?» Sein Gesicht wurde zornig, dann wieder niedergeschlagen. «Danke. Halten Sie uns bitte auf dem laufenden. Das war das Krankenhaus. Es ist noch ein Verwundeter gestorben. Sergeant Highland wird gerade operiert. Eine der Kugeln hat seine Wirbelsäule getroffen. Ich glaube, wir haben jetzt insgesamt neun Tote. Gentlemen, ich warte auf Ihre Vorschläge.»

«Vielleicht sind sie von den Needles nach Süden gefahren und dann auf Ostkurs gegangen und auf der Isle of Wight gelandet.»

Owens schüttelte den Kopf. «Dort haben wir Leute postiert. Nichts.»

«Sie könnten sich auch mit einem Schiff getroffen haben. Im Kanal herrscht der übliche Verkehr.»

«Haben wir eine Möglichkeit, das zu prüfen?»

Der Pilot schüttelte den Kopf. «Nein. In der Straße von Dover gibt es Radar zur Kontrolle des Schiffsverkehrs, aber hier nicht. Und wir könnten schlecht jedes einzelne Schiff durchsuchen, nicht wahr?»

«Hm. Dann kann ich Ihnen nur noch für Ihre Bemühungen danken, meine Herren. Vor allem dafür, daß Sie so schnell einen Chirurgen aus dem Bett geholt haben. Man hat mir gesagt, daß andernfalls noch mehr Leute gestorben wären.» Commander Owens verließ die Baracke. Die Zurückgebliebenen staunten über seine Beherrschung. Draußen blickte der Commander zum bleiernen Himmel und verwünschte stumm das Schicksal, aber er hatte sich unter Kontrolle und zeigte nicht, was in ihm vorging. Er war es gewöhnt, sich nicht anmerken zu lassen, was er dachte und fühlte. Emotionen, hatte er seinen Männern oft vorgehalten, seien bei der Polizeiarbeit nicht angebracht. Da er – und viele andere Polizisten – sie trotzdem nicht wegzaubern konnten, blieb ihm nichts anderes übrig, als seinen Zorn nach innen zu richten, ein Verhalten, das nicht nur für die Tabletten gegen Sodbrennen verantwortlich war, die er immer bei sich hatte, sondern auch dafür, daß er zu Hause oft stumm dasaß. Seine Frau hatte lange gebraucht, um damit leben zu können. Der Commander langte in seine Hemdtasche nach einer Zigarettenschachtel, die nicht da war, und brummte etwas vor sich hin – «hättest du doch nie damit aufgehört, Jimmy!» Er stand einen Moment allein auf dem Parkplatz, als wartete er, daß der Regen seinen Zorn vertreiben würde. Aber er fing nur an zu frösteln, und das konnte er sich nicht leisten. Er mußte für diese Geschichte geradestehen, vor dem Polizeichef von London, vor dem Innenminister. Jemand anders – Gott sei Dank nicht ich – mußte vor der Krone dafür geradestehen.

Der Gedanke ließ ihn nicht los. Er hatte *sie* enttäuscht. Er hatte sie zweimal enttäuscht. Er hatte den ursprünglichen Anschlag in der Mall nicht verhindert, und es war nur gutgegangen, weil der Yankee dieses unglaubliche Glück gehabt hatte. Und dann, als alles andere richtig gelaufen war, dieses Versagen. So etwas war noch nie passiert. Er, Owens, trug die Verantwortung. Es fiel alles in seine Zuständigkeit. Er hatte den Transport selbst geplant. Er hatte die Methode gewählt. Er hatte die Sicherheitsmaßnahmen veranlaßt. Den Tag ausgesucht. Die Route ausgesucht. Die Männer ausgesucht – die jetzt bis auf Bob Highland alle tot waren.

Wie hatten sie es herausbekommen? Sie hatten gewußt, wann die Verlegung stattfinden würde, und sie hatten gewußt, wohin. Wie hatten sie es erfahren? Na ja, sagte er sich, das ist ein Punkt, an dem wir ansetzen können. Er wußte genau, wie viele Leute in den Transport eingeweiht worden waren. Es mußte eine undichte Stelle geben. Er erinnerte sich an den Report, den Ashley nach seinem Treff in Dublin geschrieben hatte. «So gut, daß Sie es nicht glauben würden», hatte der Kerl vom Provisorischen Flügel über O'Donnells Quelle gesagt. Murphy hatte unrecht, dachte der Kriminalbeamte. Jetzt werden es alle glauben.

«Zurück nach London», sagte er zu dem Fahrer.

«Schönes Fest, Jack», bemerkte Robby, der auf dem Sofa saß.

«Ja, nicht übel», stimmte Ryan zu und dachte bei sich, das Haus sieht natürlich aus wie ein Spielzeugladen, in den eine Bombe gefallen ist ...»

Sally hockte vor ihnen auf dem Boden und spielte mit den neuen Spielsachen. Wie Jack befriedigt feststellte, gefiel ihr das Puppenhaus besonders. Seine Tochter wurde allerdings langsam müde, denn sie hatte ihre Eltern am Morgen um sieben Uhr aus dem Bett geholt. Jack und Cathy wurden, nach nur fünf Stunden Schlaf, ebenfalls langsam müde. Es ist ein bißchen viel für eine schwangere Frau, hatte Jack vor einer Stunde gedacht, und er und Robby hatten das Geschirr abgeräumt, das nun in der Spülmaschine gesäubert wurde. Jetzt saßen die Frauen auf dem anderen Sofa und unterhielten sich, während ihre Männer einen Kognak tranken.

«Fliegst du morgen nicht?»

Jackson schüttelte den Kopf. «Der Vogel hat eine Macke, und sie brauchen noch einen oder zwei Tage, um ihn zu reparieren. Und was wäre Weihnachten ohne einen guten Brandy? Ich muß morgen wieder in den Simulator, und Alkohol einen Tag vorher ist nicht verboten. Ich bin erst um drei Uhr nachmittags dran, und bis dahin werde ich wieder einigermaßen nüchtern sein.» Robby hatte beim Essen ein Glas Wein getrunken und sich nur einen Hennessy gestattet.

«Gott, ich freu' mich schon auf zwölf Stunden Schlaf.» Jack stand auf und winkte seinen Freund zur Treppe.

«Wie spät ist es gestern geworden?»

«Ich glaube, wir sind erst nach zwei ins Bett gekommen.»

Robby vergewisserte sich, daß Sally außer Hörweite war. «Nicht leicht, den Weihnachtsmann zu spielen, nicht? Aber wenn du es geschafft hast, all die Sachen zusammenzusetzen, könnte ich dich morgen mitnehmen, damit du meine Maschine reparierst.»

«Warte bitte, bis ich wieder beide Arme gebrauchen kann.» Jack zog den Arm aus der Schlinge und bewegte ihn vorsichtig im Kreis, als sie in das Arbeitszimmer hinuntergingen.

«Was würde Cathy dazu sagen?»

«Was die Ärzte immer sagen – dabei muß man bedenken, wenn man zu schnell gesund wird, verdienen sie weniger.» Er bewegte das Handgelenk. «Mein Gott, es ist wie ein dicker Knoten.»

«Wie fühlt es sich an?»

«Ganz gut. Möglicherweise bleibt nichts zurück. Jedenfalls spricht bis jetzt alles dafür.» Er schaute auf die Uhr. «Möchtest du die Nachrichten sehen?»

«Klar.»

Ryan schaltete den kleinen Fernseher auf seinem Schreibtisch an. Sie waren endlich verkabelt, und er bekam den Sender, der rund um die Uhr Nachrichten und aktuelle Informationen brachte. Er ließ sich auf seinen Drehstuhl fallen, während Robby einen Drehsessel in der Ecke wählte. Jack ließ den Ton leise.

«Was macht das Buch?»

«Oh, Land in Sicht. Ich hab' endlich alle Informationen zusammen. Ich muß noch vier Kapitel schreiben und zwei ein bißchen umarbeiten, dann ist es geschafft.»

«Was hast du geändert?»

«Es stellte sich heraus, daß ich ein paar falsche Daten hatte. Du hattest recht mit den Anflugproblemen auf den japanischen Flugzeugträgern.»

«Ja, ich hatte das Gefühl, daß es falsch klang», erwiderte Robby. «Sie waren ganz gut, aber so gut auch wieder nicht. Ich meine, wir haben sie in Midway fertiggemacht, nicht wahr?»

«Und wie sieht es heute aus?»

«Mit den Russen? Hör mal, wer sich mit mir und meinem Tomcat anlegen will, sollte besser vorher sein Testament machen. Ich werde nicht dafür bezahlt, daß ich verliere, mein Junge.» Jackson grinste wie ein schläfriger Löwe.

«Beruhigend, soviel Selbstvertrauen zu sehen.»

«Na ja, es gibt bessere Piloten als mich», gab Robby zu. «Allerdings nur drei. Frag mich in einem Jahr noch mal, wenn ich wieder am Knüppel sitze.»

«Das werde ich!» sagte Jack lachend. Das Lachen erstarb, als er das Gesicht auf dem Bildschirm sah. «Das ist er... Ich möchte wissen, warum...» Er drehte lauter.

«...getötet, darunter vier Polizeibeamte. Im Moment wird zu Land, zu Wasser und in der Luft nach den Terroristen gesucht, die den Verurteilten befreiten, als er auf dem Weg zu einem britischen Gefängnis auf der Isle of Wight war. Sean Miller wurde erst vor drei Wochen für seinen tollkühnen Anschlag auf den Prinzen und die Prinzessin von Wales verurteilt, der in Sichtweite des Buckingham-Palastes stattfand. Der amerikanische Tourist Jack Ryan aus Annapolis in Maryland vereitelte seinerzeit das Attentat, bei dem zwei Polizisten und einer der Terroristen ums Leben kamen.»

Es folgten Filmaufnahmen von der aufgewühlten See im Kanal und einem Hubschrauber der Royal Navy, der offensichtlich etwas suchte. Dann kamen Archivaufnahmen, die zeigten, wie Polizeibeamte Sean Miller aus dem Gerichtsgebäude führten. Kurz bevor der Verurteilte in den Häftlingstransporter stieg, wandte er sich zur Kamera, und nun, Wochen später, starrte er John Patrick Ryan wieder in die Augen.

«O mein Gott...» murmelte Jack.

10

«Sie dürfen sich nicht die Schuld geben, Jimmy», sagte Murray. «Und Bob wird durchkommen. Das ist wenigstens etwas.»

«Sicher», entgegnete Owens sarkastisch. «Es besteht sogar eine Chance von fünfzig zu fünfzig, daß er eines Tages wieder gehen kann. Aber die anderen, Dan? Fünf gute Männer sind tot, und außerdem vier Zivilisten.»

«Die Terroristen vielleicht auch», bemerkte Murray.

«Das glauben Sie doch ebensowenig wie ich!»

Es war ein Zufallsfund gewesen. Ein Minenräumboot der Royal Navy, das mit Spezialgeräten routinemäßig den Kanal abgesucht hatte, hatte ein Objekt auf dem Meeresgrund entdeckt und sofort eine Kamera hinuntergelassen, um es zu filmen. Der Videofilm zeigte die Überreste eines zehn Meter langen Schlauchboots vom Zodiac-Typ mit zwei Außenbordmotoren. Es war eindeutig infolge einer Explosion bei den Benzintanks gesunken, aber von den Männern, die an Bord gewesen waren, gab es keine Spur, und von ihren Waffen auch nicht. Der Kapitän des Minenräumers hatte sofort begriffen, wie wichtig der Fund war, und seine Vorgesetzten benachrichtigt. Inzwischen traf eine Bergungsmannschaft Vorbereitungen, hinzufahren und das Wrack zu heben.

«Es wäre möglich. Vielleicht hat einer von ihnen Mist gebaut oder ist durchgedreht, das Ding flog in die Luft, und die Bastards sind abgesoffen.»

«Und die Leichen?»

«Fischfutter.» Murray grinste. «Ein hübscher Gedanke, nicht?»

«Luftschlösser, Dan.» Owens war nicht nach Witzen. Murray konnte sehen, daß der Leiter der Antiterror-Abteilung dies nach wie vor als persönliche Niederlage betrachtete.

«Also», der FBI-Agent räusperte sich. «Sie glauben, daß ein bereitstehendes Schiff sie an Bord genommen hat.»

«Es ist das einzige, was wenigstens ein bißchen Sinn ergibt. Neun Handelsschiffe waren nahe genug, um in Frage zu kommen. Wir haben die Namen.»

Murray hatte sie ebenfalls. Sie waren bereits nach Washington durchgetickert worden, wo das FBI und die CIA beide daran arbeiten würden. «Aber warum haben sie das Boot nicht an Bord geholt?»

«Das liegt doch auf der Hand, oder? Wenn einer von unseren Hubschraubern sie dabei gesehen hätte? Oder es war bei dem Sturm zu schwierig. Oder sie fanden das Boot einfach nicht der Mühe wert. Geld haben sie ja genug, nicht wahr?»

«Wann wird die Navy das Boot heben?»

«Übermorgen, wenn das Wetter so bleibt», antwortete Owens. Es war der einzige Lichtblick. Dann würden sie ein paar konkrete Indizien haben. Alles, was auf dieser Welt hergestellt wurde, hatte Warenzeichen und Seriennummern. Irgendwo würde es Verkaufsunterlagen geben. Viele erfolgreiche Ermittlungen hatten so angefangen – ein kleiner Kassenbeleg in einem kleinen Geschäft hatte schon oft die Überführung der gefährlichsten Kriminellen ermöglicht. Die Außenbordmotoren des Schlauchboots sahen auf dem Videofilm wie amerikanische Mercury-Motoren aus. Das FBI war bereits benachrichtigt und würde diese Spur verfolgen, sobald sie die Seriennummern durchgegeben hatten. Murray hatte schon gehört, daß Mercury-Motoren auf der ganzen Welt sehr beliebt waren. Es würde die Sache erschweren, aber es war immerhin etwas, und etwas war besser als nichts. Das Bureau und Scotland Yard waren für solche Ermittlungen bestens gerüstet.

«Was Neues über die undichte Stelle?» fragte Murray. Er berührte den wundesten Punkt von allen.

«Er soll besser beten, daß wir ihn nicht finden», sagte Owens leise. Aber noch konnte der Betreffende ruhig schlafen. Einunddreißig Leute hatten die Zeit und Route des Häftlingstransports gewußt, und fünf davon waren tot – sogar der Fahrer des Wagens war nicht vorher eingeweiht worden. Damit blieben noch sechsundzwanzig Personen: einige Männer von C-13, zwei hohe Kriminalbeamte der Londoner Polizei, ein paar Angehörige des Sicherheitsdienstes MI-5 und diverse andere. Jeder von ihnen hatte die höchste Unbedenklichkeitsstufe für Verschlußsachen. Nicht, daß es darauf ankommt, sagte Owens sich zum soundsovielten Mal. Undichte Stellen treten schließlich fast immer in einem Kreis auf, dessen Mitglieder die höchste Unbedenklichkeit haben.

Aber dies war anders. Dies war Hochverrat, nein, es war schlimmer als Hochverrat – was ihm erst vor einer Woche so richtig aufgegangen war. Wer auch immer die Informationen weitergegeben hatte, mußte auch am Anschlag auf die königliche Familie beteiligt gewesen sein. Geheimnisse, die die nationale Sicherheit betrafen, an eine ausländische Macht zu verraten, war schändlich genug, um den Commander auf unchristliche Gedanken zu bringen. Aber die königliche Familie bewußt in Gefahr zu bringen, war so ungeheuerlich, daß er es kaum für möglich gehalten hatte. Das war nicht jemand, bei dem es nicht richtig tickte. Dies war eine Person mit überdurchschnittlichen geistigen und taktischen Fähigkeiten, jemand, der sich meisterhaft verstellen konnte, jemand, der nicht nur persönliches Vertrauen, sondern auch das Vertrauen der Nation mißbraucht hatte. Es hatte hierzulande mal eine Zeit gegeben, in der solche Personen unter der Folter starben. Owens war zwar nicht stolz darauf, aber jetzt verstand er, warum es geschehen war und wie leicht man eine solche Strafe billigen konnte. Die königliche Familie erfüllte so viele Funktionen für Großbritannien, wurde vom Volk so sehr geliebt. Und es gab jemanden, wahrscheinlich jemanden aus ihrer unmittelbaren Nähe, der sie an eine kleine Bande von Terroristen verriet. Owens wollte diesen Jemand haben. Wollte ihn tot sehen, wollte zusehen, wie er starb. Für ein solches Verbrechen konnte es keine andere Strafe geben.

Er riß sich aus seinen grimmigen Gedanken und kehrte in die Realität zurück. Indem wir ihm den Tod wünschen, finden wir ihn ganz sicher nicht. Wir finden ihn nur durch beste Polizeiarbeit, sorgfältige, mühsame, gründliche Ermittlungen. Darauf verstand er sich. Er und das Spitzenteam der Männer, die mit der Fahndung betraut waren, würden erst ruhen, wenn sie es geschafft hatten. Und keiner von ihnen zweifelte daran, daß sie es irgendwann schaffen würden.

«Damit haben Sie zwei Ansätze, Jimmy», sagte Murray, der seine Gedanken offenbar gelesen hatte. Das war nicht weiter schwer. Beide Männer hatten harte Nüsse geknackt, und Polizisten ähneln einander überall auf der Welt.

«In der Tat», sagte Owens mit dem Anflug eines Lächelns. «Sie hätten keine Spur zu ihrer Quelle legen dürfen, sie hätten alles tun müssen, um sie zu schützen. Wir haben zwei Listen – eine von den Leuten, die wußten, daß Seine Hoheit an jenem Nachmittag zum Palast fahren würde, und eine von den Leuten, die wußten, daß wir

Miller nach Lymington bringen würden. Wir brauchen die beiden Listen nur zu vergleichen.»

«Vergessen Sie nicht die Telefondamen, die die Anrufe durchgestellt haben», erinnerte Murray ihn. «Und die Sekretärinnen und Mitarbeiter, die vielleicht etwas mitgekriegt haben, und die Freundinnen und Freunde, denen sie im Bett etwas erzählt haben könnten.»

«Vielen Dank für den Hinweis, Dan. In solchen Augenblicken braucht man Trost und Zuspruch.»

«Sie haben natürlich recht, was den Schutz ihrer Quelle betrifft. Ich weiß, daß Sie ihn kriegen werden, Jimmy. Darauf würde ich einen Teil meines Gehalts wetten.»

Owens schenkte sich einen Whisky ein. Er freute sich, daß auch der Amerikaner endlich gelernt hatte, seinen Whisky auf anständige Weise zu trinken. Er hatte Murray im Laufe des vergangenen Jahres von der zwanghaften Angewohnheit befreit, in alles Eiswürfel zu tun. Es war eine Schande, alten schottischen Malzwhisky zu verwässern. Ihm kam ein Gedanke, und er runzelte die Stirn. «Was sagt uns all das über Sean Miller?»

Murray breitete die Arme aus. «Vielleicht ist er wichtiger, als Sie dachten? Vielleicht wollten sie nur ihren guten Ruf wiederherstellen. Vielleicht etwas anderes?»

Owens nickte. Scotland Yard arbeitete ohnehin mit dem Bureau zusammen, und er schätzte die Meinungen seines Kollegen. Sie waren beide erfahrene Polizisten, aber Murray sah die Dinge immer ein klein wenig anders als er selbst. Owens hatte vor zwei Jahren erfahren, wie wertvoll das sein konnte. Ohne richtig darüber nachzudenken, hatte er seither immer mal wieder seine Beurteilungen eingeholt.

«Was wäre Miller dann also?» fragte er sich laut.

«Wer weiß? Einsatzleiter?» Murray schwenkte sein Glas hin und her.

«Sehr jung dafür.»

«Jimmy, der Mann, der die Atombombe auf Hiroschima geworfen hat, war erst neunundzwanzig und schon Oberst der US-Army. Und wie alt ist dieser O'Donnell?»

«Das ist das, was Bob Highland glaubt.» Owens starrte einen Moment in sein Glas und runzelte wieder die Stirn.

«Highland ist ein gescheiter Junge. Jesus, ich hoffe sehr, daß Sie ihn irgendwann wieder losschicken können.»

«Wenn nicht, können wir ihn im Innendienst gebrauchen», sagte Commander Owens entschieden. «Er hat eine gute Nase, was Ermittlungen angeht. Zu gut, um in Rente zu gehen. Aber ich muß jetzt los. Silvester, Dan. Worauf trinken wir?»

«Ist doch klar. Auf erfolgreiche Ermittlungen. Sie werden den Verräter kriegen, und er wird Ihnen die Informationen geben, die Sie brauchen.» Murray hob das Glas. «Auf den Abschluß des Falls.»

«Ja.» Beide Männer leerten ihr Glas.

«Jimmy, gönnen Sie sich einen freien Abend. Machen Sie sich's gemütlich und fangen Sie morgen mit frischen Kräften wieder an.»

Owens lächelte. «Ich werd's versuchen.» Er nahm seinen Mantel und ging zur Tür. «Noch etwas. Es ist mir eingefallen, als ich hierher kam. Diese Kerle von der ULA haben doch alle Regeln gebrochen, nicht wahr?»

«Das stimmt», entgegnete Murray, während er seine Unterlagen wegschloß.

«Es gibt nur eine, die sie nicht gebrochen haben.»

Murray drehte sich um. «Oh? Und das wäre?»

«Sie sind noch nie in Amerika in Aktion getreten.»

«Das tun sie alle nicht.» Murray verwarf die Idee.

«Sie hatten bisher alle nicht viel Grund dazu.»

«Und?»

«Dan, die ULA könnte jetzt einen Grund haben – und sie haben nie lange gefackelt, die Regeln zu brechen. Es ist nur so eine Ahnung, nicht mehr.» Owens zuckte die Achseln. «Na ja. Guten Abend und prosit Neujahr im voraus, Special Agent Murray.»

Sie gaben sich feierlich die Hand. «Prosit Neujahr, Commander Owens. Beste Grüße an Emily.»

Dan begleitete ihn zur Tür, schloß sie ab und ging wieder in sein Büro, um sich zu vergewissern, daß alle sicherheitsrelevanten Papiere ordnungsgemäß weggeschlossen waren. Draußen war es jetzt schon, um – er blickte auf seine Uhr – Viertel vor sechs, stockdunkel.

«Jimmy, warum hast du das gesagt?» fragte Murray ins Dunkel hinein. Er setzte sich wieder auf seinen Drehstuhl.

Keine irische Terroristengruppe hatte jemals in den Vereinigten Staaten operiert. Sicher, sie sammelten dort Geld, in den irischen Vierteln und Kneipen von Boston und New York, sie hielten ab und zu eine Rede über ihren Traum von einem freien, wiedervereinigten Irland – unterschlugen dabei jedoch, daß sie als überzeugte Marxisten-Leninisten dieses visionäre Irland als ein neues Kuba sahen. Sie waren immer schlau genug gewesen, um zu wissen, daß Irisch-Amerikaner an dieser kleinen Einzelheit keinen Gefallen finden würden. Und dann der Waffenschmuggel. Aber das gehörte weitgehend der Vergangenheit an. Der Provisorische Flügel der Irisch-Republikanischen Armee und die INLA kauften den Großteil ihrer Waffen gegenwärtig auf dem normalen Markt. Es gab auch Meldungen, daß einige ihrer Leute in sowjetischen Militärlagern ausgebildet worden waren – aber auf Satellitenfotos konnte man leider nicht die Nationalität eines Mannes erkennen, nicht einmal ein bestimmtes Gesicht. Diese Meldungen waren nie hinreichend untermauert worden, um sie an die Presse weiterzugeben. Das gleiche galt für die Lager in Libyen und Syrien und im Libanon. Dort wurden einige hellhäutige Männer ausgebildet – aber wer? In diesem Punkt wurden die Meldungen ein bißchen vage. Europäische Terroristen waren anders. Die Araber, die gefangen wurden, sangen oft wie Kanarienvögel, aber die erwischten Mitglieder des Provisorischen Flügels, der INLA, der Rote-Armee-Fraktion, der Action directe, der Roten Brigaden und all der anderen terroristischen Vereinigungen teilten ihre Informationen nicht so bereitwillig mit den Behörden. Vielleicht war das kulturell bedingt, oder es lag schlicht daran, daß sie sicherer sein konnten, nicht den Verhörmethoden ausgesetzt zu werden, die im Nahen Osten noch gang und gäbe waren.

Fazit blieb, daß der Provisorische Flügel und die INLA nie eine Gewalttat in Amerika verübt hatten. Nie. Kein einziges Mal.

Aber Jimmy hat recht. Die ULA hat nie gefackelt, eine Regel zu brechen. Die königliche Familie war für alle tabu, nur nicht für die ULA. Der Provisorische Flügel und die INLA zögerten nie, ihre Operationen publik zu machen – jede terroristische Vereinigung bekennt sich zu ihren Operationen. Aber nicht die ULA. Er schüttelte den Kopf. Nichts wies darauf hin, daß sie das ändern würde. Es war einfach etwas, was sie nicht machten – noch nicht. Nur konnte man das nicht als Ausgangspunkt für Ermittlungen benutzen.

«Aber was haben sie vor?» fragte er laut. Niemand wußte es. Selbst ihr Name war sonderbar. Warum nannten sie sich «Ulster Liberation Army», Befreiungsarmee *Ulster*? Die nationalistische Bewegung betonte immer die Tatsache, daß sie irisch war, eine irische Bewegung, aber die ULA hatte sich mit ihrem Namen einen regionalen Anstrich gegeben. «Ulster» war unweigerlich ein Indiz für die reaktionären *protestantischen* Gruppierungen. Terroristen brauchten nicht sehr logisch zu handeln, aber ihr Handeln mußte *ein wenig*

Logik haben. Alles an der ULA war anders. Sie taten Dinge, die sonst niemand tat, gaben sich einen Namen, den kein anderer benutzen würde.

Sie taten Dinge, die sonst niemand tat. Das war es, was an Jimmy nagte. Warum handelten sie so? Es mußte einen Grund geben. Die Terroristen handelten, so wahnsinnig ihre Taten auch erscheinen mochten, nach ihren eigenen Begriffen durchaus vernünftig. Ihre Argumentation mochte Außenstehenden an den Haaren herbeigezogen vorkommen, hatte aber eine innere Logik. Der Provisorische Flügel und die INLA hatten eine solche Logik. Sie hatten sogar ihr Ziel bekanntgemacht, und ihr Handeln schien zu diesem Ziel zu führen: Sie wollten Nordirland unregierbar machen. Wenn sie das schafften, würden die Briten eines Tages genug haben und das Feld räumen.

Aber die ULA hat nie gesagt, was sie vorhat. Warum nicht? Warum sollte ihr Ziel ein Geheimnis sein? Zum Teufel, warum sollte die Existenz einer terroristischen Vereinigung ein Geheimnis sein – wenn sie Aktionen durchführen, kann es keines sein; warum haben sie dann nicht mal ihre Existenz publik gemacht, außer innerhalb des Provisorischen Flügels und der INLA selbst? Das muß einen Grund haben, sagte er sich wieder. Es ist unmöglich, daß sie planlos handeln und trotzdem so erfolgreich sind.

«Verdammt!» Die Antwort war greifbar nahe. Murray spürte, daß sie irgendwo am Rand seines Bewußtseins wartete, aber sein Verstand reichte nicht bis zu ihr. Er verließ sein Büro. Zwei Marines patrouillierten bereits durch die Korridore und prüften, ob die Türen verschlossen waren. Dan winkte ihnen auf dem Weg zum Fahrstuhl zu, während er immer noch versuchte, die Mosaiksteine zu einem schlüssigen Bild zusammenzusetzen. Er wünschte, Owens wäre nicht so bald gegangen. Er wollte mit Jimmy darüber reden. Vielleicht würden sie zusammen die Lösung finden. Nein, sagte er sich, nicht «vielleicht». Sie *würden* sie finden. Sie war greifbar nahe, wartete nur darauf, daß man sie fand.

Ich wette, Miller hat es gewußt! dachte Murray.

«Ich finde es hier abscheulich», sagte Sean Miller. Der Sonnenuntergang war von erhabener Pracht, fast wie auf dem Meer. Der Himmel war klar, und die fernen Dünen bildeten eine gestochen scharfe Linie, hinter der die Sonne versank. Das Verrückte war natürlich die Temperaturschwankung. Mittags hatte das Thermometer vierunddreißig

Grad erreicht – und die Einheimischen betrachteten dies als einen kühlen Tag! –, aber nun, wo die Sonne unterging, kam ein kalter Wind auf, und bald würde es empfindlich kalt werden. Der Sand konnte die Wärme nicht speichern, und in der klaren, trockenen Luft strahlte sie einfach zu den Sternen zurück.

Miller war hundemüde. Er hatte wieder einen Tag des Auffrischungslehrgangs hinter sich. Fast zwei Monate lang hatte er keine Waffe in der Hand gehabt. Seine Reaktionen waren träge, seine Treffsicherheit beeinträchtigt, seine körperliche Form saumäßig. Er hatte im Gefängnis sogar zwei oder drei Kilo zugenommen, was ihn selbst am meisten überraschte. Aber er war sie hier in einer Woche wieder losgeworden. Dafür war die Wüste gut. Wie die meisten Leute aus höheren Breitengraden hatte auch er Schwierigkeiten, sich an das Klima anzupassen. Die körperliche Betätigung machte ihn durstig, aber bei der Hitze hatte er kaum Appetit. Also trank er Wasser und erlaubte seinem Körper, von den Reserven zu zehren. Er war hier schneller wieder fit geworden, als es irgendwo anders möglich gewesen wäre. Aber deshalb gefiel es ihm noch lange nicht.

Vier von ihren Leuten waren mit ihm da, aber die anderen vom Befreiungsteam waren sofort über Rom und Brüssel zurückgeflogen, mit einer neuen Serie von Stempeln im Reisepaß.

«Ja, es ist nicht Irland», stimmte O'Donnell zu. Er krauste die Nase, denn es roch durchdringend, nach Staub und nach seinem eigenen Schweiß. Nicht wie zu Hause. Kein Duft von Tau auf den Mooren, kein Koksfeuer im Herd, keine bierselige Atmosphäre im Dorfpub.

Ja, das war eine ärgerliche neue Entwicklung: kein Alkohol. Die Einheimischen hatten in einem neuen Anfall von religiösem Wahn beschlossen, daß nicht einmal die revolutionären Genossen aus dem Ausland gegen Allahs Gesetz verstoßen dürften. Verdammter Mist.

Es verdiente kaum die Bezeichnung Lager. Sechs Schuppen, von denen einer als Garage diente. Ein unbenutzter Hubschrauberlandeplatz, eine Straße, vom letzten Sturm halb mit Sand zugeweht. Ein artesischer Brunnen. Ein Schießstand. Das war alles. Früher waren hier bis zu fünfzig Leute auf einmal ausgebildet worden. Jetzt nicht mehr. Das Lager gehörte nun der ULA und war abgeschottet von den Lagern, die von anderen Gruppen benutzt wurden. Sie hatten alle gelernt, wie wichtig Sicherheit war. Auf dem Schwarzen Brett in Hütte Nummer eins war – ein Geschenk von weißen Freunden – ein «Fahrplan» angepinnt, der die Überflugzeiten amerikanischer Aufklärungssatelliten verzeichnete. Jedermann wußte, wann er sich nicht im Freien aufhalten durfte, und die Fahrzeuge waren getarnt oder standen in der Garage.

Ein Scheinwerferpaar erschien am Horizont und kroch südwärts, zum Lager hin. O'Donnell bemerkte es, sagte aber nichts. Der Horizont war weit fort. Da es nun fühlbar kälter wurde, zog er sein Jackett an, das er sich vorher nur über die Schultern gehängt hatte, und beobachtete, wie die Lichter nach links und rechts schwenkten, um die langgezogenen Dünen zu umfahren. Er sah, daß der Fahrer sich Zeit ließ. Die Lichter hüpften nicht, sondern strichen gemächlich über den Sand. Das Klima hier arbeitete gegen Hektik und Tempo. Morgen war auch noch ein Tag.

Das Fahrzeug war ein Toyota-Land-Cruiser, einer der Geländewagen mit Vierradantrieb, die den Landrover neuerdings fast überall verdrängten. Der Fahrer lenkte ihn in die Garage und stieg aus. O'Donnell blickte auf die Uhr. Der nächste Satellitenüberflug war in einer halben Stunde. Nicht mehr allzu viel Zeit. Er stand auf und ging in Hütte drei. Miller folgte ihm und winkte dem Mann zu, der eben ins Lager gekommen war. Ein uniformierter Soldat von der ständigen Lagermannschaft schloß die Garagentür, ohne von ihnen Notiz zu nehmen.

«Ich freue mich, daß du rausgekommen bist, Sean», sagte der Besucher. Er hatte eine Aktentasche bei sich.

«Danke, Shamus.»

O'Donnell öffnete dem Mann die Tür. Er hielt nichts von zeremoniellen Begrüßungen.

«Danke, Kevin.»

«Du bist gerade rechtzeitig zum Dinner», sagte der Anführer der ULA.

«Na ja, man kann nicht immer Glück haben», entgegnete Shamus Padraig Connolly. Er blickte sich in der Hütte um. «Keine Koranbeter hier?»

«Hier drin nicht», beruhigte O'Donnell ihn.

«Gut.» Connolly machte seine Aktentasche auf und holte zwei Flaschen heraus. «Damit ihr nicht vergeßt, wie guter alter Irischer schmeckt.»

«Wie hast du ihn reingeschmuggelt?»

«Ich hatte von der neuen Bestimmung gehört. Ich habe ihnen einfach gesagt, es sei eine Kanone.» Alle drei lachten, als Miller drei Gläser und Eis holte. Hier trank man ihn immer mit Eis.

«Wann erwarten sie dich im Lager?» O'Donnell meinte das sechzig Kilometer entfernte Lager, das vom Provisorischen Flügel benutzt wurde.

«Ich habe ein Problem mit dem Wagen und bleibe die Nacht über bei unseren uniformierten Freunden. Die schlechte Nachricht ist, daß sie meinen Whisky beschlagnahmt haben.»

«Die werden ganz schön sauer sein!» Miller lachte. Die drei prosteten sich zu.

«Wie war es drinnen, Sean?» fragte Connolly.

«Hätte schlimmer sein können. Eine Woche, bevor Kevin mich rausholte, hatte ich allerdings Trouble mit ein paar Ganoven – sie hatten sie natürlich auf mich angesetzt, und es scheint ihnen Spaß gemacht zu haben. Verdammte Schwule. Abgesehen davon war es ganz lustig, einfach dazusitzen und zu sehen, wie sie reden und reden und reden, wie alte Weiber.»

«Du hast doch nicht gedacht, Sean würde singen, oder?» fragte O'Donnell tadelnd. Das Lächeln verbarg seine Gefühle – sie hatten sich selbstverständlich alle darum gesorgt; am meisten hatten sie sich jedoch gesorgt, was passieren würde, wenn die Burschen vom Provisorischen Flügel und von der INLA ihn im Gefängnis von Parkhurst in die Finger bekämen.

«Natürlich nicht!» Connolly schenkte wieder ein.

«Was gibt's also Neues aus Belfast?» fragte der Anführer.

«Johnny Doyle ist nicht sehr erfreut, daß er Maureen verloren hat. Die Männer werden unruhig – nicht sehr, aber man redet. Falls du es noch nicht gehört hast, Sean, die Operation in London hat in den Sechs Grafschaften wie eine Bombe eingeschlagen.» Connolly selbst war es gleichgültig, daß die meisten Bürger Nordirlands, ob Protestanten oder Katholiken, den Anschlag uneingeschränkt verurteilten. Seine Welt war die Revolution.

«Jeder kann mal Pech haben», bemerkte Miller verdrossen. Dieser verdammte Ryan!

«Aber es war fabelhaft gemacht. Es war in der Tat Pech, aber wir sind alle Sklaven des Schicksals.»

O'Donnell runzelte die Stirn. Sein Gast war ihm zu poetisch, und er hatte es satt, ständig daran erinnert zu werden, daß Mao persönlich Gedichte geschrieben hatte.

«Werden sie versuchen, Maureen rauszuholen?»

Darüber mußte Connolly lachen. «Nach dem, was ihr mit Sean gemacht habt? Wohl kaum. Wie habt ihr das bloß geschafft?»

«Man muß sich nur was einfallen lassen», war alles, was O'Donnell entgegnete. Seine Quelle hatte strikten Befehl, die nächsten zwei Monate gar nichts zu tun. Was ihn betraf, war Dennis' Antiquariat geschlossen. Die Entscheidung, ihn zu benutzen, um Informationen für die Befreiungsaktion zu bekommen, war nicht leicht gewesen. Das ist das Problem mit guten Informationen, hatten ihm seine Lehrer vor Jahren eingehämmert. Die wirklich wertvollen Dinge sind immer ein Risiko für die Quelle selbst. Es war paradox. Das nützlichste Material war oft zu gefährlich, um gebraucht zu werden, aber Informationen, die man nicht gebrauchen durfte oder konnte, waren wertlos.

«Na ja, seit der Aktion reden alle über euch. Sie haben mich hierher geschickt, um unsere Jungs über die Operation zu informieren.»

«Ach, wirklich?» sagte Kevin lachend. «Und was hält Mr. Doyle von uns?»

Der Besucher drohte ihm ironisch mit dem Zeigefinger. «Ihr seid ein konterrevolutionärer Faktor, der die Bewegung torpedieren will. Der Anschlag in der Mall hat drüben Empörung ausgelöst. Wir... Entschuldigung, *sie* werden in einem Monat oder so einige von ihren Leuten nach Boston schicken, um den Yankees zu sagen, daß sie nichts damit zu tun hatten», berichtete Connolly.

«Geld – wir brauchen ihr verdammtes Geld nicht!» bemerkte Miller. «Und sie können sich ihre ‹moralische Unterstützung› sonstwo hinstecken, die...»

«Wir dürfen die Amis nicht vor den Kopf stoßen», wandte Connolly ein.

O'Donnell hob das Glas zu einem Trinkspruch: «Zum Teufel mit den verdammten Amis!»

Miller trank seinen zweiten Whisky aus. Seine Augen waren weit geöffnet.

«Kevin, wir werden im Vereinigten Königreich eine Weile nichts unternehmen...»

«In den Sechs Grafschaften auch nicht», sagte O'Donnell nachdenklich. «Wir verhalten uns jetzt mal eine Weile ganz still. Wir konzentrieren uns auf die Ausbildung und warten auf unsere nächste Chance.»

«Shamus, welchen Erfolg werden Doyles Leute in Boston haben?»

Connolly zuckte die Achseln. «Wenn man die Amis richtig vollaufen läßt, werden sie alles glauben, was man ihnen erzählt, und ihre Dollars hinblättern wie üblich.»

Miller lächelte kurz. Während die beiden anderen weiterredeten, schenkte er sich nach. Er war dabei, einen Plan zu schmieden.

Murray hatte in seiner langjährigen Dienstzeit eine ganze Reihe von Funktionen im Bureau gehabt. Zuerst hatte er als junger Agent Bankräuber gejagt, und später hatte er eine Zeitlang den Nachwuchs an der FBI-Akademie in Quantico, Virginia, in Fahndungsmethoden unterrichtet. Dabei hatte er regelmäßig betont, wie wichtig Intuition sei. Polizeiarbeit war immer noch ebensosehr eine Kunst wie eine Wissenschaft. Das FBI hatte enorme wissenschaftliche Hilfsmittel, um Indizien und Spuren zu verarbeiten, es hatte für alles eine schriftlich fixierte Prozedur, aber letzten Endes war das alles kein Ersatz für den Grips eines erfahrenen Agenten. Murray wußte, daß Erfahrung das A und O war – die Art, wie man Indizien zusammenfügte, das Gefühl dafür, was in der gesuchten Person vorging, der Instinkt, den man entwickelte, um ihren nächsten Schritt vorauszusagen. Aber Intuition war fast noch wichtiger als Erfahrung. Die beiden Dinge wirkten zusammen, bis man sie kaum noch voneinander trennen konnte.
Aber man muß aufpassen, sagte er sich, während er von der Botschaft nach Hause fuhr. Die Intuition kann leicht verrückt spielen, wenn man nicht genug Fakten hat, an denen man sich festhalten kann.
Warum hatte Jimmy die Bemerkung über Amerika gemacht?
Fakt: Die ULA brach alle Regeln. Fakt: Keine irische Terrororganisation hatte je eine Aktion in den Vereinigten Staaten durchgeführt. Mehr Fakten gab es nicht. Wenn sie eine Operation in Amerika durchführten... hm, sie waren garantiert stinksauer auf Ryan, aber sie hatten hier in London nichts gegen ihn unternommen, und das wäre weit leichter gewesen, als in den USA etwas zu tun. Aber wenn Miller wirklich ihr Einsatzleiter war – nein, sagte er sich, Terroristen nehmen die Dinge normalerweise nicht persönlich. Es wäre nicht professionell, und die Mistkerle sind Profis. Sie müßten einen besseren Grund haben als das.
Daß du nicht weißt, was für einen Grund sie haben, heißt noch lange nicht, daß sie keinen haben, mein Junge. Murray fragte sich, ob seine Intuition sich mit zunehmendem Alter nicht in Paranoia verwandelte. Und wenn sie mehr als einen Grund haben, es zu tun?
Das wäre möglich, sagte er sich. Das eine könnte ein Vorwand für das andere sein – aber was ist das andere? In allen Polizeihandbü-

chern stand, daß man in erster Linie das *Motiv* ausfindig machen mußte. Murray hatte nicht den kleinsten Anhaltspunkt für ihr Motiv.
«Es ist zum Verrücktwerden», sagte er laut.

Er bog von der Kensington Road ab und fuhr durch das Yuppie-Viertel, wo seine offizielle Wohnung war. Parken war das übliche Problem. Selbst als er bei der Spionageabwehr im New Yorker FBI-Büro gearbeitet hatte, war es nicht so schwierig gewesen, einen Parkplatz zu finden. Er entdeckte eine Lücke, die höchstens einen halben Meter länger war als sein Wagen, und verbrachte die nächsten fünf Minuten damit, das Lenkrad verzweifelt von einem Anschlag zum anderen zu kurbeln.

Er hängte seinen Mantel an die Garderobe und ging sofort ins Wohnzimmer. Seine Frau fand ihn mit finsterer Miene am Telefon. Sie fragte sich, was los sein mochte.

Es dauerte einige Sekunden, bis der Anruf im richtigen Büro in Amerika landete.

«Bill, hier Dan Murray..., danke, uns geht's gut», hörte sie ihn sagen. «Ich möchte, daß Sie etwas für mich tun. Kennen Sie diesen Jack Ryan? Ja, den. Sagen Sie ihm... Mist, wie soll ich es ausdrücken? Sagen Sie ihm bitte, es wäre vielleicht besser, wenn er aufpaßte... Das weiß ich, Bill... Ich kann es nicht sagen, ich habe einfach ein ungutes Gefühl, und ich kann nicht... Ja, so ist es. Ja... Ich weiß, daß sie es noch nie getan haben, aber es macht mir trotzdem Sorgen... Nein, ich habe keinen bestimmten Verdacht, aber Jimmy Owens hat es zur Sprache gebracht, und jetzt muß ich dauernd daran denken. Oh, Sie haben den Bericht schon bekommen? Sehr gut, dann wissen Sie ja, was ich meine.»

Murray lehnte sich zurück und starrte einen Moment zur Decke. «Nennen Sie es Ahnung oder Instinkt, wie Sie wollen, aber es beunruhigt mich. Ich möchte, daß jemand aufpaßt..., ein guter Mann... Was macht die Familie? Großartig! Ich nehme an, dann steht euch ein gutes neues Jahr bevor. Okay. Bis bald. Wiedersehen.» Er legte auf. «So, jetzt geht es mir etwas besser», sagte er leise zu sich selbst.

«Die Party fängt um neun an», rief seine Frau. Sie war es gewohnt, daß er Arbeit mit nach Hause brachte. Er war es gewohnt, daß sie ihn an seine gesellschaftlichen Verpflichtungen erinnerte.

«Dann zieh ich mich wohl besser um.» Murray stand auf und gab ihr einen Kuß. Er hatte jetzt wirklich ein besseres Gefühl. Er hatte etwas *getan* – wahrscheinlich hatte er nur dafür gesorgt, daß die Leute beim FBI sich fragten, was hier drüben in ihn gefahren sei, aber das war ihm egal. «Bills Älteste hat sich verlobt. Mit einem Agenten von der Washingtoner Außenstelle.»

«Jemand, den wir kennen?»

«Nein, ein Neuer.»

«Wir müssen gleich los.»

«Ja, ja.» Er ging ins Schlafzimmer und fing an, sich für die große Silvesterparty in der Botschaft umzuziehen.

11

Meine Damen und Herren, wie Sie sehen, wirkte sich die Entscheidung, die Nelson in diesem Fall traf, letztlich darauf aus, daß die Royal Navy ihre widersprüchliche offizielle Taktik änderte.» Ryan klappte den Aktendeckel zu. «Nichts ist eine so gute Lektion wie ein entscheidender Sieg. Irgendwelche Fragen?»

Jack stand zum erstenmal wieder im Seminarraum. Vierunddreißig Studenten und sechs Studentinnen hatten seinen Einführungskurs in Flottengeschichte belegt. Es gab keine Fragen. Er war überrascht. Er wußte, daß er ein ganz guter Lehrer war, aber *so* gut war er auch wieder nicht. Nach einer Weile stand jedoch ein Student auf. Es war George Winton, ein Football-Spieler aus Pittsburgh.

«Professor Ryan», sagte er förmlich, «ich bin beauftragt worden, Ihnen im Namen der Klasse eine Auszeichnung zu verleihen.»

«Hm-oh.» Jack trat einen halben Schritt zurück und musterte die Studenten mit gespieltem Entsetzen.

George Winton trat vor und holte eine kleine Schachtel hinter seinem Rücken hervor. Obenauf lag ein Blatt Papier.

«Alle bitte herhören. Für Dienste, die über die Pflichten eines Touristen, selbst eines hirnlosen Marineinfanteristen, hinausgehen, verleiht die Klasse Doktor John Ryan den Orden der Purpurnen Zielscheibe und gibt gleichzeitig ihrer Hoffnung Ausdruck, daß er sich beim nächstenmal ducken möge, um nicht vom Professor der Geschichte zum Bestandteil der Geschichte zu werden.»

Winton öffnete die Schachtel und nahm eine sieben Zentimeter breite purpurrote Schleife mit der goldenen Inschrift BITTE SCHIESSEN heraus. Darunter war eine kleine Zielscheibe aus Messing angebracht. Der Fähnrich heftete sie so an Ryans Schulter, daß sie fast die Stelle bedeckte, wo die Kugel ihn getroffen hatte. Die Studenten standen auf und klatschten, während Ryan dem Klassensprecher die Hand schüttelte.

Jack tastete nach der Auszeichnung und blickte zur Klasse. «Vielen Dank, Leute, aber die Prüfung nächste Woche kann ich euch trotzdem nicht erlassen!»

Die Studenten lachten, als sie den Raum verließen und zu ihrem nächsten Kurs gingen. Ryan hatte keine Vorlesungen mehr. Er packte seine Bücher und Aufzeichnungen zusammen und verließ das Gebäude, um zu seinem Büro in die Leah Hall zu gehen. Als er die Treppe hocheilte, mußte er über den ulkigen Orden lachen, der an seiner Schulter baumelte. Gegenüber von seinem Schreibtisch saß Robby.

«Was ist denn das?» fragte der Pilot. Jack erklärte es ihm, während er seine Unterlagen auspackte. Robby schmunzelte: «Sehr schön.»

«Was gibt's bei dir Neues?» fragte Jack.

«Oh, ich habe wieder meinen Tomcat geflogen», rief Robby. «Vier Stunden, am Wochenende. O Mann! Ich kann dir sagen, ich hab' die Kiste rangenommen. Bin übers Meer und auf Mach eins-vier gegangen, habe in der Luft aufgetankt und dann ein paar Flugzeugträgerlandungen simuliert, und... ich war gut», schloß er. «Noch zwei Monate, und ich bin wieder da, wo ich hingehöre.»

«So lange?»

«Wenn es leicht wäre, diese Vögel zu fliegen, bräuchten sie keine Leute von meinem Kaliber», erläuterte Jackson ernst.

«Bescheidenheit war noch nie deine starke Seite.»

Ehe Robby antworten konnte, klopfte es an der offenstehenden Tür, und ein Mann streckte den Kopf ins Zimmer. «Doktor Ryan?»

«So ist es. Treten Sie näher.»

«Ich bin Bill Shaw vom FBI.» Der Besucher schritt zum Schreibtisch und zeigte seinen Plastikausweis. Er war ungefähr so groß wie Robby, schlank, Mitte vierzig, und er hatte auffallend tiefliegende Augen, fast wie ein Waschbär, die Augen, die man von vielen Sechzehnstundentagen bekommt. Er trug einen sehr seriösen Anzug. «Dan Murray hat mich gebeten, hierher zu fahren und mit Ihnen zu sprechen.»

Ryan stand auf und reichte ihm die Hand. «Das ist Korvettenkapitän Jackson.»

«Freut mich.» Robby gab ihm ebenfalls die Hand.

«Ich hoffe, ich störe nicht.»

«Nein, wir haben beide keinen Unterricht mehr. Nehmen Sie doch Platz. Was kann ich für Sie tun?»

Shaw blickte zu Jackson, sagte aber nichts.

«Hm, wenn ihr euch unterhalten müßt, sehe ich schnell mal nach, was sich drüben im Club tut.»

«Nein, Rob. Mr. Shaw, Sie sind unter Freunden. Kann ich Ihnen etwas anbieten?»

«Nein, vielen Dank.» Der FBI-Agent zog sich den Stuhl her, der neben der Tür stand. «Ich arbeite in der Spionageabwehr-Abteilung im FBI-Hauptquartier. Dan bat mich... Hm, Sie wissen sicher, daß die ULA diesen Miller befreit hat?»

Ryan war sehr ernst geworden. «Ja, ich habe es im Fernsehen gesehen. Hat man eine Ahnung, wo er jetzt stecken könnte?»

Shaw schüttelte den Kopf. «Nein, sie sind wie vom Erdboden verschwunden.»

«Tollkühne Operation», bemerkte Robby. «Sie sind doch seewärts geflüchtet, nicht? Vielleicht hat ein Schiff sie an Bord genommen.» Die Bemerkung trug ihm einen durchdringenden Blick ein. «Sehen Sie meine Uniform, Mr. Shaw? Ich verdiene dort draußen auf dem Wasser mein Brot.»

«Wir sind nicht sicher, aber es ist eine Möglichkeit.»

«Was für Schiffe waren in der Nähe?» bohrte Jackson nach. Für ihn war es kein Polizeiproblem. Es war eine Schiffahrtsfrage.

«Das wird gerade untersucht.»

Jackson und Ryan wechselten einen Blick. Robby holte eine Zigarre aus der Tasche und steckte sie an.

«Dan hat mich letzte Woche angerufen. Er ist ein bißchen – ein bißchen, das möchte ich betonen... Er ist ein bißchen besorgt, die ULA könnte... Na ja, es besteht kein Anlaß, daß Sie ihnen sympathisch sind, Doktor Ryan.»

«Dan hat gesagt, keine dieser Gruppierungen sei jemals hier tätig geworden», entgegnete Ryan vorsichtig.

«Das stimmt.» Shaw nickte. «Es ist noch nie vorgekommen. Ich nehme an, Dan hat Ihnen auch den Grund erklärt. Leider bekommt der Provisorische Flügel der IRA nach wie vor Geld von Amerikanern, nicht viel, aber einiges. Und sie kriegen immer noch ein paar Waffen. Es besteht sogar Grund zu der Annahme, daß sie Boden-Luft-Raketen bekommen.»

«Das ist doch nicht möglich!» Jacksons Kopf fuhr herum.

«Es sind mehrere Redeye-Raketen gestohlen worden, die Dinger, die von einem Mann getragen werden können und momentan von der Army ausgemustert werden. Sie wurden aus Zeughäusern der Nationalgarde gestohlen. Das ist nicht neu. Die nordirische Polizei hat MG-60-Maschinengewehre gefunden, die auf demselben Weg nach Ulster gekommen waren. Diese Waffen wurden entweder gestohlen oder von Magazin-Sergeanten gekauft, die vergessen hatten, für wen sie arbeiteten. Wir haben letztes Jahr einige von ihnen geschnappt, und die Army führt jetzt ein neues System ein, um die Bestände besser überwachen zu können. Von den Raketen ist nur eine einzige aufgetaucht. Sie, das heißt der Provisorische Flügel, haben vor einigen Monaten versucht, einen britischen Hubschrauber abzuschießen. Es stand drüben nicht in der Zeitung, hauptsächlich, weil sie danebengeschossen haben. Die Briten konnten es vertuschen.

Aber wie dem auch sei», fuhr Shaw fort, «wenn sie hier bei uns Anschläge verübten, würde der Nachschub an Geld und Waffen höchstwahrscheinlich mehr oder weniger versiegen. Der Provisorische Flügel weiß das, und man sollte meinen, daß die ULA es auch weiß.»

«Okay», sagte Jack. «Sie sind bei uns noch nie in Aktion getreten. Aber Murray bat Sie, hierher zu kommen und mich zu warnen. Warum?»

«Es gibt keinen konkreten Grund. Wenn es ein anderer als Dan gewesen wäre, wäre ich nicht mal hier, aber Dan ist ein sehr erfahrener Kollege, und er meint, daß wir Sie auf diese... diese Eventualität aufmerksam machen sollten. Es ist nicht mal genug, um als Verdacht bezeichnet zu werden, Doktor Ryan. Es ist nur für alle Fälle, wie wenn Sie vor einer langen Reise die Reifen nachsehen lassen.»

«Was zum Teufel wollen Sie mir also erzählen?» fragte Ryan verstimmt.

«Die ULA ist vorerst abgetaucht, was natürlich nicht viel heißt. Sie haben ein gewagtes Kommandounternehmen durchgeführt und sind dann» – er schnippte mit den Fingern – «vom Erdboden verschwunden.»

«Info», murmelte Jack.

«Wie bitte?» fragte Shaw.

«Informationen. Nicht das erstemal. Der Anschlag in London, bei dem ich ihnen ins Handwerk pfuschte, war doch auch nur möglich, weil sie Geheiminformationen bekommen hatten, nicht wahr? Und bei der Befreiung war es genauso, oder? Sie haben Miller bei Nacht und Nebel verlegt, aber die andere Seite hat die britischen Sicherheitsbehörden infiltriert, stimmt's?»

«Ich bin nicht über die Einzelheiten unterrichtet, aber ich würde sagen, Sie haben richtig kombiniert», gab Shaw zu.

Jack nahm einen Bleistift in die linke Hand und fing an, ihn zwischen Daumen und Zeigefinger zu drehen. «Haben wir einen Anhaltspunkt, womit wir es hier zu tun haben?»

«Sie sind Profis. Das ist natürlich schlecht für die Briten und für die nordirische Polizei, aber es ist gut für uns.»

«Inwiefern?» fragte Robby.

«Ihre Unstimmigkeit mit Doktor Ryan ist mehr oder weniger eine ‹persönliche› Angelegenheit. Etwas gegen ihn zu unternehmen, wäre unprofessionell.»

«Anders ausgedrückt, Sie setzen schlicht darauf, daß Terroristen ‹professionell› handeln, wenn Sie Jack erzählen, er brauche sich im Grunde keine Sorgen zu machen», sagte der Pilot.

«So kann man es auch sagen. Man kann noch hinzufügen, daß wir mit solchen Leuten eine Menge Erfahrung haben.»

«Hm-mh.» Robby drückte seine Zigarre aus. «In der Mathematik nennt man das einen Induktionsschluß. Es ist ein Schluß aus einem Schluß. Also keiner, der aus Fakten abgeleitet wird. In der Technik nennen wir es RR.»

«RR?» sagte Shaw kopfschüttelnd.

«Russisches Roulette.» Jackson fixierte den Mann vom FBI. «Wir nennen die meisten operationalen Geheimdienstmeldungen so, weil man die guten erst dann von den schlechten unterscheiden kann, wenn es zu spät ist. Verzeihen Sie, Mr. Shaw, aber ich fürchte, wir bei der Truppe sind nicht immer beeindruckt von dem Zeug, das die Nachrichtenleute uns liefern.»

«Ich habe gewußt, daß es ein Fehler sein würde, hierherzukommen», bemerkte Shaw. «Sehen Sie, Dan sagte mir am Telefon, er habe kein einziges Indiz, das vermuten lassen könnte, hier würde irgend etwas Ungewöhnliches passieren. Ich habe mich die letzten Tage mit dem Material beschäftigt, das wir über diesen Verein haben, und es gibt absolut keinen Anhaltspunkt. Dan folgt einfach seinem Instinkt. Als Bulle lernt man das im Lauf der Zeit.»

Nun nickte Robby. Piloten verlassen sich ebenfalls auf ihren Instinkt. Das sagte ihm etwas.

«Also?» Jack lehnte sich zurück. «Was soll ich tun?»

«Die beste Verteidigung gegen Terroristen besteht darin, jede Routine zu vermeiden. Das lernen zum Beispiel auch Manager bei Sicherheitslehrgängen. Nehmen Sie jeden Tag einen anderen Weg zur Arbeit. Fahren Sie nicht immer zur selben Zeit los. Behalten Sie den Rückspiegel im Auge. Wenn Sie drei oder vier Tage hintereinander dasselbe Fahrzeug sehen, notieren Sie die Nummer und rufen Sie mich an. Es ist keine große Sache – Sie brauchen nur ein bißchen mehr aufzupassen. Mit etwas Glück werden wir Sie in ein paar Tagen oder Wochen anrufen und Ihnen sagen können, daß Sie das Ganze vergessen können. Ich jage Ihnen sicher einen unnötigen Schreck ein, aber Sie wissen ja, Vorsicht ist besser als Nachsicht.»

«Und wenn Sie Informationen bekommen, die Dans Instinkt bestätigen?» fragte Jack.

«Dann sage ich Ihnen zwei Minuten später Bescheid. Wir haben was gegen die Vorstellung, daß Terroristen hier bei uns tätig werden. Wir arbeiten verdammt hart, um das zu verhindern, und bisher haben wir Erfolg gehabt.»

«Wieviel davon war Glück?» fragte Robby.

«Nicht so viel, wie Sie denken», entgegnete Shaw. «Nun, Doktor Ryan, es tut mir wirklich leid, Sie mit etwas zu beunruhigen, das wahrscheinlich gar nicht existiert. Da ist meine Karte. Rufen Sie mich sofort an, wenn wir etwas für Sie tun können.»

«Danke, Mr. Shaw.» Jack warf einen Blick auf die Karte und sah dem Agenten nach. Er schwieg einige Sekunden. Dann schlug er sein Telefonverzeichnis auf und wählte 011-44-1-499-9000. Es dauerte mehrere Sekunden, bis es in London klingelte.

«Amerikanische Botschaft», antwortete die Telefondame, die sofort abgenommen hatte.

«Verbinden Sie mich bitte mit Mr. Murray.»

«Einen Moment, bitte.» Jack wartete. Die Stimme meldete sich nach fünfzehn Sekunden wieder. «Es meldet sich niemand. Mr. Murray ist für heute..., nein, Entschuldigung, er ist den Rest der Woche auswärts. Kann ich etwas ausrichten?»

Jack runzelte die Stirn. «Nein, vielen Dank. Ich versuche es nächste Woche wieder.»

Robby beobachtete, wie sein Freund auflegte. Jack trommelte mit den Fingern auf den Apparat und mußte wieder daran denken, wie Sean Millers Gesicht ausgesehen hatte. Er ist fünftausend Kilometer weit fort, Jack, sagte er sich. «Vielleicht», murmelte er hörbar.

«Was?»

«Ich glaube, ich hab dir nie von dem Kerl erzählt, den ich... den ich kampfunfähig gemacht habe?»

«Der, den sie befreit haben? Den aus dem Fernsehen neulich?»

«Rob, hast du je einen Menschen gesehen... Wie soll ich es ausdrücken? Hast du je einen Menschen gesehen, vor dem du einfach automatisch Angst hattest?»

«Ich glaube, ich weiß, was du meinst», antwortete Robby ausweichend. Als Pilot hatte er oft genug Angst gehabt, konnte aber auf seine Ausbildung und Erfahrung zurückgreifen, um damit fertigzuwerden. Einen Menschen, vor dem er auf den ersten Blick Angst gehabt hätte, gab es auf der ganzen Welt nicht.

«Ich habe ihn beim Prozeß angesehen, und ich wußte einfach, daß er...»

«Er ist ein Terrorist und bringt Leute um. Das würde mich auch beunruhigen.» Jackson stand auf und sah aus dem Fenster. «Jesus, und die nennen sie Profis. *Ich* bin ein Profi. Ich habe einen Verhaltenskodex, ich trainiere, ich übe, ich richte mich nach Normen und Vorschriften.»

«Sie sind in ihrem Fach wirklich gut», sagte Jack sachlich. «Das macht sie so gefährlich. Und diese ULA ist unberechenbar. Dan Murray hat es mir ausdrücklich gesagt.» Jackson wandte sich vom Fenster ab.

«Komm, wir besuchen jemanden.»

«Wen?»

«Komm einfach mit, Junge.» Jacksons Stimme konnte sehr befehlend sein, wenn er es wollte. Er setzte seine weiße Offiziersmütze auf.

Sie brauchten fünf Minuten, um den neuen LeJeune-Flügel zu erreichen. Sie passierten eine Schar von Fähnrichen in Jogginganzügen und betraten das Erdgeschoß, wo Robby ihn in das Basement hinunter führte. Jack war noch nie hier gewesen. Sie betraten einen schwach beleuchteten Korridor, der unvermittelt mit einer kahlen Wand endete. Ryan glaubte das dumpfe Knallen einer kleinkalibrigen Pistole zu hören, und diese Vermutung wurde bestätigt, als Jackson die massive Stahltür zum neuen Pistolenschießstand der Akademie öffnete. In der mittleren Reihe stand eine einsame Gestalt mit einer 22er Automatic in der ausgestreckten rechten Hand.

Sergeant Noah Breckenridge war das Bild eines Unteroffiziers der Marineinfanterie. Knapp einsneunzig groß, ohne ein Gramm Fett an seinem sehnigen Körper. Er trug ein kurzärmeliges Khakihemd. Ryan hatte ihn schon einmal gesehen, aber nicht kennengelernt. Er hatte natürlich oft von Breckenridge gehört. In seinen achtundzwanzig Jahren als Marine war er überall gewesen, wo ein Marine hingeschickt werden kann, hatte er alles getan, was ein Marine tun kann. Seine Dekorationen nahmen fünf Streifen auf seiner Brust ein und begannen mit dem Marinekreuz, das er für herausragende Leistungen als Scharfschütze in Vietnam, beim Aufklärungsregiment der Ersten Armee, bekommen hatte. Unter den kleinen Bändern waren seine Auszeichnungen für Treffsicherheit angebracht, die ihn allesamt als Meisterschützen auswiesen. Breckenridge nahm jedes Jahr an den nationalen Meisterschaften in Camp Perry, Ohio, teil, und in den letzten fünf Jahren hatte er für seine Leistungen mit dem .45 Colt-Automatic zweimal den President's Cup gewonnen. Seine Stiefel waren so hochglanzpoliert, daß man Mühe hatte, die Farbe unter all dem Glanz als Schwarz zu identifizieren. Sein Messing blitzte, und sein Haar war so kurz geschnitten, daß eventuell vorhandene graue Stellen nicht zu sehen gewesen wären. Er hatte als gewöhnlicher Schütze begonnen und dann in Botschaften und auf See gedient. Er hatte Scharfschützen unterrichtet, er hatte in Parris Island Rekruten gedrillt und in Quantico sogar Offiziere ausgebildet.

«Wie geht's, Gunny?» fragte Robby.

«Guten Tag, Commander», sagte Breckenridge schleppend. «Und wie geht es Ihnen, Sir?»

«Kann nicht klagen. Ich möchte, daß mein Freund hier Sie kennenlernt. Jack Ryan.»

Sie gaben sich die Hand. Im Gegensatz zu Skip Tyler war Breckenridge jemand, der sich seiner Kraft bewußt war und damit haushielt.

«Guten Tag. Ich hab' in der Zeitung von Ihnen gelesen.» Breckenridge musterte Ryan wie einen neuen Stiefel. «Ich kenne den Kameraden, der Sie in Quantico in die Mangel genommen hat.»

Ryan lachte. «Und wie geht es King Kong Zwo?»

«Willie hat den Abschied genommen. Er leitet jetzt ein Sportgeschäft in Roanoke. Er erinnert sich an Sie. Er sagt, Sie sind kein solcher Schlappschwanz gewesen wie die anderen Collegetypen, die er gehabt hat, und ich kann mir vorstellen, daß Sie das meiste von dem behalten haben, was er Ihnen beigebracht hat. Wenn die Zeitungen die Wahrheit schreiben, waren Sie Spitze, Lieutenant.»

«Ich weiß nicht, Sergeant...»

«Gunny», verbesserte Breckenridge. «Alle nennen mich Gunny.»

«Als es vorbei war, habe ich geklappert wie eine Babyrassel», sagte Ryan.

Breckenridge lächelte breit. «Na ja, Sir, das tun wir alle. Hauptsache ist, man hat den Job erledigt. Was danach kommt, spielt keine

Rolle mehr. Was kann ich für Sie tun, Gentlemen? Ein paar Runden mit einem Kleinkaliber gefällig?»

Jackson berichtete, was der FBI-Agent gesagt hatte. Der Sergeant blickte ernst, und seine Kiefermuskeln traten hervor. Nach einer Weile schüttelte er den Kopf.

«Es macht Ihnen zu schaffen, nicht wahr? Das kann ich Ihnen nicht verdenken, Lieutenant. Terroristen!» zischte er. «Ein Terrorist ist ein Strolch mit einer MP. Das ist alles, nichts als ein gutbewaffneter Strolch. Es gehört nicht viel dazu, jemanden in den Rükken zu schießen oder die Leute in einem Flughafenraum niederzumähen. So. Sie fragen sich natürlich, wie Sie sich ein bißchen schützen können, Lieutenant? Nicht nur unterwegs, sondern auch zu Hause.»

«Ich weiß nicht... Aber ich denke, Sie sind der Mann, der mir einen Rat geben könnte.» Ryan hatte noch nicht darüber nachgedacht, aber Robby hatte es offensichtlich getan.

«Wie haben Sie damals in Quantico geschossen?»

«Ich habe mit dem 45er-Automatic und mit dem M-16 bestanden. Ich war nicht unter den ersten zehn, aber ich habe bestanden.»

«Schießen Sie noch, Sir?» fragte Breckenridge mit einem leichten Stirnrunzeln. Nur bestanden zu haben, bedeutete in den Augen eines Meisterschützen nicht allzu viel.

«Normalerweise schieße ich ein paar Enten und Gänse. Aber ich habe diese Saison verpaßt», gab Jack zu.

«Sonst nichts?»

«Ich habe im September zwei Tage Tauben geschossen und auch ein paar runtergeholt. Bei Vögeln bin ich ganz gut. Ich benutze eine elfhundert Remington-Automatic, Kaliber zwölf.»

Breckenridge nickte. «Ganz gut für den Anfang. Das ist die richtige Waffe für zu Hause. Auf kurze Entfernungen gibt es nichts Besseres als eine Flinte – eine Art Flammenwerfer, nicht?» Der Sergeant grinste. «Sie müssen also noch eine Faustfeuerwaffe haben.»

Ryan überlegte. Dann würde er einen Waffenschein brauchen. Er könnte ihn vielleicht bei der Staatspolizei beantragen... oder bei irgendeiner Bundesbehörde. Schon *diese* Frage beschäftigte ihn.

«Vielleicht», sagte er schließlich.

«Okay. Machen wir ein kleines Experiment.» Breckenridge ging in sein Büro und kam eine Minute später mit einer Pappschachtel zurück.

«Lieutenant, das ist eine Hochleistungszielpistole, eine Zweiundzwanziger auf einem Fünfundvierzigerrahmen.» Der Sergeant reichte sie ihm.

«Fühlt sich gut an», sagte Ryan. «Aber sie ist etwas leichter als der Colt.»

«Das hier wird sie schwerer machen.» Breckenridge gab ihm ein volles Magazin. «Es sind fünf Schüsse. Schieben Sie es hinein, entsichern Sie aber bitte erst, wenn ich es Ihnen sage, Sir.» Der Sergeant war es gewohnt, Offizieren Befehle zu erteilen, und verstand sich darauf, es höflich zu tun. «Gehen Sie bitte in Reihe vier. Es ist ein schöner Tag im Park, ja?»

«Ja. So hat der ganze Scheiß angefangen», bemerkte Ryan verdrossen.

Der Sergeant ging zu den Lichtschaltern und knipste die meisten Lampen des Schießstands aus.

«Okay, Lieutenant, halten Sie die Waffe bitte nach vorn gerichtet, aber gesenkt. Entsichern Sie sie und relaxen Sie.»

Jack zog den Schieber mit der linken Hand zurück und ließ ihn nach vorn schnellen. Er drehte sich nicht um. Er befahl sich, zu entspannen und das Spiel mitzumachen. Er hörte, wie ein Feuerzeug angeknipst wurde. Vielleicht zündete Robby sich wieder eine Zigarre an.

«Ich hab' ein Bild von Ihrer kleinen Tochter in der Zeitung gesehen, Lieutenant. Sie ist ein niedliches kleines Ding.»

«Danke, Gunny. Ich habe eine von Ihnen auf dem Campus gesehen. Sehr niedlich, aber nicht mehr klein. Wie ich höre, ist sie mit einem Fähnrich verlobt.»

«Ja, Sir. Das ist mein Baby», sagte Breckenridge mit väterlichem Stolz. «Die jüngste von meinen dreien. Sie heiraten –»

Ryan bekam einen furchtbaren Schreck, als unmittelbar zu seinen Füßen Knallfrösche explodierten. Er wollte sich umdrehen, aber Breckenridge schrie ihn an: «Da, da ist Ihr Ziel!»

Fünfzehn Meter vor ihm flammte ein Licht auf und beleuchtete eine Zielsilhouette. Ein Teil von Ryans Verstand wußte, daß dies ein Test war – aber der andere kümmerte sich nicht darum. Die 22er sauste hoch und schien sich von selbst auf das Papierziel zu richten. Er feuerte alle fünf Schuß in weniger als drei Sekunden ab. Die Detonationen hallten noch, als er die Automatic mit bebenden Händen auf den Tisch zurück legte.

«Verdammt, Sergeant!» Ryan schrie beinahe.

«In meiner Freizeit arbeite ich unter anderem als Ausbilder für die

Stadtpolizei von Annapolis. Und es ist ungeheuer schwer, den Streß von Kampfsituationen zu simulieren. Das hier ist der Trick, den ich entwickelt habe. So, sehen wir uns mal das Ziel an.» Breckenridge drückte einen Knopf, und ein versteckter Elektromotor zog das Papierziel zu ihnen.

«Mist», sagte Ryan nach einem kurzen Blick darauf.

«Nicht übel», meinte Breckenridge. «Sie haben viermal getroffen. Zweimal ins Weiße, zweimal ins Schwarze, beide in die Brust. Ihr Ziel liegt am Boden, Lieutenant, und ist verdammt schwer verwundet.»

«Zwei Schüsse von fünf – es müssen die beiden letzten gewesen sein. Ich hab' mir bei ihnen etwas mehr Zeit gelassen.»

«Das habe ich gemerkt.» Breckenridge nickte. «Der erste Schuß ging daneben – die Kugel flog oben links am Papier vorbei. Die nächsten beiden trafen hier ins Weiße. Die letzten beiden waren astrein. Nicht schlecht, Lieutenant.»

«In London war ich eine Klasse besser.» Ryan war nicht überzeugt... Die beiden Löcher außerhalb der schwarzen Zielsilhouette ärgerten ihn, und eine Kugel hatte das Ziel verfehlt...

«Wenn die Fernsehheinis recht hatten, hatten Sie in London eine oder zwei Sekunden Zeit, um zu überlegen, was Sie tun sollten», sagte der Meisterschütze.

«Ja, so ungefähr war es», bekräftigte Ryan.

«Das ist der springende Punkt, Lieutenant. Die eine oder zwei Sekunden machen den Unterschied, weil Sie ein bißchen Zeit haben, über die Sache nachzudenken. Es werden nur deshalb so viele Polizisten getötet, weil sie diese Zeit nicht haben – während die Gauner sie haben, ehe sie schießen. Die eine Sekunde erlaubt Ihnen, zu überlegen, was los ist, Ihr Ziel zu wählen und zu entscheiden, was Sie damit machen wollen. Ich habe Sie eben gezwungen, alle drei Dinge praktisch gleichzeitig zu tun. Ihr erster Schuß ist danebengegangen. Der zweite und dritte waren besser, und die letzten beiden waren gut genug, um das Ziel außer Gefecht zu setzen. Das ist gar nicht schlecht. Das ist etwa das, was ein ausgebildeter Polizist tut – aber Sie müssen besser werden.»

«Was soll das heißen?»

«Ein Polizist hat die Aufgabe, für Ordnung zu sorgen. Sie haben nur die Aufgabe, am Leben zu bleiben, und das ist etwas leichter. Das ist das Gute. Das Schlechte ist, daß die Kerle Ihnen keine zwei Sekunden Zeit zum Überlegen geben werden. Sie müssen also entweder sehr gut sein oder sehr viel Glück haben.» Breckenridge gab ihnen ein Zeichen, ihm in sein Büro zu folgen. Dort ließ er sich auf einen spartanischen Drehstuhl fallen.

«So, Lieutenant. Sie werden lernen, besser zu schießen. Schießen ist wie Golfspielen. Wenn man gut sein will, muß man jeden Tag trainieren. Sie müssen arbeiten, und Sie brauchen jemanden, der Ihnen Unterricht gibt.» Breckenridge lächelte. «Das ist kein Problem; ich werde es übernehmen. Das Zweite ist, daß Sie Zeit gewinnen müssen, wenn die Kerle hinter Ihnen her sind.»

«Das FBI hat ihm geraten, er solle so fahren wie die Diplomaten», bemerkte Jackson.

«Ja, für den Anfang ganz gut. Wie in Vietnam – keine Routine. Und wenn sie versuchen, Sie zu Hause zu erwischen?»

«Es ist ziemlich abgelegen, Gunny», sagte Robby.

«Haben Sie eine Alarmanlage?» fragte der Sergeant.

«Nein, aber das läßt sich leicht ändern», antwortete Ryan.

«Es wäre nicht schlecht. Ich kenne den Platz nicht, aber wenn Sie ein paar Sekunden Zeit gewinnen, werden die Kerle vielleicht bedauern, daß sie gekommen sind – Sie haben ja die Flinte. Sie könnten sie mindestens so lange aufhalten, bis Sie die Polizei alarmiert haben. Wie gesagt, Ihre Aufgabe ist es, am Leben zu bleiben, das heißt, Sie brauchen sie nicht festzunehmen. Aber was ist mit Ihrer Familie?»

«Meine Frau ist Ärztin, und sie erwartet ein Kind. Meine Tochter – na ja, Sie haben sie ja im Fernsehen gesehen.»

«Kann Ihre Frau schießen?»

«Ich glaube, sie hat noch nie im Leben eine Pistole angefaßt.»

«Ich gebe einen Selbstverteidigungskurs für Frauen, nicht mit Jiu-Jitsu und dem Kram, sondern mit Schußwaffen. Es gehört zu meiner Arbeit für die Polizei.»

Ryan fragte sich, was Cathy zu all dem sagen würde. Er drängte es beiseite. «Was für eine Pistole soll ich mir besorgen?»

«Wenn Sie morgen noch mal vorbeikommen, können Sie hier ein paar ausprobieren. Sie werden etwas haben wollen, das handlich ist. Gehen Sie also nicht los, um einen Vierundvierziger-Magnum zu kaufen, ja? Ich persönlich mag automatische Waffen. Vielleicht sollten Sie eine Neun-Millimeter-Browning nehmen. Liegt gut in der Hand, hat kaum Rückstoß und schießt dreizehnmal. Aber passen Sie auf, wo Sie sie hinlegen. Sie haben ein Kind im Haus.»

«Kein Problem», sagte Ryan. «Wir haben einen großen Wandschrank in der Diele, und ich werde sie dort aufbewahren, gut zwei Meter hoch. Wann soll ich zum Üben kommen?»

«Sagen wir jeden Nachmittag gegen vier?»

Ryan nickte. «Okay. Vielen Dank.»

«Und was Ihre Frau betrifft – warum bringen Sie sie nicht einfach nächsten Sonnabend her? Ich werd' ihr ein bißchen was über Schußwaffen erzählen. Viele Frauen haben nur Angst vor dem Krach – und lassen sich von all dem Mist im Fernsehen beeinflussen. Sie sagen, sie ist Ärztin, also kann sie nicht dumm sein. Vielleicht wird es ihr sogar gefallen? Sie wären überrascht, wenn Sie wüßten, wie viele von den Mädels sich dafür begeistern.«

Ryan schüttelte den Kopf. Cathy hatte seine Flinte kein einziges Mal angefaßt, und sie hatte dafür gesorgt, daß Sally nie im Zimmer war, wenn er sie reinigte. Er hatte nicht groß darüber nachgedacht, aber er hatte nichts dagegen gehabt, daß seine Tochter nicht dabei gewesen war. Kleine Kinder und Schußwaffen waren keine gute Kombination. Die Remington war gewöhnlich zerlegt und lag zusammen mit der Munition im Keller. Was würde Cathy dazu sagen, wenn sie eine geladene Pistole und eine geladene Schrotflinte im Wohnzimmer griffbereit liegen hatten?

Und wenn du auf einmal anfängst, mit einer Knarre rumzulaufen? Was wird sie dazu sagen? Und wenn die Kerle sich auch für sie interessierten, für sie und Sally?

«Ich weiß, was Sie denken, Lieutenant», sagte Breckenridge. «He, der Commander hier hat gesagt, daß das FBI es nur für eine sehr entfernte Möglichkeit hält, stimmt's?»

«Ja.»

«Sie kaufen also nur eine Versicherung, ja?»

«Das haben sie auch gesagt», erwiderte Ryan.

«Hören Sie, wir bekommen hier Geheiminformationen. Ja, so ist es. Seit diese Motorradbande eingebrochen hat, bekommen wir Informationen von den Bullen und vom FBI und einigen anderen Stellen, sogar von der Küstenwache. Einige von ihren Leuten kommen zu Schießübungen her, weil sie neuerdings auch Drogenhändler fangen müssen. Ich werde meine Augen offenhalten», versicherte der Sergeant ihm.

Informationen – es läuft auf einen Kampf um Informationen hinaus. Man muß wissen, was geschehen wird, wenn man etwas dagegen tun will, überlegte Jack bei sich. Er drehte sich zu Jackson um, während er einen Entschluß faßte, dem er seit der Rückkehr nach Amerika aus dem Weg gegangen war. Er hatte die Nummer immer noch in seinem Büro.

«Und wenn sie Ihnen sagten, daß die Motorradleute zurückkommen?» fragte er lächelnd.

«Sie werden wünschen, sie hätten es nicht getan», sagte der Sergeant ernst. «Dies ist eine Einrichtung der US-Marine, die von der Marineinfanterie der Vereinigten Staaten bewacht wird.»

So einfach ist das, dachte Ryan. «Nun, Gunny, vielen Dank. Ich halt Sie jetzt nicht länger von der Arbeit ab.»

Breckenridge brachte sie zur Tür. «Bis morgen, Lieutenant. Punkt vier. Wollen Sie nicht auch kommen, Commander?»

«Ich bleib' lieber bei meinen Geschützen und Raketen, Gunny. Das ist sicherer. Bye.»

Robby begleitete Jack zu dessen Büro. Da die Zeit knapp wurde, verzichteten sie auf den täglichen Drink. Jackson mußte auf dem Heimweg noch ein paar Sachen im Supermarkt einkaufen. Als er gegangen war, starrte Ryan einige Minuten auf das Telefon. Er hatte es geschafft, dies auf die lange Bank zu schieben, obgleich er unbedingt Informationen über die ULA haben wollte. Aber jetzt war es nicht mehr bloße Neugier. Er schlug sein Telefonverzeichnis auf und blätterte zur G-Seite. Er konnte nach Washington durchwählen, und sein Finger zögerte, ehe er auf die Tasten tippte.

«Cummings», meldete sich eine weibliche Stimme nach dem ersten Klingelzeichen. Jack holte tief Luft.

«Hallo, Nancy, hier Ryan. Ist der Chef da?»

«Ich frag' mal. Können Sie eine Sekunde warten?»

«Ja.»

Sie hatten dort noch keine Warteleitung mit Musik, registrierte er. Er hörte nur gedämpftes elektronisches Zirpen. Mache ich das Richtige? fragte er sich. Er mußte sich eingestehen, daß er es nicht wußte.

«Jack?» sagte eine vertraute Stimme.

«Hallo, Admiral.»

«Wie geht's der Familie?»

«Sehr gut, danke, Sir.»

«Haben Sie die Aufregung gut überstanden?»

«Ja, Sir.»

«Wie ich höre, ist Ihre Frau wieder in Erwartung. Gratuliere.»

Woher haben Sie denn das, Admiral? fragte Ryan nicht. Er brauchte es nicht. Der stellvertretende CIA-Direktor, zuständig für Nachrichtenbeschaffung, mußte alles wissen, und es gab wenigstens tausend Möglichkeiten, wie er es in Erfahrung bringen konnte. «Danke, Sir.»

«Was kann ich für Sie tun?»

«Admiral, ich...» Jack zögerte. «Ich würde mich gern mal ein bißchen mit diesen Burschen von der ULA befassen.»

«Ja, das habe ich mir schon gedacht. Ich habe hier einen Bericht, den die FBI-Abteilung für Terrorismus verfaßt hat, und wir arbeiten neuerdings auch mit dem Secret Intelligence Service zusammen. Ich würde Sie gern bei uns sehen, Jack. Vielleicht auf einer regelmäßigeren Basis. Haben Sie noch mal über unser Angebot nachgedacht, seit wir uns zuletzt unterhielten?» fragte Greer in beiläufigem Ton.

«Ja, Sir, ich habe, aber... Na ja, ich bin mindestens bis zum Ende des Semesters gebunden.» Jack wich aus. Er wollte sich in dieser Sache nicht festlegen. Wenn sie ihm die Pistole auf die Brust setzten, würde er nein sagen, und dann wäre sein Zugang nach Langley verbaut.

«Ich verstehe. Lassen Sie sich Zeit. Wann möchten Sie herkommen?»

Warum machen Sie es mir so leicht? «Ginge es vielleicht morgen früh? Mein erster Kurs ist erst um zwei Uhr.»

«Kein Problem. Seien Sie um acht am Haupttor. Man wird Sie erwarten. Bis dann.»

«Auf Wiedersehen, Sir.» Jack legte auf.

Das ging verdammt leicht. Zu leicht, dachte er. Was führt er im Schild? Er drängte den Gedanken beiseite. Er wollte sich ansehen, was die CIA hatte. Vielleicht besaßen sie Erkenntnisse, die das FBI nicht hatte; zumindest würde er mehr Informationen in die Hände bekommen, als er bis jetzt hatte, und eben das wollte er.

Dennoch hatte er Mühe, sich auf den Verkehr zu konzentrieren, als er nach Hause fuhr. Er schaute immerfort in den Rückspiegel, als ihm bewußt wurde, daß er die Akademie durch dasselbe Tor verlassen hatte wie immer. Das Blöde war, daß er vertraute Autos *sah*. Ganz natürlich, wenn man jeden Tag zur selben Zeit in die Stadt und wieder zurück fuhr. Normalerweise begegneten ihm mindestens zwanzig Wagen, die er kannte. Zum Beispiel der Camaro Z-28, der von irgendeiner Sekretärin gefahren wurde. Sie mußte Sekretärin sein. Sie war einfach zu gut angezogen, um etwas anderes zu sein. Und dann der junge Rechtsanwalt mit dem BMW – der Wagen macht ihn zum Rechtsanwalt, dachte Ryan und wunderte sich, wie er seine Mitpendler im Lauf der Zeit nach ihren Fahrzeugen einordnete. Und wenn plötzlich ein Neuer auftaucht? Wirst du sehen können, ob er ein Terrorist ist oder nicht? Groß war die Chance nicht, das wußte er. Miller würde trotz all der Gefahr, die sein Gesicht ausgestrahlt hatte, mit Sakko und Krawatte ganz gewöhnlich aussehen, genau wie einer der vielen Beamten, die sich täglich auf Route 2 nach Annapolis hineinquälten.

«Es ist verrückt, absolut verrückt», murmelte Ryan vor sich hin. Demnächst würde er auf dem Rücksitz nachsehen, ehe er in seinen Wagen stieg – es könnte ja jemand mit einer Pistole oder Garotte auf dem Boden lauern, wie in den Fernsehthrillern. Er fragte sich, ob das Ganze nicht eine törichte, von Verfolgungswahn diktierte Zeitverschwendung war. Wenn Dan Murray eine Laus über die Leber gekrochen war oder wenn er einfach übervorsichtig war? Wahrscheinlich bläute das FBI seinen Leuten ein, bei solchen Dingen vorsichtig zu sein, da war er ziemlich sicher. Jage ich Cathy mit der ganzen Geschichte einen überflüssigen Schreck ein? Und wenn nichts dran ist?

Und wenn doch?

Deshalb fahre ich morgen nach Langley, antwortete er sich.

Sie schickten Sally um halb neun in ihrem Bunny-Pyjama, dem Ding mit Strumpfbeinen, das Kinder garantiert die ganze Nacht warm hält, ins Bett. Sie wird langsam zu alt dafür, dachte Jack, aber Cathy bestand auf dem Flanell-Bunny, da ihre Tochter die Bettdecke mitten in der Nacht fortzustrampeln pflegte.

«Wie war es heute?» fragte seine Frau.

«Die Studenten haben mir einen Orden verliehen», entgegnete er und erzählte kurz. Dann zog er den Orden der Purpurnen Zielscheibe aus seiner Aktenmappe. Cathy fand es sehr lustig. Ihr Lächeln verschwand indessen schnell, als er berichtete, daß Mr. Shaw vom FBI ihn besucht hatte.

«Dann glaubt er im Grund nicht, daß es Schwierigkeiten geben wird?» fragte sie hoffnungsvoll.

«Wir dürfen es nicht ignorieren.»

Sie wandte sich einen Moment ab. Sie wußte nicht, was sie davon halten sollte. Natürlich, dachte ihr Mann. Ich weiß es ja auch nicht.

«Was wirst du also tun?» fragte sie endlich.

«Als erstes werde ich eine Firma für Alarmanlagen anrufen und uns das beste Modell einbauen lassen... Als nächstes, nein, ich habe es schon getan... Ich hab die Flinte zusammengesetzt und geladen...»

«Nein, Jack, nicht in diesem Haus, nicht solange Sally da ist», protestierte sie sofort.

«Sie liegt ganz oben im Garderobenschrank. Sie ist geladen, aber nicht entsichert. Sally kann unmöglich rankommen, nicht mal, wenn sie sich auf einen Stuhl stellt. Sie bleibt geladen, Cathy. Außerdem werde ich ein bißchen schießen üben und mir vielleicht auch eine Pistole besorgen. Und» – er zögerte – «ich möchte, daß du auch schießen lernst.»

«Nein! Ich bin Ärztin, Jack. Ich fasse keine Feuerwaffe an.»

«Sie beißen nicht», sagte Jack geduldig. «Ich möchte nur, daß du jemanden kennenlernst, den ich kenne. Er bringt Frauen das Schießen bei. Red mal mit ihm.»

«Nein.» Cathy war eisern. Jack holte tief Luft. Es würde eine Stunde dauern, sie zu überreden – so viel Zeit mußte er gewöhnlich mindestens aufwenden, wenn er eines ihrer Vorurteile widerlegen wollte. Das Dumme war, daß er jetzt keine Lust hatte, eine Stunde mit diesem Thema zu verschwenden.

«Du rufst also morgen früh die Alarmanlagenfirma an?» fragte sie.

«Nein, ich muß nach auswärts.»

«Wohin? Du hast doch erst nach dem Essen Unterricht.»

Ryan atmete wieder tief ein. «Nach Langley.»

«Was ist da?»

«Die CIA», sagte er nur.

«Wie bitte?»

«Erinnerst du dich an letzten Sommer? Ich bekam doch dieses Beraterhonorar von der Mitre Corporation.»

«Ja.»

«Ich habe im CIA-Hauptquartier gearbeitet.»

«Aber... drüben in England hast du doch gesagt, du hättest nie...»

«Die Schecks kamen nicht von dort. Ich habe für Mitre gearbeitet. Aber ich habe *im* Hauptquartier der CIA gearbeitet.»

«Du hast gelogen?» Cathy war verblüfft. «Du hast vor Gericht gelogen?»

«Nein. Ich habe gesagt, ich sei nie bei der CIA angestellt gewesen, und das ist die Wahrheit.»

«Aber du hast es mir nie erzählt.»

«Du brauchtest es nicht zu wissen», antwortete Jack. *Ich hab' ja gewußt, daß dies keine gute Idee ist.*

«Ich bin deine Frau, hast du das vergessen? Was hast du dort gemacht?»

«Ich gehörte zu einem Wissenschaftlerteam. Sie holen alle paar Jahre Außenstehende, um sich ihre Daten anzusehen, es ist so was wie eine Kontrolle der Leute, die dort fest angestellt sind. Ich bin kein Geheimer oder dergleichen. Ich habe an einem kleinen Schreibtisch in einem kleinen Raum im zweiten Stock gearbeitet. Ich habe einen Bericht geschrieben, das ist alles.» Es hatte keinen Sinn, ihr das andere zu erzählen.

«Was für einen Bericht?»

«Das darf ich nicht sagen.»

«Jack!» Sie war jetzt echt sauer.

«Hör zu, Schatz, ich habe mich schriftlich verpflichtet, daß ich nie mit jemandem darüber sprechen werde, der keine Unbedenklichkeitserklärung für Geheimsachen hat. Ich habe mein Wort gegeben, Cathy.» Das besänftigte sie ein wenig. Sie wußte, daß er sein Wort nie brechen würde. Das gehörte sogar zu den Gründen, warum sie ihn liebte. Es ärgerte sie, daß er es als Schutzwehr benutzte, aber sie wußte, daß es eine Mauer war, die sie nicht durchbrechen konnte. Sie probierte es anders.

«Warum fährst du dann wieder hin?»

«Ich möchte Informationen sehen, die sie haben. Du kannst sicher erraten, über wen.»

«Wenn du so fragst... Es müssen die Leute von der ULA sein.»

«Na ja, sagen wir einfach, daß ich mir im Moment keine grauen Haare wegen der Chinesen wachsen lasse.»

«Du machst dir wirklich Sorgen, nicht wahr?» Jetzt fing sie an, sich auch Sorgen zu machen.

«Ja, ich glaube.»

«Aber warum? Du hast eben noch gesagt, das FBI sage, sie seien nicht...»

«Ich weiß es nicht..., zum Teufel, doch, ich weiß es. Es ist dieser verdammte Miller, der Kerl, den sie befreit haben. Er will mich töten.» Ryan blickte auf den Boden. Es war das erstemal, daß er es laut gesagt hatte.

«Wie willst du das wissen?»

«Ich habe es in seinen Augen gesehen, Cathy. Ich habe es gesehen, und ich habe Angst – nicht nur um mich.»

«Aber Sally und ich...»

«Glaubst du wirklich, daß ihm das etwas ausmacht?» entgegnete Ryan zornig. «Diese Halunken bringen Leute um, die sie nicht mal kennen. Sie tun es beinahe zum Spaß. Sie möchten die Welt in etwas verwandeln, das ihnen besser gefällt, und es ist ihnen egal, wer ihnen im Weg steht.»

«Warum willst du dann zur CIA? Können sie dich beschützen..., ich meine, uns?»

«Ich möchte herausfinden, was es mit diesen Kerlen auf sich hat.»

«Aber das weiß doch das FBI, oder?»

«Ich möchte die Informationen selbst sehen. Ich war ganz gut, als ich dort arbeitete», erläuterte er. «Sie haben mir sogar angeboten, bei ihnen zu bleiben. Ich habe abgelehnt.»

«Du hast mir nie etwas davon erzählt», sagte sie vorwurfsvoll.

«Jetzt weißt du es.» Er fuhr einige Minuten lang fort, erzählte, was Shaw ihm geraten hatte. Cathy müsse auf dem Weg zur Arbeit und zurück aufpassen. Endlich fing sie wieder an zu lächeln. Sie fuhr einen Porsche 911, ein Sechszylinder-Geschoß. Warum sie nie einen Strafzettel bekam, war für ihren Mann ein Rätsel. Wahrscheinlich setzte sie eine Unschuldsmiene auf, und vielleicht zückte sie ihren Ärzteausweis und flunkerte, sie müsse zu einer Notoperation. Sie hatte jedenfalls einen Wagen, der mehr als zweihundert Stundenkilometer schnell fuhr und unglaublich wendig war. Sie hatte seit ihrem sechzehnten Geburtstag Porsches gefahren, und Jack gab im stillen zu, daß sie das kleine grüne Ding wie eine Weltmeisterin über schmale Landstraßen lenkte – so schnell, daß er sich immer festhalten mußte. Das, sagte er sich, ist sicher ein besserer Schutz als eine Pistole.

«Glaubst du, du könntest daran denken?»

«Muß ich es wirklich?»

«Es tut mir leid, daß ich uns das eingebrockt habe. Ich habe..., ich habe nicht geahnt, daß so was passieren würde. Vielleicht hätte ich keinen Finger rühren sollen.»

Cathy streichelte seinen Nacken. «Du kannst es nicht mehr ändern. Vielleicht irren sie sich. Vielleicht haben sie schon Verfolgungswahn. So, wie du sagtest.»

«Ja, hoffentlich.»

12

Ryan fuhr um Viertel vor sieben los. Er fragte sich, ob Cathy alles tun würde, was er ihr gesagt hatte. Das Problem war, daß es nicht viele Straßen gab, die sie nehmen konnte, um nach Baltimore zu kommen. Der Kindergarten, den Sally besuchte, war am Ritchie Highway, so daß die einzige direkte Alternative ausgeschlossen war. Andererseits war der Ritchie Highway zu allen Zeiten belebt und schnell, so daß es nicht leicht sein würde, sie dort abzufangen. In Baltimore selbst konnte sie unter einer ganzen Menge Routen zum Johns Hopkins wählen, und sie hatte versprochen, jeden Tag eine andere zu nehmen. Ryan blickte auf den Verkehr vor sich und fluchte stumm. Trotz allem, was er Cathy gesagt hatte, machte er sich nicht allzu viele Sorgen um seine Familie. Er war derjenige, der den Terroristen ins Handwerk gepfuscht hatte, und wenn sie sich wirklich von persönlichen Motiven leiten ließen, war er das einzige Ziel. Vielleicht. Er überquerte den Potomac und bog auf den Washington Parkway. Eine Viertelstunde später nahm er die Ausfahrt nach Langley.

Er hielt an dem bewachten Tor. Ein uniformierter Posten trat zu ihm und fragte nach seinem Namen, obgleich er die Zulassungsnummer bereits auf dem Computerausdruck vor sich auf seiner Schreibunterlage herausgesucht hatte. Ryan gab ihm seinen Führerschein, und der Mann verglich das Foto sorgfältig mit Jacks Gesicht, ehe er ihm einen Passierschein reichte.

«Der Besucherparkplatz ist links, Sir, und dann gehen Sie die zweite Straße links ...»

«Vielen Dank, ich bin schon mal hier gewesen.»

«Sehr wohl, Sir.» Der Posten winkte ihn durch.

Er betrat das siebengeschossige Gebäude, und alles sagte ihm, daß er wieder im Spionageland war. Er sah acht Sicherheitsmänner, alle in Zivil, mit offenen Sakkos, die auf Schulterhalfter schließen ließen. In Wahrheit trugen sie Walkie-Talkies, aber Jack war sicher, daß sich ganz in der Nähe auch Männer mit Waffen aufhielten. An den Wänden waren Videokameras, deren Aufnahmen in einer Monitorzentrale über Bildschirme flimmerten. Ryan wußte nicht, wo diese Zentrale war, denn alles, was er von dem Gebäude kannte, waren der Weg zu seinem ehemaligen Minibüro im zweiten Stock, das Büro selbst, der Weg von dort zur Kantine und dann noch der Weg zur Herrentoilette. Er war ein paarmal im obersten Stock gewesen, aber jedesmal in Begleitung, weil sein Sicherheitspaß nicht dafür ausreichte.

«Doktor Ryan.» Ein Mann trat auf ihn zu. Er kam Jack irgendwie bekannt vor, aber er konnte ihn nicht unterbringen. «Ich bin Martin Cantor. Ich arbeite oben.»

Als sie sich die Hand gaben, fiel es Jack wieder ein. Cantor, ein geschniegelter Yale-Absolvent, war Admiral Greers Hauptreferent. Er gab Jack einen Sicherheitspaß.

«Ich muß nicht durch den Besucherraum?» Jack zeigte nach links.

«Alles erledigt. Sie können gleich mitkommen.»

Cantor führte ihn zur ersten Sperre. Er nahm seinen Sicherheitspaß, eine kleine Plastikkarte, von der Kette um seinen Hals und steckte ihn in einen Schlitz. Ein kleines, orange und gelb gestreiftes Tor, nicht unähnlich denen in Tiefgaragen, sauste hoch und schloß sich wieder, ehe Jack seine Karte in den Schlitz steckte. Ein Computer in einem Kellerraum prüfte den elektronischen Code auf dem Paß und befand, daß er Ryan einlassen durfte. Das Tor sauste erneut hoch. Jack war bereits unbehaglich zumute. Genau wie damals, dachte er, wie in einem Gefängnis – nein, die Sicherheitsmaßnahmen in einem Gefängnis sind gar nichts verglichen mit dem hier. Die Atmosphäre machte ihn sofort kribbelig.

Er hängte sich die Karte wieder um den Hals, nachdem er einen Blick darauf geworfen hatte. Ein Farbfoto, das im vorigen Jahr aufgenommen worden war, eine Nummer, aber kein Name. Kein CIA-Ausweis hatte einen Namen. Cantor ging mit schnellen Schritten nach rechts, bog dann nach links zu den Fahrstühlen. Ryan bemerkte die Cafeteria, wo es Coca und Kleinigkeiten zu essen gab. Das Personal bestand aus Blinden, was ebenfalls sonderbar, wenn nicht makaber war. Blinde waren ein geringeres Sicherheitsrisiko, nahm er an, fragte sich aber, wie sie jeden Tag zur Arbeit fuhren. Das Gebäude war überraschend heruntergekommen, der gefliese Boden wirkte immer schmierig, die Wände waren in einem trüben Beigegelb gestrichen, und auch die Wandgemälde waren ausgesprochen zweitrangig. Es setzte viele Leute in Erstaunen, daß die Agency wenig Geld für solche Äußerlichkeiten ausgab. Wie Jack im letzten Sommer festgestellt hatte, bildeten die Angestellten sich sogar etwas darauf ein, daß alles so schmuddelig war.

Leute mit verschlossenen Gesichtern hasteten hin und her. Sie gingen so schnell, daß die Verwaltung an den Ecken der Korridore Spiegel angebracht hatte, damit man den Gegenverkehr sehen und Zusammenstöße mit anderen Geheimen vermeiden konnte... oder sehen, ob hinter der Ecke jemand lauerte und horchte?

Warum bist du bloß hierher gekommen?

Er drängte den Gedanken beiseite und betrat den Fahrstuhl. Cantor drückte den Knopf für den sechsten Stock. Eine Minute später öffnete sich die Tür zu einem anderen deprimierenden Korridor. Jetzt erinnerte Ryan sich vage an den Weg. Cantor ging nach links, dann nach rechts, und Ryan staunte über all die Leute, die sich in den Korridoren abhetzten, als wäre dies eine Vorentscheidung für das Fünfzig-Kilometer-Gehen bei der nächsten Olympiade. Er lächelte unwillkürlich, bis ihm bewußt wurde, daß hier niemand lächelte. Es schadete wohl der CIA-Aura.

Admiral James Greer, der wie üblich Zivil trug, saß in einem bequemen Drehstuhl, studierte die unvermeidliche Akte und trank den unvermeidlichen Kaffee. Ryan hatte ihn nie anders erlebt. Er war groß, distinguiert, Mitte sechzig und hatte eine Stimme, die erlesen höflich, aber auch knapp und befehlend sein konnte. Ryan wußte, daß die ganze Distinguiertheit insofern trog, als er ein Farmerssohn war, der sich von der Pike an hochgedient hatte. Aber er war einer der gescheitesten Leute, denen Ryan jemals begegnet war. Und einer der trickreichsten. Jack war überzeugt, daß der grauhaarige alte Herr Gedanken lesen konnte. Das stand sicher in der Arbeitsplatzbeschreibung des stellvertretenden CIA-Direktors, zuständig für Nachrichtenbeschaffung. All die Daten, die von Spionen und Agenten und Satelliten und weiß Gott was noch gesammelt wurden, gingen über seinen Schreibtisch. Wenn Greer etwas nicht wußte, war es nicht wissenswert. Er blickte von seiner Akte auf.

«Hallo, Doktor Ryan.» Der Admiral erhob sich und trat näher. «Sie sind sehr pünktlich.»

«Ja, Sir. Ich habe mich rechtzeitig daran erinnert, wie oft der Parkway letztes Jahr verstopft war.» Martin schenkte ungefragt Kaffee für alle ein, und sie setzten sich an einen niedrigen Tisch.

Greers Verdienst war es, daß seine Sekretärin ausgezeichneten Kaffee machte, erinnerte Jack sich.

«Wie geht's dem Arm?» fragte der Admiral.

«Fast geheilt, Sir. Aber ich kann Ihnen rechtzeitig Bescheid sagen, wenn es regnen wird. Angeblich soll das verschwinden, aber es ist wie Arthritis.»

«Und wie geht's der Familie?»

Der Mann läßt keinen Trick aus, dachte Jack. Aber er hatte selbst etwas parat. «Im Augenblick ist ein bißchen dicke Luft, Sir. Ich habe es Cathy gestern abend erzählt. Sie ist nicht gerade begeistert, aber das bin ich auch nicht.» *Kommen wir zur Sache, Admiral.*

«Was können wir also für Sie tun?» Greer verwandelte sich vom wohlwollenden alten Herrn in den sachlichen Nachrichtendienstler.

«Sir, ich weiß, es ist viel verlangt, aber ich würde gern sehen, was Sie hier über die ULA-Leute haben.»

«Leider nicht sehr viel», brummte Cantor. «Die Kerle verwischen ihre Spuren wie echte Profis. Sie haben äußerst großzügige Geldgeber – das ist natürlich nur eine Folgerung, aber sie muß zutreffen.»

«Woher kommen Ihre Informationen?»

Cantor blickte zu Greer und bekam ein Nicken. «Doktor..., ehe wir weiterreden, müssen wir über Geheimhaltung sprechen.»

Ryan nickte ergeben. «Ja. Was muß ich unterschreiben?»

«Darum kümmern wir uns, ehe Sie gehen. Wir werden Ihnen so gut wie alles zeigen, was wir haben. Im Augenblick müssen Sie nur wissen, daß diese Sachen als Codewort eingestuft sind.»

«Nun ja, das überrascht mich nicht.» Ryan seufzte. «Codewort» war noch mehr als «Streng geheim». Man brauchte einen speziellen Sicherheitsbescheid für die Daten, die durch ein bestimmtes Codewort identifiziert wurden. Sogar das Codewort selbst war geheim. Ryan hatte bisher erst zweimal Informationen von dieser Sicherheitsstufe zu Gesicht bekommen. Aber jetzt werden sie alles vor mir ausbreiten, dachte er, während er Cantor ansah. Greer will mich unbedingt zurückhaben, wenn er mir diese Vorzugsbehandlung erweist. «Woher stammen sie also?»

«Einige kommen von den Briten – in Wahrheit über die Briten vom Provisorischen Flügel der Irisch-Republikanischen Armee. Ein paar neue Erkenntnisse von den Italienern...»

«Italiener?» Ryan staunte, und dann wurde ihm klar, was das bedeutete. «Aha. Ja, sie haben immer noch eine Menge Leute unten in der Wüste, nicht wahr?»

«Einer von ihnen hat letzte Woche Ihren Freund Sean Miller identifiziert. Er verließ ein Schiff, das sich interessanterweise am ersten Weihnachtstag im Kanal befunden hatte», sagte Greer.

«Aber wir wissen nicht, wo er jetzt ist?»

«Er und eine unbekannte Zahl von Kollegen haben die Reise in südlicher Richtung fortgesetzt.» Cantor lächelte. «Das betreffende Land liegt natürlich auf der anderen Seite des Mittelmeers, und deshalb hilft uns das nicht viel.»

«Das FBI hat die gleichen Informationen wie wir, und die Briten auch», sagte Greer. «Es ist nicht allzu viel Konkretes, aber wir haben ein Team gebildet, das der Sache nachgeht.»

«Danke, daß ich mir die Unterlagen ansehen kann, Admiral.»

«Wir tun das nicht aus reiner Nächstenliebe, Doktor Ryan», bemerkte Greer. «Ich hoffe, daß Sie auf etwas Nützliches stoßen. Außerdem hat es für Sie einen Preis. Wenn Sie möchten, können Sie schon heute abend auf unserer Gehaltsliste stehen. Wir können auch sofort dafür sorgen, daß Sie einen Waffenschein bekommen.»

«Woher wissen Sie ...»

«Es ist mein Job, alles zu wissen, Junge.» Der alte Mann lächelte ihn an. Ryan fand seine Lage kein bißchen komisch, aber er mußte dem Admiral eine gewisse Logik zugestehen.

«Wie sieht Ihr Vorlesungsplan aus?»

«Es ließe sich arrangieren», sagte Jack vorsichtig. «Ich könnte Dienstag kommen und vielleicht noch zwei halbe Tage die Woche, vormittags. Meine Kurse sind meist nachmittags. Die Semesterferien fangen bald an, und dann könnte ich fünf Tage die Woche kommen.»

«Sehr gut. Sie können die Einzelheiten mit Martin besprechen. Schön, Sie wiederzusehen, Jack.»

Jack schüttelte wieder den Kopf. «Danke, Sir.»

Greer brachte sie zur Tür und ging zu seinem Schreibtisch zurück. Er wartete die paar Sekunden, die Ryan und Cantor brauchten, um den Korridor zu verlassen, und ging dann zu dem Eckbüro, in dem der CIA-Direktor saß.

«Nun?» fragte Richter Arthur Moore.

«Wir haben ihn», berichtete Greer.

«Wie läuft die Sicherheitsüberprüfung?»

«Sauber. Er war vor ein paar Jahren etwas zu clever mit seinen Börsengeschäften, aber in der Branche mußte er wohl clever sein.»

«Nichts Illegales?» fragte Richter Moore. Die Agency konnte niemanden brauchen, gegen den plötzlich die Börsenaufsicht ermittelte.

Greer schüttelte den Kopf. «Nein, nur sehr clever.»

«Schön. Aber bis er die Unbedenklichkeit bekommt, darf er nur dieses Terroristenmaterial sehen, sonst bitte nichts.»

«Okay, Arthur.»

«Und meine stellvertretenden Direktoren sind nicht dazu da, unseren Nachwuchs anzuwerben.»

«Sie nehmen dies zu ernst. Können Sie sich von Ihrem Gehalt keine Flasche Bourbon leisten?»

Der Richter lachte. Nachdem Miller befreit worden war, hatte Greer mit ihm gewettet. Moore hatte etwas gegen Verlieren – er war Strafverteidiger gewesen, ehe er zum Richtertisch überwechselte –, aber es war gut zu wissen, daß sein oberster Nachrichtenbeschaffer hellseherische Gaben hatte.

«Außerdem lasse ich ihm von Cantor einen Waffenschein geben», fügte Greer hinzu.

«Sind Sie sicher, daß das eine gute Idee ist?»

«Ich denke schon.»

«Es ist also beschlossene Sache?» fragte Miller bedächtig.

O'Donnell blickte zu dem jüngeren Mann hinüber. Er wußte, warum Sean den Plan entwickelt hatte. Es war ein guter Plan, räumte er ein, ein wirkungsvoller Plan. Er war kühn und hatte sogar etwas Brillantes. Aber Sean hatte sich von persönlichen Erwägungen beeinflussen lassen. Das war weniger gut.

Er wandte sich zum Fenster. Die Maschine war zehntausend Meter über Frankreich. All die guten Leute, die jetzt friedlich in ihren Betten schliefen. Sie hatten einen späten Flug genommen, und der Jet war fast leer. Die Stewardeß döste einige Reihen weiter hinten vor sich hin, und ringsum war niemand, der sie hören konnte. Das intensive Pfeifen der Triebwerke würde dafür sorgen, daß etwaige elektronische Horchgeräte nicht funktionierten, und sie hatten ihre Spuren gut verwischt. Zuerst waren sie nach Bukarest geflogen, von dort nach Prag, dann nach Paris und nun heim nach Irland. Nur französische Stempel in den Pässen. O'Donnell war ein vorsichtiger Mann, so vorsichtig, daß er sogar Notizen über fiktive geschäftliche Besprechungen bei sich hatte. Er war sicher, daß sie unbehelligt durch den Zoll kommen würden. Es war spät, und die Beamten bei der Paßkontrolle hatten Feierabend, nachdem dieser Flug abgefertigt sein würde.

Sean hatte einen ganz neuen Paß, natürlich mit den richtigen Stempeln. Seine Augen waren nun dank spezieller Kontaktlinsen braun, er hatte eine andere Haarfarbe und einen anderen Haarschnitt, und ein Bart veränderte seine Gesichtsform. Sean haßte den Bart, weil er piekste – O'Donnell lächelte bei dem Gedanken –, aber er würde sich wohl oder übel daran gewöhnen müssen.

Sean sagte nichts weiter. Er lehnte sich zurück und tat so, als lese er das Magazin der Fluggesellschaft. Sein Chef wußte die vorgetäuschte Geduld zu schätzen. Der junge Mann hatte seine Reserveübung (O'Donnell sah solche Dinge militärisch) mit Hingabe absolviert. Er war überschüssige Pfunde losgeworden, er hatte sich wieder mit seinen Waffen vertraut gemacht, er hatte mit den Nachrichtenoffizieren anderer europäischer Länder diskutiert und sich ihre Kritik der fehlgeschlagenen Londoner Operation angehört. Diese «Freunde» hatten den Pechfaktor nicht anerkannt und darauf hingewiesen, daß ein zweites Auto mit Männern nötig gewesen wäre, um den Erfolg zu sichern. Sean war bei all dem nicht aus der Haut gefahren und hatte höflich zugehört. Und jetzt wartete er geduldig auf die Entscheidung über die Operation, die er vorgeschlagen hatte. Vielleicht hatte der junge Mann in jenem britischen Gefängnis etwas gelernt.

«Ja.»

Ryan klappte die Akte auf. Es war der erste offizielle CIA-Bericht über die ULA, kaum ein Jahr alt.

«Ulster Liberation Army», lautete der Titel. «Entstehung einer Anomalie.»

«Anomalie.» Das war das Wort, das Murray gebraucht hatte, erinnerte er sich. Erst vor einem knappen Jahr war die ULA aus dem Schatten getreten und hatte gewisse Konturen angenommen. In den ersten zwölf Monaten ihrer Tätigkeit hatten die Briten angenommen, sie sei eine Sonderabteilung des Provisorischen Flügels der Irisch-Republikanischen Armee, ein IRA-Killerkommando. Diese Theorie war dann angezweifelt worden, als ein gefangener IRA-Mann empört erklärt hatte, nichts mit einem Attentat zu tun zu haben, das, wie sich anschließend herausstellte, auf das Konto der ULA ging. Die Verfasser des Berichts untersuchten dann Operationen, die der ULA zugeschrieben wurden, und wiesen auf operationale Muster hin. Zum einen waren gewöhnlich mehr Leute beteiligt als bei IRA-Anschlägen.

Das ist interessant ... Ryan ging aus dem Büro, schritt den Korridor hinunter zur Cafeteria und kaufte eine Schachtel Zigaretten. In weniger als einer Minute war er wieder an der Tür und tippte den Code ein, der das Schloß öffnete.

Mehr Leute für ihre Operationen! Er steckte einen der nikotinarmen Glimmstengel an. Das war ein Verstoß gegen normale Sicherheitsprinzipien. Je mehr Leute an einer Operation beteiligt waren, um so größer das Risiko, daß sie scheiterte. Was hatte das zu bedeuten? Ryan studierte drei verschiedene Operationen, suchte nach eigenen Mustern.

Nach zehn Minuten war es ihm klar: Die ULA war militärisch organisiert, jedenfalls im Vergleich zur IRA, die mit ihren mehr oder weniger selbständigen Zellen den Aufbau einer typischen Geheimdienstorganisation nachahmte. Statt der kleinen, unabhängig voneinander operierenden Gruppen der Stadtguerilla hatte die ULA eine militärische Gliederung. Die IRA setzte oft einen einzelnen «Cowboy» ein, seltener Teams. Ryan wußte von vielen Fällen, in denen der einsame Killer wie ein Jäger tagelang auf seine Beute gelauert und sie dann erledigt hatte. Aber die ULA war anders. Zum einen nahmen sie gewöhnlich keine individuellen Ziele aufs Korn. Zum anderen schienen sie mit einem Spähteam und einem Angriffsteam zu arbeiten – «schienen» war in diesem Zusammenhang wichtig, denn es handelte sich um eine aus spärlichen Indizien abgeleitete Folgerung. Wenn sie etwas taten, kamen sie gewöhnlich ungeschoren davon. Planung und Hilfsmittel.

Klassische Militärtaktik. Das beinhaltete ein großes Maß an Vertrauen in die ULA-Mitglieder – und in ihre Sicherheitsmaßnahmen. Jack fing an, Notizen zu machen. Die Fakten, auf die der Bericht sich stützte, waren karg – er zählte sechs –, aber die Analyse war interessant. Die ULA war überaus tüchtig, was die Planung und Ausführung ihrer Operationen betraf, tüchtiger als die IRA. Ihre Mitglieder schienen alle ausgezeichnet mit Waffen umgehen zu können, während sich die IRA auf eine relativ geringe Zahl von Meisterschützen beschränkte. Die durchgehende Waffenerfahrung war aufschlußreich.

Militärische Ausbildung? notierte Ryan. Wie gut? Wo bekommen? Welche Quelle? Er warf einen Blick auf den nächsten Bericht. Er war einige Monate nach «Entstehung» datiert und zeigte, daß die CIA sich inzwischen mehr für die Sache interessierte. Sie hatte angefangen, sich näher mit der ULA zu befassen – vor sieben Monaten. Als ich gegangen bin, dachte Jack. Ein Zufall.

Der Bericht konzentrierte sich auf Kevin O'Donnell, den mutmaßlichen Anführer der ULA. Als erstes bemerkte Ryan ein Foto, das ein britisches Geheimdienstlerteam aufgenommen hatte. Der Mann war recht groß, ansonsten jedoch unscheinbar. Die Aufnahme war mehrere Jahre alt, und Jack las, daß der Mann angeblich kosmetische Operationen hatte machen lassen, um sein Aussehen zu verändern. Er studierte das Bild trotzdem. Es war bei der Beerdigung eines von britischen Soldaten erschossenen IRA-Mitglieds aufgenommen worden. Das Gesicht war ernst, mit einem harten Zug um die Augen. Er fragte sich, wieviel man aus dem Gesicht eines Mannes bei der Beerdigung eines Kameraden herauslesen konnte, und legte das Foto beiseite, um O'Donnells Vita zu lesen.

Eine Arbeiterfamilie. Der Vater war Lastwagenfahrer gewesen. Die Mutter war gestorben, als er neun Jahre alt gewesen war. Katholische Schulen, natürlich. Er war begabt, hatte ein Universitätsexamen in Politologie mit Summa cum laude bestanden. Er hatte alle Marxismus-Seminare belegt, die die Uni geboten hatte, und er hatte Ende der sechziger und Anfang der siebziger Jahre bei radikalen Studentengruppen mitgearbeitet. Das hatte ihm die Aufmerksamkeit der Ulster-Polizei und des britischen Nachrichtendienstes verschafft. Nach dem Examen war er für ein Jahr von der Bildfläche verschwunden, um dann 1972 wieder aufzutauchen, nach dem Blutigen Sonntag, als britische Fallschirmjäger das Feuer auf Demonstranten eröffnet und vierzehn Menschen getötet hatten, von denen, wie sich dann herausstellte, kein einziger im Besitz einer Schußwaffe gewesen war.

Ein Diplompolitologe mit vielen Seminarscheinen in Marxismus. O'Donnell war von der Bildfläche verschwunden und etwa ein Jahr später unmittelbar nach dem Blutigen Sonntag wieder aufgetaucht. Kurz darauf hatte ein Informant ihn als den IRA-Chef für innere Sicherheit identifiziert. Den Job hatte er bestimmt nicht wegen seiner guten Referate bekommen. Um ihn zu kriegen, hatte er arbeiten müssen. Terrorismus mußte schließlich genau wie jeder andere Beruf erlernt werden. Der Mann hatte sich auf irgendeine Weise seine Sporen abverdient. *Wie hast du das gemacht?* Wenn ja, wo hast du gelernt, wie man es macht, und hat das fehlende Jahr irgend etwas damit zu tun? Bist du dafür ausgebildet worden, Leute aufzuwiegeln..., vielleicht auf der Krim?

Zu weit hergeholt, dachte Jack. Die These, daß der harte Kern der IRA und der INLA von Sowjets ausgebildet wurde, war so oft strapaziert worden, daß sie jede Glaubwürdigkeit verloren hatte. Außerdem brauchte es gar nicht so spektakulär zu sein. Sie hätten die richtige Taktik selbst entwickeln oder in Büchern nachlesen können. Es gab jede Menge Bücher darüber, wie man ein guter Stadtguerilla wird. Jack hatte einige von ihnen gelesen.

Er blätterte zu der Stelle, wo von O'Donnells zweitem Verschwinden berichtet wurde. Hier waren die Informationen aus den britischen Quellen endlich einigermaßen erschöpfend. O'Donnell war als Leiter der inneren Sicherheit bemerkenswert tüchtig gewesen. Fast die Hälfte der Leute, die er getötet hatte, waren wirklich in dieser oder jener Hinsicht Informanten gewesen, keine schlechte Trefferquote für diese Art von Geschäft. Am Ende des Berichts waren einige neue Seiten eingeheftet, und er las die Informationen, die David Ashley vor wenigen Monaten in Dublin gesammelt hatte... *Er hat sich ein bißchen hinreißen lassen...* O'Donnell hatte seine Position benutzt, um IRA-Leute auszuschalten, deren Politik nicht ganz mit seiner eigenen übereinstimmte. Man war dahintergekommen, und er war untergetaucht. Hier wurde der Report wieder spekulativ, aber er bestätigte, was Murray ihm in London erzählt hatte.

Er hatte sicher jemanden überredet, seine im Entstehen begriffene Organisation zu finanzieren, auszubilden und logistisch zu stützen. Im Entstehen begriffene Organisation, dachte Jack. Wie war sie entstanden? Zwischen seinem zweiten Verschwinden aus Nordirland und der ersten zweifelsfrei identifizierten Operation der ULA lagen zwei Jahre. Zwei ganze Jahre. Die Erkenntnisse des britischen Nachrichtendienstes wiesen auf kosmetische Chirurgie hin. Wo? Wer zahlte dafür? Er hat das nicht in irgendeinem Entwicklungsland mit dubiosen medizinischen Einrichtungen machen lassen, sagte Jack sich. Vielleicht konnte Cathy ihre Kollegen im Johns Hopkins Hospital nach erstklassigen plastischen Chirurgen fragen. Zwei Jahre, um sein Gesicht zu verändern, finanziellen Rückhalt zu finden, seine Leute zu rekrutieren, eine Operationsbasis einzurichten und sein Debüt zu geben. Nicht übel, dachte Ryan und empfand wider Willen Respekt. All das in zwei Jahren.

Nach einem weiteren Jahr tritt die Organisation dann auch namentlich in Erscheinung...

Ryan hörte, wie sich jemand am Codeschloß zu schaffen machte, und drehte sich um. Es war Martin Cantor.

«Ich dachte, Sie hätten das Rauchen aufgegeben.» Er zeigte auf die Zigarette.

Ryan drückte sie aus. «Meine Frau glaubt es auch. Haben Sie das hier gelesen?»

«Ja.» Cantor nickte. «Der Chef hat es mir übers Wochenende mit nach Haus gegeben. Was halten Sie davon?»

«Ich glaube, dieser O'Donnell ist mit allen Wassern gewaschen. Er hat seinen Verein wie eine richtige Armee organisiert und ausgebildet. Der Laden ist klein genug, um jeden Mann zu kennen. Er wählt seine Leute sehr sorgfältig aus und hat ungewöhnlich viel Vertrauen zu seinen Männern. Er ist ein politisches Tier, aber er kann wie ein Soldat denken und planen. Wer hat ihn ausgebildet?»

«Das wissen wir nicht», entgegnete Cantor. «Es könnte aber sein, daß Sie den Faktor überbewerten.»

«Vielleicht», gab Ryan zu. «Was ich suche, ist ... eine Fährte, nehme ich an. Ich versuche, ein Gefühl dafür zu bekommen, wie er denkt. Es wäre auch schön, wenn wir wüßten, wer ihn finanziert.» Ryan hielt inne, und ihm kam ein neuer Gedanke. «Wie groß ist die Chance, daß er jemanden in der IRA hat?»

«Was meinen Sie damit?»

«Er läuft um sein Leben, als er rauskriegt, daß die IRA-Führung ihn liquidieren will. Zwei Jahre später ist er mit seiner eigenen Organisation im Geschäft. Wo hat er die Leute hergekriegt?»

«Offensichtlich ein paar Burschen von der IRA», sagte Cantor.

«Bestimmt.» Jack nickte. «Leute, die er als zuverlässig kannte. Aber wir wissen auch, daß er ein Spionageabwehrtyp ist, nicht?»

«Was meinen Sie?» Cantor war noch nicht auf diese Fährte gekommen.

«Wer stellt die größte Gefahr für O'Donnell dar?»

«Alle wollen ihn ...»

«Wer möchte ihn töten?» formulierte Jack die Frage neu. «Die Briten haben keine Todesstrafe – aber die IRA hat sie.»

«Und?»

«Wenn *Sie* O'Donnell wären und Leute von der IRA anheuerten und wüßten, daß die IRA Sie einen Kopf kürzer machen will, würden Sie doch ein paar Burschen drinnen lassen, damit die Ihnen rechtzeitig einen Tip geben können?»

«Klingt logisch», sagte Cantor nachdenklich.

«Zweitens: Wer ist das politische Ziel der ULA?»

«Wir wissen es nicht.»

«Machen Sie mir doch nichts vor, Martin!» fuhr Ryan ihn an. «Die meisten Informationen in diesen Unterlagen kommen doch von der

IRA, stimmt's? Wie zum Teufel wissen die Leute, was die ULA vorhat? Wie kriegen sie die Daten?»

«Sie sind voreilig, Jack», warnte Cantor. «Ich habe die Daten auch gesehen. Die meisten von ihnen sind negativ. Die IRA-Typen, die sie preisgegeben haben, sagten mehr oder weniger nur, daß bestimmte Operationen *nicht* ihre waren. Der Schluß, daß die ULA sie durchführte, ist indirekt. Ich glaube nicht, daß diese Dokumente so eindeutig sind, wie Sie denken.»

«Aber die beiden Burschen, die den Bericht hier ausgearbeitet haben, argumentieren sehr schlüssig, daß die Operationen auf das Konto der ULA gehen. Die ULA hat ihren eigenen *Stil,* Martin! Wir können den ausmachen, nicht wahr?»

«Sie haben da einen Zirkelschluß konstruiert», bemerkte Cantor. «O'Donnell kommt von der IRA, deshalb muß er dort rekrutiert haben, deshalb muß er Leute in der IRA haben und so fort. Ihre grundlegenden Argumente sind logisch, aber vergessen Sie nicht, daß sie auf einem sehr wackeligen Fundament ruhen. Wenn die ULA nun doch ein verlängerter Arm der IRA ist? Wäre es nicht in ihrem Interesse, so etwas zu haben?» Cantor war ein hervorragender Advocatus diaboli, einer der Gründe, weshalb er Greers Erster Referent war.

«Meinetwegen, Sie haben nicht ganz unrecht», gab Ryan zu. «Trotzdem ergibt alles, was ich gesagt habe, einen Sinn. Vorausgesetzt natürlich, die ULA ist real.»

«Ich gebe zu, es ist logisch. Aber es ist nicht bewiesen.»

«Aber es ist das erste Logische, was wir über diese Leute haben. Was sagt uns das sonst noch?»

Cantor schmunzelte. «Sagen Sie mir Bescheid, wenn Sie es ausklamüsert haben.»

«Kann ich mit jemandem darüber reden?»

«Mit wem? Ich möchte nur fragen, ehe ich nein sage.»

«Dem juristischen Attaché in London – Dan Murray», antwortete Ryan. «Er hat doch einen Sicherheitsbescheid für diese Sache, nicht?»

«Ja, und außerdem arbeitet er mit unseren Leuten zusammen. Gut, Sie können mit ihm reden. Es bleibt in der Familie.»

«Danke.»

Fünf Minuten später saß Cantor seinem Chef an dessen Schreibtisch gegenüber.

«Er kann wirklich die richtigen Fragen stellen.»

«Und das wäre?» fragte der Admiral.

«Dasselbe, was Emil Jacobs und sein Team gefragt haben: Was hat O'Donnell vor? Hat er die IRA infiltriert? Wenn ja, warum?»

«Und er sagt?»

«Das gleiche wie Jacobs und die FBI-Leute: O'Donnell ist von der Ausbildung her ein Spionageabwehrtyp. Die IRA will seinen Kopf, und die beste Methode, seinen Kopf zu behalten, besteht darin, Leute drinnen zu haben, die ihn warnen, wenn es brenzlig wird.»

Der Admiral nickte und blickte dann kurz weg. Das ist nur ein Teil einer Antwort, sagte sein Instinkt ihm. Es mußte mehr geben. «Noch etwas?»

«Die Sache mit der Ausbildung. Er hat noch nicht alle Daten gesichtet. Ich denke, wir sollten ihm ein bißchen Zeit lassen. Aber Sie hatten recht, Sir. Er ist clever.»

Murray hob ab und drückte mechanisch die richtige Taste. «Ja?»

«Dan? Ich bin's, Jack», sagte die Stimme von drüben.

«Wie geht's denn so, Professor?»

«Nicht schlecht. Ich möchte mit Ihnen über etwas reden.»

«Nur los.»

«Ich glaube, die ULA hat die IRA infiltriert.»

«Was?» Murray richtete sich kerzengerade auf. «He, Mann, ich kann nicht...» Er blickte auf das Telefon. Die Leitung, auf der er sprach, war... «Was zum Teufel machen Sie auf einer sicheren Leitung?»

«Sagen wir, ich bin wieder im Regierungsdienst», antwortete Ryan zurückhaltend.

«Davon hat mir kein Mensch was gesagt.»

«Was meinen Sie also?»

«Ich halte es für möglich. Jimmy ist vor ungefähr drei Monaten damit angekommen. Das Bureau findet auch, daß es logisch wäre. Es gibt kein konkretes Indiz dafür, aber alle finden es logisch – ich meine, es wäre von unserem Freund Kevin sehr klug. Es kommt darauf an, ob er entsprechende Verbindungen hatte. Vergessen Sie nicht, daß die innere Sicherheit der IRA sehr gut ist.»

«Sie haben mir gesagt, das meiste, was wir über die ULA wüßten, komme aus IRA-Quellen. Wie kriegen sie die Informationen?» fragte Ryan schnell.

«Bitte? Ich komm' nicht ganz mit...»

«Wie bekommt die IRA heraus, was die ULA macht?»

«Ach so. Wir wissen es nicht.» Es war etwas, das Murray genauso störte wie James Owens, aber Bullen haben es fortwährend mit anonymen Informationsquellen zu tun.

«Warum sollten sie das tun?»

«Der IRA erzählen, was sie vorhaben? Wir haben keine Ahnung. Wenn Sie eine Theorie haben, ich bin ganz Ohr.»

«Wenn er zum Beispiel neue Leute für seinen Laden rekrutieren wollte?» fragte Ryan.

«Warum denken Sie nicht ein paar Sekunden darüber nach», erwiderte Murray wie aus der Pistole geschossen. Ryan hatte soeben die Theorie wiederentdeckt, daß die Erde eine Scheibe ist.

Eine kurze Pause trat ein. «Oh – dann würde er Gefahr laufen, von der IRA infiltriert zu werden.»

«Sehr gut, Junge. Wenn O'Donnell sie infiltriert hat, um sich selbst zu schützen, warum sollte er Mitglieder des Vereins, der seinen Kopf will, in seinem Schoß haben wollen? Es gibt einfachere Methoden, sich umzubringen.» Murray mußte lachen. Er hörte, wie Ryan ärgerlich ausatmete.

«Okay, ich nehme an, ich wäre auch irgendwann darauf gekommen. Danke.»

«Tut mir leid, daß ich Ihr Kartenhaus kaputtmache, aber wir haben die Idee schon vor ein paar Monaten verworfen.»

«Aber am Anfang muß er seine Männer bei der IRA angeheuert haben», wandte Ryan verspätet ein. Er verwünschte sich dafür, so langsam zu sein, erinnerte sich aber, daß Murray schon seit Jahren ein Experte für das Problem war.

«Ja, das glaube ich auch, aber er hat die Zahl sehr klein gehalten», sagte Murray. «Je größer die Organisation wird, um so mehr wächst das Risiko, daß die IRA ihn infiltriert und vernichtet. Sie wollen wirklich seinen Kopf, Jack.» Murray hätte fast den Deal erwähnt, den David Ashley mit der IRA geschlossen hatte. Die CIA wußte noch nichts davon.

«Wie geht's der Familie?» wechselte er das Thema.

«Danke, sehr gut.»

«Bill Shaw sagt, er habe letzte Woche mit Ihnen gesprochen...» bemerkte Murray.

«Ja. Deshalb sitze ich jetzt hier. Sie haben dafür gesorgt, daß ich mich dauernd umschaue, Dan. Vielen Dank.»

Nun war Murray an der Reihe, ärgerlich auszuatmen. «Tut mir leid. Je mehr ich darüber nachdenke, um so mehr habe ich das

Gefühl, daß ich mir über nichts und wieder nichts Sorgen gemacht habe. Kein einziges Indiz. Nichts als Instinkt, wie bei einer alten Frau. Entschuldigung. Ich glaube, ich habe einfach überreagiert, als Jimmy etwas Diesbezügliches sagte. Hoffentlich habe ich Sie nicht allzu sehr beunruhigt.»

«Aber nein», antwortete Jack. «Entschuldigung, aber ich muß gleich los. Bis bald.»

«Ja. Wiederhören, Jack.» Murray legte auf und wandte sich wieder seinem Papierkram zu.

Ryan tat das gleiche. Er mußte um zwölf gehen, um rechtzeitig zu seinem ersten Kurs zu kommen. Der Bote holte die Akten ab, zusammen mit Jacks Notizen, die selbstverständlich auch Verschlußsache waren. Als er das Gebäude einige Minuten später verließ, war er in Gedanken immer noch in O'Donnells Organisation vertieft.

Jack wußte nicht, daß in dem neuen Annex des CIA-Gebäudes das Hauptquartier des Nationalen Aufklärungsdienstes untergebracht war. Das war eine gemeinsame Dienststelle der CIA und der US Air Force, die die Daten von Satelliten und Aufklärungsflugzeugen sammelte und verarbeitete.

Ein Analytiker – in Wahrheit ein Techniker – war dort für die Aufnahmen von Lagern zuständig, in denen Terroristen ausgebildet wurden. Sein Computer speicherte die betreffenden Digitalsignale der Satelliten. Der Analytiker rief die Lager mit Codenummern ab, notierte die Zahl der geheizten Gebäude in jedem einzelnen Lager (man konnte sie mit Infrarotaufnahmen identifizieren) und gab die Daten in eine Datenbank ein. Die Lager, die er beobachtete, befanden sich meist in Wüstengebieten, wo es nachts kalt wurde, so daß die Unterkünfte geheizt werden mußten. Lager 11-5-18 in 28° 32′ 47″ nördlicher Breite und 19° 7′ 52″ östlicher Länge bestand aus sechs Gebäuden, von denen eines als Garage diente, in der mindestens zwei Fahrzeuge abgestellt waren – sie wurde zwar nicht beheizt, aber die «Wärmesignatur» von zwei Verbrennungsmotoren strahlte durch das Wellblech. Nur in einem der anderen fünf Gebäude lief die Heizung, registrierte der Analytiker. Letzte Woche – er vergewisserte sich – waren noch drei geheizt worden. Der Computerausdruck sagte ihm, daß das geheizte Gebäude von einer kleinen Wach- und Wartungsmannschaft bewohnt wurde, die vermutlich aus sechs Leuten bestand. Es hatte offenbar eine eigene Küche, denn ein bestimmter Teil war immer wärmer als der Rest. Ein anderes Gebäude diente nur zum Einnehmen von Mahlzeiten. Es war jetzt leer, und die Schlafhütten ebenfalls. Der Analytiker gab all das in den Computer ein, und der Computer verarbeitete es zu einer Zickzackkurve, die anstieg, wenn viele Lagerbewohner da waren, und sich senkte, wenn wenige da waren. Der Analytiker hatte keine Zeit, das Muster der Kurve zu prüfen, und nahm an, jemand anders würde es tun. Er irrte sich.

«Merken Sie es sich, Lieutenant», sagte Breckenridge. «Tief einatmen, halb ausatmen und mit Gefühl abziehen.»
Jack nickte. Die Schießübung war beendet. Er hatte heute überhaupt eine Menge geschafft. Die Berichte über die ULA hatten ihm viel über die Organisation gesagt, aber nichts, rein gar nichts wies darauf hin, daß sie jemals in den USA tätig geworden war. Der Provisorische Flügel der Irisch-Republikanischen Armee hatte zahlreiche Verbindungen in Amerika, aber kein Mensch glaubte, daß die ULA welche hatte. Wenn sie wirklich planten, hier etwas zu unternehmen, würden sie die Verbindungen brauchen, meinte Ryan. O'Donnell könnte sich an einige seiner ehemaligen IRA-Freunde wenden, aber es war äußerst unwahrscheinlich. Er war ein gefährlicher Mann, aber nur auf seinem heimatlichen Boden. Amerika war nicht sein Revier. Der Bericht bestätigte es. Jack wußte natürlich, daß er nach einem Vormittag Arbeit keine so weitgehende Schlußfolgerung ziehen sollte. Er würde weitermachen – und bei dem Tempo, das er vorlegte, würden die Recherchen zwei oder drei Wochen dauern. Er wollte wenigstens das Verhältnis zwischen O'Donnell und der IRA prüfen. Er hatte das Gefühl, daß sich irgend etwas Sonderbares abspielte, ein Gefühl, das Murray offensichtlich teilte, und er wollte die Daten ausführlich untersuchen, um eine plausible Theorie entwickeln zu können. Er schuldete der CIA etwas für ihre Zuvorkommenheit.

Das Unwetter war von erhabener Pracht. Miller und O'Donnell standen an den bleiverglasten Fenstern und beobachteten, wie der Sturm über dem Atlantik die See zu gischtenden Wellen auftürmte, die sich am Fuß der Klippen brachen, auf denen das Haus stand. Das dumpfe Donnern der Brandung lieferte die Bässe, und der heulende und pfeifende Wind sorgte für die hohen Töne. Regen klatschte an die Scheiben.
«Kein Tag für einen Segeltörn, Sean», sagte O'Donnell und hob sein Whiskyglas.

«Wann fahren die Kollegen nach Amerika?»

«In drei Wochen. Nicht mehr lange bis dahin. Willst du es immer noch?» Der Anführer der ULA fand, daß die Zeit für das, was Sean plante, ein bißchen knapp wurde.

«Es ist eine Chance, die wir nicht verpassen dürfen, Kevin», antwortete Miller fest.

«Hast du vielleicht noch ein anderes Motiv?» fragte O'Donnell. Besser, offen darüber zu sprechen, fand er.

«Bedenke die Folgen. Die Provisorischen fahren hin, um ihre Unschuld zu beteuern, und...»

«Ja, ich weiß. Es ist eine gute Gelegenheit. Sehr schön. Wann willst du fliegen?»

«Mittwoch morgen. Wir müssen möglichst bald anfangen. Selbst mit unseren Kontakten wird es nicht leicht sein.»

13

Die beiden Männer beugten sich über einen vergrößerten Kartenausschnitt, neben dem einige zwanzig mal fünfundzwanzig Zentimeter große Fotografien lagen.

«Das wird der schwierige Teil sein», sagte Alex. «Bei dem kann ich dir nicht helfen.»

«Was ist das Problem?» Sean konnte es sehen, aber mit der Frage wollte er die Tüchtigkeit seines neuen Partners prüfen. Er hatte noch nie mit einem Schwarzen gearbeitet, und obwohl er Alex und seine Gruppe letztes Jahr kennengelernt hatte, waren sie, wenigstens in operationaler Hinsicht, unbekannte Größen.

«Er kommt immer durch Tor drei raus, hier. Diese Straße ist eine Sackgasse, wie du siehst. Wenn er rauskommt, muß er geradeaus nach Westen, oder er muß nach Norden abbiegen. Diese Straße wäre breit genug, um den Job von einem Wagen aus zu erledigen, aber die hier ist zu schmal, und sie führt in die falsche Richtung. Die einzige sichere Stelle ist also genau hier, an der Ecke. Hier und hier sind Ampeln.» Alex zeigte hin. «Die Straßen sind beide schmal, und rechts und links parken immer Autos. Das Gebäude hier ist ein Haus mit Eigentumswohnungen. Das hier sind Einfamilienhäuser, sehr teure. Es gibt komischerweise kaum Fußgänger. Ein Mann kann wahrscheinlich vorbeigehen, ohne Aufsehen zu erregen. Aber zwei oder mehr – hm-mh.» Er schüttelte den Kopf. «Außerdem ist es ein weißes Viertel. Ein Schwarzer würde garantiert auffallen. Dein Mann wird es allein machen müssen, Kamerad, und er muß es zu Fuß machen. Der Eingang hier ist wahrscheinlich die beste Stelle, aber er muß schnell sein, sonst ist das Ziel vorbei.»

«Wie kommt er weg?» fragte Sean.

«Ich kann hier um die Ecke einen Wagen parken, oder hier, hinter dieser Ecke. Das Timing dafür ist nicht weiter wichtig. Wir können den ganzen Tag warten, bis die richtige Lücke frei wird. Wir haben jede Menge Fluchtrouten. Das ist also auch kein Problem. In der Rush-hour sind die Straßen voll. Das ist aber ein Vorteil für uns. Die Bullen werden eine ganze Zeit brauchen, bis sie da sind, und wir können einen Wagen nehmen, der unauffällig aussieht, wie ein Regierungswagen. Die können sie nicht alle anhalten und durchsuchen. Das Wegkommen ist leicht. Das Schwierige ist dein Mann. Er muß genau hier stehen.»

«Warum können wir ihn nicht woanders in seinem Auto erwischen?»

Alex schüttelte den Kopf. «Zu riskant. Die Straßen sind zu belebt, um sicher zu sein, und man könnte ihn zu leicht verlieren. Du hast den Verkehr ja selbst gesehen, und er fährt nie zweimal die genau gleiche Route. Wenn du meine Meinung hören willst, teile die Operation und mach nur einen Teil aufs mal.»

«Nein.» Miller blieb hart. «Wir machen es so, wie ich will.»

«Okay, aber ich sage dir, der Kerl ist nicht blöd.»

Darüber dachte Miller einen Augenblick nach. Dann lächelte er. «Ich habe den richtigen Mann dafür. Und der andere Teil?»

Alex legte eine neue Karte hin. «Ganz leicht. Das Ziel kann alle möglichen Routen nehmen, sie führen alle um Viertel vor fünf hierher. Wir haben es die letzten beiden Wochen sechsmal gecheckt, und die Abweichung betrug nie mehr als fünf Minuten. Wir werden den Job hier auf diesem Abschnitt erledigen, bei der Brücke. Damit wird jeder fertig. Wir könnten es sogar mit dir üben.»

«Wann?»

«Ist heute nachmittag schnell genug?» Alex lächelte.

«Ja. Fluchtroute?»

«Wir zeigen sie dir. Wenn wir schon dabei sind, können wir genausogut eine Generalprobe machen.»

«Ausgezeichnet.» Miller war rundum zufrieden. Die Reise hierher war kompliziert genug gewesen. Nicht schwierig, nur kompliziert: fünfmal das Flugzeug wechseln!

Sie würden die Aktion heute proben. Wenn alles planmäßig ablief, würde er das Team zusammenrufen, und sie würden es in..., in vier Tagen machen, schätzte er. Die Waffen warteten nur darauf, abgeholt zu werden.

«Schlußfolgerungen?» fragte Cantor.

Ryan nahm ein sechzigseitiges Dokument zur Hand: «Das ist meine Analyse, wenn man es denn so nennen will. Ich fürchte, es wäre hochgestapelt», gestand er. «Ich habe nichts Neues gefunden. Die Reports, die sie haben, sind in Anbetracht der wenigen Fakten ganz vorzüglich. Die ULA ist ein perverser Verein. Einerseits scheinen ihre Operationen keinen realen Zweck zu verfolgen, jedenfalls keinen, den wir erkennen könnten, aber ihre Tüchtigkeit... Verdammt, sie sind viel zu sehr Profis, um ziellos zu operieren.»

«Stimmt», sagte Cantor. Sie saßen in seinem Büro, gegenüber vom Zimmer des stellvertretenden Direktors. Admiral Greer war auswärts. «Sind Sie überhaupt auf etwas gestoßen?»

«Ich habe ihre Operationen in einem geographischen und zeitlichen Rahmen analysiert. Kein Muster, das ich sehen könnte. Das einzige erkennbare Muster ist die Art der Operationen und ihre Ausführung, aber das hat nichts weiter zu bedeuten. Sie haben was für prominente oder aufsehenerregende Ziele übrig, aber welcher Terrorist hat das nicht? Das ist doch der Sinn ihres Berufs, die großen Tiere zu erledigen, nicht wahr? Sie benutzen meist Waffen aus dem Ostblock, aber das tun die meisten Gruppen. Wir folgern, daß sie großzügig finanziert werden. Das ist in Anbetracht ihrer Aktivitäten logisch, aber wir haben auch hier keinen konkreten Beweis, der unsere Annahme bestätigt.

O'Donnell hat ein Talent, aus dem Blickfeld zu verschwinden, persönlich und auch als Terrorist», fuhr er nach einer Weile fort. «In seiner Biographie fehlen uns drei ganze Jahre, eins vor dem Blutigen Sonntag und zwei, nachdem die IRA ihn umzulegen versuchte. Es sind leere Blätter. Ich habe mit meiner Frau über die Sache mit den Schönheitsoperationen gesprochen...»

«Was?» Cantor reagierte ausgesprochen unfreundlich.

«Sie hat keine Ahnung, warum ich die Information haben wollte. Machen Sie halblang, Martin. Sie wissen doch, daß ich mit einer Ärztin verheiratet bin. Eine ehemalige Kommilitonin von ihr ist plastische Chirurgin, und ich habe Cathy gebeten, sie zu fragen, wo man sich am besten ein neues Gesicht machen lassen kann. Es gibt nicht viele Kliniken, die sich wirklich darauf verstehen – ich dachte, es seien mehr. Ich habe hier eine Liste, wo sie sind. Zwei sind im Ostblock. Ein Teil der bahnbrechenden Arbeiten wurden übrigens vor dem Zweiten Weltkrieg in Moskau geleistet. Ein Paar Leute vom Hopkins Hospital sind in dem Institut gewesen... Es ist nach dem Gründer benannt, aber ich kann den Namen nicht behalten. Sie haben dort ein paar sonderbare Dinge gesehen.»

«Zum Beispiel?» fragte Cantor.

«Zum Beispiel zwei Stockwerke, die man nicht betreten darf. Annette DiSalvi, so heißt die Bekannte, ist vor zwei Jahren dagewesen. Die beiden oberen Etagen haben eigene Fahrstühle, und die Treppenaufgänge sind vergittert. Sehr merkwürdig für ein Krankenhaus. Ich fand die Information jedenfalls ganz interessant. Vielleicht ist sie für jemand anderen nützlich.»

Cantor nickte. Er hatte von der Klinik gehört, aber daß zwei Etagen nicht zugänglich waren, war ihm neu. Erstaunlich, daß neue Fakten so beiläufig bekannt werden, dachte er. Er fragte sich auch, warum ein Chirurgenteam vom Johns Hopkins Zutritt zum Institut gefunden hatte. Er nahm sich vor, der Sache nachzugehen.

«Cathy sagt, der plastischen Chirurgie geht es gar nicht um ‹neue Gesichter› und all den Mumpitz. Sie bemüht sich in erster Linie, Verletzungen durch Unfälle und dergleichen zu beheben. Sie will also nicht ändern, sondern wiederherstellen. Es gibt alle möglichen kosmetischen Operationen, ich meine, abgesehen von Nasenveränderungen und Straffungen, aber mit einer neuen Frisur oder einem Bart kann man fast den gleichen Effekt erzielen. Annette sagt, daß die Klinik in Moskau sehr gut ist, fast so gut wie das Johns Hopkins oder UCLA in Los Angeles. Einige der besten plastischen Chirurgen sitzen in Kalifornien», erläuterte Jack. «Wie dem auch sei, wir reden hier nicht von einer neuen Nase oder so. Ein umfassender Gesichtsjob erfordert alle möglichen Operationen und Eingriffe und dauert mehrere Monate. Wenn O'Donnell zwei Jahre verschwunden war, hat er einen großen Teil der Zeit im Krankenhaus verbracht.»

«Oh.» Cantor begriff. «Dann ist er wirklich ein schneller Arbeiter.»

Jack schmunzelte. «Das ist es, worum es mir in Wahrheit ging. Er war zwei Jahre abgetaucht. Er muß wenigstens sechs Monate von der Zeit in einer Klinik oder so verbracht haben. Das heißt, daß er in den restlichen achtzehn Monaten seine Leute rekrutierte, eine Operationsbasis einrichtete, anfing, operationale Erkenntnisse zu sammeln, und seine erste Operation durchführte.»

«Nicht schlecht», sagte Cantor nachdenklich.

«Ja. Er mußte also Männer von der IRA anwerben. Und die müssen ihm etwas mitgebracht haben. Ich wette, seine ersten Operationen waren Sachen, die die IRA bereits geprüft und aus irgendeinem Grund verworfen hatte. Das war der Hauptgrund, warum die Briten die ULA für einen IRA-Ableger hielten.»

«Sie sagten eben, Sie hätten nichts Wichtiges gefunden», bemerkte Cantor. «Aber das scheint mir eine sehr lohnende Analyse zu sein.»

«Vielleicht. Ich habe nur die Sachen, die Sie hatten, voneinander getrennt und neu geordnet. Es ist nichts eigentlich Neues, und ich habe meine eigene Frage immer noch nicht beantwortet. Ich habe praktisch keine Ahnung, was sie wirklich vorhaben.» Ryan blätterte in seinem Manuskript. Seine Stimme verriet, wie frustriert er war. Er war es nicht gewohnt, daß er etwas nicht schaffte. «Wir wissen immer noch nicht, woher diese Halunken kommen. Sie führen etwas im Schilde, aber ich will verdammt sein, wenn ich es wüßte.»

«Amerikanische Verbindungen?»

«Keine. Das heißt, keine, von denen wir wüßten. Das beruhigt mich schon mal sehr. Nichts läßt auf Kontakte zu amerikanischen Organisationen schließen, und eine Menge Gründe spricht dafür, daß sie keine haben. O'Donnell ist zu schlau, um mit seinen alten IRA-Kontakten zu spielen.»

«Aber die Männer, die er von der IRA geholt hat...» wandte Cantor ein. Jack unterbrach ihn.

«Ich meine, hier drüben. Als Leiter der inneren Sicherheit konnte er wissen, wer in Belfast und Londonderry was machte. Aber die US-Verbindungen zur IRA laufen alle über die Sinn Fein, den politischen Arm der Provisorischen. Es wäre doch für ihn Wahnsinn, ihnen zu trauen. Bedenken Sie, daß er sich alle Mühe gab, den Verein politisch neu auszurichten, und es nicht schaffte.»

«Okay. Ich sehe, was Sie meinen. Verbindungen zu anderen Gruppen?»

Ryan schüttelte den Kopf. «Kein Hinweis. Ich würde nicht wetten, daß er keine Kontakte zu irgendwelchen europäischen Gruppen hat, vielleicht sogar zu den islamischen, aber nicht hier bei uns. O'Donnell ist ausgebufft. Hierher zu kommen brächte zu viele Komplikationen. Mir ist natürlich klar, daß sie mich nicht mögen, aber die gute Nachricht ist, daß das FBI recht hat. Wir haben es mit Profis zu tun. Ich bin kein wichtiges politisches Ziel, im Gegenteil. Mich abzuknallen, hätte keinen politischen Wert, und die Burschen sind politische Tiere», sagte Jack zuversichtlich. «Gott sei Dank.»

«Wissen Sie, daß eine Abordnung der IRA oder vielmehr der Sinn Fein übermorgen hier landet?»

«Wozu?»

«Die Sache in London hat ihnen in Boston und New York geschadet. Sie haben hundertmal bestritten, etwas damit zu tun zu haben, und ein paar von ihren Leuten kommen für mehrere Wochen her, um es den irischen Zirkeln hier persönlich zu sagen.»

«Scheiße!» sagte Ryan. «Warum lassen wir die Lumpen einreisen?»

«Wir müssen es wohl oder übel. Die Leute, die kommen, stehen nicht auf unserer Liste. Sie sind alle schon mal hier gewesen. Sie sind offiziell sauber, was immer man davon halten mag. Wir leben in einem freien Land, Jack. Vergessen Sie nicht, was Oliver Wendell Holmes mal gesagt hat: Die Verfassung wurde für Menschen mit grundverschiedenen Ansichten geschrieben.»

Ryan mußte lächeln. Die CIA-Leute wurden oft als Neofaschisten betrachtet, als Bedrohung der amerikanischen Freiheit, als korrupte und inkompetente Intriganten, eine Mischung von Mafia und Marx Brothers. Aber er hatte festgestellt, daß sie in Wahrheit politisch gemäßigt waren – mehr als er selbst. Wenn das je bekannt werden sollte, würde die Presse es natürlich für ein übles Verschleierungsmanöver halten. Selbst er fand es sehr sonderbar.

«Ich hoffe, jemand wird sie im Auge behalten», sagte er.

«In jeder Kneipe werden Männer vom FBI sitzen und John Jameson trinken und irische Lieder singen. Und alles sehen. Das Bureau ist in solchen Sachen sehr gut. Sie haben gerade erst aufgehört, Waffen rüberzuschmuggeln. Das FBI hat sechs oder sieben Kerle in den Bau geschickt, die Gewehre und Sprengstoff auf die grüne Insel exportierten.»

«Gut. Also nehmen sie jetzt Kalaschnikoffs oder Armalites aus Singapur.»

«Dafür sind wir nicht zuständig», sagte Cantor.

«Na ja. Jedenfalls ist das hier alles, was mir eingefallen ist. Mehr kann ich Ihnen nicht geben, wenn Sie nicht mehr Daten haben.» Jack schob Cantor seinen Bericht hin.

«Ich werde es lesen und lasse dann von mir hören. Ist jetzt wieder Flottengeschichte dran?»

«Ja.» Ryan stand auf und nahm sein Sakko von der Lehne. Er überlegte und sagte dann: «Was ist, wenn woanders was über diese Kerle auftaucht?»

«Dies ist die einzige Abteilung, zu der Sie Zugang haben, Jack ...»

«Das weiß ich. Ich frage nur, wie verknüpfen Sie Dinge aus verschiedenen Abteilungen miteinander... In Anbetracht der Struktur der Agency?»

«Dafür haben wir Aufsichtsteams und Computer», antwortete

Cantor. Nicht, daß das System immer funktioniert, dachte er bei sich.

«Wenn sich was Neues ergibt...»

«Kriegen wir Bescheid», sagte Cantor. «Und das FBI auch. Sie werden auch noch am selben Tag informiert.»

«Danke.» Ryan sah nach, ob sein Plastikausweis gut sichtbar an seinem Hals hing, ehe er zur Tür ging. «Und richten Sie bitte dem Admiral meinen Dank aus. Sie hätten meine Bitte auch ablehnen können. Ich hätte jetzt kein so gutes Gefühl, wenn ich das, was ich mit meinen eigenen Augen gesehen habe, nur aus zweiter Hand erfahren hätte. Ich stehe in Ihrer Schuld.»

«Wir lassen von uns hören», versprach Cantor ihm.

Ryan nickte und verließ das Büro. Klar, er würde von ihnen hören. Sie würden ihr Angebot wiederholen, und er würde es wieder ablehnen – selbstverständlich mit größtem Bedauern. Er hatte sich Cantor gegenüber betont bescheiden und höflich gegeben. In Wahrheit fand er, daß seine sechzigseitige Analyse die ULA-Informationen, die sie hatten, in einem sehr interessanten neuen Licht erscheinen ließ. Es traf gar nicht zu, daß er in ihrer Schuld stand.

Dr. med. Caroline Muller Ryan, Mitglied der amerikanischen Chirurgenvereinigung, lebte ein sehr geregeltes und organisiertes Leben. Es gefiel ihr so am besten. Sie arbeitete immer mit demselben Team von Ärzten, Schwestern und Technikern. Sie wußten, wie sie am liebsten arbeitete und wie sie ihre Instrumente am liebsten geordnet hatte. Die meisten Chirurgen haben ihre Eigenheiten, und Augenchirurgen sind ungeheuer pedantisch. Alles immer auf die gleiche Weise zu tun, war für sie keine Routine – es war Perfektion. Sie spielte auch auf diese Weise Klavier. Sissy Jackson, eine hauptberufliche Pianistin und Klavierlehrerin, hatte einmal bemerkt, sie spiele zu perfekt, ohne Seele. Cathy faßte es als Kompliment auf. Chirurgen signieren ihre Arbeit nicht; sie tun sie richtig, wieder und wieder.

Deshalb ärgerte sie sich im Moment über das Leben. Es war freilich kein großes Ärgernis, jeden Tag einen etwas anderen Weg zur Arbeit zu nehmen. Es war eher eine Herausforderung, denn sie nahm sich vor, nicht zuzulassen, daß es ihren Terminplan beeinflußte. Sie brauchte nie mehr als siebenundfünfzig Minuten für den Weg zum Krankenhaus; und wenn sie Wochenenddienst hatte und der Verkehr längst nicht so dicht war, schaffte sie es bestenfalls in neunundvierzig Minuten. Sie holte Sally immer um Punkt Viertel vor fünf Uhr ab. Neue Routen zu fahren, vor allem innerhalb Baltimores, drohte diesen kleinen Teil ihres Lebens zu ändern, doch gab es nicht viele Fahrprobleme, die ein Porsche 911 nicht meistern konnte.

Sie bog nach rechts auf den Parkplatz. Der grasgrüne Sportwagen fuhr über die Schlaglöcher in der Einfahrt, und sie parkte an der üblichen Stelle. Selbstverständlich schloß sie ab, als sie ausgestiegen war. Der Porsche war sechs Jahre alt, aber er sah aus wie neu. Sie hatte ihn sich nach ihrem Jahr als Assistenzärztin am Johns Hopkins Hospital selbst geschenkt.

«Mami!» Sally stand schon in der Tür.

Cathy bückte sich, um sie hochzuheben. Das Bücken fiel ihr zunehmend schwer, und noch schwerer war es, mit Sally auf den Armen zu stehen. Sie hoffte, ihre Tochter würde sich durch das neue Baby nicht bedroht fühlen. Sie wußte, daß es manchen Kindern so ging, aber sie hatte Sally die Situation bereits erklärt, und ihre Tochter schien sich auf einen kleinen Bruder oder eine kleine Schwester zu freuen.

«Was hat mein großes Mädchen heute alles gemacht?» fragte Dr. Ryan. Sally gefiel es, wenn man «großes Mädchen» zu ihr sagte, und es war Cathys Trick, die unvermeidliche Eifersucht auf das «kleine» Kind von vornherein auf ein Minimum zu beschränken.

Sally zappelte, um wieder abgesetzt zu werden, und hielt ein Bild auf Computerpapier hoch. Es war ein überzeugendes abstraktes Werk in Rot und Orange. Mutter und Tochter gingen zusammen ins Haus und holten ihren Mantel und ihre Umhängetasche. Cathy machte Sallys Reißverschluß zu und setzte ihr die Kapuze auf, denn es war nur wenige Grad über Null, und sie wollte nicht, daß sie sich wieder erkältete, und trat mit ihr ins Freie. Seit sie aus dem Wagen gestiegen war, waren fünf Minuten vergangen.

Sie war sich gar nicht bewußt, welches Ausmaß ihre tägliche Routine hatte. Sie schloß auf, verstaute Sally im Kindersitz, befestigte den Sicherheitsgurt, machte die Tür wieder zu und verschloß sie, ehe sie zur linken Seite des Wagens ging.

Sie blickte kurz hoch. Auf der anderen Seite des Ritchie Highways war ein kleines Einkaufszentrum, ein 7-Eleven, eine chemische Reinigung, ein Videoladen und ein Eisenwarengeschäft. Vor dem 7-Eleven parkte wieder der blaue Transporter. Sie hatte ihn letzte Woche zweimal bemerkt. Sie tat ihn mit einem Achselzucken ab. Das 7-Eleven führte Getränke, Hot Dogs und Sandwiches zum Mitnehmen, und viele Leute hielten dort regelmäßig auf dem Heimweg.

«Hallo, Lady Ryan», sagte Miller, der in dem Transporter saß, laut vor sich hin.

Die beiden Fenster in den hinteren Türen – sie erinnerten Miller an den Häftlingstransporter damals, und er mußte lächeln – waren aus Milchglas, so daß man von draußen nicht in den Wagen sehen konnte. Alex war im Laden und kaufte ein Sechserpack Cola, wie er es die beiden letzten Wochen mehrmals zur gleichen Zeit getan hatte.

Miller sah auf die Uhr. Sie war um vierzehn vor fünf gekommen und fuhr um acht vor fünf weiter. Neben ihm saß ein Mann mit einer Kamera und knipste. Miller hob einen Feldstecher an die Augen. Der grüne Porsche würde leicht auszumachen sein und hatte noch dazu eins von diesen besonderen Kennzeichen, CR-CHRG. Alex hatte ihm erklärt, daß man in Maryland gegen Bezahlung bestimmte Buchstabenkombinationen als Autokennzeichen bekommen konnte, und Sean fragte sich, wer die Kombination wohl nächstes Jahr benutzen würde. Vielleicht gab es noch einen Chirurgen mit den Initialen CR?

Alex kam zurück und ließ den Motor an. Der Transporter verließ den Parkplatz kurz nach dem Porsche. Alex saß selbst am Steuer. Er fuhr auf dem Ritchie Highway in nördlicher Richtung, wendete schnell und brauste nach Süden, um den Porsche wieder ins Blickfeld zu bekommen. Miller setzte sich auf den Beifahrersitz.

«Sie fährt hier bis Route fünfzig und dann über die Severn-Brücke. Dort nimmt sie Route zwei. Wir wollen sie erwischen, ehe sie abbiegt. Dann fahren wir weiter, nehmen dieselbe Abfahrt und wechseln den Wagen dort, wo ich dir gezeigt habe. Eigentlich schade», schloß Alex. «Ich hab' mich so an den hier gewöhnt.»

«Von dem, was wir dir zahlen, kannst du dir leicht einen neuen kaufen.»

Alex lächelte breit. «Stimmt. Aber bei dem neuen nehm' ich eine bessere Ausstattung.» Er bog auf die Abfahrt zu Route 50.

Es war ein Highway mit Mittelstreifen und mehreren Fahrspuren in beiden Richtungen. Der Verkehr war normal bis dicht. Alex erklärte, das sei immer so.

«Kein Problem, den Job zu erledigen», versicherte er Miller.

«Ausgezeichnet», entgegnete Miller. «Gute Arbeit.» Obgleich du ein großes Maul hast, dachte er bei sich.

Kurz hinter der Brücke über den Severn River bog der grüne Porsche in die Abfahrt zur Route 2. «Okay?» fragte Alex, der weiter in westlicher Richtung nach Washington fuhr.

Der andere Mann hinten reichte Miller die Schreibunterlage mit der neuen Zeit. Sie hatten nun insgesamt sieben Einträge, bis auf den letzten alle mit Fotos. Sean betrachtete die Zahlen. Ihr Ziel war ein Wunder an Zuverlässigkeit.

«Sehr schön», sagte er nach einer Weile

«Ich kann dir keine genaue Stelle zum Schießen geben, weil der Verkehr manchmal verrückt spielt. Aber ich würde sagen, wir machen es am besten auf der östlichen Seite der Brücke.»

«Einverstanden.»

Cathy Ryan betrat eine Viertelstunde später ihr Haus. Sie machte den Reißverschluß von Sallys Mantel auf und sah zu, wie ihr kleines – «großes» – Mädchen sich aus den Ärmeln wand, eine Fertigkeit, die es momentan gerade erlernte. Cathy nahm den Mantel und hängte ihn auf, ehe sie ihren auszog. Dann schritten Mutter und Tochter zur Küche, von wo sie den unverkennbaren Radau eines Familienvaters hörten, der sich mit dem Dinner abplagte und zugleich eine Nachrichtensendung im Fernsehen verfolgte.

«Daddy, guck mal, was ich gemacht habe!» krähte Sally.

«Oh, ist ja großartig!» Jack nahm das Bild und betrachtete es aufmerksam. «Ich denke, dies ist so gut, daß wir es aufhängen können.» Sie wurden alle aufgehängt. Die Kunstgalerie befand sich an der Kühlschranktür. Sally fiel nie auf, daß jeden Tag ein Platz an der Kühlschranktür frei wurde. Sie wußte auch nicht, daß die abgenommenen Bilder in eine Schachtel im Dielenwandschrank wanderten und dort liebevoll aufbewahrt wurden.

«Abend, Schatz.» Jack küßte seine Frau. «Wie war's heute?»

«Zwei neue Hornhäute. Bernie hat bei der zweiten assistiert – es ging wie geschmiert. Morgen muß ich einen Glaskörper operieren. Bernie läßt übrigens grüßen.»

«Wie geht's seiner Tochter?»

«Es war nur der Blinddarm, sie wird nächste Woche wieder aufs Klettergerüst können», antwortete Cathy und sah sich in der Küche um. Sie fragte sich oft, ob die Entlastung, die ein kochender Ehemann bedeutete, die Verheerungen wert war, die er anrichtete. Anscheinend machte er einen Braten, aber sie war nicht sicher. Nicht, daß Jack ein schlechter Koch wäre – manche Sachen machte er richtig gut –, aber er war so verdammt schlampig. Er hielt seine Instrumente nie sauber. Cathy hatte ihre Messer, Gabeln und alles andere immer wie auf einem Skalpelltablett arrangiert. Jack legte sie irgendwohin und war die halbe Zeit damit beschäftigt, sie zu suchen.

Sie verließ die Küche und fand einen Fernsehapparat, der nicht lief.
«Ich hab' eine gute Nachricht», sagte Jack.
«Oh?»
«Ich bin heute bei der CIA fertig geworden.»
«Worüber lächelst du also?»
«Wir brauchen uns keine Sorgen zu machen. Ich habe nichts Diesbezügliches finden können.» Jack erläuterte es kurz und hielt sich dabei – weitgehend – innerhalb der Geheimhaltungsgrenzen. «Sie haben noch nie was in Amerika getan. Soweit wir wissen, haben sie hier keine Kontakte. Das Wichtigste ist, daß wir keine guten Ziele für sie sind.»
«Warum nicht?»
«Wir sind nicht politisch. Sie haben es auf Soldaten, Polizisten, Richter, Bürgermeister und so weiter abgesehen.»
«Prinzen und Prinzessinnen nicht zu vergessen», bemerkte Cathy.
«Äh, ja, aber dazu gehören wir auch nicht, oder?»
«Was willst du mir also sagen?»
«Sie sind ein gefährlicher Haufen. Dieser Miller... Na ja, wir haben schon darüber gesprochen. Es wird mir ein bißchen besser gehen, wenn sie ihn wieder in den Knast gesteckt haben. Aber diese Burschen sind Profis. Sie werden nicht fast fünftausend Kilometer von zu Hause entfernt eine Operation durchziehen, nur weil sie sich an jemandem rächen wollen.»
Cathy nahm seine Hand. «Bist du sicher?»
«So sicher, wie man sein kann. Die Geheimdienstbranche ist nicht wie Mathematik, aber man kriegt ein Gefühl für den anderen, dafür, wie sein Verstand arbeitet. Ein Terrorist tötet, um eine politische Aussage zu machen. Wir eignen uns nicht dafür.»
Sie lächelte ihren Mann zärtlich an. «Dann kann ich jetzt wieder so leben wie vorher?»
«Ich denke. Aber behalt auf alle Fälle den Rückspiegel im Auge.»
«Und du wirst nicht mehr mit dem Schießeisen rumlaufen?» sagte sie hoffnungsvoll.
«Schatz, ich schieße gern. Ich hatte vergessen, wieviel Spaß eine Pistole machen kann. Ich werde in der Akademie weiter schießen, aber ich werd' nicht mehr mit dem Ding rumlaufen, ja.»
«Und die Flinte?»
«Sie hat niemandem weh getan.»
«Ich *mag* sie nicht, Jack. Entlade sie wenigstens, ja?» Sie ging ins Schlafzimmer, um sich umzukleiden.

«Meinetwegen.» Es war nicht so wichtig. Er würde die Schachtel mit den Patronen daneben stellen, auf das oberste Fachbrett des Wandschranks. Sally konnte es nicht erreichen. Selbst Cathy mußte sich auf die Zehenspitzen stellen. Da oben würde sie sicher sein. Jack dachte an all das, was er die letzten drei Wochen unternommen hatte, und kam zu dem Schluß, daß es die Mühe im Grunde nicht wert gewesen sei. Die Alarmanlage war keine schlechte Idee, und er mochte seine neue 9-Millimeter-Browning. Er schoß allmählich besser. Wenn er ein Jahr dabei blieb, könnte er Breckenridge vielleicht zum Duell fordern, natürlich nur auf Zielscheiben.

Er sah auf die Uhr am Herd. Noch zehn Minuten. Dann drehte er den Ton des Fernsehers lauter. In der Nachrichtensendung lief gerade... *Verdammt!*

«Wir haben nun eine Konferenzschaltung mit Padraig – habe ich das richtig ausgesprochen? – O'Neil, Sprecher der Sinn Fein und Mitglied des britischen Parlaments, der so freundlich war, in unser Bostoner Büro zu kommen. Mr. O'Neil, was hat Sie diesmal nach Amerika geführt?»

«Meine Kollegen und ich sind oft in Ihrem Land gewesen, um die amerikanische Öffentlichkeit darüber zu informieren, wie die britische Regierung das irische Volk unterdrückt und ihm nicht nur wirtschaftliche Chancen und fundamentale bürgerliche Rechte verweigert, sondern auch Gleichbehandlung vor dem Gesetz, und wie sie es von seinen Besatzungstruppen in Ulster brutal mißhandeln läßt», sagte O'Neil glatt und eindringlich. Er sagte es nicht das erstemal.

«Mr. O'Neil ist das politische Sprachrohr des Provisorischen Flügels der sogenannten Irisch-Republikanischen Armee», sagte jemand von der britischen Botschaft in Washington. «Das ist eine terroristische Vereinigung, die sowohl in Nordirland als auch in der Republik Irland verboten ist. Er hat wie immer die Aufgabe, in den Vereinigten Staaten Geld aufzutreiben, mit dem seine Organisation Waffen und Sprengstoff kaufen will. Diese wichtige Einkommensquelle der IRA drohte letztes Jahr nach dem feigen Anschlag auf die königliche Familie zu versiegen, und er ist hierher gekommen, um Irisch-Amerikaner davon zu überzeugen, daß die IRA ihre Hand dabei nicht im Spiel hatte.»

«Mr. O'Neil», sagte der Moderator, «was haben Sie dazu zu sagen?»

Der Ire lächelte in die Kamera wie ein Honigkuchenpferd. «Mr. Bennett läßt die berechtigten politischen Fragen wie immer außer acht. Werden den nordirischen Katholiken wirtschaftliche und politische Chancen verweigert? Ja. Hat die britische Regierung die juristischen Prozeduren in Nordirland aus politischen Gründen zu Ungunsten der Verdächtigen geändert? Ja. Sind wir einer politischen Regelung des Streits, der in dieser neueren Phase bis neunzehnhundertneunundsechzig zurückreicht, nähergekommen? Ich fürchte, nein. Warum hat man mich in Ihr Land einreisen lassen, wenn ich ein Terrorist bin? Ich bin in Wahrheit ein Abgeordneter des britischen Parlaments, und mein Wahlkreis hat mich dorthin entsandt.»

«Aber Sie nehmen Ihr Mandat nicht wahr», wandte der Moderator ein.

«Soll ich mich vielleicht auf die Seite der Regierung stellen, die meine Wähler tötet?»

«Jesus», sagte Ryan. «Was für ein Schlamassel.» Er schaltete ab.

«Klingt sehr vernünftig», sagte Miller. Alex' Haus lag außerhalb des Autobahnrings um Washington. «Erzähl deinen Freunden, wie vernünftig du bist, Paddy. Und wenn du heute abend in die Pubs gehst, sag deinen Freunden, daß du nie jemandem weh getan hast, der kein wahrer Unterdrücker des irischen Volkes gewesen wäre.» Sean sah die Debatte zu Ende und meldete dann ein Überseegespräch mit einer Telefonzelle vor einem Pub in Dublin an.

Am nächsten Morgen – in Irland waren erst fünf Stunden vergangen – gingen vier Männer an Bord einer Maschine nach Paris. Sie waren korrekt gekleidet und sahen mit ihren Aktenkoffern wie Jungmanager aus, die einen Termin im Ausland haben. Auf dem Charles-de-Gaulle-Flughafen bestiegen sie eine Maschine nach Caracas. Von dort flogen sie mit der Eastern Airlines nach Atlanta und anschließend, ebenfalls mit Eastern, zum National Airport, Washington. Als sie dort ankamen, hatten sie einen schrecklichen Jetlag. Sie fuhren mit einem Luxustaxi zu einem Hotel in der Stadt und taten das Beste, was man gegen Reiseschock tun kann – schlafen. Am nächsten Morgen beglichen die vier jungen Geschäftsleute ihre Rechnung und wurden von einem Wagen abgeholt.

14

Montage müßten verboten sein, dachte Ryan. Er starrte auf das, was der denkbar schlechteste Beginn eines Tages sein mußte, einen zerrissenen Schnürsenkel, der in seiner linken Hand baumelte. Wo sind die Ersatzschnürsenkel? fragte er sich. Cathy konnte ihm nicht helfen; sie und Sally waren vor zehn Minuten losgefahren, zum Kindergarten und dann zum Krankenhaus. Verdammter Mist. Er stöberte als erstes in seiner Kommode, nichts. Die Küche. Er ging nach unten und öffnete die Schublade, in der alles lag, was keinen anderen Platz hatte. Unter Notizblöcken, Magneten und Scheren fand er ein Ersatzpaar, nein, einen einzelnen weißen Schnürsenkel für Turnschuhe. Er wühlte weiter, und nach einigen Minuten hatte er etwas in der Hand, das zur Not gehen würde. Er nahm nur einen Schnürsenkel und ließ den anderen drin. Schnürsenkel rissen schließlich nicht paarweise.

Habe ich mich wirklich darauf gefreut? fragte er sich, als er aus dem Wagen stieg. Aber er hatte keine Entschuldigungen mehr. In London hatte die Verletzung ihn daran gehindert, es zu tun. In den ersten Wochen zu Hause auch. Dann hatte er schon frühmorgens zur CIA fahren müssen. Das war seine letzte Entschuldigung gewesen. Jetzt gab es keine mehr. Er joggte los und merkte schon nach zweihundert Metern, daß er für all das Liegen gestraft wurde, für all das Sitzen am Schreibtisch, all die Zigaretten, die er sich bei der CIA erlaubt hatte. Die Runden, die er in Quantico gedreht hatte, waren nicht halb so schlimm gewesen. Aber damals warst du auch noch jung, sagte eine innere Stimme schadenfroh.

Er wandte den Kopf nach links und sah, daß er auf der Höhe der Ostseite der Rickover Hall war. Er reckte sich, verlangsamte auf Schrittempo und schnappte nach Luft.

«Alles okay, Professor?» Ein Student joggte neben ihm auf der Stelle und musterte ihn besorgt. Ryan versuchte, ihn für seine Jugend und Kraft zu hassen, hatte aber nicht die Energie dafür.

«Ja, ich bin nur etwas aus der Übung», keuchte er.

«Sie müssen langsam machen, wenn Sie wieder anfangen, Sir», sagte der Zwanzigjährige und lief, seinen Geschichtsprofessor in eine rote Staubwolke hüllend, weiter. Jack fing an, über sich zu lachen, bekam davon jedoch einen Hustenanfall. Als nächstes überholte ihn ein Mädchen. Ihr Lächeln machte alles noch schlimmer.

Cathy Ryan hatte ihren grünen Operationskittel an und wusch sich die Hände. Der Gummibund der Hose war über der Wölbung ihres Bauchs, so daß die Hose viel zu kurz wirkte, wie die Schlabberdinger, die in ihrer Jugend modern gewesen waren. Sie hatte eine grüne Mütze auf und fragte sich zum soundsovielten Mal, warum sie sich eigentlich jeden Morgen kämmte. Wenn sie fertig war, würden die Haare sich wie die Schlangenlocken der Medusa um ihren Kopf ringeln.

«Auf geht's», sagte sie leise zu sich. Sie drückte mit dem Ellbogen den Hebel hinunter, der die Tür öffnete, und hielt die Hände hoch, genau wie im Film. Bernice, die Schwester, hielt ihr die Handschuhe hin, und sie schlüpfte hinein, bis der Gummirand weit über ihre Unterarme reichte. «Danke.»

«Was macht das Baby?» fragte Bernice. Sie hatte selbst drei Kinder.

«Im Moment lernt es gerade Joggen.» Cathy lächelte hinter der Maske. «Oder es hebt vielleicht Gewichte.»

«Schöne Kette.»

«Hab' ich von Jack zu Weihnachten bekommen.»

Dr. Terri Mitchell, die Anästhesistin, verband die Patientin mit ihren diversen Monitoren und ging an die Arbeit, während die beiden Chirurgen zusahen. Cathy warf einen schnellen Blick auf die Instrumente, obgleich sie wußte, daß Lisa-Marie immer alles richtig machte. Sie war eine der besten Oberschwestern des Krankenhauses und konnte sich die Ärzte, mit denen sie arbeiten wollte, aussuchen.

«Alles bereit, Doktor?» fragte Cathy den Assistenzarzt. «Okay, Leute. Sehen wir mal, ob wir dieser Dame das Augenlicht retten können.» Sie blickte auf die Uhr. «Wir fangen um neunzehn vor neun an.»

Miller setzte die Maschinenpistole langsam zusammen. Er hatte jede Menge Zeit. Sie hatten die Waffe sorgfältig gereinigt und geölt, nachdem sie sie gestern nacht in einem Steinbruch dreißig Kilometer nördlich von Washington ausprobiert hatten. Sie würde seine persönliche Waffe sein. Er mochte sie jetzt schon. Es war eine Standardversion der Uzi, so klein, daß man sie am Körper versteckt tragen konnte. Wahrscheinlich würde das nicht nötig sein, aber Miller war ein Mann, der alles einkalkulierte. Er hatte am eigenen Leib erfahren, was passieren kann, wenn man das nicht tat.

«Ned?»

«Ja?» Eamon Clark, genannt Ned, hatte sich seit seiner Ankunft in Washington mit den Karten und Fotos vom Schauplatz seines Auftrags beschäftigt. Er war einer der erfahrensten Killer Irlands, einer der Männer, die die ULA letztes Jahr aus dem Gefängnis von Long Kesh herausgeholt hatte. Clark, ein attraktiver junger Mann, war gestern über das Gelände der Marineakademie spaziert und hatte das Tecumseh-Standbild fotografiert... und Tor drei eingehend gemustert. Ryan würde hügelan fahren und ihm etwa fünfzehn Sekunden geben, um die letzten Anstalten zu treffen. Es würde Wachsamkeit und Geduld erfordern, aber Ned hatte beides. Außerdem kannten sie den Zeitplan ihres Opfers. Sein letzter Kurs würde an dem Tag um drei Uhr zu Ende sein, und er würde zu einer voraussehbaren Zeit zum Tor kommen. Alex parkte den Fluchtwagen schon jetzt in der King George Street. Clark fand das nicht gut, behielt seine Bedenken aber für sich. Sean Miller hatte den Gefängnisausbruch, dem er seine Freiheit verdankte, geplant und geleitet. Dies war seine erste richtige Operation mit der ULA. Er fand, daß er ihnen Loyalität schuldete. Außerdem hatten ihn die Sicherheitsmaßnahmen der Marineakademie nicht beeindruckt. Ned Clark wußte, daß er nicht der gescheiteste Mann im Raum war, aber sie brauchten jemanden, der selbständig arbeiten konnte, und das konnte er. Er hatte es bis jetzt siebenmal bewiesen.

Vor dem Haus standen drei Autos, der Transporter und zwei Kombis. Den Transporter würden sie für den anderen Teil der Operation benutzen, und die Kombis würden sie alle zum Flughafen bringen, wenn die Operation beendet war.

Miller setzte sich in einen schwellend gepolsterten Sessel und ging die gesamte Operation im Geiste durch. Er machte wie immer bei solchen Überlegungen die Augen zu und stellte sich jeden einzelnen Abschnitt vor, um dann variable Größen einzukalkulieren. Wenn der Verkehr nun ungewöhnlich dicht oder ungewöhnlich spärlich sein würde. Wenn...

Einer von Alex' Männern kam ins Haus. Er warf Miller eine Polaroidaufnahme hin.

«Pünktlich?» fragte Sean Miller.

«Kann man wohl sagen, Mann.»

Die Aufnahme zeigte Cathy Ryan, die ihre kleine Tochter an der Hand in... wie hieß doch noch der blöde Kindergarten? Ja, *Giant Steps*, große Schritte. Miller mußte lächeln. Heute würden sie in der Tat einen großen Schritt tun. Er lehnte sich wieder zurück, schloß die Augen und überlegte weiter. Damit er ganz sicher sein konnte.

«Aber das war keine Bedrohung», wandte ein Student ein.

«Das stimmt. Das heißt, wir wissen es *jetzt*. Wie sah es jedoch für Spruance aus? Er wußte, wie viele Schiffe die japanische Flotte hatte. Wenn sie nun ostwärts gekommen *wären*, wenn der Befehl zum Abdrehen nicht erteilt worden wäre?» Jack zeigte auf das Diagramm, das er auf die Tafel gezeichnet hatte. «Sie hätten in etwa drei Stunden Kontakt gehabt. Wer hätte Ihrer Ansicht nach gewonnen, Sir?»

«Aber er hat seine Chancen für einen guten Schlag aus der Luft am nächsten Tag verdorben», beharrte der Student.

«Womit? Sehen wir uns doch mal die Verluste bei den Fliegern an. Welche Verluste hätte er Ihrer Ansicht nach zufügen können, wo alle Torpedofahrzeuge versenkt waren?» fragte Jack.

«Aber...»

«Sie kennen doch die alte Redensart: Man muß wissen, wann man weggehen muß und wann es besser ist wegzulaufen. Jagdfieber ist schlecht für Jäger, aber für einen Admiral, der eine Flotte befehligt, kann es eine Katastrophe sein. Spruance betrachtete seine Informationen, analysierte seine Möglichkeiten und beschloß, es sein zu lassen. Eine sekundäre Überlegung war... was?»

«Midway zu bestreichen?» fragte ein anderer.

«Genau. Wenn sie die Invasion nun fortgesetzt hätten? Das wurde einmal in Newport ausgeschlossen, und die Invasion verlief prompt erfolgreich. Beachten Sie bitte, daß dies ein Fall ist, in dem die Logik über die Realität siegt, aber es war eine Möglichkeit, die Spruance nicht von der Hand weisen konnte. Seine Hauptaufgabe bestand darin, einer überlegenen japanischen Flotte Schaden zuzufügen. Seine zweite Aufgabe war, die Besetzung Midways zu verhindern. Der Kompromiß, den er schloß, ist ein Meisterstück an operationalem Geschick...» Ryan hielt einen Moment inne. Was hatte er da eben gesagt? *Die Logik siegt über die Realität.* War er nicht gestern zu der logischen Schlußfolgerung gekommen, die ULA würde nicht... nein, nein, das war eine völlig andere Situation. Er drängte den Gedanken beiseite und referierte weiter über die Schlußfolgerungen, die aus der Schlacht von Midway zu ziehen waren. Die Studenten gingen jetzt toll mit und bombardierten ihn mit eigenen Thesen.

«Sehr gut», sagte Cathy, als sie sich die Maske vom Gesicht zog. Sie erhob sich vom Schemel und streckte die Arme aus. «Besser hätte es nicht gehen können, Leute.»

Die Patientin wurde nach nebenan gerollt, und Lisa-Marie prüfte noch einmal die Instrumente. Cathys Hände wanderten zum Bauch. Der kleine Kerl strampelte wie wild.

«Fußballspieler?» fragte Bernice.

«Fühlt sich an, als wäre Weltmeisterschaft. Sally war nicht so lebhaft. Ich glaube, diesmal ist es ein Junge.» Cathy wußte, daß es keinen solchen Zusammenhang gab. Sie konnte froh sein, daß das Baby lebhaft war. Es war immer ein gutes Zeichen. Sie lächelte vor sich hin, über das Wunder der Mutterschaft. Hier, in ihr, wartete ein neues menschliches Wesen darauf, geboren zu werden, und nach seinem Strampeln zu urteilen, hatte es nicht viel Geduld. «So. Ich muß mit den Angehörigen reden.»

Sie verließ den Operationssaal, ohne den grünen Kittel auszuziehen. Es wirkte mehr, wenn man ihn anbehielt. Der Warteraum war nur fünfzig Schritte weiter. Die Jeffers – der Vater und eine seiner Töchter – warteten auf dem berühmten Sofa und starrten in die ebenso berühmte Illustrierte, ohne ein Wort zu lesen. Als sie durch die Schwingtür kam, sprangen beide auf. Sie schenkte ihnen ihr strahlendstes Lächeln, was immer die beste Art war, Erfolg zu signalisieren.

«Nun?» fragte der Mann angstvoll.

«Es ging ausgezeichnet», sagte Cathy. «Keine Komplikationen. Das Auge wird wieder gesund.»

«Wann kann sie wieder...»

«Eine Woche. Wir müssen ein bißchen Geduld haben. Sie können in ungefähr anderthalb Stunden zu ihr. Warum essen Sie bis dahin nicht eine Kleinigkeit? Es hat keinen Sinn, wenn es dem Patienten gutgeht, während die Familie halb verhungert. Ich...»

«Doktor Ryan», sagte eine Stimme in der Rufanlage. «Doktor Caroline Ryan!»

«Einen Moment.» Cathy ging zur Schwesternstation und nahm den Hörer ab. «Ryan.»

«Cathy, hier Gene in der Notaufnahme. Eben ist ein zehnjähriger Schwarzer mit einer schlimmen Augenverletzung eingeliefert worden. Er ist mit dem Fahrrad in ein Schaufenster gesaust», sagte ihr Kollege hastig. «Das linke Auge ist böse zugerichtet.»

«Schicken Sie ihn auf sechs.» Cathy legte auf und ging zu den Jeffers zurück. «Ich muß mich beeilen, wir haben einen Notfall. Ihre Frau wird wieder gut sehen können. Bis morgen.» Sie ging, so schnell sie konnte, zum OP.

«Kopf hoch, wir kriegen einen Fall von der Notaufnahme. Zehn Jahre alter schwarzer Junge, schwere Augenverletzung. Trefft alle Vorbereitungen für eine sofortige Operation!»

Der Chevrolet fuhr in eines der Parkhäuser des Krankenhauskomplexes. Von der obersten Rampe hatte der Fahrer einen guten Blick auf die Tür, die vom Krankenhaus zum Ärzteparkplatz ging. Es war nicht ungewöhnlich, daß jemand im Auto wartete, während ein anderer Insasse einen Angehörigen in der Klinik besuchte. Er stellte einen Sender ein, der Musik brachte, lehnte sich zurück und zündete sich eine Zigarette an.

Ryan legte Roastbeef auf seine Semmel und nahm Eistee. Im Offiziersclub wurde das, was man konsumierte, nicht nach Güte berechnet, sondern nach Gewicht: Er stellte sein Tablett auf eine Waage, und die Kassiererin reichte ihm den Bon, der Gewicht und Preis anzeigte. Jack zahlte zwei Dollar und zehn Cent, nicht viel für einen Lunch, aber die Berechnungsmethode war doch eigenartig. Er ging zu Robby Jackson, der an einem abgeteilten Ecktisch saß.

«Dieser verdammte Montag!» sagte er.

«Willst du mich auf den Arm nehmen? Ich kann mich heute erholen. Ich hab' gestern und vorgestern geflogen.»

«Ich dachte, das machst du gern.»

«So ist es», versicherte Robby. «Aber ich mußte beide Tage vor sieben los. Ich hab' heute morgen zwei Stunden länger geschlafen als am Wochenende. Hatte es nötig. Was macht die Familie?»

«Alles in Ordnung. Cathy hatte eine große Operation, mußte schon sehr früh dort sein.»

«Darf ich mich zu euch setzen?» Skip Tyler stellte sein Tablett auf den Tisch.

«Was machen die Zwillinge?» fragte Jack.

Die Reaktion war ein leises Stöhnen, und ein Blick auf die Schatten unter Tylers Augen lieferten die Antwort. «Das Problem ist, sie beide zum Schlafen zu kriegen. Wenn man den einen gerade beruhigt hat, legt der andere los.»

«Wie schafft Jean es?» fragte Robby.

«Oh, sehr gut – sie schläft, wenn sie schlafen, und ich mache die Hausarbeit.»

«Geschieht dir ganz recht, du Wüstling», bemerkte Jack. «Warum kannst du nicht mal eine Pause einlegen?»

«Kann ich was dafür, daß ich so heißblütig bin?»

«Nein, aber dein Timing stimmt nicht», antwortete Robby.

«Mein Timing ist perfekt», sagte Skip mit hochgezogenen Augenbrauen.

«Ich nehme an, so kann man es auch sehen», stimmte Jack zu.

Tyler wechselte das Thema. «Ich hab' gehört, du hast heute morgen gejoggt.»

«Ich hab' es auch gehört», sagte Robby lachend.

«Ich lebe noch.»

«Einer von meinen Studenten sagte, sie würden dir ab morgen für alle Fälle einen Krankenwagen hinterher schicken», schmunzelte Skip. «Ich denke, es ist eine Beruhigung, daß die meisten Jungs Erste Hilfe beherrschen.»

«Warum müssen Montage immer so sein?» fragte Jack.

Alex und Sean Miller fuhren ein letztes Mal Route 50 ab. Sie achteten darauf, die Höchstgeschwindigkeit nicht zu überschreiten. Aus irgendeinem Grund schienen heute sämtliche Radarfahrzeuge der Staatspolizei unterwegs zu sein. Alex versicherte seinem Kollegen, daß dies gegen halb fünf vorbei sein würde. In der Rush-hour waren so viele Autos unterwegs, daß nicht für die Einhaltung der Vorschriften gesorgt werden konnte. Die beiden anderen Männer saßen, jeder mit seiner Waffe, hinten im Transporter.

«Ungefähr hier, denke ich», sagte Miller.

«Ja, das ist die beste Stelle», bekräftigte Alex.

«Fluchtweg.» Sean drückte seine Stoppuhr.

«Okay.» Alex wechselte die Spur und fuhr weiter nach Westen. «Denk daran, daß es heute nachmittag nicht so schnell gehen wird.»

Miller nickte und spürte die Nervosität, die ihn vor jeder Operation ergriff. Er ging den Plan durch und bedachte alle erdenklichen Störfaktoren. Er registrierte, wie sich der Verkehr vor bestimmten Abfahrten des Highways staute. Die Straße war viel besser als alles, was er von Irland her gewohnt war, nur daß die Leute hier auf der falschen Seite fahren, dachte er, aber sie sind viel disziplinierter als in Europa. Besonders Frankreich und Italien... Er schüttelte den Gedanken ab und konzentrierte sich auf seine Mission.

Sie würden das Fluchtfahrzeug weniger als zehn Minuten nach dem Angriff erreichen. Die zeitliche Abfolge war so, daß Ned Clark dann schon auf sie warten würde. Miller war nun ganz sicher, daß sein Plan, obgleich er ihn so schnell gefaßt hatte, unübertrefflich war.

«Sie machen sich, Lieutenant», sagte Breckenridge nach einem Blick auf die Zielscheibe. «Alle im Schwarzen: eine Neun, vier Zehnen, eine im X. Noch mal.»

Ryan lud lächelnd. Er hatte sich nicht eingestehen wollen, wieviel Spaß eine Pistole machen konnte. Dies war eine rein physische Fertigkeit, eine männliche Fertigkeit, die ebenso befriedigte wie ein meisterhafter Golfschlag. Es war nicht ganz dasselbe wie bei einer Flinte oder einem Gewehr. Pistolenschießen war schwerer, und das Ziel zu treffen bereitete ein unterschwelliges Lustgefühl, das man jemandem, der es noch nie gemacht hatte, kaum beschreiben konnte. Seine nächsten fünf Schüsse waren alle Zehner. Er versuchte es mit beidhändigem Griff und brachte vier von fünf Kugeln in den X-Ring, einen Kreis vom halben Durchmesser des Zehnerrings, der bei Schießwettbewerben, wenn Punktgleichheit herrschte, eine wichtige Rolle spielte.

«Nicht übel für einen Zivilisten», sagte Sergeant Breckenridge. «Kaffee?»

«Ja, danke.» Ryan nahm die Tasse.

«Ich möchte, daß Sie sich etwas mehr auf den zweiten Schuß konzentrieren. Sie tendieren dazu, ihn ein bißchen zu weit nach rechts zu setzen. Sie sind dabei zu hastig.» Ryan wußte, daß der Unterschied kaum fünf Zentimeter auf fünfzig Schritt betrug. Breckenridge war ein überzeugter Perfektionist. Ihm fiel ein, daß der Sergeant und Cathy ganz ähnliche Persönlichkeiten hatten: Wenn man etwas nicht hundertprozentig richtig machte, machte man es grundfalsch. «Es ist eine Schande, daß Sie damals abgestürzt sind, Doktor. Sie hätten einen guten Offizier abgegeben, wenn Sie einen guten Sergeant gehabt hätten, um Ihnen auf die Sprünge zu helfen – den brauchen sie nämlich alle.»

«Wissen Sie was, Gunny? Ich hab' drüben in London ein paar Jungs kennengelernt, die Ihnen sehr gefallen würden.» Jack schob das Magazin in seine Automatic zurück.

«Ryan ist ein heller Bursche, nicht wahr?» Owens gab Murray das Dokument zurück.

«Hier steht nichts wirklich Neues drin», sagte Dan. «Aber es ist meisterhaft geordnet und aufbereitet. Hier ist das andere, das Sie haben wollten.»

«Oh, unsere Freunde in Boston. Wie geht's Paddy O'Neil?» Owens war mehr als ein bißchen verärgert. Padraig O'Neil war eine Beleidigung für das britische parlamentarische System, er war ein demokratisch gewähltes Sprachrohr des Provisorischen Flügels der IRA. Doch obgleich sie sich seit zehn Jahren bemühten, war es weder seiner Antiterror-Abteilung noch der nordirischen Polizei jemals gelungen, ihm eine ungesetzliche Handlung nachzuweisen.

«Trinkt eine Menge Bier, quatscht mit vielen Leuten und treibt ein bißchen Geld auf, wie immer.» Murray trank einen Schluck von seinem Portwein. «Ein paar Agenten von uns behalten ihn im Auge. Er weiß natürlich, daß sie da sind. Er braucht nur auf den Bürgersteig zu spucken, und wir setzen ihn in die nächste Maschine nach Europa. Das weiß er auch. Er hat gegen kein einziges Gesetz verstoßen. Selbst sein Fahrer – der Kerl rührt keinen Tropfen Alkohol an! Ich sage es nicht gern, Jimmy, aber der Kerl ist sauber, und er sammelt Punkte.»

«O ja, er ist sehr überzeugend, unser Paddy.» Owens blätterte eine Seite weiter und sah auf. «Geben Sie mir bitte noch mal das, was Ryan geschrieben hat.»

«Die Jungs von Fünf haben Ihr Exemplar nicht weitergegeben. Ich denke, sie werden es Ihnen morgen schicken.»

Owens hielt den Atem an, als er zu der Zusammenfassung am Ende der Analyse blätterte. «Da ist es... Allmächtiger Gott!»

«Was denn?» Murray beugte sich ruckartig vor.

«Das fehlende Glied, das verdammte fehlende Glied. Hier ist es!»

«Wovon reden Sie, Jimmy? Ich hab' das Ding zweimal gelesen.»

«‹Die Tatsache, daß die ULA-Mitglieder offenbar so gut wie ausschließlich im harten Kern der IRA rekrutiert wurden, muß eine Bedeutung haben, die über die Folgerung hinausgeht, die wir anhand der verfügbaren Indizien ziehen können›», las er vor. «‹Da die ULA aus solchen Männern besteht, erscheint es gerechtfertigt, anzunehmen, daß die ULA auch IRA-Leute angeworben hat, die anschließend nicht zu ihr übergelaufen, sondern beim Provisorischen Flügel geblieben sind und ihrer wahren Organisation als Informanten dienen. Daraus ergibt sich, daß die von ihnen gelieferten Informationen außer ihrem offensichtlichen Wert für die innere Sicherheit der ULA auch einen operationalen Wert haben können.› *Operational*», sagte Owens mit Nachdruck. «Wir haben immer angenommen, daß O'Donnell einfach versucht, sich zu schützen... aber er könnte ein völlig anderes Spiel spielen.»

«Ich komm' immer noch nicht mit.» Murray stellte sein Glas hin und runzelte die Stirn. «Oh. Maureen Dwyer. Sie haben nie rausgekriegt, von wem der Hinweis kam, nicht wahr?»

Owens dachte an einen anderen Fall, aber Murrays Bemerkung explodierte wie ein Blitzlicht vor seinem inneren Auge. Der Brite starrte seinen amerikanischen Kollegen einen Augenblick an, während er drei oder vier Dinge zugleich dachte.

«Aber warum?» fragte Murray. «Was gewinnen sie?»

«Sie können der Führung große Schwierigkeiten machen und Operationen hemmen oder verhindern.»

«Aber was hat die ULA konkret davon?»

«Jetzt haben wir etwas, wonach wir die hübsche Miss Dwyer fragen können, nicht?»

«Ja, das wäre keine schlechte Idee. Die ULA hat die Provisorischen infiltriert, und ab und zu füttern sie Sie mit Informationen, um die Provisorischen in Mißkredit zu bringen.» Murray schüttelte den Kopf. Habe ich eben gesagt, daß ein Terroristenverein versucht, einen anderen in *Mißkredit* zu bringen? «Haben Sie genug Indizien, um die These zu stützen?»

«Letztes Jahr hatten wir drei Fälle, in denen uns anonyme Hinweise zu IRA-Leuten führten, die ganz oben auf unserer Liste standen. In keinem der drei fanden wir heraus, wer der Informant gewesen war.»

«Aber wenn die Provisorischen es vermuten – aber lassen wir das. Sie wollen O'Donnell sowieso an den Kragen, aus Rache für all die Männer, die er innerhalb der Organisation beseitigt hat. Meinetwegen, die IRA-Führung in Verlegenheit zu bringen, mag ebenfalls ein Ziel sein – falls O'Donnell versucht, ein paar neue Mitglieder anzuwerben. Aber Sie haben die Möglichkeit bereits verworfen.»

Owens stieß einen leisen Fluch aus. Er sagte häufig, daß polizeiliche Ermittlungen einem Puzzlespiel glichen, bei dem man nicht alle Teile hatte und das Ergebnis nicht kannte. Er war sich dessen bewußt, hatte aber oft Schwierigkeiten, es seinen Untergebenen klarzumachen. Wenn Sean Miller doch bloß nicht befreit worden wäre. Vielleicht hätten sie inzwischen etwas aus ihm herausbekommen. Sein Instinkt sagte ihm, daß irgendeine entscheidende kleine Tatsache Ordnung in den Wust bringen würde, mit dem er sich da abplagte. Ohne diese Tatsache war all das, was er zu wissen glaubte, nicht mehr als Spekulation. Ein Gedanke kehrte immer wieder zurück:

«Dan, wenn Sie die Anführer der IRA politisch in Verlegenheit bringen wollten, was würden Sie tun?»

«Hallo, hier Ryan.»

«Hier Bernice Wilson im Johns Hopkins. Ich soll Ihnen von Ihrer Frau ausrichten, daß sie einen Notfall operieren muß und ungefähr eine halbe Stunde später zu Hause sein wird als sonst.»

«Okay, vielen Dank.» Jack legte auf. Montag, sagte er sich. Er wandte sich wieder den beiden Studenten zu, mit denen er die Semesterreferate diskutierte. Seine Schreibtischuhr zeigte vier. Na ja, er brauchte sich nicht sonderlich zu beeilen.

An Tor drei war Wachablösung. Der Zivilposten hieß Bob Riggs. Die Kälte setzte ihm zu, und er verbrachte möglichst viel Zeit im Wachhäuschen. Er sah nicht, wie sich ein Mann, der Ende dreißig sein mochte, von der entgegengesetzten Ecke der Straße näherte und in einem Hauseingang stehenblieb. Sergeant Tom Cummings von der Marineinfanterie, der gerade einige Formulare prüfte, nachdem er seinen Kameraden abgelöst hatte, sah es auch nicht. Die Akademie war ein ausgezeichneter Posten für den jungen Unteroffizier. Er konnte zu Fuß eine Menge gute Kneipen erreichen, und viele Damen warteten nur darauf, mit einem Marine Bekanntschaft zu machen, aber letzten Endes war der Dienst in Annapolis doch ziemlich langweilig, und Cummings war jung genug, um sich nach ein bißchen *action* zu sehnen. Es war ein typischer Montag gewesen. Sein Kamerad hatte drei Zettel wegen vorschriftswidrigen Parkens ausgestellt. Er gähnte jetzt schon.

Fünfzehn Meter weiter ging eine ältere Dame zum Eingang des Wohnhauses. Sie war überrascht, als sie dort einen sympathisch wirkenden jungen Mann stehen sah, und stellte ihre Einkaufstasche ab, um nach dem Schlüssel zu kramen.

«Wenn ich Ihnen behilflich sein kann?» fragte er höflich. Er spricht irgendwie komisch, aber er scheint sehr wohlerzogen zu sein, dachte die Dame. Er hielt die Tasche, während sie aufschloß.

«Ich fürchte, ich bin etwas zu früh gekommen. Ich bin hier mit meiner Freundin verabredet», erklärte er mit einem gewinnenden Lächeln. «Tut mir leid, wenn ich Sie erschreckt haben sollte, Madam. Ich habe nur Schutz vor dem eisigen Wind gesucht.»

«Möchten Sie vielleicht drinnen im Foyer warten?» bot sie ihm an.

«Sehr freundlich von Ihnen, aber ich bleibe doch lieber hier draußen. Vielleicht würde ich sie sonst nicht sehen. Es soll nämlich eine kleine Überraschung sein, verstehen Sie?» Er ließ das Messer in seiner Tasche los.

Sergeant Cummings hatte den Papierkrieg beendet und trat nach draußen. Er bemerkte den Mann im Hauseingang erst jetzt. Sieht aus, als ob er auf jemanden wartet und sich vor dem Nordwind schützen will, dachte er. Ganz vernünftig. Er sah auf seine Armbanduhr. Viertel nach vier.

«Ich denke, wir hätten es geschafft», sagte Bernie Katz. Alle im OP lächelten. Es hatte über fünf Stunden gedauert, aber der Junge würde sein Augenlicht behalten. Vielleicht würde noch eine Operation erforderlich sein, und er würde zweifellos den Rest seines Lebens eine Brille tragen müssen, aber das war besser, als nur ein Auge zu haben.

«Nicht schlecht für jemanden, der seit vier Monaten keinen solchen Eingriff gemacht hat, Cathy. Der Junge wird mit beiden Augen sehen können. Würdest du es der Familie sagen? Ich muß dringend aufs Klo.»

Die Mutter des Jungen wartete genau dort, wo Mr. Jeffers gewartet hatte, mit dem gleichen ängstlichen Gesicht. Neben ihr stand jemand mit einer Kamera.

«Wir haben das Auge gerettet», sagte Cathy ohne Einleitung. Als sie neben der Frau Platz genommen hatte, knipste der Fotograf – er sagte, er sei von der *Baltimore Sun* – ein paar Minuten mit seiner Nikon. Sie erläuterte der Mutter den Eingriff und versuchte, sie zu beruhigen. Es war nicht leicht, aber sie hatte viel Übung darin.

Schließlich kam jemand vom Sozialamt, und Cathy konnte zum

Umkleideraum gehen. Sie zog den grünen Kittel und die grüne Hose aus und warf beides in den Wäschekorb. Bernie Katz saß auf der Bank und massierte sich den Nacken.

«Ich könnte es auch gebrauchen», bemerkte Cathy. Sie stand in ihrer Gucci-Unterwäsche da und reckte sich. Katz drehte sich zu ihr und bewunderte den Anblick.

«Du gehst in die Breite. Was macht der Rücken?»

«Er tut weh. Genau wie bei Sally. Gucken Sie gefälligst woandershin, Herr Doktor. Sie sind verheiratet.»

«Kann ich was dafür, daß schwangere Frauen sexy aussehen?»

«Freut mich, daß ich wenigstens so aussehe. Ich komme mir nämlich absolut nicht so vor.» Sie ließ sich auf die Bank vor ihrem Spind fallen. «Ich habe nicht geglaubt, daß wir es schaffen würden, Bernie.»

«Wir haben Glück gehabt», räumte Bernie ein. «Der liebe Gott hält seine Hand über Narren, Betrunkene und kleine Kinder. Wenigstens manchmal.»

Cathy öffnete den Spind. In dem Spiegel an der Innenseite der Tür sah sie, daß ihr Haar tatsächlich so aussah wie das Haupt der Medusa. Sie schnitt eine Grimasse. «Ich bin urlaubsreif.»

«Aber du hast doch gerade erst Urlaub gehabt», bemerkte Katz.

«Leider», brummte sie. Sie schlüpfte in ihre Strumpfhose und langte nach ihrer Bluse.

«Und wenn der Fötus beschließt, ein Baby zu werden, kriegst du wieder welchen.»

Die Kostümjacke kam als nächstes. «Bernie, wenn du Gynäkologe wärst, würden deine Patientinnen dich für solche Bemerkungen umbringen.»

«Ein großer Verlust für die Medizin», dachte Katz laut.

Cathy lachte. «Jedenfalls hast du dich heute selbst übertroffen. Grüß Annie von mir.»

«Mach ich. Und du schonst dich ein bißchen, oder ich bitte Madge North, dich zu versohlen.»

«Ich sehe sie Freitag. Sie sagt, daß es sehr gut läuft.» Cathy eilte zur Tür hinaus. Sie winkte den Schwestern zu und gratulierte ihnen noch einmal zu der hervorragenden Arbeit im OP. Dann betrat sie den Fahrstuhl. Sie hatte schon die Wagenschlüssel in der Hand.

Der grüne Porsche wartete auf sie. Sie schloß auf und warf die Handtasche auf den Rücksitz, ehe sie sich ans Steuer setzte. Der Sechszylindermotor schnurrte bei der ersten Zündschlüsseldrehung los. Das satte Brummen des Motors wurde von den Betonmauern des

Parkhauses dumpf zurückgeworfen. Einen Augenblick später legte sie den ersten Gang ein und fuhr zum Broadway. Sie blickte auf die Uhr am Armaturenbrett und krauste die Nase – zu allem Überfluß mußte sie auf dem Heimweg noch am Supermarkt halten.

«Das Ziel ist losgefahren», sagte jemand drei Stockwerke weiter oben in ein Funkgerät. Die Nachricht wurde telefonisch in Alex' Haus weitergegeben und von dort, wieder per Funk, zum Empfänger weitergeleitet.

«Wird aber auch Zeit», zischte Miller einige Minuten später. «Warum zum Teufel ist sie so spät dran?» Die letzte Stunde hatte ihn zum Kochen gebracht. Zuerst hatte er dreißig Minuten gewartet, daß sie pünktlich war, dann wieder dreißig Minuten, weil sie unpünktlich war. Er befahl sich zu relaxen. Sie mußte zum Kindergarten fahren, um ihre Tochter abzuholen.

«Sie ist Ärztin, Mann. So was kommt vor», sagte Alex. «Los.»

Der Lieferwagen setzte sich als erster in Bewegung, dann der Transporter. Der Ford würde in genau dreißig Minuten auf der anderen Seite von Giant Steps vor dem 7-Eleven sein.

«Er muß auf was sehr Hübsches warten», sagte Riggs, als er in das Wachhäuschen zurückkam.

«Ist er etwa immer noch da?» Cummings war überrascht. Vor drei Wochen hatte Breckenridge die Wachmannschaft über die Gefahr unterrichtet, die Dr. Ryan möglicherweise drohte. Cummings wußte, daß der Geschichtsprofessor das Gelände immer durch dieses Tor verließ – aber heute war er spät dran. Der Sergeant konnte sehen, daß in seinem Büro noch Licht brannte. Der Dienst hier mochte langweilig sein, aber Cummings nahm ihn ernst. Drei Monate in Beirut hatten ihn alles gelehrt, was er in der Hinsicht wissen mußte. Er ging nach draußen und stellte sich auf die andere Straßenseite.

Cummings beobachtete die Autos, die das Gelände verließen. Die meisten wurden von Zivilisten gefahren, aber diejenigen, in denen Offiziere der Navy saßen, bekamen einen vorschriftsmäßigen Gruß mit auf den Weg. Der Wind wurde noch eisiger. Er hatte unter dem Hemd einen Pullover an. So blieb sein Oberkörper warm, aber die weißen Glacéhandschuhe, die zu der blauen Uniform gehörten, schützten so gut wie gar nicht. Er klatschte heftig in die Hände, wenn er sich ab und zu umdrehte. Er starrte nicht zu dem Wohnhaus, ließ sich nicht anmerken, daß ihm der Mann dort im Eingang bewußt war. Es wurde langsam dunkel, und es war nicht mehr so leicht, ihn zu sehen. Aber er war noch da.

«Das ging aber schnell», sagte der Mann im Lieferwagen. Er sah auf die Uhr. Sie hatte ihren Rekord um fünf Minuten unterboten. Verdammt, dachte er, ich hätte auch gern einen Porsche. Sicherheitshalber warf er einen Blick auf das Zulassungsschild: CR-CHRG. Ja, das war sie. Er nahm das Funkgerät.

«Hallo, Ma, ich bin zu Hause», sagte er.

«Wurde auch Zeit», erwiderte eine männliche Stimme. Der Transporter stand knapp einen Kilometer entfernt in der Joyce Lane, westlich vom Ritchie Highway.

Zwei Minuten später kam die Frau mit ihrem Kind aus dem Kindergarten. Sie hatte es sichtlich eilig.

«Los.»

«Okay», antwortete der andere.

«Los, Sally, wir sind spät dran. Schnall dich an.» Cathy Ryan haßte es, verspätet zu kommen. Sie ließ den Motor wieder an. Sie war über einen Monat nicht mehr zu spät dran gewesen, aber wenn sie jetzt ein wenig Glück hatte, konnte sie trotzdem noch vor Jack zu Hause sein.

Es war dichteste Rush-hour, aber der Porsche war klein, flink und wendig. Eine Minute, nachdem sie vom Parkplatz gefahren war, zeigte der Tacho hundert Stundenkilometer, und sie schlängelte sich zwischen den anderen Fahrzeugen hindurch, als führe sie beim Rennen in Daytona.

Alex hätte sie trotz all der Vorbereitungen um ein Haar übersehen. Ein Sattelschlepper kroch auf der rechten Spur die Steigung hoch, und plötzlich war daneben etwas Grünes. Alex fädelte sich so schnell ein, daß die Zugmaschine heftig abbremsen mußte und der Fahrer wütend auf die Hupe drückte. Alex blickte sich nicht um. Miller verließ den Beifahrersitz und ging nach hinten, zum Fenster in der seitlichen Schiebetür.

«Die Puppe hat es heute abend eilig!»

«Schaffst du es?» fragte Miller.

Alex lächelte nur. «Halt dich gut fest.»

«Verdammt, guck dir den Porsche da an!» Streifenpolizist Sam Waverley saß am Steuer von J-30, einem Radarfahrzeug der Staatspolizei, das heute nachmittag auf Route 50 eingesetzt gewesen war. Er und Larry Fontana von J-19 wollten gerade nach einer langen Schicht zurück zur Polizeikaserne, als sie sahen, wie der grüne Sportwagen die Zufahrt vom Ritchie Highway entlangbrauste. Beide Männer fuhren rund hundertfünf Stundenkilometer, ein Privileg, das in Amerika Polizeibeamten vorbehalten war. Ihre Wagen waren nicht als Polizeifahrzeuge gekennzeichnet. Deshalb konnte man sie und ihre Radarausrüstung erst dann identifizieren, wenn es zu spät war. Sie arbeiteten gewöhnlich zu zweit und wechselten sich ab: Einer bediente das Radar, und der andere wartete vierhundert Meter weiter unten an der Straße und winkte die Raser auf den Seitenstreifen, um ihnen einen Strafzettel zu verpassen.

«Noch einer!» sagte Fontana ins Funkgerät. Ein Transporter sauste von einem Parkplatz auf die rechte Spur des Highways und zwang jemanden in einem Pontiac, voll auf die Bremse zu steigen. «Los, denen zeigen wir's.» Sie waren beide jung, und die Staatspolizei schrieb ihren Leuten entgegen hartnäckigen anderslautenden Gerüchten zwar keine Strafzettelquoten vor, aber jedermann wußte, daß man ganz sicher befördert wurde, wenn man eine Menge davon ausstellte. Außerdem machte man damit die Straßen sicherer, und das war ihre Aufgabe als Streifenpolizisten. Keinem der beiden machte es Spaß, Strafzettel zu verteilen, aber schwere Verkehrsunfälle machten ihnen noch viel weniger Spaß.

«Okay, ich nehm' den Porsche.»

«Du kriegst das Beste», bemerkte Fontana. Er hatte die Fahrerin kurz gesehen.

Es war schwieriger, als Nichtfachleute sich das vorstellen. Zuerst mußten sie die zu schnell fahrenden Wagen zweimal aufnehmen, um die Geschwindigkeit zu messen, und dann mußten sie aufholen und die Scheinwerfer einschalten, damit die Raser hielten. Beide Wagen waren jetzt zweihundert Meter vor den Radarlimousinen.

Cathy blickte wieder auf die Uhr. Sie hatte fast zehn Minuten aufgeholt. Als nächstes sah sie in den Rückspiegel, um sich zu vergewissern, daß kein Streifenwagen hinter ihr war. Sie hatte keine Lust, einen Strafzettel zu bekommen. Es gab nichts, das wie ein Polizeifahrzeug aussah, nur normale Personenwagen und Laster. Sie mußte Gas wegnehmen, weil der Verkehr sich vor der Brücke über den Severn staute. Sie überlegte, ob sie auf die linke Spur gehen sollte, entschied sich aber dagegen. Manchmal war es schwer, rechtzeitig wieder auf die rechte Spur zu kommen, um die Abfahrt zu Route 2 zu nehmen. Neben ihr reckte Sally wie gewöhnlich den Hals, um über die Armaturtafel hinweg blicken zu können, und spielte wieder mit der Gurtschließe herum. Cathy sagte diesmal nichts, sondern konzentrierte sich auf den Verkehr, während sie den Fuß ein wenig vom Gaspedal nahm.

Miller entriegelte die Tür und zog sie drei Zentimeter nach hinten. Ein anderer Mann hielt sie fest, während er sich hinkniete und den Entsicherungsbügel seiner Waffe mit dem Daumen nach vorn drückte.

Jetzt konnte er sie doch nicht wegen Geschwindigkeitsübertretung kriegen, registrierte Streifenpolizist Waverley säuerlich. Sie hatte Gas weggenommen, ehe er das Tempo messen konnte. Er fuhr hundert Meter hinter ihr. Aber Fontana konnte dem Transporter wegen Gefährdung anderer Verkehrsteilnehmer durch rücksichtsloses Einfädeln ein Ticket verpassen, und dann war es wenigstens nicht ganz umsonst gewesen. Waverley sah in den Seitenspiegel. J-19 holte auf und würde gleich neben ihm sein. Er sah, daß bei dem dunklen Transporter etwas nicht stimmte... War die Seitentür nicht richtig geschlossen?

«Jetzt!» rief Alex.
   Cathy Ryan bemerkte, daß ein schwarzer Transporter auf der linken Spur zu ihr aufschloß. Sie blickte noch einmal in den Seitenspiegel und sah, daß die Seitentür des Transporters zurückglitt. Dort kniete ein Mann, der etwas hielt. Sie begriff, und eisiges Entsetzen packte sie. Einen Sekundenbruchteil, ehe sie den weißen Blitz sah, trat sie voll auf die Bremse.

«O Gott!» Waverley sah eine lange Flammenzunge aus der Seite des Transporters schnellen. Die Windschutzscheibe des Porsches färbte sich milchig, und der Wagen scherte nach rechts, fuhr weiter und prallte mit über achtzig Stundenkilometern gegen die Betonbefestigung der Brücke. Wagen in beiden Fahrspuren bremsten heftig. Der Transporter fuhr weiter.
   «Larry, Schüsse – aus dem Transporter! Der Porsche ist getroffen!» Waverley schaltete seine Scheinwerfer an und trat auf die Bremse. Das Polizeifahrzeug schleuderte nach rechts und kam erst

dicht neben dem Wrack des Porsches zum Stehen. «Nimm den Transporter, nimm den Transporter!»

«Ich bin dran!» antwortete Fontana. Ihm wurde plötzlich klar, daß das Flammenbündel, das er gesehen hatte, aus einem Maschinengewehr abgeschossen sein mußte. «Heiliges Kanonenrohr!» sagte er vor sich hin.

Waverley wandte seine Aufmerksamkeit dem Porsche zu. Dampf quoll aus der Heckklappe. «J-30, Annapolis, Schüsse auf Route 50, anscheinend automatische Waffen, und ein Unfall mit Personenschäden an Severn-Brücke Richtung West. Scheint ein schwerer Unfall zu sein. J-19 verfolgt Fahrzeug, aus dem die Schüsse kamen. Ende.»

Waverley riß den Feuerlöscher aus der Halterung und lief die paar Meter zum Porsche. Überall lagen Glas- und Metallsplitter. Gott sei Dank brannte der Motor nicht. Als nächstes sah er ins Innere des Wagens.

«O Jesus!» Er rannte zu seinem Auto zurück. «J-30, Annapolis. Feuerwehr alarmieren. Bitte um Hubschrauberunterstützung. Schwerer Unfall mit Personenschäden, zwei Opfer, weiße Frau und weißes Mädchen, wiederhole, schwerer Unfall mit Personenschäden auf Route 50 West, Ostseite Severn-Brücke. Bitte um Hubschrauberunterstützung.»

«J-10, Annapolis», rief Fontana sofort danach in sein Mikrofon. «Ich verfolge dunklen Transporter mit Behindertenzulassung Henry sechs-sieben-sieben-zwoo. Bin westlich von der Severn-Brücke und fahre Route 50 Richtung West. Aus dem Transporter wurden Schüsse abgegeben. Bitte um Verstärkung», sagte er nachdrücklich. Er beschloß, die Scheinwerfer im Moment noch nicht einzuschalten. Verdammte Scheiße...

«Hast du sie erwischt?» rief Alex.

Miller atmete schwer. Er war nicht sicher – er war nicht sicher, ob seine Schüsse getroffen hatten. Der Porsche hatte in dem Augenblick, in dem er abzog, plötzlich gebremst, aber er hatte gesehen, wie er gegen die Brücke prallte und wie ein Spielzeug in die Luft hüpfte. Einen solchen Unfall konnten sie nicht überleben, dessen war er sicher.

«Ja.»

«Okay, dann nichts wie weg hier.» Alex ließ sich bei der Arbeit nicht von Emotionen beeinflussen. Dieser Auftrag bedeutete Waffen und Geld für seine Bewegung. Schade um die Frau und das kleine

Mädchen, aber es war nicht seine Schuld, daß sie sich die falschen Feinde gemacht hatten.

Der Mann in der Einsatzzentrale von Annapolis hatte bereits über UKW mit einem Hubschrauber der Staatspolizei Funkkontakt. Trooper-1, ein Bell-Helikopter vom Typ JetRanger-II, hob nach dem Auftanken vom International Airport Baltimore-Washington ab.

«Trooper-1, J-30, wir sind zu Ihnen unterwegs. Ankunftszeit voraussichtlich vier Minuten.»

Waverley bestätigte nicht. Er und zwei Zivilisten stemmten das Fenster an der linken Seite des Wagens mit einem Reifenbügel auf. Die Fahrerin und das Kind waren beide bewußtlos, und das Innere war blutbespritzt. Sie sieht wahrscheinlich sehr gut aus, dachte Waverley, während er die Fahrerin betrachtete, aber ihr Gesicht glänzte von Blut. Das Kind lag da wie eine zerbrochene Puppe, halb auf dem Sitz und halb auf dem Boden. Sein Herz hämmerte, sein Magen war wie ein kalter straffer Knoten. Nicht schon wieder ein Kind tot, dachte er. Lieber Gott, mach, daß es noch am Leben ist.

«Trooper-2, Annapolis», hörte der Einsatzleiter als nächstes.

«Annapolis, Trooper-2, wo seid ihr?»

«Über Mayo Beach, auf Nordkurs. Ich hab' euren Notruf gehört. Ich hab' den Gouverneur und den Generalstaatsanwalt an Bord. Können wir helfen? Ende.»

Der Einsatzleiter faßte blitzschnell einen Entschluß. Trooper-1 würde in drei Minuten am Unfallort sein. J-19 brauchte möglichst schnell Verstärkung. Dies war Glück. Er hatte bereits sechs Fahrzeuge der Staatspolizei und drei von der Polizei des Anne Arundel Country in Edgewater zu dem Gebiet losgeschickt. «Trooper-2, nehmen Sie Verbindung zu J-19 auf.»

«Trooper-2, J-19, geben Sie bitte Ihre Position durch», drang eine Stimme in Fontanas Ohr.

«Route 50-West, komme gerade über den Rowe Boulevard. Ich verfolge einen dunklen Transporter mit Behindertenzulassung. J-30 und ich beobachteten automatisches Gewehrfeuer aus dem Fahrzeug, wiederhole, Feuer von automatischen Waffen. Ich brauche hier jemanden, Leute.»

Es war leicht auszumachen. Der Sergeant, der Trooper-2 flog, sah den anderen Hubschrauber ein Stück östlich über der Unfallstelle kreisen, und westlich vom Unfall bis zum Rowe Boulevard war praktisch kein einziges Fahrzeug auf dem Highway. Das Polizeifahrzeug und der Transporter bildeten das Schlußlicht des Verkehrs.

«Was ist los?» fragte der Gouverneur von hinten. Der Sanitäter auf dem linken Sitz informierte ihn und den Generalstaatsanwalt, während der Pilot die visuelle Suche fortsetzte... «Da! Okay, Jungs.»

«J-19, hier Trooper-2, ich hab' Sie und das verfolgte Fahrzeug im Blickfeld.» Der Pilot ging auf hundertfünfzig Meter hinunter. «Trooper-2, Annapolis, ich hab' sie. Schwarzer oder vielleicht dunkelblauer Transporter auf 50 in westlicher Richtung und dahinter ein ziviler Pkw.»

Alex wunderte sich, was das für ein Wagen sein mochte. Eine billige einfarbige Limousine, nicht gekennzeichnet. Uh-hm.

«Hinter uns ist ein Bulle!» rief er. Einer von Millers Leuten sah aus dem Fenster. Dort, wo sie herkamen, waren zivile Polizeifahrzeuge an der Tagesordnung.

«Schafft ihn mir vom Hals!» zischte Alex.

Fontana hielt fünfzig Meter Abstand zum Transporter. Das ist genug, um außer Gefahr zu bleiben, dachte er. Er lauschte auf das Stimmengewirr im Polizeifunk – immer mehr Fahrzeuge teilten mit, daß sie am Einsatz teilnahmen. Die Durchsagen lenkten ihn ab, und er sah eine Sekunde zu spät, wie die rückwärtige Tür des Transporters aufflog. Er erbleichte und trat auf die Bremse.

Miller machte es auch diesmal selbst. Sobald die Tür offen war, zielte er und schoß mit seiner MP zehnmal auf das Polizeiauto. Er sah, wie es vorn wegtauchte, weil der Fahrer eine Notbremsung machte, und wie es dann zur Seite schleuderte und sich überschlug. Er war so erregt, daß er nicht mal lächelte, obgleich er innerlich jubelte. Die Tür schloß sich von selbst, als Alex ruckartig die Spur wechselte.

Fontana spürte, wie die Kugel seine Brust traf, ehe er registrierte, daß die Windschutzscheibe sich in tausend Spinnweben verwandelte. Sein rechter Arm sauste nach unten und riß den Wagen zu schnell nach rechts. Die Hinterräder blockierten, der Wagen schleuderte, ein Reifen platzte, und der Wagen überschlug sich. Fontana sah fasziniert zu, wie die Welt sich auf den Kopf stellte und wie das Wagendach eingedrückt wurde. Wie die meisten Polizisten dachte er nie daran, sich anzuschnallen, und fiel aufs Genick. Das Wagendach gab noch mehr nach und riß auf. Es spielte keine Rolle mehr. Ein Pkw, der hinter J-19 gefahren war, fuhr auf und beendete die Arbeit, die Millers Maschinenpistole begonnen hatte.

«Scheiße!» fluchte der Pilot von Trooper-2. «Trooper-2, Annapolis, J-19 hat sich überschlagen und liegt mit schwerem Personenschaden auf 50 westlich von Abfahrt zu Route 2. Wo zum Teufel sind die anderen Wagen?»

«Trooper-2, wie sieht J-19 aus?»

«Er ist tot, Mann! Ich bin über dem verdammten Transporter. Wo bleibt die gottverdammte Verstärkung?»

«Trooper-2, wir haben elf Wagen in Marsch gesetzt. Wir errichten gerade·eine Straßensperre auf der 50, in Höhe der South Haven Road. Knapp einen Kilometer hinter Ihnen sind drei Fahrzeuge in westlicher Richtung unterwegs, und zwei kommen von Osten und sind jetzt kurz vor der Ausfahrt General's Highway.»

«Roger. Ich bleibe über dem Transporter», antwortete der Pilot.

«Beeil dich, Mann!» rief Miller.

«Keine Angst, wir sind gleich da», sagte der Schwarze und wechselte auf die Abfahrtspur. Etwa anderthalb Kilometer vor sich sah er die blau und rot blitzenden Lichter von zwei Streifenwagen, die ihnen entgegenkamen, aber auf der anderen Seite gab es keine Abfahrt. *Pech für euch, ihr Schweine.* Er war nicht sehr glücklich über den Porsche, aber ein toter Bulle war immer ein Genuß.

«Wir haben es gleich geschafft!»

«Annapolis, Trooper-2», rief der Pilot. «Der Transporter verläßt Route 50 in nördlicher Richtung.» Der Einsatzleiter brauchte einen Moment, um zu begreifen. «O nein!» Er gab schnell einen Befehl. Die in östlicher Richtung fahrenden Streifenwagen bremsten und sausten dann über den grasbewachsenen Mittelstreifen auf die Westspuren. Diese waren frei, da inzwischen noch ein Unfall passiert war, aber der Mittelstreifen war uneben und morastig. Ein Wagen blieb im Dreck stecken, während der andere es bis auf den Asphalt schaffte und in der falschen Richtung zur Abfahrt brauste.

Alex paßte die Grünphase ab, überquerte die West Street und fuhr nordwärts. In seinem seitlichen Blickfeld war ein Streifenwagen der County-Polizei, der trotz Licht und Sirene zweihundert Meter weiter rechts im Stop-and-go-Verkehr festsaß. *Zu spät, Schwein.* Er fuhr zweihundert Meter weiter und bog nach links.

Der Sergeant, der Trooper-2 flog, vergaß den Gouverneur und den Generalstaatsanwalt hinter sich und fing an zu fluchen. Er sah, wie der Transporter auf den vierzig Hektar großen Parkplatz fuhr, der die Annapolis Mall umgab. Das Fahrzeug rollte zum inneren Parkring, während drei Wagen, die ihn verfolgten, von der West Street auf den Parkplatz bogen.
«Verdammt noch mal!» Er drückte den Knüppel vor und ließ den Helikopter zum Parkplatz hin fallen.

Alex fuhr in den Parkplatz für Behinderte und stoppte. Seine Fahrgäste hielten sich bereit und öffneten die Türen, sobald der Transporter stand. Sie schritten langsam zum Eingang der Mall. Alex blickte überrascht hoch, als er das Heulen und Schwirren des Hubschraubers hörte. Er schwebte hundert Meter über ihnen. Alex vergewisserte sich, daß sein Hut fest auf seinem Kopf saß, und winkte, als er hineinging.

Der Pilot blickte zu dem Sanitäter links von ihm, der wütend den Kolben seines im Schulterhalfter steckenden .357-Revolvers umklammerte, während er, der Pilot, beide Hände für die Maschine brauchte.
«Sie sind weg», sagte der Sanitäter ruhig über die Bordsprechanlage.
«Was soll das heißen, sie sind weg?» fragte der Generalstaatsanwalt.
Unter ihnen, unmittelbar vor dem Eingang zum Einkaufszentrum, hielt ein Streifenwagen der Staatspolizei mit kreischenden Bremsen. Aber hinter den Türen waren ungefähr dreitausend Menschen, und die Polizei hatte keine Ahnung, wie die Verdächtigen aussahen. Die Beamten standen mit gezogener Pistole da und wußten nicht, was sie nun tun sollten.

Alex und seine Männer waren in einer Toilette. Dort warteten zwei Mitglieder von Alex' Organisation mit Einkaufstüten. Jeder Mann aus dem Transporter bekam eine neue Jacke. Sie verließen das Klo paarweise und gingen durch den breiten Mittelweg der Mall zum Ausgang am westlichen Ende. Sie ließen sich Zeit. Es bestand kein Grund zur Eile.

«Er hat uns zugewinkt!» sagte der Gouverneur. ‹Tun Sie was!»
«Was denn?» fragte der Pilot. «Was sollen wir denn tun? Wen sollen wir aufhalten? Sie sind weg, und was uns betrifft, könnten sie jetzt ebensogut in Kalifornien sein.»

Der Gouverneur kapierte erst nach einer Weile, aber er war immerhin schneller als der Generalstaatsanwalt, der immer noch vor sich hin brabbelte. Was als routinemäßige politische Besprechung in Salisbury an der östlichen Küste Marylands begonnen hatte, hatte sich in eine aufregende Verfolgungsjagd verwandelt, aber eine Verfolgungsjagd mit einem denkbar unbefriedigenden Ergebnis. Er hatte zusehen müssen, wie einer von seinen Polizisten umgebracht wurde, und weder er noch seine Leute konnten irgend etwas machen.

Trooper-1 schwebte ein kleines Stück über der Severn-Brücke. Der Sanitäter, Streifenpolizist Waverley und ein Autofahrer, der sich als Feuerwehrmann herausstellte, legten die beiden Unfallopfer für den Transport mit dem Helikopter auf die Spezialbahren. Der andere Autofahrer, der geholfen hatte, stand neben dem Polizeifahrzeug vor einer Pfütze aus seinem eigenen Erbrochenen. Ein Feuerwehrwagen näherte sich dem Schauplatz, und zwei Polizisten trafen Anstalten, den Verkehr weiterzuleiten, sobald der Hubschrauber abgehoben hatte. Der Highway war bereits auf einer Länge von mindestens sechs Kilometern verstopft. Während die beiden ihre Vorbereitungen trafen, hörten sie über Polizeifunk, was mit J-19 und seinem Fahrer geschehen war. Sie wechselten einen Blick, aber keine Worte. Das würde nachher kommen.

Da er als erster Polizist am Unfallort gewesen war, nahm Waverley die Handtasche der Fahrerin und suchte nach Ausweisen. Er mußte jetzt eine Menge Formulare ausfüllen und Leute benachrichtigen. Er sah in der Handtasche etwas, das wie eine Kinderzeichnung aussah. Er blickte hoch, als die Bahre mit dem kleinen Mädchen in den Hubschrauber geladen wurde. Der Sanitäter stieg anschließend ein, und eine halbe Minute später flogen Waverley einige von der Luftschraube aufgewirbelte Splittpartikel ins Gesicht. Er sah, wie der

Hubschrauber höher stieg, und flüsterte ein Gebet für das kleine Mädchen, das ein Gebilde wie eine blaue Kuh gemalt hatte. Zurück an die Arbeit, sagte er sich. In der Handtasche war ein rotes Adreßbuch. Er untersuchte den Führerschein der Fahrerin, um ihren Namen ausfindig zu machen, und schlug dann im Adreßbuch diesen Anfangsbuchstaben nach. Jemand, der Jack hieß, ohne Nachnamen, hatte eine Nummer, hinter der in Klammern «Büro» stand. Wahrscheinlich war es ihr Mann. Irgend jemand mußte ihn anrufen.

«Baltimore-Tower, hier Trooper-1 mit einem Notfall fürs Krankenhaus.»

«Trooper-1, Roger, Sie können sofort anfliegen, nehmen Sie linke Schneise, Kurs drei-vier-sieben, und halten Sie jetzige Höhe», antwortete der Fluglotse auf dem International Airport Baltimore-Washington.

«Hopkins-Notaufnahme, hier Trooper-1 mit einem Unfallopfer, kleines weißes Mädchen.»

«Trooper-1, hier Hopkins. Fliegen Sie zur Universitätsklinik. Wir sind hier voll.»

«Roger. Universität, hier Trooper-1, nehmen Sie uns, Ende.»

«Trooper-1, hier Universitätsklinik. Wir halten uns bereit.»

«Roger. Ankunftszeit fünf Minuten. Ende.»

«Gunny, hier Cummings an Tor drei», sagte der Sergeant in die Sprechmuschel.

«Was gibt's, Sergeant?» fragte Breckenridge.

«Da drüben an der Ecke steht seit einer Dreiviertelstunde so ein komischer Typ. Ich habe ein merkwürdiges Gefühl im Magen, verstehen Sie? Er ist nicht auf dem Gelände, aber ich finde, er stinkt.»

«Sollen wir die Bullen rufen?» fragte Breckenridge.

«Warum?» sagte Cummings. «Soweit ich sehen konnte, hat er nicht mal ausgespuckt.»

«Okay, ich seh ihn mir mal an.» Breckenridge stand auf. Er langweilte sich ohnehin. Er setzte seine Mütze auf, verließ das Gebäude und ging über den Campus nach Norden. Es dauerte fünf Minuten, in denen er sechs Offiziere grüßte und einer größeren Zahl von Oberfähnrichen zunickte. Er mochte die Kälte nicht. Auf der Farm in Mississippi, in seiner Kindheit, war es nie so kalt gewesen. Aber bald würde Frühling sein. Er gab sich Mühe, nicht zu auffällig aus dem Tor zu schauen, als er die Straße überquerte.

Cummings stand im Wachhäuschen, gleich hinter der Tür. Er war ein guter Nachwuchssergeant. Er hatte den neuen Look der Marineinfanterie. Breckenridge war noch wie John Wayne gebaut, breite Schultern und gewaltiger Brustkasten. Cummings war ein schwarzer Junge, ein Läufer, schlank wie ein Schilfrohr. Der Kerl konnte den ganzen Tag rennen, was Gunny nie fertiggebracht hatte. Wichtiger war jedoch, daß Cummings verstand, was die Marineinfanterie war und wozu sie da war. Breckenridge hatte den jungen Mann unter seine Fittiche genommen und ihm dabei ein paar Lektionen beigebracht. Er wußte, daß er selbst bald zur Vergangenheit des Korps gehören würde. Cummings war die Zukunft, und er sagte sich, daß diese Zukunft gar nicht so übel aussah.

«Hi, Gunny», begrüßte ihn der Sergeant.

«Der Kerl da drüben im Eingang?»

«Er steht seit kurz nach vier da. Er wohnt nicht hier.» Cummings hielt inne. Er war schließlich nur ein frischgebackener Sergeant ohne Abzeichen unter seinen Streifen, und er stand vor jemandem, den selbst Generäle mit Respekt anredeten. «Ich hab' einfach ein komisches Gefühl.»

«Hm, geben wir ihm noch ein paar Minuten», dachte Breckenridge laut.

«Mein Gott, wie ich diesen Zensurenscheiß hasse.»

«Dann sei doch nett zu den Jungs und Mädels», sagte Robby schmunzelnd.

«So wie du?» fragte Ryan.

«Ich unterrichte ein schwieriges technisches Fach. Ich muß sie gründlich prüfen.»

«Ingenieure! Schade, daß ihr nur das Einmaleins beherrscht und kaum lesen und schreiben könnt.»

«Hast du heute nachmittag eine Angeber-Pille genommen, Jack?»

«Äh, ich...» Das Telefon klingelte. Jack nahm ab. «Ryan. Ja... Wer?» Sein Gesichtsausdruck änderte sich, seine Stimme wurde gepreßt.

«Ja, so ist es.» Robby sah, wie sein Freund sich verkrampfte. «Sind Sie sicher? Wo sind sie jetzt? Ja... oh, vielen Dank... Ich... hm, danke.» Jack starrte den Hörer eine oder zwei Sekunden an, ehe er auflegte.

«Was ist los?» fragte Robby.

Jack brauchte eine Weile, ehe er antworten konnte. «Das war die Polizei. Cathy und Sally ... Sie hatten einen Unfall.»

«Wo sind sie?» fragte Robby schnell.

«Sie haben sie ... sie haben sie nach Baltimore geflogen.» Jack stand unsicher auf. «Ich muß sofort hin.» Er sah auf seinen Freund hinunter. «Mein Gott, Robby ...»

Jackson stand schon neben ihm. «Komm, ich fahr' dich.»

«Nein, ich ...»

«Keine Widerworte. Ich bring dich hin.» Robby nahm seine Jacke und schob die von Jack über den Schreibtisch. «Los, Junge.»

«Sie haben sie mit dem Hubschrauber weggebracht ...»

«Wohin? Wohin, Jack?»

«Universitätsklinik.»

«Reiß dich zusammen, Jack.» Robby packte seinen Arm. «Beruhige dich etwas.» Der Flieger führte seinen Freund die Treppe hinunter und aus dem Gebäude. Seine rote Corvette stand hundert Meter weiter weg.

«Er ist immer noch da», meldete der Zivilposten, als er zurückkam.

«Okay», sagte Breckenridge und stand auf. Er blickte zu dem Pistolenhalfter, das in der Ecke hing, entschied sich aber dagegen. «Wir tun jetzt folgendes.»

Ned Clark hatte von Anfang an etwas gegen die Operation gehabt. Sean war ihm zu begierig. Aber er hatte nichts gesagt. Sean hatte die Aktion geleitet, bei der er aus dem Knast befreit worden war. Ned war, wenn schon nichts anderes, der Sache verpflichtet. Allerdings paßte es ihm auch nicht, daß er hier so exponiert stand. Bei der Einsatzbesprechung hatte man ihm gesagt, daß die Wachposten der Akademie nicht sehr scharf seien, und er konnte sehen, daß sie keine Waffen trugen. Außerhalb des Schulgeländes hatten sie keinerlei Befugnisse.

Aber es dauerte zu lange. Sein Ziel hatte sich bis jetzt um eine halbe Stunde verspätet. Er rauchte nicht, tat nichts, das ihn auffällig machen konnte, und er wußte, daß er schwer zu sehen war. Der Eingang des alten, ungepflegten Hauses war nicht beleuchtet – dafür hatte gestern nacht einer von Alex' Leuten mit einer Schrotflinte gesorgt.

Ich sollte machen, daß ich hier wegkomme, sagte Clark sich. Aber er konnte sich nicht dazu durchringen. Er wollte Sean nicht im Stich lassen. Er sah, wie zwei Männer das Gelände der Marineakademie verließen. Green Berets, verdammte Marineinfanteristen in ihrer Ausgehuniform. Sie sahen so niedlich aus ohne Waffen, so verwundbar.

«Und weißt du, was der Captain gesagt hat?» sagte der größere der beiden laut. «Schaff mir diesen gottverdammten Gelben aus dem Hubschrauber, das hat er gesagt!»

Der andere fing an zu lachen. «Das hätten wir uns nicht erlauben dürfen.»

«Wie wär's mit einem Bier?» sagte der Größere. Sie überquerten die Straße in seine Richtung.

«Von mir aus gern, Gunny. Lädst du mich ein?»

«Ich bin doch an der Reihe, nicht? Aber ich muß vorher etwas Geld holen.» Der Große langte in die Tasche, um seinen Schlüssel rauszuholen, und wandte sich zu Clark. «Entschuldigung, Sir, kann ich Ihnen behilflich sein?» Seine Hand kam ohne Schlüssel aus der Tasche.

Clark reagierte schnell, aber nicht schnell genug. Die rechte Hand in der Manteltasche ruckte hoch, aber Breckenridge packte sie wie ein Schraubstock.

«Ich habe gefragt, ob ich helfen kann, Sir», sagte der Sergeant zuvorkommend. «Was haben Sie denn da in der Hand?» Clark wollte zur Seite treten, aber der große Kerl drückte ihn an die Mauer.

«Vorsicht, Tom», warnte Breckenridge.

Cummings tastete den Fremden von oben nach unten ab und fand etwas Hartes mit den Konturen einer Pistole. «Knarre», sagte er scharf.

«Passen Sie auf, daß sie nicht losgeht», sagte der Sergeant und drückte Clark seinen Unterarm an die Kehle. «Machen Sie weiter, aber vorsichtig.»

Clark staunte über seine eigene Dummheit. Warum hatte er die beiden bloß so nahe kommen lassen? Er versuchte, den Kopf zu wenden, um die Straße hinaufzusehen, aber der Mann, der auf ihn wartete, war hinter der nächsten Ecke. Ehe er etwas tun konnte, hatte der Schwarze ihn entwaffnet und durchsuchte seine Taschen. Als nächstes nahm Cummings ihm das Messer ab.

«Sagen Sie was», sagte Breckenridge. Clark sagte nichts, und der Unterarm fuhr roh an seiner Kehle entlang. «Wenn Sie *bitte* etwas sagen würden, *Sir.*»

«Nehmen Sie die Pfoten da weg. Was glauben Sie, wer Sie sind?»

«Woher bist du, Junge?» Breckenridge brauchte keine Antwort. Cummings riß Clarks Hand aus der Tasche und drehte ihm den Arm auf den Rücken. «Los, Mann, wir gehen jetzt durch das Tor da drüben, und du wirst ganz brav sein und dich hinsetzen und warten, bis die Polizei da ist. Wenn du Schwierigkeiten machst, reiße ich dir den Arm ab und ramm ihn dir in den Arsch. Marsch jetzt.»

Der Fahrer, der auf Clark gewartet hatte, stand an der Ecke. Er warf einen Blick auf die Gruppe und spazierte zu seinem Wagen. Zwei Minuten später war er schon mehrere Häuserblocks weiter.

Cummings fesselte den Mann mit Handschellen an einen Stuhl, während Breckenridge nachsah, ob er einen Ausweis bei sich hatte – nein, nur die automatische Pistole, aber die identifizierte ihn genügend. Zuerst rief er seinen Captain an, dann das Polizeipräsidium von Annapolis. Dort fing es an, aber dort würde es nicht aufhören. Nur daß der Sergeant das nicht wissen konnte.

15

Schnell und sicher steuerte Robby seinen Wagen Richtung Universitätsklinik. Jack war zu sehr mit seinen Gedanken beschäftigt, um viel aufzunehmen, aber Robby sah sofort das Ding auf der anderen Seite der Straße, das wie die Überreste eines Porsches aussah. Er erstarrte innerlich und drehte den Kopf wieder nach vorn. Er zwang sich, nicht an das Autowrack zu denken, konzentrierte sich auf seinen Wagen und ging auf hundertfünfzig. Auf der anderen Seite des Highways waren so viele Bullen, daß er keine Angst hatte, einen Strafzettel zu bekommen. Eine Minute danach nahm er die Abfahrt zum Ritchie Highway und fuhr einen Bogen in nördlicher Richtung nach Baltimore. Es war Rush-hour, aber die meisten Autos kamen ihnen entgegen. Er fand genügend Lücken und benutzte jede von ihnen. Er schaltete wie eine Maschine und setzte den Fuß nur wenige Male auf die Bremse. Jack starrte nur geradeaus und sah kaum etwas.

Breckenridge ließ Mike Peters, seinen Captain, übernehmen. Er ist ein ganz guter Offizier, dachte der Sergeant, mit genug Menschenverstand, um seinen Unteroffizieren den täglichen Kram anzuvertrauen. Er hatte es geschafft, das Wachhäuschen zwei Minuten vor der Polizei von Annapolis zu erreichen, so daß Breckenridge und Cummings ihm berichten konnten.

«Was ist also los, meine Herren?» fragte der ranghöhere Polizeibeamte. Captain Peters nickte Breckenridge zu.

«Sir, Sergeant Cummings beobachtete diesen Mann, der gegenüber, an der anderen Seite der Straße, stand. Er sah nicht so aus wie jemand, der hier wohnt, so daß wir ihn im Auge behielten. Zuletzt gingen Cummings und ich hin und fragten, ob wir ihm helfen könnten. Er versuchte, das hier auf uns zu richten» – Breckenridge hob vorsichtig, um die Fingerabdrücke nicht zu verwischen, die Pistole hoch – «und er hatte das Messer hier in der Tasche. Da es illegal ist, eine Waffe nicht sichtbar bei sich zu führen, machten Cummings und ich eine Bürgerfestnahme und riefen Sie an. Der Bursche hat keinen Ausweis bei sich und wollte nicht mit uns reden.»

«Was für ein Schießeisen ist das?» fragte der Polizist.

«Eine Neun-Millimeter-FN», antwortete Breckenridge. «Im Prinzip das gleiche wie die Hochleistungs-Browning, aber ein anderes Fabrikat, mit einem dreizehnschüssigen Magazin. Die Waffe war geladen und entsichert. Das Messer ist billiger Schund.»

Der Polizist mußte lächeln. Er kannte Breckenridge vom Schießkurs der städtischen Polizei her.

«Dürfte ich bitte Ihren Namen haben», sagte der Polizist zu Eamon Clark. Der «Verdächtige» starrte ihn nur an. «Sir, Sie haben eine Reihe von verfassungsmäßigen Rechten, die ich Ihnen gleich vorlesen werde, aber das Gesetz erlaubt Ihnen nicht, Ihre Identität zu verschweigen. Sie müssen mir Ihren Namen sagen.»

Der Polizist sah Clark eine Weile an. Zuletzt zuckte er die Achseln und zog eine Karte von seiner Schreibunterlage. «Sir, Sie haben das Recht, nichts zu sagen...» Er las die Litanei von der Karte ab. «Verstehen Sie diese Rechte?»

Clark sagte immer noch nichts. Der Polizeibeamte wurde ärgerlich. Er blickte auf die anderen drei Männer im Raum. «Meine Herren, werden Sie bezeugen, daß ich diesen Herrn auf seine verfassungsmäßigen Rechte hingewiesen habe?»

«Ja, Sir, gewiß», sagte Captain Peters.

«Wenn ich einen Vorschlag machen darf, Officer», sagte Breckenridge. «Sie sollten diesen Herrn vielleicht zusammen mit dem FBI unter die Lupe nehmen.»

«Wieso?»

«Er spricht so komisch», erklärte der Sergeant. «Er ist nicht von hier.»

«Großartig – zwei Verrückte an einem Tag.»

«Wovon reden Sie?» fragte Breckenridge.

«Vorhin wurde ein Wagen auf der Fünfzig mit einer Maschinenpistole beschossen. Sieht so aus wie eine Auseinandersetzung zwischen Dealern. Ein paar Minuten später erschossen dieselben Kerle einen Streifenpolizisten. Sie sind entwischt.» Der Polizist beugte sich vor und fixierte Clark. «Sie fangen besser an zu reden, Sir. Meine Kollegen sind heute nicht in bester Stimmung. Ich meine, wir haben keine Lust, uns lange mit solchem Mist abzugeben. Kapiert?»

Clark kapierte nicht. In Irland war es ein schweres Vergehen, eine

Waffe bei sich zu führen. In Amerika war es lange nicht so schwerwiegend, weil viele Leute eine Waffe besaßen. Wenn er behauptet hätte, er habe auf jemanden gewartet und die Pistole nur mitgenommen, um sich vor Kriminellen zu schützen, wäre er vielleicht davongekommen, ohne die Feststellung der Personalien abwarten zu müssen. Aber seine Bockigkeit machte den Polizisten wütend und sorgte dafür, daß man die Personalien streng nach Vorschrift feststellen und Anklage erheben würde.

Captain Peters und Sergeant Breckenridge wechselten einen vielsagenden Blick.

«Officer», sagte der Captain. «Ich würde nachdrücklich empfehlen, daß Sie die Identität dieses Mannes zusammen mit dem FBI prüfen. Wir hatten... hm... wir hatten vor ein paar Wochen eine offizielle Warnung vor terroristischen Aktivitäten. Da er auf städtischem Gelände festgenommen wurde, sind Sie für ihn zuständig, aber...»

«Ich habe verstanden, Captain», sagte der Polizist. Er überlegte einige Sekunden und kam zu dem Schluß, daß mehr hinter der Sache steckte, als man auf den ersten Blick sah. «Wenn Sie mich aufs Revier begleiten würden? Dann werden wir feststellen, wer unser Mr. Unbekannt ist.»

Ryan rannte in die Chirurgie und wies sich am Empfangstresen aus. Die Dame zeigte auf einen Warteraum und sagte mit fester Stimme, er würde dort benachrichtigt werden, sobald es eine Nachricht gäbe. Der plötzliche Übergang zur Untätigkeit verwirrte ihn. Er stand einige Minuten im Eingang zum Warteraum und konnte keinen klaren Gedanken fassen. Als Robby seinen Wagen geparkt hatte und ihm nachkam, fand er ihn auf einem Sofa mit rissigem Vinylbezug sitzen und eine Broschüre durchblättern, die schon zahllose Eltern, Ehefrauen, Männer und Freunde der Patienten dieser Station in den Händen gehalten hatten.

Die Broschüre erläuterte in gestelzter Amtsprosa, daß das Maryland-Institut für Notfallbehandlung die erste und beste Klinik dieser Art war und die Patienten nach den fortschrittlichsten Methoden behandelte. Ryan wußte all das. Das Johns Hopkins Hospital verwaltete die kürzlich eingerichtete Kinderstation hier und stellte viele Augenchirurgen. Cathy hatte in ihrer Zeit als Assistenzärztin hier gearbeitet, nur zwei Monate, aber mit so vielen Bereitschafts- und Nachtdiensten, daß sie froh gewesen war, als sie es hinter sich hatte. Jack fragte sich, ob sie nun von einem ehemaligen Kollegen behandelt wurde. Würde er sie erkennen? Spielte es eine Rolle?

Er wartete und verlor jedes Zeitgefühl, hatte Angst davor, auf die Uhr zu sehen, fürchtete sich, Mutmaßungen darüber anzustellen, was die verstreichenden Minuten zu bedeuten hatten. Allein, unsäglich allein in diesem deprimierenden Raum, überlegte er, daß Gott ihm eine Frau und ein Kind gegeben hatte, die er mehr liebte als alles auf der Welt, daß seine erste Pflicht als Ehemann und Vater darin bestand, sie vor einer oft feindlichen Umwelt zu schützen, daß er versagt hatte, daß ihr Leben jetzt aus diesem Grund in der Hand von Fremden lag. All sein Wissen, alle seine Fähigkeiten waren jetzt nutzlos.

Robby saß stumm neben seinem Freund, der durch kein Zeichen zu erkennen gab, daß er sich seiner Anwesenheit bewußt war. Aber Jackson war sicher, daß er sie zu schätzen wußte – irgendwie. Nach zwei Stunden ging er langsam hinaus, um seine Frau anzurufen. Draußen fing es an zu regnen, eisige Tropfen, die gut zu ihrer inneren Verfassung paßten.

Sonderagent Shaw betrat gerade sein Haus in Chevy Chase, als das Telefon klingelte. Seine halbwüchsige Tochter meldete sich und reichte ihm den Hörer. Solche Anrufe waren nicht ungewöhnlich.

«Shaw.»

«Mr. Shaw, hier Nick Capitano von der Außenstelle Annapolis. Die Stadtpolizei hat einen Mann in Gewahrsam genommen, der eine Pistole und ein Messer bei sich hatte und sich nicht ausweisen konnte. Er weigert sich, den Mund aufzumachen, aber davor hat er mit zwei Marines geredet, und er hatte einen Akzent.»

«Wie schön, daß er einen Akzent hatte. Was für einen denn?» fragte Shaw gereizt.

«Vielleicht irisch», antwortete Capitano. «Er wurde genau gegenüber von Tor drei der Marineakademie festgenommen. Ich habe hier einen Sergeant von den Marines, der sagt, daß dort ein Professor namens Ryan arbeitet, der irgendeine Warnung von der Antiterror-Abteilung des FBI bekommen hat.»

Verdammt! «Haben Sie den Burschen schon identifiziert?»

«Nein, Sir. Die Kollegen haben gerade Fingerabdrücke genommen und diese und Fotos von ihm per Telefax ans Bureau geschickt. Der Verdächtige weigert sich, irgend etwas zu sagen. Er macht den Mund nicht auf, Sir.»

«Okay.» Shaw überlegte einen Moment. Das gute Abendessen... «Ich bin in einer halben Stunde in meinem Büro. Lassen Sie einen Abzug von den Fotos und die Fingerabdrücke dorthin bringen. Sie bleiben bitte da und sorgen dafür, daß jemand Doktor Ryan sucht und bei ihm bleibt.»

«Wird gemacht.»

Shaw legte auf und wählte die Nummer seines Büros. «Hallo, Dave. Ich bin's, Bill. Ruf London an und sag Dan Murray, er soll in einer halben Stunde in seinem Büro sein. Möglicherweise passiert hier drüben etwas.»

«Tschüs, Daddy», sagte seine Tochter. Shaw hatte nicht mal Zeit gehabt, seinen Mantel auszuziehen.

Siebenundzwanzig Minuten später war er wieder an seinem Schreibtisch. Als erstes rief er Nick Capitano in Annapolis an.

«Irgendwas Neues?»

«Nein, Sir. Die Sicherheitsabteilung in Annapolis kann diesen Ryan nirgendwo finden. Sein Wagen steht auf dem Akademiegelände, und sie haben dort Leute, die ihn suchen. Ich hab' die County-Polizei gebeten, jemanden zu ihm nach Hause zu schikken, falls ihn jemand anders hingebracht hat – vielleicht ist sein Wagen nicht angesprungen oder so. Hier ist im Moment der Teufel los. Ungefähr um die Zeit, als Ihr Pistolenmann festgenommen wurde, ist ein Wagen kurz vor der Stadt mit einer MP beschossen worden.»

«Wie bitte? Können Sie sich etwas genauer ausdrücken?»

«Die Staatspolizei beschäftigt sich damit, Sir. Wir sind nicht zugezogen worden», erklärte Capitano.

«Schicken Sie jemanden hin!» rief Shaw. Eine Sekretärin trat ins Büro und legte ihm einen Schnellhefter hin. Darin war eine Fotokopie der Fotos, die man von dem Verdächtigen gemacht hatte. Sie zeigten ihn von vorn und im Profil.

«Warten Sie!» Die Tür hatte sich noch nicht hinter der Sekretärin geschlossen. «Ich möchte, daß das hier sofort nach London gefaxt wird.»

«Ja, Sir.»

Als nächstes wählte Shaw die Geheimnummer der US-Botschaft in London.

«Ich war gerade eingeschlafen», sagte Murray nach dem ersten Klingelzeichen.

«Hallo, Dan. Ich hab' gerade das Abendessen verpaßt. Es ist eine harte Welt. Ich lasse dir zwei Fotos durchgeben.» Shaw berichtete Murray, was geschehen war.

«O mein Gott.» Murray trank hastig einen Schluck Kaffee. «Wo ist Ryan?»

«Wir wissen es nicht. Wahrscheinlich spaziert er nur irgendwo herum. Sein Wagen ist immer noch in Annapolis, auf dem Campus, meine ich. Die Sicherheitsleute suchen ihn. Ihm kann nichts passiert sein, Dan. Wenn ich es richtig sehe, wartete der Verdächtige in Annapolis auf ihn.»

Die Aufnahmen von Eamon Clark waren schon in der Botschaft. Die Kommunikationszentrale des FBI arbeitete mit demselben Satellitennetz, das die Nachrichtendienste benutzten. Die Funkbeamten der Botschaft waren in Wahrheit Angestellte der National Security Agency, die nie schlief. Das Telefax war mit Prioritätsstreifen eingegangen, und ein Bote brachte es im Laufschritt zu Murrays Büro hoch. Aber die Tür war abgeschlossen. Murray mußte den Hörer hinlegen, um zu öffnen.

«Ich bin wieder da», sagte er. Er klappte den Schnellhefter auf. Die Aufnahmen hatten darunter gelitten, daß sie zweimal in elektronische Signale zerlegt und gefunkt worden waren, aber sie waren noch ganz gut zu erkennen. «Er kommt mir irgendwie bekannt vor. Ich komme nicht auf seinen Namen, aber er hat was auf dem Kerbholz.»

«Wie schnell kannst du ihn identifizieren?»

«Ich könnte Jimmy Owens anrufen. Bist du im Büro?»

«Ja», antwortete Shaw.

«Ich ruf' gleich wieder an.» Murray legte auf. Er wußte Owens' Nummer nicht auswendig und mußte nachsehen.

«Ja?»

«Hallo, Jimmy. Hier Dan.» Murrays Stimme war ganz beiläufig. Bei sich dachte er, ich hab' was für dich, du weißt es nur noch nicht.

«Wissen Sie, wie spät es ist?»

«Unsere Jungs haben drüben jemanden in Gewahrsam, der Sie vielleicht interessiert.»

«Wen?» fragte Owens.

«Ich habe ein Bild, aber keinen Namen. Er ist in Annapolis festgenommen worden, vor der Marineakademie.»

«Ryan?»

«Vielleicht.» Murray machte sich Sorgen darüber.

«Wir treffen uns im Yard», sagte Owens.

«Schon unterwegs.» Murray sprintete nach unten zu seinem Wagen.

Owens hatte es leichter. Sein Haus wurde rund um die Uhr von zwei bewaffneten Kriminalbeamten in einem Polizeifahrzeug bewacht. Er brauchte nur nach draußen zu treten und zu winken, und der Landrover kam zur Tür gefahren. Er schlug Murray um fünf Minuten. Als der FBI-Agent eintraf, hatte er schon eine Tasse Tee getrunken.

«Kommt Ihnen der Bursche bekannt vor?» Der FBI-Agent reichte ihm die Fotos. Owens machte große Augen.

«Ned Clark», sagte er leise. «In Amerika, sagten Sie?»

«Ich dachte gleich, den kennst du. Sie haben ihn in Annapolis aufgelesen.»

«Er ist einer von den Burschen, den sie aus Long Kesh rausgeholt haben. Gefährlicher Typ mit mehreren Morden auf dem Konto. Vielen Dank, Mr. Murray.»

«Danken Sie den Marines.» Murray nahm eine Tasse Tee. «Kann ich das Telefon benutzen?» Innerhalb einer Minute war er wieder mit dem FBI-Hauptquartier verbunden. Der Schreibtischlautsprecher war eingeschaltet, so daß Owens mithören konnte.

«Bill, der Verdächtige ist ein gewisser Ned Clark, ein verurteilter Mörder, der letztes Jahr aus dem Gefängnis ausgebrochen ist. Er war ein IRA-Killer.»

«Ich hab' eine schlechte Nachricht, Dan», antwortete Shaw. «Anscheinend ist ein Anschlag auf Ryans Familie verübt worden. Die Staatspolizei untersucht einen MP-Überfall auf einen Pkw, der auf Dr. med. Caroline Ryan zugelassen ist. Die Verdächtigen waren in einem Transporter und sind entkommen, nachdem sie einen Streifenpolizisten von der Staatspolizei getötet haben.»

«Wo ist Jack Ryan?» fragte Murray.

«Wir wissen es noch nicht. Man hat gesehen, wie er das Gelände der Marineakademie im Wagen eines Freundes verließ. Ein paar Streifen suchen jetzt den Wagen.»

«Und seine Familie, ich meine, seine Frau und seine Tochter?» fragte Owens.

«Sie sind in die Uni-Klinik in Baltimore geflogen worden. Die Stadtpolizei soll den Komplex im Auge behalten, aber er wird ohnehin bewacht. Sobald wir Ryan gefunden haben, lassen wir ein paar Leute bei ihm. Und was diesen Clark angeht, so sitzt er morgen früh in FBI-Gewahrsam. Ich nehme an, Mr. Owens möchte ihn zurückhaben?»

«Ja.» Owens lehnte sich zurück. Er mußte jetzt ebenfalls einen Anruf machen. Die gute Nachricht war mit einer schlechten verbunden, wie so oft bei der Arbeit der Polizei.

«Mr. Ryan?» Es war ein Arzt. Vermutlich ein Arzt. Er trug ein rosarotes Zellstoffgewand und merkwürdig aussehende rosarote Stiefel über seinen Schuhen, wahrscheinlich Jogging-Schuhen. Das Gewand war blutbefleckt. Er kann nicht viel über dreißig sein, schätzte Ryan. Das Gesicht war müde und dunkel. DR. BARRY SHAPIRO stand auf dem kleinen Namensschild. CHEFARZT CHIRURGIE. Ryan versuchte aufzustehen, aber seine Beine funktionierten nicht. Er richtete sich langsam auf und plumpste auf einen Lehnstuhl neben dem Sofa.

Welche Nachricht bringst du mir? dachte er. Er flehte innerlich um Informationen und fürchtete sich gleichzeitig davor, zu erfahren, was mit den Seinen geschehen war.

«Ich bin Barry Shapiro. Ich habe mich um Ihre Tochter gekümmert. Hm, Ihrer Frau geht es gut. Ihr linker Oberarm ist gebrochen und hat einen Einschuß...»

«Einen Einschuß?» fragte Ryan.

«Ja, wußten Sie das nicht? Aber wie dem auch sei. Außerdem hat sie eine große Schnittwunde am Schädel. Als der Sanitäter im Hubschrauber die Kopfwunde sah – Schädel bluten eine Menge –, hat er sie vorsichtshalber hierher gebracht. Wir haben den Kopf gründlich untersucht, und er ist in Ordnung. Eine leichte Gehirnerschütterung, kein Grund zur Sorge.»

«Sie ist schwanger...»

«Das haben wir gesehen», sagte Shapiro lächelnd. «Kein Problem. Die Leibesfrucht ist in keiner Weise geschädigt, und die Schwangerschaft dürfte weiterhin normal verlaufen.»

«Sie ist Chirurgin. Wird sie den Arm wieder hundertprozentig gebrauchen können?»

«Oh? Das wußte ich nicht. Wir geben uns nicht groß mit den Personalien unserer Patienten ab», erläuterte Shapiro. «Nein, es dürfte keine Probleme geben. Der Bruch ist kompliziert, aber Routine. Er müßte vollständig verheilen.»

Ryan fürchtete sich davor, die nächste Frage zu stellen. Der Arzt wartete, ehe er weiterredete. Kommt jetzt die schlechte Nachricht...

«Ihrer Tochter geht es gar nicht gut.»

Jack würgte. Die eiserne Faust, die sich um seinen Magen gelegt hatte, lockerte ihren Griff ein wenig. Sie ist wenigstens am Leben. Sally lebt!

«Sie war offenbar nicht angeschnallt. Als der Wagen aufprallte, wurde sie sehr heftig nach vorn geschleudert.» Jack nickte. Sally spielte gern mit der Gurtschließe. «Also, beide Schienbeine sind gebrochen, außerdem der linke Oberschenkelknochen. Links sind alle Rippen gebrochen, auf der rechten Seite sechs – eine klassische Brustkorbquetschung. Sie kann nicht selbst atmen, sie ist an ein Beatmungsgerät angeschlossen; das wäre also unter Kontrolle. Sie kam mit erheblichen inneren Verletzungen und inneren Blutungen, einer schweren Verletzung der Leber und der Milz und des Dickdarms. Ihr Herz setzte kurz nach der Ankunft hier aus, wahrscheinlich wegen zu großen Blutverlusts. Wir haben es sofort wieder in Gang gebracht und Bluttransfusionen vorgenommen. Das Problem wäre also auch gelöst», sagte Shapiro schnell.

«Doktor Kinter und ich haben fast fünf Stunden an ihr gearbeitet. Wir mußten die Milz herausnehmen – das ist okay, man kann ohne Milz leben.» Shapiro sagte nicht, daß die Milz eine wichtige Rolle bei der Abwehr von Infektionen spielte. «Die Leber hatte einen ziemlich langen Riß und eine Verletzung der Hauptarterie, die sie mit Blut versorgt. Wir mußten ein Viertel der Leber entfernen – auch das ist kein Problem –, und ich *denke*, wir haben den Arterienschaden behoben, und ich *denke*, die Sache wird halten. Die Leber ist wichtig. Sie hat eine Menge mit Blutbildung und dem biochemischen Gleichgewicht des Körpers zu tun. Ohne sie kann man nicht leben. Wenn die Leber funktioniert... Dann wird sie es wahrscheinlich schaffen. Die Dickdarmverletzung war relativ leicht in den Griff zu kriegen. Wir haben ungefähr dreißig Zentimeter entfernt. Die Beine kann sie gar nicht bewegen im Augenblick. Wir werden sie später drannehmen. Die Rippen – nun, das ist schmerzhaft, aber nicht lebensgefährlich. Und die Schädelverletzung ist vergleichsweise geringfügig. Ich nehme an, die Brust hat beim Aufprall das meiste abbekommen. Sie hat eine Gehirnerschütterung, aber nichts weist auf Gehirnblutungen hin.» Shapiro rieb sich mit beiden Händen das bärtige Gesicht.

«Es steht und fällt mit der Leberfunktion. Wenn die Leber weiter arbeitet, wird sie wahrscheinlich wieder ganz gesund werden. Wir messen laufend die Zusammensetzung des Bluts, und wir werden in... in acht oder neun Stunden Genaueres wissen.»

«Erst dann?» Ryan sah den Arzt mit aschfahlem Gesicht an. Sie kann immer noch sterben ...

«Mr. Ryan», sagte Shapiro langsam, «ich weiß, was Sie jetzt durchmachen. Wenn Ihre kleine Tochter nicht von einem Hubschrauber hergebracht worden wäre, müßte ich Ihnen jetzt sagen, daß sie tot ist. Fünf Minuten später – vielleicht noch weniger –, und ich hätte es nicht geschafft. Es war dicht davor. Aber sie *lebt*, und ich verspreche Ihnen, daß wir unser Bestes tun werden, damit es so bleibt. Und unser Bestes ist das Beste, was es gibt. Mein Ärzte- und Schwesternteam ist das beste der Welt – Punkt. Niemand kann uns das Wasser reichen. Wenn es einen Weg gibt, finden wir ihn.» Und wenn nicht, ist es höhere Gewalt. Aber das sagte er nicht.

«Kann ich sie sehen?»

«Nein.» Shapiro schüttelte den Kopf. «Ihre Frau und Ihre Tochter sind jetzt auf der Intensivstation. Dort wird alles steril gehalten wie in einem Operationssaal. Schon die kleinste Infektion könnte tödlich sein. Es tut mir leid, aber es wäre zu riskant für sie. Meine Leute lassen sie nicht aus den Augen. Eine Schwester sieht jede Sekunde nach ihnen, und ein Team von Ärzten und Schwestern steht zehn Meter weiter bereit.»

«Ja.» Er stöhnte es beinahe. Er legte den Kopf an die Wand und machte die Augen zu. Noch acht Stunden. Aber du hast keine Wahl. Du mußt warten. Du mußt tun, was sie sagen. «Ja.»

Der Arzt ging, und Jackson begleitete ihn zum Fahrstuhl. Er drehte sich um, als er einen Mann mit britischem Akzent hörte, der zusammen mit einem anderen Herrn von einer Krankenschwester zum Warteraum gewiesen wurde. Robby folgte ihnen.

Der größere Mann trat zu Ryan und sagte: «Sir John?»

Ryan blickte auf. Sir John? dachte Robby. Der Brite fuhr schnell fort: «Mein Name ist Geoffrey Bennett. Ich bin Geschäftsträger der britischen Botschaft.» Er zog einen Umschlag aus der Tasche und reichte ihn Ryan. «Ihre Majestät hat mich angewiesen, Ihnen dies persönlich zu geben und auf Ihre Antwort zu warten.»

Jack blinzelte, riß dann den Umschlag auf und nahm ein gelbes Depeschenformular heraus. Das Telegramm war kurz, freundlich und direkt. Wie spät ist es dort drüben? fragte er sich. Zwei Uhr morgens? Drei? Das bedeutete, daß man sie wahrscheinlich geweckt hatte, um sie zu informieren, und daß sie betroffen genug gewesen war, um eine persönliche Botschaft zu schicken. Und auf eine Antwort zu warten.

Also!

Er schloß die Augen und sagte sich, daß es Zeit sei, in die Welt der Lebenden zurückzukehren. Zu ausgelaugt für die Tränen, die er weinen müßte, schluckte er ein paarmal und rieb sich das Gesicht, ehe er aufstand.

«Richten Sie Ihrer Majestät bitte aus, daß ich ihre Anteilnahme überaus zu schätzen weiß. Meine Frau wird ganz sicher wieder genesen, aber der Zustand meiner Tochter ist sehr kritisch, und wir werden erst in acht oder neun Stunden erfahren, ob sie möglicherweise durchkommt. Sagen Sie Ihrer Majestät bitte..., daß ich sehr bewegt über ihre Anteilnahme bin und daß wir alle hier ihr gar nicht genug für ihre Freundlichkeit danken können.»

«Danke, Sir John.» Bennett machte ein paar Notizen. «Ich werde Ihre Antwort umgehend funken lassen. Wenn Sie nichts dagegen haben, lasse ich einen Botschaftsangehörigen bei Ihnen.» Jack nickte verwirrt, während Bennett ging.

Robby registrierte all das mit hochgezogenen Augenbrauen und einem Dutzend stummer Fragen. Wer war der Bursche, der sich nun als Edward Wayson vorstellte und sich in die Ecke gegenüber von der Tür setzte? Er schaute zu Jackson. Ihre Blicke begegneten sich kurz, und sie taxierten einander. Wayson hatte kalte, unbeteiligt blickende Augen und ein leises Lächeln um die Mundwinkel. Robby musterte ihn aufmerksamer. Unter seinem linken Arm wölbte sich etwas vor. Wayson tat so, als vertiefe er sich in ein Taschenbuch, das er mit der linken Hand hielt, aber sein Blick wanderte alle paar Sekunden zur Tür, und seine rechte Hand lag lose auf seinen Knien. Er merkte, daß Jackson ihn betrachtete, und nickte. Ein Geheimer, folgerte Robby, zumindest ein Sicherheitsbeamter. Das ist es also! Die Erkenntnis traf ihn wie ein eisiger Luftzug. Seine Hände zuckten, als er überlegte, was für ein Mensch es sein mochte, der versucht hatte, eine schwangere Frau und ihre kleine Tochter zu töten.

Fünf Minuten später trafen drei Beamte der Staatspolizei verspätet ein. Sie redeten zehn Minuten mit Ryan. Jackson beobachtete sie interessiert und sah, wie sein Freund erbleichte, während er ihre vielen Fragen stammelnd beantwortete. Wayson schaute nicht hin, hörte aber alles.

«Sie hatten recht, Jimmy», sagte Murray. Er stand am Fenster und schaute auf den Frühmorgenverkehr an der Kreuzung Broadway und Victoria Street hinunter.

«Paddy O'Neil sagt in Boston, daß die von der Sinn Fein alles prachtvolle Burschen sind», sagte Owens nachdenklich. «Und unser Freund O'Donnell beschließt, ihnen eins auszuwischen. Wir konnten es nicht wissen, Dan. Der Schatten eines Verdachts ist kein konkretes Indiz, das wissen Sie. Schon die Warnung, die Sie ihnen zukommen ließen, war durch keine Fakten gerechtfertigt. Aber Sie *haben* sie gewarnt.»

«Sie ist so ein niedliches kleines Mädchen. Hat mich umarmt und mir einen Kuß gegeben, ehe sie heimflogen.» Murray schüttelte traurig den Kopf.

Als Barry Shapiro wieder auf die Uhr blickte, war es fünf Uhr morgens. Kein Wunder, daß ich so müde bin, dachte er. Zwanzig Stunden Dienst. Ich bin zu alt dafür. Er las den Ausdruck, den die Blutanalyse-Apparat eine Minute vorher gemacht hatte, und gab ihn der Schwester zurück. Sie heftete ihn an das Krankenblatt der Kleinen, setzte sich hin und strich ihr die schmutzigen Strähnen links und rechts von der Sauerstoffmaske zurück.

«Ihr Vater ist unten. Lassen Sie sich ablösen und gehen Sie hin und sagen Sie es ihm. Ich gehe kurz nach oben und rauche eine.»

Shapiro verließ die Intensivstation, nahm seinen Mantel und tastete in der Tasche nach den Zigaretten.

Er schritt den Korridor hinunter zur Feuertreppe und ging langsam die drei Stockwerke zum Dach hoch. Mein Gott, dachte er, Gott, bin ich müde. Das Dach war flach und hatte einen Belag aus Teer und Splitt. Hier und da ragten UKW-Antennen der Funkstation des Krankenhauses oder Kondensatoren der Klimaanlage auf. Shapiro zündete sich im Windschatten des Fahrstuhlturms eine Zigarette an und verfluchte sich gleichzeitig, daß er die schädliche Gewohnheit nicht loswerden konnte. Er schritt zum Rand des Dachs, stellte einen Fuß auf die Brüstung wie auf eine Thekenstange und blies Qualm in die Luft. Der Arzt reckte sich und streckte die Arme aus. Der nächtliche Regen hatte die normalerweise verschmutzte Luft reingewaschen, und er konnte über sich in dem grauen Zwielicht die Sterne sehen.

«Nein», flüsterte er. Zu sich selbst gewandt. Zu irgendeinem bösen Geist. Zu niemandem. «Nein! Diesmal nicht – die kriegst du nicht! Sie wird heimkehren.» Er schnippte die Zigarette fort und sah zu, wie der winzige orangefarbene Punkt auf die glänzende leere Straße fiel. Er drehte sich zur Treppe. Es war Zeit, daß er ein bißchen Schlaf bekam.

16

Korvettenkapitän Robby Jackson fand die Presse genau wie viele andere Berufsoffiziere mehr oder weniger überflüssig. Jack hatte ihm immer wieder gesagt, daß seine Ansicht ganz falsch sei, daß die Presse für die Erhaltung der amerikanischen Demokratie ebenso wichtig war wie die Kriegsmarine, was für ihn eine bittere Ironie sein mußte. Im Augenblick bedrängten Reporter seinen Freund vor seinen Augen mit Fragen, die entweder blödsinnig oder widerlich indiskret waren. Warum wollte jeder wissen, wie Jack darunter litt, daß seine Tochter zwischen Leben und Tod schwebte? Es war doch ganz klar, daß man darunter litt – waren sie denn so dumm, daß sie es haarklein auseinandergesetzt haben mußten? Wie sollte Jack wissen, wer die Schüsse abgegeben hatte – wie konnte er, wenn nicht mal die Polizei es wußte?

«Und wie heißen *Sie*?» fragte ihn plötzlich eine Journalistin. Er nannte ihr seinen Namen und seinen Rang, aber nicht die Dienstnummer.

«Was machen Sie hier?» bohrte sie.

«Wir sind befreundet. Ich habe ihn hierher gefahren.» Dumme Gans.

«Und was halten Sie von all dem?»

«Was soll ich davon halten? Was würden Sie denn davon halten, wenn das kleine Mädchen da oben die Tochter von Ihrer Freundin wäre?» fuhr der Pilot sie an.

«Wissen Sie, wer es getan hat?»

«Ich bin Pilot und kein Bulle. Warum fragen Sie nicht die Polizei?»

«Die sagt nichts.»

Robby lächelte dünn. «Nun, das spricht für sie. Warum lassen Sie den Mann nicht in Ruhe, meine Beste? Stellen Sie sich vor, Sie machten das durch, was er jetzt durchmacht – wie würde es Ihnen gefallen, wenn ein halbes Dutzend Fremde Ihnen solche Fragen stellte? Er ist ein menschliches Wesen, ist Ihnen das nicht klar? Außerdem ist er mein Freund, und die Art, wie ihr mit ihm umgeht, paßt mir nicht.»

«Hören Sie, Commander, wir wissen, daß seine Frau und seine Tochter von Terroristen angegriffen wurden...»

«Wer sagt, daß es Terroristen waren?» fragte Jackson.

«Wer hätte es sonst sein sollen? Halten Sie uns für blöd?» Darauf antwortete Robby nicht. «Dies ist eine Sensation – der erste Anschlag ausländischer Terroristen auf amerikanischem Boden, wenn wir es richtig sehen. Es ist wichtig. Die Bevölkerung hat ein Recht, zu wissen, was geschehen ist und warum es geschehen ist», sagte die Reporterin. Es war nicht ohne Logik.

Sie hat recht, räumte Robby widerstrebend ein. Es gefiel ihm nicht, aber sie hatte recht. Verdammt.

«Hätten Sie ein besseres Gefühl, wenn Sie wüßten, daß ich ein Kind im gleichen Alter habe? Nur, daß es ein Junge ist», sagte sie. Sie schien eine ganz patente junge Frau zu sein.

Jack suchte vergeblich etwas, das ihm an ihr nicht paßte. «Sagen Sie mir eins: Wenn Sie die Möglichkeit hätten, die Leute zu interviewen, die das hier getan haben, würden Sie es tun?»

«Das ist mein Beruf. Wir müssen etwas über ihren Background erfahren.»

«Ihr Background heißt Morden, und es ist ihnen ziemlich egal, wer ihnen vor die Flinte kommt. Es gehört zum Spiel. Ich würde sie jedenfalls nicht lange interviewen.» Robby äußerte eine Meinung, die er mit Berufssoldaten überall auf der Welt teilte.

In diesem Augenblick betraten wieder zwei Männer den Warteraum. Sie gingen sofort zu Jack, der kaum noch aufnahmefähig war. Die Nachricht, daß Sally nicht mehr in akuter Lebensgefahr schwebte, hatte ihm eine entsetzliche Last von den Schultern genommen, und er wartete jetzt darauf, seine Frau sehen zu dürfen, die bald von der Intensivstation in ein normales Krankenzimmer verlegt werden sollte. Wayson, der britische Sicherheitsbeamte, der wenige Meter entfernt saß, betrachtete das Geschehen mit unverhohlenem Widerwillen und weigerte sich sogar, seinen Namen zu nennen, wenn Reporter ihn fragten. Die Beamten der Staatspolizei hatten die Presse nicht fernhalten können, aber das Klinikpersonal hatte wenigstens einem Aufnahmeteam des Fernsehens den Zutritt zum Krankenhaus verweigert und war eisern geblieben. Die Frage, die immer wieder gestellt wurde, lautete:

Wer war es? Jack sagte, er wisse es nicht, obwohl er es zu wissen glaubte. Wahrscheinlich waren es die Leute, die er als Bedrohung verworfen hatte.

Es hätte noch schlimmer kommen können, sagte er sich. Es sah zumindest ganz so aus, als würde seine Tochter Ende der Woche die kritische Phase überstanden haben. Sally war nicht tot, weil er eine falsche Schlußfolgerung gemacht hatte. Das war ein Trost.

«Mr. Ryan?» fragte einer der neuen Besucher.

«Ja?» Jack war zu erschöpft, um aufzublicken. Er wurde nur noch von seinem Adrenalin wachgehalten. Seine Nerven spielten verrückt, so daß an Schlaf nicht zu denken war, so sehr er ihn brauchte.

«Ich bin Sonderagent Ed Donoho, FBI-Außenstelle Boston. Ich habe hier jemanden, der Ihnen etwas sagen möchte.»

Kein Mensch hat je behauptet, daß Paddy O'Neil dumm wäre, dachte Donoho. Als die Elf-Uhr-Nachrichten die Meldung gebracht hatten, hatte der Mann der Sinn Fein seinen «Begleiter» vom FBI gefragt, ob er nach Baltimore fliegen könne. Donoho hatte nicht die Befugnis, eine solche Bitte abzuschlagen, und war aufgefordert worden, den Mann selbst zum International Airport zu bringen und mitzufliegen.

«Mr. Ryan», sagte O'Neil mit einer Stimme, die vor Mitgefühl triefte. «Ich habe eben gehört, daß es Ihrer Tochter ein klein wenig besser geht. Ich hoffe, meine Gebete haben dazu beigetragen, und ich...»

Ryan brauchte mehr als zehn Sekunden, um das Gesicht zu erkennen, das er vor ein paar Tagen im Fernsehen gesehen hatte. Seine Augen wurden groß, und sein Mund klappte langsam auf. Aus irgendeinem Grund hörte er gar nicht, was der Mann sagte. Der Klang der Worte drang in seine Ohren, aber sein Gehirn gab ihnen keinen Sinn, als ob sie in einer fremden Sprache wären. Alles, was sah, war die Kehle des Burschen, anderthalb Meter vor sich. Nur anderthalb Meter, war alles, was sein Gehirn ihm sagte.

«Uh-hm», machte Robby am anderen Ende des Raumes. Er stand auf, als sein Freund sich puterrot färbte. Zwei Sekunden später war Robbys Gesicht so weiß wie der Kragen seines Hemdes. Er beugte sich auf dem Sofa vor und stellte beide Füße fest auf den Boden.

Robby drängte sich an dem FBI-Agenten vorbei, als Ryan vom Sofa sprang und die Hände nach O'Neils Hals ausstreckte. Jackson hielt seinen Freund mit der Schulter auf, umklammerte ihn mit beiden Armen und versuchte, ihn zurückzuschieben, während drei

Fotografen die Szene knipsten. Jack gab keinen Ton von sich, aber Robby wußte genau, was er vorhatte. Er war im Vorteil, drückte ihn weiter nach hinten und stieß ihn auf das Sofa zurück. Dann drehte er sich schnell um.

«Schaffen Sie den Bastard raus, ehe *ich* ihn umbringe!» Jackson war zehn Zentimeter kleiner als der Ire, aber genauso aufgebracht wie Jack. «Schaffen Sie diesen verdammten Terroristen hier raus!»

«Officer!» Agent Donoho zeigte auf einen Polizeibeamten, der O'Neil an der Schulter nahm und ihn in Sekundenschnelle aus dem Raum komplimentierte. Die Reporter eilten hinterher, während O'Neil laut seine Unschuld beteuerte.

«Haben Sie den Verstand verloren?» zischte Jackson den FBI-Agenten an.

«Beruhigen Sie sich, Commander. Ich bin auf Ihrer Seite, ja? Beruhigen Sie sich.»

Jackson setzte sich neben Ryan, der auf den Boden starrte und wie ein Pferd nach dem Rennen atmete. Donoho setzte sich auf die andere Seite.

«Mr. Ryan, ich konnte ihn nicht daran hindern, hierher zu kommen. Tut mir leid, aber das liegt für uns nicht drin. Er wollte Ihnen sagen... Verdammt, er hat mir in der Maschine dauernd erzählt, daß sein Verein nichts damit zu tun hat und daß es eine Katastrophe für sie ist. Ich nehme an, er wollte Ihnen sein Mitgefühl ausdrücken.» Der Agent haßte sich dafür, das zu sagen, obgleich es, jedenfalls was ihn betraf, die reine Wahrheit war. Er haßte sich noch mehr, weil er im Lauf der letzten Wochen beinahe angefangen hatte, Paddy O'Neil zu mögen. Der Repräsentant der Sinn Fein hatte einen unleugbaren Charme und die Gabe, seinen Standpunkt sehr überzeugend zu vertreten. Ed Donoho beteuerte: «Ich werde dafür sorgen, daß er Sie nicht wieder belästigt.»

«Tun Sie das», sagte Robby.

Donoho ging in die Halle zurück und wunderte sich nicht, als er schon von weitem sah, wie O'Neil seine Nummer vor den Reportern abzog. «Mr. Ryan ist durcheinander», sagte er gerade, «das wäre jeder Familienvater unter diesen Umständen.»

Als Ed Donoho den Mann letzte Woche kennengelernt hatte, war er ihm zuerst unsympathisch gewesen. Dann hatte er angefangen, sein Können und seine gewinnende Art zu bewundern. Während er nun seine Worte hörte, verabscheute er ihn auf einmal. Er hatte eine Idee. Er fragte sich, ob das Bureau einverstanden wäre, und kam zu dem Schluß, es sei das Risiko wert. Zuerst nahm er einen Streifenpolizisten am Arm und bat ihn, dafür zu sorgen, daß der Kerl nicht wieder in Ryans Nähe kommen würde. Als nächstes trat er zu einem Pressefotografen und redete mit ihm. Zusammen gingen sie zu einem Arzt, der gerade durchs Foyer kam.

«Nein, auf keinen Fall», beschied der Chirurg ihre Bitte.

«Hören Sie, Doktor», sagte der Fotograf. «Meine Frau ist zum erstenmal schwanger. Wenn es diesem Mann helfen wird, bin ich dafür. Es kommt nicht in die Zeitung, Sie haben mein Wort.»

«Ich glaube, es wird ihm helfen», sagte der FBI-Agent. «Wirklich.»

Zehn Minuten später zogen Donoho und der Fotograf die keimfreie Kluft aus. Der FBI-Agent nahm den Film und steckte ihn in die Tasche. Ehe er O'Neil wieder zum Flughafen brachte, rief er das Hauptquartier in Washington an, und zwei Agenten fuhren zu Ryans Haus in Peregrine Cliff hinaus. Sie hatten keine Schwierigkeiten mit der Alarmanlage.

Jack war jetzt über vierundzwanzig Stunden wach. Wenn er imstande gewesen wäre, darüber nachzudenken, hätte er gestaunt, daß er noch funktionierte, obgleich jemand, der ihn beobachtete, vielleicht daran gezweifelt hätte. Robby war gegangen, um irgend etwas zu erledigen. Was es war, wußte er nicht mehr.

Er wäre auf jeden Fall allein gegangen. Vor zwanzig Minuten war Cathy in das Hauptgebäude verlegt worden, und er mußte sie sehen. Wie jemand, der sich zur Hinrichtung begibt, schritt er durch einen gefliesten Korridor. Er bog um eine Ecke und sah sofort, welches Zimmer es sein mußte. Die Tür wurde von zwei Polizisten flankiert. Sie beobachteten, wie er sich näherte, und Jack suchte in ihrem Blick nach einem Zeichen, daß sie wußten, all dies sei seine Schuld – seine Frau und seine Tochter seien nur deshalb beinahe ums Leben gekommen, weil er zu dem Schluß gekommen war, daß kein Anlaß zur Sorge bestehe. Jack hatte vorher noch nie versagt, und die bittere Erfahrung überzeugte ihn davon, daß die anderen ihn genauso verachteten, wie er selbst sich verachtete.

Cathy hatte ein Einzelzimmer. Ihr Arm war in Gips. Ein großes blaurotes Mal zog sich über ihre rechte Gesichtshälfte, und die halbe Stirn wurde von einem Verband bedeckt. Ihre Augen waren offen, aber fast leblos, und starrten auf einen Fernseher, der nicht lief. Jack ging wie betäubt zu ihr. Eine Schwester hatte einen Stuhl ans Bett gestellt. Er setzte sich und nahm Cathys Hand, während er nach Worten suchte, die er dem Menschen sagen konnte, den er schwer enttäuscht hatte. Ihr Gesicht wandte sich zu ihm. Ihre Augen waren dunkel und voller Tränen.

«Entschuldige, Jack», flüsterte sie.

«Was?»

«Ich habe gesehen, daß sie mit dem Gurt spielte, aber ich habe nichts gesagt, weil ich es eilig hatte – und dann kam dieser Transporter, und ich hatte keine Zeit zu... Wenn ich nachgesehen hätte, ob sie richtig angeschnallt war, wäre ihr fast nichts passiert... Aber ich hatte es eilig», schloß sie und blickte fort. «Jack, es tut mir so leid.»

Mein Gott, sie gibt sich die Schuld..., was soll ich jetzt sagen?

«Sie wird durchkommen, Schatz», brachte er, noch benommen von dem, was er eben gehört hatte, hervor. Er drückte ihre Hand an sein Gesicht und küßte sie. «Und du wirst auch wieder ganz gesund. Das ist das einzige, worauf es ankommt.»

«Aber...» Sie starrte auf die Wand gegenüber.

«Kein ‹aber›.»

Sie sah ihn wieder an. Sie versuchte zu lächeln, doch aus ihren Augen quollen Tränen. «Ich habe mit Doktor Ellingstone vom Hopkins gesprochen – er kam rüber und hat nach Sally gesehen. Er sagt, sie wird wieder gesund. Er sagt, Shapiro hat ihr das Leben gerettet.»

«Ich weiß.»

«Ich hab' sie noch nicht mal gesehen... Ich erinnere mich, wie wir gegen die Brücke prallten, und dann bin ich erst vor zwei Stunden wieder aufgewacht. Oh, Jack!» Sie umklammerte seine Hand. Er beugte sich vor, um sie zu küssen, doch ehe ihre Lippen einander berührten, fingen sie beide an zu weinen.

«Es ist alles in Ordnung, Cathy», sagte er und begann zu glauben, daß es wirklich so war oder wenigstens bald sein würde. Seine Welt war nicht untergegangen, nicht ganz.

Aber jemand anderes kann sich darauf gefaßt machen, daß seine untergeht, sagte Ryan sich. Es war ein kühler, nüchterner Gedanke in einem Teil seines Verstands, der sich bereits mit der Zukunft beschäftigte. Der Anblick der Tränen, die seine Frau weinte, weil ein anderer ihr das angetan hatte, löste in ihm einen kalten Zorn aus, der sich erst wieder legen würde, wenn dieser andere tot war.

Man kann nur eine gewisse Zeit weinen; es ist, als nähme jede Träne eine winzige Menge des Schmerzes mit. Cathy hörte zuerst auf. Sie wischte ihrem Mann mit der Hand die Tränen vom Gesicht.

Zum erstenmal lächelte sie richtig. Jack hatte sich nicht rasiert. Seine Haut war wie Schleifpapier.

«Wie spät ist es?»

«Halb elf.» Jack brauchte nicht auf die Uhr zu sehen.

«Du mußt schlafen, Jack», sagte sie. «Du mußt auch an deine Gesundheit denken.»

«Ja.» Er rieb sich die Augen.

«Hallo, Cathy», sagte Robby, der in diesem Moment hereingekommen war. «Ich will ihn dir entführen.»

«Sehr gut.»

«Wir haben ein Zimmer im Holiday Inn drüben in der Lombard Street.»

«Wir? Robby, du brauchst doch nicht...»

«Halt den Mund, Jack», sagte Robby. «Cathy, wie geht es dir?»

«Ich habe rasende Kopfschmerzen.»

«Schön, dich trotzdem lächeln zu sehen», sagte Robby leise. «Sissy wird dich nach dem Lunch besuchen. Kann sie dir was mitbringen?»

«Nein, im Augenblick nicht. Vielen Dank.»

«Kopf hoch, Frau Doktor.» Robby nahm Jacks Arm und zog ihn hoch. «Ich werd' ihn später noch mal herbringen.»

Zwanzig Minuten später führte Robby seinen Freund in ihr Motelzimmer. Er holte eine Pillenschachtel aus der Tasche. «Der Arzt hat gesagt, du sollst eine davon nehmen.»

«Ich nehme keine Tabletten.»

«Eine von diesen wirst du aber nehmen, mein Junge. Sie ist schön gelb. Das ist keine Bitte, sondern ein Befehl. Du brauchst Schlaf. Da.» Robby schob sie ihm hin und fixierte ihn, bis er sie geschluckt hatte. Zehn Minuten später war Ryan eingeschlafen. Jackson vergewisserte sich, daß die Tür abgeschlossen war, ehe er sich auf das andere Bett legte. Der Pilot träumte, er sähe die Leute, die all das getan hatten. Sie waren in einem Flugzeug. Viermal feuerte er eine Rakete auf ihren Vogel ab und wartete, bis sie durch das Loch gesogen wurden, das sie gemacht hatte, um ihnen mit seinem Bordgeschütz den Rest zu geben, ehe sie ins Meer stürzten.

Der Patriotenclub war eine Kneipe gegenüber von Broadway-Station in einem der irischen Viertel von Boston-Süd. Der Wirt, John Donoho, fühlte sich als hundertprozentiger Patriot. Er hatte während des demütigenden Rückzugs aus dem Chosin-Becken bei der Ersten Marineinfanterie-Division gedient. Obgleich zweimal verwundet, war er auf dem langen, kalten Marsch zur Hafenstadt Hungnam bei seiner Abteilung geblieben. An seinem rechten Fuß waren vier Zehen abgefroren, und er humpelte immer noch ein wenig. Darauf war er stolzer als auf all seine Dekorationen, die neben einem Wimpel des Marineinfanterie-Korps unter Glas an der Wand hinter der Theke hingen. Wer in der Uniform der Marineinfanterie hereinkam, bekam den ersten Drink gratis und durfte sich eine oder zwei Geschichten über das alte Korps anhören, in das Corporal John Donoho im reifen Alter von achtzehn Jahren eingetreten war.

Er war außerdem ein nebenberuflicher Ire. Er flog jedes Jahr mit Aer Lingus zur grünen Insel, um seine Wurzeln und seinen Akzent aufzufrischen und die besseren Whiskysorten zu genießen, die anscheinend nie in ausreichender Menge nach Amerika exportiert wurden. Donoho versuchte auch, über die Geschehnisse in Nordirland auf dem laufenden zu bleiben, das er nur «die Sechs Grafschaften» nannte, und pflegte seine geistige Verbindung zu den Rebellen, die sich tapfer bemühten, ihr Volk vom britischen Joch zu befreien. So mancher Dollar war in seiner Kneipe für den Norden gesammelt worden, und so manches Glas wurde gehoben, um auf die Gesundheit der Aufständischen und die Sache zu trinken.

«Hallo, Johnny!» rief Paddy O'Neil von der Tür her.

«Schönen guten Abend, Paddy!» Donoho zapfte bereits ein Bier, als er seinen Neffen hinter O'Neil durch die Tür kommen sah. Eddie war der einzige Sohn seines verstorbenen Bruders, ein guter Junge, ausgebildet an der katholischen Notre-Dame-Universität, wo er in der Football-Mannschaft gespielt hatte, ehe er zum FBI gegangen war. Das war nicht ganz so gut wie die Marineinfanterie, aber Onkel John wußte, daß sie dort viel besser zahlten. Er hatte schon gehört, daß Eddie dem Iren überallhin folgte.

Jack und Paddy tranken zusammen ein Bier, ehe letzterer zu einer kleinen Gruppe von Männern ging, die im Hinterzimmer auf ihn wartete. Der Neffe blieb allein am Ende der Theke sitzen, trank eine Tasse Kaffee und hielt die Augen offen. Donoho trat erst jetzt zu seinem Neffen und begrüßte ihn.

«Hallo, Onkel John.»

«Habt ihr endlich ein Datum bestimmt?» fragte John und bemühte sich wie immer, wenn O'Neil in der Nähe war, um seinen irischen Akzent.

«Vielleicht nächsten September», sagte Eddie ausweichend.

«Was? Weißt du, was dein Vater dazu sagen würde, fast ein Jahr mit dem Mädchen zusammenzuwohnen? Und die guten Pater in Notre Dame?»

«Wahrscheinlich das gleiche, was sie zu dir sagen würden, wenn sie wüßten, daß du Geld für Terroristen sammelst», entgegnete der junge FBI-Agent. Eddie hatte es satt, wie ein kleiner Junge behandelt zu werden.

«Das möchte ich in meinem Lokal nicht hören.» Auch John kannte die Nummer schon.

«Das und nichts anderes tut O'Neil aber.»

«Sie sind Freiheitskämpfer. Ich weiß, daß sie dann und wann ein bißchen gegen unsere Gesetze verstoßen, aber die englischen Gesetze, die sie brechen, sind nicht mein Bier – und deins auch nicht», sagte John Donoho mit Nachdruck.

«Siehst du eigentlich nie fern?» Der Agent brauchte keine Antwort darauf. Der Apparat mit dem überdimensionalen Bildschirm in der anderen Ecke wurde bei Baseball- und Footballübertragungen eingeschaltet.

«Ich möchte dir ein paar Fotos zeigen.»

Er legte das erste auf die Theke. «Das ist ein kleines Mädchen, das Sally Ryan heißt. Sie wohnt in Annapolis.»

Sein Onkel nahm es hoch und lächelte. «Ich erinnere mich noch an die Zeit, als meine Kathleen so aussah.»

«Ihr Vater ist Professor an der Marineakademie und war früher Leutnant bei der Marineinfanterie. Er ging aufs Boston College. Sein Vater war Bulle.»

«Klingt so, als ob er ein guter Ire wäre. Ein Freund von dir?»

«Genaugenommen nicht», sagte Eddie. «Paddy und ich haben ihn erst heute morgen kennengelernt. Da sah seine Tochter so aus.» Er legte das zweite Foto auf die Theke.

«Jesus, Maria und Josef.» Es war nicht leicht, zu erkennen, daß unter all den medizinischen Utensilien ein Kind lag. Ihre Füße staken aus dicken Bandagen heraus. In ihrem Mund steckte ein zwei Zentimeter dicker Plastikschlauch, und die anderen sichtbaren Teile ihres Körpers bildeten eine schreckliche entstellte Masse, die der Fotograf bemerkenswert geschickt auf den Film gebannt hatte.

«Sie hat noch Glück gehabt, Onkel John. Ihre Mutter war auch dabei.» Zwei andere Fotos wurden auf die Theke gelegt.

«Was ist das, ein Autounfall – was soll das?» fragte John Donoho. Er wußte wirklich nicht, was all das bezweckte.

«Sie ist Chirurgin – und sie ist schwanger, aber das kann man auf den Bildern nicht sehen. Ihr Wagen wurde gestern außerhalb von Annapolis mit einer Maschinenpistole beschossen. Ein paar Minuten später haben sie einen Polizisten umgelegt.» Er legte noch ein Foto auf die Theke.

«Was? Wer hat es getan?» fragte der ältere Mann.

«Und das hier ist der Vater, Jack Ryan.» Es war dieselbe Aufnahme, die die Londoner Zeitungen gebracht hatten, Jacks Abgangsfoto von Quantico. Eddie wußte, daß sein Onkel immer Stolz empfand, wenn er eine Ausgehuniform der Marines sah.

«Den hab ich schon mal irgendwo gesehen...»

«Ja. Er hat vor ein paar Monaten einen Terroristenanschlag in London vereitelt. Anscheinend waren die Terroristen so sauer, daß sie ihm und seiner Familie hier drüben an den Kragen wollten. Das Bureau befaßt sich damit.»

«Wer hat es getan?»

Das letzte Foto wanderte auf die Theke. Es zeigte, wie Ryan nach Paddy O'Neils Kehle griff und von einem Schwarzen zurückgehalten wurde.

John Donoho starrte einige Sekunden auf das Foto. «Willst du vielleicht sagen, daß Paddy was damit zu tun hatte?»

«Ich habe dir seit Jahren gesagt, daß der Kerl nur eine Galionsfigur für die Terroristen ist. Wenn du mir nicht glaubst, kannst du Mr. Ryan fragen. Es ist schlimm genug, daß O'Neil jedesmal, wenn er hierher kommt, auf unser Land spuckt. Seine Freunde hätten gestern um ein Haar diese ganze Familie umgebracht. Wir haben einen von ihnen erwischt. Zwei Posten von der Akademie, beides Marines, nahmen ihn fest, als er Ryan auflauerte. Er heißt Eamon Clark, und wir wissen, daß er für den Provisorischen Flügel der Irisch-Republikanischen Armee gearbeitet hat – wir *wissen* es, Onkel John, er ist ein überführter Mörder. Sie haben ihn mit einer geladenen Pistole in der Tasche gefaßt. Glaubst du immer noch, daß sie gute Jungs sind? Verdammt, jetzt fangen sie sogar an, auf Amerikaner zu schießen! Wenn du mir nicht glaubst, glaub bitte das hier.» Er ordnete die Fotos auf der Theke neu. «Dieses kleine Mädchen und seine Mutter und ein ungeborenes Kind wären gestern um ein Haar gestorben. Dieser Polizist *ist* gestorben. Er hinterläßt eine Frau und einen Sohn. Dein Freund da im Hinterzimmer sammelt Geld, um die Schießeisen zu kaufen, er steckt mit den Kerlen unter einer Decke, die das hier gemacht haben!»

«Aber warum?»

«Ich hab' doch gesagt, daß der Vater des Mädchens ihnen drüben in London in die Quere kam und einen Mord verhinderte. Ich nehme an, sie wollten es ihm heimzahlen – und nicht nur ihm, sondern seiner Familie gleich mit», erläuterte der FBI-Agent langsam.

«Das kleine Mädchen hat doch nichts...»

«Verdammt noch mal!» fluchte Eddie wieder. «Deshalb heißen sie ja Terroristen!» Er kam durch. Er konnte sehen, daß sein Onkel endlich kapierte.

«Du bist sicher, daß Paddy etwas mit ihnen zu tun hat?» fragte sein Onkel.

«Er hat unseres Wissens nie eine Pistole angefaßt. Er ist ihr Sprachrohr, er kommt hierher und treibt Geld auf, damit sie drüben solche Sachen tun können. Oh, er macht sich nicht selbst die Hände schmutzig. Dafür ist er zu schlau. Aber das Geld wird dafür benutzt. Das wissen wir ohne den Schatten eines Zweifels. Und jetzt fangen sie das Spiel auch hier bei uns an.» Agent Donoho wußte, daß O'Neil erst in zweiter Linie nach Amerika kam, um Geld aufzutreiben, und daß die psychologischen Gründe wichtiger waren, aber jetzt war nicht der Augenblick, die Sache mit Details zu vernebeln. Er beobachtete, wie sein Onkel auf das Foto des kleinen Mädchens starrte.

«Du bist sicher? Ganz sicher?»

«Onkel John, wir haben jetzt über dreißig Agenten auf den Fall angesetzt, und dann noch die Staatspolizei. Jede Wette, wir sind sicher. Und wir werden sie kriegen. Der Direktor selbst wird Himmel und Hölle in Bewegung setzen. Wir wollen sie haben. Was es auch kosten wird, wir kriegen diese Verbrecher», sagte Edward Michael Donoho mit fester Stimme.

John Donoho sah seinen Neffen an, und zum erstenmal sah er einen Mann. Die ganze Familie war stolz darauf, daß Edward beim FBI arbeitete, und endlich wußte er, warum es so war. Eddie war kein Jüngling mehr. Er war ein Mann, der seine Arbeit ernst nahm, todernst. Das gab den Ausschlag, nicht die Fotos. John mußte glauben, was er eben gehört hatte.

Der Wirt des Patriotenclubs richtete sich auf und kam hinter der Theke hervor. Er ging mit seinem Neffen im Gefolge zum Hinterzimmer.

«Aber unsere Jungs wehren sich», erklärte O'Neil den fünfzehn Männern, die dort versammelt waren. «Sie wehren sich Tag für Tag, um... Na, kommen Sie zu uns, Johnny?»

«Raus», sagte Donoho leise.

«Wie bitte? Ich verstehe nicht...» sagte O'Neil perplex.
«Sie müssen mich für ganz schön blöd halten. Vielleicht war ich das auch. Gehen Sie.» Die Stimme war nun eindringlicher, und der aufgesetzte Akzent war fort. «Verlassen Sie meinen Laden und kommen Sie nie wieder zurück.»
«Aber, Johnny... Wovon reden Sie?»
Donoho packte ihn am Revers und hob ihn vom Stuhl. O'Neil fuhr fort zu protestieren, als er quer durch das Lokal zur Tür hinausbefördert wurde. Ed Donoho winkte seinem Onkel kurz zu, als er seinem Schutzbefohlenen auf die Straße folgte.
«Was hat das zu bedeuten?» fragte einer der Männer aus dem Hinterzimmer. Ein anderer, ein Reporter des *Boston Globe*, fing an, Notizen zu machen, während der Wirt unter vielen Pausen berichtete, was er eben erfahren hatte.
Bis zu diesem Zeitpunkt hatte keine Polizeibehörde oder Polizeidienststelle eine terroristische Vereinigung namentlich mit dem Anschlag in Verbindung gebracht, und Sonderagent Donoho hatte es strenggenommen auch nicht getan. Seine diesbezüglichen Anweisungen aus Washington waren sehr präzise formuliert und wurden sehr präzise befolgt. Aber Onkel John und dann die Zeitungsleute gaben den Fakten einen kleinen Dreh, was niemanden überraschte, und wenige Stunden später verbreitete Associated Press, daß der Anschlag auf Jack Ryan und seine Familie auf das Konto des Provisorischen Flügels der Irisch-Republikanischen Armee gehe.
Dank einer Nachrichtenagentur der Vereinigten Staaten wurde Sean Millers Mission in Amerika ein voller Erfolg

Miller und seine Gruppe waren schon wieder zu Hause. Gleich vielen anderen aus seiner Branche dachte Sean mehr als einmal, wie unschätzbar wertvoll schnelle internationale Flugverbindungen waren. In diesem Fall war er vom Dulles Airport bei Washington nach Mexico City geflogen, von dort auf die Niederländischen Antillen, dann weiter mit einer KLM-Maschine nach Schiphol, Amsterdam, und schließlich heim nach Irland. Alles, was man benötigte, waren korrekte Reisepapiere und ein bißchen Geld. Die fraglichen Papiere waren bereits vernichtet, und das Geld waren Scheine, die man nicht zu ihnen zurückverfolgen konnte. Jetzt saß er Kevin O'Donnell an dessen Schreibtisch gegenüber.
«Und Ned Clark?» Eine Grundregel bei ULA-Operation lau-

tete, daß der Telefonanschluß in diesem Haus nie aus dem Ausland angerufen wurde.

«Alex' Mann sagt, er sei festgenommen worden.» Miller zuckte die Achseln. «Ich fand, es war ein Risiko, das wir eingehen konnten. Ich hatte Ned für die Sache ausgewählt, weil er sehr wenig über uns weiß.» Er wußte, daß O'Donnell ihm darin zustimmen würde. Clark gehörte zu den neuen Mitgliedern der Organisation, und sie hatten ihn weniger angeworben als zufällig an Land gezogen. Er war in die Republik gekommen, weil einer seiner Freunde aus dem Hochsicherheitstrakt hier gelandet war. O'Donnell hatte gemeint, er könne unter Umständen nützlich sein, weil sie keine erfahrenen Killer hatten, die es gewohnt waren, allein zu arbeiten. Aber Clark war dumm. Seine Motivation wurzelte in Gefühlen, nicht in ideologischer Überzeugung. Er war im Grunde ein typischer IRA-Mann. Seine einzige positive Eigenschaft war seine hündische Loyalität. Er hatte im Gefängnis von Long Kesh dichtgehalten, und er würde wahrscheinlich auch jetzt dichthalten.

«Na ja», sagte Kevin O'Donnell nach kurzem Überlegen. Man würde Clark als Märtyrer im Gedächtnis behalten: Sein Scheitern würde ihm mehr Achtung verschaffen als seine Erfolge. «Das andere?»

«Wie geschmiert. Ich habe gesehen, wie die Frau und das Kind starben, und Alex und seine Leute haben uns ohne größere Probleme weggebracht.» Miller lächelte und schenkte sich einen Whisky ein.

«Sie sind aber nicht tot, Sean», sagte O'Donnell.

«Was?» Miller hatte weniger als drei Stunden nach dem Anschlag in einem Flugzeug gesessen und seitdem nichts an Nachrichten gelesen, gehört oder aufgeschnappt. Er lauschte ungläubig, wie sein Chef berichtete.

«Aber das spielt weiter keine Rolle», schloß O'Donnell. Er erläuterte den Grund. Die AP-Meldung, die der *Boston Globe* initiiert hatte, war von der *Irish Times* in Dublin gedruckt worden. «Es war also doch ein guter Plan, Sean. Die Mission ist durchgeführt, trotz all dem, was nicht geklappt hat.»

Sean gestattete sich keine Reaktion. Für ihn waren zwei Operationen hintereinander schiefgegangen. Vor dem Fiasko in London hatte er immer Erfolg gehabt. Er hatte die Geschichte in der Mall auf einen unglücklichen Zufall zurückgeführt, auf Pech, mehr nicht. In diesem Fall dachte er nicht mal an so was. Zwei Operationen hintereinander, das war kein Pech. Er wußte, daß Kevin kein drittes Mal dulden würde. Der junge Einsatzoffizier atmete tief ein und zwang sich, es objektiv zu sehen. Er hatte sich erlaubt, Ryan als ein persönliches Ziel zu sehen, nicht als ein politisches. Das war sein erster Fehler gewesen. Obgleich Kevin es nicht gesagt hatte, war es auch ein böser Fehler gewesen, Ned zu verlieren. Miller ging seinen Plan noch einmal durch, überdachte jeden Schritt der Operation neu. Nur die Frau und das Kind abzuknallen, wäre schmutziger Mord gewesen, und er hätte es nie gemacht; es wäre nicht professionell gewesen. Nur Ryan aufs Korn zu nehmen, hätte aber nicht die gleiche politische Wirkung gehabt, und die war ja der Sinn der ganzen Operation. Der Rest der Familie war notwendig gewesen. Seine Ziele waren also vernünftig genug gewesen, aber...

«Ich hätte mir mehr Zeit dafür nehmen sollen», sagte er schließlich. «Ich wollte einen großen Wirbel machen, und das war vielleicht zu dramatisch. Vielleicht hätten wir warten sollen.»

«Ja», sagte sein Chef und freute sich, daß Sean seine Irrtümer einsah.

«Sie brauchen nur Laut zu geben, wenn Sie Hilfe von uns brauchen», sagte Owens. «Das wissen Sie, Dan.»

«Ja, hm... Dies hat höchste Stellen auf den Plan gerufen.» Murray hatte einen Funkspruch von FBI-Direktor Emil Jacobs persönlich in der Hand. «Hm, es war wohl nur eine Frage der Zeit. Früher oder später mußte es so kommen.» Und wenn wir diese Mistkerle nicht erwischen, dachte er, wird es wieder geschehen. Die ULA hat soeben bewiesen, daß Terroristen in den USA zuschlagen können. Die Schockwelle, die das Ereignis ausgelöst hatte, hatte ihn überrascht. Es war reines Glück, daß es nicht schon eher passiert war, das wußte er als Profi auf dem Gebiet. Es war ein neues Spiel, und obgleich Murray von der Schlagkraft des FBI überzeugt war, sorgte er sich, wie das Bureau damit zurechtkommen würde. In einem hatte Direktor Jacobs recht: Dies hatte höchste Priorität. Bill Shaw würde den Fall persönlich in die Hand nehmen, und Murray wußte, daß er einer der besten im Geschäft war. Die dreißig Agenten, die ursprünglich eingesetzt worden waren, würden in den nächsten paar Tagen Zuwachs von sechzig weiteren bekommen, und dann würden noch mal sechzig dazukommen. Man konnte nur verhindern, daß so etwas nicht noch mal geschah, wenn man demonstrierte, daß Amerika ein zu gefährlicher Ort für Terroristen war. Tief in seinem Herzen wußte er, daß das letzten

Endes unmöglich war. Kein Ort war zu gefährlich, vor allem keine Demokratie.

Aber das FBI hatte enorme Hilfsmittel, und es würde nicht die einzige Behörde sein, die sich damit beschäftigte.

17

Als Ryan aufwachte, hielt Robby ihm eine Tasse Kaffee vor die Nase. Dieses eine Mal hatte Jack traumlos schlafen können, und der ungestörte Schlummer hatte Wunder gewirkt.

«Sissy war vorhin drüben im Krankenhaus. Sie sagt, Cathy sähe in Anbetracht der Umstände erstaunlich gut aus. Sie haben alles vorbereitet, daß du Sally sehen kannst. Sie wird schlafen, aber du kannst sie sehen.»

«Wo ist sie?»

«Sissy? Sie macht ein paar Besorgungen in der Stadt.»

«Ich muß mich dringend rasieren.»

«Ich auch. Sie bringt alles mit, was wir brauchen. Als erstes werd' ich dir ein paar Kalorien eintrichtern», sagte Robby.

«Mann, wie soll ich das alles wiedergutmachen?»

«Mach halblang, Jack. Das ist der Grund, warum der liebe Gott uns hierher gestellt hat, wie mein Alter immer sagt. Iß jetzt!» befahl Robby.

Jack wurde sich bewußt, daß er eine lange Zeit nichts gegessen hatte, und sobald sein Magen sich daran erinnerte, schrie er nach Nahrung. In fünf Minuten hatte er zwei Spiegeleier mit Speck, eine Portion Röstkartoffeln, vier Scheiben Toast und zwei Tassen Kaffee intus.

Es klopfte, und Robby öffnete die Tür. Sissy kam mit einer Einkaufstüte in einer Hand und Jacks Aktentasche in der anderen ins Zimmer gesaust.

«Du machst dich besser ein bißchen frisch, Jack», sagte sie. «Cathy sieht besser aus als du.»

«Wie üblich», antwortete Jack – ausgesprochen munter, wie er überrascht konstatierte. Sissy hatte ihn reingelegt.

«Ich bring' dich heute abend nach Hause», sagte Robby. «Ich habe morgen Kurse. Du nicht. Ich hab' es mit dem Fachbereich geregelt.»

«Danke.»

Sissy verabschiedete sich. Jack und Robby gingen zum Krankenhaus hinüber. Es war Besuchszeit, und sie konnten gleich zu Cathy hinauf.

Ryan blieb zwanzig Minuten bei seiner Frau, lange genug, um zu erfahren, was sie der Polizei gesagt hatte, und sich zu vergewissern, daß es ihr wirklich besser ging. Sie war im Begriff einzunicken, als er das Zimmer verließ. Als nächstes ging er über die Straße zur Chirurgie.

Eine Schwester brachte ihn zur Intensivstation, und zum erstenmal seit sechsunddreißig Stunden, anderthalb Tagen, die sich zu einer Ewigkeit gedehnt hatten, sah er sein kleines Mädchen wieder. Es war ein gespenstisches Erlebnis. Wenn man ihm nicht sehr entschieden gesagt hätte, daß ihre Überlebenschancen gut seien, wäre er womöglich auf der Stelle zusammengebrochen. Die Verletzungen und die Medikamente hatten das arme Ding zu einer bewußtlosen Masse gemacht. Er beobachtete und horchte, wie das Beatmungsgerät für sie atmete. Sie wurde aus Flaschen ernährt, von denen Schläuche in ihre Adern führten. Ein Arzt erläuterte, daß ihr Zustand weit schlimmer aussah, als er war. Ihre Leber arbeitete in Anbetracht der Umstände gut. In zwei oder drei Tagen würden sie die gebrochenen Beine nageln.

«Wird sie behindert sein?» fragte Jack leise.

«Nein, da besteht kein Grund zur Sorge. Kinderknochen... Wir sagen immer, wenn die gebrochenen Splitter im selben Zimmer sind, heilen sie wieder zusammen. Es sieht viel schlimmer aus, als es ist. Das Problem bei solchen Fällen ist, sie über die erste Stunde wegzubringen – bei ihr waren es die ersten zwölf Stunden oder so. Wenn Kinder die anfängliche Krise überstehen, werden sie erstaunlich schnell gesund. In einem Monat wird sie wieder zu Hause sein. In zwei wird sie herumtoben, als ob nie etwas geschehen wäre. So verrückt es klingen mag, es ist wahr. Sie ist jetzt noch sehr krank, aber sie wird gesund werden. Hören Sie, ich war dabei, als sie eingeliefert wurde.»

«Darf ich Ihren Namen wissen?»

«Rich Kinter. Barry Shapiro und ich haben die meisten Operationen gemacht. Es war nahe dran – es war um Haaresbreite. Aber wir haben gewonnen. Okay? Wir haben gewonnen. Sie werden sie wieder mit nach Hause nehmen können.»

«Danke – ich weiß nicht, wie ich Ihnen danken soll, Doktor.» Jack stammelte noch ein paar Worte, denn ihm fiel wirklich nicht ein, was er zu den Leuten sagen sollte, die Sally das Leben gerettet hatten.

Kinter schüttelte den Kopf. «Besuchen Sie uns ab und zu mit ihr, dann sind wir quitt. Wir haben hier alle paar Monate eine Party für ehemalige Patienten. Sie können sich nicht vorstellen, was wir fühlen, wenn unsere kleinen Patienten zurückkommen, das heißt, wenn sie auf eigenen Füßen zurückkommen und Torte essen und Cola trinken. Daß Ihre kleine Tochter auf unsere Knie klettern kann, wenn es ihr wieder besser geht.»

«Abgemacht.» Ryan fragte sich, wie viele Leute nur deshalb noch lebten, weil Kinter und seine Kollegen hier waren. Er war sicher, daß dieser Arzt ein reicher Mann werden könnte, wenn er eine Privatpraxis aufmachte. Jack verstand ihn, er verstand, warum er hier war, und er wußte, daß sein Schwiegervater ihn nicht verstehen würde. Er saß einige Minuten neben Sally und lauschte, wie die Beatmungsmaschine durch den Schlauch für sie atmete. Die für seine Tochter zuständige Schwester lächelte ihm zu, und er konnte das Lächeln trotz der Maske sehen. Ehe er ging, küßte er Sallys aufgeplatzte Stirn. Es ging ihm jetzt besser, in fast jeder Hinsicht. Eines blieb jedoch. Die Leute, die seinem kleinen Mädchen dies angetan hatten.

«Der Wagen hatte ein Rollstuhlkennzeichen», sagte das Kassenmädchen im 7-Eleven. «Aber der Kerl am Steuer sah absolut nicht aus wie ein Krüppel.»

«Erinnern Sie sich, *wie* er aussah?» Sonderagent Nick Capitano und ein Major von der Staatspolizei befragten die Zeugin.

«Ja, er war ungefähr so schwarz wie ich. Ein großer Bursche. Er hatte eine Sonnenbrille auf, eine mit verspiegelten Gläsern. Und er hatte einen Bart. Es war noch mindestens ein anderer Mann im Wagen, aber ich hab' ihn nie gesehen. Also, ein Schwarzer, mehr kann ich nicht sagen.»

«Was hatte er an?»

«Jeans und eine braune Lederjacke, glaube ich.»

«Schuhe oder Stiefel?» fragte der Major.

«Das hab' ich nicht gesehen», antwortete das Kassenmädchen nach einer Weile.

«Und was ist mit Schmuck, T-Shirt mit Aufdruck, irgend etwas Besonderes oder Auffälliges an ihm?»

«Nein, ich kann mich an nichts erinnern.»

«Was hat er hier gemacht?»

«Er hat jedesmal ein Sechserpack Coke Classic gekauft. Ein- oder zweimal hat er noch ein paar Twinkies genommen, aber das Coke jedesmal.»

«Wie hat er geredet? Irgendwie auffällig?»

Das Mädchen schüttelte den Kopf. «Ne, so wie sie hier alle reden, verstehen Sie?»

«Glauben Sie, Sie würden ihn wiedererkennen?» fragte Capitano.

«Vielleicht – hier kommen viele Leute, viele Stammkunden und viele Fremde, verstehen Sie?»

«Würde es Ihnen etwas ausmachen, sich bei uns ein paar Fotos anzusehen?» fuhr der Agent fort.

«Ich muß erst den Boß fragen. Ich meine, ich bin auf diesen Job angewiesen, aber Sie sagen, der Kerl hat versucht, ein kleines Mädchen kaltzumachen – ja, ich helf' Ihnen natürlich.»

«Wir klären das mit dem Boß», versicherte der Major ihr. «Er wird Ihnen nichts abziehen.»

«Handschuhe», sagte sie aufblickend. «Das hatte ich vergessen. Er trug Arbeitshandschuhe. Aus Leder, glaube ich.» *Handschuhe,* schrieben beide Männer in ihr Notizbuch.

«Vielen Dank, Madam. Wir werden Sie heute abend anrufen. Und morgen früh wird ein Wagen Sie abholen, damit Sie sich für uns ein paar Fotos ansehen können», sagte der FBI-Agent.

«Abholen?» Die Kassiererin war überrascht.

«Aber ja.» Personal spielte in diesem Fall keine Rolle. Der Agent, der sie abholte, würde sie auf der Fahrt nach Washington noch mal ausquetschen. Die beiden Fahnder gingen. Der Major fuhr einen zivilen Pkw der Staatspolizei.

Capitano überflog seine Notizen. Für ein erstes Gespräch war das nicht schlecht. Er, der Major und fünfzehn andere hatten den ganzen Tag Leute in Geschäften und Werkstätten am Ritchie Highway bis zehn Kilometer westlich und östlich des Tatorts befragt. Vier Personen glaubten sich an den Transporter zu erinnern, aber dies war die erste, die einen der Insassen gut genug gesehen hatte, um ihn beschreiben zu können. Es war nicht viel, aber es war ein Anfang. Den Schützen hatten sie bereits identifiziert. Cathy Ryan hatte Sean Millers Gesicht erkannt – glaubte, es erkannt zu haben, verbesserte der Agent sich. Wenn es Miller gewesen war, hatte er jetzt einen Bart, dunkelbraun und ordentlich gestutzt. Ein Zeichner würde versuchen, das hinzukriegen.

Zwanzig weitere Agenten und Kriminalbeamte hatten den Tag auf den drei Flugplätzen der Umgebung verbracht und allen Leuten hinter den Schaltern und an den Sperren Fotos gezeigt. Sie waren mit leeren Händen zurückgekommen, aber sie hatten noch keine Beschreibung von Miller gehabt. Morgen würden sie es noch einmal versuchen. Die Auslandsflüge mit Anschluß für Flüge nach Irland und die Inlandsflüge mit Anschluß für Auslandsflüge wurden von Computern gecheckt. Capitano war froh, daß nicht er diese Idiotenarbeit machen mußte. Es würde lange dauern, und die Chance, daß ein Flughafenangestellter den Gesuchten identifizierte, verringerte sich stündlich.

Der Transporter war dank eines FBI-Computers seit gut vierundzwanzig Stunden identifiziert. Er war vor über einem Monat in New York gestohlen und dann – offenbar von Profis – umlackiert und mit neuen Kennzeichen versehen worden. Letzteres mehrmals, denn die Versehrtenschilder, die man gestern daran gefunden hatte, waren zwei Tage vorher vom Transporter eines Pflegeheims in Hagerstown, Maryland, hundertsechzig Kilometer von Annapolis entfernt, abgeschraubt und gestohlen worden. Alles an dem Verbrechen roch danach, daß es von A bis Z ein Profijob gewesen war. Der Fahrzeugwechsel beim Einkaufszentrum war der brillante Schlußpunkt einer hervorragend geplanten und ausgeführten Operation gewesen.

«Glauben Sie, die haben den Wagen selbst geklaut?» fragte Capitano den Major.

Der Fahnder der Staatspolizei stöhnte. «Es gibt in Pennsylvania einen Verein, der überall im Nordosten welche stiehlt, sie umlackiert, das Innere ein bißchen ändert und sie dann verscherbelt. Ihre Leute suchen doch danach, nicht wahr?»

«Ich hab' ein paar Einzelheiten über die Ermittlungen gehört, aber das fällt nicht in die Zuständigkeit meines Teams. Man kümmert sich darum. Ich persönlich glaube, daß sie es selbst getan haben. Warum eine neue Spur legen?»

«Ja», stimmte der Major widerstrebend zu. Der Transporter war bereits von Spurensicherungsteams der Staats- und Bundespolizei untersucht worden. Sie hatten nicht einen Fingerabdruck entdeckt. Die Täter hatten ihn sehr gründlich gereinigt, bis hin zu den Knöpfen auf den Fensterkurbeln. Die Techniker hatten nichts gefunden, was einen Hinweis auf die Verbrecher gäbe. Im Augenblick wurden die vom Wagenteppich abgesaugten Schmutzpartikel und Textilfasern in Washington analysiert, aber das gehörte zu den Indizien, die nur im Fernsehen etwas brachten. Wenn die Kerle schlau genug gewesen waren, den Wagen zu reinigen, waren sie sicher auch schlau genug gewesen, die Sachen zu verbrennen, die sie in der fraglichen Zeit getragen hatten. Trotzdem wurde alles untersucht, denn selbst die schlauesten Leute machten manchmal einen Fehler.

«Haben Sie schon was von den Ballistikern gehört?» fragte der Major, während er auf den Rowe Boulevard bog.

«Das müßte im Büro auf uns warten.» Sie hatten an die zwanzig 9-Millimeter-Patronen gefunden, die zu den aus dem Porsche geborgenen Geschossen sowie zu der Kugel paßten, die die Brust von Streifenpolizist Fontana durchschlagen hatte und in der Rücksitzlehne seines ruinierten Wagens steckengeblieben war. Sie waren unverzüglich zur Analyse ins FBI-Labor in Washington gebracht worden. Das Ergebnis würde ihnen sagen, daß die Waffe eine Maschinenpistole war, was sie bereits wußten, aber es würde ihnen auch sagen, um was für ein Fabrikat es sich handelte, was sie noch nicht wußten. Die Patronenhülsen stammten aus Belgien, von der Fabrique Nationale in Lüttich. Vielleicht konnte man die Seriennummer identifizieren, aber FN stellte so viele Millionen Geschosse im Jahr her und exportierte sie in so viele Länder, daß der Hinweis nicht allzu wertvoll war. Sehr oft verschwanden ganze Ladungen einfach, meist infolge von nachlässiger – oder kreativer – Buchhaltung.

«Wie viele schwarze Gruppen haben nachweislich Kontakt zu diesen ULA-Typen?»

«Keine», erwiderte Capitano. «Das ist etwas, was wir noch rausfinden müssen.»

«Großartig.»

Als Ryan heimkam, patrouillierte in seiner Zufahrt ein Streifenwagen der Staatspolizei, und vor dem Haus stand ein ziviler Pkw. Seine Befragung durch das FBI dauerte nicht lange. Der Agent stellte schnell fest, daß er schlicht gar nichts über den Anschlag auf seine Familie und sich selbst wußte.

«Haben Sie eine Idee, wo sie sind?» fragte Ryan zuletzt.

«Wir checken die Flughäfen», antwortete der Agent. «Wenn die Burschen so schlau sind, wie sie aussehen, sind sie längst über alle Berge.»

«Ja, sie sind schlau», bemerkte Ryan verdrossen. «Was ist mit dem, den Sie erwischt haben?»

«Spielt den Taubstummen, und es ist eine bühnenreife Leistung. Er hat jetzt natürlich einen Anwalt, und der sagt ihm, daß er den

Mund nicht aufmachen soll. Was das betrifft, sind Anwälte ja sehr gut.»

«Woher ist der Anwalt gekommen?»

«Es ist ein Pflichtverteidiger. Sie wissen ja, das ist Vorschrift. Wenn man einen Verdächtigen soundso lange in Gewahrsam hat, muß man einen Verteidiger stellen. Ich glaube aber nicht, daß das eine Rolle spielt. Wahrscheinlich redet er nicht mal mit dem Anwalt. Wir halten ihn wegen Verletzung der staatlichen Waffengesetze und der Bundeseinwanderungsgesetze fest. Er wird nach England zurückgeschickt, sobald wir mit dem Papierkrieg fertig sind. Wahrscheinlich in zwei Wochen, je nachdem, ob der Anwalt Schritte gegen die Auslieferung unternimmt.» Der Agent klappte sein Notizbuch zu. «Man kann nie wissen, vielleicht fängt er an zu reden, aber ich würde mich nicht darauf verlassen. Wir haben von den Briten gehört, daß er sowieso kein großes Licht ist. Er ist die irische Version eines kleinen Straßengangsters, sehr gut mit Waffen, aber ein bißchen langsam im Kopf.»

«Wenn er blöd ist, wieso...»

«Wieso erledigt er seine Arbeit so gut? Wie intelligent muß man denn sein, um jemanden umzulegen? Clark ist eine sozialfeindliche Persönlichkeit. Er hat so gut wie keine Gefühle. Manche Menschen sind so. Sie nehmen die Leute ringsum nicht als richtige Menschen wahr. Sie betrachten sie als Objekte, und da sie nur Objekte sind, ist es nicht weiter wichtig, was mit ihnen geschieht. Ich hab' mal einen Killer kennengelernt, der vier Leute auf dem Gewissen hatte – das waren nur die, von denen wir wußten – und nicht mit der Wimper zuckte, als er davon erzählte, aber als wir ihm sagten, daß seine Katze gestorben sei, weinte er wie ein Kind. Solche Leute kapieren nicht mal, warum sie ins Gefängnis kommen. Sie kapieren es einfach nicht», schloß er. «Das sind die gefährlichsten.»

«Nein», sagte Ryan. «Die gefährlichsten sind die, die Grips haben, diejenigen, die daran glauben.»

«Von denen ist mir noch keiner untergekommen», gab der Agent zu.

«Aber mir.» Jack begleitete ihn zur Tür und sah ihm nach, während er fortfuhr. Jetzt, wo Sally nicht herumlief, der Fernseher nicht eingeschaltet war, Cathy nicht über ihre Freunde und Kollegen im Johns-Hopkins-Krankenhaus redete, war das Haus entsetzlich leer und still. Er schritt einige Minuten ziellos von Zimmer zu Zimmer, als erwartete er, plötzlich jemanden zu finden. Er wollte sich nicht hinsetzen, weil das so etwas wie ein Eingeständnis wäre, daß er allein war. Er ging in die Küche und fing an, sich einen Drink zu machen, doch ehe er fertig war, schüttete er ihn ins Spülbecken. Er wollte sich nicht betrinken. Es war besser, wachsam zu bleiben. Zuletzt nahm er den Hörer ab und tippte eine Nummer.

«Ja», meldete sich jemand.

«Admiral? Hier Jack Ryan.»

«Ich habe gehört, daß Ihre Kleine durchkommen wird», sagte James Greer. «Ich freue mich darüber, mein Junge.»

«Danke, Sir. Arbeitet die Agency mit daran?»

«Dies ist keine sichere Leitung, Jack», antwortete der Admiral.

«Ich möchte mitmachen», sagte Ryan.

«Kommen Sie morgen früh her.»

Ryan legte auf und holte seine Aktentasche. Er öffnete sie und nahm die automatische Browning heraus. Nachdem er sie auf den Küchentisch gelegt hatte, holte er die Flinte und die Putzsachen vom obersten Regal im Wandschrank. Die nächste Stunde brachte er damit zu, die Pistole und dann die Flinte zu reinigen und zu ölen. Als er zufrieden war, lud er beide.

Am nächsten Morgen fuhr er um fünf nach Langley. Er hatte es geschafft, noch vier Stunden zu schlafen, ehe er aufstand und frühstückte. Da er so früh dran war, konnte er die morgendliche Rushhour auf dem George Washington Parkway vermeiden, obgleich dort auch jetzt Regierungsbeamte zu den Dienststellen und Behörden fuhren, die praktisch nie schliefen. Als er das CIA-Gebäude betreten hatte, mußte er daran denken, daß Admiral Greer noch nie außer Haus gewesen war, wenn er hereingeschaut hatte. Hm, sagte er sich, wenigstens etwas in dieser Welt, worauf ich mich verlassen kann. Ein Sicherheitsbeamter brachte ihn zum sechsten Stock.

«Guten Morgen, Sir», sagte er beim Betreten des Raums.

«Sie sehen besser aus, als ich erwartet habe», bemerkte der stellvertretende Direktor, zuständig für Nachrichtenbeschaffung.

«Ich mache mir vielleicht was vor, aber ich kann mein Problem schlecht lösen, indem ich mich in einer Ecke verstecke, nicht wahr? Können wir darüber reden?»

«Ihre irischen Freunde beschäftigen eine Menge Leute. Der Präsident persönlich wünscht, daß in der Sache etwas getan wird. Bisher haben noch nie internationale Terroristen bei uns rumgeballert – zumindest ist es nicht in die Zeitungen gekommen», sagte Greer dunkel. «Der Fall hat höchste Priorität. Er kann sämtliche Hilfsmittel beanspruchen.»

«Ich möchte eins davon sein», sagte Ryan einfach.

«Wenn Sie glauben, Sie könnten bei einer Operation mitmachen...»

«Ich weiß was Besseres, Admiral.»

Greer lächelte dem jüngeren Mann zu. «Das sollte mich freuen, Junge. Ich weiß, daß Sie ein kluger Kopf sind. Was möchten Sie also für uns tun?»

«Wir wissen beide, daß die Schufte zu einem größeren Netz gehören. Die Daten, die Sie mir zur Einsicht gegeben haben, waren ziemlich begrenzt. Sie werden jetzt offensichtlich versuchen, Daten über alle Gruppen zu kollationieren, um nähere Hinweise auf die ULA zu finden. Vielleicht kann ich dabei helfen.»

«Und das Unterrichten?»

«Ich kann hier arbeiten, wenn ich keine Kurse habe. Es gibt im Moment nicht viel, was mich zu Hause hält, Sir.»

«Eigentlich verstößt es gegen unsere Prinzipien, Leute für die Ermittlungen hinzuzuziehen, die persönlich betroffen sind», erklärte Greer.

«Dies ist nicht das FBI, Sir. Ich fahre nicht herum und befrage Leute. Das haben Sie eben selbst angedeutet. Ich weiß, daß Sie mich auf einer permanenten Basis haben wollen, Admiral. Wenn Sie mich wirklich haben wollen, erlauben Sie mir, mit etwas anzufangen, das für uns beide wichtig ist.» Jack verstummte und suchte ein anderes Argument. «Bei der Gelegenheit können wir auch feststellen, ob ich gut genug bin.»

«Einigen Leuten wird das nicht passen.»

«Ich erlebe neuerdings Sachen, die mir auch nicht passen, Sir, und ich muß damit leben. Wenn ich mich nicht irgendwie wehren kann, könnte ich ebensogut zu Hause bleiben und warten. Sie sind für mich die einzige Chance, etwas tun zu können, um meine Familie zu schützen, Sir.»

Greer drehte sich um und füllte seine Tasse an der Kaffeemaschine hinter seinem Schreibtisch neu. Er hatte Jack fast von dem Augenblick an gemocht, an dem er ihn kennengelernt hatte. Dies war ein junger Mann, der es gewohnt war, seinen Willen durchzusetzen, sich dabei aber nicht arrogant aufführte. Das war ein Punkt für ihn. Ryan wußte, was er wollte, aber er war nicht übereifrig. Er gehörte nicht zu denen, die von Ehrgeiz getrieben wurden, das war noch ein Punkt zu seinen Gunsten. Schließlich und endlich hatte er eine Menge erstklassige Anlagen, die entwickelt und in die richtige Richtung gelenkt werden konnten. Greer hielt immer die Augen nach vielversprechenden Talenten offen.

Er drehte sich um und schaute Ryan in die Augen. «Okay, Sie sind dabei. Marty koordiniert die Informationen. Sie werden ihm unmittelbar unterstellt sein. Ich hoffe, Sie reden nicht im Schlaf, mein Junge, weil Sie ein paar Dinge sehen werden, von denen Sie nicht mal träumen dürfen.»

«Sir, es gibt nur eins, wovon ich träumen werde.»

Dennis Cooley hatte einen arbeitsreichen Monat hinter sich. Die Erben eines Grafen hatten eine eindrucksvolle Sammlung von Büchern verkaufen müssen, um die Erbschaftssteuern bezahlen zu können, und Cooley hatte fast all sein flüssiges Kapital eingesetzt, um nicht weniger als einundzwanzig einzigartige Exemplare für sein Antiquariat zu sichern. Aber es war das Geld wert. Allein die seltene Erstausgabe von Christopher Marlowes Stücken! Vor allem hatte der nunmehr tote Graf streng darüber gewacht, daß seine Bücher in einem erstklassigen Zustand blieben. Sie waren alle mehrmals tiefgekühlt worden, um die Insekten zu töten, die die unschätzbaren Relikte der Vergangenheit entweihten. Der Marlowe war trotz der Wasserflecken auf dem Einband, die eine Reihe weniger kenntnisreicher Kunden abgeschreckt hatten, bemerkenswert gut erhalten. Cooley saß an seinem Schreibtisch und las gerade *Die berühmte Tragödie des reichen Juden von Malta*, als die Glocke bimmelte.

«Ist das das Buch, von dem ich gehört habe?» fragte der Kunde ohne Einleitung.

«In der Tat.» Cooley lächelte, um seine Überraschung zu kaschieren. Er hatte diesen Kunden eine Zeitlang nicht gesehen und war ein bißchen beunruhigt, daß er so schnell zurückkam.

«Es ist eines der wenigen erhaltenen Exemplare der Erstausgabe.»

«Ist es wirklich echt?»

«Selbstverständlich», entgegnete Cooley leicht pikiert. «Dafür bürge nicht nur ich, sondern auch ein Echtheitszertifikat von Sir Edmund Grey vom British Museum.»

«Mehr kann man nicht verlangen», meinte der Kunde.

«Ich fürchte, ich habe noch keinen Preis dafür festgesetzt.» *Warum sind Sie hier?*

«Der Preis spielt keine Rolle. Ich verstehe, daß Sie sich vielleicht selbst daran erfreuen wollen, aber ich muß es haben.» Das sagte Cooley, warum er gekommen war. Der Kunde beugte sich vor und schaute über Cooleys Schulter auf das Buch hinunter. «Wunderbar», sagte er und schob dem Antiquar einen kleinen Umschlag in die Tasche.

«Vielleicht könnten wir etwas arrangieren», gab Cooley nach. «In ein paar Wochen vielleicht.» Er blickte aus dem Fenster. Ein Mann betrachtete die Auslage des Geschäfts auf der anderen Seite der Galerie. Nach einem Augenblick hob er den Kopf und ging.

«Bitte etwas schneller», drängte der Kunde.

Cooley seufzte. «Kommen Sie nächste Woche wieder, und wir können vielleicht darüber reden. Sie wissen doch, ich habe noch andere Kunden.»

«Aber hoffentlich keine wichtigeren.»

Cooley zwinkerte zweimal. «In Ordnung.»

Geoffrey Watkins schaute sich noch einige Minuten im Antiquariat um. Er wählte eine Keats-Ausgabe, die ebenfalls aus der Bibliothek des toten Grafen stammte, und zahlte sechshundert Pfund dafür, ehe er ging. Als er die Burlington Arcade verließ, achtete er nicht auf die junge Dame, die am Zeitungskiosk draußen stand, und konnte nicht wissen, daß am anderen Ende der Straße eine zweite wartete. Diejenige, die ihm folgte, war so aufgemacht, daß sie garantiert Aufmerksamkeit erregte; ihr orangefarbenes Haar hätte phosphoresziert, wenn die Sonne geschienen hätte. Sie folgte ihm zwei Häuserblocks nach Westen und ging, als er über die Straße in den Park schritt, in derselben Richtung weiter. Auf der Allee im Green Park stand jemand anders von der Polizei bereit.

Abends trafen die Überwachungsberichte des Tages bei Scotland Yard ein und wurden wie immer in den Computer eingegeben. Es war eine gemeinsame Operation der Londoner Polizei und des Sicherheitsdienstes, der früher einmal MI-5 geheißen hatte. Anders als das FBI in Amerika waren die Leute von «Fünf» nicht befugt, Verdächtige festzunehmen, und mußten die Polizei zuziehen, um einen Fall abzuschließen. Das bedeutete, daß James Owens eng mit David Ashley zusammenarbeiten mußte. Owens stimmte voll und ganz mit dem Urteil überein, das sein Amtskollege vom FBI über den jüngeren Mann gefällt hatte: «ein hochnäsiger Fatzke».

«Muster, Muster, Muster», sagte Ashley über seinem Tee, während er den Ausgang betrachtete. Sie hatten insgesamt neununddreißig Leute identifiziert, die im Besitz von Informationen gewesen waren oder gewesen sein konnten, welche für den Hinterhalt in der Mall und Millers Befreiung auf dem Weg zur Isle of Wight relevant gewesen waren. Jeder einzelne von ihnen wurde beschattet. Bis jetzt hatten sie einen heimlichen Homosexuellen entlarvt, außerdem zwei Männer und eine Frau mit Affären, die zum Scheidungsrichter führen konnten, und noch einen Herrn, der für sein Leben gern in den Kinos von Soho harte Pornos sah. Die Unterlagen vom Finanzamt ergaben nichts besonders Interessantes, die Lebensgewohnheiten auch nicht. Es gab eine ganz normale Skala von Hobbies, das übliche Interesse für Theater und Fernsehshows. Einige der Leute hatten einen erstaunlich großen Freundeskreis. Andere hatten überhaupt keine Freunde. Die Ermittler waren dankbar für diese traurigen, einsamen Menschen – denn die Freunde der anderen mußten zum Teil ebenfalls unter die Lupe genommen werden, und das kostete Zeit und weiteres Personal. Owens betrachtete das ganze Unternehmen als notwendiges Übel und war insgeheim angewidert. Es war das polizeiliche Äquivalent von Spannertum. Die Mitschnitte von Telefongesprächen – besonders solchen zwischen Liebespaaren – ließen ihn wieder und wieder zusammenzucken. Owens war ein Mensch, der das Bedürfnis des einzelnen nach Privatsphäre sehr hoch einschätzte. Derartige Schnüffeleien konnten ein Leben kaputtmachen. Aber er sagte sich, daß einer der Beschatteten es verdiente, und das war der Sinn der Übung.

«Wie ich sehe, ist Mr. Watkins heute nachmittag in einem Antiquariat gewesen», bemerkte Owens, über seinen Ausdruck gebeugt.

«Ja. Er sammelt Bücher. Ich übrigens auch», sagte Ashley. «Ich bin selbst schon ein- oder zweimal in dem Laden gewesen. Kürzlich ist ein großer Nachlaß verkauft worden. Vielleicht hat Cooley ein paar Dinge erworben, die Geoffrey haben möchte?» Der Sicherheitsbeamte nahm sich vor, gelegentlich wieder in das Antiquariat zu gehen und nicht nur auf die Bücher zu achten. «Er ist zehn Minuten geblieben und hat mit Dennis gesprochen...»

«Sie kennen ihn?» Owens blickte auf.

«Er ist einer der besten in der Branche», sagte Ashley. «Ich hab' mal bei ihm eine Brontë für meine Frau gekauft, Weihnachten vor zwei Jahren, glaube ich. Er ist ein aufgeblasener Wicht, aber er versteht was von Büchern. Hm... Geoffrey hat zehn Minuten mit ihm geredet, dann hat er etwas gekauft und ist gegangen. Was er wohl gekauft hat?» Ashley rieb sich die Augen. Er wußte schon nicht mehr, wie lange es her war, daß er mit diesen verfluchten Vierzehnstundentagen angefangen hatte.

«Die erste neue Person, die Watkins in mehreren Wochen gesehen hat», bemerkte Owens. Er dachte einen Moment darüber nach. Es gab bessere Anhaltspunkte als den, und die Zahl der Leute, die ihm zur Verfügung standen, war begrenzt.

«Dann können wir uns in dem Punkt der Einreise einigen?» fragte der Pflichtverteidiger.

«Auf keinen Fall», sagte Bill Shaw, der auf der anderen Seite des Tisches saß. Glaubst du etwa, wir werden ihm politisches Asyl gewähren?

«Sie bieten uns gar nichts an», gab der Anwalt zu bedenken. «Ich wette, ich kann die Waffenanklage zerpflücken, und Ihre Verschwörungstheorie wird noch schneller in sich zusammenfallen.»

«Sehr schön, Sir. Wenn es Sie glücklicher macht, entlassen wir ihn und geben ihm ein Flugzeugticket und sogar eine Begleitung. Mit der er auf dem schnellsten Weg heimkehrt.»

«In ein Hochsicherheitsgefängnis.» Der öffentlich bestellte Verteidiger klappte die Akte mit der Aufschrift «Eamon Clark» zu. «Sie kommen mir keinen Zentimeter entgegen.»

«Wenn er die Waffengeschichte und die Verschwörung zugibt und uns hilft, kann er ein paar Jahre in einem viel komfortableren Gefängnis verbringen. Wenn Sie aber glauben, daß wir einen verurteilten Mörder einfach laufen lassen, machen Sie sich selbst was vor, Mister. Was denken Sie eigentlich, worum es hier geht?»

«Sie würden vielleicht staunen», sagte der Anwalt geheimnisvoll.

«Ach ja? Ich gehe jede Wette ein, daß er zu Ihnen auch noch kein Wort gesagt hat», forderte der Agent den jungen Anwalt heraus und achtete genau auf dessen Reaktion. Auch Bill Shaw hatte sein zweites juristisches Staatsexamen gemacht, obgleich er seine Fachkenntnisse jetzt für die Sicherheit der Gesellschaft einsetzte und nicht für die Freiheit gemeingefährlicher Verbrecher.

«Gespräche zwischen dem Anwalt und seinem Klienten sind vertraulich.» Der Anwalt praktizierte seit genau zweieinhalb Jahren. Er sah seine Aufgabe weitgehend darin, die Polizei von seinen Schäfchen fernzuhalten. Zuerst war er froh gewesen, daß Clark der Polizei und dem FBI so gut wie nichts gesagt hatte, aber er wunderte sich sehr darüber, daß Clark nicht einmal mit ihm reden wollte. Vielleicht konnte er doch noch einen Deal machen, trotz all dem, was dieser

Kerl vom FBI da von sich gab. Aber, wie Shaw ihm eben auf den Kopf zugesagt hatte, es gab nichts, was er ihnen anbieten konnte. Er wartete eine Weile auf eine Reaktion des Agenten und bekam nur einen kühlen Blick. Er gab sich geschlagen. Na ja, in diesem Fall war die Chance sowieso nicht groß gewesen.

«Das habe ich mir gedacht.» Shaw stand auf. «Richten Sie Ihrem Klienten aus, daß er sein ‹Lebenslänglich› weiter absitzen kann, wenn er bis übermorgen nicht auspackt. Vergessen Sie bitte nicht, es ihm zu sagen. Wenn er nach seiner Ankunft in England reden will, schicken wir ihm ein paar Leute nach. Das Bier soll drüben ja ganz gut sein, und vielleicht fliege ich selbst hin, um mich zu vergewissern.» Das einzige, was das Bureau gegen Clark einsetzen konnte, war Angst. Die Mission, an der er teilgenommen hatte, hatte dem Provisorischen Flügel empfindlich geschadet, und der Empfang, den sie ihm bereiten würden, würde dem jungen, leicht beschränkten Ned vielleicht nicht sehr gefallen. Er wäre in einem amerikanischen Gefängnis besser aufgehoben als in einem britischen, aber Shaw bezweifelte, daß ihm das bewußt war. Er bezweifelte übrigens auch, daß er klein beigeben würde. Vielleicht ließe sich etwas arrangieren, wenn er wieder zu Hause war.

Der Fall lief nicht gut; aber er hatte nichts anderes erwartet. Solche Geschichten wurden entweder sofort geklärt, oder es dauerte Monate – oder Jahre. Die Leute, hinter denen sie her waren, waren zu schlau, um etwas für die Polizei zurückzulassen. Was ihm und seinen Männern zu tun blieb, war die altbekannte Routine. Aber das entsprach dem Handbuch der Fahndungsarbeit. Shaw wußte es besser als mancher andere: eines der Standardlehrbücher hatte er geschrieben.

18

Ashley betrat das Antiquariat um vier Uhr. Als echter Sammler hielt er auf der Schwelle inne, um das Aroma auf sich einwirken zu lassen.

«Ist Mr. Cooley nicht da?» fragte er die Verkäuferin.

«Nein, Sir», erwiderte Beatrix. «Er ist auf Geschäftsreise im Ausland. Kann ich Ihnen helfen?»

«Ja, bitte. Ich habe erfahren, daß Sie ein paar interessante Dinge eingekauft haben.»

«O ja. Sie meinen sicher die Marlowe-Erstausgaben?» Beatrix hatte verblüffende Ähnlichkeit mit einer Maus. Ihr Haar war ungepflegt, von einem unscheinbaren Graubraun. Ihr Gesicht sah ein bißchen aufgedunsen aus; entweder sie ißt zuviel oder sie trinkt, dachte Ashley. Ihre Augen waren hinter dicken Brillengläsern versteckt. Sie kleidete sich zum Stil des Geschäfts passend – alles, was sie anhatte, war abgetragen und hoffnungslos altmodisch. Ashley dachte daran, wie er seiner Frau hier die Brontë gekauft hatte, und fragte sich, ob jene einsame, unglückliche Schriftstellerin und ihre gleichfalls schreibende Schwester vielleicht so ausgesehen hatten wie dieses Mädchen. Es war ein Jammer. Mit ein bißchen Sorgfalt und Geschick könnte sie ganz reizvoll sein.

«Ein Marlowe?» fragte der Mann von «Fünf». «Die Erstausgabe, sagten Sie?»

«Ja, Sir, aus dem Nachlaß des Grafen von Crundale. Wie Sie sicher wissen, wurden Marlowes Stücke erst vierzig Jahre nach seinem Tod veröffentlicht.» Sie fuhr fort und bewies Kenntnisse, die man ihr nicht zugetraut hätte. Ashley lauschte interessiert. Diese Maus verstand mehr von Büchern als so mancher Oxford-Professor.

«Wie finden Sie bloß heute noch solche Sachen?» fragte er, als sie ihren Vortrag beendet hatte.

Sie lächelte. «Mr. Dennis hat einen guten Riecher. Er reist oft und arbeitet viel mit Kollegen und Nachlaßverwaltern zusammen. Heute ist er zum Beispiel in Irland. Man würde nicht glauben, wie viele Bücher er drüben auftreibt. Diese schrecklichen Menschen haben die bemerkenswertesten Sammlungen.» Beatrix hatte etwas gegen die Iren.

«In der Tat», bemerkte David Ashley. Er zeigte keinerlei Reaktion auf diese kleine Neuigkeit, aber irgendwo in seinem Hinterstübchen klingelte es. «Na ja, aber eins muß man unseren Freunden auf der Insel lassen. Sie haben uns immerhin ein paar gute Schriftsteller geschenkt. Und ausgezeichneten Whisky.»

«Und Attentäter», ergänzte Beatrix. «Ich würde da nicht gern hin.»

«Wie oft fliegt Dennis rüber?»

«Mindestens einmal im Monat.»

«Hm, was den Marlowe betrifft, den Sie haben – könnte ich ihn mal sehen?» fragte Ashley mit einer Begeisterung, die nur teilweise gespielt war.

«Selbstverständlich.» Das Mädchen nahm den Band von einem Regal und klappte ihn sehr behutsam auf. «Der Einband ist zwar nicht gut erhalten, aber wie Sie sehen, sind die Seiten in erstklassigem Zustand.»

Ashley beugte sich über das Buch und überflog ein paar Verse. «In der Tat. Was soll es kosten?»

«Mr. Dennis hat noch keinen Preis festgesetzt. Ich glaube aber, jemand hat sich schon vormerken lassen.»

«Wissen Sie, wer?»

«Nein, Sir, ich weiß es nicht, aber selbst wenn ich es wüßte, könnte ich Ihnen den Namen nicht nennen. Wir behandeln solche Dinge streng vertraulich», sagte Beatrix spitz.

«Sie haben recht. Ich hätte daran denken sollen», stimmte Ashley zu. «Wann wird Mr. Cooley wieder zurück sein? Ich würde gern mit ihm selbst darüber reden.»

«Morgen nachmittag.»

«Werden Sie dann auch da sein?» fragte Ashley mit einem bestrickenden Lächeln.

«Nein, Sir, ich habe noch eine andere Stelle.»

«Zu schade. Hm ... Vielen Dank, daß Sie mir den Marlowe gezeigt haben.» Ashley wandte sich zur Tür.

«Es war mir ein Vergnügen, Sir.»

Der Sicherheitsbeamte verließ das Antiquariat und schritt nach rechts. Er wartete auf eine Lücke im Nachmittagsverkehr und überquerte die Straße. Er beschloß, kein Taxi zu nehmen, sondern zu Fuß zum Yard zu gehen, und schritt die St. James Street hinunter, bog nach links, um in östlicher Richtung um den Palast zu gehen, und nahm dann die Marlborough Road zur Mall.

An dieser Stelle ist es passiert, dachte er. Hier ist der Fluchtwagen abgebogen und entkommen. Der Hinterhalt war nur hundert Meter von hier entfernt. Er stand da, schaute sich einige Sekunden um und dachte an den Anschlag zurück.

Sicherheitsbeamte ähneln sich überall auf der Welt. Sie glauben nicht an zufällige Zusammentreffen, obgleich sie an unglückliche Zufälle glauben. Sie haben, was ihre Arbeit betrifft, nicht den geringsten Sinn für Humor. Denn sie wissen, daß Menschen, denen man sehr vertraut, die beste Möglichkeit haben, Verräter zu werden; ehe sie nämlich ihr Land verraten, müssen sie die Leute verraten, die ihnen vertrauen. Hinter all seinem Charme war Ashley ein Mann, der nichts so sehr haßte wie Verräter, der alle verdächtigte und niemandem traute.

Zehn Minuten später passierte er die Ausweiskontrolle des Yards und fuhr mit dem Lift zu James Owens' Büro hinauf.

«Dieser Cooley», sagte er.

«Cooley?» Owens wußte zuerst nicht, von wem er sprach. «Ach, der Buchhändler, bei dem Watkins gestern war. Sind Sie dort gewesen?»

«Ein hübscher kleiner Laden. Der Eigentümer ist heute in Irland», sagte Ashley knapp.

Commander Owens nickte nachdenklich. Was belanglos erschienen war, bekam mit diesem einen Wort eine neue Bedeutung. Ashley schilderte kurz, was er herausbekommen hatte. Es war längst keine Spur, aber es war etwas, das man weiter untersuchen mußte. Keiner der beiden äußerte sich darüber, wie wichtig es sein könnte – sie hatten schon vielen solchen Dingen nachgehen müssen, ohne etwas zu finden, obgleich sie kein Detail außer acht gelassen hatten. Die Ermittlungen standen nicht still. Ihre Leute waren immer noch draußen und sammelten Informationen – von denen bisher keine einzige weitergeführt hatte. Dies war etwas Neues, das untersucht werden mußte, nicht mehr und nicht weniger. Für den Augenblick reichte das.

In Langley war es elf Uhr morgens. Ryan war nicht zu den Sitzungen der CIA- und FBI-Leute zugelassen, die ihre Informationen über den

Fall austauschten und besprachen. Marty Cantor hatte ihm erläutert, das FBI könne eventuell etwas gegen seine Anwesenheit haben. Es machte Jack nichts aus. Er würde die Protokolle nach dem Lunch bekommen, und das reichte ihm momentan. Cantor würde ihm nicht nur die Informationen des FBI unterbreiten, sondern auch die Meinungen und Ideen der leitenden Ermittler. Das war Ryan gar nicht so recht. Er zog es vor, nur die nackten Fakten zu betrachten, als unvoreingenommener Außenseiter. Es hatte vorher funktioniert, und es könnte wieder funktionieren, dachte – hoffte – er.

«Die schöne Welt des internationalen Terroristen», hatte Murray auf den Eingangsstufen von Old Bailey zu ihm gesagt. Sie ist nicht sehr schön, dachte Jack, aber enorm groß, sie umfaßt alles, was einst für Griechen und Römer die zivilisierte Welt ausmachte. Im Moment beschäftigte er sich mit Daten, die von Aufklärungssatelliten gesammelt worden waren. Der gebundene Bericht vor ihm enthielt nicht weniger als sechzehn Karten, auf denen nicht nur Städte, Ortschaften und Straßen verzeichnet waren, sondern auch kleine rote Dreiecke, die für mutmaßliche Ausbildungslager von Terroristen standen. In vier Ländern. Sie wurden fast täglich von Spähsatelliten (deren Zahl Jack nicht erfahren durfte) fotografiert, die auf festen Umlaufbahnen um die Erde kreisten. Er konzentrierte sich auf die Lager in Libyen. Ein italienischer Agent hatte gemeldet, daß Sean Miller beim Verlassen eines Frachters im Hafen von Bengasi gesehen worden sei. Der Frachter fuhr unter zypriotischer Flagge und gehörte einer Firmengruppe, die so verschachtelt war, daß es keine große Rolle spielte, zumal er an eine andere, ganz ähnliche Gruppe verchartert war. Ein US-Zerstörer hatte ihn bei einer «zufälligen» Begegnung in der Straße von Messina fotografiert. Das Schiff war alt, aber überraschend gut erhalten und mit modernem Radar und erstklassiger Funkanlage ausgerüstet. Es wurde regelmäßig für Frachten von osteuropäischen Häfen nach Libyen und Syrien eingesetzt, und man wußte, daß es Waffen und Militärausrüstung von Ostblockländern zu Klientenstaaten im Mittelmeerraum beförderte. Diese Daten waren bereits zur weiteren Analyse an andere Abteilungen geleitet worden.

Ryan stellte fest, daß die CIA und das Nationale Aufklärungsamt eine Reihe von Lagern in der nordafrikanischen Wüste beobachteten. Die datierten Aufnahmen jedes Lagers wurden von einer einfachen Graphik begleitet, und er beschäftigte sich gerade mit einem Platz, wo die meßbare Aktivität sich an eben dem Tag geändert hatte, an dem Millers Schiff in Bengasi festmachte. Zu seiner Enttäuschung stellte er fest, daß das gleiche noch für drei weitere Lager galt. Eines wurde nachweislich vom Provisorischen Flügel der Irisch-Republikanischen Armee benutzt – ein verurteilter Bombenleger hatte zugegeben, daß er dort ausgebildet worden war. Über die drei anderen wußte man nichts Genaues. Die Fotos zeigten, daß die Leute dort, abgesehen von der Lagermannschaft, die aus regulären libyschen Truppen bestand, Europäer waren. Jack stellte enttäuscht fest, daß man auf den Bildern keine Gesichter erkennen konnte, nur die Hautfarbe und, wenn die Sonne richtig stand, die Haarfarbe. Man konnte auch das Fabrikat von Geländefahrzeugen oder Lastern erkennen, aber die Nummernschilder waren nicht zu entziffern. Die nachts aufgenommenen Fotos waren seltsamerweise deutlicher. Tagsüber erzeugte die Hitze Luftwirbel, die sich auf die Qualität der Bilder auswirkten, nachts war die Luft kühler und stiller.

Der dicke Ordner, dem seine Aufmerksamkeit galt, enthielt Fotos der Lager 11-5-04, 11-5-18 und 11-5-20. Er wußte nicht, nach was für einem Schema sie numeriert wurden, und es war ihm einigermaßen gleichgültig. Die Lager ähnelten einander sehr; unterschiedlich war nur die Anordnung der einzelnen Hütten oder Gebäude.

Jack betrachtete die Bilder fast eine Stunde lang. Das Wunder der modernen Technologie erzählte ihm alle möglichen Einzelheiten, aber keine, die ihm bei seiner Suche weiterhelfen konnte. Wer auch immer die Lager leitete, wußte genug, um die Insassen in die Hütten zu schicken, sobald sich ein Spähsatellit näherte – es sei denn einer, dessen Kameraausrüstung geheim war, aber selbst dann war die Zahl der aufgenommenen Personen fast nie gleich, so daß man nur schätzen konnte, wie viele Leute sich im Lager befanden. Es war frustrierend.

Zwei der mutmaßlichen ULA-Lager waren nicht mehr als sechzig Kilometer von dem bekannten IRA-Stützpunkt entfernt. Weniger als eine Stunde Fahrt, dachte Jack. Wenn sie es nur wüßten! Er wäre ganz zufrieden, wenn die Provisorischen die ULA liquidierten, was sie offensichtlich wollten. Einiges sprach dafür, daß die Briten ganz ähnlich dachten. Jack fragte sich, was Mr. Owens davon hielt, und kam zu dem Schluß, daß er es wahrscheinlich nicht wußte. Ihm war klar, daß er jetzt über Informationen verfügte, die einigen erfahrenen Spielern nicht zugänglich waren. Er wandte sich wieder den Fotos zu.

Eines – es war einen Tag nach Millers Ankunft in Bengasi aufgenommen worden – zeigte ein Fahrzeug, vermutlich einen Toyota Land Cruiser, das offensichtlich 11-5-18 verlassen hatte und ungefähr anderthalb Kilometer vom Lager entfernt war. Ryan fragte sich, wohin es gefahren sein mochte. Er notierte Datum und Zeit auf dem unteren Rand des Bildes und warf einen Blick auf die Tabelle mit den Querverweisen. Zehn Minuten später entdeckte er dasselbe Fahrzeug in Lager 11-5-09, einem Stützpunkt des Provisorischen Flügels, ungefähr sechzig Kilometer von 11-5-18 entfernt. Dieses Foto war einen Tag nach dem ersten aufgenommen worden.

Er zwang sich, ruhig zu bleiben: 11-5-18 konnte der Rote Armee Fraktion gehören oder den Roten Brigaden oder einer anderen terroristischen Vereinigung, mit der die Provisorischen manchmal zusammenarbeiteten. Trotzdem machte er ein paar Notizen. Es war ein Fakt, eine kleine Information, der sich nachzugehen lohnte.

Als nächstes beschäftigte er sich mit der Zahl der Personen, die sich im Lager aufgehalten hatten. Die diesbezügliche Graphik zeigte, wie viele Gebäude nachts beheizt worden waren, und reichte gut zwei Jahre zurück. Er verglich sie mit einer Aufstellung bekannter ULA-Anschläge und entdeckte... zuerst gar nichts. Die Zeitpunkte, zu denen die Hütten bewohnt gewesen waren, korrelierten nicht mit den bekannten Aktivitäten der Organisation. Aber es gab doch ein Muster, das sah er bald.

Ungefähr alle drei Monate nahm die Anzahl der bewohnten Hütten für drei Tage um eine zu. Ryan fluchte, als er sah, daß das Muster nicht ganz durchgängig war. Zweimal in zwei Jahren änderte sich die Zahl nicht. Und was bedeutete das?

«Du steckst in einem Labyrinth von Gängen, die alle gleich verwinkelt sind», brummte er vor sich hin. Es war ein Satz aus einem seiner Computerspiele. Das Erkennen von Mustern war nicht seine starke Seite. Er verließ das Zimmer, um sich eine Cola zu holen, aber mehr noch, um wieder einen klaren Kopf zu bekommen. Fünf Minuten später war er wieder da.

Er zog die Benutzungsgraphiken der drei «unbekannten» Lager und verglich die jeweiligen Aktivitätsphasen. Eigentlich brauchte er Fotokopien der Graphiken, aber bei der CIA gab es sehr strenge Kopiervorschriften. Es würde Zeit erfordern, die er momentan nicht verlieren wollte. Zwei der Lager ließen gar kein Muster erkennen, aber bei Lager 18 schien es eines zu geben. Er rätselte eine Stunde daran herum. Zuletzt kannte er alle drei Graphiken auswendig. Er mußte etwas anderes tun. Er schob die Graphiken in den Ordner zurück und wandte sich wieder den Aufnahmen zu.

Auf einem Bild von Lager 11-5-20 war ein junges Mädchen zu sehen, das heißt, eine Gestalt in einem zweiteiligen Badeanzug. Jack starrte einige Sekunden darauf, schaute dann angewidert fort. Er kam sich vor wie ein Voyeur, während er in Wahrheit eine Person betrachtete, die sicher eine Terroristin war. Lager 04 und 18 wiesen keine derartigen Attraktionen auf, und er fragte sich, was es zu bedeuten haben mochte, bis ihm plötzlich einfiel, daß nur ein einziger Satellit Tageslichtaufnahmen mit Menschen darauf geliefert hatte. Ryan nahm sich vor, in der Bibliothek der Akademie ein Buch über Umlaufbahnen und/oder Satelliten auszuleihen. Er mußte wenigstens wissen, wie oft ein Satellit täglich dieselbe Stelle überflog.

«Du kommst nirgends hin», sagte er sich laut.

«Die anderen auch nicht», sagte Martin Cantor. Ryan wirbelte herum.

«Wie sind Sie hier reingekommen?» fragte er.

«Eines muß man Ihnen lassen, wenn Sie sich konzentrieren, konzentrieren Sie sich wirklich. Ich stehe schon fünf Minuten hier.» Cantor feixte. «Ihr Eifer gefällt mir, aber wenn Sie mich fragen ... Sie muten sich zuviel zu.»

«Ich werd's überstehen.»

«Das sagen Sie», bemerkte Cantor zweifelnd. «Wie gefällt Ihnen unser kleines Fotoalbum?»

«Die Leute, die das den ganzen Tag machen, müssen durchdrehen.»

«Einige tun es», klärte Cantor ihn auf.

«Vielleicht habe ich da was, dem man nachgehen sollte», sagte Jack und erläuterte seinen Verdacht hinsichtlich Lager 18.

«Nicht schlecht. Übrigens, Strich-zwanzig könnte der Action Directe angehören, dem französischen Verein, der neuerdings so viel von sich reden macht. Die DGSE – der französische Geheimdienst – glaubt starke Indizien dafür zu haben.»

«Oh. Das könnte eines der Bilder erklären.» Ryan blätterte zu der betreffenden Seite.

«Gut, daß der Iwan nicht weiß, was dieser Vogel alles kann», sagte Cantor und nickte. «Hmm. Die könnten wir vielleicht identifizieren.»

«Wie denn?» fragte Jack. «Das Gesicht ist nicht zu erkennen.»

«Aber die Länge der Haare, jedenfalls annähernd. Und die Tittengröße.» Cantor grinste von einem Ohr zum anderen.

«Was?»

«Die Jungs von der Fotoauswertung sind – na ja, sie sind sehr technisch. Wenn auf einem solchen Bild eine Furche zwischen den Titten zu sehen ist, muß das Mädchen Hängebrüste haben. Das haben sie mir wenigstens mal gesagt, es ist kein Witz. Irgend jemand hat es tatsächlich auf eine mathematische Formel gebracht, denn man kann Frauen mit einer Kombination von Faktoren wie Haarlänge, Größe und BH-Nummer identifizieren. Die Action Directe hat jede Menge weibliche Mitglieder. Unsere französischen Kollegen könnten das Bild interessant finden.» Wenn sie uns was anderes dafür geben, dachte er bei sich, sagte aber nichts.

«Und was ist mit Lager achtzehn?»

«Ich weiß nicht. Wir haben nie richtig versucht, es zu identifizieren. Das Auto könnte aber dagegen sprechen.»

«Bedenken Sie, daß unsere Freunde von der ULA die Provisorischen infiltriert haben», sagte Jack.

«Das läßt Sie nicht los, nicht? In Ordnung, es ist etwas, das man berücksichtigen muß.»

«Sonst hab' ich nichts Konkretes gefunden», gab Jack zu.

«Sehen wir uns mal die Kurve an.»

Jack holte die Graphik hinten aus dem Ordner und faltete sie auseinander. «Meist nimmt die Bewohnerzahl alle drei Monate zu.»

Cantor betrachtete das Diagramm einen Moment stirnrunzelnd. Dann blätterte er die Fotos durch. Nur für einen der fraglichen Zeitpunkte hatten sie eine Tageslichtaufnahme, die etwas hergab. Jedes der Lager hatte einen Schießstand. Auf dem Bild, das Cantor heraussuchte, standen dort drei Männer.

«Das könnte etwas sein, Jack.»

«Inwiefern?» Jack hatte das Foto betrachtet, aber ihm war nichts aufgefallen.

«Was ist das bezeichnende Merkmal der ULA?»

«Sie sind alle Profis», antwortete Ryan.

«Sie haben in Ihrem letzten Bericht darauf hingewiesen, daß sie militärischer organisiert sind als die anderen, wissen Sie noch? Soweit wir wissen, kann jeder einzelne von ihnen sehr gut mit Waffen umgehen.»

«Und?»

«Denken Sie nach!» fuhr Cantor ihn an. Ryan blickte verständnislos drein. «Vielleicht machen sie regelmäßig so was wie Reservistentraining?»

«Oh. Daran habe ich nicht gedacht. Wie kommt es, daß man noch nie...»

«Wissen Sie, wie viele Satellitenaufnahmen hier eingehen? Ich kann es nicht genau sagen, aber es ist mit Sicherheit eine ganze Menge, Tausende im Monat. Angenommen, es dauert fünf Minuten, um eine zu untersuchen. Wir interessieren uns vor allem für die russischen – Raketensilos, Fabriken, Truppenbewegungen, Panzerstützpunkte, all das. Darauf werden die besten Köpfe angesetzt, und sie können nicht alles auswerten, was reinkommt. Die Jungs, die mit diesem Zeug hier arbeiten, sind eher Techniker, keine Analytiker.» Cantor machte eine Pause. «Lager achtzehn sieht interessant genug aus, um eine genauere Untersuchung zu rechtfertigen. Um zu sehen, wer dort wohnt. Nicht schlecht.»

«Er hat gegen die Sicherheitsbestimmungen verstoßen», sagte Kevin O'Donnell anstelle einer Begrüßung. Er sprach so leise, daß ihn bei dem Lärm im Pub kein Mensch hören würde.

«Vielleicht ist diese Sache es wert», entgegnete Cooley. «Instruktionen?»

«Wann fliegst du zurück?»

«Morgen früh, mit der ersten Maschine.»

O'Donnell nickte und trank sein Glas aus. Er verließ den Pub und ging schnell zu seinem BMW. Zwanzig Minuten später war er zu Hause. Zehn Minuten danach standen sein Einsatzleiter und sein Nachrichtenoffizier in seinem Arbeitszimmer.

«Sean, wie war die Zusammenarbeit mit Alex' Organisation?»

«Sie sind so wie wir, klein, aber professionell. Alex ist ein gründlicher Typ, ein Techniker, aber er hat eine große Schnauze. Er ist gerissen, verdammt gerissen. Und er ist hungrig, wie sie drüben sagen. Er will sich einen Namen machen.»

«Hm, dann kriegt er vielleicht im Sommer seine Chance.» O'Donnell hielt inne und hielt den Brief hoch, den Cooley gebracht hatte. «Seine Königliche Hoheit scheint sich mit der Absicht zu tragen, dieses Jahr nach Amerika zu fahren. Die Ausstellung über britische Landsitze war ein solcher Erfolg, daß sie eine neue machen wollen. Die königliche Familie hat ein paar Leonardos, und sie schicken sie hin, um Geld für wohltätige Zwecke aufzutreiben. Die Ausstellung wird am ersten August in Washington eröffnet, und der Prinz von

Wales fliegt hin, um der Eröffnung beizuwohnen. Sie werden es erst im Juli offiziell bekanntgeben, aber hier ist sein Programm, einschließlich der vorgeschlagenen Sicherheitsmaßnahmen. Es steht noch nicht fest, ob Seine Hoheit seine wunderschöne Frau mitnimmt, aber wir werden davon ausgehen, daß er es tut.»

«Das Kind?» fragte Miller.

«Ich denke, nein, aber wir werden auch die Möglichkeit berücksichtigen.» Er reichte Joseph McKenney den Brief. Der Nachrichtenoffizier der ULA überflog die Daten.

«Bei den offiziellen Anlässen wird die Sicherheit doppelt und dreifach sein. Die Amis hatten eine Reihe von Zwischenfällen, und sie haben aus jedem einzelnen gelernt», sagte McKenney. Wie alle Nachrichtenoffiziere schätzte er seine potentiellen Gegner als überaus gefährlich ein. «Aber wenn sie das hier machen...»

«Ja», sagte O'Donnell. «Ich möchte, daß ihr beide diese Sache vorbereitet. Wir haben reichlich Zeit, und wir werden jede Minute davon nutzen.» Er nahm den Brief wieder an sich und las ihn noch einmal, ehe er ihn Miller gab. Als die beiden gegangen waren, schrieb er seine Instruktionen für ihren Agenten in London.

Cooley erblickte seinen Kontaktmann am nächsten Morgen im Flughafengebäude und ging in die Cafeteria. Als erfahrener Flugreisender war er sehr rechtzeitig gekommen und konnte eine Tasse Kaffee trinken, ehe seine Maschine aufgerufen wurde. Schließlich verließ er den Raum. Der Kontakt kam gerade herein. Die beiden Männer streiften sich kurz, und die Nachricht wurde so übergeben, wie man es auf jeder Spionageschule der Welt lernt.

«Er reist wirklich eine Menge herum», bemerkte Ashley. Owens' Beamte hatten weniger als eine Stunde gebraucht, um Cooleys Reisebüro ausfindig zu machen und eine Liste der Reisen zu bekommen, die er die letzten drei Jahre unternommen hatte. Zwei andere Beamte stellten eine biographische Akte über den Antiquar zusammen. Es war reine Routinearbeit. Owens und seine Männer waren zu abgebrüht, um über jede neue Spur in Aufregung zu geraten. Begeisterung trübte allzu oft den objektiven Blick. Sein Wagen – er stand am Flughafen Gatwick – hatte für das Baujahr enorm viele Kilometer auf dem Tacho, aber das erklärten die Fahrten, die er machte, um Bücher zu kaufen und zu ersteigern. All das hatten sie in achtzehn Stunden zusammengetragen. Sie würden geduldig auf mehr warten.

«Wie oft fliegt er nach Irland?»

«Ziemlich oft, aber er handelt mit englischen Büchern, und wir sind die einzigen europäischen Länder, in denen englisch gesprochen wird, nicht wahr?» Ashley hatte sich ebenfalls unter Kontrolle.

«Amerika?» fragte Owens.

«Anscheinend einmal im Jahr. Ich habe fast den Verdacht, daß er zu einer Messe reist, die alljährlich stattfindet. Das kann ich selbst überprüfen.»

«Da spricht man auch englisch.»

Ashley lächelte. «Es gibt nicht viele amerikanische Werke, die jemanden wie Cooley reizen können. Womöglich kauft er britische Bücher, die den Weg über den Atlantik gefunden haben, aber wahrscheinlicher ist, daß er Kunden akquiriert. Nein, Irland ist perfekt für seine Tarnung – Verzeihung, ich meine, sofern es eine ist. Meine eigenen Händler, Samuel Pickett and Sons, fliegen auch oft rüber. Aber ich glaube, nicht ganz so oft», fügte er hinzu.

«Vielleicht wird seine Vita uns weiterhelfen», bemerkte Owens.

«Hoffentlich.» Ashley suchte ein Licht am Ende des Tunnels, sah aber nur noch mehr Tunnel.

«Es ist in Ordnung, Jack», sagte Cathy.

Er nickte. Er wußte, daß seine Frau recht hatte. Die Schwester hatte entschieden gestrahlt, als sie es ihnen bei ihrer Ankunft mitgeteilt hatte. Sally war auf dem Weg der Besserung und würde wieder gesund werden.

Aber es gab einen Unterschied zwischen dem Wissen des Verstandes und dem Wissen des Herzens. Sally war diesmal wach gewesen. Mit dem Atemschlauch im Mund hatte sie natürlich noch nicht sprechen können, aber die Töne, die sich ihrer Kehle entrangen, konnten nur eines bedeuten: Es tut so weh! Die Verletzungen, die dem kleinen Körper zugefügt worden waren, wirkten jetzt, wo er wußte, daß sie heilen würden, nicht weniger schrecklich. Wenn überhaupt, schienen sie nun, wo sie gelegentlich bei Bewußtsein war, noch schlimmer zu sein. Die Schmerzen würden irgendwann verschwinden – aber im Augenblick litt sein kleines Mädchen entsetzliche Schmerzen. Cathy mochte sich sagen, daß nur Lebende Schmerzen empfinden, daß sie trotz allem ein gutes Zeichen waren. Jack konnte das nicht. Sie blieben, bis Sally wieder einschlummerte. Er ging mit seiner Frau hinaus.

«Wie geht es dir?» fragte er.

«Besser. Morgen abend darfst du mich abholen.»

Jack schüttelte den Kopf. Daran hatte er gar nicht gedacht. Wie blöd *bist* du eigentlich? sagte er sich. Er hatte einfach vorausgesetzt, daß Cathy hier bleiben würde, in Sallys Nähe.

«Das Haus ist schrecklich leer ohne dich, Schatz», sagte er nach einem Moment.

«Es wird leer bleiben ohne sie», antwortete seine Frau, und die Tränen rannen ihr wieder über die Wangen. Sie barg das Gesicht an seiner Schulter. «Sie ist so klein...»

«Ja.» Jack dachte an Sallys Gesicht, die kleinen blauen Augen inmitten all der Quetschungen, das Leid, die Schmerzen, die sich dort abzeichneten. «Aber sie wird wieder gesund, Liebling, und ich möchte nicht noch mal diesen Unsinn hören, daß es deine Schuld ist.»

«Aber es stimmt!»

«Nein, es stimmt nicht. Weißt du, wieviel Glück ich habe, daß ihr beide am Leben seid? Ich habe heute die Daten des FBI gesehen. Wenn du nicht so geistesgegenwärtig auf die Bremse gestiegen wärst, wäret ihr jetzt beide tot.» Mindestens zwei Kugeln hatten Cathys Kopf nur um Haaresbreite verfehlt, sagten die Kriminalisten. Jack konnte es bei geschlossenen Augen Wort für Wort wiederholen. «Du hast euch beiden das Leben gerettet, weil du so schnell reagiert hast.»

Cathy brauchte einen Augenblick, um die Worte aufzunehmen. «Woher weißt du das?»

«CIA. Sie arbeiten mit der Polizei zusammen. Ich habe darum gebeten mitzumachen, und sie haben es erlaubt.»

«Aber...»

«Eine Menge Leute arbeiten daran, Baby, und ich bin einer von ihnen», sagte Jack fest. «Jetzt kommt es einzig und allein darauf an, sie zu kriegen.»

«Glaubst du...»

«Ja, ich glaube es.» Früher oder später.

Bill Shaw hegte im Moment keine solche Hoffnung. Der beste potentielle Anhaltspunkt, den sie hatten, war die Identität des Schwarzen, der den Transporter gefahren hatte. Das wurde vor den Medien geheimgehalten. Für Fernsehen und Presse waren alle Verdächtigen weiß. Das FBI hatte den Journalisten nichts vorgelogen, sondern nur dafür gesorgt, daß sie aus den freigegebenen Teilinformationen den falschen Schluß zogen – ein alter Trick. Es könnte den Verdächtigen in Sicherheit wiegen. Die einzige Person, die ihn aus der Nähe gesehen hatte, war die Kassiererin des 7-Eleven. Sie hatte mehrere Stunden Fotos von Schwarzen betrachtet, die als Mitglieder revolutionärer Gruppen galten, und drei als mögliche Täter benannt. Zwei von diesen saßen im Gefängnis, der eine wegen Raubüberfalls, der andere wegen Transports von Sprengstoffen über Bundesstaatsgrenzen. Der dritte war vor sieben Jahren von der Bildfläche verschwunden. Er war für das FBI nur ein Foto. Der Name, den sie für ihn hatten, war sicher ein Deckname, und es gab keine Fingerabdrücke. Er hatte einen Strich zwischen sich und seine ehemaligen Genossen gezogen, ein kluger Schachzug, denn die meisten von ihnen waren wegen verschiedener Delikte festgenommen und verurteilt worden. Dann war er einfach abgetaucht. Am wahrscheinlichsten ist, sagte sich Shaw, daß er jetzt irgendwo als ehrbarer Bürger ein ganz normales Leben führt und kaum noch an seine vergangenen Aktivitäten zurückdenkt.

Der Agent schaute wieder auf die Akte. «Constantine Duppens» hatte der Deckname gelautet. Sehr beredsam, jedenfalls bei den wenigen Gelegenheiten, bei denen er den Mund aufgemacht hatte, hatte der Informant angegeben. Wahrscheinlich Collegebildung. Mit der Gruppe verbunden, die das Bureau beobachtet hatte, aber nie ein richtiges Mitglied geworden, hieß es weiter in der Akte. Er hatte sich kein einziges Mal an einer ungesetzlichen Handlung beteiligt und war verschwunden, als die Anführer der kleinen Organisation davon redeten, ihre Sache mit Bankraub und Drogenhandel zu finanzieren.

Shaw wandte sich wieder dem Foto von «Constantine Duppens» zu. Es war wohl zuviel verlangt von einer Kassiererin, sich eines der hundert Gesichter zu merken, die sie jeden Tag sah, oder sich wenigstens so gut daran zu erinnern, daß sie es auf einem Foto, das viele Jahre alt sein konnte, wiedererkannte. Sie hatte gewiß versucht, ihnen zu helfen, und sie hatte versprochen, niemandem etwas davon zu sagen. Sie hatten eine Beschreibung der Kleidung des Verdächtigen – die inzwischen sicher schon verbrannt war –, und sie hatten kürzlich den Transporter gefunden. Er wurde jetzt unweit von Shaws Büro in seine Einzelteile zerlegt. Die forensischen Experten hatten Fabrikat und Typ der Tatwaffe identifiziert. Das war im Moment alles, was sie hatten. Inspector Bill Shaw konnte im Moment nur darauf warten, daß die Agenten, die für ihn draußen waren, etwas Neues brachten. Ein bezahlter Informant könnte etwas aufschnappen, oder ein neuer

Zeuge könnte auftauchen, oder das Spurensicherungsteam könnte vielleicht an oder in dem Wagen etwas Interessantes entdecken. Shaw sagte sich, daß er Geduld haben müsse. Trotz seiner zweiundzwanzig Jahre beim FBI war Geduld noch etwas, zu dem er sich zwingen mußte.

«Mann, ich hatte gerade angefangen, den Bart zu mögen», sagte ein Kollege.

«Die verdammten Haare haben zu sehr gepiekst.» Alexander Constantine Dobbens war wieder an seinem Arbeitsplatz. «Ich hab' mich ständig kratzen müssen.»

«Ja, als ich noch auf dem Drogentrip war, mußte ich das auch», bemerkte ein Zimmerkollege. «Wenn man jung ist, ist es eben anders.»

«Wenn du meinst, Opa!» Dobbens lachte. «Du alter verheirateter Gockel. Daß du unter der Fuchtel bist, bedeutet noch lange nicht, daß ich nur feuchte Träume haben darf.»

«Du solltest langsam wissen, wo du hingehörst, Alex.»

«Es gibt so viele interessante Dinge auf der Welt, und ich hab' sie noch nicht alle ausprobiert.» Noch lange nicht. Er war Außendienstingenieur bei der Baltimore Gas and Electric Company und machte gewöhnlich Nachtschicht. Wegen seiner Arbeit war er einen großen Teil der Zeit auf Achse, um Leitungen und Installationen zu prüfen und Montagecrews zu überwachen. Alex war ein patenter Junge, den es nicht störte, sich die Hände schmutzig zu machen, im Gegenteil, er genoß die körperliche Arbeit, für die sich viele Ingenieure zu gut sind. Ein Mann aus dem Volk, so nannte er sich manchmal. Seine gewerkschaftsfreundliche Haltung war für die Geschäftsleitung ein fortwährendes Ärgernis, aber er war ein guter Ingenieur, und daß er schwarz war, schadete auch nicht. Jemand, der gut und beliebt *und* schwarz war, war nachgerade ein Traumangestellter. Außerdem hatte er eine ganze Menge Leute gebracht, als das Unternehmen gesetzlich gezwungen wurde, mehr Angehörige von Minderheiten einzustellen, und es verdankte ihm ungefähr ein Dutzend erstklassiger Arbeiter. Einige von ihnen hatten zwar einen etwas suspekten Hintergrund, aber Alex hatte sie gebracht.

Während seiner Schicht war oft nicht viel los, und Alex besorgte sich wie gewöhnlich die Frühausgabe der *Baltimore Sun*. Der Fall war bereits von der ersten Seite in den Lokalteil gewandert. Das FBI und die Staatspolizei, las er, setzten die Ermittlungen fort. Er staunte immer noch, daß die Frau und das Kind überlebt hatten – das beweist, wie gut es ist, sich anzuschnallen, und natürlich die gute Arbeit der Porsche-Ingenieure, sagte er sich. Na ja, befand er, das ist schon in Ordnung. Ein kleines Mädchen und eine schwangere Frau umzubringen, war nicht gerade eine Heldentat. Sie hatten den Streifenpolizisten getötet, das reichte ihm. Daß die Bullen jedoch diesen Clark geschnappt hatten, wurmte ihn nach wie vor. Ich hab' dem blöden Kerl ja gesagt, daß der Mann dort zu exponiert wäre, aber nein, er wollte die ganze Familie auf einmal. Alex wußte, warum er es gewollt hatte, sah es aber als ein klassisches Beispiel für Eifer, der über Vernunft siegt. Diese verdammten Politologen, sie bilden sich ein, man könnte etwas geschehen machen, wenn man es sich nur sehnlich genug wünscht. Ingenieure wußten es besser.

Dobbens tröstete sich mit der Tatsache, daß alle gesichteten Verdächtigen weiß waren. Es war natürlich ein Fehler gewesen, dem Hubschrauber zuzuwinken. Herausforderndes Benehmen war fehl am Platze, wenn man sich revolutionär betätigte. Er hatte die Lektion gelernt, aber es hatte niemandem geschadet. Die Handschuhe und die Mütze hatten dafür gesorgt, daß die Schweine nichts hatten, das ihn identifizieren konnte. Das wirklich Schöne war, daß die Operation trotz der partiellen Mißerfolge ein Erfolg war. Der IRA-Bursche, dieser O'Soundso, war in Boston in die nächste Maschine gesetzt worden. Die Operation hatte wenigstens politisch Hand und Fuß gehabt. Und das, sagte er sich, ist das wahre Erfolgskriterium.

Erfolg bedeutete für ihn auch, sich seine Sporen abzuverdienen. Er und seine Genossen hatten einer anerkannten revolutionären Gruppe erstklassig Hilfestellung geleistet. Nun konnte er sich wegen finanzieller Unterstützung an seine afrikanischen Freunde wenden. Er betrachtete sie gar nicht als richtige Afrikaner, aber sie nannten sich gern so. Es gab Mittel und Wege, Amerika weh zu tun und die Aufmerksamkeit der Öffentlichkeit in einem Maß zu erregen, wie es noch keine revolutionäre Gruppe geschafft hatte. Wenn er beispielsweise in fünfzehn Bundesstaaten gleichzeitig das Licht abschalten könnte? Alex Dobbens wußte, wie das möglich war. Ein Revolutionär mußte wissen, wie man die Leute an ihrem Nerv treffen kann, und gab es eine bessere Methode, als ihnen das zu nehmen, was sie für selbstverständlich hielten? Wenn er demonstrieren konnte, daß die korrupte Regierung nicht mal in der Lage war, ihnen Strom für ihre

Lampen und Kühlschränke zu garantieren, welche Zweifel würde er dann in der Bevölkerung säen! Amerika ist eine Gesellschaft von Dingen, dachte er. Wenn diese Dinge aufhörten zu funktionieren? Was würden die Leute dann denken? Er wußte die Antwort nicht, aber er wußte, daß sich etwas ändern würde, und um Änderung ging es ihm.

19

Wirklich ein merkwürdiger Typ», bemerkte Owens. Die Akte war das Ergebnis von drei Wochen Arbeit. Es hätte natürlich schneller gehen können, aber wenn der Betroffene ahnungslos über die Ermittlungen bleiben sollte, mußte man umsichtig vorgehen.

Dennis Cooley war in Belfast als Sohn einer gutbürgerlichen katholischen Familie geboren, aber sein Vater und seine Mutter, beide inzwischen verstorben, waren nie zur Kirche gegangen, was in einer Stadt, wo die Religion das Leben und auch den Tod beherrscht, entschieden sonderbar war. Dennis war bis zur Reifeprüfung in die Kirche gegangen, in Anbetracht seiner katholischen Schule nicht weiter verwunderlich, aber dann hatte er abrupt damit aufgehört. Keine Vorstrafe, keine fallengelassene Anklage, nichts. Nicht einmal eine Erwähnung in einer Akte über mutmaßliche Mittäter oder Helfer. Als Student hatte er dann und wann die Versammlungen von Aktivistengruppen besucht, war aber nie einer beigetreten. Er hatte fleißig gearbeitet und sein Examen mit Auszeichnung bestanden. Einige Kurse in Marxismus, einige in Volkswirtschaft, immer bei Professoren, die links von der Mitte standen. Der Commander schnaubte verächtlich. Davon gab es an der London School of Economics ja mehr als genug, nicht wahr?

Für einen Zeitraum von zwei Jahren hatten sie nichts als Steuerunterlagen. Dennis Cooley hatte in der Buchhandlung seines Vaters gearbeitet und für die Polizei einfach nicht existiert. Das war ein Problem bei der Polizeiarbeit – man nahm nur die Kriminellen wahr. Einige äußerst diskrete Erkundigungen in Belfast hatten ebenfalls nichts ergeben. Alle möglichen Leute hatten Bücher in dem Geschäft gekauft, sogar britische Soldaten. Dennis war nicht oft genug in die Pubs gegangen, um aufzufallen, und hatte zu keiner kirchlichen Organisation, keinem politischen Club und keinem Sportverein gehört. «Er hat immer nur gelesen», hatte jemand den Kriminalbeamten gesagt. Das ist verdammt aufschlußreich, sagte Owens sich. Ein Antiquar, der eine Menge gelesen hat...

Dann waren seine Eltern bei einem Autounfall ums Leben gekommen. Er führte die Buchhandlung zuerst weiter, verkaufte sie einige Jahre später und ging nach London, wo er zuerst ein Geschäft in Knightsbridge aufmachte und kurz danach das Antiquariat in der Burlington Arcade übernahm, das er immer noch hatte.

Die Einkommensteuererklärungen zeigten, daß er keine Not litt. Ein Blick auf seine Wohnung zeigte, daß er nicht über seine Verhältnisse lebte. Seine Kollegen in der Branche schätzten ihn. Seine einzige Angestellte, Beatrix, mochte den Teilzeitjob bei ihm. Cooley hatte keine Freunde, ging immer noch nicht in Pubs – er schien übrigens fast gar nicht zu trinken –, lebte allein, hatte soweit bekannt keine aus dem Rahmen fallenden sexuellen Neigungen und war viel geschäftlich unterwegs.

«Er ist völlig unergiebig, eine Null», sagte Owens.

«Ja», bekräftigte Ashley. «Aber wir haben wenigstens eine Erklärung dafür, wie Geoff ihn kennengelernt haben könnte – er war Oberleutnant bei einem der ersten Regimenter, die rübergeschickt wurden, und ging wahrscheinlich irgendwann mal in den Laden. Sie wissen, wie gern er redet. Wahrscheinlich fingen sie an, über Bücher zu reden – sicher nicht über viel anderes. Ich glaube nicht, daß Cooley sich für etwas anderes interessiert.»

«Ja, er scheint der typische Bücherwurm zu sein. Zumindest ist es das Image, das er pflegt. Was ist mit seinen Eltern?»

Ashley lächelte. «Sie galten in der Nachbarschaft als Kommunisten. Nichts Ernsthaftes, aber bis zum ungarischen Aufstand von 1956 vertraten sie entschieden bolschewistische Ansichten. Das scheint sie desillusioniert zu haben. Sie blieben ausgesprochen links, betätigten sich aber nicht mehr politisch. Die Leute sagen, sie seien sehr nett gewesen, aber ein bißchen verschroben. Offensichtlich hielten sie die Kinder aus dem Viertel zum Lesen an – was zumindest sehr geschäftstüchtig gewesen wäre. Haben ihre Rechnungen immer pünktlich bezahlt. Ansonsten nichts.»

«Und diese Beatrix?»

«Reifeprüfung an einer staatlichen Oberschule. Keine Universitätsbildung, belegte aber zahlreiche Kurse über Literatur und Verlagswesen. Wohnt mit ihrem Vater zusammen, einem pensionierten Sergeant der Royal Air Force. Kein geselliger Typ, keine Verehrer, keine Parties. Sitzt abends wahrscheinlich vor der Glotze und trinkt

Dubonnet. Sie kann die Iren nicht ausstehen, aber es macht ihr nichts aus, bei ihrem ‹Mr. Dennis› zu arbeiten, weil er ein Experte auf seinem Gebiet ist. In der Richtung ist glaube ich nichts.»

«Wir hätten also einen Antiquar mit einer marxistischen Familie, aber ohne bekannte Kontakte zu irgendeiner terroristischen Vereinigung», faßte Owens zusammen. «Er hat ungefähr zur selben Zeit studiert wie unser Freund O'Donnell, nicht?»

«Ja, aber kein Mensch erinnert sich, die beiden zusammen gesehen zu haben. Sie wohnten übrigens nur ein paar Straßen voneinander entfernt, aber wieder erinnert sich niemand, ob Kevin jemals in der Buchhandlung war.» Ashley zuckte mit den Schultern. «Aber das war, bevor Kevin Aufmerksamkeit erregte. Falls es damals eine Querverbindung gegeben haben sollte, ist sie nie belegt worden. Sie hatten denselben Volkswirtschaftslehrer. Das könnte ein nützlicher Anhaltspunkt sein, aber der Kerl ist vor zwei Jahren gestorben – eines natürlichen Todes. Ihre Kommilitonen leben jetzt anscheinend alle woanders, und wir haben immer noch keinen gefunden, der sie beide gekannt hat.»

Owens ging in die Ecke seines Büros und schenkte sich eine Tasse Tee ein. Ein Typ mit marxistischem Hintergrund, der mit O'Donnell an derselben Hochschule studiert hat! Trotz der fehlenden Verbindung zu irgendeiner terroristischen Gruppe reichte das, um weiterverfolgt zu werden. Wenn sie einen Hinweis dafür fanden, daß Cooley und O'Donnell sich kannten, war Cooley die wahrscheinliche Brücke zwischen Watkins und der ULA. Die Verbindung war zwar sehr theoretisch, aber es war das Beste, was sie in mehreren Monaten gefunden hatten.

«Sehr gut, David. Was schlagen Sie jetzt vor?»

«Wir werden natürlich seinen Laden und seine Wohnung verwanzen und sein Telefon abhören. Und wenn er verreist, wird er Begleitung haben.»

Owens nickte. Das war mehr, als das Gesetz ihm zu tun erlaubte, aber der Sicherheitsdienst arbeitete nach anderen Regeln als die Londoner Polizei. «Sollten wir das Geschäft auch überwachen?»

«Das ist in Anbetracht der Lokalität nicht leicht. Wir könnten aber versuchen, einen von unseren Leuten in einem der anderen Läden unterzubringen.»

«Gegenüber von dem Antiquariat ist doch ein Juwelier, nicht?»

«Nicholas Reemer and Sons», bestätigte Ashley. «Eigentümer und zwei Angestellte.»

Owens überlegte. «Ich könnte mir jemanden vom Einbruchdezernat suchen, der sich mit Schmuck auskennt...»

«Morgen, Jack», sagte Cantor.
«Hallo, Martin.»
Ryan hatte es schon vor Wochen aufgegeben, anhand der Satellitenfotos etwas Neues herauszufinden. Nun versuchte er, Muster im Terroristennetz aufzuspüren. Welche Gruppe hatte Verbindungen zu welcher anderen? Woher kamen ihre Waffen? Wo wurden die Burschen ausgebildet? Wer half bei der Ausbildung? Wer gab das Geld? Wer lieferte die Reisedokumente? Welche Staaten benutzten sie als Transitländer?

Das Problem bei diesen Fragen war nicht Informationsmangel, sondern eine Überfülle von Informationen. Tausende von CIA-Beamten und ihre Agenten kämmten die Welt nach solchen Fakten ab, und dazu kamen die Geheimdienstler der anderen westlichen Nachrichtendienste. Viele der Agenten – Ausländer, die von der CIA angeworben und bezahlt wurden – lieferten Meldungen über die belanglosesten Begegnungen, nur weil sie hofften, die eine Erkenntnis zu bringen, die dann direkt zu einer der gesuchten Personen führte, und dafür eine enorme Belohnung zu erhalten. Das Ergebnis waren Tausende von Berichten voller Nebensächlichkeiten, unter denen sich einige wenige wichtige Informationen verbergen konnten. Jack war sich nicht bewußt gewesen, wie problematisch seine Suche sein würde. Die Leute, die an der Aufgabe arbeiteten, waren alle tüchtig und begabt, drohten jedoch in der Flut von Daten zu ertrinken, die gesichtet, gesiebt, kollationiert und geprüft werden mußten, ehe die eigentliche Auswertung beginnen konnte. Je kleiner eine terroristische Vereinigung war, um so mehr Schwierigkeiten bereitete es, sie zu finden, und einige von ihnen bestanden nur aus einer Handvoll von Leuten, in extremen Fällen sogar nur aus Mitgliedern einer einzigen Familie.

«Martin», sagte Jack, den Blick von den Papieren auf seinem Schreibtisch wendend, «wenn es eine Sisyphusarbeit gibt, dann das hier.»

«Vielleicht, aber ich glaube, wir haben einen Treffer gelandet», antwortete Cantor.

«Wirklich?»

«Erinnern Sie sich an die Satellitenaufnahme von dem Mädchen im Bikini? Die Franzosen glauben, sie hätten sie identifiziert. Eine gewisse Françoise Theroux. Langes dunkles Haar, Superfigur, und sie war zu dem Zeitpunkt, als das Foto gemacht wurde, vermutlich außer Landes. Demnach gehört das Lager der Action Directe.»

«Wer ist sie?»

«Eine Killerin», entgegnete Cantor. Er reichte Jack ein Foto, das aus geringerer Entfernung aufgenommen war. «Offensichtlich eine sehr gute. Vermutlich drei Morde, zwei Politiker und ein Industrieller, alle aus nächster Nähe mit einer Pistole. Stellen Sie sich vor, wie einfach es ist: Sie sind ein Mann in den besten Jahren und spazieren eine Straße entlang; Sie sehen ein hübsches Mädchen; sie lächelt Sie an und fragt vielleicht nach dem nächsten Postamt oder einem Museum; Sie bleiben stehen, und das nächste, was Sie sehen, ist eine Pistole in ihrer Hand. Gute Nacht, Marie.»

Jack betrachtete das Bild. Sie sah nicht gefährlich aus – sie sah aus wie der Traum jedes Mannes. «Keine, die man von der Bettkante stoßen würde, wie wir auf dem College sagten. Mein Gott, in was für einer Welt leben wir eigentlich?»

«Das wissen Sie besser als ich. Wir sind jedenfalls gebeten worden, ein Auge auf das Lager zu haben. Wenn wir sie dort wieder sehen, sollen wir den Franzosen sofort eine Echtzeitaufnahme geben.»

«Sie wollen sie dort greifen?»

«Das haben sie nicht gesagt, aber wie Sie vielleicht wissen, haben die Franzosen Truppen im Tschad, ungefähr sechshundert Kilometer weit entfernt. Luftlandeeinheiten mit Kampfhubschraubern.»

Jack gab ihm das Bild zurück. «Was für eine Verschwendung.»

«Stimmt.» Cantor steckte es weg und wechselte das Thema. «Wie kommen Sie mit Ihren Daten zurecht?»

«Bis jetzt habe ich einen Haufen Mist. Die Leute, die das hauptberuflich machen...»

«Ja, eine Zeitlang haben sie sogar rund um die Uhr gearbeitet. Wir mußten sie zurückpfeifen, weil sie den Wald vor lauter Bäumen nicht mehr sahen. Die Computerspeicherung hat uns ein Stück weiter gebracht. Einmal sagte die EDV uns allerdings, daß der Anführer einer Gruppe an einem einzigen Tag auf sechs verschiedenen Flughäfen aufgekreuzt war, und wir wußten natürlich, daß die betreffenden Daten faul waren, aber dann und wann gibt es einen heißen Tip. Letzten März hätten wir um ein Haar einen Kerl in Beirut geschnappt. Wir kamen nur eine halbe Stunde zu spät. Dreißig gottverdammte Minuten. Aber mit der Zeit gewöhnt man sich daran.»

Dreißig Minuten, dachte Jack. Wenn ich mein Büro dreißig Minuten früher verlassen hätte, wäre ich jetzt tot. Wie zum Teufel soll ich mich daran gewöhnen?

Cantor lächelte säuerlich. «Die Leute, die wir suchen, sind nicht blöd. Sie wissen, was ihnen bevorsteht, wenn sie erwischt werden. Selbst wenn wir es nicht tun – vielleicht möchten wir es nicht –, könnten wir den Israelis einen Hinweis geben. Terroristen sind hartgesottene, gefährliche Burschen, aber gegen richtige Truppen können sie nichts ausrichten, und das wissen sie. Mein Schwager ist Major in der Army, bei der Delta Force unten in Fort Bragg. Ich habe selbst gesehen, wie sie operieren. Sie könnten dieses Lager, das Sie untersucht haben, in weniger als zwei Minuten stürmen und alle Anwesenden töten und wieder fort sein, ehe das Echo verklungen ist. Sie sind tüchtig und verstehen ihren Job, aber ohne die richtigen Informationen können sie nicht wissen, *wo* sie ihren Job tun sollen. Bei der Polizeiarbeit ist es genauso. Glauben Sie, die Mafia könnte überleben, wenn die Bullen genau wüßten, wann und wo sie ihre Dinger dreht? Informationen sind alles, und die Informationen kommen zu all den Bürokraten hier, die diesen Haufen von Daten sichten. Die Leute, die sie sammeln, geben sie uns, und wir werten sie aus und geben sie den Einsatzteams. Der Kampf wird auch hier bei uns geführt, Jack. Hier in diesem Gebäude, von ein paar Dutzend höheren Beamten, die abends zu ihrer Familie heimfahren.»

Wir haben anscheinend keine Chance, den Kampf zu gewinnen, dachte Jack.

«Wie kommt das FBI voran?» fragte er.

«Nichts Neues. Dieser Schwarze... Na ja, wenn er gar nicht existierte, wäre es auch nicht viel anders. Sie haben ein verwackeltes Bild, das mehrere Jahre alt ist, einen Decknamen ohne weitere Anhaltspunkte und eine ungefähr zehn Zeilen lange Beschreibung, die vor allem besagt, daß er schlau genug ist, den Mund zu halten. Das Bureau prüft jetzt Leute, die früher mal zu radikalen Gruppierungen gehörten – es ist sonderbar, daß die meisten von ihnen inzwischen richtige Spießbürger geworden sind. Aber wie dem auch sei, bis jetzt hat es noch keinen Erfolg gehabt.»

«Was ist mit den Leuten, die vor zwei Jahren nach Nordafrika geflogen sind?» Damals waren Mitglieder einiger radikaler amerikanischer Gruppen nach Libyen gereist, um sich mit «progressiven Elementen» aus Ländern der Dritten Welt zu treffen. Die Terrorismusbekämpfer des Westens hatten das Ereignis immer noch nicht ganz verdaut.

«Sie haben sicher bemerkt, daß wir keine Fotos aus Bengasi haben, nicht? Unser Agent flog auf – ein scheußlicher Unfall. Es kostete uns die Fotos und ihn den Hals. Zum Glück haben sie nicht rausgekriegt, daß er für uns arbeitete. Wir kennen die Namen einiger Leute, die drüben waren, das ist alles.»

«Ausreiseunterlagen?»

Cantor lehnte sich an den Türrahmen. «Sagen wir, Mr. X. machte eine Urlaubsreise nach Europa – das tun jeden Monat zigtausend Leute. Drüben setzt er sich mit jemandem in Verbindung, und sie bringen ihn hin, ohne daß er seinen Paß ein einziges Mal irgendwo zeigen muß. Es ist ganz leicht, die Agency macht es ja selbst so. Wenn wir einen Namen hätten, könnten wir feststellen, ob er zur entsprechenden Zeit außer Landes war. Aber wir haben keinen Namen.»

«Wir haben überhaupt nichts!» schimpfte Jack.

«O doch. Wir haben all das» – er zeigte auf die Dokumente auf Ryans Schreibtisch – «und noch eine Menge anderer Papiere. Irgendwo da drin ist die Antwort versteckt.»

«Glauben Sie das wirklich?»

«Jedesmal, wenn wir eins von diesen Dingern knacken, stellen wir fest, daß die Information monatelang vor unserer Nase gelegen hat. Die Geheimdienstausschüsse des Senats und des Repräsentantenhauses halten uns das immer wieder vor. Da in dem Stapel ist irgendwo ein entscheidender Hinweis, Jack. Das ist fast eine statistische Gewißheit. Aber es sind wahrscheinlich zwei- oder dreihundert Berichte, und nur einer ist wichtig.»

«Ich habe keine Wunder erwartet, aber ich habe doch damit gerechnet, daß ich einen gewissen Fortschritt machen würde», sagte Jack gelassen. Endlich dämmerte ihm, wie schwierig seine Aufgabe war.

«Das haben Sie auch. Sie haben etwas gesehen, das niemandem aufgefallen war. Sie waren praktisch derjenige, der Françoise Theroux gefunden hat. Und wenn jetzt ein französischer Agent etwas sieht, das nützlich für uns sein könnte, sagen sie es uns vielleicht. Sie wußten offenbar nicht, daß die Geheimdienstbranche Ähnlichkeit mit dem Tauschhandel vergangener Zeiten hat. Wir geben ihnen etwas, und sie geben uns etwas, wenn sie nicht wollen, daß sie nie wieder etwas von uns bekommen. Falls sie dieses Pistolenmädchen kriegen, schulden sie uns einen ganzen Haufen. Sie wollen sie unbedingt haben, sie hat nämlich einen guten Freund des französischen Präsidenten umgelegt. Übrigens, der Admiral und der DGSE lassen Ihnen ausrichten, daß sie sehr zufrieden mit Ihnen sind. Der Chef empfiehlt Ihnen aber, nicht mit der Arbeit zu übertreiben.»

«Erst wenn ich diese Schufte gefunden habe», antwortete Ryan.

«Manchmal muß man relaxen. Sie sehen verdammt schlecht aus. Sie sind müde. Wenn man müde ist, kann man Fehler machen. Wir mögen keine Fehler. Keine Überstunden mehr, Jack – das kommt von Greer selbst. Sie werden das Gebäude um sechs verlassen.» Cantor ging so schnell, daß Jack keine Zeit hatte, etwas einzuwenden.

Er drehte sich wieder zu seinem Schreibtisch, starrte aber einige Minuten zur Wand. Cantor hatte recht. Er arbeitete so lange, daß er die Hälfte der Zeit nicht mehr nach Baltimore fahren konnte, um zu sehen, wie es seiner Tochter ging. Ihm fiel ein, daß seine Frau jeden Tag bei ihr war und oft im Johns Hopkins schlief, um in Sallys Nähe zu sein. Ich bin aber nicht der einzige, der einen Job hat – Cathys Arbeit ist mindestens so schwierig wie meine.

Immerhin habe ich wenigstens etwas geschafft, sagte er zu der Wand. Es war zwar ein Zufall gewesen, und nicht er, sondern Cantor hatte die richtige Verbindung gezogen, aber er hatte genau das getan, was ein Auswerter tun sollte: etwas Sonderbares finden und jemand anderen darauf hinweisen. Er brauchte sich keine Vorwürfe zu machen. Er hatte vielleicht eine Terroristin gefunden – wenn auch eine, die gewiß nichts mit «seinem» Fall zu tun hatte.

«Hallo, Alex», sagte Miller, als er in den Wagen stieg.

«Wie war die Reise?» Dobbens sah, daß er seinen Bart immer noch trug. Na ja, neulich hatte ihn niemand länger gesehen. Miller war diesmal nach Mexiko geflogen und dann mit dem Wagen über die Grenze gefahren, um einen Inlandsflug nach Washington zu nehmen, wo Alex ihn abgeholt hatte.

«Eure Grenzkontrollen hier sind ein Witz.»

«Würde es dich glücklicher machen, wenn man sie änderte?» fragte Alex. «Kommen wir zur Sache.» Sein barscher Ton überraschte Miller.

Du bist ganz schön eingebildet, dachte Miller. Hoffentlich schneiden sie dir nicht eines Tages die Eier ab. «Wir haben wieder einen Auftrag für dich.»

«Ihr habt mich noch nicht mal für den letzten bezahlt.»

Miller reichte ihm ein Scheckheft. «Nummernkonto. Eine Bank auf den Bahamas. Du wirst feststellen, daß der Betrag stimmt.»

Alex steckte das Heft ein. «Das ist schon besser. Okay, ein neuer Job. Hoffentlich soll es nicht so schnell gehen wie letztes Mal.»

«Wir haben mehrere Monate Zeit für die Planung.»

»Ich höre.» Alex ließ sich zehn Minuten lang über die Einzelheiten unterrichten.

«Habt ihr den Verstand verloren?» fragte er, als Miller ausgeredet hatte.

«Wie schwer ist es, die Informationen zu beschaffen, die wir brauchen?»

«Das ist nicht das Problem, Sean. Das Problem ist, eure Jungs herzubringen und wieder aus dem Land zu schaffen. Ich sehe keine Möglichkeit.»

«Das laß meine Sorge sein.»

«Red keinen Scheiß! Wenn meine Leute beteiligt sind, ist es auch meine Sorge. Wenn dieser blöde Clark ausgepackt hätte, wäre meine Zelle hingewesen – und ich mit ihr.»

«Aber er hat nicht ausgepackt, oder? Deshalb hatten wir ihn ausgewählt.»

«Hör zu, was du mit deinen Leuten machst, ist mir scheißegal. Was mit meinen Leuten passiert, aber nicht. Was wir letztes Mal für euch gespielt haben, war höchstens Landesliga.»

Miller überlegte kurz. «Landesliga» – dieser arrogante Nigger! «Die Operation war politisch vernünftig, das weißt du. Du hast vielleicht vergessen, daß das Ziel immer politisch ist. Politisch gesehen, war die Operation ein voller Erfolg.»

«Das brauchst du mir nicht zu erzählen!» fuhr Alex ihn an. Miller war ein eingebildeter Wicht, aber Alex glaubte, daß es ihn nicht viel Mühe kosten würde, ihn kleinzukriegen. «Du hast einen Mann verloren, weil du es persönlich gespielt hast und nicht professionell. Oh, ich weiß, was du jetzt denkst. Es war unser erstes großes Spiel, stimmt's? Stimmt, und ich denke, wir haben bewiesen, daß wir auf Draht sind, nicht? Außerdem hab' ich dich von Anfang an gewarnt, daß dein Mann zu exponiert sei. Wenn du auf mich gehört hättest, säße er jetzt nicht im Bau. Ich weiß, dein Background ist ganz eindrucksvoll, aber das hier ist mein Revier, und ich kenne es.»

Miller wußte, daß er sich damit abfinden mußte. Er zuckte nicht mit der Wimper. «Alex, wenn wir nicht hundertprozentig zufrieden gewesen wären, würden wir uns nicht noch mal an dich wenden. Ja, ihr seid auf Draht.» Blöder Nigger, fuhr er stumm fort. «Wie ist es also, könnt ihr uns die Informationen beschaffen, die wir brauchen?»

«Sicher, wenn der Preis stimmt. Wollt ihr, daß wir mitmachen?»

«Wir wissen es noch nicht», antwortete Miller wahrheitsgemäß. Euch geht es natürlich nur ums Geld. Verdammte Amis.

«Wenn ja, möchte ich bei der Planung dabeisein. Ich muß vor allem wissen, wie ihr ins Land kommt und wie ihr wieder rauskommt. Ich werde euch unter Umständen begleiten müssen. Und wenn du wieder nicht auf meinen Rat hörst, nehme ich meine Jungs, und ihr könnt sehen, wie ihr allein zurechtkommt.»

«Es ist noch etwas früh, um sicher zu sein, aber was uns vorschwebt, ist wirklich ganz leicht...»

«Du glaubst, ihr könntet es so hinkriegen?» Zum erstenmal seit Millers Ankunft nickte Alex zustimmend. «Nicht übel. Ich beschaff' sie euch. Wirklich nicht übel. Können wir jetzt vom Preis reden?»

Sean schrieb eine Zahl auf einen Fetzen Papier und gab ihn Alex. «Wäre das angemessen?» Leute, die sich für Geld interessieren, waren leicht zu beeindrucken.

«Ich hätte gern ein Konto bei *eurer* Bank!»

«Wenn diese Operation klappt, kriegst du eins.»

«Ist das dein Ernst?»

Miller nickte nachdrücklich. «Direkter Zugang. Ausbildungseinrichtungen, Unterstützung bei Reisedokumenten, was du willst. Das Können, das ihr letztes Mal bewiesen habt, hat Aufmerksamkeit erregt. Unsere Freunde finden es reizvoll, eine aktive revolutionäre Zelle in Amerika zu haben.» Wenn sie wirklich mit euch zusammenarbeiten wollen, ist das ihr Problem. «Wie schnell könntest du die Informationen besorgen?»

«Ist Ende der Woche schnell genug?»

«Geht es so schnell, ohne Aufmerksamkeit zu erregen?»

«Das laß meine Sorge sein», antwortete Alex lächelnd.

«Etwas Neues bei euch?» fragte Owens.

«Nicht viel», gab Murray zu. «Jede Menge Indizien von der Spurensicherung, aber nur eine Zeugin, die ein Gesicht gesehen hat, und sie kann es nicht sehr gut beschreiben.»

«Die Hilfe von drüben?»

«Haben wir noch nicht identifiziert. Vielleicht haben sie was von der ULA gelernt. Kein Manifest, kein Bekennerschreiben, in dem sie die Verantwortung für den Anschlag auf sich genommen haben. Die Leute, die wir in anderen radikalen Gruppen haben – das heißt, in denen, die noch existieren –, haben nichts gehört. Wir arbeiten weiter daran, und wir haben einen Haufen Leute draußen laufen, aber die Ausbeute ist bis jetzt gleich Null!.» Murray hielt inne. «Das wird sich jedoch ändern. Bill Shaw ist große Klasse, eines der wenigen Genies, die wir beim Bureau haben. Sie haben ihn vor ein paar Jahren von der Spionageabwehr zur Terrorismusbekämpfung geholt, und er hat seitdem Klasse Arbeit geleistet. Was Neues bei Ihnen?»

«Ich kann noch nichts Genaueres sagen», antwortete Owens. «Aber wir haben womöglich eine kleine Spur. Wir prüfen, ob sie was hergibt oder nicht. Das ist die gute Nachricht. Die schlechte ist, daß Seine Königliche Hoheit im Sommer nach Amerika reist. Eine Reihe von Leuten wurde über sein Besuchsprogramm unterrichtet, darunter sechs, die auf unserer kleinen Verdächtigenliste stehen.»

«Warum zum Teufel haben Sie das zugelassen, Jimmy?»

«Ich bin vorher nicht gefragt worden», entgegnete Owens säuerlich. «In einigen Fällen wären die Leute mißtrauisch geworden, wenn man sie nicht informiert hätte – man kann nicht einfach aufhören, jemandem zu trauen, nicht wahr? Bei den anderen war es einfach die übliche Schlamperei. Irgendein Referent hat die Pläne in den normalen Verteiler gegeben, ohne die Sicherheitsbeamten zu fragen.» Das war für beide Männer nichts Neues. Es gab immer jemanden, der nicht aufpaßte.

«Wunderbar. Dann müssen Sie es absagen. Lassen Sie ihn kurz vorher die Grippe kriegen oder so», schlug Murray vor.

«Das wird Seine Hoheit nicht tun. Er ist in der Hinsicht eisern geworden. Er will sein Leben nicht wegen irgendeiner terroristischen Bedrohung ändern.»

Murray stöhnte. «Der Junge hat Mut, aber...»

«Sehr richtig», bekräftigte Owens. Es gefiel ihm zwar nicht, daß man seinen nächsten König als «Jungen» bezeichnete, aber er hatte sich schon lange an die schnoddrige amerikanische Ausdrucksweise gewöhnt. «Es macht unsere Aufgabe nicht leichter.»

«Die Reiseroute steht also fest?» fragte Murray.

«Ja, bis auf einige wenige Stationen. Unsere Sicherheitsleute werden in Washington mit Ihren sprechen. Sie fliegen nächste Woche hin.»

«Hm, Sie wissen ja, daß Sie jede nur mögliche Hilfe bekommen werden. Secret Service, FBI, Polizei, was Sie wollen. Wir werden gut auf ihn achtgeben», versicherte Murray. «Er und seine Frau sind bei uns sehr beliebt. Werden sie das Baby mitnehmen?»

«Nein. Was das betrifft, konnten wir ihn umstimmen.»

«Gut. Ich rufe morgen in Washington an und setze alles in Bewegung. Was passiert mit unserem Freund Ned Clark?»

«Bis jetzt noch nichts. Seine Mithäftlinge machen ihm offenbar das Leben zur Hölle, aber er ist einfach zu dumm, um weichzuwerden.»

Murray nickte. Er kannte die Sorte.

«Entschuldigen Sie bitte, Doktor.» Ryan, der tatsächlich früh Feierabend gemacht und sich einen Vortrag über osteuropäische Beziehungen an der Universität Georgetown angehört hatte, stand nun, beim anschließenden Empfang, am kalten Büffet. Er drehte sich überraschend um und sah einen kleinen Herrn mit rosigem Gesicht, der einen billigen Anzug trug. Seine blauen Augen funkelten, wie vor Belustigung, schien es. Er sprach mit einem starken Akzent.

«Hat Ihnen der Vortrag gefallen?»

«Er war interessant», antwortete Ryan vorsichtig.

«Aha. Wie ich sehe, können Kapitalisten genausogut lügen wie wir armen Sozialisten.» Der Herr lachte laut, aber Jack kam zu dem Schluß, daß es doch nicht Belustigung war, was seine Augen funkeln ließ. Es waren eiskalt taxierende Augen, die eine neue Variation des Spiels spielten, an dem er in England teilgenommen hatte. Der Mann war ihm sofort unsympathisch.

«Kennen wir uns?»

«Sergej Platonow.» Sie gaben sich die Hand, nachdem Ryan seinen Teller auf den nächsten Tisch gestellt hatte. «Ich bin Dritter Sekretär der sowjetischen Botschaft. Vielleicht wird mein Foto in Langley mir nicht gerecht.»

Ein Russe, der weiß, daß ich bei der CIA gearbeitet habe! Ryan gab sich Mühe, nicht allzu überrascht auszusehen. Dritter Sekretär konnte leicht heißen, daß er vom KGB war, vielleicht ein als Diplomat getarnter Geheimdienstler oder ein Angehöriger der Auslandsabteilung der KPdSU – als ob es einen Unterschied machte. Ein «legaler» Nachrichtendienstler mit diplomatischer Tarnung. *Was mache ich nun?* Er wußte schon jetzt, daß er morgen eine Kontaktmeldung für die CIA schreiben mußte, in der stehen mußte, wo und wie sie sich kennengelernt und worüber sie geredet hatten, eine Arbeit, die mindestens eine Stunde kosten würde. Es bereitete ihm Mühe, höflich zu bleiben.

«Sie müssen sich irren, Mr. Platonow. Ich bin Geschichtslehrer. Ich unterrichte an der Marineakademie in Annapolis. Ich bin zu dem Vortrag eingeladen worden, weil ich hier in Georgetown promoviert habe.»

«Nein, nein.» Der Russe schüttelte den Kopf. «Ich erkenne Sie nach dem Foto hinten auf dem Schutzumschlag Ihres Buches. Ich habe letzten Sommer zehn Exemplare davon gekauft, verstehen Sie?»

«Ach.» Jack war wieder überrascht und unfähig, es zu verbergen. «Mein Verleger und ich danken Ihnen, Sir.»

«Unser Marineattaché war sehr davon beeindruckt, Doktor Ryan. Er meinte, daß wir die Akademie in Frundse darauf aufmerksam machen sollten, und die Gretschko-Marineakademie in Leningrad auch, soweit ich mich erinnern kann.» Platonow trug dick auf. Ryan durchschaute ihn natürlich, aber... «Ich selbst habe das Buch ehrlich gesagt nur überflogen. Es schien mir sehr einleuchtend zu sein, und unser Attaché sagte, daß Ihre Analyse des Entscheidungsprozesses in Kampfsituationen erstaunlich zutreffend sei.»

«Oh.» Jack versuchte, nicht sichtlich geschmeichelt zu sein, aber es fiel ihm schwer. Frundse war *die* sowjetische Stabsakademie, die Eliteschule für junge Offiziere, die für Höheres auserkoren wurden, und die Gretschko-Akademie war kaum weniger angesehen.

«Sergej Nikolajewitsch!» rief eine Stimme, die ihm bekannt vorkam. Timothy Riley trat zu ihnen. Riley, ein kleiner, untersetzter Jesuitenpater, hatte in Georgetown den Fachbereich Geschichte geleitet, während Ryan an seiner Dissertation arbeitete. Er war ein kluger Kopf und hatte eine Reihe von Büchern geschrieben, darunter zwei gescheite Werke über die Geschichte des Marxismus, die Ryans Meinung nach ganz sicher nicht ihren Weg in die Bibliothek der Frundse-Akademie gefunden hatten. «Wie geht's der Familie, Jack?»

«Danke, Pater. Cathy arbeitet wieder. Sie haben Sally jetzt ins Hopkins verlegt. Mit ein bißchen Glück werden wir sie nächste Woche nach Hause holen dürfen.»

«Ihre kleine Tochter wird wieder ganz gesund werden?» fragte Platonow. «Ich habe von dem Anschlag auf Ihre Familie gelesen.»

«Ja, wir nehmen es an. Abgesehen davon, daß man ihr die Milz herausgenommen hat, scheint alles einigermaßen in Ordnung zu sein. Die Ärzte sagen, daß sie gute Fortschritte macht, und jetzt, wo sie im Hopkins liegt, kann Cathy jeden Tag nach ihr sehen», sagte Ryan mit mehr Zuversicht, als er wirklich empfand. Sally war ein anderes Kind geworden. Ihre Beine waren noch nicht vollständig geheilt, doch schlimmer war, daß sein springlebendiges Mädchen nun ein trauriges kleines Ding war. Sie hatte eine Lektion gelernt, die Ryan ihr noch wenigstens zehn Jahre lang hätte ersparen wollen – daß die Welt selbst dann ein gefährlicher Ort ist, wenn man einen Vater und eine Mutter hat, die für einen sorgen. Die Lektion war schon für ein Kind hart, für die Eltern war sie noch härter. Aber sie lebt, sagte er sich, ohne sich des Ausdrucks in seinem Gesicht bewußt zu sein. Mit Zeit und Liebe kann man von allem genesen, nur nicht vom Tod. Die Ärzte und Schwestern im Johns Hopkins Hospital versorgten sie wie ein eigenes Kind.

«Eine furchtbare Geschichte.» Platonow schüttelte bekümmert den Kopf. «Es ist schrecklich, unschuldige Menschen anzugreifen.»

«Das ist es in der Tat, Sergej», bemerkte Riley mit der scharfen Stimme, die Ryan nur zu gut kannte. «Pater Tim» war für seine spitze Zunge berühmt und gefürchtet. «Wenn ich mich recht erinnere, hat Ihr Viktor Iljitsch Lenin einmal gesagt, der Sinn des Terrorismus bestehe darin zu terrorisieren, und Mitgefühl sei bei einem Revolutionär ebenso unangebracht wie Feigheit auf dem Schlachtfeld.»

«Das waren harte Zeiten, Pater», bemerkte Platonow verbindlich. «Mein Land hat nichts mit diesen Verrückten von der IRA zu schaffen. Das sind keine Revolutionäre, so laut sie auch das Gegenteil behaupten. Sie haben kein revolutionäres Ethos. Was sie tun, ist Wahnsinn.» Er verstummte und räusperte sich, um dann schnell das Thema zu wechseln. «Übrigens, Doktor Ryan, unser Marineattaché würde Sie gern kennenlernen und mit Ihnen über Ihr Buch sprechen. Wir geben am nächsten Zwölften einen kleinen Empfang in der Botschaft. Der gute Pater wird ebenfalls kommen, er kann ja über Ihre Seele wachen. Würden Sie und Ihre Gattin uns die Ehre geben?»

«Ich habe die Absicht, die nächsten Wochen zu Hause bei meiner Familie zu verbringen. Meine Tochter wird mich eine ganze Weile dort brauchen.»

Der Diplomat ließ sich nichts anmerken. «Ja, das kann ich verstehen. Dann vielleicht ein andermal?»

«Gern, rufen Sie mich irgendwann im Sommer an.» Reitet mich der Teufel?

«Sehr schön. Wenn Sie mich jetzt bitte entschuldigen würden, ich möchte mit Professor Hunter über seinen Vortrag sprechen.» Der Diplomat gab ihm wieder die Hand und ging zu der Gruppe von Historikern, die den Vortragsredner umringte und ihm andächtig zu lauschen schien.

Ryan wandte sich zu Pater Riley, der das Gespräch schweigend mit angehört hatte, während er von seinem Champagner trank.

«Ein interessanter Bursche, dieser Sergej», sagte Riley. «Er liebt es, die Leute auf ihre Reaktionen zu testen. Ich frage mich, ob er wirklich an sein System glaubt oder ob er nur mitmacht, um in der Nomenklatura zu bleiben.»

Ryan hatte eine drängendere Frage. «Was zum Teufel sollte das alles, Pater?»

Riley schmunzelte. «Sie werden unter die Lupe genommen, Jack.»

«Warum?»

«Sie brauchen mich nicht, um das zu beantworten. Sie arbeiten bei der CIA. Wenn ich recht vermute, will Admiral Greer Sie in seinem persönlichen Stab haben. Martin Cantor hat für nächstes Jahr einen Ruf an die Universität Texas angenommen, und Sie sind einer der Kandidaten für seinen Job. Ich weiß nicht, ob Sergej etwas davon gehört hat, aber Sie schienen ihm wahrscheinlich das beste Ziel hier im Raum zu sein, und er wollte einfach ein Feeling für Sie bekommen.»

«Cantors Job? Aber... Das hat mir kein Mensch gesagt!»

«Das Leben ist voller Überraschungen. Wahrscheinlich hat man Ihren Background noch nicht fertig überprüft und wird erst mit dem Angebot herausrücken, wenn das Ergebnis vorliegt. Ich nehme an, die Informationen, mit denen Sie arbeiten, sind immer noch recht beschränkt?»

«Darüber kann ich nicht reden, Pater.»

Der Jesuit lächelte. «Das habe ich mir gedacht. Die Arbeit, die Sie drüben getan haben, hat die richtigen Leute beeindruckt. Wenn ich es recht verstehe, wird man Sie jetzt hochpäppeln wie ein vielversprechendes Weltergewicht.» Riley nahm sich noch ein Glas Champagner. «So, wie ich James Greer kenne, wird er Sie an seinen Busen ziehen, ohne daß Sie sich dessen bewußt sind.»

«Woher wissen Sie das alles?» fragte Ryan verblüfft.

«Jack, was glauben Sie, von wem die Leute drüben zum erstenmal Ihren Namen gehört haben? Wer, glauben Sie, hat Ihnen das Stipendium des Zentrums für Strategische und Internationale Studien beschafft? Den Leuten dort gefiel Ihre Arbeit ebenfalls. Martin hörte, was ich sagte und was Sie sagten, und meinte letzten Sommer, Sie seien einen Versuch wert, und Sie waren besser, als irgend jemand erwartet hatte. Es gibt hier in der Stadt ein paar Leute, die etwas auf meine Meinung geben.»

«Oh.» Ryan mußte lächeln. Er hatte beinahe das Wichtigste über die Gesellschaft Jesu vergessen: Ihre Mitglieder kannten jedermann, auf den es ankam, und erfuhren so manches. Der Universitätspräsident gehörte zum Cosmos Club und zum University Club, was automatisch Zugang zu den wichtigsten Ohren und Mündern in Washington bedeutete. Pater Rileys intellektuelle Fähigkeiten waren bekannt, seine Meinung fiel ebensosehr in die Waagschale wie die anderer angesehener Akademiker, und dazu kam seine moralische Autorität als promovierter Theologe.

«Wir sind gute Sicherheitsrisiken, Jack», sagte Riley wohlwollend. «Oder könnten Sie sich vorstellen, daß einer von uns ein kommunistischer Agent ist? Hm ... Interessieren Sie sich für den Job?»

«Ich weiß nicht.» Ryan betrachtete sein Spiegelbild im Fenster. «Es würde bedeuten, daß ich weniger mit meiner Familie zusammensein kann. Wir erwarten diesen Sommer Nachwuchs, verstehen Sie.»

«Ich gratuliere, das ist eine gute Nachricht. Ich weiß, daß Sie ein Familienmensch sind, Jack. Der Job würde einige Opfer bedeuten, aber Sie wären ein guter Mann dafür.»

«Glauben Sie?» Bis jetzt habe ich noch nicht viel für die Welt getan.

«Ich sähe weit lieber Sie in Langley als einige andere Leute, die ich kenne. Sie sind mehr als gescheit genug. Sie können Entscheidungen treffen, und Sie sind vor allem ein guter Kerl. Ich weiß, Sie sind ehrgeizig, aber Sie haben eine Moral, Wertbegriffe. Ich gehöre zu denen, die überzeugt sind, daß das in dieser Welt noch etwas zählt, ganz gleich, wie schlimm die Dinge auch werden mögen.»

«Sie werden ziemlich schlimm, Pater», sagte Ryan nach kurzem Überlegen.

«Sind Sie ihnen auf der Spur?»

«Nein, aber...» Jack verstummte einen Moment zu spät. «Gut gemacht, Pater.»

«Ich habe es nicht so gemeint», beteuerte Riley. «Die Welt wäre besser, wenn diese Leute nicht mehr frei herumliefen. Ihr Gehirn muß irgendwie falsch funktionieren. Es ist schwer zu verstehen, wie jemand einem unschuldigen Kind etwas zuleide tun kann.»

«Pater, sie zu verstehen, ist weniger wichtig. Es kommt darauf an, sie zu finden. Und zu bestrafen.»

«Das ist die Arbeit der Polizei und der Gerichte und Geschworenen. Das ist der Grund, warum wir Gesetze haben», sagte Riley eindringlich.

Ryan drehte sich wieder zum Fenster. Er musterte sein eigenes Bild und fragte sich, was er eigentlich sah. «Pater, Sie sind ein guter

Mensch, aber Sie haben nie Kinder gehabt. Ich könnte vielleicht jemandem verzeihen, der mich angegriffen hat, aber nicht jemandem, der versucht, mein kleines Mädchen umzubringen. Wenn ich ihn finde – zum Teufel, ich werde ihn nicht finden. Aber ich wünschte, ich täte es», sagte Jack zu seinem Spiegelbild. Es nickte zustimmend.

«Haß ist nicht gut. Er kann Dinge mit einem anrichten, die man bereut. Dinge, die einen zu einem anderen Menschen machen.»

Ryan drehte sich um und dachte an den Mann, den er eben gesehen hatte. «Vielleicht hat er das bereits getan.»

20

Das Tonband war unglaublich langweilig. Owens war es gewohnt, Berichte von Kriminalbeamten, Verhörprotokolle und, noch schlimmer, nachrichtendienstliche Dokumente zu lesen, aber das Tonband war noch langweiliger. Das Mikrofon, das der Sicherheitsdienst in Cooleys Geschäft versteckt hatte, wurde durch Töne aktiviert und war so empfindlich, daß es selbst das leiseste Geräusch registrierte. Die Tatsache, daß Cooley gern vor sich hin summte, ließ Owens am Wert des kleinen Wunderwerks zweifeln. Der Beamte, der sich das vollständige Band anhören mußte, ehe er es zusammenschnitt, hatte das Summen nicht restlos herausgeschnitten, um seinen Vorgesetzten darauf hinzuweisen, was er alles erdulden mußte. Endlich bimmelte die Glocke.

Owens hörte, wie die Tür geöffnet und wieder geschlossen wurde, ein Geräusch, das vom Aufnahmegerät als Scheppern aufgezeichnet worden war, und dann das Quietschen von Cooleys Drehstuhl. Er muß ihn dringend mal ölen, dachte der Commander.

«Guten Morgen, Sir!» Es war Cooleys Stimme.

«Morgen», sagte der Kunde. «Darf man fragen, ob Sie den Milton fertig kalkuliert haben?»

«Ja, Sir.»

«Was soll er kosten?»

Cooley antwortete nicht, aber Ashley hatte Owens berichtet, daß er nie einen Preis laut sagte. Er reichte seinen Kunden eine Karteikarte, auf der die Summe stand. Owens hielt das für ein Mittel, die Leute vom Feilschen abzuschrecken.

«Ziemlich gepfeffert», sagte Watkins' Stimme.

«Ich könnte noch mehr bekommen, aber Sie sind ein Stammkunde», erwiderte Cooley.

Das Mikrofon hatte sogar den Seufzer weitergeleitet. «Na gut, er ist das Geld wert.»

Der Kauf wurde sofort getätigt. Sie konnten hören, wie Geldscheine, die offensichtlich abgezählt wurden, leise knisterten.

«Vielleicht habe ich bald etwas Neues aus einer Sammlung in Kerry.»

«Oh?» machte Watkins interessiert.

«Ja, eine signierte Erstausgabe von *Große Erwartungen*. Ich habe sie bei meiner letzten Reise nach drüben gesehen. Hätten Sie eventuell Interesse?»

«Wirklich signiert?»

«Ja, Sir. Es ist mir bewußt, daß Sie die viktorianische Zeit nicht allzu sehr schätzen, aber Charles Dickens' Unterschrift...»

«In der Tat. Ich würde es natürlich gern sehen.»

«Das ließe sich machen.»

«In diesem Augenblick beugte Watkins sich zu ihm, und unser Mann in dem Schmuckgeschäft konnte ihn nicht mehr sehen», sagte Owens zu Ashley.

»Er kann also eine Nachricht übergeben haben.»

«Gut möglich.» Owens schaltete das Tonbandgerät ab. Der Rest des Gesprächs war belanglos.

«Als er letztesmal in Irland war, ist er nicht nach Kerry gefahren. Er war die ganze Zeit in Cork. Er besuchte drei Antiquare, trank ein paar Halbe in einem Pub und übernachtete in einem Hotel», berichtete Ashley.

«Ein paar Halbe?»

«Ja, wenn er in Irland ist, trinkt er, aber in London rührt er keinen Tropfen an.»

«Hat er in dem Pub jemanden getroffen?»

«Das wissen wir nicht. Unser Mann stand nicht nahe genug bei ihm. Er hatte Anweisung, sehr vorsichtig zu sein, und er tat gut daran, daß er unentdeckt blieb.» Ashley schwieg einen Moment und überlegte. «Ich hatte den Eindruck, daß Watkins das Buch bar bezahlte.»

«Ja, das ist auffällig. Wie die meisten von uns zahlt er gewöhnlich mit Scheck oder Kreditkarte, aber nicht, wenn er alte Bücher kauft. Aus den Bankunterlagen geht hervor, daß er noch nie einen Scheck auf diesen Laden ausgestellt hat, obgleich er dann und wann größere Beträge abhebt. Wir haben noch nicht nachprüfen können, ob sie sich mit den Summen decken, die er bei Cooley bezahlt.»

«Sehr sonderbar», dachte Ashley laut. «Jedermann... Nun ja, irgend jemand muß wissen, daß er dort Kunde ist.»

«Schecks sind datiert», bemerkte Owens.

«Vielleicht.» Ashley war nicht überzeugt, aber er hatte genügend Ermittlungen dieser Art durchgeführt, um zu wissen, daß man nie alle Antworten bekam. Einige Einzelheiten blieben immer ungeklärt. «Ich habe mir gestern abend noch mal Geoffs Militärakte angesehen. Wußten Sie, daß vier Männer von seiner Abteilung getötet wurden, als er in Irland war?»

«Was? Das macht ihn zu einem noch wahrscheinlicheren Kandidaten!» Owens hielt es nicht für eine gute Nachricht.

«Das habe ich auch gedacht», bekräftigte Ashley. «Ich habe gleich einen von unseren Jungs in Deutschland auf einen ehemaligen Kameraden von ihm angesetzt – sein ehemaliges Regiment gehört jetzt zur britischen Rheinarmee. Der Mann führte eine Abteilung in derselben Kompanie und ist jetzt Oberstleutnant. Er hat gesagt, Geoff habe es damals sehr schwergenommen und laut darüber geschimpft, daß sie am falschen Ort seien und das Falsche täten und dabei gute Männer verlören. Aufschlußreich, nicht wahr?»

«Noch ein Leutnant mit einer Patentlösung», stöhnte Owens.

«Ja – wir ziehen ab und lassen die Iren allein mit ihrem Problem fertigwerden. Wie Sie wissen, gibt es in der Army noch ein paar Leute, die so denken.»

Commander Owens wußte, daß es überall im Land Leute gab, die so dachten. «Trotzdem reicht es als Motiv nicht aus, oder?»

«Aber es ist besser als nichts.»

Der Kriminalbeamte lachte. «Was hat der Oberstleutnant Ihrem Mann sonst noch gesagt?»

«Geoff scheint in Belfast eine unruhige Zeit gehabt zu haben. Er und seine Männer sahen eine Menge. Sie waren da, als die Army von den Katholiken willkommen geheißen wurde, und sie waren da, als das Klima umschlug. Es war für alle eine böse Zeit», fügte Ashley überflüssigerweise hinzu.

«Immer noch nicht sehr viel. Wir haben einen ehemaligen Nachwuchsoffizier, der jetzt im Foreign Office sitzt. Er war nicht gern in Nordirland. Er kauft zufällig alte Bücher von einem Burschen, der drüben aufwuchs und nun ein vollkommen legales Geschäft in London hat. Sie wissen, was jeder Anwalt sagen würde: reiner Zufall. Wir haben nichts, was sich als konkretes Indiz bezeichnen ließe. Beide Männer haben eine blütenweiße Weste.»

«Sie sind die Leute, die wir suchen», beharrte Ashley.

«Das weiß ich.» Owens war ein bißchen verblüfft, als er es zum erstenmal aussprach. Sein Verstand sagte ihm, daß es ein Fehler war, aber sein Instinkt sagte, daß es stimmte. Es war kein neues Gefühl für den Leiter der Antiterror-Abteilung, aber es bereitete ihm abermals Unbehagen. Wenn sein Instinkt ihn trog, suchte er am falschen Platz und hatte die falschen Leute im Visier. Aber sein Instinkt trog ihn fast nie. «Sie kennen ja die Spielregeln, und nach den Spielregeln habe ich nicht mal genug, um zum Polizeipräsidenten zu gehen. Er würde mich rauswerfen, mit Recht. Wir haben nichts weiter als einen unbegründeten Verdacht.» Die beiden Männer schauten einander einen Augenblick schweigend an.

«Ich habe nie Polizist werden wollen.» Ashley schüttelte lächelnd den Kopf.

«Mein Traumberuf war es auch nicht. Ich wollte Lokomotivführer werden, als ich sechs war, aber mein Vater sagte, wir hätten schon genug Eisenbahner in der Familie. Also wurde ich Bulle.» Beide Männer lachten. Es gab sonst nichts, was sie tun konnten.

«Ich werde Cooley noch genauer überwachen lassen, wenn er ins Ausland fährt. Ich glaube nicht, daß Sie auf Ihrer Seite viel mehr tun können», sagte Ashley schließlich.

«Wir müssen warten, bis sie einen Fehler machen. Sie wissen ja, früher oder später tun sie es alle.»

«Hoffentlich früh genug.»

«Da wären wir», sagte Alex.

«Wo hast du die her?» fragte Miller überrascht.

«Routinesache. Elektrizitätsunternehmen machen dauernd Luftaufnahmen von ihrem Tätigkeitsbereich. Wir brauchen sie für die Vermessungen. Und hier» – er langte in seine Aktentasche – «ist eine topographische Karte. Das ist dein Ziel, Bruder.» Alex gab Miller eine Lupe, die er aus dem Büro mitgenommen hatte. Miller hielt sie über das Farbfoto, das an einem klaren, sonnigen Tag aufgenommen worden war. Man konnte sogar die Pkw-Typen erkennen. Es mußte letzten Sommer gemacht worden sein – das Gras war frisch gemäht.

«Wie hoch sind die Klippen da?»

«Hoch genug, daß man nicht runterfallen möchte. Und rutschig. Ich habe vergessen, woraus sie sind, Sandstein oder irgendwas Krümeliges, so daß man besser nichts riskiert. Siehst du den Zaun da? Der Kerl will ihnen auch nicht zu nahe kommen. Wir haben bei unserem Reaktor in Calvert Cliff das gleiche Problem. Es ist dieselbe geologische Struktur, und das Fundament für das Ding war eine Sauarbeit.»

«Nur eine Straße führt hin», bemerkte Miller.

«Noch dazu eine Sackgasse. Das ist ein Problem. Hier und hier sind Abflüsse. Wie du siehst, kommt die Stromleitung über die Wiesen, von der Straße hier. Anscheinend war da früher mal ein Feldweg, aber sie haben ihn überwuchern lassen. Das wird ganz nützlich sein.»

«Inwiefern? Ich meine, wenn man nicht darauf fahren kann.»

«Das sage ich dir später. Wir gehen Freitag angeln.»

«Was?» Miller blickte erstaunt hoch.

«Du willst dir doch die Klippen ansehen, oder? Außerdem ziehen die Blaufische. Ich stehe auf Blaufische.»

Breckenridge hatte die Zielsilhouetten aufgebaut. Jack ging jetzt nicht mehr so oft zum Schießstand, fast nur noch morgens, wenn er vor dem Unterricht Zeit hatte. Der Zwischenfall am Tor hatte den Marines und den Zivilposten immerhin gezeigt, daß ihre Arbeit wichtig war. Zwei Marineinfanteristen und ein Zivilist übten mit ihren Dienstpistolen. Jack drückte auf den Knopf, um den Mechanismus zu betätigen, der die Zielscheibe zu ihm herzog. Seine Kugeln steckten alle in dem schwarzen Kreis.

«Ausgezeichnet, Doktor.» Der Sergeant stand hinter ihm. «Wenn Sie wollen, können wir ein Wettschießen machen. Ich schätze, Sie sind jetzt gut für einen Preis.»

Ryan schüttelte den Kopf. Er hatte nach dem Joggen noch nicht geduscht. «Ich mache das nicht, um einen Preis zu gewinnen, Gunny.»

«Wann kommt Ihre Tochter nach Haus?»

«Nächsten Mittwoch, wenn alles klappt.»

«Gott sei Dank. Wer wird auf sie aufpassen?»

«Cathy nimmt ein paar Wochen frei.»

«Meine Frau hat gefragt, ob Sie vielleicht Hilfe brauchen», sagte Breckenridge.

Jack drehte sich überrascht um. «Sissy, die Frau von Commander Jackson, wird die meiste Zeit bei uns sein. Sagen Sie Ihrer Frau bitte, daß wir ihr danken. Das ist sehr nett von ihr.»

«Keine Ursache. Haben Sie schon einen Anhaltspunkt, wer die Schufte sind?» Ryans Fahrten nach Langley waren kein großes Geheimnis mehr.

«Nein, noch nicht.»

«Guten Morgen, Alex», sagte der Chefingenieur des Außendienstes. «Wieder Überstunden?» Bert Griffin kam immer sehr früh zur Arbeit, aber er sah Dobbens selten, ehe dieser um sieben Uhr heimging.

«Ich hab' mir noch mal die Betriebsanleitung von dem neuen Westinghouse-Transformator angesehen.»

«Werden die Nächte langweilig?» fragte Griffin lächelnd. Es war eine gute Jahreszeit für die Elektrizitätsfirma. Im Sommer, wenn alle Klimaanlagen auf Hochtouren liefen, würde es natürlich wieder anders aussehen. Der Frühling war eine Zeit für neue Ideen.

«Ich denke, wir könnten ihn jetzt ausprobieren.»

«Haben Sie die Macken ausgebügelt?»

«Mehr oder weniger. Jedenfalls genug für einen Praxisversuch.»

«Meinetwegen», sagte Griffin und lehnte sich zurück. «Schießen Sie los.»

«Ich mache mir vor allem Sorgen um die alten Kisten. Wenn wir anfangen, sie zu ersetzen, wird das Problem noch schlimmer werden. Wir hatten letzten Monat diese Verunreinigung...»

«O ja.» Griffin richtete den Blick zum Himmel. Die meisten Umspanner, die gegenwärtig in Betrieb waren, enthielten als Kühlmittel PBBs – Polybrombiphenyle. Sie waren zum einen gefährlich für die Techniker, die bei der Arbeit Schutzkleidung tragen mußten, es aber oft nicht taten. PBBs waren ein ernsthaftes Gesundheitsrisiko für die Männer. Schlimmer war, daß das Unternehmen die giftige Flüssigkeit ab und zu loswerden mußte. Die Entsorgung war erstens kostspielig, und zweitens konnte beim Transport alles mögliche passieren, und der Papierkrieg für die ganze Prozedur drohte ebenso zeitraubend zu werden wie der Schreibkram für den Atomreaktor der Firma. Westinghouse experimentierte nun mit einem Transformator, der anstelle von PBBs eine vollkommen träge chemische Substanz enthielt. Er war zwar teuer, würde aber auf lange Sicht große Summen einsparen – und er würde ihnen die Umweltschützer vom Hals schaffen, was noch viel verlockender war als die finanziellen Vorteile. «Alex, wenn Sie die Dinger betriebsreif machen, werde ich persönlich dafür sorgen, daß Sie einen neuen Firmenwagen bekommen!»

«Hm, ich würde gern einen ausprobieren. Westinghouse wird ihn uns unentgeltlich überlassen.»

«Klingt gut», bemerkte Griffin. «Aber haben Sie wirklich die Macken ausgebügelt?»

«Sie sagen es, abgesehen von gelegentlichen Spannungsschwankungen. Sie sind nicht sicher, was sie verursacht, und möchten ein paar Versuche in der Praxis machen.»

«Wie groß sind die Schwankungen?»

«Kaum der Rede wert.» Alex holte einen Notizblock aus der Schublade und las die Worte vor. «Es scheint an der Umgebung zu liegen. Offenbar passiert es nur dann, wenn sich die Lufttemperatur schnell ändert. Falls das stimmt, müßte es relativ leicht zu beheben sein.»

Griffin dachte einige Sekunden darüber nach. «Okay, wo wollen Sie ihn ausprobieren?»

«Ich habe einen Verteiler unten im Anne Arundel County ausgesucht, südlich von Annapolis.»

«Das ist ziemlich weit weg. Warum ausgerechnet da?»

«Es ist das Endstück einer Leitung. Wenn der Trafo aussetzt, wird es nicht vielen weh tun. Außerdem ist eins von meinen Teams nur dreißig Kilometer weiter stationiert, und ich habe die Männer mit dem neuen Ding vertraut gemacht. Wir werden es installieren, und ich lasse es die ersten paar Monate jeden Tag von ihnen überprüfen. Wenn es klappt, können wir im Herbst welche in Auftrag geben und nächstes Frühjahr anfangen, sie aufzustellen.»

«Okay. Wo ist es genau?»

Dobbens faltete seine Karte auf Griffins Schreibtisch auseinander. «Hier.»

«Teure Gegend», sagte der Außendienstleiter zweifelnd.

«Ach, hören Sie, Boß!» maulte Alex. «Wie würde es denn aussehen, wenn wir alle unsere Experimente bei armen Leuten machten? Außerdem» – er lächelte – «sind alle diese Grünen doch sehr wohlhabend, nicht?»

Dobbens hatte sich gut überlegt, was er sagen würde. Griffin schimpfte immer wieder über «die Grünen aus der Park Avenue». Der Außendienstchef hatte eine kleine Farm und ließ sich nicht gern von reichen Städtern Vorträge über die Natur halten.

«Okay, meinetwegen. Wie schnell können Sie ihn installieren?»

«Westinghouse kann ihn bis Ende nächster Woche liefern. Ich könnte ihn drei Tage später an die Leitung gehen lassen. Ich möchte, daß mein Team alle betreffenden Leitungen prüft, und wenn möglich möchte ich selbst dabeisein. Natürlich nur, wenn Sie nichts dagegen haben.»

Griffin nickte. «Wenn doch alle meine Ingenieure so wären wie

Sie. Die meisten Collegeleute, die wir neuerdings kriegen, haben Angst, sich die Finger schmutzig zu machen. Sie halten mich auf dem laufenden?»

«Selbstverständlich, Sir.»

«Machen Sie weiter so, Alex. Ich habe in der Direktionsetage schon von Ihnen berichtet.»

«Vielen Dank, Sir.»

Dobbens verließ das Gebäude und fuhr in seinem zwei Jahre alten Firmenplymouth nach Hause. In der Gegenrichtung war Rush-hour. Er brauchte eine knappe Stunde. Sean Miller war gerade aufgestanden, trank Tee und sah fern. Alex fragte sich, wie man den Tag mit Tee beginnen konnte. Er machte sich einen Pulverkaffee.

«Na?» fragte Miller.

«Kein Problem.» Alex lächelte. «Los, trink das Zeug aus, wir reden im Boot weiter.»

Mittwoch war ein besonderer Tag. Jack hatte freigenommen und trug jetzt den Teddybären, während Cathy ihre Tochter aus dem Zimmer schob. Der Teddybär war ein Geschenk von den Studenten seines Geschichtsseminars, ein Monster, das an die fünfundzwanzig Kilo wog, knapp anderthalb Meter groß war und sogar eine Mütze trug, eine Sergeantenmütze, die Breckenridge und seine Wachmannschaft beigesteuert hatten. Ein Polizist öffnete der Familie die Tür. Es war ein windiger Märztag, aber der Kombi stand genau gegenüber. Jack hob seine Tochter von der Krankenhausliege, und Cathy dankte den Schwestern. Er setzte Sally in den Kindersitz und schnallte sie an. Der Bär mußte in den Kofferraum.

«Freust du dich auf zu Hause, Sally?»

«Ja.» Ihre Stimme war tonlos. Die Schwestern hatten gesagt, daß sie im Schlaf immer noch hochfuhr und schrie. Ihre Beine waren endlich vollständig verheilt. Sie konnte wieder gehen, schlecht und linkisch, aber sie konnte gehen. Abgesehen von der herausgenommenen Milz war sie wieder ganz. Man hatte ihre Haare auf die Länge der Partien abgeschnitten, die an den geschorenen Stellen nachgewachsen waren, aber sie würden bald wieder so lang sein wie früher. Selbst die Narben, sagten die Chirurgen, würden allmählich verschwinden, und die Kinderärzte hatten ihm versichert, daß die Alpträume in einigen Monaten aufhören würden. Jack drehte sich um und streichelte das kleine Gesicht und bekam zum Lohn ein Lächeln. Es war nicht das Lächeln, das er gewohnt war. Er erwiderte es, aber innerlich kochte er wieder vor Zorn. Er sagte sich, daß dies nicht der richtige Moment dafür sei. Sally brauchte jetzt einen Vater, keinen Rächer.

«Wir haben eine Überraschung für dich», sagte er.

«Was denn?» fragte Sally.

«Wenn ich es dir sage, ist es keine Überraschung mehr», bemerkte er.

«Daddy!» Einen Augenblick lang war sein kleines Mädchen wieder da.

«Was ist los?» fragte Cathy, die gerade in den Wagen stieg.

«Die Überraschung.»

«Was für eine Überraschung?»

«Siehst du?» sagte Jack zu seiner Tochter. «Mami weiß es auch noch nicht.»

«Jack, wovon sprichst du?»

«Doktor Schenk und ich hatten letzte Woche ein kleines Gespräch», war alles, was Jack verriet. Er löste die Handbremse und bog auf den Broadway.

«Ich möchte meinen Teddy», sagte Sally.

«Er ist zu groß, um dort zu sitzen, Schatz», antwortete Cathy.

«Aber du kannst seine Mütze tragen. Er hat es erlaubt.» Jack reichte sie ihr. Ihr Kopf verschwand fast darin.

«Hast du den Studenten für den Teddybären gedankt?» fragte Cathy.

«Klar.» Ryan lächelte kurz. «Keiner wird sitzenbleiben. Aber sag es bitte niemandem.» Jack stand in dem Ruf, strenge Zensuren zu geben. Nach diesem Semester würde nicht viel davon übrigbleiben. Prinzipien sind dazu da, daß man ab und zu gegen sie verstößt, sagte er sich. Seine Studenten hatten Sally fast jeden Tag etwas geschenkt, Blumen, Spielzeug, Puzzlespiele und lustige Ansichtskarten, die sein kleines Mädchen unterhalten hatten, um dann die Runde auf der Kinderstation zu machen und fünfzig andere kranke Kinder zu beglücken. Der Riesenteddy war der krönende Abschluß gewesen. Die Schwestern hatten Cathy gesagt, daß er einen echten therapeutischen Effekt gehabt hatte. Das Monster hatte oft am Kopfende von Sallys Bett gethront, und sie hatte es liebevoll umklammert. Sie würde zu Hause Schwierigkeiten damit haben, aber Jack hatte sich etwas einfallen lassen, das sie ablenken würde. Skip Tyler erledigte gerade die letzten Kleinigkeiten.

Jack ließ sich Zeit und fuhr, als ob er eine Ladung roher Eier beförderte. Er hätte sich am liebsten eine Zigarette angesteckt, wie in seinem CIA-Büro, aber er wußte, daß er jetzt, wo Cathy die ganze Zeit zu Haus sein würde, damit aufhören mußte. Er vermied die Route, die Cathy an dem Tag genommen hatte, als... Seine Hände krampften sich um das Lenkrad wie nun schon seit Wochen. Er wußte, daß er aufhören mußte, soviel daran zu denken. Es war eine Obsession geworden, und das nützte keinem von ihnen.

Die Szenerie hatte sich seit..., seit dem Unglück geändert. Die damals noch kahlen Bäume hatten nun, zu Beginn des Frühlings, grüne Knospen. Auf den Weiden grasten Kühe und Pferde. Er bemerkte einige Fohlen und Kälber, und Sally drückte ihre Nase am Fenster platt, als sie die kleinen Geschöpfe betrachtete. Das Leben erneuert sich, wie jedes Jahr, dachte Ryan. Seine Familie war wieder vollzählig zu Hause, und er würde dafür sorgen, daß es so blieb. Endlich kam die letzte Biegung vor der Falcon's Nest Road. Jack sah, daß die Fahrzeuge von der Elektrizitätsgesellschaft immer noch dastanden, und fragte sich kurz, was die Leute dort zu tun hatten, ehe er nach links in seine Zufahrt bog.

«Ist Skip da?» fragte Cathy.

«Sieht so aus», antwortete er.

«Sie sind da», sagte Alex.

«Ja», entgegnete Louis. Beide Männer hockten oben auf dem Strommast, um neue Drähte für den Transformator zu legen, der gesetzt werden sollte. «Weißt du, einen Tag nach dem Job war ein Bild von der Frau in der Zeitung», sagte der Monteur. «Ein Junge war mit dem Fahrrad in ein Schaufenster gesaust und hatte sich das ganze Gesicht zerschnitten. Es war ein kleiner Bruder, Alex. Die Frau hat ihm das Augenlicht gerettet, Mann.»

«Ich erinnere mich, Louis.» Alex hob die Kamera und knipste ein paarmal.

«Und ich mache nicht gern was gegen Kinder, Mann», zischte Louis. «Bullen sind was anderes», fügte er hinzu, wie um sich zu verteidigen. Er brauchte nicht zu sagen, daß der Vater des Mädchens auch etwas anderes war. Das war Geschäft. Er hatte ein paar restliche Skrupel, genau wie Alex, und Kinder anzugreifen, war etwas, das er nicht ohne Gewissensbisse über sich bringen konnte.

«Vielleicht haben wir damals alle Glück gehabt.» Alex wußte, daß es für einen Revolutionär töricht war, so zu denken. Gefühlsduselei war bei seiner Mission fehl am Platz. Er wußte auch, daß das Tabu, Kinder zu verletzen, zur genetischen Programmierung jedes menschlichen Wesens gehörte. Das Wissen des Menschen hatte seit Marx und Lenin Fortschritte gemacht. Deshalb würde er selbst vermeiden, Kindern weh zu tun. Er redete sich ein, daß ihm das die Sympathie all derer einbringen würde, die er zu befreien versuchte.

«Ja.»

«Was hast du also gesehen?»

«Sie haben ein Hausmädchen, natürlich eine Schwarze. Sieht gut aus, fährt einen Chevrolet. Jetzt ist noch jemand anders da. Ein Weißer, ein großer Kerl, der humpelt.»

«Richtig.» Alex fand das Hausmädchen wichtig und tat den Mann ab. Wahrscheinlich war er ein Freund der Familie.

«Die Bullen – Staatspolizei – schauen mindestens alle zwei Stunden vorbei. Einer von ihnen hat mich gestern nachmittag gefragt, was wir hier machen. Sie behalten den Platz im Auge. Es gibt eine zusätzliche Telefonleitung zum Haus – wahrscheinlich für eine von den Firmen, bei denen Notrufe von Alarmanlagen eingehen. Sie haben also eine Alarmanlage, und die Bullen sind immer in der Nähe.»

«Okay. Halt die Augen offen, aber mach es nicht zu auffällig.»

«Ich bin doch kein Anfänger.»

«Wir sind da», sagte Ryan leise. Er hielt, stieg aus und ging langsam um den Wagen zu Sallys Tür. Er sah, daß sie nicht mit der Schließe des Sicherheitsgurts spielte. Er löste den Gurt selbst und hob seine Tochter aus dem Auto. Sie legte ihm die Arme um den Hals, und für einen kurzen Moment war das Leben wieder so, wie es sein sollte. Er drückte sie an die Brust und trug sie zur Haustür.

«Willkommen daheim.» Skip hatte bereits geöffnet.

«Wo ist meine Überraschung?» fragte Sally.

«Überraschung?» fragte Tyler. «Ich weiß von keiner Überraschung.»

«Daddy!» Jack bekam einen vorwurfsvollen Blick.

«Warum kommt ihr nicht rein?» sagte Tyler.

Mrs. Hackett stand in der Diele. Sie war eine alleinstehende Mutter von zwei Kindern und arbeitete hart, um sie durchzubringen. Sie hatte schon einen kleinen Lunch zubereitet. Ryan setzte seine Tochter ab, und sie ging zur Küche. Skip Tyler und ihr Vater sahen zu, wie die ungelenken Beine die Strecke bewältigten.

«Gott, es ist nicht zu fassen, wie schnell Kinder heilen», bemerkte Tyler.

«Wie bitte?»

«Ich hab' mir mal beim Football das Bein gebrochen, und es dauerte mindestens dreimal so lange, bis ich wieder so gut laufen konnte. Komm.» Tyler winkte Jack ins Freie. Als erstes warf er einen Blick auf das Ungetüm im Kofferraum. «Ich habe gehört, daß es ein Monster-Teddy ist. Er muß wohl in Chicago aufgewachsen sein!»

Dann gingen sie zu den Bäumen nördlich vom Haus. Dort fanden sie die Überraschung, die an einen Stamm gebunden war. Jack machte die Kette los und nahm sie in die Arme.

«Vielen Dank, daß du ihn rübergebracht hast.»

«Oh, gern geschehen. Ich freue mich, daß sie endlich wieder zu Hause ist, alter Junge.»

Die beiden Männer gingen wieder hinein. Jack spähte um die Ecke und sah, daß Sally schon einen Erdnußbutter-Sandwich in Angriff genommen hatte.

«Sally...», sagte er. Seine Frau starrte ihn bereits mit offenem Mund an. Seine Tochter streckte den Kopf durch die Tür, als er den jungen Hund gerade auf den Boden legte.

Es war ein schwarzer Labrador, gerade alt genug, um von der Mutter getrennt zu werden. Er brauchte nur einen Blick, um festzustellen, wem er gehörte. Er tapste unsicher, mit heftig wedelndem Schwanz durchs Zimmer. Sally setzte sich hin und nahm ihn in die Arme. Einen Augenblick später schleckte er ihr das Gesicht ab.

«Sie ist zu klein für einen Hund», sagte Cathy.

«Okay, du kannst ihn ja nachher zurückbringen», antwortete Jack gelassen. Die Bemerkung trug ihm einen zornigen Blick ein. Dann kreischte Sally auf, denn der Hund hatte angefangen, den Absatz von einem Schuh zu zerkauen. «Sie ist noch nicht groß genug für ein Pferd, und ich glaube, dies ist genau das Richtige.»

«Du sorgst bitte dafür, daß er stubenrein wird!»

«Das wird ganz einfach sein. Er kommt aus einer guten Zucht. Sein Vater ist niemand anders als Victor Hugo Black von der Chesapeake Bay, ob du es glaubst oder nicht! Labradors beißen nie zu und mögen Kinder», fuhr Jack fort. «Ich hab' ihn schon zum Unterricht angemeldet.»

«Unterricht worin?» Jetzt war Cathy wirklich perplex.

«Er ist ein Apportierhund», klärte Jack sie auf.

«Wie schwer wird er?»

«Oh, so dreißig bis fünfunddreißig Kilo.»

«Das ist ja größer als sie!»

«Ja, und sie schwimmen auch gern. Er kann im Pool auf sie aufpassen.»

«Wir haben gar keinen Pool.»

«Sie fangen in drei Wochen an.» Jack lächelte wieder. «Doktor Schenk hat auch gesagt, daß Schwimmen eine ausgezeichnete Therapie für diese Art von Verletzungen ist.»

«Du bist sehr fleißig gewesen», sagte seine Frau. Nun lächelte sie ebenfalls.

«Eigentlich wollte ich einen Neufundländer nehmen, aber sie sind einfach zu groß.» Jack sagte nicht, daß er zuerst einen Hund gesucht hatte, der groß und scharf genug wäre, um jedem den Kopf abzureißen, der seiner Tochter zu nahe kam, daß aber sein gesunder Menschenverstand ihn davon abgebracht hatte.

«Da, das erste Unglück.» Cathy zeigte auf den Familienzuwachs. Jack holte ein Papiertuch, um die Pfütze auf den Fliesen aufzuwischen. Ehe er dazu kam, umhalste seine Tochter ihn so heftig, daß er nach Luft schnappte. Er hatte Mühe, sich zu beherrschen, aber er mußte. Sally hätte nicht verstanden, warum ihr Daddy auf einmal weinte. Die Welt war wieder in Ordnung. Wenn wir nur dafür sorgen können, daß es so bleibt.

«Ich werd' die Bilder morgen haben. Ich wollte sie machen lassen, ehe die Bäume Laub bekommen. Dann kann man das Haus nicht mehr sehr gut von der Straße aus sehen.» Alex faßte die Ergebnisse seiner Spähaktion zusammen.

«Was ist mit der Alarmanlage?»

Alex las die Daten von seinen Notizen ab.

«Wo zum Teufel hast du das hergekriegt?»

Dobbens schmunzelte, während er ein Dosenbier aufriß. «Nichts leichter als das. Wenn man die technischen Daten für eine Alarmanlage braucht, ruft man einfach die Firma an, die sie installiert hat, und sagt, daß man für eine Versicherung arbeitet. Man nennt ihnen die Nummer einer Einbruchsversicherung – sie ist natürlich erfunden –, und sie geben einem alle Informationen, die man haben will. Ryan hat eine Grundstücksanlage und eine Hausanlage ‹mit Schlüssel›, was bedeutet, daß die Firma Hausschlüssel hat. Sie haben irgendwo auf dem Grundstück Infrarotstrahlen. Wahrscheinlich sind sie von den Bäumen aus auf die Zufahrt gerichtet. Der Kerl ist nicht blöd, Sean.»

«Von mir aus.»

«Meinetwegen, ich sag's dir bloß. Und noch was.»

«Ja?»

«Das Mädchen wird diesmal nicht verletzt, und die Frau auch nicht, wenn es irgend geht.»

«Das gehört zum Plan», versicherte Miller ihm. Altes Waschweib, dachte er. Und du hältst dich für einen Revolutionär?

«Meine Jungs bestehen darauf», fuhr Alex nicht ganz wahrheitsgemäß fort. «Du mußt das verstehen. Verbrechen an Kindern sind hier bei uns nicht gern gesehen. Es ist nicht das Image, um das wir uns bemühen, verstehst du?»

«Ihr wollt euch also dazu bekennen?»

Dobbens nickte. «Es könnte notwendig sein.»

«Vielleicht können wir es vermeiden. Wir müßten dann natürlich alle eliminieren, die eure Gesichter sehen.»

Du bist ein widerlicher Killer, dachte Dobbens, obgleich es absolut plausibel war. Tote reden nicht.

«Sehr schön. Jetzt müssen wir uns nur noch was einfallen lassen, damit die Sicherheitsleute ein bißchen relaxen», sagte er Ire. «Ich hab' was gegen nackte Gewalt.»

«Ich habe darüber nachgedacht.» Alex machte eine Kunstpause. «Warum haben Armeen Erfolg?»

«Was meinst du damit?» fragte Miller.

«Ich meine die großen Pläne, die wirklich klappen. Sie klappen nur deshalb, weil man dem Gegner etwas zeigt, das er irgendwie erwartet hat, stimmt's? Man sorgt dafür, daß er einen Köder angreift, aber es muß ein wirklich guter Köder sein. Wir müssen sie dazu bringen, das falsche Ziel am falschen Ort zu suchen, und sie müssen darüber reden.»

«Und wie sollen wir das machen?» Zwei Minuten später: «Ah.»

Kurz darauf ging Alex in sein Schlafzimmer und ließ Miller vor dem Fernseher sitzen, um das Material durchzugehen. Alles in allem ist es eine sehr nützliche Reise gewesen, dachte Miller. Der Plan nahm bereits Form an. Er würde eine Menge Leute erfordern, aber damit war zu rechnen gewesen.

Eigenartigerweise hielt er nicht mehr so viel von Alex wie vorher. Sicher, der Bursche war tüchtig, und das Ablenkungsmanöver, das er sich ausgedacht hatte, war sogar brillant – aber diese absurde Gefühlsduselei! Auch ihm, Miller, bereitete es nicht unbedingt Befriedigung, Kinder umzubringen, aber wenn die Revolution es erforderte, war es ein Preis, den man zahlen mußte. Außerdem erregte er garantiert die Aufmerksamkeit der Leute. Es sagte ihnen, daß es ihm und seiner Organisation ernst war... Wenn Alex seine Skrupel nicht ablegte, würde er nie Erfolg haben. Aber das war nicht sein Problem. Teil eins der Operation hatte nun Konturen angenommen. Teil zwei, schon vorher konzipiert, war einmal aufgegeben worden. *Aber diesmal nicht,* versprach er sich.

Am nächsten Mittag händigte Alex ihm die Aufnahmen aus und brachte ihn zu einer Station der Washingtoner U-Bahn, die weit vom Stadtzentrum entfernt war. Miller fuhr mit der U-Bahn zum National Airport, um die erste der vier Maschinen zu nehmen, die ihn heimbringen würden.

Kurz vor elf ging Jack in Sallys Zimmer. Der Hund – seine Tochter hatte ihn Ernie getauft – lag in der Ecke. Dieses Geschenk gehörte zu den gescheitesten Dingen, die er, Jack, je gemacht hatte. Sally war zu sehr in Ernie verliebt, um groß an ihre Verletzungen zu denken, und sie lief so schnell hinter ihm her, wie ihre geschwächten Beine es zuließen. Für ihren Vater reichte das, um die zerknabberten Schuhe und die gelegentlichen Spuren zu übersehen, mit denen Ernie das Haus zierte. In ein paar Wochen würde sie wieder so sein wie früher. Er zog die Decke ein wenig zurecht, ehe er wieder ging. Als er ins Schlafzimmer kam, lag Cathy schon im Bett.

«Alles in Ordnung?»

«Sie schläft wie ein Engel», erwiderte Jack, als er sich neben sie legte.

«Und Ernie?»

«Ist auch da. Ich konnte hören, wie sein Schwanz gegen die Wand schlug.» Er legte einen Arm um sie. Es war inzwischen schwierig, sich an sie zu kuscheln. Er streichelte ihren Bauch und fühlte die Umrisse seines ungeborenen Kindes. «Wie geht's dem Kleinen?»

«Er hat endlich Ruhe gegeben. Mein Gott, wie lebhaft er ist. Weck ihn bitte nicht auf.»

Jack fand es sonderbar, daß Babys geweckt werden konnten, ehe sie geboren waren, aber mit einer Ärztin soll man nicht streiten. Als nächstes streichelte er ihre Rippen. Sie standen zu sehr hervor. Seine Frau war immer sehr schlank gewesen, aber dies war zuviel.

«Ich werd' bestimmt wieder zunehmen», sagte Cathy. «Keine Sorge. Es geht alles wie geschmiert.»

«Sehr gut.» Er gab ihr einen Kuß.

«Ist das alles, was ich bekomme?» hörte er aus dem Dunkeln.

21

«Er ist gründlich», bemerkte O'Donnell. Miller war mit den von Dobbens gelieferten Luftaufnahmen, topographischen Karten und den von der Wasser- und Landseite aufgenommenen Bildern von Ryans Haus zurückgekehrt. Dazu kamen getippte Zusammenfassungen der Dinge, die Alex' Leute beobachtet hatten, und andere Daten, die interessant sein konnten.

«Leider läßt er sich von seinen Gefühlen beeinflussen», gab Miller zu bedenken.

«Du vielleicht nicht?» entgegnete O'Donnell sarkastisch.

«Es wird nicht wieder vorkommen», versicherte sein Einsatzleiter.

«Sehr gut. Wenn wir aus unseren Fehlern lernen, ist alles in Ordnung. Und nun erzähl, wie du dir die Operation vorstellst.»

Sean holte zwei andere Karten hervor und berichtete zwanzig Minuten lang, wie er sich die Sache vorstellte. Er schloß mit dem von Dobbens angeregten Ablenkungsmanöver.

«Das gefällt mir.» O'Donnell wandte sich an seinen Nachrichtenoffizier. «Joseph?»

«Der Gegner ist natürlich nicht zu unterschätzen, aber das ist im Plan berücksichtigt. Mir macht nur Sorge, daß wir fast alle unsere Leute brauchen werden, um ihn durchzuführen.»

«Sonst geht es nicht», entgegnete Miller. «An das Ziel ranzukommen, dürfte nicht allzu schwer sein. Das Problem ist, das Kampfgebiet zu verlassen, wenn die Mission beendet ist. Das Timing ist entscheidend...»

«Und wenn das Timing entscheidend ist, muß der Einsatzplan einfach sein.» O'Donnell nickte. «Gibt es sonst noch was, was der Gegner versuchen könnte?»

«Ich glaube nicht», sagte McKenney. «Dies ist die Annahme für den denkbar ungünstigsten Fall.»

«Hubschrauber», sagte Miller. «Deswegen wären wir letztesmal fast geschnappt worden. Kein großes Problem, wenn wir darauf vorbereitet sind, aber wir müssen darauf vorbereitet sein.»

«Gut», sagte O'Donnell. «Und der zweite Teil der Operation?»

«Wir müssen natürlich den Aufenthaltsort aller Ziele kennen», antwortete McKenney. «Wann soll ich unsere Leute in Marsch setzen?» Die Penetrationsagenten des Nachrichtenoffiziers hatten sich auf seinen Befehl die letzten Wochen nicht gerührt.

«Noch nicht», sagte der Anführer nachdenklich. «Das ist auch eine Frage des Timings. Sean?»

«Ich denke, wir sollten warten, bis die Mission ausgeführt ist.»

«Ja, das war letztes Mal auch richtig», stimmte der Anführer zu. «Wie viele Leute brauchst du für die Operation?»

«Mindestens fünfzehn. Ich denke, Alex und zwei von seinen Männern werden mitmachen – nicht mehr, weil wir unbedingt das Übergewicht behalten müssen.»

«Ganz meine Meinung», sagte McKenney.

«Und das Training?»

«Möglichst intensiv.»

«Wann soll es anfangen?»

«Einen Monat vorher», antwortete Miller. «Mehr wäre Verschwendung. Ich hab' bis dahin noch eine Menge zu erledigen.»

«Hier sind also die Pläne», sagte Murray. «Entweder Sie bringen sie in Ihrer Botschaft unter, oder wir geben ihnen Blair House, genau gegenüber vom Präsidenten.»

«Bei allem Respekt vor Ihrem Secret Service...» Der Leiter des Diplomatenschutzes brauchte nicht weiterzureden. Er war für ihre Sicherheit verantwortlich, und er würde sich nur soweit auf ausländische Kollegen verlassen, wie unbedingt nötig war.

«Ja, ich verstehe. Sie werden eine komplette Sicherheitsabteilung des Secret Service und ein paar Verbindungsleute vom FBI und die übliche Hilfe von der Ortspolizei bekommen. Außerdem versetzen wir zwei komplette Geiselrettungskommandos in Alarmbereitschaft, sobald sie drüben sind. Eins wird in Washington stehen und das andere in Quantico.»

«Wie viele Leute sind eingeweiht?» fragte Ashley.

«Die Männer vom Secret Service und die vom Bureau. Wenn Ihre Vorhut hinfliegt, müssen sie bereits die meisten Stationen gecheckt haben. Die Ortspolizei wird erst unterrichtet, wenn es soweit ist.»

«Sie sagen, die meisten Stationen seien gecheckt. Also nicht alle?»

«Möchten Sie, daß wir auch die schon jetzt prüfen, die noch nicht mal bekanntgegeben sind?»

«Nein.» Der Mann vom Diplomatenschutz schüttelte den Kopf. «Es ist schlimm genug, daß die öffentlichen Auftritte schon jetzt vorbereitet werden müssen. Wie Sie wissen, ist die Reise noch nicht mal offiziell bekanntgegeben. Das Überraschungselement ist unser bester Schutz.»

Owens sah seinen Kollegen an, reagierte aber nicht. Der Leiter des Diplomatenschutzes stand auf seiner Verdächtigenliste, und er hatte ausdrücklichen Befehl, niemanden in die Einzelheiten seiner Ermittlungen einzuweihen. Er glaubte nicht, daß der Mann etwas mit der Sache zu tun hatte, aber seine Kriminalbeamten hatten einige Unregelmäßigkeiten in seinem Privatleben entdeckt, die bei allen vorangegangenen Sicherheitsüberprüfungen nicht aufgefallen waren. Ehe zweifelsfrei feststand, daß er kein potentielles Erpressungsrisiko war, durfte er nicht erfahren, daß einige Leute von der Verdächtigenliste das Besuchsprogramm schon gesehen hatten. Der Leiter von C-13 blickte Murray ironisch an.

«Ich finde, Sie übertreiben ein bißchen, meine Herren, aber das ist Ihre Sache», sagte der FBI-Mann, als er aufstand. «Ihre Leute fliegen morgen rüber?»

«Ja.»

«Okay. Chuck Avery vom Secret Service wird sie auf dem Dulles Airport abholen. Richten Sie ihnen aus, daß sie sich nicht genieren sollen, wenn sie Fragen haben. Sie haben unsere uneingeschränkte Unterstützung.» Er sah den beiden nach. Fünf Minuten später kam Owens zurück.

«Was ist, Jimmy?» Murray war nicht überrascht.

«Was haben Sie noch über die Burschen herausgefunden, die Ryan angegriffen haben?»

«Die letzten beiden Wochen gar nichts», gab Murray zu. «Und Sie?»

«Wir haben ein mögliches Verbindungsglied. Das heißt, wir vermuten, daß es eine mögliche Verbindung geben könnte.»

Der FBI-Mann schmunzelte. «Ja, ich weiß, wie das ist. Wer ist es?»

«Geoffrey Watkins.» Das löste eine starke Reaktion aus.

«Der Kerl vom Foreign Office? Verdammt! Steht auf der Liste sonst noch jemand, den ich kenne?»

«Ja, der Mann, mit dem Sie eben geredet haben. Ashleys Leute haben festgestellt, daß er seiner Frau nicht ganz treu ist.»

«Männer oder Frauen?» Murray hatte den Unterton in Owens' Stimme wahrgenommen. «Sie meinen, er weiß nicht Bescheid?»

«Er weiß nicht, daß das Besuchsprogramm durchgesickert ist, vermutlich zu den falschen Leuten. Watkins ist einer davon, aber unser Freund vom Diplomatenschutz auch.»

«Oh, das ist ja fabelhaft! Die Pläne sind vielleicht durchgesickert, und Sie können es dem obersten Diplomatenschützer nicht sagen, weil er womöglich derjenige ist...»

«Es ist äußerst unwahrscheinlich, aber wir müssen die Möglichkeit berücksichtigen.»

«Blasen Sie die Reise ab, Jimmy. Und wenn Sie ihm das Bein brechen müssen, blasen Sie sie ab.»

«Das geht nicht. Er wird es nicht zulassen. Ich habe vorgestern mit Seiner Hoheit gesprochen und ihm das Problem erläutert. Er weigert sich, sein Leben auf diese Weise manipulieren zu lassen.»

«Warum erzählen Sie mir das?» Murray richtete den Blick gen Himmel.

«Ich muß es jemandem erzählen, Dan. Wenn ich es meinen Leuten nicht sagen kann, dann ...» Owens hob beide Hände.

«Sie möchten, daß wir Ihnen die Aufgabe abnehmen und die Reise absagen, ist es das?» fragte Murray. Er wußte, daß Owens nicht darauf antworten konnte. «Nehmen wir kein Blatt vor den Mund. Sie möchten, daß unsere Leute die ernsthafte Möglichkeit eines Attentats einkalkulieren und entsprechende Vorkehrungen treffen. Und sie sollen sich darauf gefaßt machen, daß einer von Ihren Leuten auf der Seite des Gegners steht. Ist es das?»

«Ja.»

«Das wird die Jungs drüben nicht gerade glücklich machen.»

«Ich bin selbst nicht gerade glücklich, Dan», erwiderte Owens.

«Na ja, Bill Shaw wird jedenfalls *noch* eine harte Nuß haben, die er knacken muß.» Ihm fiel noch etwas ein. «Jimmy, Sie werfen da einen ziemlich kostbaren lebenden Köder aus.»

«Er ist sich dessen bewußt. Es ist unsere Aufgabe, die Haie fernzuhalten, nicht wahr?»

Murray schüttelte den Kopf. Die ideale Lösung wäre, einen Grund zu finden, um den Besuch absagen und das Problem damit an Owens und Ashley zurückreichen zu können. Das würde nicht ohne das State Department gehen. Aber die Jungs dort würden wohl kaum mitmachen. Man konnte ein künftiges ausländisches Staatsoberhaupt nicht einfach ausladen, weil das FBI und der Secret Service glaubten, sie könnten nicht für seine Sicherheit garantieren – das wäre eine unsägliche Blamage für die amerikanischen Sicherheitsbehörden, würden sie sagen und sich insgeheim die Hände reiben, daß nicht sie es waren, die seinen Schutz gewährleisten mußten.

«Was haben Sie über Watkins?» fragte er nach einer Weile. Owens faßte seine «Indizien» zusammen.

«Ist das alles?»

«Wir suchen weiter, aber bisher haben wir nichts Konkretes gefunden. Es könnte natürlich alles ein zufälliges Zusammentreffen sein...»

«Nein, es klingt ganz so, als ob Sie recht hätten.» Murray glaubte auch nicht an zufällige Zusammentreffen. «Aber damit könnte ich zu Hause nicht vor eine Grand Jury treten. Haben Sie daran gedacht, ihm eine Falle zu stellen?»

«Sie meinen, so zu tun, als änderten wir das Programm? Ja, das haben wir. Aber was würde passieren? Wir könnten warten, ob Watkins in den Laden geht, und beide Männer dort festnehmen – wenn wir beweisen können, daß sie das tun, was wir annehmen. Aber damit würden wir das einzige Verbindungsglied zur ULA verlieren, das wir je gehabt haben. Im Moment überwachen wir Cooley so scharf, wie wir es vertreten können. Er reist nach wie vor. Wenn wir herausfinden, wen er kontaktiert, können wir vielleicht die ganze Operation aufdecken. Was Sie vorschlagen, ist natürlich eine Möglichkeit, aber nicht die beste. Wir haben schließlich eine ganze Menge Zeit. Wir haben noch mehrere Monate, ehe wir gezwungen sein könnten, etwas so Drastisches zu tun.»

«Jack, kommen Sie bitte», sagte Martin Cantor. «Und bitte keine Fragen.»

«Wie?» fragte Ryan und bekam als Antwort einen vorwurfsvollen Blick. «Schon gut, schon gut.» Er nahm die Akten, an denen er gearbeitet hatte, verschloß sie in seinem Aktenschrank und griff zu seinem Sakko. Cantor führte ihn um die Ecke zu den Fahrstühlen. Im Erdgeschoß angekommen, schritt er schnell zu dem Annex hinter dem Hauptgebäude. Dort passierten sie fünf Sicherheitskontrollen. Es war ein Rekord für Ryan, und er fragte sich, ob Cantor den Zugangscomputer hatte umprogrammieren müssen, um ihn hierherzubringen. Zehn Minuten später war er im dritten Stock in einem Raum, an dessen Tür eine Nummer angebracht war.

«Jack, das ist Jean-Claude, ein Kollege aus Frankreich.»

Ryan gab einem Herrn die Hand, der zwanzig Jahre älter sein mochte als er und ausgesprochen kultiviert wirkte.

«Professor Ryan», sagte der Fremde. «Wie ich höre, sind Sie der Mann, dem wir danken müssen.»

«Wofür...» Ryan verstummte. Der Franzose führte ihn zu einem Fernsehschirm.

«Jack, Sie haben dies nie gesehen», sagte Martin, als ein Bild aufflimmerte. Ryan identifizierte es sofort an dem Aufnahmewinkel, der sich sehr langsam änderte.

«Wann?» fragte er.

«Gestern abend nach unserer Zeit. Gegen drei Uhr morgens Ortszeit.»

«So ist es.» Jean-Claude nickte, ohne den Blick vom Monitor zu wenden.

Das ist Lager 20, dachte Ryan. Das Ausbildungslager der Action Directe. Die Anordnung der Hütten kam ihm bekannt vor. Das Infrarotbild zeigte, daß drei der Hütten beheizt waren. Bei genauerem Hinsehen machte er undeutliche Gestalten aus, die durch den Sand liefen: Männer. Nach der Art, wie sie sich bewegten, waren es Soldaten. Er zählte acht, die in zwei gleich starke Gruppen geteilt waren. Bei einer der Hütten war ein helleres Licht. Dort schien jemand zu stehen. Um drei Uhr morgens, wenn die Körperfunktionen am schwächsten sind! Einer der Lagerposten rauchte während seines Wachdienstes, zweifellos, um wach zu bleiben. Ryan wußte, daß es ein Fehler war. Das Aufflammen des Streichholzes mußte ihn einen Moment lang geblendet haben. Na ja...

«Jetzt», sagte Jean-Claude.

Von einem der acht Eindringlinge ging ein kurzer Blitz aus. Sonderbar, wenn man ihn sah, ohne etwas zu hören. Ryan konnte nicht erkennen, ob der Posten sich bewegte, aber seine Zigarette flog etwa zwei Meter weit fort, und danach waren beide unbeweglich. Ein Treffer, sagte er sich. Großer Gott, was sehe ich da? Die acht verschwommenen Gestalten umzingelten das Lager und näherten sich den Hütten. Als erstes betraten sie die Wachhütte – es war immer die gleiche. Einen Augenblick später waren sie wieder draußen. Dann teilten sie sich wieder in zwei Vierergruppen. Eine ging zu der zweiten beheizten Hütte, die andere zur dritten.

«Wer sind die Truppen?» fragte Jack.

«Fallschirmjäger», antwortete Jean-Claude kurz.

Einige Männer erschienen etwa dreißig Sekunden später wieder.

Eine Minute danach kam der Rest – nein, es kamen mehr, als hineingegangen waren, sah Ryan. Zwei trugen irgend etwas. Dann kam etwas Neues ins Bild, ein intensiver Lichtschein, der alles ringsum verschwimmen ließ. Es war ein Hubschrauber, dessen Motoren die Infrarotaufzeichnung erglühen ließen. Die Aufnahmequalität verschlechterte sich, und die Kamera zoomte zurück. Zwei weitere Hubschrauber erschienen. Einer landete bei den Fahrzeugen, und die Jeeps wurden hineingefahren. Dann hob er wieder ab, und der andere Hubschrauber flog dicht über dem Boden dahin, folgte den Fahrzeugspuren einige Kilometer weit und verwischte sie mit seinem Luftzug. Als der Satellit sich von der Aufnahmezone zu entfernen begann, lag das Lager wieder vollkommen still da. Die ganze Übung hatte weniger als zehn Minuten gedauert.

«Schnell und perfekt», bemerkte Cantor anerkennend.

«Sie haben sie?» fragte Jack gespannt.

«Ja», antwortete Jean-Claude. «Und fünf andere, vier davon lebend. Wir haben sie alle mitgenommen, auch die Lagerposten, die den Abend leider nicht überlebt haben.» Das Bedauern des Franzosen war gespielt. Sein Gesicht zeigte, was er in Wahrheit fühlte.

«Ist jemand von Ihren Leuten verletzt worden?» fragte Cantor.

Ein amüsiertes Kopfschütteln. «Nein. Sie haben alle geschlafen, verstehen Sie? Einer hatte neben seinem Bett eine Pistole liegen und machte den Fehler, danach zu greifen.»

«Sie haben wirklich alle mitgenommen, sogar die Posten?»

«Selbstverständlich. Sie sind jetzt im Tschad. Diejenigen, die noch leben, werden verhört.»

«Wie haben Sie es hingekriegt, daß der Satellit im richtigen Augenblick da war?» fragte Jack.

Ein lässiges Achselzucken. «Ein zufälliges Zusammentreffen.»

Richtig, dachte Jack. Ein toller Zufall. Ich habe soeben einen kleinen Dokumentarfilm über die Tötung von drei oder vier Menschen gesehen, Terroristen, korrigierte er sich. Abgesehen von der Lagermannschaft, die den Terroristen nur geholfen hat. Das Timing kann kein Zufall gewesen sein. Die Franzosen wollten uns zeigen, daß sie es mit der Terrorismusbekämpfung ernst meinen.

«Warum bin ich hier?»

«Sie haben es doch erst ermöglicht», sagte Jean-Claude. «Ich habe die Ehre, Ihnen im Namen meines Landes zu danken.»

«Was wird mit den Leuten geschehen, die Sie gefangengenommen haben?» fragte Jack.

«Wissen Sie, wie viele Menschen sie auf dem Gewissen haben? Sie werden für diese Verbrechen büßen müssen. Wir werden Gerechtigkeit üben.»

«Sie wollten doch einen Erfolg sehen, Jack», sagte Cantor. «Das war einer.»

Ryan dachte über die Bemerkung nach. Daß die Leichen der Lagerposten mitgenommen worden waren, sagte ihm, wie die Operation enden würde. Niemand sollte wissen, was geschehen war. Sicher, sie hatten ein paar Einschüsse und Blutflecken hinterlassen, aber keine Leichen. Es war nichts da, was auf die Franzosen hinweisen würde. Die Truppen hatten ihre Spuren hervorragend verwischt. Die ganze Operation war «dementierbar». In diesem Sinn war es ein perfektes Kommandounternehmen gewesen. Und wenn man sich so viel Mühe gegeben hatte, es perfekt zu machen, bestand kaum Grund zu der Annahme, daß die Leute von der Action Directe jemals einen Gerichtssaal betreten würden.

Ich habe diese Leute wohl zum Tode verurteilt, wurde ihm dann bewußt. Er erinnerte sich an das Fahndungsfoto ihres Gesichts und an die grobkörnige Satellitenaufnahme eines Mädchens im Bikini.

«Sie hat mindestens drei Menschen umgebracht», sagte Cantor, der Jacks Gedanken las.

«Professor Ryan, sie ist eine eiskalte Killerin. Keinerlei Gefühle. Sie dürfen sich nicht von ihrem hübschen Gesicht täuschen lassen», fügte Jean-Claude hinzu. «Professor Ryan, Sie haben geholfen, das Leben vieler unschuldiger Menschen zu rächen, und Sie haben das Leben anderer Leute gerettet, die Sie nie kennen werden. Sie werden für Ihren Beistand ein offizielles Dankschreiben bekommen, das natürlich geheim bleiben muß.»

«Wir freuen uns, daß wir Ihnen helfen konnten, *mon Colonel*», sagte Cantor. Die Herren reichten sich die Hand, und Martin ging mit Jack zurück ins Hauptgebäude.

«Ich weiß nicht, ob ich so was noch mal sehen möchte», sagte Ryan im Korridor. «Ich meine, ich möchte ihre Gesichter nicht kennen. Das heißt ... verdammt, ich weiß nicht, was es heißt. Vielleicht ... Es war fast so wie ein Thriller im Fernsehen, aber es war kein Thriller. Wer ist dieser Kerl überhaupt?»

«Jean-Claude? Er leitet den Washingtoner Sitz des DGSE, und er war der Verbindungsmann. Wir haben vor anderthalb Tagen das erste neuere Foto von ihr bekommen. Sie hatten die Operation schon vorbereitet, und er hat sie in sechs Stunden in Gang gebracht. Eine eindrückliche Leistung.»

«Ich nehme an, sie wollten, daß wir beeindruckt sind. Sie werden sie nicht nach Hause bringen, nicht wahr?»

«Nein. Ich bezweifle sehr, daß diese Leute jemals wieder nach Frankreich kommen, und vor Gericht schon gar nicht. Erinnern Sie sich, was für Probleme sie bekamen, als sie letztes Mal versuchten, Mitgliedern der Action Directe den Prozeß zu machen? Die Geschworenen bekamen plötzlich nächtliche Anrufe, und das ganze Verfahren platzte. Vielleicht wollen sie so etwas nicht noch mal mitmachen.» Cantor runzelte die Stirn. «Na ja, es ist nicht unsere Sache. Wir haben nur einem Verbündeten mit Informationen geholfen.»

«Ein amerikanisches Gericht könnte das als Beihilfe zum Mord werten.»

«Schon möglich», gab Cantor zu. «Ich persönlich nenne es lieber so wie Jean-Claude.»

«Warum gehen Sie dann im August?» fragte Ryan.

Cantor antwortete, ohne ihn anzusehen. «Vielleicht finden Sie den Grund irgendwann selbst heraus, Jack.»

Wieder allein in seinem Büro, konnte Jack seine Gedanken nicht von dem losreißen, was er gesehen hatte. Achttausend Kilometer weiter wurde das Mädchen nun von französischen Geheimdienstlern befragt. Wenn dies ein Film wäre, würden sie zweifellos brutale Methoden anwenden. Was für Methoden sie im wirklichen Leben benutzten, wollte er gar nicht wissen. Er sagte sich, daß die Mitglieder der Action Directe es selbst heraufbeschworen hatten. Erstens hatten sie sich dafür entschieden, das zu werden, was sie waren. Zweitens hatten sie, als sie letztes Jahr ein ordentliches Gerichtsverfahren torpedierten, ihren Gegnern einen Vorwand geliefert, sie um ihre in der Verfassung garantierten Rechte zu bringen..., aber war das wirklich eine Entschuldigung?

«Was Dad wohl dazu sagen würde?» murmelte er vor sich hin. Dann stellte er sich die nächste Frage. Er griff zum Hörer und tippte eine Nummer.

«Cantor.»

«Warum, Martin?»

«Warum was?»

«Warum haben Sie mir das gezeigt?»

«Jean-Claude wollte Sie kennenlernen, und außerdem wollte er Ihnen zeigen, was Ihre Daten ermöglicht haben.»

«Das ist doch Scheiße, Martin! Sie haben mir einen Echtzeit-Satellitenfilm gezeigt, das heißt, auf Videofilm, aber das ist praktisch dasselbe. Es kann nicht viele Leute geben, die einen Sicherheitsbescheid dafür haben. Ich brauche doch nicht zu wissen, was die Satelliten alles können! Sie hätten ihm einfach sagen können, daß mein Sicherheitsbescheid nicht ausreicht, und es wäre erledigt gewesen.»

«Meinetwegen, Sie haben genug Zeit zum Nachdenken gehabt. Sagen Sie mir, was Sie glauben.»

«Es gefällt mir nicht.»

«Warum nicht?» fragte Cantor.

«Die Aktion war illegal.»

«Und wenn es ein anderes Lager gewesen wäre? Wenn die Fallschirmjäger uns oder den Briten eine Aufgabe abgenommen und Ihre Freunde von der ULA geschnappt hätten?»

«Das wäre etwas anderes!» fuhr Ryan ihn an. Warum eigentlich? fragte er sich dann stumm. «Daran bin ich persönlich beteiligt. Sie können nicht erwarten, daß ich darüber genauso denke.»

«Wirklich nicht?» sagte Cantor und legte auf.

Ryan starrte den Hörer einige Sekunden an, ehe er das gleiche tat. Was versuchte Martin ihm zu sagen? Er ließ die Ereignisse noch einmal vor seinem inneren Auge ablaufen, um eine sinnvolle Antwort zu finden.

Ergab denn irgend etwas von all dem einen Sinn? Machte es einen Sinn, wenn politische Dissidenten sich mit Bomben und Maschinengewehren ausdrückten? Machte es einen Sinn, wenn kleine Nationen den Terrorismus als Waffe einsetzten, um die Politik von größeren zu ändern? Ryan stöhnte. Es hing davon ab, auf welcher Seite man innerlich stand – das heißt, es gab zumindest Leute, die so dachten.

International gesehen, war Terrorismus eine Kriegsform, die nicht einmal die normalen diplomatischen Beziehungen unterbrechen mußte. Die USA selbst hatten Botschaften in einigen Ländern, die Terroristen unterstützten. Noch heute! Und die USA sowie die meisten westlichen Länder garantierten den Terroristen, die gefangengenommen wurden, einen fairen Prozeß! Es war unfaßlich. Terroristen konnten einen Krieg führen und wurden von den demokratischen Gesetzen ihres Gegners geschützt. Wenn diese Gesetze umgangen oder zu ihren Ungunsten geändert wurden, gewannen sie zusätzliche politische Unterstützung; solange sie aber nicht umgangen wurden, konnten sie praktisch nicht verlieren. Sie konnten eine Gesellschaft insgesamt erpressen, indem sie auf die Rechte pochten, die diese Gesellschaft ihren Mitgliedern und auch anderen einräumte.

Die einzige Lösung war internationale Zusammenarbeit. Die Terroristen mußten von all denen abgeschnitten werden, die sie finanzierten oder ihnen anderweitig halfen. Aber es schien den Demokratien schwerzufallen, sich zusammenzutun und einen entscheidenden Schlag gegen die Leute zu führen, die sie unterminierten – trotz aller gegenteiligen Lippenbekenntnisse. Hatte sich das nun geändert? Die CIA hatte einer anderen Nation Daten über Terroristen gegeben, und diese Nation hatte entschlossen gehandelt. Was er eben gesehen hatte, war also ein Schritt in die richtige Richtung, selbst wenn es nicht unbedingt der richtige Schritt war. Ryan sagte sich, daß er eine der vielen Unvollkommenheiten dieser Welt gesehen hatte..., aber eine in der richtigen Richtung. Daß sie ihn beunruhigt hatte, war eine Folge seiner Prägung durch die Werte der Zivilisation. Daß er nun versuchte, sie zu rechtfertigen, war eine Folge... ja, wovon?

Cantor betrat Admiral Greers Büro.

«Nun?» fragte der stellvertretende Direktor, zuständig für Nachrichtenbeschaffung.

«Wir können ihm ein Zwei-plus geben, vielleicht sogar ein Einsminus. Es hängt davon ab, was er daraus lernt.»

«Anfall von schlechtem Gewissen?» fragte Greer.

«Ja.»

«Es wird Zeit, daß er lernt, wie das Spiel wirklich läuft. Das mußten wir alle. Er wird bleiben», sagte Greer.

«Wahrscheinlich.»

Der Agent, der im FBI-Hauptquartier Rezeptionsdienst hatte, bemerkte zwei Männer, die nicht sehr korrekt gekleidet waren. Der Ältere trug einen in eine Lederjacke gewickelten Gegenstand unter dem Arm, der sofort die Aufmerksamkeit des Agenten erregte. Er winkte den Besuchern mit der linken Hand zu. Die rechte war bereits unter dem Empfangstresen.

«Kann ich Ihnen helfen, Sir?»

«Hallo», sagte der Mann. «Ich hab' da was für Sie.» Er hob die zusammengerollte Jacke hoch und zog eine Maschinenpistole heraus. Er merkte gleich, daß das nicht die richtige Methode war, das FBI von seiner höflichen Seite kennenzulernen.

Der Agent entriß ihm die Waffe, warf sie auf den Tresen, stand auf und hob seinen Dienstrevolver. Der Alarmknopf unter dem Tisch war schon gedrückt, und zwei andere Agenten, die hinten im Foyer gestanden hatten, kamen angerannt. Der Mann am Tresen sah schnell, daß die MP nicht entsichert war – und in ihrem Griff steckte kein Magazin.

«Ich hab' sie gefunden!» rief der Junge stolz.

«Was?» fragte einer der beiden anderen Agenten.

«Und ich habe gedacht, es ist am besten, wenn wir sie gleich herbringen», sagte der Vater.

«Moment», sagte der erste Agent entnervt. «Wer sind Sie überhaupt?»

«Zeigen Sie mal her.» Ein Vorgesetzter trat auf den Schauplatz. Er kam aus einem Monitorraum, dessen Fernsehkameras den Eingang überwachten. Der Mann am Tresen sah noch einmal nach, um ganz sicher zu sein, daß die Waffe nicht geladen war, und reichte sie ihm.

Es war eine Uzi, die israelische 9-Millimeter-MP, die auf der ganzen Welt wegen ihrer Robustheit, Zuverlässigkeit und Zielgenauigkeit geschätzt wurde. Das billig aussehende Ding – die Uzi ist alles andere als billig, aber sie sieht so aus – war angerostet, und aus der Mündung tropfte Wasser. Der Agent spähte in den Lauf. Die Waffe war gebraucht und danach nicht mehr gereinigt worden. Es war unmöglich zu sagen, wann sie zuletzt abgeschossen worden war, aber es gab nicht allzu viele anhängende FBI-Fälle, bei denen eine Waffe dieses Typs benutzt worden war.

«Wo haben Sie sie gefunden, Sir?»

«In einem Steinbruch, etwa fünfzig Kilometer von hier», sagte der Mann.

«*Ich* hab' sie gefunden!» krähte der Junge.

«Das stimmt, er hat sie gefunden», räumte der Vater ein. «Ich dachte mir, daß ich sie am besten hierherbringe.»

«Das war richtig, Sir. Wenn Sie mir beide folgen würden, bitte?»

Der Agent am Empfang stellte ihnen Besucherausweise aus. Er und die beiden anderen Agenten, die Foyerdienst hatten, richteten ihre Aufmerksamkeit wieder auf den Eingang und fragten sich, ob der Typ und sein Sohn wirklich etwas Wichtiges gebracht hatten.

Die wenigen Leute, die im Korridor des obersten Geschosses waren, wunderten sich über den Mann mit der Maschinenpistole, aber die FBI-Etikette erlaubte ihnen nicht, allzu viel Überraschung zu zeigen, und außerdem hatte der Mann einen Besucherausweis und trug die Knarre richtig. Als er jedoch in ein Büro trat, bekam er eine sichtliche Reaktion.

«Ist Bill da?» fragte der Agent die Sekretärin.

«Ja, aber... oh...» Ihr Blick war unverwandt auf die MP gerichtet.

Der Agent machte eine beruhigende Handbewegung, winkte den Besuchern, ihm zu folgen, und ging zu Shaws Büro. Die Tür stand offen. Shaw redete mit einem seiner Männer. Sonderagent Richard Alden ging direkt zum Schreibtisch und legte die Waffe auf die Schreibunterlage.

«Jesus, Richie!» Shaw blickte zu ihm, dann wieder auf die Uzi. «Was soll das?»

«Bill, diese beiden Herrschaften sind eben unten reingekommen, um sie abzugeben. Ich habe gedacht, sie könnte vielleicht interessant sein.»

Shaw blickte zu den beiden und bat sie, auf dem Sofa an der Wand Platz zu nehmen. Er ließ zwei weitere Agenten und einen Ballistikexperten kommen.

«Könnte ich bitte Ihren Namen haben?»

«Ich heiße Robert Newton, und das ist Leon, mein Sohn.» Dann nannte er ungefragt seine Adresse und Telefonnummer.

«Und wo haben Sie die Waffe gefunden?» fragte Shaw, während seine Mitarbeiter Notizen machten.

«Im Jones-Steinbruch. Ich kann es Ihnen auf der Karte zeigen.»

«Was haben Sie dort gemacht?»

«Ich habe geangelt. Ich habe sie gefunden», erinnerte Leon sie.

«Ich hab' etwas Feuerholz geholt», sagte sein Vater.

«Um diese Jahreszeit?»

«Besser als im Sommer, wenn es heiß ist, oder?» Das klang logisch. «Außerdem ist bei mir im Moment nicht viel los. Ich bin nämlich am Bau. Der Junge hat heute schulfrei, und ich hab' ihn mitgenommen. Er angelt gern, wenn ich Holz hacke. Dort im Steinbruch gibt's ein paar dicke Fische», fügte er mit einem Augenzwinkern hinzu.

«Oh, ich verstehe», sagte Shaw lächelnd. «Hast du schon mal einen gefangen, Leon?»

«Nein, aber letztesmal war ich nahe dran», antwortete der Junge.

«Und dann?»

Mr. Newton nickte seinem Sohn zu.

«Der Haken hat sich an etwas Schwerem verfangen, wissen Sie, und ich habe gezogen und gezogen, aber ich konnte es nicht an Land ziehen. Dann hab' ich meinen Daddy gerufen.»

«Ich hab' sie an Land gezogen», erläuterte Mr. Newton. «Als ich sah, daß es ein Schießeisen war, wäre ich fast vor Schreck umgefallen. Der Haken war hinter dem Abzug. Was für eine Knarre ist es überhaupt?»

«Eine Uzi. Die werden meist in Israel hergestellt», sagte der Ballistikexperte, von der Waffe aufblickend. «Sie hat mindestens einen Monat im Wasser gelegen.»

Shaw und ein anderer Agent wechselten einen Blick.

«Ich fürchte, ich hab' sie überall angefaßt», sagte Newton. «Hoffentlich hab' ich keine Fingerabdrücke verwischt.»

«Dazu hat sie ohnehin zu lange im Wasser gelegen, Mr. Newton», erwiderte Shaw. «Und Sie haben sie sofort hierher gebracht?»

«Ja, es ist erst» – er blickte auf seine Uhr – «anderthalb Stunden her. Wir haben sie angefaßt, aber sonst nichts. Es war kein Magazin drin.»

«Sie verstehen etwas von Feuerwaffen?» fragte der Mann von der Ballistik.

«Ich war ein Jahr in Vietnam, beim hundertdreiundsiebzigsten Luftlanderegiment. Ich kenn' mich ganz gut mit M-Sechzehns aus.» Newton lächelte. «Und ich hab' früher mal gejagt, meist Vögel und Kaninchen.»

«Erzählen Sie uns etwas über den Steinbruch», sagte Shaw.

«Er ist ungefähr einen Kilometer von der Hauptstraße entfernt. Jede Menge Bäume. Ich hol' dort immer unser Feuerholz. Ich weiß nicht mal, wem er gehört. Man kommt ganz gut mit dem Auto hin. Sonnabends sind immer viele Teenager da, es ist einer von diesen Knutschplätzen, Sie wissen ja.»

«Haben Sie dort je Schüsse gehört?»

«Nein, nur in der Jagdsaison. Es gibt jede Menge Eichhörnchen. Was ist nun mit der Knarre? Sagt sie Ihnen was?»

«Möglicherweise. Eine solche Waffe wurde bei dem Mord an einem Polizeibeamten benutzt, und ...»

«Oh, das! Die Frau und ihre kleine Tochter drüben in Annapolis, ja?» Er hielt kurz inne. «Verdammt!»

Shaw betrachtete den Jungen. Er war ungefähr neun Jahre alt und hatte wache, intelligente Augen, die gerade die Souvenirs an den Wänden des Büros musterten, die Erinnerungen an Shaws viele Fälle und Posten. «Mr. Newton, Sie haben uns einen großen Gefallen getan.»

«Wirklich?» antwortete Leon. «Was machen Sie jetzt mit der MP?»

Der Ballistikfachmann antwortete: «Zuerst reinigen wir sie und prüfen, ob sie sicher ist. Dann werden wir sie abfeuern.» Er sah zu Shaw. «Spurensicherung und all das können Sie vergessen. Das Wasser im Steinbruch muß chemisch stark verunreinigt sein. Die Korrosion ist ziemlich fortgeschritten.» Er blickte auf Leon. «Wenn du dort einen Fisch fangen solltest, darfst du ihn auf keinen Fall gleich essen, mein Sohn. Frag vorher deinen Vater.»

«Okay», versicherte der Junge.

«Fasern», sagte Shaw.

«Ja, vielleicht. Keine Sorge. Wenn welche da sind, werden wir sie finden. Und den Lauf absuchen», antwortete der Ballistikmann. «Übrigens, das Ding kommt aus Singapur. Es muß also ziemlich neu sein. Die Israelis haben erst vor anderthalb Jahren eine Lizenz nach Singapur vergeben.» Er las die Nummer ab. Sie würde in wenigen Minuten an den FBI-Mann in Singapur getickert werden. «Ich möchte sofort an die Arbeit gehen.»

«Darf ich zugucken?» fragte Leon. «Ich fasse auch bestimmt nichts an.»

«Ich will dir was vorschlagen», sagte Shaw. «Ich möchte noch ein bißchen mit deinem Vater reden. Wie wäre es, wenn du dir unser Museum ansiehst? Dort kannst du sehen, wie wir all die großen Gangster erwischt haben. Wenn du draußen wartest, kommt gleich jemand und bringt dich hin.»

«Okay!»

«Wir sollen nicht darüber sprechen, ist es das?» fragte Mr. Newton, als sein Sohn den Raum verlassen hatte.

«Ja, Sir.» Shaw hielt inne. «Es ist aus zwei Gründen wichtig. Erstens dürfen die Verbrecher auf keinen Fall wissen, daß wir eventuell eine Spur haben – und dies könnte eine wichtige Spur sein. Das, was Sie getan haben, ist sehr bedeutsam. Der andere Grund ist, daß wir Sie und Ihre Familie schützen müssen. Sie wissen ja, daß die Burschen versucht haben, eine schwangere Frau und ein vierjähriges Mädchen umzubringen.»

Mr. Newton war ganz Ohr. Er hatte fünf Kinder, drei davon Mädchen, und hörte so etwas gar nicht gern.

«Hm... Haben Sie jemals Leute bei dem Steinbruch gesehen?» fragte Shaw.

«Was meinen Sie?»

«Irgendwen.»

«Es gibt zwei oder drei, die da Holz hacken. Ich weiß ihre Namen, das heißt, ihre Vornamen, verstehen Sie? Und Teenager parken da gern, wie ich schon sagte.» Er lachte. «Einmal mußte ich zwei abschleppen. Der Weg ist nicht sehr gut, und sie waren im Schlamm steckengeblieben, und...» Er verstummte. Sein Gesicht bekam einen anderen Ausdruck. «Ja, und einmal, an einem Dienstag... Ich konnte an dem Tag nicht arbeiten, weil der Kran gebrochen war, und ich hatte keine Lust, zu Hause rumzusitzen, verstehen Sie? Also fuhr ich einfach hin, um ein bißchen Holz zu holen. Da kam ein Transporter den Weg entlang und wollte auf die Straße biegen. Er kam in dem Schlamm kaum weiter. Ich mußte volle zehn Minuten warten, weil er immer wieder steckenblieb, bis er es endlich schaffte.»

«Was für ein Transporter?»

«Eine dunkle Farbe. Einer mit Schiebetüren und beschichteten Fenstern, wie bei einer Sonderanfertigung, verstehen Sie?»

Das ist er! sagte Shaw sich. «Haben Sie den Fahrer oder einen anderen Insassen gesehen?»

Newton überlegte einen Moment. «Ja..., ein schwarzer Bursche. Er... ja, er schrie irgend etwas. Ich glaube, er war wütend, daß er nicht weiterkam. Ich meine, ich konnte ihn nicht hören, aber man konnte sehen, daß er schrie, ja? Er hatte einen Bart und eine Lederjacke, so eine wie die, die ich zur Arbeit anziehe.»

«Ist Ihnen sonst noch etwas an dem Wagen aufgefallen?»

«Ich glaube, er machte so viel Krach, als wäre es ein Achtzylinder. Ja, so einen Motor haben nur Sonderanfertigungen.»

Shaw blickte zu seinen Männern und war zu aufgeregt, um zu lächeln. Sie kritzelten hastig ihre Notizen.

«In der Zeitung stand, daß alle diese Schufte Weiße waren», sagte Newton.

«Die Zeitungen schreiben nicht immer die Wahrheit», bemerkte Shaw.

«Sie meinen, der Kerl, der den Polizisten umbrachte, war ein Schwarzer?» Das gefiel Newton nicht. Er war ebenfalls schwarz. «Und er hat auch versucht, die Familie zu ... Verdammt!»

«Mr. Newton, diese Information ist geheim. Begreifen Sie? Sie dürfen es niemandem sagen, nicht mal Ihrem Jungen – war er dabei?»

«Nein, er war in der Schule.»

«Gut. Sagen Sie es jedenfalls niemandem. Es ist nur, um Sie und Ihre Familie zu schützen. Wir haben es mit sehr gefährlichen Leuten zu tun.»

«Okay.» Newton blickte einen Moment auf die Tischplatte. «Sie meinen, hier bei uns laufen Typen mit Maschinenpistolen rum und knallen Leute ab, nicht im Libanon, sondern hier bei uns?»

«So ungefähr.»

«Wissen Sie, ich bin kein ganzes Jahr in Vietnam gewesen, damit wir diesen Scheiß hier bei uns haben.»

Mehrere Stockwerke weiter unten hatten zwei Waffenexperten die Uzi bereits zerlegt. In der Hoffnung, Textilfasern zu finden, die zu denen aus dem Transporter passen würden, saugten sie alle Einzelteile sorgsam mit einem winzigen Staubsauger ab. Die Teile wurden noch einmal gründlich untersucht. Das Wasser hatte besonders die gestanzten Teile angegriffen, die aus weichem Stahl bestanden. Lauf und Bolzen, die aus härterem, korrosionsbeständigem Stahl waren, wiesen kaum Rost auf. Der Laborleiter setzte die Waffe selbst wieder zusammen, mehr um seinen Jungs zu zeigen, daß er noch wußte, wie es ging. Er ließ sich Zeit, ölte die einzelnen Teile und betätigte zuletzt den Mechanismus, um sich zu vergewissern, daß sie noch richtig funktionierte.

«So», sagte er zu sich selbst. Er ließ die gesicherte, magazinlose Waffe auf dem Tisch liegen, nahm ein Uzi-Magazin aus einem Schrank und lud die MP mit zwanzig Kugeln.

Besucher fanden es immer sonderbar, daß die Techniker gewöhnlich weiße Laborkittel trugen, wenn sie eine Waffe abfeuerten. Der Laborleiter setzte Ohrenschützer auf, steckte die Mündung in den Wandschlitz und feuerte einen Schuß ab, um zu sehen, ob die Waffe wirklich noch funktionierte. Sie tat es. Er hielt den Abzug fest und pumpte das Magazin in wenigen Sekunden leer. Dann nahm er das Magazin heraus, prüfte, ob die Waffe sicher war, und gab sie einem Assistenten.

«Ich wasche mir jetzt die Hände. Lassen Sie die Kugeln untersuchen.» Der Ballistikchef war ein gründlicher Mensch.

Als er sich die Hände abgetrocknet hatte, lagen die abgeschossenen Kugeln auf seinem Tisch. Ihre Hüllen zeigten die charakteristischen Spuren, die der gezogene Lauf verursacht hatte. Sie waren alle ungefähr gleich. Die geringfügigen Unterschiede beruhten darauf, daß sich der Lauf erweitert hatte, als er heiß geworden war.

Er nahm eine kleine Schachtel aus dem Schrank mit den bisher gefundenen Beweisstücken. Diese Kugel hat den Körper eines Polizeibeamten durchschlagen, erinnerte er sich. Es ist absurd, daß ein so schäbiges Ding ein Leben beendet hat, dachte er, knapp dreißig

Gramm Blei und Stahl, das bei seinem Weg durch den Körper kaum deformiert worden ist. Er legte sie unter das Vergleichsmikroskop und nahm eine der Kugeln, die er eben abgefeuert hatte. Dann nahm er seine Brille ab und beugte sich über das Okular. Die Kugeln waren... sehr ähnlich. Sie waren zweifelsfrei vom selben Waffentyp abgeschossen worden. Er legte eine andere Kugel neben die erste. Noch ähnlicher. Die dritte Kugel war noch ähnlicher. Er verglich alle von ihm abgeschossenen Kugeln mit der ersten.

«Wir haben eine identische.» Er trat von dem Mikroskop zurück, und ein anderer Techniker beugte sich hinunter.

«Ja, hundertprozentig», stimmte der zu. Der Chef befahl seinen Männern, einige andere Kugeln zu prüfen, und ging zum Telefon.

«Shaw.»

«Es ist dieselbe Waffe. Hundertprozentig. Ich habe eine Kugel, die mit der Mordkugel identisch ist. Sie prüfen jetzt die aus dem Porsche.»

«Gute Arbeit, Paul!»

«Das stimmt. Ich ruf' nachher noch mal an.»

Shaw legte auf und sah seine Leute an. «Meine Herren, wir haben eine wichtige Spur im Fall Ryan.»

22

Robert Newton führte die Agenten am selben Abend zum Steinbruch. Im Morgengrauen des nächsten Tages suchte dort ein Spurensicherungsteam jeden Zentimeter Boden ab. Zwei Taucher sprangen in das schmutzige Wasser, und zehn Agenten wurden ringsum im Wald postiert, um auf Fremde zu achten. Ein anderes Team machte die Männer ausfindig, die wie Newton hier Holz geholt hatten, und befragte sie. Wieder andere Agenten sprachen mit den Bewohnern der Farm an der Straße, die in den Wald führte. Man nahm Bodenproben, die mit den Erdresten aus dem Transporter verglichen werden sollten. Alle Reifenspuren wurden zur späteren Auswertung fotografiert.

Die Ballistikexperten hatten sich weiter mit der Uzi beschäftigt. Die ausgeworfenen Patronenhülsen wurden mit denen verglichen, die man im Transporter und am Tatort gefunden hatte, und erwiesen sich als identisch mit ihnen. Nun war ohne den Schatten eines Zweifels nachgewiesen, daß das Verbrechen von dem von Newton gesehenen Transporter aus verübt worden war. Man hatte die Seriennummer der MP mit denen der Fabrik in Singapur verglichen und prüfte jetzt in den Verkaufsunterlagen, wohin die Waffe gegangen war. In einem FBI-Computer waren alle Waffenhändler der Erde gespeichert.

Der Sinn der umständlichen Übung bestand darin, eine winzige Information zu einem Ermittlungsansatz zu machen. Dabei konnte man allerdings nicht ganz ausschließen, von irgend jemandem gesehen zu werden. Alex Dobbens fuhr jeden Tag auf dem Weg zur Arbeit an der Einmündung des Wegs zum Steinbruch vorbei. Er sah, wie zwei Fahrzeuge den Weg verließen und auf den Highway bogen. Der Pkw und der Transporter vom FBI-Labor waren beide nicht gekennzeichnet, aber sie hatten Nummernschilder des Bunds, und mehr brauchte er nicht zu sehen.

Dobbens geriet nicht leicht in Aufregung. Er hatte bei seiner Ausbildung gelernt, die Welt als eine Sammlung kleiner, voneinander getrennter Probleme zu sehen, die alle eine Lösung hatten; wenn man genügend kleinere Probleme löste, würde man die größeren ebenfalls lösen können. Außerdem war er ein pedantischer Mensch. Alles, was er tat, war Teil eines größeren Plans und nur indirekt mit dem nächsten Schritt verbunden. Seine Leute hatten Mühe gehabt, das zu begreifen, aber gegen Erfolg ließ sich kaum etwas einwenden, und alles, was Dobbens tat, hatte Erfolg. Das hatte ihm den Respekt und Gehorsam von Leuten eingebracht, die vorher zu große Heißsporne gewesen waren, um für seine Mission in Frage zu kommen.

Es ist ungewöhnlich, daß zwei Fahrzeuge auf einmal vom Steinbruch kommen, dachte er. Es gibt keine normale Erklärung dafür, daß beide eine Bundesnummer haben. Deshalb mußte er annehmen, daß die Bundespolizei irgendwie dahintergekommen war, wofür der Steinbruch gedient hatte. Wie haben sie es bloß rausgekriegt? fragte er sich. Vielleicht hatte ein Jäger die Schüsse gehört, einer von diesen Waldläufern, die es auf Eichhörnchen und Vögel abgesehen hatten? Oder einer von den Kerlen, die dort Holz hackten? Oder ein Kind von einer Farm in der Nähe? Wie groß war dieses Problem?

Er war nur viermal mit seinen Leuten zu Schießübungen hingefahren, das letztemal, nachdem der Ire gekommen war. Das ist jetzt Wochen her. Sie hatten immer nur in der Rush-hour geschossen, meist morgens. Obgleich Washington ziemlich weit entfernt war, fuhren morgens und spätnachmittags viele Personenwagen und Laster hier vorbei, genug, um reichlich Krach zu machen. Es war also sehr unwahrscheinlich, daß jemand sie gehört hatte. Gut.

Jedesmal, wenn sie dort geschossen hatten, hatte Alex darauf bestanden, alles an Metall und Abfall einzusammeln, und er war sicher, daß nichts, nicht mal eine Zigarettenkippe, liegengeblieben war. Sie hatten natürlich Reifenspuren hinterlassen; aber er hatte den Platz nicht zuletzt deshalb gewählt, weil er am Wochenende von vielen Halbwüchsigen aufgesucht wurde – es gab inzwischen also jede Menge anderer, frischerer Reifenspuren.

Sie hatten die Knarre dort ins Wasser geworfen, fiel ihm ein, aber wer konnte sie entdeckt haben? Der Steinbruch war über zwanzig Meter tief – er hatte es gemessen – und wirkte mit seinem schmutzigen Wasser und dem gelblichen Schaum an der Oberfläche ungefähr so verlockend wie ein Reissumpf. Nichts zum Baden. Sie hatten nur die MP hineingeworfen, aus der gefeuert worden war, doch so unwahrscheinlich es schien, er mußte annehmen, daß sie sie gefunden hatten. Wie und warum, spielte im Augenblick keine Rolle. Jetzt müssen wir die anderen auch loswerden, sagte er sich. Neue Knarren kriegt man überall.

Was können die Bullen äußerstenfalls rauskriegen? fragte er sich dann. Er kannte Polizeiprozeduren gut. Es war nur vernünftig, daß er seinen Gegner kannte, und Alex besaß eine Reihe von Büchern über Fahndungsmethoden, Fachbücher, die an den Polizeiakademien benutzt wurden. Er und seine Leute studierten sie ebenso eifrig wie die Nachwuchsbullen mit ihren jungen pickeligen Gesichtern...

Auf der MP konnten keine Fingerabdrücke sein. Die Hautfette, die sie verursachten, mußten sich im Wasser schon längst aufgelöst haben. Er hatte die Waffe selbst benutzt und gesäubert, aber er brauchte sich in der Hinsicht keine Sorgen zu machen.

Der Transporter war fort. Sie hatten ihn ohnehin gestohlen, und dann hatten seine Jungs ihn umgebaut, und sie hatten vier verschiedene Nummernschilder benutzt. Die Nummernschilder waren schon lange unter einem Telefon- und Strommast im Anne Arundel County begraben. Falls sie gefunden worden sind, hätte ich es längst erfahren, dachte Alex. Der Transporter selbst war gründlichst gesäubert worden, es sei denn, es war ein bißchen Staub von dem Steinbruchweg zurückgeblieben... Das war eine Möglichkeit, die er berücksichtigen mußte, aber der Transporter führte trotzdem in eine Sackgasse. Sie hatten nichts dringelassen, was zu seiner Organisation führen könnte.

Hatte vielleicht einer von seinen Männern gesungen, zum Beispiel jemand, der wegen des schwerverletzten Mädchens von seinem Gewissen geplagt wurde? In dem Fall wäre er heute nachmittag mit einem Polizeiabzeichen und einem Revolver vor der Nase aufgewacht. Das schied also aus. Wahrscheinlich. Er mußte mit den Jungs darüber sprechen und sie mit allem Nachdruck daran erinnern, daß sie mit keinem Menschen über ihre geheime Mission reden durften.

Hatte jemand sein Gesicht gesehen? Alex verwünschte sich erneut, daß er dem Hubschrauber zugewinkt hatte. Aber er hatte eine Mütze und eine Sonnenbrille aufgehabt, und er hatte einen Bart getragen, was nun zusammen mit der Jacke, den Jeans und den Stiefeln, die er damals angehabt hatte, alles fort war. Die Arbeitshandschuhe hatte er noch, aber sie waren Dutzendware. Dann wirf sie weg und kauf dir neue, du Idiot! sagte er sich. Achte darauf, daß die neuen die gleiche Farbe haben, und bewahr den Kassenbon auf.

Er ging die Daten noch einmal durch. Vielleicht überreagiere ich, dachte er. Vielleicht untersuchten die Bullen einen ganz anderen Fall, aber es war töricht, überflüssige Risiken einzugehen. Sie würden alles verschwinden lassen, was sie im Steinbruch gebraucht hatten. Er würde eine vollständige Liste der möglichen Spuren aufstellen und jede einzelne von ihnen eliminieren. Sie würden nie wieder dorthin fahren. Bullen hatten ihre Regeln und Prozeduren. Er hatte die Prozeduren selbst intus, nachdem er erlebt hatte, was für Katastrophen passieren konnten, wenn man sie nicht berücksichtigte. Die radikalen Gruppen, mit denen er als Student zu tun gehabt hatte, waren alle wegen ihrer Überheblichkeit und Dummheit untergegangen, wegen ihrer Unterschätzung der Fähigkeiten des Gegners. Letzten Endes waren sie untergegangen, weil sie des Erfolgs nicht würdig waren. Der Sieg kommt nur zu dem, der auf ihn vorbereitet ist *und* ihn verkraften kann, dachte er. Er beglückwünschte sich nicht mal dazu, die Bullen entdeckt zu haben. Es war keine besondere Tüchtigkeit, nur Vorsicht. Er hatte diese Route auch im Hinblick darauf gewählt, ein Auge auf solche Dinge zu haben. Er hatte bereits einen anderen guten Platz für Schießübungen gefunden.

«Erik Martens!» stieß Ryan hervor. «So treffen wir uns wieder.»
Das FBI hatte alle wichtigen Daten wenige Stunden nach Erhalt an die Central Intelligence Agency weitergeleitet. Die geborgene Uzi – Ryan staunte darüber, auf welche Weise sie gefunden worden war – war in Singapur hergestellt worden, in einer Fabrik, die auch eine Version des Kampfgewehrs M-16 fertigte, das er bei der Marineinfanterie gehabt hatte, und eine Reihe anderer Militärwaffen aus Ost und West nachbaute, um sie Ländern der Dritten Welt zu verkaufen. Und gewissen anderen Kunden.
Zum Beispiel Mr. Martens. Dieser, ein Mann mit bemerkenswerten Fähigkeiten und Beziehungen, hatte früher einmal die von der CIA unterstützten UNITA-Rebellen in Angola mit Waffen versorgt, bis die Agency einen besseren Kanal gefunden hatte. Sein wichtigster Aktivposten war freilich, daß er der südafrikanischen Regierung Dinge beschaffen konnte. Kürzlich hatte er ihr die Konstruktionsunterlagen und Werkzeugmaschinen für die Panzerabwehrrakete «Milan» besorgt, eine Waffe, die wegen des westlichen Embargos nicht nach Südafrika exportiert werden durfte. Er hatte drei Monate an dem Coup gearbeitet, und nun würden die Südafrikaner die Rakete bald in ihren eigenen Rüstungsfabriken bauen können. Ryan

wußte, daß er ein erkleckliches Honorar für seine Bemühungen erhalten hatte, obgleich es der CIA nicht gelungen war, den genauen Betrag herauszubekommen. Der Mann besaß einen Firmenjet, einen Grumman G-3 mit interkontinentaler Reichweite. Um zu gewährleisten, daß er überall damit landen konnte, hatte er eine Reihe schwarzafrikanischer Staaten mit Waffen beliefert und sogar ein paar Raketen an Argentinien verkauft. Überall auf der Erde gab es Regierungen, die ihm zu Dank verpflichtet waren. Der Kerl wäre in Wallstreet oder an irgendeinem anderen großen Börsenplatz der Welt eine Sensation, dachte Ryan lächelnd. Er kam mit jedem ins Geschäft und konnte Waffen so zielstrebig an den Mann bringen wie die Leute in Chicago ihre Weizenkontrakte.

Die Uzis aus Singapur waren an ihn gegangen. Die Lieferung hatte aus fünftausend Einheiten bestanden... Großhandelspreis rund zwei Millionen Dollar. Im Grunde nicht viel, gerade genug, um die Polizei einer größeren Stadt oder ein Fallschirmjägerregiment auszurüsten. Aber es reichte, um einen Gewinn für Mr. Martens herausspringen zu lassen – und es reichte nicht, um wirklich Aufmerksamkeit zu erregen. Eine Wagenladung oder vielleicht zwei? Martens' Regierung hatte ihm eine Einfuhrgenehmigung ausgestellt, und die Kisten hatten irgendwo in einem seiner Lagerhäuser gestanden. In Pretoria hatte sich garantiert kein Mensch darum gekümmert, was er damit machte.

Das meinte Sir Basil Charleston bei dem Dinner im Buckingham-Palast, rief Ryan sich ins Gedächtnis zurück. *Sie hätten dem Kerl aus Südafrika etwas mehr Aufmerksamkeit schenken können...* Die Briten glauben also, daß er mit Terroristen handelt... direkt? Nein, das würde seine Regierung nun doch nicht dulden. Wahrscheinlich nicht, verbesserte er sich. Ryan mußte also einen Makler oder Zwischenhändler finden. Es dauerte dreißig Minuten und kostete ihn einen Anruf bei Cantor, um die betreffende Akte zu bekommen.

Sie war eine Katastrophe. Martens hatte acht bekannte und fünfzehn mutmaßliche Agenten, einen oder zwei in jedem Land, mit dem er Geschäfte machte – natürlich! Ryan tippte wieder Cantors Nummer.

«Ich nehme an, wir haben nie mit Martens geredet?» fragte Ryan.

«Seit ein paar Jahren nicht mehr. Er hat mal für uns Waffen nach Angola geschleust, aber seine Arbeitsweise gefiel uns nicht.»

«Warum nicht?»

«Der Mann ist ein übler Gauner», antwortete Cantor. «Das sind natürlich die meisten Waffenhändler, aber wir versuchen, den Typ zu meiden. Wir fanden einen eigenen Weg, nachdem der Kongreß solche Operationen mehr oder weniger erlaubt hatte.»

«Ich habe hier dreiundzwanzig Namen», sagte Jack.

«Ja, ich kenne die Akte. Wir glaubten letzten November, daß er Waffen an eine von den Iranern finanzierte Gruppe verkaufte, aber es stimmte nicht. Wir brauchten einige Monate, um es festzustellen. Es wäre leichter gewesen, wenn wir die Möglichkeit gehabt hätten, mit ihm zu reden.»

«Was ist mit den Briten?» fragte Jack.

«Eine Mauer», sagte Martin. «Jedesmal, wenn sie mit ihm reden wollen, sagt irgendein dicker alter Burensoldat nein. Man kann ihnen im Grunde keinen Vorwurf machen – wenn der Westen sie wie Parias behandelt, benehmen sie sich eben wie Parias. Außerdem muß man bedenken, daß Parias zusammenhalten.»

«Wir wissen also nicht, was wir über diesen Burschen wissen müßten, und wir werden es auch nicht herausfinden?»

«Das habe ich nicht gesagt.»

«Dann schicken wir ein paar Leute hin, um sich ein bißchen umzusehen?» fragte Ryan hoffnungsvoll.

«Das habe ich auch nicht gesagt.»

«Verdammt, Martin!»

«Jack, Sie haben keinen Sicherheitsbescheid für Agentenoperationen. Falls Sie es noch nicht gemerkt haben sollten: die Akten, die Sie gesehen haben, sagen Ihnen alle nicht, wie die Informationen hierher gekommen sind.»

Ryan hatte es bemerkt. Informanten wurden nicht genannt, Treffpunkte wurden nicht angegeben, und nirgends gab es einen Hinweis auf die Methoden, mit denen man die Informationen weitergegeben hatte. «Okay, darf ich dann wenigstens annehmen, daß wir mit welchen Mitteln auch immer mehr Daten über diesen Herrn beschaffen werden?»

«Sie dürfen annehmen, daß die Möglichkeit erwogen wird.»

«Er ist womöglich die beste Spur, die wir haben», sagte Jack mit Nachdruck.

«Ich weiß.»

«Das hier kann ziemlich frustrierend sein», sagte Ryan. Er mußte es loswerden.

«Was erzählen Sie mir?» schmunzelte Cantor.

«Wann kann ich etwas über Martens erwarten?» fragte Ryan.

«Sie kriegen Bescheid, sobald es hereinkommt», versprach Cantor. «Großartig.» Jack verbrachte den restlichen Tag und einige Stunden des nächsten damit, die Liste der Leute durchzugehen, mit denen Martens Geschäfte gemacht hatte. Er war heilfroh, daß er die nächsten beiden Tage Unterricht geben mußte, aber er fand doch eine mögliche Verbindung. Die Mercury-Motoren des Zodiac-Schlauchboots, mit dem die ULA nach dem Angriff auf die Fähre abgehauen war, stammte wahrscheinlich – die Spur verlor sich in Europa – von einem Händler in Malta, mit dem Martens dann und wann einen kleinen Deal machte.

Im Frühling – endlich – war Sally wieder so wie früher. Wie die Ärzte ihren Eltern versprochen hatten, waren ihre Beine nun vollständig verheilt, und sie tollte herum wie in alten Zeiten, natürlich fast immer mit Ernie im Gefolge, der nun vollkommen stubenrein war. Heute würde sie zum erstenmal wieder in den Kindergarten gehen. Die Tatsache, daß sie Gläser von Tischen stieß, wenn sie daran vorbeilief, sagte ihren Eltern, daß alles wieder in Ordnung war, und sie freuten sich viel zu sehr darüber, um sie wegen ihres undamenhaften Benehmens zu schelten. Sally ihrerseits mußte schrecklich viele spontane Umarmungen und Küsse über sich ergehen lassen, die sie nicht recht verstand. Sie war krank gewesen, und jetzt ging es ihr wieder besser. Wie Jack erst nach einiger Zeit begriff, war ihr gar nicht klar gewesen, daß man einen Anschlag auf sie und ihre Mutter verübt hatte. Sie sprach nicht oft davon, und wenn sie es tat, redete sie immer von dem «Autounfall». Sie mußte immer noch alle paar Wochen zu Tests ins Krankenhaus. Sie haßte die Untersuchungen und fürchtete sich davor, aber Kinder finden sich viel schneller mit veränderten Realitäten ab als ihre Eltern.

Eine der neuen Realitäten war ihre Mutter. Das Baby in ihrem Bauch wurde jetzt täglich größer. Jeden Morgen betrachtete Cathy sich nach dem Duschen in dem großen Spiegel an der Innenseite der Wandschranktür und drehte sich, mit beiden Händen über die sichtlich veränderten Partien fahrend, halb deprimiert und halb stolz um.

«Es wird noch schlimmer werden», sagte ihr Mann, als er aus der Duschkabine trat.

«Vielen Dank, ich kann den Trost gut brauchen.»

«Kannst du deine Füße noch sehen?» fragte er lächelnd.

«Nein, aber ich fühle sie.» Sie schwollen nun immer häufiger an, zusammen mit den Knöcheln.

«Für mich siehst du toll aus.» Jack blieb hinter ihr stehen und legte die Arme um sie und hielt ihren großen Bauch. Er legte die Wange auf ihren Kopf. «Ich liebe dich.»

«Das kannst du leicht sagen.» Sie schaute immer noch in den Spiegel. Jack sah ihr Gesicht im Glas, das winzige Lächeln auf ihren Lippen. Eine Aufforderung? Er verlagerte die Hände nach oben, um es festzustellen. «Au! Ich bin fast wund.»

«Entschuldige.» Er lockerte seinen Griff, hielt sie nicht mehr verlangend, nur noch zärtlich fest. «Oh. Hat sich da was geändert?»

«Merkst du das jetzt erst?» Das Lächeln wurde ein klein wenig breiter. «Es ist eine Schande, daß ich all das durchmachen muß, um größere Brüste zu bekommen.»

«Habe ich mich je beklagt? Alles an dir ist immer Eins-plus gewesen. Ich finde, die Schwangerschaft bringt dich runter auf Zweiminus. Aber nur in einer Beziehung», fügte er hinzu.

«Sie haben zu lange Unterricht gegeben, Herr Professor.» Jetzt waren ihre Zähne zu sehen. Sie lehnte sich zurück und rieb ihre Haut an seiner behaarten Brust. Aus irgendeinem Grund stand sie darauf.

«Du bist wunderschön», sagte er. «Du glühst.»

«Hoffentlich nicht. Ich muß nämlich zur Arbeit.» Jack nahm seine Hände nicht fort. «Ich muß mich anziehen, Jack!»

«Wie sehr ich dich liebe, gibt es Worte dafür?» flüsterte er in ihr nasses Haar. «Laß mich nachdenken...»

«Nicht jetzt, du Wüstling.»

«Warum nicht?» Seine Hände bewegten sich sehr liebevoll.

«Weil ich in drei Stunden operieren muß, und du mußt zu deinen Spionen.» Aber sie rührte sich nicht. Es gab nicht mehr so viele Augenblicke, die sie allein sein konnten.

«Ich fahre heute nicht hin. Ich hab' eine Besprechung in der Akademie. Ich fürchte, der Fachbereich ist ein bißchen sauer auf mich.» Er sah weiter in den Spiegel. Zum Teufel mit dem Fachbereich... Ihre Augen waren jetzt geschlossen. «Mein Gott, wie ich dich liebe.»

«Heute abend, Jack.»

«Ehrenwort?»

«Ich werd' den ganzen Tag daran denken. Und jetzt muß ich...» Sie nahm seine Hände, zog sie nach unten und drückte sie auf ihren prallen Bauch.

Er – das Baby war ganz bestimmt ein Er – war hellwach, drehte sich hin und her und strampelte, um gegen die dunkle Hülle zu protestieren, die seine Welt definierte.

«Wow!» machte sein Vater. Cathys Hände schoben die seinen alle paar Sekunden zu einer anderen Stelle, um ihm zu zeigen, was das Baby tat. «Was für ein Gefühl ist es eigentlich?»

«Ein sehr schönes, außer wenn ich einschlafen möchte oder wenn er mich mitten bei einer Operation an die Blase tritt.»

«War Sally auch so..., so kräftig?»

«Ich glaube nicht.» Sie sagte nicht, daß Dinge wie Kraft und Stärke gar keine Rolle spielten, wenn man an eine Schwangerschaft zurückdenkt. Wichtig war nur das einzigartige Gefühl, daß das Baby lebt und gesund ist. Cathy Ryan war eine stolze Frau. Sie wußte, daß sie eine der besten Augenchirurginnen weit und breit war. Sie wußte, daß sie attraktiv war, und sie tat etwas dafür, es zu bleiben; sie wußte, daß sie selbst jetzt, während der Schwangerschaft, eine gute Figur machte. «Ich muß mich jetzt wirklich anziehen.»

«Okay.» Er küßte ihren Nacken. Er ließ sich Zeit. Es würde bis heute abend vorhalten müssen.

«Jack, ich liebe dich, und ich glaube an dich. Ich weiß, daß du das Richtige tust.»

«Das freut mich, Schatz, aber ich bin manchmal nicht so sicher.» Er streckte die Arme aus, und sie kam noch einmal zu ihm. Auf irgendeinem französischen Militärstützpunkt im Tschad sitzt jetzt eine junge Frau, die nicht mehr auf eine liebevolle Umarmung hoffen kann, dachte er. Wessen Schuld ist das? Eines steht fest: sie ist nicht so wie meine Frau. Sie hat Dinge getan, die Cathy *nie* tun würde.

23

«Wir haben diese Aufnahmen gestern nacht bekommen.» Ryan konnte sehen, daß sich die Prioritäten bei der CIA verschoben hatten. Der Mann, der zusammen mit ihm die Fotos untersuchte, bekam graue Haare und trug eine randlose Brille und eine Fliege. Ärmelhalter hätten nicht übel zu ihm gepaßt. Cantor stand in der Ecke und sagte nichts. «Wir nehmen an, es ist eines von diesen drei Lagern, richtig?»

«Ja, die anderen sind identifiziert», sagte Ryan und nickte. Es trug ihm ein kurzes Schnauben ein.

«Wie Sie sagen, mein Sohn.»

«Also, diese beiden werden benutzt, das eine noch letzte Woche, und dieses noch vor zwei Tagen.»

«Was ist mit ‹Zwanzig›, dem Lager der Action Directe?» fragte Cantor.

«Dichtgemacht, seit die Franzosen es besucht haben. Ich hab' das Videoband davon gesehen.» Der Mann lächelte bewundernd. «Aber reden wir von dem hier.»

Es war eine der seltenen Tageslichtaufnahmen, sogar in Farbe. Auf dem Schießstand neben dem Lager standen sechs Männer nebeneinander. Wegen des Aufnahmewinkels konnte man nicht sehen, ob sie Waffen in der Hand hatten.

«Schießübungen?» fragte Ryan vorsichtig.

«Entweder das, oder sie pissen im halben Dutzend.» Das war Humor.

«Einen Moment. Sie sagten, sie seien gestern nacht hereingekommen.»

«Achten Sie auf den Sonnenwinkel», sagte der Mann verächtlich.

«Oh. Frühmorgens.»

«Nach unserer Zeit um Mitternacht. Sehr gut», bemerkte der Mann. Amateure, dachte er. Jeder hier glaubt, er könnte Luftaufnahmen lesen! «Man sieht keine Waffen, aber sehen Sie die kleinen Lichtpunkte hier? Es könnte sehr gut Sonnenlicht sein, das von ausgeworfenen Patronenhülsen reflektiert wird. Okay, wir haben hier sechs Leute. Wahrscheinlich Nordeuropäer, weil sie so blaß sind – sehen Sie den hier mit dem Sonnenbrand, sein Arm wirkt ein bißchen rot? Nach der Kleidung und den kurzen Haaren zu urteilen, sind es alles Männer. Die Frage ist jetzt, wer zum Teufel sind sie?»

«Von der Action Directe sind sie jedenfalls nicht», sagte Cantor.

«Wie wollen Sie das wissen?» fragte Ryan.

«Diejenigen, die geschnappt wurden, weilen nicht mehr unter uns. Sie sind vor zwei Wochen von einem Militärgericht verurteilt und sofort danach hingerichtet worden.»

«Jesus!» Ryan wandte sich ab. «Das habe ich nicht wissen wollen, Martin.»

«Denen, die es wünschten, hat ein Priester das letzte Geleit gegeben. Ich finde, das war sehr anständig von unseren Kollegen.» Er hielt kurz inne. «Ich hatte nicht gewußt, daß die französischen Gesetze unter bestimmten Bedingungen diese Möglichkeit zulassen. Während wir die ganze Zeit etwas anderes annahmen, haben sie alles juristisch einwandfrei erledigt. Fühlen Sie sich jetzt besser?»

«Ein bißchen», gab Ryan nach kurzem Überlegen zu. Für die Terroristen hatte es wohl keinen Unterschied gemacht, aber man hatte wenigstens nach dem Buchstaben des Gesetzes gehandelt, und das gehörte zu den Dingen, die die «Zivilisation» ausmachten.

«Sehr gut. Ein paar haben vorher gesungen. Der DGSE hat bei Paris zwei weitere Mitglieder hochgehen lassen» – das war noch nicht zu den Medien vorgedrungen – «und eine Scheune voll von Waffen und Sprengstoff gefunden. Sie sind vielleicht noch nicht erledigt, aber sie sind schwer angeschlagen.»

«Jawohl», bemerkte der Mann mit der Fliege. «Und das ist der Junge, der darüber stolperte?»

«Weil er gern Fernaufnahmen von Titten sieht», entgegnete Cantor.

«Wie kommt es, daß es vorher keinem auffiel?» Ryan hätte es vorgezogen, wenn jemand anders all das getan hätte.

«Weil ich nicht genug Leute in meiner Sektion habe. Aber jetzt haben sie mir zehn neue zugestanden. Ich hab' sie bereits ausgesucht. Alles Männer, die aus der Air Force ausscheiden. Profis.»

«Aha. Was ist mit dem anderen Lager?»

«Hier.» Er holte ein neues Bild hervor. «Fast das gleiche wie eben. Es sind zwei Leute zu sehen...»

«Ein Mann und ein Mädchen», sagte Ryan sofort.

«Eine Person scheint schulterlanges Haar zu haben», schränkte der Experte ein. Er fuhr fort: «Es muß nicht unbedingt ein Mädchen sein.» Jack betrachtete die Haltung der zweiten Person und überlegte.

«Wenn wir annehmen, es sei ein Mädchen, was sagt uns das?» fragte Martin.

«Antworten *Sie*.»

«Wir haben keinen Hinweis, daß die ULA weibliche Mitglieder hat, aber von der IRA wissen wir es. Dies ist das Lager – erinnern Sie sich an den Geländewagen, der von dem einen zum anderen fuhr und später bei diesem Lager parkte?» Ryan machte eine Pause, ehe er fortfuhr. Oh, verdammt... Er nahm das Foto mit den sechs Männern auf dem Schießstand. «Dies ist es.»

«Und woraus schließen Sie das?» fragte der Chefauswerter.

«Nennen Sie es einen sechsten Sinn», antwortete Ryan.

«Sehr schön. Wenn ich wieder zum Rennen gehe, werde ich Sie mitnehmen, damit Sie mir sagen können, welche Pferde gewinnen. Hören Sie, das Problem bei diesen Bildern ist, daß man nicht mehr hat als das, was man sieht. Wenn man zuviel hineinliest, macht man irgendwann Fehler. Große Fehler. Was wir hier haben, sind sechs Leute, die sich nebeneinander aufgestellt haben und *wahrscheinlich* Pistolen abfeuern. Das ist alles.»

«Sonst noch etwas?» fragte Cantor.

«Wir haben gegen zehn Uhr abends Ortszeit noch einen Überflug – nach unserer Zeit heute nachmittag. Ich lasse Ihnen die Bilder bringen, sobald ich sie habe.»

«Sehr gut. Vielen Dank.» Der Mann verließ das Zimmer.

«Ich glaube, solch einen Menschen nennt man einen Empiriker», bemerkte Ryan kurz darauf.

Cantor schmunzelte. «So ungefähr. Er beschäftigt sich damit, seit wir U-Zweis in den sowjetischen Luftraum schicken. Er ist ein hervorragender Experte. Der springende Punkt ist, daß er erst dann sagt, er sei in einer Sache sicher, wenn er *wirklich* sicher ist. Was er gesagt hat, stimmt. Man gerät leicht in Gefahr, zuviel in die Bilder hineinzulesen.»

«Meinetwegen, aber Sie sind meiner Ansicht.»

«Ja.» Cantor setzte sich neben Ryan an den Schreibtisch und betrachtete die Aufnahme durch eine Lupe.

Die sechs Männer auf dem Schießstand waren nicht sehr deutlich auszumachen. Das Gesicht des einen war dunkler, als es hätte sein dürfen – sein bloßer Unterarm war auffallend blaß –, und das wies wahrscheinlich auf einen kurzen Bart hin... Miller hat jetzt einen Bart, rief Ryan sich ins Gedächtnis.

«Verdammt, wenn es nur ein bißchen schärfer wäre...»

«Ja», pflichtete Cantor bei. «Aber was Sie hier sehen, ist das Ergebnis von dreißig Jahren Arbeit und weiß Gott wie vielen Millionen Dollars. Es liegt an der heißen Luft, die von der Wüste aufsteigt. In kälteren Zonen ist die Qualität etwas besser, aber Gesichter kann man nie erkennen.»

«Dies ist es, Martin. Es ist das Lager, das wir suchen. Wir brauchen etwas, das es bestätigt oder das wenigstens irgend etwas bestätigt.»

«Ich fürchte, das ist unmöglich. Die französischen Kollegen haben die Leute befragt, die sie gefangengenommen haben. Angeblich sind die einzelnen Lager vollkommen voneinander isoliert. Wenn die Gruppen sich treffen, dann fast immer auf neutralem Boden. Sie wußten nicht mal mit Sicherheit, daß es dort noch ein Lager gibt.»

«*Das* sagt uns etwas.»

«Die Sache mit dem Geländewagen? Es könnte auch jemand von den regulären Streitkräften gewesen sein. Vielleicht der Kerl, der die Lagermannschaft beaufsichtigt. Es braucht nicht einer der Spieler gewesen zu sein, der von hier zum Lager der Provisorischen fuhr. Es spricht sogar vieles dafür, daß es keiner war. Trennung und Zellenbildung sind eine logische Sicherheitsmaßnahme. Es ist ganz plausibel, daß die Lager keinen Kontakt miteinander haben. Diese Leute wissen, wie wichtig Sicherheit ist, und wenn sie es vergessen haben sollten, war die Operation der Franzosen eine wirksame Erinnerung.»

Daran hatte Ryan nicht gedacht. Natürlich, der Überfall auf das Lager der Action Directe muß eine Wirkung auf die anderen gehabt haben, dachte er bei sich. «Sie meinen, wir haben uns selbst in den Fuß geschossen?»

«Nein, wir haben eine Botschaft signalisiert, die es wert war, signalisiert zu werden. Soweit wir wissen, kann niemand mit Sicherheit sagen, was dort wirklich geschehen ist. Wir haben Grund zu der Annahme, daß man in den betreffenden Kreisen den Verdacht hat, ein rivalisierender Verein habe irgendeine alte Rechnung beglichen –

nicht alle diese Gruppen mögen einander. Zumindest haben wir also Verdacht zwischen den Gruppen untereinander und zwischen ihnen und ihren Gastgebern gesät. So etwas könnte ein paar Informationen für uns abwerfen, aber es wird einige Zeit dauern, um das herauszufinden.»

«Wie dem auch sei, was werden wir jetzt tun? Ich meine, wo wir wissen, daß dies wahrscheinlich das Lager ist, das wir suchen?»

«Wir arbeiten daran. Mehr kann ich nicht sagen.»

«Meinetwegen.» Ryan zeigte auf den Schreibtisch. «Möchten Sie einen Kaffee, Martin?»

Cantor machte ein sonderbares Gesicht. «Nein, ich trinke seit einiger Zeit keinen Kaffee mehr.»

Cantor sagte nicht, daß eine größere Operation vorbereitet wurde. Sie war insofern typisch, als nur relativ wenige Beteiligte wirklich wußten, was geschehen würde. Der Flugzeugträger *Saratoga* würde, mit einer Kampfeinheit von der Navy an Bord, Kurs aufs Mittelmeer nehmen und in wenigen Tagen nördlich vom Golf von Sidra sein. Wie üblich würde der Verband von einem sowjetischen Spionageschiff verfolgt werden, einem Fischdampfer, der keine Heringe, sondern Nachrichten sammelte und Informationen an die Libyer weiterleitete. Wenn der Träger nördlich von Tripolis war, würde er ein paar Maschinen in die Luft schicken, und gleichzeitig würde ein Agent der Franzosen die Stromversorgung einiger libyscher Radareinrichtungen sabotieren. Man rechnete damit, daß einige Leute in erhebliche Aufregung geraten würden, obgleich der Kommandeur des Trägerverbands keine Ahnung hatte, daß er etwas anderes durchführte als ein nächtliches Routinemanöver. Man hoffte, daß dasselbe französische Sonderkommando, das Lager 20 überfallen hatte, auch imstande sein würde, Lager 18 zu nehmen. Martin durfte Ryan nicht ins Bild setzen. Es gab nur rund zwanzig Leute bei der Agency, die in die Operation eingeweiht waren. Sie sollte in vier Tagen stattfinden. Ein hochkarätiger Falloffizier von der Einsatzabteilung arbeitete bereits mit den französischen Fallschirmjägern zusammen, die nach seinen Berichten ganz begierig waren, ihre Tüchtigkeit erneut unter Beweis zu stellen. Wenn alles gutging, würde die Terroristengruppe, die Morde in den Vereinigten Staaten und im Vereinigten Königreich begangen hatte, von den Truppen einer dritten Nation bestraft werden. Wenn die Operation erfolgreich verlief, würde sie eine neue und wertvolle Entwicklung im Kampf gegen den Terrorismus signalisieren.

Dennis Cooley machte Buchführung. Es war noch früh am Morgen. Das Geschäft war noch nicht geöffnet, und dies war die Tageszeit, in der er sich seinem Hauptbuch widmete. Es war nicht weiter kompliziert, denn er verkaufte nicht allzu viele Bücher. Nicht ahnend, wie sehr diese Gewohnheit dem Mann auf den Wecker ging, der die Geräusche abhörte, die von dem hinter einer Buchreihe versteckten Mikrofon übertragen wurden, summte er leise vor sich hin. Plötzlich hörte er auf zu summen, und sein Kopf ruckte hoch. Was war denn das...?

Der kleine Mann sprang fast von seinem Stuhl, als er den beißenden Qualm roch. Er blickte sich im Raum um und sah dann zur Decke. Der Qualm kam aus der Lampe dort. Er rannte zum Schalter und knipste das Licht aus. Ein blauer Blitz schoß aus der Wand und verpaßte ihm einen elektrischen Schlag, der seinen Arm bis zum Ellbogen betäubte. Überrascht starrte er auf seinen Arm, bewegte die Finger und schaute dann zu dem Rauch, der jetzt offenbar schwächer wurde. Er wartete nicht, bis es ganz aufhörte zu qualmen. Im Hinterzimmer befand sich ein Feuerlöscher. Er holte ihn, legte den Sicherheitshebel um und richtete das Gerät auf den Schalter. Dort war kein Rauch mehr. Als nächstes stieg er auf seinen Drehstuhl und sah sich die Deckenlampe an, aber auch sie qualmte kaum noch. Der Geruch blieb. Cooley stand über eine Minute auf dem Stuhl, und seine Knie wackelten, da sich das Ding unter ihm bewegte. Er hielt den Feuerlöscher in der Hand und überlegte, was er machen sollte. Die Feuerwehr rufen? Aber es war gar kein Feuer da – oder? Alle seine wertvollen Bücher... Er war in vielen Disziplinen ausgebildet worden, aber Brandbekämpfung gehörte nicht dazu. Er atmete schwer und fing an zu schwitzen, bis er zu dem Ergebnis kam, daß kein Grund zur Panik bestand. Er drehte sich um und sah drei Leute am Schaufenster, die ihn neugierig anstarrten.

Mit einem verlegenen Lächeln ließ er den Feuerlöscher sinken und machte eine Handbewegung zu den Zuschauern hin. Die Lampe war kaputt. Der Lichtschalter war kaputt. Das Feuer, wenn es denn ein Feuer gewesen war, war nicht mehr da. Er würde den Elektriker des Gebäudes anrufen. Cooley öffnete die Tür und erklärte den anderen Ladenbesitzern, was los war. Einer bemerkte, daß sämtliche Elektroinstallationen der Arcade gemeingefährlich seien. Das war etwas, woran Cooley noch nie gedacht hatte. Strom war Strom. Es ärgerte ihn, daß etwas so Selbstverständliches auf einmal nicht mehr selbstverständlich war. Eine Minute später rief er den Hausverwalter an, der ihm versprach, daß in einer halben Stunde ein Elektriker kommen würde.

Der Mann erschien vierzig Minuten später und entschuldigte sich, er sei durch den dichten Verkehr aufgehalten worden. Er blieb einen Moment vor den Regalen stehen und bewunderte die Bücher.

«Riecht so, als wäre eine Leitung durchgeschmort», erklärte er dann. «Sie haben noch Glück gehabt, Sir. So brennen oft ganze Häuser ab.»

«Ist es schwierig zu reparieren?»

«Ich werde wohl die Leitung auswechseln müssen. Hätte schon vor Jahren gemacht werden müssen. Dieser alte Kasten...»

Cooley zeigte ihm den Sicherungskasten und den Zähler im Hinterzimmer, und der Handwerker ging an die Arbeit. Dennis wollte seine Schreibtischlampe nicht anknipsen und saß im Halbdunkel, während der Elektriker hantierte.

Er drehte die Hauptsicherung heraus und untersuchte den Kasten, in dem noch die ursprüngliche Abnahmebescheinigung hing. Er wischte den Staub von dem Kärtchen und las das Datum: 1919. Er schüttelte ungläubig den Kopf. Fast siebzig Jahre! Er mußte einige Dinge entfernen, um an die Wand zu kommen, und sah zu seiner Überraschung, daß der Putz an einer Stelle neu war. Er konnte ebensogut dort anfangen wie woanders. Er wollte die Wand nicht mehr beschädigen als unbedingt nötig. Mit Hammer und Meißel schlug er ein Loch in den frischen Putz, und da war der Draht...

Aber es ist nicht der richtige, sagte er sich. Die Isolierung war aus Plastik, nicht aus Guttapercha wie zur Zeit seines Großvaters. Außerdem war er nicht ganz an der richtigen Stelle. Komisch, dachte er. Er zog an dem Draht. Er ließ sich leicht herausziehen.

«Mr. Cooley, Sir?» rief er. Der Antiquar erschien einen Augenblick später. «Wissen Sie, was das hier ist?»

«Mist!» sagte der Kriminalbeamte in dem Zimmer darüber. «Eine schöne Scheiße!» Er wandte sich erschrocken zu seinem Kollegen. «Ruf Commander Owens an.»

«Ich hab' noch nie so was gesehen.» Der Elektriker schnitt das Ende ab und gab es Cooley. Er verstand nicht, warum der Antiquar so blaß geworden war.

Auch Cooley hatte noch nie so etwas gesehen, aber er wußte, was es war. Das Ende des Drahts zeigte nichts. Die Plastikisolierung hatte keinen Kupferkern, wie man ihn in elektrischen Leitungen erwartet, sondern umhüllte ein hochempfindliches Mikrofon. Der Antiquar faßte sich nach einigen Sekunden, aber seine Stimme blieb belegt.

«Ich habe keine Ahnung. Machen Sie weiter.»

«Ja, Sir.» Der Elektriker setzte die Suche nach der Leitung fort. Cooley hatte bereits den Hörer abgenommen und wählte eine Nummer.

«Hallo?»

«Beatrix?»

«Guten Morgen, Mr. Dennis. Wie geht es Ihnen?»

«Könnten Sie ausnahmsweise heute ins Geschäft kommen, jetzt gleich? Ich muß dringend fort.»

«Gewiß. Ich kann in einer Viertelstunde da sein.»

«Danke, Beatrix. Sie sind ein Schatz.» Er legte auf. Seine Gedanken rasten mit Mach-1. In dem Laden und in seiner Wohnung gab es nichts, was ihn inkriminieren konnte. Er nahm wieder den Hörer ab und zögerte. Er hatte für diesen Fall Anweisung, einen Anschluß anzurufen, dessen Nummer er auswendig gelernt hatte – aber wenn hier ein Mikrofon war, wurde sein Telefon... und sein Telefon zu Hause... Cooley schwitzte nun trotz der kühlen Temperatur. Er zwang sich, ruhig zu werden. Er hatte an beiden Apparaten nie etwas gesagt, das strafrechtlich irgendwie relevant war – oder doch? Cooley, der erfahrene und disziplinierte Agent, hatte noch nie einer realen Gefahr ins Auge gesehen, und er fing an, in Panik zu geraten. Er mußte sich zusammenreißen, um sich auf seine operationalen Prozeduren zu konzentrieren, auf die Dinge, die er gelernt und jahrelang geübt hatte. Er sagte sich, daß er nie von ihnen abgewichen war. Dessen war er ganz sicher. Als er aufhörte zu zittern, bimmelte die Glocke.

Es war Beatrix. Er langte nach seinem Mantel.

«Kommen Sie heute noch zurück?»

«Ich kann es beim besten Willen nicht sagen. Ich ruf' Sie an.» Er eilte hinaus, und seine Angestellte schaute ihm sehr verwundert nach.

Es hatte zehn Minuten gedauert, um James Owens zu finden, der südlich von London in seinem Wagen saß. Der Commander befahl sofort, Cooley zu beschatten und festzunehmen, falls es so aussehen sollte, als wolle er das Land verlassen. Zwei Männer beobachteten ohnehin den Wagen des Mannes und standen bereit, ihn zu verfolgen. Zwei weitere wurden zur Burlington Arcade geschickt, aber sie trafen in dem Moment ein, als er sie verließ, und befanden sich auf der falschen Straßenseite. Einer sprang aus dem Auto und folgte ihm in der Erwartung, er würde zur Berkeley Street gehen, zu seinem Reisebüro. Statt dessen hastete Cooley in die U-Bahnstation. Der Kriminalbeamte rannte auf seiner Seite der Straße die Treppe hinunter. Im Gedränge der morgendlichen Fahrgäste konnte er den Antiquar nicht ausmachen. Eine Minute später war er sicher, daß Cooley einen Zug genommen hatte, dem er nicht einmal nahe gekommen war. Die Beute war entwischt.

Der Beamte rannte auf die Straße zurück, alarmierte per Funk die Polizei in Heathrow, wo diese U-Bahnlinie endete – wenn Cooley nicht seinen Wagen benutzte, flog er –, und forderte die Zentrale auf, Wagen zu allen Stationen der Linie zu schicken. Aber die Zeit reichte einfach nicht.

Cooley stieg an der nächsten Haltestelle aus, wie er in seiner Ausbildung gelernt hatte, und nahm ein Taxi zur Waterloo Station. Dort erledigte er einen Anruf.

«Fünf-fünf-zwei-neun», meldete sich jemand.

«Oh, Entschuldigung. Ich wollte sechs-sechs-drei-null haben. Verzeihung.»

«Oh..., schon gut», versicherte die Stimme in einem Ton, der das Gegenteil besagte.

Cooley hängte ein und ging zu einem Zug. Er mußte sich zwingen, nicht alle paar Augenblicke zurückzuschauen.

«Geoffrey Watkins», sagte er, als er abgenommen hatte.

«Oh, ich bitte um Verzeihung. Ich wollte Mr. Titus sprechen. Haben Sie sechs-zwei-neun-eins?» *Alle Kontakte sind bis auf weiteres unterbrochen*, besagte die Zahl. *Wir wissen nicht, ob Sie in Gefahr sind. Sagen Ihnen Bescheid, falls wir etwas erfahren.*

«Nein, ich habe sechs-zwei-eins-neun», antwortete er. *Verstanden.* Watkins legte auf. Sein Magen fühlte sich an wie ein Bleiklumpen. Er schluckte zweimal und langte nach seiner Teetasse. Er hatte den Rest des Vormittags Mühe, sich auf das Weißbuch des Foreign Office zu konzentrieren, das auf seinem Schreibtisch lag. Er brauchte zwei steife Drinks zum Lunch, um die Fassung zurückzugewinnen.

Gegen Mittag war Cooley an Bord einer Kanalfähre, die eben in Dover abgelegt hatte. Er war nun sehr wachsam und saß, über den Rand der Zeitung in seiner Hand blickend, in einer Ecke des Oberdecks. Er hätte um ein Haar das Tragflügelboot nach Calais genommen, hatte es sich aber im letzten Moment anders überlegt. Er hatte genügend Bargeld für die Fähre von Dover nach Dünkirchen, nicht aber für das teurere Hovercraft, und er wollte keine Papierspur hinterlassen, noch nicht. Es dauerte sowieso nur zweieinviertel Stunden. Drüben in Frankreich würde er einen Zug nach Paris nehmen und dann die erste Maschine. Zum erstenmal seit Stunden begann er, sich sicher zu fühlen, aber er unterdrückte das Gefühl rasch. Cooley hatte vorher noch nie eine solche Furcht gespürt, und sie hinterließ einen erheblichen Nachgeschmack. Der stille Haß, der ihn seit Jahren angetrieben hatte, fraß nun auf einmal wie Säure. Sie hatten ihn zur Flucht getrieben. *Sie* hatten *ihm* nachspioniert! Trotz der gründlichen Ausbildung, all der Vorsichtsmaßnahmen, die er durchgehend befolgt hatte, und all der Tüchtigkeit, die er bewiesen hatte, war er nie ernsthaft auf den Gedanken gekommen, daß er auffliegen könnte. Er hatte sich für oberschlau gehalten. Er war wütend über seinen Irrtum und machte sich zum erstenmal in seinem Leben bittere Vorwürfe. Er hatte sein Antiquariat mit all den wertvollen Büchern verloren, die er so liebte – auch das hatten ihm die verdammten Briten jetzt genommen! Er faltete die Zeitung säuberlich zusammen und legte sie auf seine Knie, während die Fähre unter dem klaren Sommerhimmel den Kanal durchpflügte. Mit ausdrucksloser Miene starrte er auf das Wasser, äußerlich so gelassen wie jemand, der seinen Rosengarten betrachtet, während er sich Bilder von Blut und Tod vorstellte.

Owens war so wütend, wie kein Mensch ihn jemals erlebt hatte. Die Überwachung des Antiquars war kinderleicht gewesen, reine Routinesache – aber das sei keine Entschuldigung, sagte er seinen Männern. Der harmlos aussehende kleine Mickerling, wie Ashley ihn genannt hatte, hatte seine Bewacher so mühelos abgeschüttelt wie jemand, der in Moskau selbst ausgebildet worden war. Auf jedem internationalen Flughafen Britanniens standen Männer mit Fotos von Cooley in der Hand, und wenn er seine Kreditkarte benutzte, um irgendwelche Tickets zu kaufen, würden die Computer kurz danach Scotland Yard benachrichtigen, aber Owens hatte das scheußliche Gefühl, daß Cooley bereits außer Landes war. Der Leiter von C-13 schickte seine Leute aus dem Raum.

Ashley war auch da, und seine Männer waren ebenfalls genasführt worden. Er blickte ähnlich wütend und frustriert drein wie Owens.

Ein Beamter hatte den Tonbandmitschnitt des Telefonats dagelassen, das Geoffrey Watkins weniger als eine Stunde nach Cooleys Verschwinden geführt hatte. Ashley spielte ihn ab. Das Gespräch dauerte nur zwanzig Sekunden. Und der Anrufer war nicht Cooley. Wenn er es gewesen wäre, hätten sie Watkins auf der Stelle festgenommen. Trotz all ihrer Bemühungen hatten sie immer noch kein einziges stichhaltiges Indiz gegen Geoffrey Watkins.

«Im Gebäude arbeitet tatsächlich ein Bursche namens Titus. Der Anrufer nannte sogar seine korrekte Nummer. Er könnte sich wirklich verwählt haben.»

«Aber er hat es natürlich nicht.»

«Sie wissen ja, so wird es gemacht. Man hat bestimmte Codebotschaften, die vollkommen unverfänglich klingen. Wer immer diese Leute ausgebildet hat, war ein Könner. Was ist mit dem Laden?»

«Diese Beatrix scheint absolut nichts zu wissen. Das Geschäft wird noch durchsucht, und bisher hat man nichts als diese verdammten alten Schwarten gefunden. Das gleiche in seiner Wohnung.» Owens stand auf und redete kopfschüttelnd weiter. «Ein simpler Elektriker... Monatelange Arbeit, und alles umsonst, weil er den falschen Draht rauszieht!»

»Er wird wieder auftauchen. Er kann nicht viel Bargeld bei sich gehabt haben. Er muß seine Kreditkarte nehmen.»

«Er ist bereits im Ausland. Sagen Sie nicht nein. Wenn er gerissen genug für das ist, was er getan hat...»

«Ja.» Ashley nickte langsam und widerstrebend. «Man kann nicht immer gewinnen, James.»

«Schöner Trost!» brummte Owens. »Diese Schufte haben alle unsere Schritte einkalkuliert. Der Polizeipräsident wird mich gleich fragen, warum wir nicht rechtzeitig handeln konnten, und was soll ich ihm antworten?»

«Was ist also der nächste Schritt?»

«Wir haben wenigstens genug Fotos... Wir... wir teilen den Amerikanern selbstverständlich alles mit, was wir wissen. Ich habe heute abend eine Besprechung mit Murray. Er hat angedeutet, daß bei ihnen etwas läuft, worüber er nicht sprechen kann, wahrscheinlich irgendeine CIA-Operation.»

«Oh? Hier oder dort?»

«Dort.» Owens hielt inne. «Ich habe diesen verdammten Laden langsam satt.»

«Commander, Sie sollten Ihre Erfolge gegen Ihre Mißerfolge in die

Waagschale werfen», sagte Ashley. «Sie sind der beste Mann, den wir seit Jahren auf diesem Posten gehabt haben.»

Owens schnaubte nur über die Bemerkung. Er wußte, daß sie zutraf. Unter seiner Leitung hatte die Antiterror-Abteilung einige größere Schläge gegen die Provisorischen geführt. Aber auf diesem Posten hörte man von seinen Vorgesetzten die gleiche Frage wie andernorts: «Was haben Sie heute geschafft? Gestern ist der Schnee vom letzten Jahr.»

«Watkins' mutmaßlicher Kontakt hat sich abgesetzt», berichtete Owens drei Stunden später.

«Was ist passiert?» Murray lauschte mit halbgeschlossenen Augen und schüttelte bekümmert den Kopf. «Wir haben so was auch schon erlebt», sagte er, als der Commander ausgeredet hatte. «Ein übergelaufener CIA-Mann. Wir beobachteten sein Haus und ließen es zu einer gemütlichen Routine werden, und dann schlug er dem Überwachungsteam auf einmal ein Schnippchen und war weg. Eine Woche später tauchte er dann in Moskau auf. So was kommt vor, Jimmy.»

«Nicht bei mir», fuhr Owens hoch. «Das heißt, bisher noch nie.»

«Wie sieht er aus?»

Owens schob einen Stoß Fotos über den Schreibtisch. Murray betrachtete sie kurz. «Ein unauffälliger Wicht, nicht wahr? Fast kahlköpfig.» Der FBI-Mann dachte kurz darüber nach, nahm dann den Hörer ab und tippte vier Ziffern. «Fred? Hier Dan. Können Sie für eine Minute in mein Büro hoch kommen?»

Der Mann erschien ein paar Augenblicke später. Murray stellte ihn nicht als CIA-Beamten vor, und Owens fragte nicht. Er brauchte es nicht. Er hatte Murray zwei Abzüge von jedem Foto gegeben.

Fred nahm seine Abzüge an sich und betrachtete sie. «Wer soll das sein?»

Owens erläuterte kurz und schloß mit den Worten: «Er ist jetzt wahrscheinlich schon außer Landes.»

«Hm, wenn er in einem von unseren Netzen auftaucht, sagen wir Ihnen Bescheid», versprach Fred und ging wieder.

«Wissen Sie, was sie vorhaben?» fragte Owens.

«Nein. Ich weiß nur, daß etwas geschieht. Das Bureau und die Agency haben einen gemeinsamen Einsatzstab gebildet, aber es ist supergeheim. Ich brauche noch nicht alles zu wissen.»

«Haben Ihre Leute bei der Sache gegen die Action Directe mitgemacht?»

«Ich weiß nicht, wovon Sie reden», sagte Murray salbungsvoll. Wie zum Teufel hast du davon erfahren, Jimmy? fragte er sich.

«Hab' ich mir fast gedacht», erwiderte Owens. Scheißsicherheit! «Dan, es geht hier um die persönliche Sicherheit von ...»

Murray hielt abwehrend die Hände hoch. «Ich weiß, ich weiß. Sie haben natürlich recht. Wir sollten Ihre Leute einweihen. Ich werde selbst den Direktor anrufen.»

Das Telefon klingelte. Es war für Owens.

«Ja?» Der Leiter von C-13 lauschte eine Minute, ehe er mit einem «Vielen Dank» auflegte. Ein Seufzer. «Dan, er ist auf dem Kontinent. Er hat eine Kreditkarte benutzt, um eine Zugfahrkarte zu kaufen. Dünkirchen–Paris, vor drei Stunden.»

«Lassen Sie ihn doch von den Franzosen abholen.»

«Zu spät. Der Zug ist vor zwanzig Minuten angekommen. Er ist untergetaucht. Außerdem haben wir nichts, weshalb wir ihn verhaften lassen könnten, nicht wahr?»

«Und Watkins ist gewarnt.»

«Es sei denn, es war wirklich eine falsche Nummer, was ich nicht glaube, aber versuchen Sie mal, *das* vor Gericht zu beweisen.»

«Ja.» Richter hörten nur auf ihren eigenen Instinkt.

«Und sagen Sie mir bloß nicht, daß man nicht immer gewinnen kann. Für Verlieren werde ich nicht bezahlt.» Owens blickte auf den Teppich, sah dann wieder auf. «Entschuldigung.»

«Klar!» Murray winkte ab. «Es ist nicht Ihr erster schlechter Tag. Das gehört zu unserem Geschäft. Was wir in einem solchen Moment beide brauchen, ist ein Bier. Kommen Sie mit runter, und ich spendier' Ihnen eins. Und einen Hamburger.»

«Wann werden Sie Ihren Direktor anrufen?»

«Drüben ist jetzt Mittagspause. Er hat beim Lunch immer irgendeine Besprechung. Wir warten besser eine oder zwei Stunden.»

Ryan aß an jenem Tag mit Cantor in der CIA-Kantine. Das Essen war so fade wie überall. Ryan beschloß, die Lasagne zu probieren. Martin nahm sich nur Obstsalat und ein Stück Kuchen. Es schien eine merkwürdige Diät zu sein, aber dann bemerkte Jack, daß er vor dem Essen eine Tablette schluckte. Er spülte sie mit Milch hinunter.

«Magengeschwüre?»

«Wie kommen Sie darauf?»

«Vergessen Sie nicht, daß meine Frau Ärztin ist. Sie haben eben eine Tagamet genommen. Das ist gegen Magengeschwüre.»

«Dieser Job nimmt einen auf die Dauer ganz schön mit», erläuterte Cantor. «Mein Magen hat letztes Jahr angefangen zu rebellieren und seitdem nicht aufgehört. In meiner Familie erwischt es alle früher oder später. Ich nehme an, es ist erblich. Die Medizin hilft ein bißchen, aber der Arzt sagt, ich brauche eine friedliche Umgebung.» Er schnaubte kurz.

«Sie arbeiten wirklich zu viel», bemerkte Ryan.

«Wie dem auch sei, meine Frau hat einen Ruf an die Universität Texas bekommen – sie ist Mathematikerin. Und um ihr die Sache zu versüßen, haben sie mir einen Lehrstuhl für politische Wissenschaften angeboten. Außerdem bezahlen sie besser als die Agency. Ich bin jetzt seit zwölf Jahren hier», sagte er gelassen. «Eine lange Zeit.»

«Warum fällt Ihnen dann der Wechsel so schwer? Unterrichten ist großartig. Mir macht es enorm Spaß, und Sie werden bestimmt ein guter Lehrer sein. Da unten haben sie sogar eine gute Football-Mannschaft.»

«Ja, hm, meine Frau ist schon dort, und ich gehe in ein paar Wochen. Die Agency wird mir fehlen.»

«Sie werden darüber wegkommen. Stellen Sie sich vor, Sie können endlich wieder ein Gebäude betreten, ohne einen Computer um Erlaubnis zu fragen. Ich habe meinen ursprünglichen Job übrigens auch sausen lassen, um zu unterrichten.»

«Aber dieser ist wichtig.» Cantor trank seine Milch aus und blickte über den Tisch. «Was werden Sie tun?»

«Fragen Sie mich noch mal, wenn das Baby da ist.» Jack wollte nicht darüber sprechen.

«Die CIA braucht Leute wie Sie, Jack. Sie haben ein gutes Gespür für gewisse Dinge. Sie denken und handeln nicht wie ein Bürokrat. Sie sagen, was Sie denken. Nicht alle hier tun das, und deshalb mag der Admiral Sie.»

«Verdammt, er hat nicht mehr mit mir geredet, seit...»

«Er weiß, was Sie machen.» Cantor lächelte.

«Oh.» Ryan begriff. «So ist das.»

«Ja. Der alte Herr will Sie wirklich haben. Sie wissen immer noch nicht, wie wichtig das Foto war, über das Sie gestolpert sind, nicht?»

«Ich habe nichts anderes getan, als es Ihnen zu zeigen», protestierte Ryan. «Sie sind derjenige, der wirklich die Querverbindung zog.»

«Sie haben genau das Richtige getan, genau das, was ein Auswerter hier tun soll. Es war klüger, als Sie wissen. Sie haben eine Antenne für diese Art von Arbeit. Wenn Sie es nicht sehen können, kann ich es.» Cantor betrachtete die Lasagne und verzog das Gesicht. Wie konnte man nur dieses ölige Zeug essen? «In zwei Jahren werden Sie soweit sein, daß Sie meinen Posten einnehmen können.»

«Halt, halt, ein Stück Zucker aufs Mal, Martin.» Dabei ließen sie es bewenden.

Eine Stunde später war Ryan wieder in seinem Büro. Cantor kam herein. «Noch ein Köder?» Jack lächelte.

«Wir haben ein Foto von einem mutmaßlichen ULA-Mitglied, und es ist erst eine Woche alt. Wir haben es vor ein paar Stunden aus London bekommen.»

«Dennis Cooley.» Ryan betrachtete es und lachte. «Er sieht aus, als wäre er ein bißchen von gestern, finden Sie nicht?»

Cantor erklärte. «Pech für die Briten, aber vielleicht ist es für uns Glück. Sehen Sie sich das Bild noch mal an, und sagen Sie mir was Wichtiges.»

«Sie meinen... er hat beinahe eine Glatze. Oh! Wir könnten ihn identifizieren, wenn er in einem der Lager auftaucht. Keiner von diesen Leuten ist kahlköpfig.»

«So ist es. Und der Chef hat eben Ihre Sicherheitsstufe erhöht. Wir bereiten eine Operation gegen Lager achtzehn vor.»

«Was für eine?»

«Von der Art, die Sie neulich gesehen haben. Stört es Sie immer noch?»

«Nein, nicht wirklich.» Was mich stört, ist, daß es mich *nicht* stört, dachte Ryan. Vielleicht sollte es... Nein, nicht bei diesen Leuten. «Wann?»

«Das kann ich nicht sagen. Aber bald.»

«Warum haben Sie mir dann gesagt... Gut gemacht, Martin. Allerdings nicht sehr subtil. Will der Admiral, daß ich so schlecht bleibe?»

«Ziehen Sie Ihre eigenen Schlüsse.»

Eine Stunde später erschien der Fotofachmann. Ein anderer Satellit hatte das Lager um 22.08 Uhr Ortszeit überflogen. Die Infrarotaufzeichnung zeigte acht Personen nebeneinander auf dem Schießstand. Zwei Gestalten wurden von hellen Lichtzungen markiert. Sie machten ihre Schießübungen nachts, und nun waren mindestens acht von ihnen da.

«Was ist passiert?» fragte O'Donnell. Er hatte Cooley am Flughafen abgeholt. Eine Codenachricht hatte ihm gesagt, daß Cooley auf der Flucht sei, aber den Grund wußte er noch nicht.

«In meinem Laden war eine Wanze.»

«Bist du sicher?» fragte O'Donnell.

Cooley reichte sie ihm. Der Draht hatte dreißig Stunden in seiner Tasche gelegen. O'Donnell nahm Gas weg und ließ den Wagen ausrollen, um ihn zu untersuchen.

«Die werden von Marconi für Schnüffeldienste angefertigt. Ziemlich empfindlich. Wie lange kann sie dagewesen sein?»

Cooley erinnerte sich nicht, daß er jemanden allein in sein Hinterzimmer gelassen hatte. «Keine Ahnung.»

O'Donnell legte den ersten Gang ein und fuhr die Wüstenpiste weiter. Er dachte eine Weile über die Geschichte nach. Irgend etwas war schiefgegangen, aber was?

«Hattest du je den Eindruck, daß du beschattet wirst?»

«Nein, nie.»

«Wie gut hast du aufgepaßt, Dennis?» Cooley zögerte, und O'Donnell betrachtete das als Antwort. «Dennis, hast du je gegen die Vorschriften verstoßen – *jemals*?»

«Nein, Kevin, natürlich nicht. Es ist unmöglich, daß... Mein Gott, es ist Wochen her, daß ich zuletzt Kontakt mit Watkins hatte.»

«Seit deinem letzten Aufenthalt in Cork.» O'Donnell kniff die Augen gegen die grelle Sonne zusammen.

«Ja, das stimmt. Du hast mich ja damals von einem Sicherheitsmann beobachten lassen – ist mir jemand gefolgt?»

«Wenn ja, war er verdammt clever und kann nicht sehr nahe an dich rangekommen sein.» Die andere Möglichkeit, die O'Donnell erwog, war natürlich, daß Cooley zur anderen Seite übergelaufen war. Aber dann wäre er nicht hierhergekommen, oder? dachte der Anführer der ULA. Er kennt mich, er weiß, wo ich wohne, er kennt McKenney und Sean Miller, er weiß Bescheid über die Fischfangflotte in Dundalk. O'Donnell wurde bewußt, daß Cooley eine ganze Menge wußte. Nein, wenn sie ihn umgedreht hätten, wäre er nicht hier. Trotz der auf Hochtouren laufenden Klimaanlage schwitzte Cooley. Er hatte nicht den Mumm, auf diese Weise sein Leben zu riskieren. Das sah man.

«Hm... Was sollen wir also mit dir machen, Dennis?»

Cooleys Herz setzte einen Schlag lang aus, aber er sagte entschlossen: «Ich möchte bei der nächsten Operation dabeisein.»

«Wie bitte?» O'Donnell fuhr überrascht zu ihm herum.
«Diese verfluchten Briten... Kevin, sie haben *mich* reingelegt!»
«Das ist Berufsrisiko.»
«Es ist mein Ernst», beharrte Cooley.
Es würde nicht schaden, noch jemanden dabeizuhaben... «Bist du denn einigermaßen in Form?»
«Ich werde es sein.»
Der Anführer faßte einen Entschluß. «Dann kannst du gleich heute nachmittag anfangen.»
«Und was ist es?»
O'Donnell erläuterte ihm die Sache.

«Ihr sechster Sinn ist anscheinend nicht schlecht, Doktor Ryan», sagte der Herr mit der randlosen Brille am nächsten Nachmittag. «Vielleicht sollte ich Sie für meine Sektion anfordern.»
Vor den Hütten stand ein kleiner dicklicher Mann, auf dessen schweißnasser, kahler Schädelplatte sich das Sonnenlicht brach. Lager 18 *war* der ULA-Stützpunkt.
«Ausgezeichnet», bemerkte Cantor. «Unsere britischen Kollegen haben uns diesmal sehr geholfen. Danke», sagte er zu dem Chefauswerter.
«Wann läuft die Operation?» fragte Ryan, als dieser gegangen war.
«Übermorgen früh, Ortszeit. Nach unserer Zeit gegen acht Uhr abends, glaube ich.»
«Kann ich in Echtzeit zusehen?»
«Vielleicht.»
«Dies ist ein Geheimnis, das schwer zu hüten ist», sagte er.
«Das sind die meisten guten Geheimnisse», entgegnete Cantor.
«Aber...»
«Ja, ich weiß.» Jack zog sein Sakko an und schloß seine Akten weg. «Sagen Sie dem Admiral, daß ich ihm was schuldig bin.»
Auf der Heimfahrt dachte Ryan darüber nach, was geschehen könnte. Er wurde sich bewußt, daß er ungefähr so erwartungsvoll und gespannt war, wie... kurz vor Weihnachten? Nein, es war falsch, so darüber zu denken. Er fragte sich, was sein Vater vor einer wichtigen Festnahme nach langwierigen Ermittlungen gefühlt haben mochte. Er hatte ihn nie danach gefragt.
Vor dem Haus, gleich hinter dem fast fertiggestellten Swimmingpool, stand ein fremdes Auto. Als er ausgestiegen war, sah er, daß es Diplomatenkennzeichen hatte. Er ging hinein und fand drei Männer

im Gespräch mit seiner Frau. Einen davon kannte er, aber er konnte ihn nicht gleich einordnen.

«Hallo, Doktor Ryan, ich bin Geoffrey Bennett von der britischen Botschaft. Wir haben uns...»

«Ja, jetzt fällt es mir wieder ein. Was können wir für Sie tun?»

«Ihre Königlichen Hoheiten werden in einigen Wochen die Staaten besuchen. Soweit mir bekannt ist, haben Sie eine Einladung ausgesprochen, als Sie in London waren, und sie möchten wissen, ob sie immer noch gilt.»

«Wollen Sie mich auf den Arm nehmen?»

«Nein, das wollen sie nicht, Jack, und ich habe bereits ja gesagt», teilte seine Frau ihm mit. Sogar Ernie demonstrierte Vorfreude – indem er heftig mit dem Schwanz wedelte.

«Selbstverständlich. Richten Sie ihnen bitte aus, daß es eine große Ehre für uns wäre, sie hier zu begrüßen. Zum Dinner? Sehr gut. Wann?»

«Freitag, den dreißigsten Juli.»

«Abgemacht.»

«Ausgezeichnet. Ich hoffe, Sie haben nichts dagegen, wenn unsere Sicherheitsleute – und die Jungs von Ihrem Secret Service – nächste Woche eine Sicherheitsüberprüfung vornehmen?»

«Muß ich dann zu Hause sein?»

«Ich bin doch da, Jack. Ich hab' jetzt Urlaub, hast du das vergessen?»

«Oh, selbstverständlich», sagte Bennett. «Wann sollte das Baby kommen?»

«In der ersten Augustwoche – das könnte eventuell ein Problem sein», fiel es Cathy verspätet ein.

«Sie können sicher sein, daß Ihre Königlichen Hoheiten volles Verständnis haben werden, wenn etwas Unerwartetes geschieht. Und noch etwas. Dies ist eine private Angelegenheit, keiner der offiziellen Punkte des Besuchsprogramms. Wir müssen Sie bitten, es streng vertraulich zu behandeln.»

«Sicher, ich verstehe», sagte Ryan.

«Gibt es irgend etwas, das wir ihnen nicht vorsetzen dürfen?» fragte Cathy.

«Nein, nicht, daß ich wüßte.»

«Okay, das Ryansche Standardessen», sagte Jack. «Ich ... oh!»

«Ja?» fragte Bennett.

«Wir haben an dem Abend Gäste!»

«Ach ja.» Cathy nickte. «Robby und Sissy.»

«Können Sie ihnen nicht absagen?»

«Es ist eine Abschiedsparty. Robby – er ist Jagdflieger bei der Navy, wir unterrichten beide in der Akademie – wird zur Flotte zurückversetzt. Ob sie etwas dagegen hätten?»

«Doktor Ryan, Seine Königliche Hoheit...»

«Seine Hoheit ist ein patenter Junge. Robby auch. Er war an dem Abend, als wir uns kennenlernten, auch da. Ich kann ihm nicht absagen, Mr. Bennett. Er ist ein Freund. Die gute Nachricht ist, daß Seine Hoheit ihn mögen wird. Er hat doch auch Jagdflugzeuge geflogen, nicht wahr?»

«Nun, ja, aber...»

«Erinnern Sie sich an den Abend, als wir uns kennenlernten? Ohne Robby hätte ich es womöglich nicht überstanden. Hören Sie, dieser Junge ist Korvettenkapitän der US-Navy und fliegt zufällig eine Vierzig-Millionen-Dollar-Maschine. Er ist wahrscheinlich kein Sicherheitsrisiko. Seine Frau spielt sehr gut Klavier.» Ryan sah, daß er es noch nicht ganz geschafft hatte. «Mr. Bennett, lassen Sie Rob von Ihrem Attaché unter die Lupe nehmen, und fragen Sie Seine Königliche Hoheit, ob er einverstanden ist.»

«Und wenn er Einwände hat?»

«Er wird keine haben», sagte Jack. *Er wird nichts dagegen haben, du Dummkopf. Es sind die Sicherheitstypen, die einen Anfall kriegen werden.*

«Meinetwegen.» Bennett war ein bißchen pikiert. «Ich muß Ihre Loyalität anerkennen, Doktor Ryan. Ich werde es an das Büro Seiner Königlichen Hoheit weitergeben. Ich muß aber darauf bestehen, daß Sie Korvettenkapitän Jackson nichts davon sagen.»

«Ehrenwort.» Jack hätte am liebsten laut gelacht. Er freute sich jetzt schon auf das Gesicht, das Robby machen würde.

24

Am Tag des Kommandounternehmens gab es keine neuen Aufnahmen vom Lager 18. Ein Sandsturm hatte das Gebiet zur Zeit des Überflugs heimgesucht, und die Kameras konnten den Schleier aus Sandpartikeln nicht durchdringen, aber ein geosynchroner Wettersatellit zeigte, daß der Sturm sich verzogen hatte. Ryan wurde nach dem Lunch unterrichtet, daß die Operation angelaufen sei, und verbrachte den Nachmittag in gespannter Erwartung. Die sorgfältige Auswertung der vorhandenen Bilder ergab, daß sich außer der Wachmannschaft zwölf bis achtzehn Personen im Lager befanden. Wenn die höhere Zahl stimmte und die offizielle Schätzung der ULA-Mitgliederzahl ebenfalls zutraf, war das über die Hälfte der gesuchten Terroristen. Ryan sorgte sich ein wenig. Wenn die Franzosen nur acht Fallschirmjäger hinschickten ... aber dann dachte er an seine eigenen Erfahrungen bei der Marineinfanterie. Sie würden das Ziel um drei Uhr morgens angreifen. Der Überraschungsfaktor wäre auf ihrer Seite. Die angreifende Truppe würde schußbereite Waffen haben – und auf Leute zielen, die schliefen.

Jetzt sind sie in ihren Hubschraubern, überlegte Ryan. «Hals- und Beinbruch, Jungs», flüsterte er, zur Mauer gewandt.

Die Stunden krochen dahin. Ryan hatte den Eindruck, die Ziffern auf seiner Digitaluhr wollten überhaupt nicht umspringen, und es war ihm unmöglich, sich auf seine Arbeit zu konzentrieren. Er untersuchte noch einmal die Aufnahme vom Lager, zählte die Gestalten und betrachtete die Beschaffenheit des Terrains, um vorauszusagen, wie man den Stützpunkt überrumpeln würde. Er fragte sich, ob sie Befehl hatten, die Terroristen lebend zu fangen.

Cantor betrat das Büro. «Sind Sie bereit hinüberzugehen?»

«Verdammt, ja!»

«Haben Sie schon zu Abend gegessen?»

«Nein. Vielleicht nachher.»

«Ja.» Sie nahmen zusammen den Fahrstuhl und gingen zum Anbau. Die Korridore waren jetzt fast menschenleer. Bei der CIA galt weitgehend die gleiche Arbeitszeit wie woanders. Um fünf Uhr fuhren die meisten Beamten und Angestellten nach Hause.

«Hören Sie, Jack, dies sind Echtzeitaufnahmen. Vergessen Sie nicht, daß Sie auf gar keinen Fall darüber reden dürfen.» Er sieht wirklich abgespannt aus, dachte Jack.

«Martin, wenn die Operation erfolgreich verläuft, werde ich meiner Frau sagen, daß die ULA aus dem Geschäft ist. Sie hat ein Recht, wenigstens das zu wissen.»

«Das kann ich verstehen. Sie erfährt aber nicht, *wie* es passiert ist.»

«Sie würde sich nicht mal dafür interessieren», versicherte Jack ihm, als sie das Zimmer mit dem Monitor betraten. Jean-Claude war wieder da.

«Guten Abend, Mr. Cantor, Professor Ryan», begrüßte sie der Offizier vom französischen Geheimdienst.

«Wie läuft die Operation?»

«Sie haben jetzt strenge Funkstille», erwiderte der Oberst.

«Ich verstehe nur nicht, wie sie es zweimal auf die gleiche Weise machen können», fuhr Ryan fort.

«Es besteht ein gewisses Risiko. Wir haben uns für ein bißchen Desinformation entschieden», sagte Jean-Claude dunkel. «Außerdem achten sie im Augenblick nur noch auf Ihren Flugzeugträger.»

«Die *Saratoga* macht eine Alpha-Gefechtsübung», erläuterte Cantor. «Zwei Jagdstaffeln und drei Angriffsstaffeln sind in der Luft, und die Radareinrichtungen der anderen Seite sind lahmgelegt. Sie patrouillieren gerade an der ‹Todeslinie›. Unsere elektronischen Horchposten melden, daß die Libyer verrückt spielen. Na ja, solange sie nicht durchdrehen.»

«Der Satellit kommt in vierundzwanzig Minuten über den Horizont», meldete der Cheftechniker. «Die lokalen Wetterbedingungen scheinen gut zu sein. Wir müßten ein paar gute Aufnahmen kriegen.»

Ryan wünschte, er hätte Zigaretten dabei. Sie machten das Warten leichter, aber jedesmal, wenn Cathy es an seinem Atem merkte, hagelte es Vorwürfe. In diesem Moment schlichen die Angreifer sich an und legten die letzten tausend Meter zum Lager zurück. Ryan hatte so etwas selbst hinter sich, natürlich nur als Übung. Sie mußten praktisch die ganze Strecke robben, schrammten sich dabei Hände und Knie blutig und bekamen Sand in die Wunden. Es war entsetzlich anstrengend, und die Tatsache, daß das Ziel bewacht wurde, machte es nicht leichter. Man durfte nur dann vorrücken, wenn die Posten in die andere Richtung sahen, und mußte mucksmäuschenstill sein. Sie würden nur Grundausrüstung bei sich haben, ihre persönlichen Waffen, vielleicht einige Handgranaten, ein paar Funkgeräte, und sich mit angespannten Sinnen wie Raubtiere durch den Sand bewegen.

Fasziniert von dem Bild, das ihre Phantasie zeichnete, starrten die vier auf den Bildschirm.

«So», sagte der Techniker. «Die Kameras sind betriebsbereit. Haben das Ziel erfaßt. In neunzig Sekunden knipsen sie los.»

Der Monitor leuchtete auf. Ein Testbild erschien. Ryan hatte seit Jahren kein solches mehr gesehen.

«Da!»

Das Bild kam. Leider war es wieder eine Infrarotaufzeichnung. Ryan hatte aus irgendeinem Grund erwartet, daß es «normale» Bilder sein würden. Wegen des niedrigen Aufnahmewinkels war sehr wenig vom Lager zu erkennen. Sie sahen kein Zeichen von Leben. Der Techniker runzelte die Stirn und vergrößerte den Bildausschnitt. Sie konnten nicht mehr sehen, nicht mal die Hubschrauber.

Der Aufnahmewinkel änderte sich langsam, und es war kaum zu fassen, daß der Spähsatellit mit über 28 000 Stundenkilometern dahinraste. Endlich konnten sie alle Hütten ausmachen. Ryan kniff die Augen zusammen. Auf dem Infrarotbild leuchtete nur eine. Verdammt. Nur eine Hütte – die der Lagermannschaft – wurde geheizt. Was bedeutete das? Sie sind fort – alle weg... und das Einsatzkommando ist auch nicht da.

Ryan sagte, was die anderen nicht aussprechen mochten: «Es ist was schiefgegangen.»

«Wann können sie uns mitteilen, was passiert ist?» fragte Cantor den Franzosen.

«Sie dürfen die Funkstille die nächsten paar Stunden nicht brechen.»

Die nächsten Stunden verbrachten sie in Cantors Büro. Dann klingelte das Telefon. Der Franzose nahm den Anruf entgegen und redete in seiner Sprache. Das Gespräch dauerte vier oder fünf Minuten. Jean-Claude legte auf und wandte sich wieder zu ihnen.

«Das Einsatzkommando stieß etwa hundert Kilometer vom Lager entfernt auf eine reguläre Armee-Einheit, anscheinend eine mechanisierte Truppe, die eine Nachtübung machte. Sie hatten nicht damit gerechnet. Da sie sehr niedrig anflogen, kam die Begegnung ganz unvermittelt. Die anderen eröffneten das Feuer auf die Hubschrauber. Sie mußten abdrehen, da das Lager gewarnt werden würde.» Jean-Claude brauchte nicht hinzuzufügen, daß derartige Kommandounternehmen bestenfalls in der Hälfte der Fälle erfolgreich verliefen.

«So etwas hatte ich befürchtet.» Jack starrte auf den Boden. Niemand brauchte ihm zu sagen, daß die Mission nicht wiederholt werden konnte. Sie waren ein großes Risiko eingegangen, indem sie versucht hatten, ein so brisantes Unternehmen zweimal hintereinander durchzuführen. Es würde kein drittes Mal geben. «Sind Ihre Männer in Sicherheit?»

«Ja, ein Hubschrauber wurde beschädigt, aber sie haben es zum Stützpunkt zurück geschafft. Keine Verwundeten.»

«Danken Sie Ihren Leuten bitte, daß sie es versucht haben, *mon Colonel*.» Cantor entschuldigte sich und ging nach nebenan, in seine Toilette. Dort übergab er sich. Seine Magengeschwüre bluteten wieder. Er versuchte, sich auf den Beinen zu halten, aber er bekam einen Schwächeanfall. Beim Hinfallen knallte er mit dem Kopf gegen die Tür.

Jack hörte das Geräusch und sah nach, was geschehen war. Er hatte Mühe, die Tür zu öffnen, und dann sah er Cantor auf den Fliesen liegen. Sein erster Impuls war, Jean-Claude zu bitten, er möge einen Arzt holen, aber er wußte selbst nicht, wie man das von hier aus machte. Er half Martin auf die Beine, führte ihn ins Zimmer zurück und setzte ihn auf einen Armstuhl.

«Was ist los?»

«Er hat Blut gespuckt. Wie zum Teufel kriegt man hier...» Ryan überlegte nicht weiter, sondern rief Admiral Greers Büro an.

«Martin ist zusammengebrochen. Wir brauchen sofort einen Arzt.»

«Ich kümmere mich darum. Bin in zwei Minuten da», antwortete der Admiral.

Jack holte ein Glas Wasser und etwas Toilettenpapier. Er wischte Cantors Mund ab und hielt ihm dann das Glas an die Lippen. «Spülen Sie sich den Mund aus.»

«Es ist alles in Ordnung», protestierte Martin.

«Quatsch», entgegnete Ryan. «Sie Narr. Sie sind verdammt überarbeitet. Sie haben versucht, alles auf Ihrem Schreibtisch zu erledigen, bevor Sie weggehen, ja?»

«Ich ... ich mußte es.»

«Was Sie müssen, ist hier rauskommen, ehe Sie draufgehen, Martin.»

Cantor würgte wieder.

Sie haben keinen Witz gemacht, Martin, dachte Jack. Der Krieg wird auch hier geführt, und Sie sind eines der Opfer. Sie haben sich den Erfolg der Mission ebensosehr gewünscht wie ich.

Da betrat Greer den Raum, und Ryan erläuterte: «Seine Magengeschwüre haben sich gemeldet, er hat Blut gespuckt.»

«Oh, Jesus, Martin!» sagte der Admiral.

Ryan hatte nicht gewußt, daß es in Langley eine Ambulanz gab. Als nächstes kam jemand, der sich als Sanitäter auswies. Er untersuchte Cantor schnell und setzte ihn, von einem Sicherheitsmann assistiert, in einen Rollstuhl. Sie schoben ihn hinaus, und die drei Zurückgebliebenen starrten einander an.

«Kann man eigentlich an Magengeschwüren sterben?» fragte Ryan seine Frau kurz vor Mitternacht.

«Wie alt?» fragte sie. Er sagte es ihr. Sie überlegte kurz. «Es kann passieren, aber es kommt ziemlich selten vor. Jemand von der CIA?»

«Ja, mein unmittelbarer Vorgesetzter. Er nimmt Tagamet, aber er hat heute abend Blut erbrochen.»

«Vielleicht hat er versucht, es abzusetzen. Das ist eins von den Problemen. Man verschreibt den Patienten etwas, und sobald sie sich besser fühlen, hören sie auf, es zu nehmen. Selbst intelligente Leute», bemerkte Cathy. »Ist es dort *so* schlimm?»

«Ich nehme an, für ihn war es das.»

«Klasse.» Nach einer solchen Bemerkung drehte sie sich gewöhnlich auf die andere Seite, aber seit einiger Zeit war sie dazu nicht mehr imstande. «Wahrscheinlich wird alles gutgehen. Man muß sich heutzutage schon Mühe geben, um an Magengeschwüren zu sterben. Bist du sicher, daß du da arbeiten willst?»

«Nein. Sie wollen mich, aber ich werde mich erst entscheiden, wenn du ein bißchen Gewicht verloren hast.»

«Du solltest nicht zu weit weg sein, wenn die Wehen einsetzen.»

«Ich werde dasein, wenn du mich brauchst.»

«Um ein Haar hätten wir sie geschnappt», berichtete Murray.

«Dieselbe Truppe, die die Action Directe überfallen hat, ja? Ich habe gehört, daß das eine sehr gute Operation war. Was ist passiert?» fragte Owens.

«Das Kommando ist hundert Kilometer vor dem Lager entdeckt worden und mußte umkehren. Die genaue Auswertung der Fotos wird vielleicht ergeben, daß unsere Freunde sowieso schon weg waren.»

«Fabelhaft. Wie ich sehe, hält eure Glückssträhne an. Was glauben Sie, wohin sie gegangen sind?»

Murray grunzte. «Ich muß denselben Schluß ziehen wie Sie, Jimmy.»

«Hab' ich mir fast gedacht.» Owens schaute aus dem Fenster. Die Sonne würde bald aufgehen. «Übrigens, wir haben den Mann vom Diplomatenschutz entlastet und ihm alles erzählt.»

«Wie hat er es aufgenommen?»

«Er hat sofort seinen Rücktritt angeboten, aber der Polizeipräsident und ich haben ihn überredet zu bleiben. Wir haben alle unsere kleinen Schwächen», bemerkte Owens großzügig. «Er macht seine Arbeit ausgezeichnet. Es wird Sie freuen, wenn ich Ihnen sage, daß er genau so reagiert hat wie Sie. Er sagte, wir sollten doch am besten dafür sorgen, daß Seine Hoheit beim Polo vom Pferd fällt und sich ein Bein bricht. Aber sagen Sie das bitte nicht weiter!»

«Es ist viel leichter, Feiglinge zu beschützen, nicht? Die Mutigen machen uns das Leben schwer. Wissen Sie was? Er wird eines Tages ein guter König sein. Falls er lange genug lebt», fügte Murray hinzu.

«Wie hoch ist die Miete?» fragte Dobbens.

«Vierhundertfünfzig im Monat», antwortete der Makler. «Möbliert.»

«Uh-hm», machte Dobbens. Die Einrichtung war nicht gerade luxuriös. Brauchte sie auch nicht zu sein.

«Wann kann mein Vetter einziehen?»

«Es ist nicht für Sie?»

«Nein, für meinen Vetter. Er ist in derselben Branche wie ich», erläuterte Alex. «Er ist neu hier. Ich werde natürlich für die Miete bürgen. Drei Monatsmieten Kaution, sagten Sie?»

«In Ordnung.» Der Makler hatte von zwei Monatsmieten gesprochen.

«Einverstanden mit Bargeld?» fragte Dobbens.

«Sicher. Fahren wir zurück, und erledigen wir den Papierkram.»

«Ich fürchte, ich bin sowieso schon zu spät dran. Haben Sie den Mietvertrag nicht dabei?»

Der Makler nickte. «Ja, meinetwegen können wir es auch hier

machen.» Er ging zu seinem Auto hinaus und kam mit einer Schreibunterlage und einem Einheitsmietvertrag zurück. Er wußte nicht, daß er sich selbst zum Tod verurteilte. Niemand anders von der Firma hatte das Gesicht dieses Mannes gesehen.

«Ich habe ein Postfach – ich hole meine Post auf dem Weg zur Arbeit ab.» Das erledigte die Adressenfrage.

«Was machen Sie doch gleich – ich hab's vergessen.»

«Ich arbeite im Labor für angewandte Physik, Elektroingenieur. Genaueres kann ich leider nicht sagen. Wir machen eine Menge für die Regierung, verstehen Sie?» Der Kerl tat Alex irgendwie leid. Er war ganz sympathisch – zu schade. So ist das Leben!

«Zahlen Sie immer bar?»

«Dann weiß man wenigstens, ob man es sich leisten kann», schmunzelte Alex.

«Wenn Sie bitte hier unterschreiben würden?»

«Klar.» Alex tat es mit seinem eigenen Kugelschreiber, mit der linken Hand, wie er es geübt hatte. «Und hier sind die tausenddreihundertfünfzig.» Er zählte die Scheine ab.

«Das ging schnell», sagte der Makler, als er ihm die Schlüssel und eine Quittung gab.

«Kann man wohl sagen. Vielen Dank, Sir.» Alex reichte ihm die Hand. «Er zieht wahrscheinlich nächste Woche ein, spätestens die Woche danach.»

Die beiden Männer gingen zu ihren Wagen hinaus. Alex schrieb sich die Nummer des Maklers auf: Er fuhr sein eigenes Auto, keines mit Firmenschriftzug. Alex notierte trotzdem noch, wie er aussah, um sicherzugehen, daß seine Jungs nicht den Falschen töteten. Er war froh, daß er nicht eine Frau an den Apparat bekommen hatte. Alex wußte, daß er dieses Vorurteil früher oder später ablegen mußte, aber im Augenblick war er froh, das Problem vermeiden zu können. Er folgte dem Makler einige Häuserblocks weit, bog dann ab und fuhr zurück.

Das Haus war nicht gerade perfekt, aber es genügte den Ansprüchen. Drei kleine Schlafzimmer. Die Küche mit Eßecke war jedenfalls ganz gut, das Wohnzimmer auch. Wichtig war, daß es eine Garage gab und daß das Grundstück fast viertausend Quadratmeter groß war. Es war von Hecken gesäumt, in einer halb ländlichen Arbeitergegend, wo die Häuser etwa fünfzehn Meter voneinander entfernt standen. Es gab ein ganz passables konspiratives Haus ab.

Als er sich fertig umgesehen hatte, fuhr er zum National Airport

Washington, wo er in eine Maschine nach Miami stieg. Dort hatte er drei Stunden Aufenthalt, ehe sein Flug nach Mexico City aufgerufen wurde. Miller erwartete ihn in dem vereinbarten Hotel.

«Hallo, Sean.»

«Hallo, Alex. Was zu trinken?»

«Was hast du da?»

«Hm, ich hab' eine Flasche anständigen Whisky mitgebracht, aber das Bier hier ist auch nicht schlecht.»

Alex nahm sich ein Bier. Er brauchte kein Glas.

«Nun?»

Dobbens leerte die Flasche in einem langen Zug. Es tat gut zu entspannen – wirklich zu entspannen. Diese ewige Schauspielerei zu Hause konnte stressig sein.

«Ich hab' das konspirative Haus. Ich habe heute morgen alles erledigt. Es wird für unsere Zwecke reichen. Was ist mit deinen Leuten?»

«Sie sind unterwegs. Sie werden pünktlich kommen.»

Alex nickte und nahm sich noch ein Bier. «Okay, sehen wir uns mal an, wie die Operation ablaufen wird.»

«Der wichtigste Teil stammt von dir.» Miller klappte seine Aktentasche auf und nahm die Karten und graphischen Darstellungen heraus. Er legte sie auf den Couchtisch. Alex lächelte nicht. Miller wollte ihm eine Streicheleinheit verpassen, und Alex hatte was gegen Streicheleinheiten. Er hörte zwanzig Minuten lang zu.

«Nicht schlecht, ein ordentlicher Plan, aber ihr werdet ein paar Sachen ändern müssen.»

«Was denn?» fragte Miller. Schon Dobbens' Ton machte ihn wütend.

«Hör zu, Mann, hier werden mindestens fünfzehn Sicherheitstypen stationiert sein.» Alex tippte auf die Karte. «Und ihr müßt sie blitzschnell ausschalten, verstehst du? Wir haben es hier nicht mit gewöhnlichen Bullen zu tun. Diese Burschen sind gründlich ausgebildet und bewaffnet. Und sie sind nicht gerade dumm. Wenn die Sache klappen soll, muß der erste Schlag viel härter sein. Und das Timing ist auch nicht das allerbeste. Nein, wir werden es ein bißchen straffen müssen.»

«Aber sie werden an der falschen Stelle stehen!» wandte Miller so gleichmütig ein, wie er konnte.

«Und du willst sie einfach in der Gegend rumlaufen lassen? Kommt nicht in Frage. Du überlegst dir besser, wie du sie in den ersten zehn Sekunden außer Gefecht setzt. He, stell dir vor, es wären Soldaten. Das hier ist kein simpler Raubüberfall.»

«Aber wenn die Sicherheitsvorkehrungen so hundertprozentig sein werden, wie du sagst ...»

«Damit werd' ich schon fertig, Mann. Mach dir keine Sorgen um das, was ich tue. Ich kann deine Leute im richtigen Moment an die richtige Stelle bringen.»

«Und wie zum Teufel willst du das schaffen?» Miller konnte sich nicht länger beherrschen. Alex hatte einfach was an sich, das ihn in Weißglut brachte.

«Es ist ganz leicht, Mann.» Dobbens lächelte. Er genoß es, diesem Heißsporn zu zeigen, wie es gemacht wurde. «Ihr müßt nur...»

«Und du glaubst wirklich, ihr könntet einfach so an ihnen vorbeikommen?» zischte Miller, als Alex ausgeredet hatte.

«Nichts leichter als das. Vergiß nicht, daß ich meine Tageseinsätze selbst schreiben kann.»

Miller kämpfte wieder mit sich, und diesmal gewann er. Er befahl sich, Alex' Vorschlag objektiv zu prüfen. Er haßte es zuzugeben, daß der Plan gut war. Dieser schwarze Amateur sagte ihm, wie man eine Operation durchführen mußte, und die Tatsache, daß er recht hatte, machte es noch schlimmer.

«He, Mann, es ist nicht nur besser, es ist auch leichter.» Alex bremste ein bißchen. Selbst arrogante Weiße brauchten ihren Stolz. Dieser Bursche war es gewohnt, seinen Willen durchzusetzen. Er ist nicht blöd, räumte Dobbens ein, aber er ist nicht flexibel genug. Wenn er sich etwas in den Kopf gesetzt hat, will er nichts mehr ändern. Er würde nie einen guten Ingenieur abgeben, dachte Alex. «Denk an die andere Operation, die wir mitgeplant haben. Verlaß dich auf mich. Ich hatte damals auch recht, stimmt's?»

Alex war ein erstklassiger Techniker, aber er verstand nicht viel davon, wie man andere Leute behandelt. Seine letzte Bemerkung machte Miller wieder wütend, doch der Ire holte tief Luft, während er fortfuhr, auf die Karte zu starren. Jetzt weiß ich, warum die Yankees ihre Nigger so lieben, dachte er bei sich.

«Laß mich darüber nachdenken.»

«Klar. Ich will dir was sagen. Ich schlaf' jetzt ein bißchen, und du kannst über der Karte brüten, so lange du willst.»

«Wen außer der Sicherheit und den Zielen?»

Alex reckte sich. «Ich nehme an, sie werden das Essen kommen lassen. Verdammt – ich weiß nicht. Ich denke, ihr Hausmädchen wird da sein. Ich meine, solche Leute hat man schließlich nicht zum Dinner, ohne Hilfe zu haben, oder? Sie wird auch nicht verletzt, klar? Sie ist eine schwarze Schwester, attraktives Ding. Und denk daran, was ich über die Frau und das kleine Mädchen gesagt habe. Ich kann notfalls damit leben, aber wenn du sie zum Spaß umlegst, kriegst du es mit mir zu tun. Versuchen wir, es diesmal professionell zu machen. Ihr habt drei legitime politische Ziele. Das reicht. Die anderen sind so was wie Aktivposten, wir können sie benutzen, um unseren guten Willen zu demonstrieren. Für dich ist es vielleicht nicht wichtig, aber für mich, sehr sogar. Hast du kapiert?»

«Sehr gut, Alex.» In diesem Augenblick beschloß Sean, daß Alex das Ende der Operation nicht erleben würde. Das dürfte nicht allzu schwer zu arrangieren sein. Mit seiner absurden Gefühlsduselei war er ein denkbar ungeeigneter Revolutionär. Du wirst den Heldentod sterben. Wir können immerhin einen Märtyrer aus dir machen!

Zwei Stunden später gestand Miller sich, daß es ein Verlust sein würde. Der Kerl hatte wirklich ein Gespür für Operationen.

Die Sicherheitsbeamten waren so spät dran, daß Ryan genau hinter ihnen auf die Zufahrt einbog. Es waren drei; Chuck Avery vom Secret Service hatte die Oberleitung.

«Tut mir leid, aber wir sind aufgehalten worden», sagte Avery, als er ihm die Hand gab. «Das ist Bert Longley, und das ist Mike Keaton. Zwei britische Kollegen.»

«Guten Tag, Mr. Longley», rief Cathy von der Tür her.

Der Engländer machte große Augen, als er ihren Zustand sah. «Meine Güte, vielleicht sollten wir einen Arzt mitbringen. Ich hatte keine Ahnung, daß Sie schon so weit sind.»

«Mr. Longley hat unseren Geleitschutz organisiert, als du im Krankenhaus warst», erklärte Cathy ihrem Mann. «Schön, Sie wiederzusehen.»

«Wie geht es Ihnen?» fragte Longley.

«Ein bißchen müde, aber sonst ist alles in Ordnung», gab Cathy zu.

«Haben Sie das Problem mit Robby gelöst?» fragte Jack.

«Ja. Sie müssen Mr. Bennett entschuldigen. Ich fürchte, er hat seine Anweisungen etwas zu wörtlich genommen. Wir haben keine Probleme mit einem Marineoffizier. Seine Hoheit freut sich sogar darauf, ihn kennenzulernen. Nun, dürfen wir uns ein bißchen bei Ihnen umsehen?»

«Wenn es Ihnen recht ist, möchte ich mir mal das Steilufer anschauen», sagte Avery.

«Folgen Sie mir, meine Herren.» Jack führte die drei durch die geöffnete Schiebetür auf die Terrasse zur Chesapeake Bay.

«Herrlich!» rief Longley aus.

«Das einzige, was wir falsch gemacht haben, ist der Wohn- und Eßbereich. Ich meine, ein getrenntes Eßzimmer wäre besser gewesen, aber der Entwurf war nun mal so, und wir konnten uns keine überzeugende andere Lösung vorstellen. Aber mit all den Fenstern hat man wirklich einen schönen Ausblick, nicht wahr?»

«In der Tat. Und einen, der unseren Jungs taktische Vorteile bietet», bemerkte Keaton, der sich aufmerksam umschaute.

Eine nette Umschreibung für gutes Schußfeld, dachte Ryan.

«Wie viele Leute werden Sie mitbringen?» fragte Jack.

«Das ist etwas, worüber ich nicht reden kann», entgegnete Longley.

«Mehr als zwanzig?» beharrte Jack. «Ich möchte nämlich Kaffee und Sandwiches für Ihre Truppe bestellen. Keine Sorge, ich habe es nicht mal Robby erzählt.»

«Genug für zwanzig wird mehr als ausreichend sein», antwortete Longley nach einer Weile. «Kaffee wird reichen, lassen Sie die Sandwiches.» Sie werden jede Menge Kaffee trinken, dachte der Mann vom Secret Service.

«Okay, gehen wir zu den Klippen.» Jack schritt die Stufen von der Terrasse zum Rasen hinunter. «Sie werden vorsichtig sein müssen, meine Herren.»

«Wie lose ist es?» fragte Avery.

«Sally ist zweimal hinter dem Zaun gewesen. Sie hat beide Male einen Klaps bekommen. Das Problem ist die Erosion. Das Steilufer besteht aus irgendeinem ziemlich weichen Stein, ich glaube, einer Sandsteinart. Die Leute vom Naturschutz haben mich überredet, dieses Kudsu zu pflanzen, und ... Bleiben Sie stehen!»

Keaton war über den niedrigen Zaun geklettert.

«Vor zwei Jahren habe ich selbst gesehen, wie ein zwei Quadratmeter großes Stück abbrach. Deshalb habe ich dieses schreckliche Rankenzeug gepflanzt. Sie glauben doch nicht, daß jemand versuchen wird, die Klippen hochzuklettern?»

«Es wäre eine Möglichkeit», antwortete Longley.

«Wenn Sie es von einem Boot aus sähen, würden Sie Ihre Meinung ändern. Der Felsen würde das Gewicht nicht tragen. Ein Eichhörnchen kommt da hoch, ein Mensch auf keinen Fall.»

«Wie hoch ist er?» fragte Avery.

«Da drüben etwas über dreizehn Meter und hier gut fünfzehn Meter. Die Ranken machen es nur noch schlimmer. Sie sind buchstäblich nicht umzubringen, aber wenn man versucht, sich daran festzuhalten, kann man sein blaues Wunder erleben. Wie gesagt, wenn Sie es prüfen wollen, tun Sie es von einem Boot aus», sagte Ryan.

«Das werden wir machen», antwortete Avery.

«Die Zufahrt muß mindestens dreihundert Meter lang sein», sagte Keaton.

«Etwas über vierhundert, wenn man die Kurven mit berücksichtigt.»

«Und die Swimmingpool-Leute?» Diesmal fragte Longley.

«Der Pool soll nächsten Mittwoch fertig sein.»

Avery und Keaton schritten um die Nordseite des Hauses. Zwanzig Meter von dort entfernt standen Bäume, und es gab ein Dickicht von Brombeersträuchern, das kein Ende nahm. Ryan hatte noch eine lange Reihe von Ziersträuchern gepflanzt, um die Grundstücksgrenze zu markieren. Sally hatte auch dort nichts zu suchen.

«Das sieht ziemlich sicher aus», sagte Avery. «Zwischen der Straße und den Bäumen sind zweihundert Meter freies Terrain, und zwischen dem Pool und dem Haus ist auch alles frei.»

«Ja.» Ryan schmunzelte. «Sie können die schweren MGs zwischen den Bäumen aufstellen und die Mörser drüben am Pool.»

«Doktor Ryan, wir meinen es ernst», bemerkte Longley.

«Ja, sicher. Aber es ist doch ein inoffizieller Besuch, nicht wahr? Sie können nicht...» Jack verstummte. Der Ausdruck in ihren Gesichtern gefiel ihm nicht.

Avery sagte: «Wir gehen immer davon aus, daß die Gegenseite weiß, was wir vorhaben.»

«Oh.» Ist das alles, oder...? Er wußte, daß es keinen Sinn hätte, die Frage laut zu stellen. «Na ja, wenn ich es als ehemaliger Marineinfanterist betrachte, würde ich diesen Platz nicht gern überfallen. Ich weiß in etwa, wie Sie ausgebildet werden. Ich würde mich nicht gern mit euch anlegen.»

«Wir werden unser Bestes tun», versicherte Avery, der sich immer noch umschaute. Da die Bäume an einer Stelle bis zur Zufahrt standen, konnte er seinen Funkwagen benutzen, um sie für Fahrzeuge aller Art zu sperren. Er rief sich ins Gedächtnis, daß seine Männer von seinem Amt hier sein würden, dazu sechs Briten, ein Verbindungsmann vom FBI und wahrscheinlich zwei oder drei Staatspolizisten zur Kontrolle des Verkehrs auf der Straße. Jeder seiner Leute würde seinen Dienstrevolver und eine Maschinenpistole haben. Sie übten mindestens einmal die Woche.

Avery war immer noch nicht so recht froh – wie konnte er auch, wenn die Möglichkeit bestand, daß bewaffnete Terroristen die Besucher aufs Korn nehmen würden? Aber sämtliche Flughäfen wurden überwacht, und alle lokalen Polizeibehörden waren in Alarmbereitschaft versetzt. Selbst eine Abteilung Soldaten würde das umgebende Terrain kaum überwinden können, ohne alle möglichen Geräusche zu machen, und so gefährlich Terroristen auch sein mochten, sie hatten noch nie unter richtigen Kampfbedingungen ihren Mann gestanden. Dies war nicht London, und die potentiellen Ziele fuhren nicht sorglos mit einer einzigen bewaffneten Leibwache durch die Gegend.

«Vielen Dank, Doktor Ryan. Wir werden den Steilhang vom Wasser aus überprüfen. Wenn Sie ein Küstenwachboot sehen, dann sind wir es.»

Der Immobilienmakler kam kurz vor zehn Uhr aus dem Büro. Heute war die Reihe an ihm, alles dichtzumachen. In seiner Aktentasche steckte ein Umschlag für den Nachttresor der Bank und einige Verträge, die er sich morgen früh, ehe er zur Arbeit fahren würde, ansehen mußte. Er legte die Tasche auf den Beifahrersitz und ließ den Motor an. Zwei Scheinwerfer näherten sich von hinten.

«Einen Moment, bitte», rief jemand in der Dunkelheit. Der Makler drehte sich um und sah eine Gestalt auf sich zu kommen.

«Tut mir leid, aber das Büro ist geschlossen. Wir machen morgen früh...» Er sah, daß er in eine Pistolenmündung blickte.

«Her mit dem Geld, Mann. Ganz ruhig bleiben, dann passiert dir nichts», sagte der Mann. Es hatte keinen Sinn, ihn nervös zu machen. Er könnte etwas Verrücktes tun, und dann könnte es aus sein.

«Aber ich habe kein...»

«Aktentasche und Portemonnaie. Tu, was ich dir sage, dann bist du in einer halben Stunde zu Hause.»

Der Makler holte zuerst sein Portemonnaie heraus. Er fummelte zehn Sekunden an seiner Gesäßtasche herum, um den Knopf zu öffnen, und seine Hände zitterten, als er sie durchs Fenster reichte. Die Aktentasche wanderte als nächstes hinaus.

«Es sind nur Schecks, kein Bargeld.»

«Das behaupten sie alle. Jetzt leg dich auf die beiden Vordersitze und zähl bis hundert. Nicht den Kopf heben, ehe du fertig bist, dann ist alles okay. Laut zählen, damit ich dich höre.» *Da, das Herz ist genau dort*... Er steckte die Pistole durchs Wagenfenster. Der Makler kam bis sieben. Als der andere abzog, war das Plopp der schallgedämpften Automatic draußen kaum zu hören. Der Körper zuckte ein paarmal, aber nicht genug, um eine zweite Kugel zu erfordern. Der Killer öffnete die Tür und kurbelte das Fenster hoch, stellte dann den Motor ab und schaltete die Scheinwerfer aus, ehe er wieder zu seinem Wagen ging. Er setzte auf die Straße zurück und fuhr nur mit der erlaubten Höchstgeschwindigkeit. Zehn Minuten später landeten die leere Aktentasche und das leere Portemonnaie im Müllcontainer eines Supermarkts. Er fuhr wieder auf den Highway und entfernte sich in der entgegengesetzten Richtung. Es war gefährlich, die Pistole noch bei sich zu haben, aber er brauchte einen besseren Platz, um sie loszuwerden. Der Killer brachte das Auto, wohin es gehörte – die Besitzer waren gerade in Urlaub –, und ging zwei Häuserblocks weiter zu seinem eigenen. Alex hatte wie immer recht, dachte er. Wenn man alles plant, alles durchdenkt und vor allem keine Indizien zurückläßt, kann man töten, soviel man will. Oh, fiel ihm ein, man darf auch nicht darüber reden.

«Hallo, Ernie», sagte Jack leise. Der Hund zeichnete sich als dunkles Knäuel auf dem hellen Boden des Wohnzimmers ab. Es war vier Uhr morgens. Ernie hatte ein Geräusch gehört und war aus Sallys Zimmer gekommen, um nachzusehen, was es war. Hunde schliefen nie richtig, jedenfalls nicht «richtig» in dem Sinn, wie Menschen schliefen. Ernie sah einige Sekunden mit heftig wedelndem Schwanz zu ihm hoch, bis er ihn zwischen den Ohren kraulte, und tapste dann wieder zu Sally. Es ist kaum zu glauben, dachte Jack. Er hat den Riesenteddy vollkommen aus ihrer Gunst verdrängt.

Sie kommen wieder, nicht wahr? fragte er die Nacht. Er erhob sich vom Ledersofa und ging zu den Fenstern. Es war sternklar. Draußen auf der Chesapeake Bay sah er die Lichtpunkte von Schiffen, die zum Hafen von Baltimore fuhren oder von dorther kamen, und die hellere Beleuchtung von Schleppkähnen, die langsamer durchs Wasser pflügten.

Er verstand nicht, wie er so begriffsstutzig hatte sein können. Vielleicht, weil die Aktivität in Lager 18 fast mit dem Muster übereinstimmte, das er auszumachen geglaubt hatte. Es war etwa die Zeit, in der sie zu einer neuen Reserveübung auftauchen mußten. Aber es war ebensogut möglich, daß sie etwas Großes planten. Zum Beispiel genau hier...

«Verdammt. Ich war zu sehr verstrickt in meine Analysen», flüsterte er. Es war – schon seit einigen Wochen – allgemein bekannt, daß sie herüberkommen würden, und er dachte daran, daß die ULA ihre Fähigkeit, in Amerika zu operieren, bewiesen hatte. Sie hatten die vor langer Zeit ausgesprochene Einladung, ohne zu überlegen, angenommen... und er hatte noch gestern, als die Sicherheitsleute hier gewesen waren, Witze gemacht. Du Idiot!

Wenn man annahm, daß die ULA so gerissen war, wie sie zu sein schien... Aber dies ist ein kleiner inoffizieller Abstecher, ein Privatbesuch! Sie können es doch nicht wissen, und selbst wenn sie es wüßten, wenn sie so gerissen sind, daß sie es rausgekriegt haben... Dieser Platz müßte doch sicher sein, oder?

Aber das war ein Wort, das nicht mehr die gewohnte Bedeutung hatte. Sicher. Es war nicht mehr real.

Jack ging um den Kamin herum in den Schlaftrakt des Hauses. Sally schlief, und Ernie lag zusammengerollt am Fußende ihres Betts. Als Jack ins Zimmer kam, hob er den Kopf, wie um zu sagen: «Ja?»

Dort lag sein kleines Mädchen und träumte die Träume eines Kindes, während er, der Vater, an das Grauen dachte, das immer noch über seiner Familie hing, das Grauen, das er für einige Stunden aus seinen Gedanken gedrängt hatte. Er zog Sallys Decke glatt und tätschelte den Kopf des Hundes, ehe er das Zimmer verließ.

Er fragte sich, wie die Leute es machten, die im Mittelpunkt des öffentlichen Lebens standen. Sie lebten fortwährend mit dem Grauen. Er erinnerte sich, wie er den Prinzen dazu beglückwünscht hatte, sein Leben nicht von einer solchen Bedrohung beherrschen zu lassen. Wenn man selbst das Ziel ist, sieht es ganz anders aus, gestand Jack der Nacht. Wenn die eigene Familie das Ziel ist... Du setzt ein gelassenes Gesicht auf und befolgst die Anweisungen und fragst dich bei jedem Auto auf der Straße, ob darin vielleicht jemand mit einer Maschinenpistole sitzt, der *deinen* Tod zu einer ganz besonderen politischen Aussage machen will. Tagsüber, wenn man arbeiten mußte, schaffte man es vielleicht, nicht daran zu denken, aber nachts, wenn die Gedanken schweifen und die Träume kommen...

Wir hätten beinahe Erfolg gehabt! rief er stumm in die Nacht hinaus.

Sie hatten es fast geschafft. Sie hatten diesen einen Kampf fast gewonnen, und sie hatten anderen dabei geholfen, einen anderen zu gewinnen. Er *konnte* sich wehren, und er wußte, daß er es am besten tun konnte, wenn er an jenem Schreibtisch in Langley arbeitete und uneingeschränkt mitmachte. Ganztägig. Er würde nicht Herr seines Schicksals sein, aber er konnte wenigstens eine Rolle spielen. Er hatte eine Rolle gespielt. Selbst wenn diese Rolle auf einem Zufall beruht hatte, war sie für Françoise Theroux, dieses gefährliche und gewissenlose Geschöpf, das nun tot war, wichtig genug gewesen. So faßte er seinen Entschluß. Die Akademie würde ihm fehlen, und die wißbegierigen, aufgeschlossenen jungen Leute würden ihm auch fehlen, aber das war der Preis, den er zahlen mußte, um ganz am Spiel teilzunehmen. Jack holte sich ein Glas Wasser, ehe er wieder ins Bett ging.

Die neuen Studenten der Marineakademie fanden sich pünktlich zum Beginn des Sommersemesters ein. Jack sah verständnisvoll, doch innerlich unbewegt zu, wie die jungen Leute, die kürzlich die Reifeprüfung gemacht hatten, mit den Härten des Militärdaseins bekannt gemacht wurden.

«Morgen, Jack!» Robby trat auf dem Parkplatz zu ihm, um den Nachwuchs zu betrachten.

«Hallo, Rob. Packst du schon fleißig?»

Jackson nickte. «Das meiste ist schon in den braunen Kartons. Ich muß nur noch meinen Nachfolger einarbeiten.»

«Ich auch.»

«Du gehst?» Robby war überrascht.

«Ich hab' Admiral Greer gesagt, daß ich kommen will.»

«Admiral... Oh, der Bursche von der CIA. Du gehst also wirklich? Wie hat der Fachbereich es aufgenommen?»

«Ich denke, man kann sagen, sie konnten die Tränen zurückhalten. Der Chef war ohnehin nicht sehr glücklich, daß ich dieses Jahr so oft weg war. Es wird also eine zweifache Abschiedsparty sein.»

«Jesus, es ist diesen Freitag, nicht?»

«Ja. Könnt ihr gegen Viertel nach acht kommen?»

«Klar. Du sagtest doch, in Räuberzivil, ja?»

«Genau.» Jack lächelte in sich hinein. Du wirst dich wundern.

Um acht Uhr abends landete die VC-10 der Royal Air Force auf dem Luftwaffenstützpunkt Andrews und rollte zu dem Terminal, den auch Air Force One, die Maschine des US-Präsidenten, zu benutzen pflegte. Die Reporter konstatierten, daß die Sicherheitsmaßnahmen sehr streng waren. Die Maschine hielt an der vorgesehenen Stelle, und die Treppe wurde zum vorderen Ausstieg gerollt, dessen Tür gleich danach aufging.

Unten an der Treppe warteten der britische Botschafter und Beamte des US-Außenministeriums. Die Sicherheitsleute im Flugzeug warfen einen letzten prüfenden Blick durch die Fenster. Schließlich trat Seine Königliche Hoheit mit seiner jungen Frau in die Türöffnung, winkte den ziemlich weit entfernten Zuschauern zu und schritt rasch die Stufen hinab, obgleich seine Beine vom langen Sitzen steif sein mußten. Die sechsjährige Enkelin des Stützpunktkommandanten überreichte Ihrer Hoheit ein Dutzend gelbe Rosen. Blitzlichter flammten auf, und beide Hoheiten lächelten pflichtschuldigst in die Kamera und nahmen sich die Zeit, jedem einzelnen Mitglied des Begrüßungskomitees etwas Nettes zu sagen.

Die Sicherheitsbeamten sahen nichts davon. Sie wandten der Szene den Rücken und beobachteten mit ernster Miene die Zuschauermenge, wobei sie alle mehr oder weniger das gleiche dachten: Lieber Gott, bitte nicht, solange ich Dienst habe. Jeder hatte einen winzigen Kopfhörer im Ohr, der ihn fortwährend mit Informationen versorgte, während seine Augen wachsam das Gelände kontrollierten.

Endlich schritten sie zum Rolls-Royce der Botschaft, und der Konvoi setzte sich in Bewegung. Andrews hatte eine Reihe von Routen vorbereitet, und man hatte erst vor einer Stunde bestimmt, welche benutzt würde. Zwei identische Rolls-Royce waren, jeder mit einem unmarkierten Polizeiwagen vor und hinter sich, in der Prozession verteilt, und oben schwebte ein Hubschrauber. Wenn jemand die Möglichkeit gehabt hätte, die Feuerwaffen zu zählen, die im Konvoi getragen wurden, wäre er fast auf hundert gekommen. Die Ankunft war so gelegt worden, daß die Wagenkolonne schnell durch die Hauptstadt fahren konnte, und sie erreichte die britische Botschaft bereits fünfundzwanzig Minuten später. Wenige Minuten danach hatten die Hoheiten das Gebäude betreten und befanden sich somit im Verantwortungsbereich der Briten. Die meisten amerikanischen Sicherheitsbeamten entfernten sich und fuhren nach Hause, zum Revier oder zum Präsidium, aber zehn Männer und Frauen in Zivil blieben in unmittelbarer Nähe des Botschaftsgebäudes, während einige uniformierte Polizisten um das Gelände patrouillierten.

«Amerika», sagte O'Donnell. «Das Land der unbegrenzten Möglichkeiten.» Die Fernsehnachrichten begannen um elf Uhr und brachten eine Filmaufzeichnung der Ankunft.

«Was sie jetzt wohl machen?» fragte Miller.

«Sie tun sicher was gegen ihren Jetlag», antwortete sein Chef. «Richtig ausschlafen. Sind wir soweit?»

«Ja, im Haus ist alles klar, und ich habe mich nochmals um die Änderungen des Plans gekümmert.»

«Sie sind auch von Alex?»

«Ja, und wenn dieser arrogante Kerl mir noch einen Ratschlag gibt...»

«Er ist einer von unseren revolutionären Brüdern», unterbrach O'Donnell ihn lächelnd. «Aber ich weiß, was du meinst.»

«Wo ist Joe?»

«In Belfast. Er wird Phase zwei leiten.»

«Das Timing steht fest?»

«Ja. Beide Brigadekommandeure und der ganze Armeerat. Wir müßten sie alle auf einen Schlag kriegen...» Endlich enthüllte O'Donnell seinen Plan ganz. McKenneys Penetrationsagenten arbeiteten entweder eng mit den führenden Männern des Provisorischen Flügels der IRA zusammen oder kannten diejenigen, die es taten. Sie würden sie auf O'Donnells Befehl alle umbringen und so den Provisorischen Flügel seiner militärischen Führung berauben. Niemand würde übrigbleiben, um die Organisation zu leiten... nur der Mann, der diese geniale Operation ersonnen hatte. Er würde wieder einflußreich werden. Mit seinen Geiseln würde er die Freilassung aller Männer im Bau durchsetzen, notfalls, indem er den Prinzen von Wales zentimeterweise zum Buckingham-Palast zurückschickte. Was das betraf, war O'Donnell ganz sicher. Whitehall mochte noch so tapfer tun, aber es war Jahrhunderte her, seit ein englischer König dem sicheren Tod ins Auge gesehen hatte, und das Konzept des Märtyrertums war bei Revolutionären fester verwurzelt als bei denen, die an der Macht saßen. Der Druck der Öffentlichkeit würde ein übriges tun. Sie würden verhandeln *müssen*, um das Leben des Thronerben zu retten. Die Kühnheit der Operation würde der Bewegung ungeahnten Schwung geben, und Kevin Joseph O'Donnell würde die Revolution neu entfachen und zum siegreichen Ende führen...

«Wachablösung, Jack?» bemerkte Martin. Auch er hatte seine Sachen gepackt. Ein Sicherheitsbeamter würde die Kartons prüfen, ehe er ging.

«Wie fühlen Sie sich?»

«Besser, aber was tagsüber in der Glotze läuft, ist kein reines Vergnügen.»

«Nehmen Sie alle Ihre Tabletten?» fragte Ryan.

«Ich werd' nie wieder eine vergessen, Mami», war die Antwort.

«Wie ich sehe, gibt's nichts Neues über unsere Freunde.»

«Leider nicht. Sie haben sich wieder in ihr schwarzes Loch verzogen. Das FBI macht sich natürlich Sorgen, daß sie hier bei uns sein könnten, aber dafür gibt es nicht den kleinsten Anhaltspunkt. Übrigens, ich werde Montag und Dienstag noch dasein. Sie brauchen noch nicht auf Wiedersehen zu sagen. Schönes Wochenende!»

«Danke, Ihnen auch.» Ryan ging, das Jackett über die Schultern gehängt, hinaus. An seinem Hals baumelte ein neuer Sicherheitsausweis. Draußen war es heiß, und sein Golf hatte keine Klimaanlage. Die Heimfahrt auf Route 50 wurde durch all die Leute behindert, die übers Wochenende nach Ocean City fuhren, um der Hitze zu entfliehen, die seit zwei Wochen wie ein böser Zauber auf der ganzen Gegend lastete. Sie können sich auf eine Überraschung gefaßt machen, dachte Jack. Eine Kältefront kam schnell näher.

«Polizei Howard County», sagte der diensthabende Sergeant. «Kann ich Ihnen helfen?»

«Ich bin doch mit Neun-eins-eins verbunden, ja?» Es war eine männliche Stimme. «Ja, Sir. Was kann ich für Sie tun?»

«He, hmmm... Wissen Sie, meine Frau sagt, es geht uns nichts an, aber...»

«Könnten Sie mir bitte Ihren Namen und Ihre Telefonnummer geben?»

«Nein, auf keinen Fall. Hören Sie, das Haus da unten an der Straße. Es sind Leute mit Schießeisen drin. Maschinengewehre und so.»

«Sagen Sie das noch mal.» Der Sergeant kniff die Augen zusammen.

«Maschinengewehre, ehrlich. Ich hab' ein M-sechzig-Maschinengewehr gesehen, wie das, das bei der Army benutzt wird. Sie wissen ja, Kaliber dreißig, mit Patronengurt, eine verdammt schwere Emma. Ich hab' auch noch was anderes gesehen.»

«Wo?»

Die Stimme wurde schnell. «Green Cottage Lane elf-sechzehn. Es sind ungefähr... Das heißt, gesehen habe ich vier, drei Weiße und einen Schwarzen. Sie haben die MGs aus einem Transporter geholt.

Es war gegen drei Uhr morgens. Ich mußte aufs Klo, und ich hab' zum Badezimmerfenster hinausgeschaut, verstehen Sie? Die Garagentür war offen, und das Licht brannte, und als sie das MG rüberreichten, war es genau im Licht, und ich konnte sehen, daß es ein Sechzig war. Sehen Sie, ich hab' in der Army eines von den Dingern gehabt. Das ist alles, was ich zu sagen habe. Das weitere müssen Sie selbst machen, das heißt natürlich, wenn Sie was machen wollen.» Der Anrufer legte auf. Der Sergeant lief sofort zu seinem Captain.

«Was gibt's?» Der Sergeant gab ihm die Notiz, die er gemacht hatte. «Maschinengewehre? Ein M-Sechzig?»

«Ja, das hat er gesagt. Er sagte, ein Kaliber dreißig mit Patronengurt. Das ist das M-Sechzig. Dieser Alarm, den wir vom FBI gekriegt haben, Captain...»

«Ja.» Der Reviervorsteher hatte auf einmal Beförderungsvisionen – aber auch Visionen von einer offenen Feldschlacht, bei der der Gegner bessere Waffen hatte. «Schicken Sie einen Wagen hin. Sagen Sie den Männern, sie sollen außer Sicht bleiben und nichts unternehmen. Ich ruf' sofort das Bureau an.»

Weniger als eine Minute später fuhr ein Polizeiwagen zur Green Cottage Lane. Der diensthabende Beamte war seit sechs Jahren bei der County-Polizei und wollte unbedingt auch noch im nächsten Jahr dabeisein. Er brauchte fast zehn Minuten, um den Schauplatz zu erreichen. Er parkte einen Häuserblock weiter hinter einem großen Busch, und er konnte das Haus beobachten, ohne daß man ihn von dort als Polizeibeamten identifizieren konnte. Die kurze Schrotflinte, die gewöhnlich unter dem Instrumentenbrett angeklemmt war, lag jetzt entsichert in seinen schwitzenden Händen. Vier Minuten später kam ein anderer Wagen, und zwei weitere Beamte beobachteten das Haus mit ihm. Dann schien auf einmal halb Amerika zu kommen. Zuerst ein Sergeant von der Verkehrspolizei, dann ein Lieutenant, dann zwei Captains und zuletzt zwei Agenten von der FBI-Außenstelle Baltimore. Der Beamte, der zuerst dagewesen war, kam sich vor wie ein Indianer in einem Stamm mit zu vielen Häuptlingen.

Der FBI-Sonderagent, der die Außenstelle Baltimore leitete, stellte Funkverbindung mit dem Hauptquartier in Washington her, ließ der lokalen Polizei jedoch die Leitung der Operation. Die County-Polizei hatte wie die meisten lokalen Polizeibehörden ihr eigenes Eingreifkommando, das schnell an die Arbeit ging. Die erste Aufgabe bestand darin, die Leute aus den Nachbarhäusern zu evakuieren, was zum Glück ziemlich leicht war, da alle einen Hinterausgang hatten. Die Evakuierten wurden sofort befragt. Ja, sie hatten in dem Haus Leute gesehen. Ja, es waren vor allem Weiße, aber es gab mindestens einen Schwarzen unter ihnen. Nein, sie hatten keine Schußwaffen gesehen – nicht mal die Leute hatten sie richtig gesehen. Eine Frau glaubte, sie hätten einen Transporter, aber wenn ja, stand er fast immer in der Garage. Ein Beamter entsicherte im Haus gegenüber ein Gewehr mit Infrarotzieleinrichtung und nahm die Fenster des Zielhauses ins Visier.

Das Eingreifkommando hätte warten können, doch je länger es wartete, um so größer wurde das Risiko, die Beute aufmerksam zu machen. Die Männer rückten langsam und vorsichtig vor, bis sie etwa fünfzehn Meter vom Haus entfernt standen. Sie musterten die Fenster. Dahinter bewegte sich nichts. War es möglich, daß alle schliefen? Der Führer des Teams sprintete als erster durch den Garten und blieb unter einem Fenster stehen. Er hielt ein an einem Stab befestigtes Spezialmikrofon hoch und pappte es an die Scheibe. Aus dem Ohrhörer drang kein Geräusch, das auf Lebenszeichen schließen ließ. Sein Stellvertreter beobachtete, wie sein Kopf auf beinahe komische Weise zur Seite ruckte, und dann sagte er etwas in ein Sprechfunkgerät, das alle seine Männer abhörten: «Der Fernseher läuft. Keine Unterhaltung, ich... Es ist was anderes, ich weiß nicht, was.» Mit schußbereiter Schrotflinte unter dem Fenster hockend, winkte er seine Leute nacheinander zu sich. Drei Minuten später war das Team bereit.

«Teamführer», knisterte eine Stimme im Funkgerät. «Hier Lieutenant Haber. Wir haben hier einen jungen Mann, der sagt, daß gegen Viertel vor fünf ein Transporter aus der Garage gekommen und weggefahren ist. Das ist ungefähr die Zeit, als der Polizeifunkruf rausging.»

Der Teamführer antwortete mit einem Handzeichen, daß er verstanden hatte, und behandelte die Nachricht als total irrelevant. Das Eingreifkommando stürmte das Haus. Zwei gleichzeitig abgegebene Schüsse aus Schrotflinten pusteten die Scharniere von der fensterlosen Seitentür weg, und diese war kaum auf dem Fußboden gelandet, als der Teamführer auch schon drinnen war und sich mit schußbereiter Flinte in der Küche umsah. Nichts. Sie durchsuchten das Haus, und ihre Schritte, Bewegungen und Gesten hatten etwas von einem makabren Ballett. Die ganze Übung dauerte nur eine Minute. Dann sagte der Anführer in sein Funkgerät: «Das Haus ist sicher.»

Er trat mit gesenkter Flinte auf die Veranda und zog sich die schwarze Maske vom Kopf, ehe er die anderen zum Haus winkte. Der Lieutenant und der Sonderagent vom FBI rannten über die Straße, während er sich Schweiß aus den Augen wischte.

«Nun?»

«Es wird Ihnen gefallen», sagte der Teamführer. «Kommen Sie.»

Im Wohnzimmer lief ein Colour-Portable, der auf einem Beistelltisch stand. Der Boden war übersät mit McDonald's-Schachteln, und im Spülbecken in der Küche stapelten sich an die sechzig Pappbecher. Das große Schlafzimmer – es war ein paar Quadratmeter größer als die anderen beiden – war die Waffenkammer. Dort lag tatsächlich ein amerikanisches M-60, mit zwei Munitionsschachteln, die je zweihundertfünfzig Schuß enthielten. Außerdem fanden sie ein Dutzend AK-47-Kampfgewehre, von denen drei zum Reinigen zerlegt waren, und ein Schnellfeuergewehr mit Teleskopvisier. Und auf der Eichenkommode stand ein Scanner-Radio. Seine Leuchtanzeigen blitzten in unregelmäßigen Abständen auf. Eine davon zeigte die Frequenz der Polizei des Howard County. Anders als das FBI ließ die lokale Polizei ihren Funkverkehr nicht von «Zerhackern» unkenntlich machen. Der Sonderagent ging hinaus zu seinem Wagen und sprach über Funk mit Bill Shaw.

«Sie haben also den Polizeifunk überwacht und sind abgehauen», sagte Shaw, als er ausgeredet hatte.

«Sieht ganz so aus. Die County-Polizei hat eine Beschreibung des Transporters rausgegeben. Immerhin sind sie so überstürzt geflüchtet, daß sie eine ganze Menge Waffen zurückgelassen haben. Vielleicht haben sie es mit der Angst gekriegt. Gibt's bei Ihnen was Neues?»

«Nein.» Shaw befand sich in Zimmer 5005 in der FBI-Kommandozentrale für Prioritätsfälle. Er wußte von dem französischen Versuch, das Ausbildungslager der ULA zu überfallen. Jetzt haben sie schon zweimal Glück gehabt und sind entwischt. «Okay, ich rede mit den Leuten von der Staatspolizei. Die Spurensicherung ist unterwegs. Bleiben Sie da und koordinieren Sie mit den lokalen Bullen.»

«In Ordnung. Ende.»

Die Sicherheitsleute waren schon da. Ihre Wagen waren diskret am Swimmingpool geparkt, der erst vor ein paar Tagen mit Wasser gefüllt worden war, und Ryan bemerkte auch einen Transporter, der offenbar als Funkfahrzeug diente. Er zählte auf dem Grundstück acht Leute, von denen zwei mit Uzis bewaffnet waren. Er fuhr zum überdachten Abstellplatz, wo Avery auf ihn wartete.

«Zur Abwechslung eine gute Nachricht... Das heißt, gut und schlecht zugleich!»

«Ja?»

«Jemand hat die Bullen angerufen und gesagt, er habe Leute mit Schießeisen gesehen. Sie haben sofort reagiert, aber die Burschen hörten den Polizeifunk ab und entwischten. Sie haben jedoch einen ganzen Haufen Waffen zurückgelassen. Unsere Freunde scheinen ein konspiratives Haus eingerichtet zu haben. Ihr Pech, daß es nicht allzu konspirativ war. Vielleicht sind sie jetzt auf der Flucht. Wir kennen ihr Fahrzeug, die lokale Polizei hat das Gebiet hermetisch abgeriegelt, und wir kämmen ganz Maryland ab. Der Gouverneur hat sogar erlaubt, Hubschrauber der Nationalgarde einzusetzen, falls es notwendig sein sollte.»

«Wo waren sie?»

«Im Howard County, südlich vom District of Columbia. Wir haben sie um ganze fünf Minuten verpaßt, aber sie haben jetzt keinen Unterschlupf mehr und sind irgendwo auf öffentlichen Straßen. Nur eine Frage der Zeit.»

«Hoffentlich sind die Polizisten vorsichtig», sagte Ryan.

«Ja, Sir.»

«Gibt es hier irgendwelche Probleme?»

«Nein, alles okay. Ihre Gäste müßten gegen Viertel vor acht eintreffen. Was gibt's denn zum Dinner?» fragte Avery.

«Na ja, ich hab' auf dem Heimweg ein paar schöne frische Maiskolben besorgt – Sie müssen an der Farm vorbeigekommen sein, als Sie hierher fuhren. Gegrilltes Steak, Idaho-Kartoffeln und Cathys Spinatsalat. Wir werden ihnen gute amerikanische Kost vorsetzen.» Jack öffnete die Kofferraumklappe und nahm eine Tüte mit Maiskolben heraus.

Avery schmunzelte. «Ich kriege Appetit.»

«Um halb sieben bringt jemand kalten Braten und Semmeln. Ich werde Sie und Ihre Jungs doch nicht die ganze Zeit ohne Essen arbeiten lassen! Wer Hunger hat, kann sich nicht gut konzentrieren.»

«Vielen Dank.»

«Mein Vater war Bulle.»

«Übrigens, ich wollte vorhin zur Probe die Poolbeleuchtung anknipsen. Sie funktioniert nicht.»

«Ich weiß. Es muß daran liegen, daß sie was an der Leitung machen. Die Elektrizitätsfirma sagt, daß sie einen neuen Transformator testen.» Ryan zuckte die Achseln. «Anscheinend hat er den Unterbrecher der Leitung zum Pool beschädigt, aber im Haus ist noch Strom. Sie wollten doch nicht baden?»

«Nein. Wir wollten eine von den Steckdosen hier benutzen, aber das geht auch nicht.»

«Tut mir leid. Hm, ich muß jetzt rein. Ich hab' noch ein paar Dinge zu erledigen.»

Avery schaute ihm nach und ging noch einmal den Plan für die Verteilung seiner Männer durch. Zwei Streifenwagen der Staatspolizei würden wenige hundert Meter weiter unten an der Straße stehen und jeden überprüfen, der hierher wollte. Die meisten seiner Leute würden die Straße im Auge behalten. Zwei würden rechts und links von der Lichtung postiert sein – der Wald war hier abschreckend dicht, aber sie würden ihn dennoch beobachten. Das war Team eins. Das zweite Team bestand aus sechs Männern. Drei würden im Haus bereitstehen, zwei zwischen den Bäumen am Swimmingpool, und der sechste würde im Funkwagen sitzen.

Die Radarfalle war den Einheimischen wohlbekannt. An diesem Abschnitt der Interstate 70 lauerten jedes Wochenende ein oder zwei Polizeifahrzeuge. Es hatte sogar im Lokalblatt gestanden, aber wer außerhalb von Maryland las schon das Lokalblatt! Der Streifenpolizist hatte seinen Wagen genau hinter einem kleinen Hügelkamm geparkt, so daß Leute, die nach Pennsylvania wollten, an seiner Radarpistole vorbeifuhren, ehe sie irgend etwas sahen. Die Ausbeute war so gut, daß er immer erst bei hundertfünf Stundenkilometern in Aktion trat, und er erwischte jede Nacht wenigstens zwei, die mehr als hundertdreißig fuhren.

Auf einen dunklen Transporter achten, Marke und Baujahr nicht bekannt, hatte es vor wenigen Minuten in der Durchsage an alle Stationen und Streifenfahrzeuge geheißen. Der Beamte schätzte, daß es allein in Maryland ungefähr fünftausend davon gab, und an einem Freitagabend waren sie sicher alle unterwegs. Jemand anders würde sich darum kümmern müssen. *Äußerst vorsichtig nähern.*

Sein Streifenwagen wippte wie ein Boot, das über eine Flutwelle gleitet, als ein Fahrzeug vorbeiraste. Die Skala zeigte hundertfünfunddreißig Stundenkilometer. Das würde einen Strafzettel geben. Der Polizist fuhr los, ehe er sah, daß es ein dunkler Transporter war.

Äußerst vorsichtig nähern... Sie hatten keine Zulassungsnummer durchgegeben...

«Hagerstown. Hier Elf. Ich folge einem dunklen Transporter, den ich mit hundertfünfunddreißig gemessen habe. Ich fahre die Inter-Siebzig nach Westen, bin jetzt etwa fünf Kilometer östlich von Abfahrt fünfunddreißig.»

«Elf, notieren Sie die Zulassungsnummer, aber versuchen Sie auf keinen Fall, wiederhole, versuchen Sie auf keinen Fall zu stoppen. Notieren Sie die Nummer, vergrößern Sie dann wieder den Abstand und bleiben Sie in Sichtkontakt. Wir schicken Verstärkung.»

«Roger. Ich hole jetzt auf.» Verdammt!

Er trat aufs Gaspedal und beobachtete, wie der Tacho auf hundertfünfundvierzig kletterte. Der Transporter war anscheinend etwas langsamer geworden. Der Polizist befand sich jetzt zweihundert Meter hinter ihm. Er kniff die Augen zusammen. Er konnte das Zulassungsschild sehen, aber nicht die Nummer lesen. Er holte nun langsamer auf. Fünfzig Meter hinter dem Transporter konnte er das Schild entziffern – es war ein Behindertenkennzeichen. Der Polizist nahm das Mikrofon aus der Halterung, um die Nummer durchzusagen, als die rückwärtigen Türen aufflogen.

Blitzartig fiel ihm alles wieder ein: So haben sie Larry Fontana erledigt! Er stieg auf die Bremse und versuchte, den Lenker zu drehen, aber sein Arm verfing sich im Mikrofonkabel. Er duckte sich und rutschte nach unten, unter die Armaturentafel, als der Wagen langsamer wurde, und in diesem Moment sah er den Blitz, die sonnenhelle Flammenzunge, die auf ihn zuschoß. Als er kapierte, was es war, spürte er die Kugelaufschläge. Ein Reifen platzte, und der Kühler explodierte und schickte eine zischende Wolke von Dampf und Wasser in die Luft hoch. Weitere Kugeln wanderten den Kühler entlang zur rechten Seite des Wagens, und der Polizist duckte sich unter den Lenker, während das Fahrzeug mit dem platten Reifen weiterschlingerte. Dann hörte der Krach auf. Der Polizist hob den Kopf und sah, daß der Transporter nun hundert Meter vor ihm war und eine Steigung hinauffuhr. Er fummelte an seinem Funkgerät, aber es funktionierte nicht mehr. Kurz danach stieg er aus und sah, daß zwei Kugeln die Batterie durchschlagen hatten, von der jetzt Säure auf den Asphalt tropfte. Er stand einige Minuten da und wunderte sich, daß er noch am Leben war. Dann tauchte endlich ein anderer Polizeiwagen auf.

Der Polizist zitterte so heftig, daß er das Mikrofon mit beiden

Händen festhalten mußte. «Hagerstown, der Bastard hat meinen Wagen mit einer MP beschossen! Der Transporter ist ein Ford, sieht aus wie Baujahr vierundachtzig, Behindertenkennzeichen Nancy zwei-zwei-neun-eins. Als ich ihn zuletzt sah, fuhr er auf der Inter-Siebzig Richtung Westen, östlich von Abfahrt fünfunddreißig.»

«Sind Sie getroffen?»

«Nein, aber der Wagen ist im Eimer. Sie haben eine gottverdammte MP benutzt!»

Das brachte die Sache erst richtig ins Rollen. Das FBI wurde abermals benachrichtigt, und alle verfügbaren Hubschrauber der Staatspolizei nahmen Kurs auf das Gebiet von Hagerstown. In den Hubschraubern saßen zum erstenmal Männer mit automatischen Waffen. In Annapolis fragte sich der Gouverneur, ob er Einheiten der Nationalgarde in Bewegung setzen sollte. Eine Infanteriekompanie stand in Alarmbereitschaft – und machte nebenbei Wochenenddrill –, aber im Augenblick beschränkte er die aktive Beteiligung der Nationalgarde auf Hubschrauberunterstützung für die Staatspolizei. In den Hügeln des mittleren Maryland war zur Hetzjagd geblasen. Die privaten Rundfunk- und Fernsehstationen sendeten Warnungen für die Bevölkerung. Im nahegelegenen Camp David und einigen supergeheimen Verteidigungseinrichtungen hängten Marineinfanteristen die blauen Hemden ihrer Ausguniform und die Pistolengürtel an den Haken, zogen grüne Tarnuniformen an und griffen zu ihren M-16-Gewehren.

25

Sie kamen auf die Minute pünktlich. Zwei Wagen der Staatspolizei blieben unten an der Straße, und drei weitere, voll von Sicherheitsleuten, begleiteten den Rolls-Royce hügelan zum Haus der Ryans. Der Chauffeur, ebenfalls ein Sicherheitsbeamter, hielt und sprang hinaus, um die hintere Wagentür zu öffnen. Seine Hoheit stieg zuerst aus und war dann seiner Frau behilflich. Die Sicherheitsleute schwärmten bereits aus. Der Leiter der britischen Gruppe sprach kurz mit Avery, und seine Männer nahmen die ihnen zugewiesenen Plätze ein. Als Jack die Stufen hinunterging, um seine Gäste zu begrüßen, hatte er das Gefühl, sein Heim sei von Truppen umstellt.

«Willkommen in Peregrine Cliff.»

«Hallo, Jack!» Der Prinz nahm seine Hand. «Sie sehen großartig aus.»

«Sie auch, Sir.» Er wandte sich an die Prinzessin, die er noch nicht kennengelernt hatte. «Euer Hoheit, es ist mir ein Vergnügen.»

«Ganz unsererseits, Doktor Ryan.»

Er führte sie ins Haus. «Wie war die Reise bis jetzt?»

«Schrecklich heiß», antwortete der Prinz. «Ist es hier im Sommer immer so?»

«Hm, wir hatten zwei ziemlich schlimme Wochen», sagte Jack. Vor ein paar Stunden hatte die Temperatur fünfunddreißig Grad erreicht. «Es soll aber schon morgen kühler werden, wenigstens ein paar Grad.»

Cathy wartete zusammen mit Sally im Haus. Das Wetter machte besonders ihr zu schaffen, so kurz vor der Entbindung. Sie gab den Gästen die Hand, während Sally sich von ihrem Aufenthalt in London her daran erinnerte, wie man einen Hofknicks macht, und ihn auf vollendete Weise ausführte, wobei sie allerdings kicherte.

«Geht es Ihnen gut?» wandte sich Ihre Hoheit an Cathy.

«Ja, bis auf die Hitze. Gott sei Dank haben wir eine Klimaanlage!»

«Dürfen wir Ihnen das Haus zeigen?» Jack führte sie in das Wohn- und Eßzimmer.

«Die Aussicht ist einmalig», bemerkte der Prinz.

«Okay, die erste Regel lautet, in meinem Haus trägt niemand ein Jackett», erklärte Jack. «Obgleich es drüben bei Ihnen unfein wäre.»

«Ausgezeichnete Idee», entgegnete der Prinz. Jack nahm sein Jakkett und hängte es neben den alten Marineparka in den Dielenwandschrank, um dann seines auszuziehen. Als er zurückkam, hatten die anderen alle Platz genommen. Sally thronte neben ihrer Mutter und hielt sich das Kleid fest, damit es nicht über die Knie rutschte. Ihre Füße baumelten in der Luft.

«Wann ist es soweit?» fragte die Prinzessin Cathy.

«In acht Tagen. Beim zweiten kann das natürlich jederzeit bedeuten.»

«In sieben Monaten werde ich selbst Gelegenheit haben, das herauszufinden.»

«Wirklich? Ich gratuliere!» Beide Frauen strahlten.

«Noch lange hin, Sir», bemerkte Ryan.

«Sie haben recht. Und wie ist es Ihnen in der Zwischenzeit ergangen?»

«Ich nehme an, Sie wissen, was ich jetzt mache?»

«Ja, einer von unseren Sicherheitsleuten hat es mir gestern abend gesagt. Ich habe auch gehört, daß Sie ein Terroristenlager gefunden und identifiziert haben und daß es inzwischen ... neutralisiert worden ist», sagte der Prinz ruhig.

Ryan nickte kaum merklich. «Ich fürchte, ich kann darüber nicht sprechen.»

«Verstehe. Und wie ist es unserem kleinen Mädchen ergangen, nachdem ...»

«Sally?» Jack drehte sich zur Seite. «Erzähl mal.»

«Ich bin ein großes Mädchen!» erwiderte sie mit Nachdruck.

Jack stand auf, weil er einen Wagen vorfahren hörte. Er öffnete die Tür und sah, wie Robby und Sissy Jackson aus ihrem Corvette stiegen. Der Funkwagen des Secret Service setzte zurück und blockierte hinter ihnen die Zufahrt. Robby stürmte die Stufen hinauf. «Was ist hier eigentlich los? Ist der Präsident da?»

Jack sah, daß Cathy sie gewarnt haben mußte. Sissy trug ein schlichtes, aber ausgesprochen hübsches blaues Kleid, und Robby hatte eine Krawatte um. Zu schade.

«Kommt rein, sonst gibt's keinen Drink mehr», sagte er lächelnd.

Robby schaute zu den beiden Männern, die mit offenen Sakkos am Pool standen und blickte Jack verwirrt an, kam aber hinterher. Als sie um den Backsteinkamin traten, machte der Pilot sehr große Augen.

«Commander Jackson, wenn ich mich nicht irre.» Seine Hoheit stand auf.

«Jack», flüsterte Robby, «ich bring' dich um.» Lauter: «Guten Abend, Sir. Das ist meine Frau, Cecilia.» Man bildete wie üblich sofort zwei Gruppen, hier die Herren, dort die Damen.

«Ich habe gehört, Sie sind Flieger bei der Navy.»

«Ja, Sir. Ich gehe bald wieder zurück zu einer Flottenstaffel. Ich fliege die F-Vierzehn.» Robby bemühte sich, mit fester Stimme zu sprechen. Es gelang ihm weitgehend.

«Ja, den Tomcat. Ich habe die Phantom geflogen. Kennen Sie die auch?»

«Ich hab' hundertzwanzig Stunden in Phantoms hinter mir, Sir. Meine Staffel hat Vierzehns bekommen, als ich erst kurz da war. Ich hatte mich gerade in der Phantom zurechtgefunden, als die neuen Maschinen kamen. Ich ... äh, Sir, waren Sie nicht auch Marinepilot?»

«Ja, Commander. Ich habe den Rang eines Captain», antwortete der Prinz von Wales.

«Danke. Jetzt weiß ich, wie ich Sie anrede, Captain», sagte Robby sichtlich erleichtert. «Das ist doch in Ordnung, nicht wahr, Sir?»

«Selbstverständlich. Wissen Sie, es ist auf die Dauer ziemlich lästig, wenn die Leute sich fortwährend einen abbrechen. Ihr Freund hier hat mir vor ein paar Monaten großartig die Leviten gelesen.»

Robby lächelte endlich. «Sie kennen ja die Marines, Sir. Großes Maul und nichts dahinter.»

Jack wurde bewußt, daß es einer dieser Abende werden würde. «Möchte vielleicht jemand einen Drink?»

«Ich muß morgen in die Luft, Jack», antwortete Robby. Er sah auf die Uhr. «Ich bin unter der Zwölf-Stunden-Regel.»

«Nehmen Sie es wirklich so ernst?» fragte der Prinz.

«Aber ja, Captain. Wenn der Vogel dreißig oder vierzig Millionen kostet, muß man das. Falls einer draufgeht, sollte Alkohol besser nicht der Grund sein.»

Jack ging in die Küche und fand dort zwei Sicherheitsleute, einen Landsmann und einen Briten.

«Alles in Ordnung?» fragte er.

«Ja. Es sieht ganz so aus, als ob unsere Freunde bei Hagerstown entdeckt worden wären. Sie haben einen Wagen von der Staatspolizei durchsiebt und sind geflüchtet. Der Kollege ist nicht verwundet... diesen haben sie nicht umgebracht. Als sie zuletzt gesehen wurden, flüchteten sie jedenfalls in westlicher Richtung.» Der Agent des Secret Service schien sich sehr darüber zu freuen. Jack schaute nach draußen und sah auf der Terrasse noch einen stehen.

«Sie sind sicher, daß sie es sind?»

«Es war ein Transporter, und er hatte ein Behindertenkennzeichen. Sie haben gewöhnlich ein bestimmtes Tatmuster», erläuterte der Agent. «Früher oder später ist es ihr Verderben. Das Gebiet ist abgeriegelt. Wir werden sie kriegen.»

«Sehr gut.» Jack hob ein Tablett mit Gläsern.

Als er zurückkam, diskutierte Robby mit dem Prinzen über irgendeinen Aspekt des Fliegens. Er konnte es sehen, weil es kunstvolle Handbewegungen erforderte.

Er gesellte sich zu ihnen, und sie stießen auf ihr Wiedersehen an. Dann fragte Jack: «Möchten Sie vielleicht das Haus sehen?»

«Sehr gerne», antwortete der Prinz. «Wie alt ist es, Jack?»

«Wir sind ein paar Monate vor Sallys Geburt eingezogen.»

«Die Holzarbeiten sind großartig. Ist das dort unten die Bibliothek?»

«Ja, Sir.» Das Haus war so entworfen und gebaut, daß man vom Wohnbereich in das Arbeitszimmer hinuntersehen konnte. Das Elternschlafzimmer lag genau darüber. Es gab in der Wand eine rechteckige Öffnung, durch die man ins Wohnzimmer sehen konnte, aber Ryan hatte aus offensichtlichen Gründen eine Lithographie davor gehängt. Jackson stellte fest, daß das Bild an Schienen angebracht war und zur Seite geschoben werden konnte. Der Sinn der Sache war klar. Als nächstes führte Jack sie in sein Arbeitszimmer. Beide fanden es großartig, daß man vom Schreibtisch aus einen wunderbaren Blick auf die Bucht hatte.

«Kein Personal, Jack?»

«Nein, Sir. Das heißt, natürlich eine Putzfrau. Und Cathy möchte unbedingt ein Kindermädchen einstellen, aber sie hat mich bis jetzt noch nicht rumgekriegt. Übrigens, hat hier denn niemand Hunger?»

Die Reaktion war nachdrücklich und unmißverständlich. Die Folienkartoffeln waren bereits im Backofen, und Cathy brauchte nur noch die Maiskolben zu rösten. Jack nahm die Steaks und ging mit den Männern nach draußen.

«Sie werden es mögen, Captain. Jack macht die besten Steaks weit und breit.»

«Das Geheimnis liegt in der Holzkohle», erläuterte Ryan. Er hatte sechs verlockend aussehende Sirloinsteaks und für Sally einen Hamburger. «Es kann natürlich auch nicht schaden, wenn das Fleisch gut ist.» Jack legte sie mit einer langen Gabel auf den Grill. Es begann verführerisch zu duften und zu brutzeln. Er bestrich die Steaks mit einer Soße.

«Die Aussicht ist unbezahlbar», bemerkte Seine Hoheit.

«Es ist schön, wenn man die Segelboote vorbeifahren sieht», stimmte Jack zu. «Aber im Moment scheint nicht viel Verkehr zu herrschen.»

«Sie haben sicher den Rundfunk gehört», sagte Robby. «Es soll nachher ein schweres Gewitter geben.»

«Das wußte ich nicht.»

«Ein erster Ausläufer der Kaltfront hat sich ziemlich schnell über Pittsburgh gebildet. Ich muß morgen wie gesagt hoch, und ich habe den Wetterdienst von Pax angerufen, ehe wir losgefahren sind. Sie sagten, das Unwetter sehe auf dem Radar ziemlich übel aus. Soll gegen zehn Uhr hier sein.»

«Gehen hier viele Gewitter nieder?» fragte Seine Hoheit.

«Das kann man wohl sagen, Captain. Wir haben zum Glück keine Tornados wie im mittleren Westen, aber die Gewitter haben es in sich. Letztes... nein, vor zwei Jahren mußte ich mal einen Vogel von Memphis herbringen, und es war wie auf einem Schaukelpferd. Ich hatte die Maschine nicht mehr richtig in der Gewalt.»

«Wenigstens kühlt es dann ein bißchen ab», sagte Jack, während er die Steaks umdrehte.

Die Terrasse lag nun im Schatten, und von Norden wehte eine leichte Brise. Jack schob die Steaks über den Holzkohlen hin und her. Er zuckte heftig zusammen, als plötzlich ein Düsenjäger mit brüllenden Triebwerken am Felsen vorbeischoß.

«Robby, was zum Teufel soll das? Das geht jetzt schon zwei Wochen so.»

Jackson beobachtete, wie das Heck der Maschine im Dunst verschwand. «Sie testen ein neues Zusatzgerät der F-Achtzehn. Warum regst du dich so auf?»

«Der Krach!» Ryan drehte die Steaks noch einmal um.

Robby lachte. «Hör mal, Jack, das ist kein Krach. Das ist der Klang der Freiheit.»

«Nicht schlecht, Commander», sagte Seine Hoheit.

«Na, hoffentlich verschonen sie uns beim Essen damit», kommentierte Jack.

Robby nahm die Servierplatte, und Jack legte die Steaks darauf. Die Salate standen schon auf dem Tisch. Cathy machte einen köstlichen Spinatsalat. Jack bemerkte, daß Sissy eine Schürze trug, damit ihr Kleid nichts abbekam, als sie die Maiskolben brachte. Er verteilte die Steaks und legte Sallys Hamburger auf eine Semmelhälfte. Da kam Cathy und berichtete: «Jack, der Strom spielt wieder verrückt. Ich dachte schon, wir würden die Maiskolben nicht gar bekommen.»

Der Agent des Secret Service stand mitten auf der Straße und zwang den Transporter anzuhalten.

«Ja, Sir?» fragte der Fahrer.

«Was tun Sie hier?» Das Sakko des Agenten war offen. Eine Schußwaffe war nicht zu sehen, aber der Fahrer wußte, daß sie irgendwo war. Er zählte sechs weitere Männer im Umkreis von zehn Metern, und ein Stück entfernt noch einmal vier.

«He, ich hab's dem Polizisten bereits gesagt.» Der Mann zeigte nach hinten. Die beiden Fahrzeuge der Staatspolizei waren nur zweihundert Meter weiter.

«Würden Sie es mir bitte noch mal sagen?»

«Wir haben ein Problem mit dem Transformator am Ende der Straße. Ich meine, Sie sehen doch, daß dies ein Wagen von Baltimore Gas and Electric ist, nicht?»

«Würden Sie bitte einen Moment warten?»

«Meinetwegen, Mann.» Der Fahrer wechselte einen Blick mit dem Mann, der neben ihm saß. Der Agent kam mit einem Kollegen zurück. Dieser hatte ein Sprechfunkgerät in der Hand.

«Was gibt's?»

Der Fahrer seufzte. «Zum drittenmal. Wir haben Schwierigkeiten mit dem Transformator am Ende der Straße. Haben die Leute hier sich nicht über den Strom beschwert?»

«Ja», sagte der zweite Agent, Avery. «Ich habe es auch bemerkt. Was ist denn los?»

Der Mann auf dem Beifahrersitz antwortete: «Ich bin Alex Dobbens, Außendienstingenieur. Wir haben an diesem Leitungsabschnitt versuchsweise einen neuen Transformator installiert. Im Kasten ist ein Testmonitor, und er hat ein paar komische Signale gesandt, als ob das ganze Ding den Geist aufgeben würde. Wir sind hier, um die Sache zu prüfen.»

«Würden Sie sich bitte ausweisen?»

«Sicher.» Alex stieg aus und kam um den Transporter herum. Er gab Avery seinen Firmenausweis. «Was ist hier eigentlich los?»

«Kann ich nicht sagen.» Avery untersuchte den Ausweis und gab ihn zurück. «Haben Sie einen Arbeitsauftrag?»

Dobbens gab ihm seine Schreibunterlage. «Wenn Sie es nachprüfen wollen, können Sie die Telefonnummer anrufen, die ganz oben steht. Das ist die Außendienstzentrale im Hauptquartier in Baltimore. Verlangen Sie Mr. Griffin.»

Avery sprach in sein Funkgerät und befahl seinen Männern, eben das zu tun. «Haben Sie was dagegen, wenn wir uns den Wagen mal ansehen?»

«So lange Sie wollen.» Alex führte die beiden Agenten zur seitlichen Schiebetür. Er registrierte, daß vier Männer sie nicht aus den Augen ließen, und sie standen ziemlich weit voneinander entfernt und hatten beide Hände frei. Andere waren auf dem Grundstück verteilt. Er öffnete die Schiebetür und machte eine einladende Handbewegung.

Die Agenten sahen alle möglichen Werkzeuge und Prüfgeräte sowie ein Gewirr von Kabeln. Avery überließ seinem Mitarbeiter die nähere Prüfung. «Müssen Sie jetzt noch mal dorthin?»

«Mann, der Trafo könnte versagen. Mir macht es ja nichts aus, aber die Leute, die hier wohnen, würden sich bestimmt nicht freuen, wenn auf einmal das Licht ausgeht. Und dann rufen sie in der Zentrale an und beschweren sich. Übrigens, darf man vielleicht wissen, wer Sie sind?»

«Secret Service.» Avery hielt seinen Plastikausweis hoch. Dobbens bekam einen Schreck.

«Jesus! Sie meinen, der Präsident ist irgendwo da hinten?»

«Kann ich nicht sagen», antwortete Avery. «Was ist das Problem mit dem Trafo? Sie sagten doch, er sei neu!»

«Ja, aber er ist noch im Versuchsstadium. Er scheint aus irgendeinem Grund anfällig bei Temperaturschwankungen in der Umgebung zu sein. Wir haben ihn schon ein paarmal neu eingestellt, aber es scheint knifflig zu sein. Ich arbeite schon ein paar Monate an dem Projekt. Meist lasse ich es von meinen Leuten machen, aber diesmal wollte der Boß, daß ich es mir selbst ansehe.» Er zuckte mit den Schultern. «Es ist mein Projekt!»

Der andere Agent kam aus dem Wagen und schüttelte den Kopf. Als nächstes sprach Avery mit dem Funkwagen, dessen Insassen inzwischen im Hauptquartier der Elektrizitätsfirma in Baltimore angerufen hatten und ihm nun Alex' Angaben bestätigten.

«Wollen Sie jemanden mitschicken, der auf uns aufpaßt?» fragte Dobbens.

«Nein, schon gut. Wie lange wird es dauern?» fragte Avery.

«Kann ich ebensowenig sagen wie Sie, Sir. Wahrscheinlich geht es ganz schnell, aber wir wissen noch nicht, was es ist.»

«Es ist ein Gewitter angesagt. Ich möchte nicht bei Donner und Blitz oben auf einem Mast sitzen», bemerkte der Agent.

«Ja, aber solange wir hier rumstehen, schaffen wir gar nichts. Sind Sie zufrieden?»

«Ja. Sie können weiter.»

«Sie können mir wirklich nicht sagen, wer hier zu Besuch ist?»

Avery lächelte. «Tut mir leid.»

«Na ja, ich hab' sowieso nicht für ihn gestimmt.» Dobbens lachte.

«Warten Sie!» rief der zweite Agent.

«Was ist los?»

«Der linke Vorderreifen.» Der Mann zeigte darauf.

«Verdammt, Louis!» knurrte Dobbens den Fahrer an. Das Gummi war an einer Stelle so stark abgescheuert, daß man den Stahlgürtel sehen konnte.

«He, es ist nicht meine Schuld, Boß. Sie sollten heute morgen einen neuen aufziehen. Ich habe ihn schon Mittwoch angefordert. Hier ist der Auftrag», protestierte der Fahrer.

«Okay, okay, reg dich ab.» Dobbens sah zu dem Agenten hinüber. «Danke für den Hinweis.»

«Warum nehmen Sie nicht das Reserverad?»

«Wir haben keinen Wagenheber dabei. Irgend jemand hat ihn geklaut. Das ist das Blöde bei Firmenfahrzeugen. Irgend etwas fehlt immer. Es wird schon gutgehen. So, jetzt müssen wir langsam diesen Trafo in Ordnung bringen. Wiedersehen.» Alex stieg wieder ein und winkte, als der Transporter weiterfuhr.

«Sehr gut, Louis.»

Der Fahrer lächelte. «Ja, ich dachte, dann würde es noch echter aussehen. Ich hab' vierzehn gezählt.»

«Richtig. Drei zwischen den Bäumen. Ich nehme an, vier andere im Haus. Die gehen uns nichts an.» Er hielt inne und blickte zu den

Wolken, die sich am Horizont zusammenballten. «Hoffentlich haben Ed und Willy es geschafft.»

«Ja, haben sie. Sie mußten nur ein Bullenauto durchlöchern und den Wagen wechseln. Die Bullen hier waren lockerer, als ich dachte», sagte Louis.

«Ist doch klar. Sie denken, wir wären woanders.» Alex klappte einen Werkzeugkasten auf und nahm ein Funkgerät heraus. Der Agent hatte es gesehen und keine Fragen gestellt. Er hatte nicht sehen können, daß der Frequenzbereich geändert worden war. In dem Transporter waren selbstverständlich keine Waffen, aber Funkgeräte konnten ebenso gefährlich sein. Er funkte, was er gesehen hatte, und bekam eine Bestätigung. Dann lächelte er. Die Agenten hatten nicht mal etwas über die beiden Alu-Ausziehleitern auf dem Dach gesagt. Er blickte auf die Uhr. In neunzig Minuten würde es losgehen.

«Das Problem ist, daß es wirklich keine zivilisierte Art gibt, Maiskolben zu essen», sagte Cathy. «Und dann noch gebutterte.»

«Aber sie waren ganz ausgezeichnet», stellte der Prinz fest. «Von einer Farm hier in der Nähe, Jack?»

«Ja, ich hab' sie heute nachmittag selbst gepflückt», bestätigte Jack. «So kriegt man die besten.»

Sally war in letzter Zeit eine langsame Esserin geworden. Sie mühte sich immer noch mit ihrem Hamburger ab, aber niemand hatte es eilig, den Tisch zu verlassen.

«Jack, Cathy, das war ein fabelhaftes Essen, vielen Dank», erklärte Seine Hoheit.

Seine Frau stimmte zu. «Und keine langen Tischreden!»

«Ich nehme an, all das offizielle Brimborium geht einem auf die Dauer auf den Wecker», bemerkte Robby, den seit einiger Zeit eine Frage bewegte, die er nicht laut stellen konnte: Wie ist es eigentlich, wenn man ein Prinz ist?

«Wenn die Reden gut und originell wären, wäre es ja nicht so schlimm, aber ich muß mir seit Jahren immer wieder dieselben anhören», erklärte der Prinz. «Ich bitte um Verzeihung, ich darf so etwas nicht sagen, nicht einmal vor Freunden.»

«Bei den Feiern des Fachbereichs Geschichte ist es nicht viel anders», bemerkte Jack.

In Quantico, Bundesstaat Virginia, klingelte das Telefon. Die Geiselrettungstruppe des FBI hatte am Ende der langen Reihe von Schießständen, die für das Ausbildungszentrum der Bundespolizei bestimmt waren, ihr eigenes kleines Gebäude. Dahinter stand eine DC-4 ohne Triebwerke, die zur Demonstration von Kampfmethoden in entführten Flugzeugen benutzt wurde. Weiter unten am Hang standen Einrichtungen wie das «Geiselhaus», in denen die Mitglieder der Sonderabteilung täglich ihre Fertigkeiten trainierten. Sonderagent Gus Werner nahm ab.

«Hallo, Gus», sagte Bill Shaw.

«Habt ihr sie schon?» fragte Werner. Er war klein, drahtig und fünfunddreißig Jahre alt, hatte rote Haare und einen struppigen Schnurrbart.

«Nein, aber ich möchte, daß Sie auf alle Fälle ein Kommando zusammenstellen und hochschicken. Wir müssen unter Umständen schnell handeln, falls was passiert.»

«Ich verstehe. Wohin sollen wir genau?»

«Zur Kaserne der Staatspolizei in Hagerstown. Der Leiter der Außenstelle wird auf Sie warten.»

«Okay, ich nehme sechs Männer mit. Wir werden in dreißig oder vierzig Minuten starten können, je nachdem, wann der Hubschrauber hier ist. Melden Sie sich über Sprechfunk, wenn etwas passiert.»

«Das tue ich. Bye.» Shaw legte auf.

Werner drückte auf einige Telefonknöpfe und alarmierte die Hubschrauberbesatzung. Dann ging er zum Unterrichtszimmer an der anderen Seite des Gebäudes. Die fünf Männer vom Bereitschaftsdienst lasen oder dösten vor sich hin. Sie hatten alle beim Militär gedient, und jeder von ihnen war ein Meisterschütze.

«Hört mal her, Jungs», sagte Werner. «Sie brauchen in Hagerstown ein Team. Der Hubschrauber ist in einer halben Stunde hier.»

«Es ist ein schweres Gewitter im Anzug», gab einer gelassen zu bedenken.

«Dann nimm deine Pillen gegen Luftkrankheit», riet Werner ihm.

«Haben sie sie schon gefunden?» fragte jemand anders.

«Nein, und sie scheinen langsam nervös zu werden.»

«Seht mal!» sagte Robby. «Da kommt es. Ganz schön dicke.» Die leichte Brise hatte sich binnen zehn Minuten in heftige Böen verwandelt, die das Haus erzittern ließen.

«‹Es war eine dunkle und stürmische Nacht›», zitierte Jack

schmunzelnd. Er ging in die Küche. Drei Agenten machten Sandwiches für die Männer auf der Straße. «Hoffentlich haben Sie Regenmäntel mitgebracht.»

«Wir sind so was gewohnt», versicherte einer der drei.

Es wird wenigstens ein warmer Regen sein, dachte sein britischer Kollege.

«Stellen Sie sich nicht unter einen Baum», empfahl Jack. «Die Blitze könnten Ihnen den Abend verderben.» Er kehrte ins Eßzimmer zurück. Die Unterhaltung fand immer noch am Tisch statt. Robby sprach wieder übers Fliegen. Im Augenblick war er bei Katapultstarts angelangt.

«Es ist jedesmal ein neuer Kick», sagte er gerade. «In wenigen Sekunden von Null auf hundertfünfzig Seemeilen!»

«Und wenn etwas schiefgeht?» fragte die Prinzessin.

«Dann geht man baden», antwortete Robby.

«Mr. Avery», quäkte es aus dem Walkie-Talkie.

«Ja», meldete er sich.

«Ich hab' Washington in der Leitung.»

«Okay, ich übernehme in einer Minute.» Avery ging die Zufahrt zum Funkwagen hinunter. Longley, der Leiter der britischen Sicherheitsgruppe, stapfte hinter ihm her. Sie hatten ihren Regenmantel beide im Transporter gelassen, und sie würden ihn in wenigen Minuten brauchen. Ein paar Kilometer weiter flammten die ersten Blitze, und die zuckenden Lichtstreifen schienen sich rasch zu nähern.

«Wir müssen uns wohl auf was gefaßt machen», bemerkte Longley.

«Ich hatte gehofft, es würde an uns vorbeiziehen.» Eine Bö blies ihnen Staub von einem frisch gepflügten Feld auf der anderen Seite der Falcon's Nest Road ins Gesicht. Sie überholten die beiden Männer, die das in Zellophan gehüllte Tablett mit Sandwiches trugen.

«Dieser Ryan scheint in Ordnung zu sein, ja?»

«Er hat eine verdammt niedliche Tochter. Man kann eine Menge über jemanden sagen, wenn man sich seine Kinder anguckt», dachte Avery laut. Sie erreichten den Transporter, als gerade die ersten Tropfen fielen. Der Agent des Secret Service stieg ein und ging zum Funktelefon.

«Hier Avery.»

«Chuck, ich bin's, Bill Shaw. Ich habe eben einen Anruf von

unseren Spurensicherungsleuten in dem Haus im Howard County bekommen.»

«Und?»

Shaw blickte auf die Karte, die vor ihm auf dem Schreibtisch lag, und runzelte die Stirn. «Sie können keine Fingerabdrücke finden, Chuck. Sie haben Gewehre, sie haben Munition, einige von den Knarren waren gerade gereinigt worden, aber keine Fingerabdrücke! Nicht mal auf den Hamburgerschachteln. Irgend was stinkt.»

«Und der Wagen, mit dem sie abgehauen sind?»

«Nichts, nicht das geringste. Als wenn sie in ein Loch gesprungen wären und ihn mitgenommen hätten.»

Das war alles, was Shaw zu sagen hatte. Chuck Avery war sein Leben lang beim Secret Service gewesen und gehörte normalerweise zum Team, das für die Sicherheit des Präsidenten verantwortlich war. Er dachte ausschließlich in potentiellen und realen Bedrohungen. Das war eine zwangsläufige Folge seiner Arbeit. Er schützte Leute, denen andere Leute an den Kragen wollten. Es hatte auf seine Lebenseinstellung abgefärbt, sie einseitig und ein bißchen paranoid gemacht. Avery erinnerte sich an die Einsatzbesprechung. Dieser Gegner ist ungewöhnlich gerissen...

«Danke für den Hinweis, Bill. Wir werden die Augen offen halten.» Avery zog seinen Mantel an und nahm sein Funksprechgerät. «Team eins, hier Avery. Bitte sofort zum Ende der Zufahrt. Wir haben eine mögliche neue Bedrohung.» Die nähere Erläuterung wird warten müssen.

«Was ist los?» fragte Longley.

«In dem Haus gibt es keine richtigen Indizien. Die Laborleute haben keinen einzigen Fingerabdruck gefunden.»

«Sie konnten nicht genug Zeit haben, alles abzuwischen, ehe sie flüchteten.» Auch Longley brauchte nicht mehr zu hören. «Vielleicht war alles geplant, um...»

«Genau. Gehen wir raus und reden wir mit der Truppe. Ich werde als erstes den Kreis um das Haus weiter ziehen. Dann lasse ich Verstärkung von der Polizei kommen.» Der Regen trommelte nun auf das Dach des Transporters. «Ich nehme an, wir werden gleich ganz schön naß.»

«Ich möchte noch zwei Männer im Haus», sagte Longley.

«Einverstanden, aber lassen Sie uns der Truppe vorher Bescheid sagen.» Er öffnete die Schiebetür, und beide Männer sprangen auf die Zufahrt.

Die Agenten, die im Umkreis des Hauses postiert waren, trafen sich an der Stelle, wo die Zufahrt in die Straße mündete. Sie waren hellwach, aber bei dem Regen, den der Wind ihnen ins Gesicht peitschte, und dem Staub, der ihnen in die Augen geweht wurde, konnten sie nicht allzu gut sehen. Einige aßen schnell ihren Sandwich zu Ende. Ein Agent zählte die Gruppe und stellte fest, daß jemand fehlte. Er schickte einen Kollegen los, um den Mann zu holen, dessen Funkgerät offenbar ausgefallen war.

«Gehen wir in den Salon?» Cathy winkte zu der nur zwei oder drei Meter entfernten Sitzgruppe. «Ich würde gern den Tisch abräumen.»

«Laß mich das machen, Cathy» sagte Sissy Jackson. «Du setzt dich jetzt aufs Sofa.» Sie ging in die Küche und band sich die Schürze um. Ryan war nun ganz sicher, daß Cathy die Jacksons gewarnt hatte – zumindest Sissy, denn ihr Kleid mußte, wie er bei näherer Betrachtung feststellte, ein kleines Vermögen gekostet haben. Alle erhoben sich, und Robby suchte die Toilette auf, weil er dringend mal mußte.

«Es kann losgehen», sagte Alex. «Seid ihr soweit?»

«Ja!» antwortete O'Donnell. Er wollte wie Alex an der Spitze seiner Männer stehen. «Das Wetter hätte nicht besser sein können.»

«Genau», bekräftigte Alex und schaltete das Abblendlicht ein. Er sah zwei Gruppen von Agenten, die einige Meter weit voneinander entfernt standen.

Das Sicherheitsteam sah die näherkommenden Scheinwerfer, und da sie gründlich ausgebildete Männer waren, behielten sie sie aufmerksam im Auge, obgleich sie wußten, wer die Insassen waren und was sie gemacht hatten. Als der Wagen noch dreißig Meter entfernt war, gab es plötzlich einen lauten Knall. Einige Männer langten instinktiv nach ihrer Waffe, hielten dann aber inne, als sie sahen, daß der linke Vorderreifen des Transporters geplatzt war und nun in Fetzen über die Straße flog, während der Fahrer das Steuer herumriß, um den Wagen wieder unter Kontrolle zu bekommen. Er blieb genau vor der Zufahrt stehen. Niemandem waren vorhin die Leitern aufgefallen. Niemand bemerkte jetzt, daß sie nicht mehr da waren. Der Fahrer stieg aus und sah sich das Rad an.

«Mmmh. Verdammte Scheiße!»

Avery, der noch zweihundert Meter entfernt war, sah den Transporter quer vor der Zufahrt stehen, und irgendwo in ihm schrillte ein Alarm los. Er fing an zu rennen.

Die Schiebetür des Transporters glitt zurück und gab vier Männer mit automatischen Waffen frei.

Die Agenten, die dem Wagen am nächsten standen, reagierten unverzüglich, aber zu spät. Die Tür war kaum offen, als die erste Waffe abgefeuert wurde. Der Schalldämpfer auf der Mündung konnte etwas gegen das Geräusch ausrichten, aber nicht gegen die weißliche Flamme, die eine Sekunde lang in der Luft hing, während fünf Sicherheitsbeamte zu Boden fielen. Die anderen Terroristen hatten ebenfalls angefangen zu schießen, und die erste Agentengruppe wurde ausgelöscht, ohne einen einzigen Schuß abgegeben zu haben. Die Terroristen sprangen aus der Seitentür und den rückwärtigen Türen des Transporters und griffen die zweite Gruppe an. Ein Mann vom Secret Service riß seine Uzi hoch und feuerte eine Salve ab, die den ersten Mann fällte, der hinten aus dem Wagen gekommen war, aber der Mann dahinter tötete den Agenten. Nun waren zwei weitere Sicherheitsbeamte tot, und die restlichen vier warfen sich auf die Erde und versuchten, das Feuer zu erwidern.

«Was zum Teufel ist das?» fragte Ryan. Das Geräusch war wegen des prasselnden Regens und der Donnerschläge schwer zu identifizieren. Die Köpfe der Anwesenden fuhren herum. In der Küche war nun ein britischer Sicherheitsbeamter, und auf der Terrasse vor dem Wohnzimmer standen zwei Agenten des Secret Service. Sie lauschten ebenfalls, und ein Mann langte nach seinem Funkgerät.

Avery hatte seinen Dienstrevolver gezogen. Als Teamführer bestand er auf seinem 357er Smith and Wesson Magnum. Seine andere Hand war ohnehin mit dem Funkgerät beschäftigt.

«Rufen Sie Washington, wir werden angegriffen! Brauchen sofort Verstärkung! Unbekannte Schützen am Westrand des Grundstücks. Männer tot oder verwundet. Brauchen dringend Hilfe!»

Alex griff nach hinten und holte ein Raketenabschußgerät RPG-7 aus dem Transporter. Er konnte die beiden Wagen der Staatspolizei zweihundert Meter weiter unten an der Straße gerade noch erkennen. Er hob die Waffe bis zu der in Frage kommenden Markierung auf dem Stahlvisier, zog ab und bereicherte das Toben der Elemente durch einen neuen Knall. Das Geschoß landete zwei oder drei Meter vor dem Ziel, aber die Explosion schleuderte glutheiße Splitter in einen Benzintank. Er explodierte und beide Wagen brannten alsbald.

«Klasse!»

Die Terroristen waren hinter Alex ausgeschwärmt und nahmen die Männer des Secret Service von links und rechts unter Beschuß. Jetzt erwiderte nur noch einer das Feuer. Alex sah, daß zwei weitere Männer von der ULA am Boden lagen, aber die übrigen nahmen den Agenten von hinten in die Zange und erledigten ihn mit einer vielfachen Salve.

«O Gott!» Avery sah es auch. Er und Longley blickten sich an, und jeder wußte, was der andere dachte. Sie werden sie nicht kriegen, nicht solange ich lebe!

«Shaw.» Die Frequenz des Funktelefons war stark gestört.

«Wir werden angegriffen. Die meisten Männer sind außer Gefecht», sagte eine Stimme aus dem Wandlautsprecher. «Unbekannte Zahl von... Verdammt, es klingt, als wär' da draußen ein Krieg in Gang! Wir brauchen Hilfe, und zwar *jetzt!*»

«Okay, wir kommen so schnell wie möglich.» Shaw erteilte sogleich Befehle, und Anzeigenlichter für die Telefonleitungen flammten auf. Die ersten Anrufe gingen an die nächstgelegenen Stationen der Staats- und County-Polizei. Als nächstes wurde das in Washington bereitstehende Geiselrettungskommando alarmiert. Sein Chevrolet stand noch in der Garage. Shaw blickte zur Wanduhr und rief Quantico auf der direkten Leitung an.

«Der Hubschrauber landet gerade», sagte Gus Werner.

«Wissen Sie, wo Ryans Haus ist?» fragte Shaw.

«Ja, es ist auf der Karte. Unsere Gäste sind jetzt dort, nicht?»

«Es wird angegriffen. Wie schnell können Sie dort sein?»

«Wie ist die Lage?» Werner sah durch das Fenster, wie die Männer ihre Ausrüstung in den Helikopter luden.

«Weiß nicht – wir haben gerade das Team von hier in Bewegung gesetzt, aber Sie könnten als erste hinkommen. Uns wurde per Funk vor zwei Minuten gemeldet, daß sie angegriffen werden. Viele Männer sind außer Gefecht.»

«Sagen Sie uns Bescheid, wenn Sie weitere Informationen kriegen. Wir sind in zwei Minuten oben.» Werner lief zu seinen Leuten hinaus. Als er in den Hubschrauber kletterte, hatten seine Männer ihre

Waffen bereits schußbereit auf den Knien liegen. Dann hob die Maschine ab und flog in das näherkommende Gewitter hinein.

Ryan nahm die hektische Aktivität vor der Haustür wahr. Der britische Beamte lief aus der Küche nach draußen und sprach kurz mit den Agenten vom Secret Service. Er kehrte gerade wieder ins Haus zurück, als ein langgezogener Blitz die Terrasse sekundenlang in einen hellen Lichtschein tauchte. Einer der Agenten drehte sich um und riß seine Waffe hoch – und stürzte rücklings hin. Das Glas hinter ihm zersplitterte. Die anderen beiden Männer warfen sich auf die Terrasse. Einer richtete sich auf, um zu schießen, und sank neben seinem Kameraden zusammen. Der letzte robbte ins Haus und schrie sie an, sich auf den Boden zu legen. Jack hatte kaum Zeit, um das Grauen wahrzunehmen, das in ihm hochstieg, denn nun ging ein anderes Fenster zu Bruch, und der letzte Sicherheitsbeamte wurde niedergemäht. Hinter der zersplitterten Scheibe erschienen vier bewaffnete Gestalten. Sie waren ganz in Schwarz und hatten auf der Brust und an den Stiefeln Schlamm- und Dreckspuren. Einer zog sich die Maske vom Gesicht. Es war Sean Miller.

Avery und Longley lagen allein auf dem Rasen. Der Brite beobachtete, wie mehrere bewaffnete Männer die niedergestreckten Agenten in Augenschein nahmen. Dann teilten sie sich in zwei Gruppen und rückten zum Haus vor.
«Wir sind hier zu exponiert», sagte Longley. «Wenn wir überhaupt was ausrichten wollen, müssen wir zurück zu den Bäumen.»
«Sie gehen als erster.» Avery hielt seinen Revolver mit beiden Händen und zielte auf eine schwarzgekleidete Gestalt, die nur dann zu sehen war, wenn ein Blitz über den Himmel zuckte. Sie waren immer noch über hundert Meter entfernt, sehr, sehr weit für eine Handfeuerwaffe. Der nächste Blitz gab ihm ein Ziel, und er feuerte, verfehlte es und lenkte einen Kugelhagel auf sich. Diese Kugeln gingen ebenfalls daneben, aber das Geräusch ihres Aufpralls im nassen Boden war viel zu nahe. Jetzt feuerten sie woandershin. Vielleicht sahen sie, wie Longley zu den Bäumen zurücklief. Avery zielte wieder sorgfältig, zog ab und sah, wie ein Mann mit einer Beinwunde zu Boden ging. Die Gegensalve schlug diesmal noch dichter ringsum ein. Der Agent des Secret Service leerte sein Magazin. Er glaubte, daß er vielleicht noch einen getroffen hatte – dann war plötzlich alles zu Ende.

Longley schaffte es zu den Bäumen und sah sich um. Averys liegende Gestalt bewegte sich nicht, obgleich die anderen nur noch fünfzig Meter von ihm entfernt waren. Der britische Sicherheitsbeamte stieß einen Fluch aus und sammelte die restlichen Männer um sich. Der Verbindungsmann vom FBI hatte nur seinen Revolver, die drei britischen Beamten hatten automatische Pistolen, und der eine Agent von Secret Service hatte eine Uzi mit zwei Reservemagazinen. Sie konnten nirgends hin – selbst dann nicht, wenn es keine Leute gegeben hätte, die sie beschützen sollten.

«So sehen wir uns wieder», sagte Miller. Er hatte eine Uzi in der Hand und bückte sich, um einem der erschossenen Sicherheitsmänner eine andere abzunehmen. Hinter ihm traten fünf weitere Männer in den Raum. Sie bildeten einen Halbkreis und hielten die Ryans und ihre Gäste in Schach. «Aufstehen. Hände so, daß wir sie sehen können.»

Jack stand auf, dann der Prinz, der sich neben ihm zu Boden geworfen hatte. Als nächstes richtete Cathy sich auf, mit Sally in den Armen, und zuletzt Ihre Hoheit. Drei Männer wirbelten herum, als die Küchentür geöffnet wurde. Es war Sissy Jackson, die einige Teller zu halten versuchte, während ein Killer sie am Arm gepackt hielt. Als er ihren Arm hochriß, fielen zwei Teller zu Boden und sprangen in Scherben.

Sie haben ein Hausmädchen, fiel Miller ein, als er das dunkle Kleid und die Schürze erblickte. Eine Schwester, attraktives Ding. Er lächelte auf einmal. Die Schmach seiner fehlgeschlagenen Operationen lag weit hinter ihm. All seine Ziele waren vor seinen Augen aufgereiht, und in seiner Hand war das Werkzeug, um sie auszulöschen.

«Du stellst dich auch dahin», befahl er.

«Was zum Teufel ist hier...»

«Los, Niggerweib!» Ein anderer Terrorist, der kleinste der Gruppe, stieß sie roh zu den anderen. Jack fixierte ihn kurz – wo hatte er das Gesicht doch gleich gesehen?

«Du Miststück!» Sissy fuhr mit flammenden Augen zu dem Mann herum, und ihre Furcht war vorübergehend vergessen.

«Du solltest besser achtgeben, für wen du arbeitest», sagte Miller. Er zeigte mit seiner Waffe. «Wird's bald?»

«Was haben Sie vor?» fragte Ryan.

«Warum soll ich euch die Überraschung verderben?»

Robby war zwölf Meter weiter in dem Teil des Hauses, in dem man am wenigsten mitbekam. Er hatte sich gerade ungeachtet einiger besonders heftiger Donnerschläge die Hände gewaschen, und kurz danach hatte von der Terrasse her etwas geknallt, das sich wie Schüsse anhörte. Er trat vorsichtig in den Korridor und spähte zum Wohnzimmer, sah aber nichts. Was er hörte, reichte. Er drehte sich um und lief nach oben ins Elternschlafzimmer. Sein erster Impuls war, die Polizei anzurufen, aber die Leitung war tot. Er zermarterte sich das Hirn, was er sonst machen könnte. Dies war etwas anderes, als einen Düsenjäger zu fliegen.

Jack hat doch Waffen... Aber wo zum Teufel bewahrt er sie auf? Im Schlafzimmer war es dunkel, und er wagte nicht, eine Lampe anzuknipsen.

Die Reihe der Terroristen rückte zur Baumlinie vor. Longley verteilte seine Männer, um dem Angriff zu begegnen. Sein Militärdienst lag zu lange zurück, und seine Arbeit als Sicherheitsbeamter hatte ihn nicht auf so etwas vorbereitet, aber er tat sein Bestes. Die Bäume, von denen einige dick genug waren, um Kugeln abzuhalten, gaben ihnen gute Deckung. Er befahl dem Mann mit der einzigen automatischen Waffe, links von ihm zu bleiben

«FBI, hier Anflug Patuxent River. Transponder bitte auf Vier-null-eins-neun, Ende.»

Der Hubschrauberpilot drehte die Rädchen des Geräts, bis die richtige Nummer erschien. Als nächstes las er die Koordinaten seines Zielorts ab. Er wußte von Luftaufnahmen her, wie dieser aussah, aber sie waren bei Tageslicht gemacht worden. Nachts konnte alles ganz anders aussehen, und außerdem vollführte die Maschine wahre Bocksprünge. Die Böen, die den Hubschrauber von der Seite erfaßten, waren bis sechzig Stundenkilometer schnell, und das Wetter wurde mit jedem Kilometer schlimmer. Hinten versuchten die Männer des Geiselrettungskommandos, ihre Nachttarnung anzuziehen.

«Vier-null-eins-neun, schwenken Sie nach links auf Null-zwei-vier. Behalten Sie jetzt Höhe bei. Warnung, es sieht so aus, als näherte sich eine ziemlich starke Gewitterwolke Ihrem Ziel», sagte der Flugpilot. «Ich empfehle, nicht über tausend Fuß zu gehen. Ich werd' versuchen, Sie um das Schlimmste herumzulotsen.»

«Verstanden.» Der Pilot schnitt eine Grimasse. Es war klar, daß das Wetter vor ihnen noch saumäßiger war, als er befürchtet hatte. Er senkte seinen Sitz, so weit es ging, zog den Gurt straffer und schaltete die Sturmlichter an. Das einzige, was er sonst noch tun konnte, war schwitzen, und das kam automatisch. «Los, Jungs, schnallt euch an, so fest es geht!»

O'Donnell befahl seinen Männern stehenzubleiben. Die Baumlinie war hundert Meter vor ihnen, und er wußte, daß dort Waffen lauerten. Eine Gruppe rückte nach links, die andere nach rechts. Sie würden abwechselnd angreifen, und die Gruppe, die gerade vorrückte, würde der anderen Feuerschutz geben. Alle seine Männer trugen Schwarz und hatten Maschinenpistolen – bis auf einen, der ein Stück hinter den anderen ging. Der Anführer wünschte, sie hätten schwerere Waffen mitgenommen. Es gab immer noch eine Menge zu tun. Er mußte unter anderem die Männer fortschaffen, die getroffen worden waren. Einer war tot, zwei verwundet. Aber zuerst... Er hob sein Funkgerät und befahl der einen Gruppe anzugreifen.

Rechts vor ihm drückte sich der einzige Agent des Secret Service, der noch nicht ausgeschaltet war, an eine Eiche und schulterte seine Uzi. Für ihn und seine Kameraden zwischen den Bäumen gab es keinen Rückzug. Die schwarzen Metallvisiere waren in der Dunkelheit schwer zu benutzen, und seine Ziele waren so gut wie unsichtbar. Wieder kam ein Blitz zu Hilfe. Er beleuchtete einen Sekundenbruchteil lang das grüne Gras und die schwarzgekleideten Gestalten, die darüberschritten. Der Agent wählte ein Ziel und feuerte eine kurze Salve, die danebenging. Beide Angreifergruppen erwiderten das Feuer, und der Agent zuckte zusammen, als er hörte, wie ein Dutzend Kugeln in den Baum einschlug. Die Rasenfläche vor ihm schien nur noch aus Mündungsblitzen zu bestehen. Er trat wieder einen halben Schritt zur Seite und zog ab. Die Gruppe, die direkt zu ihm vorgerückt war, lief nun links von ihm in das Brombeergesträuch. Sie wollten ihn in die Zange nehmen – aber dann erschienen sie wieder, feuerten in die Büsche, und *aus* den Brombeeren kamen Mündungsblitze. Alle wurden davon überrascht, und plötzlich geriet die Lage außer Kontrolle.

O'Donnell hatte seine beiden Gruppen links und rechts von der Lichtung vorrücken lassen wollen, aber nun wurde unerwartet von der Baumlinie im Süden her gefeuert, und eine der Gruppen war exponiert und wurde aus zwei Richtungen beschossen. Er schätzte die neue taktische Situation schnell ein und fing an, Befehle zu geben.

Ryan beobachtete mit ohnmächtigem Zorn. Die Terroristen wußten ganz genau, was sie taten, und das reduzierte seine Möglichkeiten auf Null. Sechs Waffen waren auf seine Gäste und ihn gerichtet, und er hatte keine Chance, etwas dagegen zu unternehmen. Cathy, die rechts von ihm stand, umklammerte ihre Tochter, und sogar Sally verhielt sich still. Weder Miller noch seine Männer machten ein überflüssiges Geräusch.

«Sean, hier Kevin», knisterte eine Stimme aus Millers Walkie-Talkie. «Wir haben Widerstand in der Baumlinie. Habt ihr sie?»

«Ja, alles unter Kontrolle.»

«Ich brauche hier draußen Hilfe.»

«Wir kommen.» Miller steckte das Funkgerät ein. Er zeigte auf seine Kameraden. «Ihr drei bereitet sie vor und bewacht sie. Wenn sie Widerstand leisten, legt ihr sie alle um. Ihr beiden kommt mit mir.» Er führte sie aus den zerschmetterten Glastüren und verschwand mit ihnen.

«Los.» Die drei Terroristen, die im Zimmer geblieben waren, hatten ihre Masken inzwischen alle vom Gesicht gezogen. Zwei waren groß, ungefähr so groß wie Ryan, und einer von ihnen war blond, der andere dunkelhaarig. Der dritte war klein und hatte nur noch einen Haarkranz – ich kenne dich, aber woher? Er war am beängstigendsten. Sein Gesicht war haßverzerrt, und Jack mochte den Grund nicht raten. Der Blonde warf ihm ein Seilbündel zu. Einen Moment später sah Jack, daß es ein Haufen von Schnüren war, mit denen sie offensichtlich gefesselt werden sollten.

Robby, wo zum Teufel steckst du? Jack blickte hinüber zu Sissy, die dasselbe dachte. Sie nickte kaum merklich, und in ihren Augen war immer noch Hoffnung. Der Kleine merkte es.

«Keine Sorge», sagte der Kleine. «Ihr kriegt das, was ihr verdient.» Er legte seine Waffe auf den Eßtisch und trat vor, während der Blonde und der Dunkelhaarige einen Schritt zurücktraten, um sie alle im Schußfeld zu haben. Dennis Cooley nahm eine Schnur, ging zuerst zum Prinzen von Wales und drehte ihm die Hände auf den Rücken.

Da! Robby schaute nach oben. Jack hatte seine Flinte auf den obersten Fachboden des Dielenwandschranks gelegt, und daneben stand eine Schachtel Patronen. Er mußte sich auf Zehenspitzen stellen, um beides zu nehmen, und dabei fiel ein Pistolenhalfter samt Inhalt auf den Boden. Jackson hielt den Atem an und bückte sich schnell, um die Waffe aus dem Etui zu nehmen und in seinen Gürtel zu stecken. Dann prüfte er die Flinte – sie war geladen und gesichert. Okay. Er stopfte seine Taschen mit Patronen voll und ging wieder ins Schlafzimmer.

Und jetzt? Hier gab es keinen Radar, der Ziele in Hunderten von Kilometern Entfernung ausmachte, und keinen Kameraden, der ihm die Bastards vom Hals hielt.

Das Bild... Man mußte sich aufs Bett knien, um an das Ding ranzukommen. Warum hat Jack die Möbel bloß so idiotisch gestellt, dachte der Pilot wütend. Er legte das Gewehr hin und schob das Bild mit beiden Händen etwas zur Seite. Er bewegte es nur einige Zentimeter, gerade genug, um durch den entstandenen Spalt sehen zu können. Wie viele... Eins, zwei... drei. Sind noch mehr da? Und wenn einer überlebt?

Er sah zu, wie Jack gefesselt wurde. Der Prinz – der Captain, dachte Robby – war bereits gefesselt und saß mit dem Rücken zu ihm. Jetzt war der kleine Mann mit Jack fertig und schob ihn aufs Sofa zurück. Jackson sah, wie er Hand an seine Frau legte.

«Was werden Sie mit uns machen?» fragte Sissy

«Halt's Maul, Niggerweib!» fuhr der Kleine sie an.

Selbst Robby wußte, daß er sich davon nicht in Wut bringen lassen durfte; das Problem, das er lösen mußte, war weit schlimmer als die rassistische Bemerkung irgendeines weißen Arschlochs, aber sein Blut siedete, während er zusah, wie die Frau, die er liebte, von... von diesem miesen kleinen weißen Schwein verschnürt wurde!

Benutz deinen Grips, Junge, sagte ihm eine innere Stimme. Laß dir Zeit. Du mußt es beim ersten Anlauf richtig machen. Relax.

Longley fing an zu hoffen. Zwischen den Bäumen links von ihm waren Freunde. Vielleicht sind sie aus dem Haus gekommen, dachte er. Mindestens einer hatte eine automatische Waffe, und er zählte drei tote Terroristen – das heißt, sie lagen zumindest im Gras und rührten sich nicht. Er hatte fünfmal gefeuert, jedesmal daneben – die Entfernung war einfach zu groß für eine Pistole, besonders im Dunkeln –, aber die Schüsse hatten dafür gesorgt, daß die Terroristen stehengeblieben waren. Und Hilfe war unterwegs. Sie mußte unterwegs sein. Der Funkwagen war jetzt leer, aber der FBI-Mann rechts von ihm war dort gewesen. Nun mußten sie nur noch warten, nur noch ein paar Minuten standhalten...

«Ich sehe vor uns am Boden Mündungsfeuer», sagte der Pilot. «Ich...»

Ein Blitz beleuchtete das Haus und das Grundstück ringsum. Sie konnten unten keine Leute erkennen, aber es war das richtige Haus, und sie sahen kleine weiße Blitze, die von Schüssen herrühren mußten. Der Hubschrauber war noch gut einen halben Kilometer entfernt und wurde vom Wind hin und her gedrückt. Der Pilot sah kaum etwas, denn alle paar Sekunden klatschte ein neuer Regenschwall an die Kanzel. Er hatte die Instrumentenbeleuchtung voll aufgedreht, und die Blitze hatten sein Sehfeld mit einer atemberaubenden Kollektion blauer und grüner Tupfen gesprenkelt.

«Jesus», sagte Gus Werner über Bordsprechfunk. «Wo kommen wir da rein?»

«In Vietnam nannten wir so was Dschungelnahkampf», antwortete der Pilot mit vorgetäuschter Gelassenheit.

«Hol Washington.» Der Kopilot stellte eine andere Frequenz ein und winkte dem Agenten hinter sich zu, ohne die Instrumente aus den Augen zu lassen.

«Hier Werner.»

«Gus, hier Bill Shaw. Wo seid ihr?»

«Wir haben Sichtkontakt mit dem Haus, und da unten ist eine richtige Schlacht in Gang. Haben Sie Kontakt mit unseren Leuten?»

«Nein, sie funken nicht mehr. Das Team aus Washington ist noch dreißig Minuten entfernt. Die Polizisten sind ganz in der Nähe, aber noch nicht da. Das Unwetter hat überall in der Gegend Bäume abgeknickt, und der Verkehr kommt an vielen Stellen nicht weiter. Gus, ihr seid am nächsten dran, es liegt alles bei euch.»

Das Geiselrettungskommando hatte die Aufgabe, eine bestimmte Situation zu bewerten, in den Griff zu bekommen, zu stabilisieren und die Geiseln zu befreien – möglichst mit friedlichen Mitteln, notfalls mit Gewalt. Sie waren keine Angriffstruppe; sie waren Sonderagenten des FBI. Aber dort unten standen Kollegen.

«Wir gehen jetzt runter. Sagen Sie der Polizei, daß FBI unten ist. Wir werden versuchen, Sie auf dem laufenden zu halten.»

«Gut. Seid vorsichtig, Gus.»

«Bringen Sie uns runter», sagte Werner zu dem Piloten.

«Okay. Ich fliege ein Stück am Haus entlang und lande gegen den Wind. Ich kann euch nicht sehr dicht am Haus absetzen. Der Wind ist zu schlimm, er könnte die Maschine wegpusten.»

«Los.» Werner drehte sich um. Seine Männer waren aktionsbereit.

Jeder hatte eine automatische Pistole. Vier hatten außerdem Maschinengewehre M-5, wie er selbst. Der Scharfschütze und sein Späher würden als erste rausspringen. «Wir gehen runter.» Einer der Männer hielt keck den Daumen hoch, aber allen war mulmig zumute.

«He, die Stelle zwischen dem Haus und dem Felsen könnte vielleicht doch groß genug sein», sagte der Pilot. Er gab mehr Gas und drückte den Hubschrauber gegen den Wind weiter hinunter.

«Hubschrauber!» schrie rechts von O'Donnell jemand. Der Anführer blickte hoch, und da war er, eine geisterhafte Form und ein schwirrendes Geräusch. Das war ein Fall, den er einkalkuliert hatte.

Weiter hinten an der Straße zog einer seiner Männer die Hüllen von dem Redeye-Raketenwerfer, den sie zusammen mit den anderen Waffen gekauft hatten.

«Ich muß Landelichter benutzen, kann sonst nichts sehen», sagte der Pilot über die Bordsprechanlage. Er schwenkte einen halben Kilometer westlich vom Haus herum. Er wollte genau am Haus vorbeifliegen, dann nach unten gehen und in den Wind drehen und in dem erhofften Windschatten an der geschützten Seite aufsetzen. Gott, dachte er, das ist wirklich wie in Vietnam. Die Mündungsblitze unten schienen darauf hinzudeuten, daß das Haus in der Hand von Freunden war. Der Pilot langte nach unten und schaltete Landungslichter an. Es war ein Risiko, aber er mußte es eingehen.

Gott sei Dank kann ich wieder was sehen, sagte er sich. Durch einen schimmernden Regenschleier hindurch machte er den Boden aus. Ihm wurde bewußt, daß das Unwetter noch zunahm. Er mußte gegen den Wind anfliegen. Der Regen, der an die Scheiben klatschte, würde die Sicht auf zwei oder höchstens drei Meter beschränken. Aber auf diese Weise konnte er wenigstens den Boden unter sich ... verdammt!

Er sah mitten auf einem Feld einen Mann stehen, der mit etwas zielte. Er drückte den Steuerknüppel vor, als ein roter Lichtstreifen in seine Richtung schoß, und starrte auf das Ding, das nur eine Boden-Luft-Rakete sein konnte. Die zwei Sekunden, die sie brauchte, schienen sich zu einer Stunde zu dehnen, dann sauste die Rakete durch die Blätter der Luftschraube und verschwand über der Maschine. Er zog sofort den Knüppel zurück, aber das Ausweichmanöver war nicht mehr rückgängig zu machen. Der Helikopter bohrte sich vierhundert Meter vom Haus der Ryans entfernt in ein gepflügtes Feld. Er würde dort liegen bleiben, bis ein Laster kam, um das Wrack zu bergen.

Wie durch ein Wunder waren nur zwei Männer verletzt. Werner war einer von ihnen. Es fühlte sich an, als sei er von einer Kugel in den Rücken getroffen worden. Der Scharfschütze riß die Tür auf und sprang, gefolgt von seinem Späher, hinaus. Dann sprangen die übrigen, und einer von ihnen half Werner, während ein anderer mit einem verstauchten Knöchel hinterherhumpelte.

Die Prinzessin war als nächste an der Reihe. Sie war größer als Cooley, und sie strahlte etwas aus, das mehr war als Verachtung. Der kleine Mann drehte sie roh um und fesselte ihr die Hände auf dem Rücken.

«Wir haben große Pläne mit euch», versprach er, als er fertig war.

«Du kleine Ratte, ich wette, du bist sogar im Bett eine Null», sagte Sissy. Es trug ihr eine schallende Ohrfeige ein. Robby beobachtete und wartete, daß der Blonde ins Schußfeld kam. Endlich trat er wieder zu den anderen.

26

Ein Blitz zuckte durch das Fenster, und Ryan schrak zusammen, als es unmittelbar danach krachte – und dann wurde ihm bewußt, daß der Knall viel zu schnell gekommen war, um ein Donnerschlag zu sein. Ehe er richtig begriff, was passiert war, ruckte der Kopf des Blonden nach hinten und verwandelte sich in eine rote Wolke, und der Körper stürzte und landete an einem Tischbein. Der Dunkelhaarige schaute gerade aus dem Eckfenster, drehte sich um und sah seinen Kameraden fallen, ohne zu wissen, wie und warum. Seine Augen suchten eine Sekunde lang, dann bildete sich auf seiner Brust ein roter Kreis von der Größe einer Single-Schallplatte, und er flog gegen die Wand. Der Kleine war im Begriff, Cathy die Hände zu fesseln, und konzentrierte sich ein bißchen zu sehr darauf. Er hatte den ersten Schuß nicht als das identifiziert, was er war. Beim zweiten tat er es – aber zu spät.

Der Prinz hechtete zu ihm, traf ihn mit der Schulter und warf ihn zu Boden, ehe er selbst dort landete. Ryan sprang über den Sofatisch und trat wie wild nach dem Kopf des Kleinen. Er trat ihn, verlor dabei aber das Gleichgewicht und fiel nach hinten. Der Kleine war einen Moment vollkommen verblüfft, dann schüttelte er sich kurz, stand auf und ging zum Eßtisch, wo seine Waffe lag. Jack stand ebenfalls auf und hechtete zu den Beinen des Terroristen. Der Prinz hatte sich inzwischen auch wieder aufgerichtet. Der Kleine boxte nach ihm und versuchte, Ryan mit Tritten zu Fall zu bringen – und hielt jäh inne, als die warme Mündung einer Schrotflinte an seine Nase gedrückt wurde.

«Rühr dich nicht vom Fleck, du Schwein, oder ich puste dir den Schädel weg.»

Cathy hatte bereits ihre Fesseln abgestreift und band Jack zuerst los. Er ging zu dem Blonden hinüber. Der Körper zuckte noch. Blut quoll aus dem scheußlichen Brei, der vor einer halben Minute noch ein menschliches Gesicht gewesen war. Jack nahm ihm die Uzi und ein Reservemagazin ab. Der Prinz tat das gleiche bei dem Dunkelhaarigen, der sich nicht mehr regte.

«Robby», sagte Jack, während er den Sicherungsbügel der Waffe prüfte. «Wir müssen so schnell wie möglich hier weg.»

«Ganz meine Meinung, aber wohin?» Jackson stieß den Kopf des Kleinen auf den Boden. Der Terrorist starrte wie gebannt auf das todbringende Ende der Remington, und seine Augen begannen stark zu schielen. «Ich schätze, er könnte was wissen, was uns nützt. Wie wolltet ihr hier abhauen, Mann?»

«Nein», war alles, was Cooley hervorbrachte. Ihm ging auf, daß er doch nicht der richtige Mann für diese Arbeit war.

«Ach, kommst du mir so?» fragte Jackson, und seine Stimme war ein leises zorniges Knurren. «Hör zu, Mann. Die Frau da drüben, die du *Niggerweib* genannt hast, das ist meine Frau, verstanden? Ich habe gesehen, wie du sie geschlagen hast. Ich habe also schon jetzt einen guten Grund, dich zu töten, verstanden?» Robby lächelte grausam und ließ die Mündung der Flinte langsam und genüßlich zum Hosenschlitz des Kleinen wandern. «Aber ich werde dich nicht töten. Ich werde was viel Schöneres machen...»

«Ich werd' ein Mädchen aus dir machen, du kleiner Eunuch.» Robby drückte die Mündung auf den Reißverschluß des Mannes. «Überleg's dir, aber bitte dalli.»

Jack hörte fassungslos zu. Robby hatte noch nie so geredet. Aber es klang überzeugend. Jack glaubte, daß er es tun würde.

Cooley auch. «Boote», stammelte er. «Boote unten am Wasser.»

«Nicht sehr schlau. Sag deinen Eiern auf Wiedersehen.» Der Winkel zwischen dem Flintenlauf und dem Unterleib änderte sich ein wenig.

«Boote! Da unten liegen Boote. Wir haben zwei Leitern...»

«Wie viele bewachen sie?» fragte Jack.

«Einer, mehr nicht.»

Robby blickte auf. «Jack?»

«Leute, ich schlage vor, wir klauen ein paar Boote. Die Schüsse draußen kommen näher.» Jack lief zu seinem Wandschrank und holte Jacken für alle heraus. Für Robby nahm er seinen alten Marineparka, den Cathy so haßte. «Zieh das an, dein weißes Hemd ist meilenweit zu sehen.»

«Da.» Robby gab ihm seine Automatic. «Ich hab' eine Schachtel Patronen für die Flinte.» Er fing an, die Patronen aus seiner Hosentasche zu nehmen und in die Parkataschen zu stecken, und dann hängte er sich die letzte Uzi über die Schulter. «Wir lassen Freunde zurück, Jack», fügte er leise hinzu.

Ryan gefiel das auch nicht. «Ich weiß, aber wenn sie es bis hier schaffen, haben sie gewonnen, und dies ist kein Platz für Frauen und Kinder.»

«Okay, du bist der Marine.» Robby nickte. Das war geklärt.

«Und nun raus hier. Ich gehe zuerst und seh' mich schnell um. Rob, du nimmst einstweilen den Kleinen. Prinz, Sie nehmen die Frauen.» Jack langte nach unten und packte Dennis Cooley an der Kehle. «Eine falsche Bewegung, und du bist tot. Mach nicht lange mit ihm rum, Robby. Schick ihn in die Hölle.»

«Roger.» Jackson trat von dem Terroristen zurück. «Aufstehen, aber schön langsam.»

Jack führte sie durch die zerschmetterten Türen. Die beiden toten Agenten lagen zusammengekrümmt auf den Terrassenbohlen, und er haßte sich dafür, nichts dagegen zu machen, aber er befolgte nun ein gespeichertes Programm, das die Marineinfanterie vor zehn Jahren in ihn eingegeben hatte. Es war eine Kampfsituation, und all die Kurse und Übungen kehrten in sein Bewußtsein zurück. Der Regen durchnäßte ihn im Nu. Er lief die Stufen hinunter und blickte ums Haus.

Longley und seine Männer waren zu sehr mit der Gefahr vor ihnen beschäftigt, um zu bemerken, was sich von hinten näherte. Der britische Sicherheitsbeamte feuerte viermal auf eine näherkommende schwarze Gestalt und sah zu seiner Befriedigung, daß sie wenigstens einmal heftig zusammenzuckte, aber dann wurde er von einem heftigen Schlag gegen einen Baum geschleudert. Er prallte von dem Stamm ab, wandte den Kopf zur Seite, und sah drei Meter weiter eine andere schwarze Gestalt, die eine Waffe hielt. Die Waffe blitzte noch einmal. Binnen Sekunden war an der Baumlinie alles still.

«Großer Gott», murmelte der Scharfschütze. Er rannte gebückt an fünf liegenden Agenten vorbei, aber dafür war jetzt keine Zeit. Er und sein Späher warfen sich neben einem Gebüsch auf die Erde. Der Scharfschütze aktivierte sein Nachtteleskop und suchte die Baumlinie hundert Meter vor sich ab. Das grüne Bild, das er erhielt, zeigte dunkel gekleidete Männer, die zwischen den Bäumen verschwanden.

«Ich zähle elf», sagte der Späher.

«Ja», bekräftigte der Scharfschütze. Sein Schnellfeuergewehr war mit Kugeln vom Kaliber .308 geladen. Er konnte auf über zweihundert Meter Entfernung ein sieben Zentimeter kleines Ziel treffen, das sich bewegte, schon beim ersten Schuß, auch beim zweiten Schuß, bei jedem, aber im Moment war er auf einer Aufklärungsmission, er mußte Informationen sammeln und sie an den Teamführer weitergeben. Ehe das Team handeln konnte, mußten sie wissen, was hier eigentlich los war, und alles, was sie bis jetzt sahen, war das totale Chaos.

«Werner, hier Paulson. Ich zähle elf Mann, offenbar Terroristen, die in das Gehölz zwischen uns und dem Haus laufen. Sie scheinen leichte automatische Waffen zu haben.» Er schwenkte das Gewehr herum. «Sechs andere liegen auf dem Rasen. Und jede Menge Sicherheitsleute. Jesus, hoffentlich sind Krankenwagen unterwegs.»

«Können Sie irgendwelche Männer von uns sehen?»

«Nein. Ich empfehle, daß Sie von der anderen Seite vorrücken. Können Sie mir einen Mann zur Verstärkung schicken?»

«Mach' ich. Rücken Sie vorsichtig vor, sobald er da ist. Lassen Sie sich Zeit, Paulson.»

«Okay.»

Werner und zwei andere Männer gingen südlich an der Baumlinie entlang. Ihre Nachttarnuniform war ein vom Computer ausgetüfteltes hellgrünes Gesprenkel, und selbst auf der Lichtung waren sie fast unsichtbar.

Eben war etwas passiert. Jack sah einen Feuerstreif und dann nichts mehr. Trotz all dem, was er Robby gesagt hatte, paßte es ihm nicht, einfach davonzulaufen. Aber was konnte er anderes tun? Da vorn war eine unbekannte Zahl von Terroristen. Sie waren nur drei bewaffnete Männer und mußten drei Frauen und ein Kind schützen, und sie hatten das Steilufer im Rücken. Er fluchte und kehrte zu den anderen zurück.

«Los, Kleiner, zeig mir den Weg nach unten», sagte er und drückte dem Mann die Mündung der Uzi an die Brust.

«Da.» Der Mann zeigte, und Ryan fluchte wieder.

All die Zeit, die sie hier gewohnt hatten, waren die Felsen ein Feind gewesen, dem er sich möglichst nicht genähert hatte. Damit sie nicht unter ihm oder seiner Tochter nachgaben. Der Blick vom Haus war großartig, aber die Höhe des Steilufers bedeutete, daß hinter dem Haus eine tausend Meter breite ungesehene Todeszone lag, die die Terroristen benutzt hatten, um sie zu überrumpeln. Und sie hatten

Leitern gebraucht, um hinaufzusteigen – natürlich, dafür sind Leitern ja da! Sie waren so markiert, wie es in jedem Militärhandbuch der Welt stand, mit Holzpflöcken, die mit weißen Mullbinden umwickelt waren, damit man sie im Dunkeln schnell fand.

«Okay, Leute», begann Ryan und sah sich um. «Der Kleine und ich gehen zuerst. Eure Hoheit, dann kommen Sie mit den Frauen. Robby, du bleibst zehn Meter dahinter und deckst den Rückzug.»

«Ich kann ganz gut mit leichten Waffen umgehen», sagte der Prinz.

Jack schüttelte nachdrücklich den Kopf. «Nein, wenn sie Sie erwischen, haben sie gewonnen. Wenn etwas schiefgeht, verlasse ich mich darauf, daß Sie sich um meine Frau und meine Tochter kümmern, Sir. Falls etwas passieren sollte, gehen Sie nach Süden. Knapp einen Kilometer weiter unten finden Sie eine Abflußrinne. Gehen Sie darin landeinwärts und bleiben Sie erst stehen, wenn Sie eine asphaltierte Straße finden. Die Rinne ist eine gute Deckung, und es müßte klappen. Robby, wenn sich was nähert, schießt du.»

«Aber wenn...»

«Zum Teufel, kein Aber! Alles, was sich bewegt, ist der Feind.» Jack schaute sich ein letztes Mal um. Gib mir fünf ausgebildete Männer, vielleicht Breckenridge und vier andere, und ich könnte einen wunderbaren Hinterhalt legen... und wenn Schweine Flügel hätten... «Los, Kleiner, du steigst als erster runter. Wenn du uns in die Pfanne haust, jage ich dir von oben eine Kugel in den Kopf. Verstanden?»

«Ja.»

«Dann marsch.»

Cooley trat zu der Leiter und stieg hinunter, und Ryan folgte einen Meter hinter ihm. Die Aluminiumsprossen waren vom Regen schlüpfrig, aber die Böen kamen wenigstens nicht hierher. Die ausziehbare Leiter – wie zum Teufel haben sie die bloß ungesehen hergeschafft? – schwankte unter ihm. Er versuchte, den Kleinen im Auge zu behalten, und rutschte prompt von einer Sprosse ab. Über ihm begann die zweite Gruppe mit dem Abstieg. Die Prinzessin hatte Sally übernommen und kam mit ihr zwischen sich und der Leiter herunter, damit sie nicht abstürzte. Er konnte hören, daß seine Tochter trotzdem leise vor sich hin wimmerte. Er mußte es ignorieren. In seinem Bewußtsein war jetzt kein Platz für Zorn oder Mitleid. Er mußte das hier beim ersten Versuch richtig machen. Es würde keinen zweiten geben. Ein Blitz zeigte die beiden Boote, die etwa hundert Meter weiter nördlich lagen. Ryan konnte nicht erkennen, ob jemand dort war. Endlich erreichten sie den Uferstreifen. Cooley ging ein paar Schritte in Richtung zu den Booten, und Jack sprang mit schußbereiter Uzi das letzte Stück hinunter.

«He, warten!»

Der Prinz kam als nächster, dann die Frauen. Endlich erschien Robby, der sich in dem Marineparka kaum von dem dunklen Himmel abhob. Auch er sprang die letzten anderthalb Meter.

«Sie haben das Haus erreicht, als ich gerade anfing runterzusteigen. Vielleicht wird sie das hier ein bißchen aufhalten.» Er hatte die weiß verbundenen Pflöcke mitgenommen.

«Sehr gut, Rob.» Jack drehte sich um. Da vorn lagen die Boote, die nun, bei dem Regen und im Schatten des Steilufers, wieder nicht zu erkennen waren. Der Kleine hatte gesagt, daß sie nur von einem Mann bewacht wurden. Und wenn er gelogen hat? fragte Ryan sich. Ist dieser Kerl bereit, für seine Sache zu sterben? Wird er sich opfern und den anderen warnen, damit wir umgebracht werden? Macht es einen Unterschied – haben wir eine Wahl? Nein.

«Los, Mann.» Ryan zeigte mit seiner Waffe. «Vergiß nicht, wer als erster dran glauben muß.»

Es war Flut, und das Wasser war höchstens einen Meter vom Fuß der Klippen entfernt. Ryan ging gut einen Schritt hinter dem Terroristen und fühlte den harten und feuchten Sand unter seinen Füßen. Wie weit waren sie von den Booten entfernt – hundert Meter? Wie weit können hundert Meter sein? fragte er sich. Er stellte es nun fest. Die anderen hinter ihm hielten sich möglichst dicht an dem kudsubewachsenen Felsen, so daß sie äußerst schwer auszumachen waren. Aber wenn jemand in einem der Boote war, würde er merken, daß Leute näher kamen.

Krach!

Ihr Herz setzte einen Schlag lang aus. Keine zweihundert Meter hinter ihnen hatte ein Blitz in einen Baum oben am Steilufer eingeschlagen. Einen kurzen Moment lang sah Jack die Boote wieder – und in jedem der beiden stand jemand.

«Nur einer, ja?» flüsterte er. Der Kleine zögerte und ging dann mit baumelnden Armen weiter. Da es wieder stockdunkel war, konnte Jack die Boote nun nicht mehr sehen, und er sagte sich, daß die plötzliche Helligkeit jeden, auch die Terroristen, fürs erste geblendet haben mußte. Die Augen würden eine gewisse Zeit brauchen, um sich wieder an das Dunkel zu gewöhnen. Er dachte wieder an das, was er eben gesehen hatte. Der Mann in dem ersten Boot stand mitt-

schiffs an der ihnen zugewandten Seite und schien eine Waffe zu halten – eine, für die man beide Hände brauchte. Ryan war außer sich vor Wut, daß der Kleine ihn angelogen hatte. Die plötzlich aufflammende Regung kam ihm selbst absurd vor.
«Was ist die Losung?»
«Es gibt keine», entgegnete Dennis Cooley mit ziemlich unsicherer Stimme, während er die Lage unter einem ganz neuen Gesichtswinkel betrachtete. Er war zwischen geladenen und entsicherten Schießeisen, und wahrscheinlich würde keine der beiden Seiten zögern abzuziehen. Cooleys Gedanken rasten ebenfalls und suchten nach etwas, das er tun konnte, um die Situation umzukehren.
Sagt er jetzt die Wahrheit? fragte Ryan sich, aber er hatte keine Zeit, lange zu überlegen. «Los, weiter.»
Jetzt kam das Boot wieder in Sicht. Fünf Meter weiter war es eine dunkle Masse. Der Regen prasselte noch so heftig, daß er alles verzerrte, was Jack sah, aber vor ihm war eine weiße, fast rechteckige Form. Ryan schätzte die Entfernung auf fünfzig Meter. Er betete, daß es fürs erste nicht mehr blitzen möge. Wenn sie beleuchtet wurden, könnten die Männer in den Booten ein Gesicht erkennen, und wenn sie sahen, daß der Kleine als erster kam...
Wie mache ich es bloß?
Noch vierzig Meter. Auf dem Uferstreifen lagen ab und zu Felsbrocken, und Jack mußte aufpassen, daß er nicht über einen stolperte. Er langte mit der linken Hand nach vorn und schraubte den dicken Schalldämpfer ab. Er steckte ihn in den Gürtel. Die Wirkung auf das Gleichgewicht der Waffe gefiel ihm nicht.
Dreißig Meter. Er tastete nach dem Hebel, mit dem man den Schaft der Uzi löste und fand ihn. Er verlängerte den Schaft, drückte sich die Stoßplatte in die Achselhöhle und hielt die Waffe mit der rechten Hand fest. Nur noch ein paar Sekunden...
Fünfundzwanzig Meter. Er konnte das Boot, das etwa sechs Meter lang sein mußte, nun deutlich sehen. Es hatte einen auffallend stumpfen Bug, und ungefähr zwanzig Meter dahinter lag eines, das genau gleich aussah. In dem ersten Boot stand ohne Zweifel ein Mann, mittschiffs an der Backbordseite, der starr zu der Gruppe sah, die sich näherte. Jacks rechter Daumen drückte den Funktionsschalter der Uzi ganz nach vorn auf volles automatisches Feuer, und seine andere Hand umklammerte den Pistolengriff. Er hatte nicht mehr mit einer Uzi geschossen, seit sie ihn in Quantico kurz in ihrem Gebrauch eingeführt hatten. Sie war klein, doch sie lag gut an seinem Arm. Aber

die schwarzen Metallvisiere waren im Dunkeln so gut wie nutzlos, und er mußte ...

Zwanzig Meter. Die erste Salve muß treffen, Jack, genau ins Schwarze ...

Er machte einen halben Schritt nach rechts und ging auf ein Knie hinunter. Er hob die Waffe so, daß das vordere Visier ein klein wenig unter dem Ziel war, und zog den Abzug zu einer Salve von vier Schüssen. Die Mündungsblitze zeichneten eine diagonale Linie über die Konturen des Ziels. Der Mann stürzte sofort hin, und Ryan war abermals geblendet, diesmal vom Mündungsfeuer. Der Kleine hatte sich bei dem Knall auf die Erde geworfen.

«Los, weiter!» Ryan riß Cooley hoch und stieß ihn weiter, aber da strauchelte er selbst im Sand, und als er sich aufgerichtet hatte, sah er, daß der Terrorist in der Tat weiterlief – zum Boot, wo es eine Waffe gab, die er auf sie alle richten konnte! Er schrie etwas, das Ryan nicht verstehen konnte.

Jack holte ihn beinahe ein, aber Cooley erreichte das Boot.

Und starb. Der Mann in dem anderen Boot hatte in dem Moment, als Cooley an Bord sprang, eine lange, wilde Salve in ihre Richtung gefeuert. Ryan sah, wie Cooleys Kopf hochruckte und wie sein Körper dann schwer in das Boot plumpste. Jack kniete sich hin und feuerte wieder, und der andere Mann ging zu Boden. Jack konnte nicht erkennen, ob er getroffen worden war oder nicht. Es ist genau wie bei den Übungen in Quantico, sagte er sich, ein schreckliches Durcheinander, und die Seite, die die wenigsten Fehler macht, gewinnt.

«Geht ins Boot!» Er blieb auf den Knien und hielt die MP auf das andere Boot gerichtet. Er wandte nicht den Kopf, fühlte nur, daß die anderen einstiegen. Es blitzte, und er sah den Mann, den er erschossen hatte, die drei roten Tupfen auf seiner Brust, die überrascht geweiteten Augen und den offenen Mund. Der Kleine lag mit scheußlich geborstenem Schädel neben ihm. Zwischen den beiden war eine rote Lache, so groß, als wären wenigstens fünf Liter Blut auf das Fiberglasdeck geflossen. Endlich kam Robby und sprang an Bord. Über dem Schandeck des anderen Boots erschien ein Kopf, und Ryan feuerte wieder und kletterte dann an Bord.

«Robby, bring uns hier weg!» Jack kroch auf Händen und Knien zur Steuerbordseite und vergewisserte sich dabei, daß alle die Köpfe unten hatten.

Jackson ging zum Ruderstand und tastete nach der Zündung. Es war ganz ähnlich wie im Auto, und der Schlüssel steckte. Er drehte ihn, und der Motor fing an zu husten, und in diesem Moment kam ein neuer Feuerstoß von dem anderen Boot. Ryan hörte Kugeln auf das Fiberglas prasseln. Robby duckte sich, bewegte sich dann aber nicht mehr. Jack hob die Uzi und feuerte wieder.

«Männer auf den Klippen!» rief der Prinz.

O'Donnell sammelte rasch seine Leute und erteilte neue Befehle. Er war so gut wie überzeugt, daß die Sicherheitsbeamten alle tot waren, aber der Hubschrauber war wahrscheinlich etwas weiter westlich gelandet. Er glaubte nicht, daß die Rakete getroffen hatte, konnte jedoch nicht sicher sein.

«Danke für die Hilfe, Sean, sie waren besser, als ich dachte. Ist im Haus alles okay?»

«Ich hab' Dennis und zwei andere bei ihnen gelassen. Ich denke, wir sollten jetzt gehen.»

«Ganz meine Meinung!» sagte Alex. Er zeigte nach Westen. «Ich glaube, wir kriegen gleich neuen Besuch.»

«Gut, Sean, du holst sie und bringst sie zu den Klippen.»

Miller lief mit seinen beiden Männern zum Haus zurück. Alex und sein Mann trabten hinterher. Die Haustür stand offen, und alle fünf rannten hinein, liefen um den Kamin und blieben wie angewurzelt stehen.

Paulson, sein Späher und ein anderer Mann liefen ebenfalls. Der Scharfschütze führte sie an den Bäumen entlang zur Biegung der Zufahrt, wo er sich wieder fallen ließ und den Lauf des Gewehrs auf das Zweibein legte. Er hörte ferne Sirenen, suchte im Nachtvisier nach Zielen, und fragte sich, warum zum Teufel sie so lange gebraucht hatten. Er erblickte kurz Männer, die zur Nordseite des Hauses liefen.

«Da stimmt was nicht», sagte er.

«Ja», bekräftigte der Späher. «Sie wollten garantiert nicht auf der Straße abhauen – aber was gibt es sonst noch?»

«Das sollte besser jemand rausfinden», dachte Paulson laut und schaltete sein Funkgerät an.

Werner mühte sich auf der südlichen Seite des Gartens weiter und tat sein Bestes, um seinen pochenden Rücken zu ignorieren, während er seine Gruppe zum Haus führte. Das Funkgerät quäkte erneut, und er befahl seinem anderen Team, mit äußerster Umsicht vorzurücken.

«Na, wo sind sie? Wo sind sie, Mann?» fragte Alex.

Miller sah sich sprachlos um. Zwei seiner Männer lagen tot am Boden, ihre Waffen waren fort, und auch ...

«Wo zum Teufel sind sie!» schrie Alex.

«Durchsucht das Haus!» rief Miller. Er und Alex blieben im Wohnzimmer. Der Schwarze starrte ihn eiskalt an.

«Hab' ich vielleicht die ganze Arbeit gemacht, nur damit du es wieder vermasselst?» Die drei anderen kamen wenige Sekunden später zurück und berichteten, daß im Haus niemand mehr war. Miller hatte bereits seinen Schluß daraus gezogen, daß die Waffen seiner Leute fort waren. Irgendwas war schiefgegangen. Er ging mit den anderen hinaus.

Paulson hatte eine neue Position gefunden und konnte seine Ziele endlich wieder sehen. Er zählte zwölf, und dann kamen vom Haus noch einige. Die winzigen Gestalten auf seinem Bild gestikulierten aufgeregt. Einige Männer sprachen miteinander, während andere hin und her liefen und auf Befehle zu warten schienen. Einige schienen verletzt zu sein, aber er konnte es nicht mit Sicherheit sagen.

«Sie sind weg», sagte Alex, ehe Miller den Mund aufmachen konnte.

O'Donnell konnte es nicht glauben. Sean berichtete hastig, mit stockender Stimme, während Dobbens auf die Erde blickte.

«Dein Mann hat Scheiße gebaut», sagte Dobbens.

Es war schlicht zuviel. Miller riß ihm die Uzi vom Rücken und hob die MP, die er dem toten Agenten des Secret Service abgenommen hatte. Fast im selben Moment feuerte er aus einer Entfernung von einem knappen Meter in Alex' Brust. Louis sah eine Sekunde auf seinen toten Boß hinunter und versuchte dann, seine Pistole zu heben, aber Miller mähte auch ihn nieder.

«Mein Gott!» sagte der Späher.

Paulson entsicherte das Schnellfeuergewehr und stellte das Nachtvisier auf den Mann ein, der eben gefeuert und zwei Männer getötet hatte – aber wen hatte er getötet? Er konnte nur schießen, um das Leben von Freunden zu retten, und die Toten hatten mit fast hundertprozentiger Gewißheit zu den Terroristen gehört. Soweit er sehen konnte, gab es keine Geiseln, die er retten mußte. *Wo zum Teufel sind sie?* Jetzt schien einer der Männer am Rand des Steilufers etwas zu rufen, und die anderen rannten zu ihm. Der Scharfschütze hatte eine Auswahl von Zielen, aber ohne einwandfreie Identifizierung konnte er es nicht wagen, auch nur einen Schuß abzugeben.

«Nun mach schon, Baby», sagte Jackson zu dem Motor. Der Motor war immer noch nicht warmgelaufen und lief stotternd, als er den Rückwärtsgang einlegte. Das Boot glitt langsam vom Ufer fort. Ryan hielt seine Uzi auf das andere Boot gerichtet. Der Mann dort erschien wieder, und Ryan feuerte dreimal, ehe die Waffe verstummte. Er fluchte und legte ein neues Magazin ein, ehe er wieder ein paar kurze Salven abfeuerte, damit der Kopf unten blieb.

«Da sind Männer auf den Klippen», wiederholte der Prinz. Er hatte die Flinte genommen und zielte, zog aber nicht ab. Er wußte nicht, wer die Gestalten dort oben waren, und die Entfernung war ohnehin zu groß. Dann blitzten Lichtstreifen auf. Wer immer es war, sie feuerten auf das Boot. Ryan drehte sich um, als er hörte, wie Kugeln ins Wasser schlugen, und zwei trafen das Boot selbst. Sissy Jackson schrie auf und faßte nach unten, während der Prinz dreimal abzog.

Das Boot war nun dreißig Meter vom Strand entfernt, und Robby riß heftig das Ruder herum. Als er Gas gab, hustete der Motor wieder einen langen, schrecklichen Augenblick, aber dann lief er rund, und das Boot sauste vor.

«Okay!» brüllte der Flieger. «Jack – wohin soll's gehen? Wie wär's mit Annapolis?»

«Meinetwegen», stimmte Ryan zu. Er blickte nach achtern. Jetzt stiegen Männer die Leiter hinunter. Einige schossen immer noch auf das Boot, verfehlten es aber um viele Meter. Als nächstes sah er, daß Sissy sich den Fuß festhielt.

«Cathy, sehen Sie bitte nach, ob Sie irgendwo eine Bordapotheke finden», sagte Seine Hoheit. Er hatte die Wunde schon kurz untersucht, war aber nun am Heck und hielt die Flinte nach achtern gerichtet. Jack sah einen weißen Plastikbehälter unter dem Fahrersitz und schob ihn zu seiner Frau.

«Rob, Sissy ist in den Fuß getroffen», sagte Jack.

«Ich bin okay», sagte Sissy sofort. Es klang gar nicht, als ob sie okay wäre.

«Wie ist es, Sis?» fragte Cathy und bückte sich.

»Es tut weh, aber es ist nicht weiter schlimm», antwortete sie zwischen zusammengebissenen Zähnen hindurch und rang sich ein Lächeln ab.

«Bist du sicher, daß du okay bist, Schatz?» fragte Robby.

«Denk nicht an mich und *fahr*!» keuchte sie. Jack ging nach achtern und sah sich den Fuß an. Die Kugel hatte ihn von oben durchschlagen, und der helle Pumps war naß von Blut. Er sah sich um, ob noch jemand verletzt war, doch abgesehen von dem schieren Grauen, das sie alle noch gepackt hielt, schienen sie mit heiler Haut davongekommen zu sein.

«Commander, soll ich übernehmen?» fragte der Prinz.

«Ja, Captain, kommen Sie.» Robby rutschte vom Fahrersitz, als der Prinz zum Ruderstand trat. «Ihr Kurs ist null-drei-sechs, nach dem Kompaß. Passen Sie auf, wenn wir aus dem Windschatten der Klippen sind, da draußen wird es ziemlich kabbelig sein, und es sind viele Handelsschiffe unterwegs.» Sie konnten bereits sehen, wie sich hundert Meter vor ihnen Brecher mit weißen Schaumkronen auftürmten und von den Böen schnell vorangetrieben wurden.

«Gut. Wie weiß ich, wann wir in Annapolis sind?» Der Prinz setzte sich ans Ruder und prüfte die Bedienungshebel.

«Rufen Sie mich, wenn Sie die Lichter auf den Brücken über der Bay sehen. Ich kenne den Hafen und werde dann wieder übernehmen.»

Der Prinz nickte. Er ging auf halbe Kraft, als sie die schwerere See erreichten, und blickte zwischen dem Kompaß und dem Wasser hin und her. Jackson trat zu seiner Frau, um nach ihrer Verletzung zu sehen.

Sissy winkte ihn fort. «Achte lieber auf *die da*!»

Im nächsten Moment erreichten sie anderthalb Meter hohe Wellen und fuhren Berg- und Talbahn. Das Boot war sechseinhalb Meter lang und hatte einen Fiberglasrumpf. Der Boden und die Seiten waren mit Kunststoffschaum gefüllt, um die Schwimmkraft zu vergrößern. Man konnte es mit Wasser vollaufen lassen, und es würde nicht sinken – wichtiger war im Augenblick jedoch, daß das Fiberglas und die Schaumschicht sie wahrscheinlich vor jeder MP-Kugel schützen würden. Jack betrachtete noch einmal die anderen Passagiere. Seine Frau versorgte Sissy. Die Prinzessin hielt seine Tochter. Bis auf ihn selbst, Robby und den Prinzen hielten alle den Kopf gesenkt. Er entspannte ein wenig. Sie waren fort und hatten ihr Schicksal wieder selbst in der Hand. Er nahm sich vor, dafür zu sorgen, daß dies so bleiben würde.

«Da, sie kommen hinter uns her», sagte Robby plötzlich und schob zwei Patronen in die Flinte. «Sie sind noch ungefähr dreihundert Meter hinter uns. Ich hab' sie bei dem Blitz eben gesehen, aber wenn wir Glück haben, verlieren sie uns in dem Regen.»

«Wie gut würdest du die Sicht schätzen?»

«Höchstens zwanzig Meter, wenn es nicht blitzt.» Robby zuckte die Achseln. «Wir machen keine Kielwellen, denen sie folgen könnten, und sie wissen nicht, wohin wir fahren.» Er hielt inne. «Gott, ich wünschte, wir hätten ein Funkgerät! Wir könnten die Küstenwache alarmieren oder vielleicht jemand anderen und ihnen eine schöne kleine Falle stellen.»

Jack setzte sich so auf das Deck, daß er nach achtern blickte und den Motorkasten zwischen sich und seinem Freund hatte. Er sah, daß seine Tochter vor Erschöpfung in den Armen der Prinzessin eingeschlafen war. Er hielt die Uzi immer noch genauso fest wie vorhin und schaute nach achtern. Er sah nichts. Himmel und Wasser verbanden sich zu einer schäumenden grauen Masse, und der Wind peitschte ihm Regentropfen ins Gesicht. Das Boot hüpfte auf den Wellen, und er wunderte sich kurz, warum er nicht seekrank war. Es blitzte wieder, und er sah immer noch nichts, als ob sie auf einem gleißenden, unebenen Boden unter einer grauen Kuppel wären.

Sie waren fort. Nachdem das Scharfschützenteam gemeldet hatte, daß alle Terroristen hinter den Klippen verschwunden waren, suchten Werners Männer das Haus ab und fanden nichts als Tote. Inzwischen war das zweite Geiselrettungskommando eingetroffen, und kurz danach kamen über zwanzig Polizisten und Feuerwehrleute und Sanitäter. Drei der Agenten des Secret Service waren noch am Leben, außerdem ein Terrorist, den die anderen zurückgelassen hatten. Alle wurden zu Krankenhäusern gebracht. Insgesamt waren siebzehn Sicherheitsbeamte tot und vier Terroristen, von denen zwei offenbar von ihren eigenen Leuten erschossen worden waren.

«Sie sind alle ins Boot gestiegen und geflohen», sagte Paulson. «Ich hätte ein paar erledigen können, aber ich konnte beim besten Willen nicht wissen, wer von ihnen wer war.» Er hatte richtig gehandelt. Er wußte es, und Werner wußte es auch.

«Was zum Teufel machen wir jetzt also?» fragte ein Captain von der Staatspolizei.

«Glauben Sie, daß Ryan und seine Gäste fliehen konnten?» fragte Paulson. «Ich habe niemanden gesehen, der so aussah wie einer von ihnen, und nach der Art und Weise, wie die Terroristen sich aufführten... Irgendwas ist schiefgegangen», sagte er. «Für alle.»

Etwas ist schiefgegangen, klar, dachte Werner. Hier hat eine richtiggehende Schlacht getobt. Gut zwanzig Gefallene und kein Mensch zu sehen.

«Nehmen wir mal an, daß Ryan und die anderen irgendwie flüchten konnten... Nein, nehmen wir nur an, daß die Terroristen mit einem Boot abgehauen sind. Okay. Wohin würden sie fahren?» fragte Werner.

«Wissen Sie, wie viele Bootswerften und Häfen es hier in der Gegend gibt?» fragte der Captain von der Staatspolizei zurück. «Jesus, und jede Menge Privathäuser mit Steg! Hunderte! Wir können sie doch nicht alle überprüfen.»

«Aber irgendwas müssen wir tun!» fuhr Werner ihn an. Sein schmerzender Rücken machte ihn noch gereizter. Ein schwarzer Hund näherte sich ihnen. Er blickte genauso ratlos drein wie alle anderen.

«Ich glaube, sie haben uns verloren.»

«Könnte sein», antwortete Jackson. Beim letzten Blitz hatten sie nichts gesehen. «Die Bay ist riesig, und die Sicht ist beschissen, aber so, wie der Regen geweht wird, können sie mehr sehen als wir.»

«Sollten wir nicht weiter östlich fahren?» fragte Jack.

«In die Hauptfahrrinne? Es ist Freitagnacht. Aus Baltimore kommen jetzt wer weiß wie viele Schiffe, die alle zehn oder zwölf Knoten machen und genauso blind sind wie wir.» Robby schüttelte den Kopf. «Nee, wir haben es nicht bis hierher geschafft, um uns von einem verrosteten griechischen Kahn rammen zu lassen. Es ist schon so riskant genug.»

«Lichter voraus», meldete der Prinz.

«Wir sind da, Jack!» Robby ging nach vorn. In der Ferne blitzten unverkennbar die Lichter der beiden Brücken über die Chesapeake Bay. Jackson übernahm wieder das Steuer, und der Prinz ging für ihn nach achtern. Inzwischen waren sie alle bis auf die Haut durchnäßt und zitterten bei jedem Windstoß. Jackson ging auf westlichen Kurs. Der Wind, der hier wie gewöhnlich das Tal hinabfegte, kam nun von vorn. Als sie den Stadthafen von Annapolis passiert hatten, gingen die Wellen nicht mehr ganz so hoch. Es prasselte immer noch, als ob der Himmel alle Schleusen geöffnet hätte, und Robby navigierte weitgehend nach dem Gedächtnis.

Die Lichter am Kai der Marineakademie wirkten in dem Regen wie ein phosphoreszierendes Band, und Robby steuerte auf sie zu und wäre, als er das Boot durch eine besonders heftige Bö drückte, um ein Haar mit einer großen Boje kollidiert. Eine Minute später konnten sie die grauen Patrouillenboote der Akademie sehen, die noch an der Betonmauer des Kais vertäut waren, da ihre auf der anderen Seite des Flusses befindlichen Anleger renoviert wurden. Robby stellte sich hin, um besser sehen zu können, und steuerte das Boot zum Jachthafen der Akademie, aber der war im Moment total überfüllt. Schließlich fuhr er an die Kaimauer und hielt das Boot dort mit Motorkraft.

«Was fällt Ihnen ein?» Ein Marineinfanterist kam angelaufen. Seine weiße Mütze hatte eine durchsichtige Plastikhülle, und er trug einen Regenmantel. «Sie können hier nicht festmachen!»

«Ich bin Korvettenkapitän Jackson, mein Sohn», erwiderte Robby. «Und ich arbeite hier. Regen Sie sich ab. Jack, du nimmst die Bugleine.»

Ryan duckte sich unter die Windschutzscheibe und hakte den Spritzschutz los. Eine weiße Nylonleine war am vorschriftsmäßigen Platz penibel aufgerollt, und Ryan richtete sich auf, während Robby das Boot mit der Backbordseite an die Kaimauer brachte. Jack sprang hinauf und machte es fest. Der Prinz tat am Heck das gleiche. Robby stellte den Motor ab, sprang auf den Kai und trat zu dem Posten.

«Erkennen Sie mich jetzt?»

Der Marine salutierte. «Ich bitte um Verzeihung, Commander, aber...» Er richtete seine Taschenlampe in das Boot. «Heiliges Kanonenrohr!»

Die Tatsache, daß der Regen das meiste Blut in die Pumpöffnung neben dem Motorkasten gespült hatte, war ungefähr das einzig Gute, was man über das Boot sagen konnte. Der Marineinfanterist kriegte den Mund nicht wieder zu, als er zwei leblose Körper, drei Frauen, von denen eine offensichtlich verwundet war, und ein schlafendes Kind erblickte. Als nächstes registrierte er die Maschinenpistole an Ryans Achselhöhle.

«Haben Sie ein Funkgerät, Mann?» fragte Robby. Der Soldat hielt es hoch, und Jackson riß es ihm aus der Hand. «Wachzimmer, hier Commander Jackson.»

«Commander? Hier Sergeant Breckenridge. Ich wußte gar nicht, daß Sie heute abend Dienst haben, Sir. Was kann ich für Sie tun?»

Jackson holte tief Luft. «Gut, daß Sie es sind, Gunny. Hören Sie genau zu: Alarmieren Sie als erstes den Offizier vom Dienst. Außerdem brauche ich sofort ein paar bewaffnete Marines an der Kaimauer westlich vom Jachthafen. Wir haben hier ein verdammtes Problem, also beeilen Sie sich bitte!»

«Aye, aye, Sir!» Das Funkgerät knackte. Die Befehle waren erteilt, die Fragen konnten warten.

«Ihr Name, Junge?» fragte Robby den Posten.

«Gefreiter Green, Sir!»

«Los, Green, helfen Sie mir, die Frauen aus dem Boot zu holen.» Robby streckte die Hand aus. «Meine Damen, darf ich bitten?»

Green sprang ins Boot und half zuerst Sissy hinaus, dann Cathy und zuletzt der Prinzessin, die Sally immer noch in den Armen hielt. Robby führte sie alle hinter den Aufbau eines der Patrouillenboote.

«Und das da, Sir?» Green zeigte auf die Leichen.

«Sie werden nicht verderben. Kommen Sie, Gefreiter.»

Green warf einen letzten Blick auf die Toten. «Stimmt», murmelte er. Er hatte seinen Regenmantel schon aufgeknöpft und das Pistolenetui geöffnet.

«Was geht hier vor?» fragte eine Frauenstimme. «Oh, Sie sind's, Commander.»

«Was tun Sie denn hier, Chief?» fragte Robby zurück.

«Ich hab' den Bereitschaftsdienst rausgeschickt, um auf die Boote aufzupassen, Sir. Der Wind könnte sie an die Mauer drücken und zu Kleinholz machen, wenn wir nicht...» Hauptbootsmannsmaat Mary Znamirowski betrachtete die Gestalten auf dem Kai. «Sir, was zum Teufel...»

«Chief, ich schlage vor, Sie rufen Ihre Leute zusammen und lassen sie in Deckung gehen. Keine Zeit für Erklärungen.»

Als nächstes kam ein Pritschenwagen. Er stoppte auf dem Parkstreifen genau hinter ihnen. Der Fahrer sprang heraus und lief, mit drei anderen Männern im Gefolge, zu ihnen. Es war Breckenridge. Der Sergeant warf einen kurzen Blick auf die Frauen, wandte sich dann an Jackson und wiederholte die meistgestellte Frage des Abends.

«Was zum Teufel ist hier los, Sir?»

Robby zeigte nur auf das Boot. Breckenridge blickte hin und sah Robby dann mit vier oder fünf Fragezeichen im Gesicht an. «Jesus Christus!»

«Wir waren bei Jack zum Dinner», erläuterte Robby. «Und ein paar Typen wollten uns die Party versauen. Sie hatten es auf ihn abgesehen...» Jackson nickte zum Prinzen von Wales hin, der sich umdrehte und lächelte. Breckenridge machte große Augen, als er ihn erkannte. Sein Mund klappte auf, aber er faßte sich schnell wieder und salutierte vorschriftsmäßig. Robby fuhr fort: «Sie haben fast alle Sicherheitsleute getötet. Wir haben Glück gehabt. Sie wollten mit dem Boot abhauen. Wir haben eins gestohlen und sind hierher gefahren, aber irgendwo da draußen ist ein anderes Boot, voll von den Halunken. Sie haben uns womöglich verfolgt.»

«Wie bewaffnet?» fragte der Sergeant.

«So, Gunny.» Ryan hielt seine Uzi hoch.

Der Sergeant nickte und langte in seinen Mantel. Seine Hand kam mit einem Funkgerät zurück. «Wachzimmer, hier Breckenridge. Alarmstufe Eins: Wecken Sie alle. Rufen Sie Captain Peters an. Ich möchte in fünf Minuten eine Abteilung Schützen an der Kaimauer. Los!»

«Roger», quäkte es zurück. «Alarmstufe Eins.»

«Wir müssen die Frauen wegbringen», drängte Ryan.

«Noch nicht, Sir», antwortete Breckenridge. Er sah sich um und taxierte schnell die Lage. «Zuerst brauche ich hier mehr Sicherheit. Ihre Freunde können flußaufwärts gelandet sein und auf dem Landweg kommen – so würde ich es jedenfalls machen. Deshalb lasse ich die Schützen kommen. Sie werden in spätestens zehn Minuten das Gelände hier absuchen. Wenn sie nicht schon zu betrunken sind», schloß er gelassen, und Ryan fiel ein, daß ja Freitagnacht war – praktisch schon Sonnabendmorgen – und daß es in Annapolis jede Menge Kneipen gab. «Cummings und Foster, Sie kümmern sich um die Damen. Mendoza, Sie nehmen eins von diesen Booten hier und passen auf. Ihr habt ja gehört, was der Mann gesagt hat, haltet also die Augen offen!»

Breckenridge ging eine Minute die Kaimauer auf und ab und prüfte Sehfeld und Schußfeld. Der automatische 45er Colt wirkte in seinen Händen klein. Sie konnten an seinem Gesicht ablesen, daß ihm die Situation nicht gefiel, jedenfalls nicht, ehe er weitere Leute geholt und dafür gesorgt hatte, daß die Zivilisten in Sicherheit waren. Als nächstes musterte er die Frauen.

«Alles in Ordnung, meine Damen... Oh, Entschuldigung, Mrs. Jackson. Wir bringen Sie sofort auf die Krankenstation, Madam.»

«Könnte man nicht diese Festbeleuchtung abschalten?» fragte Ryan.

«Ich hab' keine Ahnung, wie – sie gefällt mir auch nicht. Keine Sorge, Lieutenant, wir haben jede Menge freies Feld, und dort wird sich niemand anschleichen. Sobald ich hier alles geregelt habe, bringen wir die Damen zur Ambulanz und lassen sie gut bewachen. Sie sind nicht so sicher, wie ich gern möchte, aber wir werden das Kind schon schaukeln. Wie haben Sie es geschafft zu fliehen?»

«Wie Robby gesagt hat, wir hatten Glück. Er hat zwei von ihnen mit der Flinte erledigt. Ich habe einen erledigt, der im Boot war. Der andere wurde von seinem eigenen Genossen umgelegt.» Ryan erschauerte, diesmal aber nicht vom Wind oder Regen. «Es hat eine Weile gar nicht gut ausgesehen.»

«Kann ich mir vorstellen. Taugen diese Halunken was?»

«Die Terroristen? Ich bin nicht sicher. Das Überraschungsmoment war auf ihrer Seite, und das macht eine Menge aus.»

«Wir werden sehen.» Breckenridge nickte.

«Da draußen ist ein Boot!» Es war Mendoza, der auf einem der Patrouillenboote stand.

«Okay, Jungs», sagte Breckenridge leise und hielt seinen 45er hoch. «Wartet noch ein paar Minuten, bis wir richtige Waffen haben.»

«Sie kommen langsam näher», rief der Marineinfanterist.

Breckenridge vergewisserte sich als erstes, daß die Frauen in Deckung waren. Dann befahl er den Männern, auszuschwärmen und sich ein freies Schußfeldsegment zwischen den festgemachten Booten zu suchen. «Und laßt um Gottes willen die Köpfe unten!»

Ryan suchte sich eine Stelle aus. Die anderen taten das gleiche und gingen im Abstand von drei bis über dreißig Metern voneinander in Stellung. Er betastete die Kaimauer aus Stahlbeton. Er war sicher, daß sie jede Kugel aushalten würde. Die vier Matrosen vom Bereitschaftsdienst blieben bei den Frauen, die außerdem noch von je einem Marineinfanteristen flankiert wurden. Breckenridge war der einzige, der sich bewegte. Er hockte hinter der Kaimauer und beobachtete das Boot, das sich nun als weiße Form abzeichnete. Er lief zu Ryan.

«Da, ungefähr achtzig Meter weit weg, sie fahren nach rechts. Sie wollen ebenfalls die Lage peilen. *Gebt mir nur noch ein paar Minuten, Leute*», flüsterte er dann.

«Ja.» Ryan entsicherte die Uzi mit einem Auge über dem Betonrand. Das Boot war nur ein weißlicher Schatten, aber er konnte das dumpfe Brummen des Motors hören. Es änderte den Kurs und fuhr dorthin, wo Robby ihr Fluchtfahrzeug vertäut hatte. *Das ist ihr erster echter Fehler*, dachte Jack.

«Großartig.» Der Sergeant hob im Schutz eines Bootshecks seinen Colt. «Sehr schön, meine Herren. Wenn ihr unbedingt kommen wollt, bitte.»

Auf dem Kai näherte sich ein zweiter Pritschenwagen. Die Scheinwerfer brannten nicht, und er hielt unmittelbar vor den Frauen. Acht Männer sprangen von der Ladefläche. Zwei Marines liefen die Kaimauer entlang und wurden von einer Lampe zwischen zwei vertäuten Booten beleuchtet. Draußen auf dem Wasser blitzten Mündungsfeuer auf, und die beiden gingen zu Boden. Die rechts und links vertäuten Boote wurden von Kugeln getroffen. Breckenridge wandte sich um und schrie.

«Feuer!» Ringsum schien alles zu explodieren. Ryan zielte auf die Mündungsblitze auf dem Boot und zog bedächtig ab. Die Maschinenpistole feuerte viermal, dann kam nur noch ein Klicken. Das Magazin war leer. Er starrte dümmlich auf die Waffe, ehe ihm einfiel, daß in seinem Gürtel eine geladene Pistole steckte. Er hob die Browning und gab einen Schuß ab, ehe ihm bewußt wurde, daß das Ziel nicht mehr da war. Das Motorengeräusch wurde merklich lauter.

«Feuer einstellen! Feuer einstellen! Sie hauen ab», rief Breckenridge. «Ist jemand getroffen?»

«Ja, hier drüben», ertönte eine Stimme von rechts, wo die Frauen waren.

Ryan folgte dem Sergeant. Zwei Marineinfanteristen lagen auf der Erde, einer mit einer Fleischwunde im Arm, der andere hatte einen Hüftdurchschuß und stöhnte vor Schmerzen. Cathy untersuchte ihn bereits.

«Was ist da los, Mendoza?» rief Breckenridge.

«Sie fahren weg, warten Sie... Ja, sie fahren nach Osten.»

«Bewegen Sie mal kurz die Hände, Soldat», sagte Cathy. Der Mann hatte links unter seinem Gürtel einen Einschuß.

«Okay, okay, das kommt wieder in Ordnung. Es tut weh, aber wir kriegen es bestimmt wieder hin.»

Breckenridge bückte sich und nahm das Gewehr des Mannes.

Er warf es Sergeant Cummings zu.

«Wer hat hier das Kommando?« fragte Captain Mike Peters.

«Schätze, ich», sagte Robby.

«Jesus, Robby, was ist hier los?»

«Was glauben Sie, nach dem, wie es aussieht?»

Wieder kam ein Pritschenwagen, mit sechs weiteren Marineinfanteristen. Sie warfen einen Blick auf die Verwundeten und machten sich fast im selben Moment an ihren Gewehren zu schaffen.

«Verdammt noch mal, Robby ... Sir!» schrie Captain Peters. «Terroristen. Sie haben uns bei Jack überfallen. Sie wollten ... Da, sehen Sie selbst.»

«Guten Abend, Captain», sagte der Prinz, nachdem er kurz nach seiner Frau gesehen hatte. «Haben wir jemanden erwischt? Ich hatte kein gutes Schußfeld.» Aus seiner Stimme klang unverhohlene Enttäuschung.

«Ich weiß nicht, Sir», antwortete Breckenridge. «Ich hab' gesehen, daß einige Kugeln vor ihnen ins Wasser schlugen, und Pistolenkugeln können solch einem Boot sowieso nichs anhaben.» Mehrere Blitze hintereinander tauchten alles in einen gespenstisch fahlen Schein.

«Ich kann sie sehen, sie fahren raus zur Bay!» rief Mendoza.

«Mist!» fluchte Breckenridge. «Ihr vier da, bringt die Damen zur Ambulanz.» Er beugte sich nach unten, um der Prinzessin hochzuhelfen, während Robby seine Frau stützte. «Würden Sie die Kleine dem Soldaten geben, Madam? Sie werden Sie alle ins Krankenhaus bringen und dafür sorgen, daß Sie trockene Sachen bekommen.»

Ryan sah, daß seine Frau immer noch versuchte, dem einen verwundeten Marine zu helfen, und blickte dann zu dem Patrouillenboot, das vor ihm lag. «Robby?»

«Ja?»

«Hat das Boot da Radar?»

Hauptbootsmannsmaat Znamirowski antwortete: «Sie haben alle Radar, Sir.»

Ein Marineinfanterist klappte die Ladeklappe eines Pritschenwagens herunter und half Jackson, Sissy auf die Pritsche zu setzen. «Was meinst du, Jack?»

«Wie schnell sind sie?»

«Ungefähr dreizehn Knoten. Ich glaube nicht, daß sie schnell genug sind.»

Hauptmaat Znamirowski schaute über die Kaimauer auf das Boot, mit dem sie geflüchtet waren. «Bei dieser See kann ich solch ein kleines Ding bestimmt kriegen! Aber ich brauche jemanden, der den Radar bedient. Ich hab' im Moment keinen in meiner Abteilung.»

«Ich kenn' mich da aus», sagte der Prinz. Er hatte es satt, ein Ziel zu sein, und niemand würde ihn an dem hier hindern. «Und ich würde es sehr gern tun.»

«Robby, du bist hier der Ranghöchste», sagte Jack.

«Ist es legal?» fragte Captain Peters, an seiner automatischen Pistole fingernd.

«Hören Sie», sagte Ryan hastig. «Wir hatten eben einen bewaffneten Angriff von *ausländischen* Staatsangehörigen auf eine Einrichtung der Regierung der Vereinigten Staaten. Das ist eine Kriegshandlung – Landsturm scheidet hier aus.» Ich glaube jedenfalls, daß er ausscheidet, dachte er. «Weißt du einen Grund, sie nicht zu verfolgen?»

Jackson wußte keinen. «Chief Znamirowski, haben Sie ein Boot klar?» fragte er.

«Jawohl. Wir können Nummer sechsundsiebzig nehmen.»

«Lassen Sie den Motor an! Captain Peters, wir brauchen ein paar Marines.»

«Sergeant Breckenridge, sichern Sie das Gebiet und holen Sie zehn Mann.»

Der Sergeant hatte die Offiziere allein diskutieren lassen und dafür gesorgt, daß die Zivilisten auf die Pritschenwagen kamen: Nun packte er Cummings am Ärmel.

«Hören Sie, Sie übernehmen die Zivilisten. Bringen Sie sie zur Krankenstation und geben Sie ihnen eine Wache. Verdoppeln Sie die Wache, aber Ihre Hauptaufgabe besteht darin, diese Leute zu schützen. Sie sind für ihre Sicherheit verantwortlich – und Sie können sich erst dann als abgelöst betrachten, wenn *ich* Sie ablöse. Verstanden?»

«Ja, Gunny.»

Ryan brachte seine Frau zum Wagen. «Wir verfolgen sie.»

«Ich weiß. Sei vorsichtig, Jack. Bitte.»

«Ich verspreche es, aber diesmal werden wir sie erwischen, Schatz.» Er gab ihr einen Kuß. Sie hatte so einen komischen Ausdruck im Gesicht, entschieden mehr als Besorgnis. «Alles in Ordnung?»

«Ja, keine Angst. Denk jetzt nicht an mich. Sei vernünftig!»

«Ja, Schatz. Ich komme zurück.» Sie aber nicht! Jack drehte sich um und sprang ins Boot. Er ging zum Deckaufbau und blieb vor der kurzen Leiter zur Brücke stehen.

«Ich bin Hauptbootsmannsmaat Znamirowski, und ich führe das Ding hier!» hörte er. Mary Znamirowski sah nicht aus wie ein Hauptmaat, aber die junge See... Seemännin oder Seefrau? fragte er sich – schien ihr Handwerk zu verstehen. In wenigen Sekunden hatten sie losgemacht und waren in sicherer Entfernung von den anderen Booten.

«Was sagt der Radar?» fragte sie, sich umdrehend.

Der Prinz betrachtete das Gerät, mit dem er nicht vertraut war. Er fand den Schalter zum Unterdrücken der Störsignale und beugte sich zum Schirm. «Ah! Das Ziel ist auf eins-eins-acht, Entfernung dreizehnhundert Meter, Kurs Nordost, Geschwindigkeit..., ungefähr acht Knoten. Können wir sie einholen?»

«Sie haben *meine* Boote kaputtgeschossen! Wenn Sie wollen, ramm' ich die Ficker, Sir», erwiderte Hauptmaat Znamirowski. «Wir können dreizehn Knoten machen, so lange wir wollen. Ich bezweifle, daß sie es bei der See auf mehr als zehn bringen können.»

«Gut. Ich möchte, daß wir so weit wie möglich aufholen und ihnen folgen, ohne daß sie uns sichten.»

Der Hauptmaat öffnete eine der Türen des Ruderhauses und warf einen Blick aufs Wasser. «Wir fahren ran und bleiben dreihundert Meter hinter ihnen. Sonst noch was?»

«Nein, geben Sie Gas. Was den Rest betrifft, bin ich für Anregungen dankbar», antwortete Robby.

«Warum warten wir nicht ab, bis wir sehen, wohin sie wollen?» schlug Jack vor. «Dann können wir die Kavallerie holen.»

«Klingt nicht übel. Wenn Sie zur Küste wollen... Jesus, ich bin Pilot und kein Bulle.» Robby nahm das Funkmikrofon. Am Gerät stand die Funkrufnummer des Bootes: NAEF. »Flottenstation Annapolis, hier November Alpha Echo Foxtrott. Hören Sie uns, Ende.» Er mußte den Funkspruch zweimal wiederholen, ehe er bestätigt wurde.

«Annapolis, geben Sie mir eine Telefonleitung zum Superintendent.»

«Er hat uns eben angerufen, Sir. Warten Sie.» Es folgten einige klickende Geräusche und das übliche Knistern.

«Hier Admiral Reynolds, wer spricht?»

«Korvettenkapitän Jackson, Sir, an Bord von Boot Sechsundsiebzig. Wir sind zwei Kilometer südöstlich von der Marineakademie und verfolgen das Boot, das eben unseren Kai angegriffen hat.»

«Also das war es! Okay, wen haben Sie an Bord?»

«Hauptmaat Znamirowski und die Hafenbereitschaft, Captain Peters und ein paar Marines, Doktor Ryan und..., hm, Captain Wales von der Royal Navy, Sir.»

«Also ist er *da*! Ich hab' das FBI an der anderen Leitung. Verdammt, Robby! Na gut. Die Zivilisten sind sicher im Krankenhaus gelandet, und das FBI und die Polizei sind hierher unterwegs. Wiederholen Sie die Situation und sagen Sie, was Sie vorhaben.»

«Sir, wir sind hinter dem Boot her, das den Kai angegriffen hat. Wir haben die Absicht, ihm zu folgen und mit Radar seinen Zielort herauszufinden, und dann wollen wir die zuständigen Strafverfolgungsbehörden alarmieren, Sir.» Robby lächelte über seine Wortwahl. «Als nächstes werde ich die Küstenwache Baltimore anrufen, Sir. Im Moment scheinen sie nämlich in die Richtung zu fahren.»

«Roger. Sehr gut, setzen Sie die Mission fort, aber Sie sind für die Sicherheit des Gastes verantwortlich. Gehen Sie keine, ich wiederhole, gehen Sie keine überflüssigen Risiken ein. Verstanden?»

«Jawohl, Sir. Wir werden keine überflüssigen Risiken eingehen.»

«Benutzen Sie Ihren Grips, Commander, und erstatten Sie Meldung nach Vorschrift. Ende.»

«Wenn das kein Vertrauensvotum war», dachte Jackson laut. «Es geht weiter!»

«Chief Znamirowski, haben wir zufällig Kaffee an Bord?»

«In der Kombüse ist eine von diesen Maschinen, Sir, aber ich habe jetzt niemanden, der sie bedienen kann.»

«Ich mach' das schon», sagte Jack. Er ging nach unten, dann nach Steuerbord, dann noch drei Stufen nach unten. Die Kombüse war winzig, aber die Kaffeemaschine war erwartungsgemäß groß genug. Ryan schaltete sie an und ging wieder hinauf. Breckenridge teilte Schwimmwesten aus, eine Vorsichtsmaßnahme, die ganz vernünftig erschien. Die Marineinfanteristen waren auf dem schmalen Gang oben vor dem Ruderhaus verteilt.

«Kaffee in zehn Minuten», rief er.

«Bitte noch mal, Küstenwache!» sagte Robby ins Mikrofon.

«Navy Echo Foxtrott, hier Küstenwache Baltimore, verstehen Sie mich, Ende.»

«So ist es besser.»

«Können Sie uns sagen, was da los ist?»

«Wir verfolgen ein kleines Boot, ungefähr sechseinhalb Meter lang, mit zehn oder mehr bewaffneten Terroristen an Bord.» Er nannte Position, Kurs und Geschwindigkeit. «Bestätigen Sie.»

«Roger. Sie sagen, ein Boot mit jeder Menge Terroristen und automatischen Waffen. Ist das Ihr Ernst? Ende.»

«Und ob, Junge. Können wir jetzt Nägel mit Köpfen machen?»

Die Antwort klang ein bißchen pikiert. «Roger... Wir haben ein Zwölfmeterboot, das sofort ablegen kann, und ein Zehnmeterboot, das in zehn Minuten startbereit sein kann. Es sind kleine Hafenpatrouillenboote. Sie sind nicht für Kampfzwecke ausgerüstet.»

«Wir haben zehn Marines an Bord», entgegnete Jackson. «Brauchen Sie Hilfe?»

«Mist, ja – wiederhole, ja, Echo Foxtrott. Ich habe die Polizei und das FBI am Telefon, und sie kommen beide hierher.»

«Okay, das Zwölfmeterboot soll uns kontakten, sobald sie abgelegt haben. Es soll die Terroristen aufspüren und ihnen vorausfahren. Wir fahren hinterher. Ich möchte, daß Sie die Bullen alarmieren, sobald wir mit einiger Sicherheit wissen, wohin sie fahren.»

«Nichts leichter als das. Lassen Sie mich hier schnell ein paar Dinge ins Rollen bringen, Navy. Bleiben Sie auf Frequenz.»

«Ein Schiff», sagte der Prinz.

«Muß wohl», stimmte Ryan zu. «Sie wollen es genau gleich machen wie damals, als sie diesen verdammten Miller befreit haben... Robby, kannst du die Küstenwache veranlassen, uns eine Liste der Schiffe durchzugeben, die im Hafen liegen?»

«Hier ist die Liste der Schiffe, die im Hafen liegen», sagte der Oberleutnant der Küstenwache über Funk. «Sie ist nicht sehr lang, weil gestern abend ziemlich viele abgedampft sind: Also, *Nissan Courier*, unter japanischer Flagge, hat Autos und Laster von Yokohama gebracht; *Wilhelm Schröder*, deutsche Flagge, Containerschiff mit allem möglichen Zeugs aus Bremen; die *Costanza*, fährt unter zypriotischer Flagge, von Valletta, Malta...»

«Das muß es sein!» sagte Ryan.

«Soll offenbar in fünf Stunden ablegen. *George McReady*, USA, mit Bauholz aus Portland, Oregon...»

«Erzählen Sie mir was über die *Costanza*», sagte Robby und sah Jack an.

«Sie ist mit Ballast gekommen und hat hier hauptsächlich landwirtschaftliches Gerät und ein paar andere Sachen geladen. Soll noch vor Morgengrauen ablegen, zurück nach Valletta.»

«Das ist wahrscheinlich das Schiff, das wir suchen», sagte Jack leise.

«Bleiben Sie auf Frequenz, Küstenwache.» Robby wandte sich vom Funkgerät zu Jack. «Wie willst du das wissen?»

«Ich *weiß* es nicht, aber es ist eine begründete Vermutung. Als die

Kerle am ersten Weihnachtstag die Fähre überfielen, wurden sie wahrscheinlich am Kanal von einem Frachter aufgenommen, der in Zypern registriert war. Wir nehmen an, daß sie ihre Waffen über einen maltesischen Händler bekommen, der mit einem Südafrikaner zusammenarbeitet, und viele Terroristen benutzen Malta als Zwischenstation. Die Malteser machen sich nicht selbst die Hände schmutzig, aber sie können sehr gut in die andere Richtung gucken, wenn die Kasse stimmt.» Robby nickte und stellte das Mikrofon wieder an.

«Küstenwache, haben Sie den lokalen Bullen alles klargemacht?»

«Wir sind doch nicht von gestern, Navy.»

«Sagen Sie ihnen, daß wir glauben, die Terroristen wollen zur *Costanza*.»

«Roger. Wir lassen sie von dem Zehnmeterboot bewachen und alarmieren die Polizei.»

«Sie sollen sich auf keinen Fall blicken lassen, Küstenwache!»

«Verstanden, Navy. Damit werden wir sicher fertig. Moment... Navy, unser Zwölfmeterboot meldet Radarkontakt mit Ihnen und dem Ziel, vor Bodkin Point. Ist das korrekt? Ende.»

«Ja!» rief der Steuermannsmaat vom Kartentisch aus.

«Korrekt, Küstenwache. Sagen Sie Ihrem Boot, es soll fünfhundert Meter vor dem Ziel bleiben. Bestätigen.»

«Roger. Fünf-null-null Meter. Ich sehe jetzt zu, daß ich die Bullen in Marsch setze. Bleiben Sie auf der Frequenz.»

«Wir haben sie», dachte Ryan laut.

«Ah, Lieutenant, halten Sie bitte mal kurz die Hände still.»

Das war Breckenridge. Er langte zu Ryans Gürtel und zog die Browning-Automatic heraus. Jack sah zu seiner Überraschung, daß er sie entsichert zurückgesteckt hatte. Breckenridge sicherte sie sorgfältig und steckte sie ihm wieder in den Gürtel.

«Gehen wir besser kein Risiko ein, Sir, ja? Sonst könnten Sie was Wichtiges verlieren.»

Ryan nickte dämlich. «Danke, Gunny.»

«Irgend jemand muß schließlich auf die Leutnants aufpassen.» Breckenridge drehte sich um. «Daß ihr mir da oben nicht einpennt, Jungs!» rief er zu den Marines hoch.

«Haben Sie jemanden zum Prinzen abkommandiert?» fragte Jack leise.

»Aber ja. Schon ehe der Admiral es gesagt hat.» Der Sergeant nickte zu einem Corporal hin, der mit dem Gewehr in der Hand einen Meter von Seiner Hoheit entfernt stand und Befehl hatte, zwischen ihm und dem Feuer zu bleiben.

Fünf Minuten später fuhren drei unbeleuchtete Wagen der Staatspolizei zum Dundalk Terminal im Hafen von Baltimore. Die Fahrzeuge wurden unter einem der Brückenkräne für das Be- und Entladen von Containerschiffen geparkt, und fünf Beamte liefen leise zur Gangway des Frachters «Costanza». Ein Besatzungsmitglied, das dort stand, hielt sie auf – oder versuchte wenigstens, sie aufzuhalten. Die Sprachbarriere erschwerte die Verständigung. Der Mann mußte sich gefallen lassen, daß zwei Beamte ihm die Hände auf den Rücken drehten und ihm Handschellen anlegten. Der ranghöchste Polizist eilte drei Treppen hinauf zur Brücke.

«Was soll das?»

«Und wer sind Sie, wenn ich fragen darf?» erkundigte sich der Polizist und zielte mit seiner kurzen Flinte.

«Ich bin der Kapitän hier!» rief Nikolai Frenza.

«Schön, Captain. Ich bin Sergeant William Powers von der Staatspolizei Maryland, und ich habe Ihnen einige Fragen zu stellen.»

«Sie haben auf meinem Schiff nichts zu suchen!» antwortete Frenza mit starkem griechischen Akzent. «Ich werde mit der Küstenwache reden, aber sonst mit niemandem.»

«Darf ich was klarstellen?» Powers ging die drei Meter zu dem Kapitän, ohne die Ithaca-Flinte zu senken. «Die Pier, an der Sie festgemacht haben, gehört zur Küste von Maryland, und diese Flinte hier sorgt dafür, daß ich auf Ihrem Schiff was zu suchen habe. Verstanden? Jetzt hören Sie gut zu. Wir sind informiert worden, daß ein Boot mit Terroristen hierherkommt, und es heißt, sie haben eine ganze Menge Leute umgelegt, darunter drei Kollegen von mir.» Er drückte die Mündung gegen Frenzas Brust. «Captain, wenn die Halunken tatsächlich hierherkommen oder wenn Sie mir noch mal dummkommen, *sitzen Sie in einem Haufen Scheiße, der größer ist als Ihr alter Pott hier – verstehen Sie mich?*»

Powers sah, wie der Mann in sich zusammensank. Die Information stimmt also. Gut.

«Machen Sie lieber keine Zicken, denn hier werden bald mehr Bullen auftauchen, als Sie je gesehen haben. Sie könnten vielleicht ein paar Freunde gebrauchen, Mister. Falls Sie mir was zu sagen haben, möchte ich es jetzt sofort hören.»

Frenza zögerte, blickte zum Bug, dann nach achtern. Er saß in der

Tinte, tiefer, als seine Anzahlung jemals wert sein würde. «Es sind vier von ihnen an Bord. Sie sind vorn an der Steuerbordseite, beim Bug. Wir wußten nicht...»

«Klappe.» Powers nickte einem Polizisten zu, und dieser holte sein Sprechfunkgerät heraus. «Was ist mit der Besatzung?»

«Sie sind unten und bereiten alles zum Ablegen vor.»

«Sergeant, die Küstenwache sagt, sie sind fünf Kilometer vom Hafen entfernt und kommen her.»

«In Ordnung.» Powers holte zwei Handschellen aus dem Gürtel. Er und seine Männer schoben die vier Seeleute, die Brückenwache hatten, vor sich her und fesselten sie an das Ruder und zwei andere Schiffsteile. «Captain, wenn Sie oder einer von Ihren Leuten auch nur einen Ton von sich geben, komme ich hierher zurück und verteile Ihr Gehirn auf dem ganzen Deck. Das ist kein Witz.»

Powers führte seine Männer aufs Hauptdeck, und sie bewegten sich vorsichtig zum Bug. Der Aufbau der *Costanza* war achtern. Das Deck davor war mit Containern beladen, die etwa die Größe eines Lkw-Anhängers hatten. Jeweils zwei oder drei von ihnen waren aufeinander gestapelt, und zwischen den Stapeln befand sich ein schmaler Gang, was ihnen erlaubte, ungesehen zum Bug zu gelangen. Der Sergeant hatte keine Nahkampferfahrung, aber seine Männer hatten alle Flinten, und er verstand etwas von Infanterietaktik.

Der Regen hatte endlich nachgelassen, klatschte aber immer noch hörbar auf die metallenen Container. Als sie das Ende des letzten Behälterstapels erreichten, sahen sie, daß die vordere Ladeluke offen war und daß über der Steuerbordseite ein Kran hing. Powers spähte um die Ecke des Stapels und erblickte zwei Männer, die an der anderen Seite des Decks standen. Sie schienen nach Südost zu sehen, zur Hafeneinfahrt. Es würde nicht leicht sein, sie zu überrumpeln. Er und seine Männer gingen einfach gebückt auf sie zu. Sie hatten die halbe Strecke zurückgelegt, als einer der beiden sich umdrehte.

«Wer sind Sie?»

«Staatspolizei!» Powers hatte den Akzent registriert und hob seine Waffe, aber er glitt auf einem Decksbeschlag aus, und sein erster Schuß ging in die Luft. Der Mann, der rechts stand, riß eine Pistole hoch, feuerte ebenfalls daneben und ging hinter einem Container in Deckung. Der vierte Polizist lief um die Ladeluke herum und schoß auf die Containerkante, um seinen Kameraden Feuerschutz zu geben. Powers hörte ein Stimmengewirr und das Geräusch von rennenden Füßen. Er holte tief Luft und eilte nach Steuerbord.

Niemand war zu sehen. Die Männer waren offensichtlich nach achtern gelaufen. Die Reling war an einer Stelle unterbrochen, und eine Leiter führte ins Wasser, aber Powers sah nur ein Sprechfunkgerät, das jemand fallen gelassen hatte.

«Verdammte Scheiße.» Die taktische Lage war schlimm. Er hatte es mit bewaffneten Kriminellen zu tun, die in unmittelbarer Nähe, aber außer Sicht waren, und gleich würde ein Boot mit anderen Bewaffneten kommen. Er schickte einen seiner Männer nach Backbord, um dort aufzupassen, und befahl einem anderen, die Steuerbordseite im Visier zu behalten. Dann stellte er Sprechfunkverbindung zur Einsatzzentrale her und erfuhr, daß jede Menge Hilfe unterwegs war. Powers beschloß, es drauf ankommen zu lassen. Er hatte Larry Fontana gekannt, er hatte seinen Sarg mit aus der Kirche getragen, und er wollte verdammt sein, wenn er die Chance ungenutzt ließ, die Leute zu schnappen, die ihn umgebracht hatten.

Ein Wagen der Staatspolizei hatte die Führung übernommen. Das FBI war nun auf der Brücke, die den Hafen von Baltimore überspannt. Das nächste Problem bestand darin, von der Schnellstraße zum Terminal zu kommen. Ein Streifenpolizist sagte, er kenne eine Abkürzung, und dirigierte die Kolonne von drei Pkws. In eben diesem Augenblick fuhr ein sechseinhalb Meter langes Boot unter der Brücke hindurch.

«Das Ziel biegt nach rechts, scheint Kurs auf einen Frachter zu nehmen, der am Kai liegt. Kurs drei-fünf-zwei», meldete Seine Hoheit.
«Ha», sagte Ryan. «Wir haben sie.»
«Znamirowski, warum schließen wir nicht etwas auf», befahl Jackson.
«Sie könnten uns sehen, Sir – der Regen läßt nach. Wenn sie nach Norden fahren, kann ich an ihrer Backbordseite aufholen. Sie fahren zu dem Schiff da ... Wollen Sie, daß wir neben ihnen sind, wenn sie dort ankommen?» fragte Hauptmaat Znamirowski.
«So ist es.»
«Okay. Ich stelle jemanden an den Suchscheinwerfer. Captain Peters, Sie möchten sicher, daß Ihre Jungs an Steuerbord sind. Sieht so aus, als ob da gleich was lossein wird», bemerkte Hauptmaat Znamirowski. Nach den Vorschriften der Navy durfte sie auf keinem Kampfschiff Dienst tun, aber wie hatte sie ahnen können, daß hier ein Kampf stattfinden würde?

«Ja, danke.» Peters erteilte den Befehl, und Breckenridge wies den Männern ihre Plätze zu. Ryan verließ das Ruderhaus und ging nach achtern aufs Hauptdeck. Er hatte seinen Entschluß gefaßt. Dort draußen war Sean Miller.

«Ich höre ein Boot», sagte einer der Polizisten gelassen.

«Ja.» Powers lud gerade seine Flinte. Er sah nach achtern. Da hinten waren Leute mit Waffen. Er hörte Schritte – Verstärkung!

«Wer hat hier das Kommando?» fragte ein Beamter.

«Ich», antwortete Powers. «Sie bleiben bitte hier. Die beiden anderen gehen nach achtern. Wenn ihr da hinten jemanden seht, zieht sofort ab.»

«Ich kann es sehen!» rief der Mann. Powers sah es ebenfalls. Es war ein weißes Fiberglasboot, nur noch hundert Meter entfernt, das langsam auf sie zufuhr.

«Verdammt!» Es schien voll von Männern zu sein, und man hatte ihm gesagt, daß jeder einzelne eine automatische Waffe trug. Instinktiv betastete er die Armierung an der Seite des Schiffes. Er fragte sich, ob sie eine Kugel aushalten würde. Die meisten Polizisten trugen neuerdings schußsichere Westen, aber er hatte seine zu Hause gelassen. Er entsicherte das Gewehr. Es wurde Zeit.

Das Boot näherte sich wie ein Auto, das in eine Parklücke setzen will. Der Rudergänger lenkte es geschickt zur Fallreeptreppe, und einer von den Männern am Bug machte es fest. Zwei Männer stiegen auf die kleine Plattform am unteren Treppenende. Sie halfen jemandem aus dem Boot und fingen an, ihn hinaufzutragen.

«Keine Bewegung! Staatspolizei!» Er und zwei andere richteten ihre Waffen auf das Boot.

Er sah, wie Köpfe nach oben ruckten, wie einige Münder sich überrascht öffneten. Einige Hände bewegten sich auch, doch ehe eine Waffe auf ihn gerichtet wurde, erfaßte ein heller Lichtkegel das Boot vom Wasser her.

Powers war dankbar für den Suchscheinwerfer. Die Köpfe der Männer unten fuhren herum, wandten sich dann wieder in seine Richtung. Jetzt konnte er ihren Gesichtsausdruck sehen. Sie saßen in der Falle und wußten es.

«He, ihr da.» Es war eine Frauenstimme aus einem Lautsprecher, die über das Wasser scholl. «Wenn ihr eine falsche Bewegung macht, hab' ich hier zehn Jungs, die euch ganz schnell umpusten werden. Seid also schön brav, Leute.» Sergeant Powers konnte es nicht fassen.

Dann blitzte ein anderes Licht auf. «Hier ist die US-Küstenwache. Sie sind alle festgenommen.»

«Bei Gott!» rief Powers. «Ich hab' sie!» Es dauerte noch eine Minute, bis alle begriffen, was eigentlich los war. Das große graue Patrouillenboot der Navy ging längsseits des kleineren Boots, und Powers sah zu seiner Erleichterung, wie sich zehn Gewehre auf seine Gefangenen richteten.

«Okay, legt die Schießeisen hin und kommt schön langsam rauf, einer nach dem anderen.» Sein Kopf sauste herum, als ein Pistolenschuß knallte, dem mehrere Schüße aus einer Flinte folgten. Er zuckte zusammen, ignorierte es jedoch, so gut er konnte, und hielt seine Waffe weiter auf das Boot gerichtet.

«Ich sehe einen!» sagte einer seiner Männer. «Ungefähr dreißig Meter hinter uns.»

«Sorgen Sie dafür, daß er uns nicht in die Quere kommt», befahl Powers. «Los, Leute, kommt schon, und dann bitte flach aufs Deck legen.»

Die ersten beiden trugen jemanden mit einer Wunde in der Brust. Powers befahl ihnen, sich mit dem Gesicht nach unten vor der ersten Containerreihe hinzulegen. Die anderen kamen einzeln. Es waren insgesamt zwölf; er zählte einige weitere Verwundete. Im Boot hatten sie einen Haufen Waffen und eine leblose Gestalt zurückgelassen.

«He, Marines, wir könnten ein bißchen Hilfe gebrauchen!»

Das genügte Ryan als Aufforderung. Er stand auf dem Achterdeck des Patrouillenboots und sprang hinunter in das andere Fahrzeug. Er glitt aus und fiel. Breckenridge landete unmittelbar hinter ihm und untersuchte den Mann, den die Terroristen zurückgelassen hatten. Seine Stirn wies ein kreisrundes, gut einen Zentimeter großes Loch auf.

«Genau ins Schwarze, Lieutenant. Los, weiter!» Er zeigte auf die Leiter. Ryan kletterte mit der Pistole in der Hand hinauf. Hinter ihm schrie Captain Peters etwas, aber er achtete nicht darauf.

«Vorsicht, da hinten zwischen den Containern sind noch welche», warnte Powers.

Jack ging nach vorn und sah die Männer, die mit den Händen im Nacken bäuchlings auf dem Deck lagen und von zwei Polizisten bewacht wurden. Einen Augenblick später kamen noch sechs Marineinfanteristen.

Captain Peters war inzwischen die Leiter hochgestiegen und trat zu dem Polizeisergeant, der offenbar das Kommando hatte.

«In den Gängen zwischen den Containern verstecken sich noch mindestens zwei, vielleicht auch vier», sagte Powers.

«Sollen wir Ihnen beim Kesseltreiben helfen?»

«Ja, fangen wir an.» Powers grinste vor sich hin. Er sammelte seine Männer und ließ Breckenridge und drei Marines bei den gefangenen Terroristen. Ryan blieb ebenfalls dort. Er wartete darauf, daß die anderen nach achtern gingen.

Dann betrachtete er Gesichter.

Miller schaute sich auch um. Er überlegte verzweifelt, wie er hier wegkommen konnte. Er wandte den Kopf nach links und sah, daß Ryan sechs Meter von ihm entfernt stand und ihn anstarrte. Sie erkannten sich sofort, und Miller sah etwas, einen Ausdruck, den er immer für seinen eigenen Gebrauch reserviert hatte.

Ich bin der Tod, sagte Ryans Gesicht ihm.

Ich bin gekommen, dich zu holen.

Ryan hatte das Gefühl, sein Körper wäre aus Eis. Er krümmte die Finger um den Pistolenkolben, als er langsam, ohne den Blick von Miller zu wenden, nach Backbord ging. Er erreichte ihn und trat ihm ans Bein. Er befahl ihm mit einer kurzen Bewegung der Pistole aufzustehen, sagte aber kein Wort.

Mit Schlangen redet man nicht. Man tötet sie.

«Lieutenant...» Breckenridge hatte ein wenig zu spät kapiert. Jack stieß Miller an einen der Metallbehälter und drückte ihm den Unterarm an den Hals. Er kostete die Berührung der Kehle des Mannes aus.

Dies ist das Schwein, das um ein Haar meine Familie umgebracht hätte! Er wußte es zwar nicht, aber sein Gesicht zeigte keinerlei Regung.

Miller blickte ihm in die Augen und sah... nichts. Zum erstenmal in seinem Leben spürte Sean Miller Angst. Er sah seinen eigenen Tod und erinnerte sich an den längst vergangenen Unterricht in der katholischen Schule, an das, was die Nonnen ihm beigebracht hatten, und hatte Angst davor, daß sie recht gehabt haben könnten. Er brach in Schweiß aus, und seine Hände fingen an zu zittern, denn trotz all seiner Verachtung für die Religion fürchtete er die Ewigkeit in der Hölle, die ihn ganz sicher erwartete.

Ryan sah den Ausdruck in Millers Augen und wußte, was er bedeutete. Leb wohl, Sean. Hoffentlich gefällt es dir dort...

«Lieutenant!»

Jack wußte, daß er wenig Zeit hatte. Er hob die Pistole und drückte sie in Millers Mund, während sein Blick sich in den des anderen bohrte. Er legte den Zeigefinger um den Abzug, so wie er es gelernt hatte. Nicht zu hastig... Er zog ab.

Aber es geschah nichts, und eine schwere Hand senkte sich auf die Waffe.

«Er ist es nicht wert, Lieutenant, er ist es einfach nicht wert.» Breckenridge nahm die Hand fort, und Ryan sah, daß der Hahn unten war. Er mußte ihn spannen, damit die Waffe feuern konnte. «Denk nach, Junge!»

Der Bann war gebrochen. Jack schluckte zweimal und holte tief Luft. Was er nun sah, war nicht mehr so scheußlich wie vorher. Die Angst hatte Miller etwas Menschliches verliehen; er war ein menschliches Wesen, ein schlechtes Beispiel dafür, was geschehen konnte, wenn man das verloren hat, was alle Menschen brauchen. Ryan zog ihm die Pistole aus dem Mund. Millers Atem kam stoßweise. Er würgte, konnte den Kopf aber nicht bewegen, da Jack immer noch den Arm an seinen Hals preßte. Ryan trat zurück, und der Mann fiel vornüber aufs Deck. Der Sergeant legte die Hand auf Jacks rechten Arm und drückte die Pistole hinunter.

«Ich weiß, was Sie denken, was er Ihrer kleinen Tochter angetan hat, aber Sie müßten zuviel durchmachen. Das ist es nicht wert. Ich könnte den Bullen sagen, Sie hätten ihn bei einem Fluchtversuch erschossen. Meine Jungs würden es bestätigen. Sie würden nicht vor Gericht kommen, aber es ist nicht all das wert, was es mit Ihnen bewirken würde, mein Junge. Sie sind nicht aus dem Stoff, aus dem Mörder sind», sagte Breckenridge freundlich und eindringlich. «Außerdem... Sehen Sie sich an, was Sie aus ihm gemacht haben.»

Jack nickte. Er konnte immer noch kein Wort hervorbringen. Miller war noch auf allen vieren und starrte, unfähig, Jacks Blick zu begegnen, aufs Deck hinunter. Jack fühlte seinen Körper wieder; das Blut, das durch seine Adern pulsierte, sagte ihm, daß er lebte und intakt war. Ich habe gewonnen, dachte er, als sein Verstand seine Gefühle wieder unter Kontrolle bekam. Ich habe gewonnen. Ich habe ihn besiegt, und ich habe mich dabei nicht zerstört! Seine Hände lockerten sich um den Kolben.

«Danke, Gunny. Ohne Sie...»

«Wenn Sie ihn wirklich hätten umbringen wollen, hätten Sie daran gedacht, den Hahn zu spannen. Lieutenant, ich kenne Sie inzwischen ganz gut.» Breckenridge nickte, um seinen Worten

Nachdruck zu verleihen. «Los, du da, wieder nach vorn», befahl er Miller, der langsam gehorchte.

«Glaubt bloß nicht, ihr könntet hier was versuchen», sagte der Sergeant als nächstes. «Ihr habt euch keinen guten Platz für eure Morde ausgesucht. Meinetwegen könnt ihr gleich hier verrecken. Merkt euch das.»

Das Geiselrettungskommando traf ein. Sie stießen zu den Marineinfanteristen und Polizisten, die sich an Deck nach achtern vorarbeiteten. Es dauerte einige Minuten, um festzustellen, daß zwischen den Containern niemand mehr war. Die restlichen vier ULA-Mitglieder waren in einem der schmalen Gänge nach hinten gelaufen und hielten sich wahrscheinlich in den Aufbauten versteckt. Werner übernahm das Kommando. Er hatte einen kleinen Operationsbereich. Niemand würde entwischen. Eine andere Gruppe von FBI-Agenten ging zum Bug, um die Terroristen einzusammeln.

Drei Fernseh-Übertragungswagen erschienen auf der Pier, und im Licht ihrer Scheinwerfer wurde die Nacht vollends zum Tag. Die Polizei hielt die Aufnahmeteams zurück, aber sie sendeten bereits live in alle Welt. Ein Colonel der Staatspolizei verlas gerade eine Pressemitteilung. Die Lage, erklärte er den Medienleuten, sei unter Kontrolle, weil sie ein bißchen Glück gehabt hätten und weil die Polizei jede Menge gute Arbeit geleistet hätte.

Inzwischen trugen alle gefangenen Terroristen Handschellen und waren durchsucht worden. Die Agenten lasen ihnen ihre verfassungsmäßigen Rechte vor, während drei Kollegen ins Boot kletterten, um die Waffen und andere Beweisstücke zu holen. Nun kam auch der Prinz, gefolgt von einem schwerbewaffneten Mann, nach oben. Er blieb vor den Terroristen stehen. Er sah sie ungefähr eine Minute an, ohne ein Wort zu sagen.

«Okay, achtern ist es nur noch eine Frage der Zeit. Es scheinen vier zu sein. Das sagt jedenfalls die Besatzung», meldete jemand vom Geiselrettungskommando. «Sie sind irgendwo unten, und wir werden ihnen gut zureden müssen, damit sie rauskommen. Es dürfte nicht allzu schwer sein, und wir haben genug Zeit.»

«Wie sollen wir diese Typen abtransportieren?» fragte Powers.

«Wir haben es uns noch nicht überlegt, aber wir sollten vielleicht zuerst die Zivilisten loswerden. Uns wäre es lieber, wenn Sie es von hier aus täten. Die Marines bitte auch gleich. Vielen Dank für die Hilfe, Captain.»

«Ich hoffe, wir haben nichts vermasselt, ich meine, weil wir uns beteiligt haben.»

Der Agent schüttelte den Kopf. «Soweit ich weiß, haben Sie gegen kein Gesetz verstoßen. Und wir haben alle Beweise, die wir brauchen.»

«Okay, dann tuckern wir jetzt nach Annapolis zurück.»

«Gut. Dort werden ein paar Agenten warten, um Sie zu befragen. Danken Sie bitte der Bootsbesatzung in unserem Namen.»

«Sergeant, setzen Sie die Jungs in Bewegung.»

«Los, Marines, runter ins Boot!» rief Breckenridge. Zwei Minuten später waren sie alle wieder im Patrouillenboot und legten von der *Costanza* ab.

Es hatte endlich aufgehört zu regnen, und der Himmel klarte auf. Die kühlen Luftströmungen aus Kanada vertrieben die Schwüle, die wochenlang geherrscht hatte. Die Marines warfen einen Blick auf die einladenden Kojen und legten sich hin. Hauptmaat Znamirowski und ihr Team kümmerten sich um das Boot. Ryan und die übrigen versammelten sich in der Kombüse und fingen an, den Kaffee zu trinken, den bis jetzt niemand angerührt hatte.

«Ein langer Tag», sagte Jackson, auf seine Uhr blickend. «Ich muß in ein paar Stunden fliegen. Das heißt, falls sich nichts ändert.»

«Sieht so aus, als hätten wir endlich eine Runde gewonnen», bemerkte Captain Peters.

«Es war teuer bezahlt.» Ryan starrte in seinen Becher.

«Es ist nie billig, Sir», sagte Breckenridge nach einigen Sekunden.

Das Boot erzitterte, weil Hauptmaat Znamirowski Vollgas gab. Jackson nahm den Hörer der Sprechfunkanlage ab und fragte nach dem Grund. Er lächelte über die Antwort, sagte den anderen aber nichts.

Ryan schüttelte ein paarmal den Kopf, um wieder klar denken zu können, und ging nach oben an die frische Luft. Unterwegs sah er, daß ein Besatzungsmitglied eine Schachtel Zigaretten auf einem Tisch liegen gelassen hatte, und klaute eine. Er ging zum Heck. Der Hafen von Baltimore war jetzt nur noch eine dunkle Masse am Horizont, und das Boot nahm Südkurs auf Annapolis. Der Rauch, den er ausatmete, wehte in einer dünnen Fahne zurück, während er auf die Wellen starrte. «Hatte Breckenridge recht?» fragte er sie. Er wußte die Antwort kurz danach. Zumindest in einem: Ich bin nicht aus dem Stoff, aus dem Mörder sind. Vielleicht hatte er mit dem anderen auch recht. Ich hoffe es jedenfalls ...

«Müde, Jack?» fragte der Prinz, der neben ihn getreten war.

«Ich müßte es wohl sein, aber ich nehme an, ich bin zu überreizt.»

«Ich auch», bemerkte Seine Hoheit. «Ich wollte die Terroristen nach ihrem Motiv fragen. Als ich hinging, um sie mir anzusehen, wollte ich...»

«Ja.» Ryan tat einen letzten Zug und schnippte die Kippe über Bord. «Sie hätten fragen können, aber ich bezweifle, daß die Antwort etwas hergegeben hätte.»

«Wie sollen wir das Problem dann lösen?»

Wir haben *mein* Problem gelöst, dachte Jack. Jetzt werden sie meine Familie in Ruhe lassen. Aber das ist natürlich nicht das, was du hören willst. «Vielleicht ist letztlich alles eine Frage der Gerechtigkeit. Wenn die Leute an ihre Gesellschaft glauben, halten sie sich an die Regeln, jedenfalls mehr oder weniger. Die Schwierigkeit liegt darin, sie daran glauben zu machen. Verdammt, wir können das nicht in jedem Einzelfall schaffen.» Er drehte sich um. «Aber man tut sein Bestes, und man gibt nicht auf. Es gibt für jedes Problem eine Lösung, wenn man lange genug daran arbeitet. Hoheit, Sie haben drüben ein ganz gutes System. Sie müssen nur dafür sorgen, daß es für jeden funktioniert, und Sie müssen es so gut machen, daß die Leute daran glauben. Es ist nicht leicht, aber ich denke, Sie können es schaffen. Früher oder später siegt die Zivilisation immer über die Barbarei.» Ich glaube, das habe ich eben bewiesen. Ich hoffe es.

Der Prinz von Wales schaute einen Moment über das Wasser. «Jack, Sie sind ein anständiger Junge.»

«Sie auch, Mann. Und deshalb werden wir gewinnen.»

Es war ein grausiger Anblick, aber keiner, der bei einem der Anwesenden Mitleid erregte. Geoffrey Watkins' Körper war noch warm, und sein Blut tropfte immer noch von der Decke. Als der Fotograf seine Arbeit beendet hatte, nahm ein Kriminalbeamter dem Toten die Pistole aus der Hand. Der Fernseher lief weiter, und in den Nachrichten wurde die Direktübertragung aus Amerika fortgesetzt. Inzwischen waren alle Terroristen im Gewahrsam der Bundespolizei. Das muß den Ausschlag gegeben haben, dachte Murray.

«Dieser Idiot», sagte Owens. «Wir hatten nichts gegen ihn in der Hand, rein gar nichts.»

«Aber jetzt haben wir etwas.» Ein Kriminalbeamter hielt drei Blatt Papier hoch. «Ein hübscher Brief, Commander.» Er schob die Blätter in eine Plastikhülle.

Sergeant Bob Highland war ebenfalls da. Er lernte immer noch, mit Beinschiene und Stock zu gehen, und blickte auf die Leiche des Mannes hinunter, dessen Informationen seine Kinder um ein Haar zu Waisen gemacht hätten. Highland sagte nichts.

«Jimmy, Sie haben den Fall abgeschlossen», bemerkte Murray.

«Nicht so, wie ich gern gewollt hätte», entgegnete Owens. «Aber ich nehme an, Mr. Watkins verantwortet sich nun vor einer höheren Instanz.»

Das Boot erreichte Annapolis vierzig Minuten später. Ryan war überrascht, als Hauptmaat Znamirowski an den festgemachten Booten vorbeifuhr u. d Kurs auf das Krankenhaus nahm. Sie vertäute das Boot geschickt an der Kaimauer, wo einige Marineinfanteristen warteten. Ryan und alle anderen, mit Ausnahme der Besatzung, sprangen hinauf.

«Alles in Ordnung», meldete Sergeant Cummings, zu Breckenridge gewandt. «Wir haben hier jede Menge Polizei und FBI. Alles in Butter, Gunny.»

«Sehr gut, betrachten Sie sich als abgelöst.»

«Doktor Ryan, würden Sie bitte mitkommen? Sie haben es bestimmt eilig, Sir», sagte der junge Sergeant. Er ging voran.

Es war gut, daß er nicht zu schnell ausschritt. Ryans Beine waren nun, als er dem Unteroffizier die Steigung hinauf zu dem alten Krankenhaus der Marineakademie folgte, vor Müdigkeit wie Pudding.

«Einen Moment, bitte!» Ein FBI-Agent zog ihm die Pistole aus dem Gürtel. «Ich bewahr' sie für Sie auf, wenn es Ihnen recht ist.»

«Entschuldigung», sagte Jack verlegen.

«Schon gut. Sie können jetzt hinein.» Er sah niemanden. Sergeant Cummings gab ihm ein Zeichen zu folgen.

«Wo sind sie alle?»

«Sir, Ihre Frau ist gerade auf der Entbindungsstation.» Cummings drehte sich um und grinste ihn an.

«Das hat mir keiner gesagt!» sagte Ryan beunruhigt.

«Sie sagte, wir sollten Sie nicht damit belasten, Sir.»

Sie erreichten das Stockwerk, wo der Entbindungsraum war. Cummings zeigte geradeaus. «Da vorn. Ganz ruhig bleiben, Herr Doktor.»

Jack lief den Korridor hinunter. Eine Krankenschwester hielt ihn auf und führte ihn in ein Umkleidezimmer, wo er sich seine Sachen vom Leib riß und eine keimfreie grüne Kluft anzog. Es dauerte einige

Minuten. Er war einfach zu kaputt und stellte sich ungeschickt an. Er ging in den Warteraum und sah, daß alle seine Freunde dort versammelt waren. Dann brachte die Schwester ihn in den Entbindungsraum.

«Ich hab' das schon lange nicht mehr gemacht», sagte der Arzt gerade.

«Bei mir ist es auch ein paar Jahre her», antwortete Cathy. «Sie sollten Ihren Patienten Mut machen», fuhr sie vorwurfsvoll fort. Dann hechelte sie wieder und widerstand dem Impuls zu drücken. Jack nahm ihre Hand.

«Hallo, Schatz.»

«Ihr Timing ist sehr gut», sagte der Arzt.

«Fünf Minuten früher wäre besser gewesen. Ist alles in Ordnung?» fragte sie. Ihr Gesicht war wie beim letztenmal in Schweiß gebadet und schrecklich müde. Und sie sah wunderschön aus.

«Es ist vorbei. Aus und vorbei», sagte er. «Mir geht's gut, und dir?»

«Ihr Fruchtwasser ist vor zwei Stunden gekommen, als wir alle darauf warteten, daß Sie von Ihrem Bootsausflug zurückkehren würden. Ansonsten sieht alles gut aus», antwortete der Arzt. Er wirkte weit nervöser als die Mutter. «So, sind Sie bereit zum Pressen?»

«Ja!»

Cathy umklammerte Jacks Hand. Sie schloß die Augen und sammelte alle ihre Kräfte. Ihr Atem kam langsam.

«Da, der Kopf. Alles in Ordnung. Noch mal, und wir haben es geschafft», sagte der Arzt.

Jack wandte sich ein wenig nach hinten, als der Rest des Babys erschien. Seine Stellung erlaubte ihm, es noch vor dem Arzt zu sehen. Das Neugeborene hatte bereits angefangen zu schreien, wie ein gesundes Baby es tun soll. Und auch das ist der Klang der Freiheit! dachte Jack.

«Ein Junge», sagte John Patrick Ryan senior, ehe er seine Frau küßte. «Ich liebe dich.»

Die nächststehende Schwester assistierte dem Arzt beim Abnabeln, hüllte das Baby in eine weiße Decke und trug es zum Waschbecken. Die Plazenta kam, nach einem letzten Pressen, als nächstes.

«Ein kleiner Riß», erklärte der Arzt. Er injizierte schnell ein schmerzstillendes Mittel, ehe er anfing zu nähen.

«Das merke ich», erwiderte Cathy mit einer leichten Grimasse. «Ist er okay?»

«Scheint so», sagte die Schwester. «Siebeneinhalb Pfund und alle Glieder am richtigen Platz. Atmung ausgezeichnet, Herztätigkeit super.»

Jack nahm seinen Sohn, ein kleines, schreiendes, rosiges Bündel mit einer kleinen Knopfnase, auf den Arm.

«Willkommen auf der Welt. Ich bin dein Vater», sagte er leise. *Und dein Vater ist kein Mörder. Das klingt vielleicht nicht, als ob es eine große Sache wäre, aber es ist mehr, als die meisten Leute denken.* Er wiegte das Baby einen Moment an seiner Brust und rief sich ins Gedächtnis, daß es wirklich einen Gott gab. Dann blickte er auf seine Frau hinunter. »Möchtest du deinen Sohn sehen?»

«Ich fürchte, von seiner Mutter ist im Augenblick nicht mehr viel übrig.»

«Für mich ist sie noch hübsch genug.» Jack legte seinen Sohn in Cathys Arme. «Alles in Ordnung?»

«Ich glaube, ich habe bis auf Sally alles hier, was ich zum Glück brauche, Jack.»

«Fertig», sagte der Arzt. «Ich bin vielleicht kein großer Gynäkologe, aber im Nähen schlägt mich so leicht keiner.» Er blickte auf und sah das übliche Nachspiel einer Geburt und fragte sich, warum er sich bloß gegen Gynäkologie entschieden hatte. Es mußte die befriedigendste aller Fachrichtungen sein. Aber die Arbeitszeit ist eine Katastrophe, erinnerte er sich.

Die Krankenschwester nahm Jack das Neugeborene ab und brachte John Patrick Ryan junior auf die Babystation.

Jack sah zu, wie seine Frau nach einem – er vergewisserte sich mit einem Blick auf die Uhr – Dreiundzwanzigstundentag einschlief. Sie brauchte den Schlaf dringend. Er auch, aber er mußte zuerst noch etwas erledigen.

Ryan ging in den Warteraum, um die Geburt seines Sohnes bekanntzugeben, der zwei komplette, wenn auch sehr unterschiedliche Paten-Paare haben würde.